亂世宏圖

卷六・臨江仙

酒徒——著

【第一章】

家國

「跟我來！」鄭子明槍鋒前指，同時輕輕磕打馬鐙。胯下的烏騅馬緩緩張開四蹄，動作優雅得宛若正在跳舞的精靈。

同一個橫排，四百名騎兵也緩緩加速，與自家主將保持一條直線，緩緩朝敵軍壓了過去。每一名騎兵與其左側同伴之間的距離都只有一臂寬，每一名騎兵都穩穩地平端著騎槍，四百零一桿騎槍在早春的陽光下，閃成一道銀白色的死亡之潮。

一道槍鋒組成的死亡之潮之後，還有第二道，第三道，第四道。彼此之間，相隔著大約三個馬身的距離，槍鋒隨著戰馬的移動上下起伏，鎧甲的部件彼此相撞，發出一波波整齊的音浪，「轟轟，轟轟，轟轟，轟轟，轟轟轟轟……」

從後漢乾佑三年早冬到大周廣順元年仲春，連續四個多月的戰火淬煉，令滄州軍無論在裝備、士氣和作戰技巧方面，都更上了一層樓。所以儘管此刻敵我雙方之間的人數相差得非常懸殊，他們還是跟自家主帥一道，義無反顧地朝著敵軍發起了衝鋒。彷彿對面的河東軍根本不是一群士兵，而是一群披上了鎧甲的土雞瓦狗。

「周」、「橫海軍」、「滄州」、「鄭」一面面認旗，在隊伍上空隨風飛舞。清晰地告訴對手，這支隊伍的真實身份，來自何方。

他們是滄州軍。大周橫海軍節度使鄭子明帳下的嫡系精銳，滄州軍。他們主帥，前朝三鎮巡檢使鄭子明，去年春天因為以數千鄉勇拖住了南下的幽州軍，而被後漢皇帝捏著鼻子封為滄州防禦使。他們的主帥，因為在大周皇帝郭威南下汴梁之時，與義兄郭榮、趙匡胤，好朋友高懷德、符昭序一道，留守後路，襲殺契丹北面上將軍蕭天賜，而威震中原。

這年頭，改朝換代很尋常。諸侯殺掉皇帝取而代之，也司空見慣。但不尋常的卻是，有人在短短幾年內，從一個走投無路的小山賊嘍囉，硬生生坐上了一鎮實權節度使之位。有人既沒有靠著血脈背景，也沒有靠著家族餘蔭，不到二十而封侯拜將。

跟在這樣的主帥身後，所有弟兄心中都充滿了驕傲和希望。他們為自家主帥所走過的道路而感到驕傲，他們隱約看到了自己未來的方向。

連一個山賊嘍囉，都可以憑著本事拜將封侯，大夥何愁找不到光明的前途？即便不能同樣創造奇蹟，成為實權節度使。至少，也能做個刺史、縣令，乃至巡檢、指揮。只要大夥通過努力上進，只要大夥跟他一樣不屈不撓。

「轟轟，轟轟，轟轟，轟轟，轟轟轟轟……」馬蹄聲和鎧甲撞擊聲，宛若春雷，敲得樹木山川戰慄不已。

「轟轟，轟轟，轟轟，轟轟，轟轟轟轟……」整齊的槍鋒宛若潮頭，踩過鬆軟的大地，踩過剛剛冒出芽來的野草，踩過尚未融化乾淨的殘雪和尚未來得及腐爛的枯枝敗葉，緩緩踩向敵軍的頭頂。

「放，放箭，趕緊放箭！放箭攔住他們！」望著如同海浪般拍過來的騎兵，河東軍的主帥，北漢國蕩寇大將軍、鎮冀節度使張元衡慘白著臉，大聲叫喊。

他本是後漢皇叔，河東留守劉崇麾下的步軍左廂都指揮使，因為劉崇痛恨郭威弒君，自立為帝，才跟著一道雞犬升天，從掌管兩千兵馬的都指揮使，躍居為統兵數萬的一鎮節度。名義上坐擁定、易、恒、深、滄、德、棣七州，轄地從太行山一直平推到大海，橫貫整個河北。

只是，名義歸名義，事實卻比名義相差甚遠。

為了報復郭威先以擁立自家兒子劉贇為幌子，誘惑自己坐視其殺入汴梁。隨後又無恥毀約，竊取了原本該屬劉家的皇位。後漢皇叔劉崇在自立為帝之後，就立刻引兵取最短距離殺向了汴梁。對於隔著一道太行山的河北，則丟給了他新封的鎮冀節度使、魏博節度使和鄴州節度使前去光復。至於這三位節度使麾下能有多少兵馬，即將面對怎樣的敵人，則一概不聞不問。

所以，張元衡名義上雖然坐擁七州之地，實際上能掌握的，卻只有剛剛從契丹人手裡用金銀贖回來的易州和被悍將呼延琮控制的定州。名義上為蕩寇大將軍，領兵十萬，實際上真正所擁有的將士數量，卻只有區區三萬出頭，並且其中還有兩萬多為臨時強徵入伍的農夫，根本沒見過血光。

沒見過血光的農夫，當然不懂得如何把握戰機。聽到張元衡的命令，他們立刻就拉開剛剛領到手沒幾天的拓木弓，將臨時趕製出來的羽箭亂紛紛地朝著正前方射去。其中大部分羽箭，連敵我之間一半的距離都沒飛完，就掉頭直衝而下。少部分羽箭勉強湊夠了射程，卻也力道盡失，打在滄州軍隊伍中，連丁點兒血花都沒能濺起來。

而對面的滄州軍，卻突然開始加速。雖然依舊不算太快，但那種湧潮般的氣勢，卻令每一個北漢士兵都覺得心臟發顫，兩腳發軟，握在手裡的木弓或角弓，也跟著哆嗦不停。

「放，放箭，趕緊放箭！接著射，他們隊形太密，無論怎麼射都能射中。」關鍵時刻，還是隊伍裡的老兵靠得住。發現新強徵入伍的弟兄們遲遲射不出第二箭，衝上來，揮動刀鞘朝著對方後背一通亂抽。

脊背處傳來的刺痛，令新兵們暫且忘記了恐懼。哆哆嗦嗦地拉開木弓，哆哆嗦嗦地將羽箭搭上弓弦，然後將眼睛一閉，猛然鬆手。

「嗖嗖嗖嗖嗖……」數以萬計的羽箭再度騰空，然後如同冰雹般迅速下落。這回，因為距離已經夠近，大約有一半射入了騎兵隊伍當中。

數十團紅色的煙霧在騎兵的隊伍中飄起，數十匹戰馬嘴裡發出低低的悲鳴。然而，整個隊伍的前進速度，卻絲毫沒有減緩。依舊海浪般向前，一浪緊跟著一浪，轟隆隆，轟隆隆，鋪天蓋地。

「放箭，放箭！」看到對手的攻勢沒受到半點兒遏制，鎮冀節度使張元衡的臉色愈發蒼白。扯開嗓子，像個輸急了眼的賭徒般，將所有的家底一併押上了賭桌，「全都放箭，不要再等了。再等就徹底來不及了。所有人，左廂的老弟兄也包括在內！」

他忽然想起了臨出征之前，定州防禦使呼延琮對自己的勸阻。當時，此人曾經信誓旦旦地告訴自己，郭威派往河北坐鎮的雖然是幾名後起之秀，卻個個本領不凡。連契丹老將蕭天賜都折在了他們幾個手裡，麾下兩萬精銳全軍覆沒。不經過半年以上時間的準備，現在就倉促領兵前去爭奪冀州和深州，肯定沒有勝算。

然而，張元衡記得自己當時卻斥退了呼延琮，認為此人是怕自家女婿鄭子明被打個猝不及防，才故意將敵軍的實力往大了吹。現在看來，呼延琮對大漢國的忠誠，好像一點兒都沒問題。有問題的是自己，為了儘快坐穩節度使之位，竟然利令智昏。

第三波羽箭，騰空而起，數量之多，令天空中的陽光都為之一暗。這次，由於所有老兵的投入，終於給急馳而來的滄州軍，造成了比較大的損失。張元衡親眼看見，與自己所在位置正對的數名騎兵身上冒起了紅光，鮮血瞬間淌滿了半邊身體。然而，那些受傷的騎兵們，卻彎下腰，用一隻胳膊緊緊地摟住了戰馬的脖頸，另外一隻胳膊將騎槍夾在了腋下，繼續前衝，不疾不徐，百折不回。

他們的速度不快，比起張元衡所熟悉的騎兵來，滄州軍的速度，只能用小跑兩個字來形容。他們胯下的戰馬也不是什麼良種，高度比遼國人支援河東給的馬匹矮了大半頭。然而，他們那種一往無前的氣勢，卻令張元衡感覺眉心發木，頭皮發麻，嗓子緊得幾乎無法呼吸。

「嗖嗖嗖嗖嗖！」第四波羽箭不需要任何人督促，再度騰空。有零星幾個騎兵中箭落馬，轉眼就被後排衝過來的自己人，踩得面目全非。為了活命，大部分中箭者，都盡可能地讓自己端坐在馬背上。任憑胯下坐騎帶著自己，與整個隊伍一道撲向目標。

已經沒有第五次放箭機會了，北漢軍中的新兵們，卻依舊哆哆嗦嗦地將羽箭朝弓臂上搭。除了這一招之外，他們不知道該如何去應對眼前情況。他們的長矛就戳在身側，他們朴刀和盾牌就放在腳邊，他們卻不知道該丟下木弓，伸手將武器抓起、握緊。

「保持隊形！」「保持隊形！」「保持隊形！」他們隱約聽見有人在高聲叫喊，卻不知道聲音來自身邊的人還是敵軍。他們用盡全身力氣將木弓拉滿，還沒等放箭，就看到無數老兵從自己身邊衝了出去，蹲身在地，將長矛後端戳在泥土中，長矛的前端儘量指向了斜上方。

只是，老兵們的隊伍，實在過於單薄，也排得過於稀疏。還沒等他們想好是該上前給老兵們幫忙，還是掉頭逃走，對面的騎兵已經殺到，「轟隆」一聲，天崩地裂，倉促間憑著本能前去阻擋的北漢國老兵們，像海灘上的沙堆兒一樣，被馬蹄捲了個無影無踪。

「轟轟，轟轟，轟轟，轟轟，轟轟轟轟……」第一排滄州軍騎兵平端著騎槍，繼續向前推進，速度依舊不算快，隊伍當中，也隱約出現了十幾個巨大的缺口。

殺敵逾千自家不損一個，那是神話。幾個呼吸之前的正面碰撞中，他們成功碾碎了敵軍老兵倉促排出的拒馬陣，自身也蒙受了不小的損失。原本看上去連綿如線的隊伍，已經變得斷斷續續。很多勇士手中的騎槍，也因為承受不住撞擊瞬間產生的反作用力，而斷做了兩截。

然而，依舊端坐在馬背上的勇士們，卻沒有一個主動放慢速度。無論是否受傷，也無論是否還有力氣繼續將武器端平。只見他們儘量控制著坐騎的速度，同時用眼角的餘光尋找距離自己最近的同伴。跟上去，一步不落地跟上去，馬頭儘量對齊同伴的馬頭，肩膀儘量對齊同伴的肩膀。

「跟上！」「跟上！」「跟上！」隊伍中，百人將們扯開嗓子，將已經刻進骨髓裡的命令，一遍遍機械地重複。

「一臂距離，一臂距離！」倖存的十人將們機械地補充。每個人都不去思考自己為什麼要這樣喊，每個人都喊得格外大聲。

斷斷續續的直線，在前進中迅速合攏。騎槍一桿接一桿平端了起來，沒有騎槍者，則從腰間抽出了橫刀。槍鋒和刀鋒倒映著冰冷的日光，隨著戰馬的腳步繼續向前平推。宛若一道鋼鐵鑄成的潮頭。

「擋住，擋住他們，咱們人比他們多！」一名北漢國將領，怒吼著衝過來，試圖螳臂擋車。

「擋住，不然大夥全都得死！」百餘名北漢國老兵緊隨其後。

再往後，則是近千名被另外一夥老兵們強逼著不准逃走的新丁，大部分人手裡拿的是盾牌和橫刀，還有一部分人手裡只有木弓，整個隊伍中只有半成左右，手裡持的是標準制式長矛。

「殺！」鄭子明大聲怒喝，同時毫不猶豫地磕打馬鐙。烏騅馬嘴裡發出一聲霸氣十足的咆哮，前蹄揚起，直奔距離自己最近那個北漢將領的頭頂。攔路的北漢國都頭側身閃避，隨即挺槍朝著烏騅馬的脖頸急刺。另外一桿騎槍恰恰戳了過來，正中此人肋下。

「噗！」雙層牛皮重甲與有戰馬速度加成的槍鋒發生接觸，像廢紙一樣被捅穿，根本起不到任何保護作用。緊跟著，是皮膚、肌肉和肋骨。冰冷的槍鋒毫無停滯，直接戳碎了北漢國都頭的臂臟。可憐的北漢國都頭連慘叫聲都未能發出來，五官扭曲，四肢縮捲成一團，立刻被活活痛死。

「噗！」「噗！」「噗！」……利刃捅入肉體的聲音，不絕於耳。中間還夾雜著橫刀斷裂的脆響。北漢軍倉促組成的第二道防線，再度化作了齏粉。滄州軍的第一排騎兵，也再度減員將近一成。剩下的騎兵朝自家主帥的認旗處看了看，或者驕傲地甩掉騎槍上的敵軍屍骸，或者驕傲地舉起橫刀，繼續策馬前行，宛若一群獅子發現了羔羊。

「嘶嘶，嘶嘶，嘶嘶……」液體的噴射聲，在馬蹄聲後出現，迅速變得清晰。數個被橫刀掃中卻僥倖躲過了馬蹄踐踏的北漢國士兵，在原地艱難地旋轉，旋轉。鮮紅色的血漿如同噴泉般，從他們身上的傷口處噴出來，高高地噴向半空，然後如同霧氣一樣散開，將陽光、空氣和料峭的春風，都染得一片殷紅。

「啊——」數千名僥倖沒有擋在馬頭前的北漢國兵卒，如噩夢中初醒。一個個倒拖著兵器，踉蹌而退。將騎兵們剛才經過的區域，完全讓了出來。轉瞬之後，便形成了一條通道，寬闊筆直，鮮血淋漓。

「跟上我！」鄭子明又低低的提醒了一聲，同時將染血的騎槍端平。剛才的那輪對撞中，他也刺死了一名北漢軍士兵。對方生澀的戰鬥技巧和臨終前絕望的面孔，令他心裡頭感覺非常不舒服。然而，這是戰場，容不下任何慈悲。他所部滄州騎兵不到兩千，對手麾下的總兵力卻不低於三萬。如果這個時候他下令停止戰鬥，自己和麾下弟兄們肯定都會被憤怒的敵軍包圍起來，剁成肉泥。

「嗚嗚嗚嗚嗚嗚，嗚嗚嗚嗚，嗚嗚嗚嗚……」淒厲的畫角聲，從鎮冀節度使張元衡不斷轉移的帥旗下響起，宛若冬夜曠野中的鬼哭。他再催戰，催促自己麾下的嫡系，儘快全部投入戰鬥。不能耽擱，不能退縮，否則，就不是勝利與大敗的問題。而是生與死。

「嗚嗚，嗚嗚，嗚嗚！」有憤怒的牛角號，在鄭子明的側後方，與畫角聲呼應。不是所有北漢國將士都被嚇丟了魂魄，作為來自劉知遠起家之地的強軍，他們也有自己的底蘊。一名身穿都指揮使服色的絡腮鬍子，帶領千餘名騎著高頭大馬的北漢勇士，果斷斜插向了鄭子明的身後。每個人都咬牙切齒，面目猙獰。

這個空檔找得非常準，充分利用了遼東馬的速度優勢和滄州軍在陣形調配方面的缺陷。然而，沒等絡腮鬍子撥轉馬頭從鄭子明的背後發起攻擊，第二排騎槍組成的潮頭已經席捲而至。

「奶奶的，這……」絡腮鬍子都指揮使咆哮著撥轉坐騎，不是去尾隨追殺鄭子明，而是被迫先迎接如潮而來的槍鋒。

他的身手極為高明，即便放在滄州軍中，也是個千人敵。與其正對的那名滄州軍勇士甚至連此人的鎧甲都沒碰到，就被其直接用鐵矛刺落於馬下。然而，第二名、第三名騎兵卻同時將騎槍對準了此人，毫不客氣，一點兒也不講「君子之道」。絡腮鬍子都指揮使擋住了第二桿騎槍卻擋不住第三桿，大聲叫罵著被挑上了半空，鮮血如同瀑布般淋了底下的滄州勇士滿頭滿臉。

「李將軍，李將軍……」幾名親兵嘴裡發出絕望的哭喊，上前試圖奪回絡腮鬍子的屍體。失去冷靜的頭腦，又沒有袍澤配合的他們，就像數隻撲火的飛蛾。轉眼間，就在如林槍鋒前，消失了個無影無蹤。

剩餘擋在第二隊滄州騎兵前面的北漢騎兵，也紛紛被打落馬下。從始至終，未能將滄州軍的推進節奏延遲半拍。雖然他們所騎乘的戰馬，遠比滄州軍胯下的室韋馬高。雖然他們單打獨鬥的本領，也個個不輸於滄州兵卒。

好漢雙拳難敵四手，馬背上也沒有足夠的躲閃騰挪空間。當每一個人在某一個瞬間要同時面對兩到三桿騎槍之時，戰馬的高度優勢和個人武藝所能起到作用，立刻輸給了團隊配合。只有不到一成的北漢國精騎，能做到與距離自己最近的滄州軍同歸於盡。其餘九成以上，都帶著滿肚子的遺憾撒手塵寰。

「轟！」「轟轟！」「轟轟轟轟！」「轟轟轟！」第二隊滄州騎兵，在陶大春的帶領下，踩過敵軍的屍體，向前追趕鄭子明的腳步。每一名騎兵臉上，都寫滿了驕傲與自信。

那不是空隙，是陷阱！是滄州軍經過嚴密推算，而故意留下的陷阱！無論任何人只要一頭衝進，都會被瞬間吞沒，吞得連骨頭渣子都不剩。他們不能明知進去會死，還前仆後繼。

陸續還有北漢國騎兵奉命迂迴而至，卻誰也不敢再朝他們與第一隊滄州軍之間的空隙穿插。幾乎所有北漢國騎兵都果斷地拉緊了繮繩，任憑剛剛跑起速度的戰馬，揚起前蹄，晃動腦袋，大聲嘶鳴、抗議，甚至嘴角落下點點血珠。

「轟轟，轟轟，轟轟轟轟……」第三排滄州軍騎兵平端著騎槍，如湧潮般，踏過第二排滄州軍留下的屍骸。左右兩側都有北漢騎兵在觀望，他們卻連看都不願意多看。只管策馬向前，向前，不做任何無謂的停留。

「轟轟，轟轟，轟轟，轟轟，轟轟轟轟……」又一排滄州軍騎兵平端著騎槍，大搖大擺地從自家袍澤開闢的血路上跑過。同樣是昂首挺胸，目不斜視。

「噹啷！」一名北漢百人將手中的兵器，忽然掉在了地上，發出了絕望的聲響。緊跟著，「噹啷！」「噹

啷！」「噹啷！」……又是絕望的十數聲。終於緩過神來的北漢騎兵們，紛紛丟下兵器，撥轉坐騎，策馬遠遁。任中軍位置傳來的號角聲是如何淒厲，都堅決不再回頭。

「吹角，吹角命令馬軍向帥旗靠攏！不准逃，否則軍法絕不寬恕！」親眼看到自家騎兵掉頭逃命，河東軍的主帥，北漢國蕩寇大將軍、鎮冀節度使張元衡氣得七竅生煙，啞著嗓子厲聲咆哮。

「嗚嗚，嗚嗚，嗚嗚……」角聲一聲比一聲急，一聲比一聲淒涼。然而，卻喚不起河東騎兵繼續作戰的勇氣。對劉崇稱帝之後立刻向遼國納貢稱臣的舉動，大家伙原本就不太認同。如今又遇到了根本不可能打得贏的強敵，每個河東騎兵心裡，更是缺乏拚命的動力和欲望。

「回來，叫他們回來。我手裡有花名冊，他們逃回去也難免一死！」遲遲得不到自家騎兵的響應，張元衡愈發怒不可遏，舉起鑲嵌著寶石的橫刀，奮力揮舞。

「嗚嗚，嗚嗚，嗚嗚……」號角聲沒完沒了，焦躁中透著無奈。傳到河東騎兵的耳朵裡，除了令他們逃得更快之外，起不到其他任何作用。

「大聲點兒，你們沒吃飯啊。給我，給我繼續吹……」張元衡徹底失去了理智，劈手奪過一把號角，舉到自己嘴巴上。

「大將軍，大將軍……」一名部將憤怒地跑上前，將畫角從他手上奪走，「別管馬軍了，鄭子明，鄭子明追過來了！」

「啊！」張元衡嚇得心裡一哆嗦，所有理智瞬間返回了體內。扭頭望去，只見自家步卒就像麥子般，被滄州軍一排排割倒。而那個讓自己馬軍魂飛膽落的殺神，正踩著河東步卒的屍骸朝自己衝來。每向前一步，都有血浪向隊伍兩側翻滾。

「結陣，告訴弟兄們快結槍陣。要不然，大夥全都得死在這裡！」另外一名經驗豐富的河東老將跑上前，拉著張元衡的戰馬繮繩大聲提醒。

「結陣，槍陣，親衛營，給老子上前結槍陣。張斌，你帶著親衛營給老子上前結槍陣！爾等用命的時候到了！」張元衡猛然醒悟，直接把最後保命血本兒也投入了戰場。

「親衛營跟我來！」親衛營指揮使張斌輕蔑地看來自家主帥一眼，轉過身，拎著長槍走向敵軍。

他是張元衡的兄長張元徽一手提拔起來的嫡系，這些年受張家恩惠甚多。生死關頭，即便心中再覺得悲憤，也沒有其他選擇。

眾親兵默默地丟下畫角，抓起長槍，快速跟在了張斌身後。與前者一樣，他們也是太原張家平素著力培養拉攏的對象，關鍵時刻，只能以死報之。

「武齊、劉江，你們兩個帶人在張斌身後結陣。」

「賀可大，李封，你們兩個帶人跟在武齊身後。」

「劉芳郁，周峻，你們兩個……」

「陳書恒，楊定……」

張元衡再接再厲，將身邊的將領挨個點名。此時此刻，他已經不再奢求勝利，只求能頂住敵軍的這一輪攻勢，然後再想辦法脫身。

親兵營如果擋不住，還有銳士營。銳士營如果擋不住，還有伏虎營。伏虎營如果擋不住，還有……。他麾下士卒還多，拚著用屍體去填，也能讓對手人困馬乏。

親兵營的確很勇敢，其他幾個被點到了營頭雖然動作稍慢，也的確在努力組織槍陣。如果滄州騎兵不顧一頭撞上來……

下一個瞬間，張元衡幾乎看到了力挽天河的希望。然而，最先衝上來的，卻不是騎著馬的滄州軍，而是他自己麾下的新兵。

「饒命——！」「饒命啊——！」那些被他剛剛強徵入伍沒多久的新兵們，哭喊著，空著雙手，倉皇逃命，在滄州軍的戰馬前，形成了一股巨大的人潮。

「繞開，繞開，繞向兩側！」望著潮水般湧來的潰兵，親兵營指揮使張斌急得滿頭大汗。不停地擺動槍鋒，大聲怒叱，命令對方不要衝擊自家軍陣。

然而，此時此刻，潰兵們怎麼可能停下來辨識方向？又怎麼可能聽從任何人的勸阻？逃！盡可能快的逃！擺脫戰馬的追逐，逃出這個修羅地獄。無論是誰敢阻擋，都跟他拚個玉石俱焚。

斜指向馬頭高度的長矛，遠遠超過了潰兵的頭頂，對他們構不成任何威脅。被他們奮力一推，就東倒西歪。手持長矛的親兵們站起身想要阻擋，也被數倍於己的潰兵猛地一推，要麼摔倒在地被踩上無數雙大腳，要麼踉蹌著調轉身形。

前後不過兩三個彈指功夫，親兵營抱著必死之心結成的槍陣，就已經消失不見。指揮使張斌和其他數十名張家最忠誠的親兵，被當場踩死。其他大部分親兵則徹底融入了人潮，被潰兵脅裹著，撲向剛剛站齊了隊形的銳士營。

「轟！」宛若驚濤拍上了沙雕，剎那間，銳士營也消失不見。而那逃命的人潮餘勢未盡，又繼續拍上了伏虎營、磐石營、選鋒營、陷陣營……。

一面接著一面認旗倒下，一支接一支隊伍消失。寄托著張元衡全部希望的防線，沒等跟滄州軍發生接觸，就被自家潰兵衝得土崩瓦解。一小部分反應太慢的士卒被踩成了肉醬，大部分士卒，則被迫加入了潰兵隊伍，繼續充當滄州軍的「開路先鋒」。

「死戰，轉過去，給老子死戰！」張元衡嗓音沙啞，揮刀砍翻幾名跑得太快的潰兵，大聲呼喝。

幾名潰兵像受了驚嚇的螞蟻般，側著身體拐了個彎兒，繞開張元衡的攻擊範圍。然後繼續撒腿飛奔，不做任何停留。

更多的潰兵衝了過來，推著張元衡胯下的戰馬一起加入逃命隊伍。任其如何怒罵、威脅，甚至揮刀劈砍，都無濟於事。

潰兵數量太龐大了，砍死一個，就又有一個補上來。比起身後追趕過來的滄州騎兵，張元衡的威脅對他們整體來說完全可以忽略。雖然轉眼之間，已經又有七八個袍澤被此人砍翻在戰馬身側。

「回頭殺過去，殺啊，殺啊。老子平素待爾等不薄！」張元衡的喊聲裡，很快就帶上了哭腔。紅色的血水混著淚水，順著憔悴的面孔淋漓而下。

太窩囊了，這仗輸得太窩囊了。他從一開始就被壓著打，沒有機會反撲，沒有力氣抵抗，沒有時間調整部署。

他甚至連衝上去拚命的機會也沒有，竟然被自家潰兵脅裹著落荒而逃。一旦這場戰鬥的真實情況被傳回太原，非但他本人，可能連同他的哥哥，馬步軍都指揮使張元徽，都要被一擼到底，從此永無起復之機。

「大漢國只有戰死的……」想到逃回去後的悲慘命運，張元衡猛然舉起橫刀，抹向自家哽嗓。血的恥辱，只能用血來洗刷。希望自己的寧死不屈的消息傳到皇帝耳朵裡，能讓哥哥和太原張家少受一點兒牽連。

「噹啷！」一道烏光，忽然從遠處疾飛而至，將他手中的橫刀直接砸成了兩段。緊跟著，怒斥聲穿透潰兵的哭喊，直戳張元衡的心窩，「廢物，要死等回去死，別亂我軍心！」

「呀——」張元衡且驚且喜，撥轉馬頭，朝著聲音來源處奪路而逃。

他親哥哥是北漢國的馬步軍都指揮使張元徽，位高權重，又極為護短。是以整個北漢國內，敢當面罵他廢物的人，除了皇帝劉崇和皇室子侄之外，絕對不會超過兩巴掌。而這區區十個人當中，能隔著數十步遠一箭射斷刀刃者，卻只有一個，那便是軍中第一勇將楊重貴！

「不想死，就繞著走！」楊重貴連看都懶得多看他一眼，鼓足中氣，舌戰春雷，「衝擊本陣者，殺！」

「衝擊本陣者，殺！」
「衝擊本陣者，殺！」
「衝擊本陣者，殺！」
……
楊重貴身側和身後，數百名騎著高頭大馬的親兵齊齊扯開嗓子，把自家將軍的命令一遍遍重申。
然而，除了張元衡和極少數人之外，大多數潰兵早已失去了理智，竟然對悶雷般的呼喝聲充耳不聞。眼看著，跑得最快的數百人就要接近援軍的馬頭，站在整個援軍隊伍最前方的楊重貴猛地揮了下胳膊，「嗖——」一桿投槍脫手而出，掠過二三十餘步距離，將跑得最快那名潰兵當場釘翻在地。
「嗖——」「嗖嗖嗖——」「嗖嗖嗖——」緊跟著，數以百計的投槍騰空而起，令整個天空為之一暗。下一個瞬間，在楊重貴馬前二十五步到三十步處，憑空落下的一道槍林。逾百名只顧著埋頭逃命的潰卒，被投槍釘在了地面上，手足抽搐，血如泉湧，慘叫聲此起彼伏。
「衝擊本陣者，殺！」楊重貴單手從馬鞍後又抽出一桿投槍，怒吼著擲向身前二十六、七步處。
「衝擊本陣者，殺！」他的親兵營將士齊聲重申，學著主將的動作，將另外四百支投槍，擲向了同一片區域。
「轟！」槍林瞬間變密了一倍，慘叫聲戛然而止。被滄州軍嚇破了膽子的河東潰兵們，終於意識到自己遇到了更不講理的剎星。楞了楞，潮水般從槍林處分開，向左右兩翼越分越遠，如兩隊受驚的黃羊般各不相顧。
「整隊——！」此時此刻，楊重貴根本沒功夫去關心潰兵們逃向何方，又抽了一根投槍在手，深吸了一口氣，大聲吩咐。
敵將叫鄭子明，肥狐常思的門生，陳摶道長的嫡系傳人，他曾經的小兄弟和忘年交。一手飛斧絕技使得出神入化，一桿鋼鞭也是所向披靡。
他曾經親手從呼延琮的鋼鞭下，救了此人的性命；他曾經不惜冒犯龍顏，只為了讓劉知遠打消拿此人做傀儡的荒唐打算；他曾經親眼看著此人從一個懂得埋頭逃命的小胖子，成長為威震河北的少年名將；他曾經真心地把此人當作自己的兄弟，並且為此人所取得的每一次勝利而感到無比榮耀。

如今，他卻要親自領兵，與此人決戰於疆場，曾經的友誼，終究敵不過彼此身後的如山君恩。

「整隊——！」

「整隊——！」

「不要給鄭子明可乘之機！」

「別讓他靠近，他那招只有靠近了才能管用！」

……

楊重貴身後的親兵頭目們，也紛紛扯開嗓子提醒其他各營的弟兄。拿出十二分精神，準備迎接一場前所未有的惡戰。

對於正在帶領部屬像驅趕羔羊一般驅趕河東潰兵那個年輕將領，他們都十分熟悉。知道此人的本事，也親眼目睹過滄州軍的前身，昔日李家寨鄉勇策馬衝陣時的驚人攻擊力。

「整隊，趕緊整隊！」

「把騎槍都端穩了！」

「盯緊楊將軍的認旗，該衝鋒時誰都別猶豫！咱們人多，堆也能堆死姓鄭的。」

「不怕，姓鄭的厲害，咱們楊將軍也從沒遇到過對手！」

「咱們人多，滄州軍已經……」

根本不需要別人的提醒，多次聽聞過鄭子明的戰績，楊重貴麾下的其他各營指揮使，也都大聲喊叫著整頓隊伍，以最高標準做好惡戰的準備。

令他們略感失望的是，正在潰兵身後追亡逐北的滄州軍，卻果斷地在五十步外開始減速。已經略顯凌亂的前排隊伍，在幾個彈指間，就重新恢復了齊整。跟上來的其他各排騎兵，也相繼拉緊了戰馬的韁繩，以平穩且圓滑的節奏，與自己前方的隊伍銜接在了一起。

一個齊整的方陣，隔著楊家軍投擲出來的槍林，迅速成型。一千八九百人，像是長著同一顆腦袋般，配合默契。面對足足有三倍於己的楊家軍，他們的銳氣絲毫不減。才將隊伍整理完畢，就齊齊地舉起了手中的兵器，「殺！」

「殺！」「殺！」「殺……」驕傲的呼喝聲，在天地之間來回激蕩。有股無形的寒氣，瞬間籠罩了整個戰場。正在亡命奔逃的河東軍將士當中，不少人竟嚇得雙腿發軟，踉蹌欲倒。訓練有素的楊家軍將士雖然沒有為之氣奪，大家伙兒胯下的戰馬卻紛紛搖頭擺尾，嘴裡發出不安的嘶鳴，「噓噓，唏噓噓，噓噓噓……」

「吹角，邀戰！」楊重貴知道再這樣下去，己方未等與敵軍發生接觸，士氣上就會落了下風。果斷扯開嗓子吩咐。

「嗚嗚嗚，嗚嗚嗚嗚嗚嗚，嗚嗚嗚嗚嗚……」激越的畫角聲，頓時在他身後響起，宛若巨龍驕傲的長吟。馬嘶聲，呼喝聲，頓時被龍吟聲衝得無影無蹤，天地間，敵我雙方的將旗於風中翻捲，就像兩團靜靜燃燒的火焰。

忽然，鄭子明身後的將旗向左右兩側晃了晃，然後重新居高，重新在風中招展。而鄭子明本人，則緩緩催動了坐騎，脫離自家隊伍，走向了楊家軍先前用投槍製造的生死線。

根本不在乎可能發生的偷襲，他帶住戰馬，將騎槍朝著身邊一戳，隔著密密麻麻的投槍之林，朝楊重貴遙遙拱手：「對面可是楊大哥，鄭子明這廂有禮了！」

「別過去！」「將軍，他這是緩兵之計，您千萬別上當！」「將軍，那小子狡詐，小心中了陰招！」心中猛然一凜，幾個從小在楊家長大的親兵，齊齊出言勸阻。唯恐自家主將念及舊情，給了姓鄭的小子下黑手之機。

然而，哪裡還來得及？伴著一聲長嘆，楊重貴毫不猶豫地策動了坐騎。同樣是隔著槍林帶住了戰馬，丟下投槍，遙遙地拱手還禮：「鄭兄弟不必如此客氣。今日之戰，乃為國家之事，愚兄斷不敢以私廢公。」

他相信鄭子明的人品，斷然不會下手偷襲。他也懷念前年夏天在李家寨的那幾天，鄭子明跟在自己身後像親弟弟般請教兵法和槍法的場景。然而兩年前，兄弟倆都是劉漢國的武官，彼此之間通過太原常家，還有許多其他淵源。現在，鄭子明卻是反賊郭威心腹愛將，而他楊重貴，則是漢帝劉崇的殿前軍都指揮使，並且被賜以劉姓，榮華富貴與國同休。

是以，無論昔日二人之間如何惺惺相惜，從今天起，都必須恩斷義絕。郭威已經自立為大周皇帝，劉崇發誓要恢復劉漢帝國。身為各自國君麾下的愛將，兄弟兩個除了殊死一搏之外，似乎已經別無選擇。

「楊大哥此言在理，但小弟卻不敢忘記，昔日被人追得像喪家之犬一般時，你躍馬相救之恩！」聽出楊重貴話語裡明顯的決然之意，鄭子明卻不願就此跟對方割席斷交。笑了笑，繼續拱著手說道，「至於今日之戰，楊大哥也不必為難，小弟自行退兵三十里就是。」

說罷，也不待楊重貴回應。立刻扭過頭，朝著身後的滄州軍奮力揮舞手臂，「仲詢，退兵，你帶著弟兄們三十里外等我！」

「這……」潘美正全神貫注準備與敵軍殊死一搏，聽到鄭子明的話，頓時大驚失色，本能地就想出言反駁。做男裝打扮的陶三春卻從他懷裡劈手搶過令旗，高高地舉過了頭頂，「退兵，鄭將軍有令，親兵隊留下斷後，其他各營按照順序退兵。」

「退兵，後隊變前軍，退兵到三十里外！」潘美楞了楞，眼神猛地一亮，從陶三春手裡接過令旗，再度奮力揮舞。

「嗚嗚嗚嗚嗚嗚，嗚嗚，嗚嗚……」畫角聲驟然吹響，帶著濃烈的不甘。剛剛擺開陣勢的滄州軍，果斷掉頭。後隊化作前軍，前軍化作後隊，迤邐而去。

轉眼間，鄭子明身後就只剩下了陶三春、潘美和百餘名親信侍衛。與楊重貴身後的六千精銳相比，簡直就是擋在山洪前的一群螞蟻。只要楊重貴隨便揮揮手，就可以讓身後的戰馬洪流，將他們衝得屍骨無存。然而，楊重貴的手臂卻遲遲無法回落。猶豫半晌，才又長嘆了一聲，搖著頭道：「子明，你又何必如此。真的沙場相爭，我今日並無必勝之把握！」

「楊大哥過謙了！小弟麾下兵馬不及你的三成，又剛剛經歷了一場血戰。絕不會是你麾下這群生力軍的敵手。」鄭子明絲毫不覺得不戰而退有什麼丟人，笑了笑，非常坦誠地說道，「況且你我即便分屬兩國，卻依舊可以繼續做兄弟。兄弟之情未斷，我又何必非要跟楊大哥拚個你死我活？」

「這……」楊重貴原本就不以口舌鋒利見長，聽鄭子明說得懇切，頓時就又是微微一楞。絕情的話，也愈發地說不出口。

「我岳父呼延刺史，也是楊大哥的生死之交。如今他跟我也分屬兩國，彼此之間，卻不見得要斷了親情。」鄭子明的話，繼續傳來，就像魔鬼的音樂般，不停地誘惑著楊重貴的心神，「他沒有勒令我把呼延妹子送回定州，鄭某也沒有打算跟他老死不相往來。況且據鄭某所知，麟州楊家如今也有人在汴梁為官，大周皇帝陛下待其甚厚。」

「這……」楊重貴第三次被說得兩眼發直，英俊的面孔上，瞬間湧滿了暗紅色的煙雲。

這年頭，兩邊下注是世家大族的典型生存手段。數月前，郭威打下汴梁改國號為周的消息傳到了楊家，楊家立刻將另外一個族中翹楚，楊重貴的親弟弟楊重勛送到了汴梁聽用。

那郭威為了拉攏楊家，對楊重勛極為器重，直接就封了他做護聖左軍都指揮使，與趙匡胤的父親，曾經替郭威立下大功的老將軍趙宏殷平起平坐。

如果說分屬兩國，就要割袍斷義，那楊重貴第一個就應該跟他親弟弟楊重勛劃清界線，甚至上本彈劾他親生父親賣國投敵。絕不該像現在這樣，一邊在鄭子明面前高聲喊著不能因私而廢公，一邊跟自家弟弟楊重勛書信來往不絕。

「定州和深州近在咫尺。州內仕紳百姓，與我滄州軍之間亦有許多淵源。然而，契丹人北退之時，鄭某卻未曾趁機領兵殺向定州。」彷彿感覺到了楊重貴心中的尷尬，鄭子明又笑了笑，大聲補充道。「為何？還不是因為心中念著舊情，不想讓妻子為難，也不想跟岳父刀兵相見？如今張元衡殺到了我家門口，鄭某不得已，才領兵迎之。將他趕走便算盡了職責，絕不會再尾隨追殺，將戰火燒到太行山下。」

「賢弟高義，愚兄替呼延將軍謝過了！」楊重貴暈暈乎乎地拱手道謝，心中百味陳雜。「唉……」

領兵攻擊河北，令郭家雀兒首尾難以兼顧。是北漢皇帝劉崇交給他、張元衡和呼延琮三個的重要任務。然而除了張元衡之外，他和呼延琮，卻都跟鄭子明交情極深。所以，這一仗，從出兵那一天起，就令他和呼延琮兩個打心眼裡提不起精神。

若是鄭子明是個忘恩負義的小人也好，雙方一碰面就不用任何廢話，直接下手朝對方致命處招呼。而鄭子明卻又對定州留情在先，主動退避於後，他今天若是再堅持跟對方一決生死，即便如願以償，過後也必然會成為全天下英雄的笑柄。

「唉……」有嘆息聲，隔著投槍之林傳來，如無形的匕首般，直戳楊重貴的心窩。「楊大哥，昔日相救，對你來說是舉手之勞，對我來說，卻事關生死。所以，鄭某願效仿古人，以三舍之地相報。你儘管來追，九十里內，鄭某絕不以一矢相還！」注一

「別，鄭兄弟，你不必……」楊重貴心裡一抽，抬起手，試圖隔空阻攔。鄭子明卻向他笑著搖了搖頭，撥轉坐騎，緩緩而去。滿是汗漬的披風，緊貼在後背上，像刀削出來的一樣光滑筆直。

「唉……」直到鄭子明的背影徹底從視線中消失不見，楊重貴的手，才緩緩落在了身側。他剛才有無數機會可以將對方攔下，他剛才有無數機會，可以一舉鎖定河北戰場的勝局。然而，如果他真的那樣做了……

「大哥，你怎麼還在這裡？」正當他沒精打采地策馬去跟自家兵馬匯合之時，折賽花風馳電掣而來，隔著

老遠，就驚詫地追問。

知道鄭子明武藝高強卻詭計多端，她怕自家夫君吃虧，所以聽到潰兵的彙報之後，才匆匆忙忙趕過來助戰。卻萬萬沒想到，預料中的惡鬥根本沒有發生。鄭子明居然早就不在戰場上了，而自家夫君手裡好像一無所獲。

「唉，子明，子明……」楊重貴沉重地嘆了口氣，低聲向折賽花解釋剛剛發生的事情。猛然間，看到妻子被汗水打濕的額頭和身後飄舞的披風，身體晃了晃，手按刀柄勃然大怒，「該死！我上那小賊的當了！他，他真是罪該萬死！」

「大哥你，唉……」折賽花眉頭輕蹙，苦笑著搖頭。

有道是：「君子直，可欺之以方。」自家丈夫武藝超群，兵法韜略方面的造詣也登堂入室。但從小到大，卻沒受過什麼挫折。在揣摩和把握人心方面，遠不如曾經被人追得如喪家之犬般的鄭小肥。因此不小心被對方蒙蔽，也是順理成章。

「嚇！我還當他真的有恃無恐呢，原來那小子剛才是在虛張聲勢！」先前還為敵將不戰而退而暗中慶幸的張元衡，此刻卻忽然變得智勇雙全，策馬上前，張牙舞爪地叫嚷，「我還奇怪呢，明明已經跟我打得兩敗俱傷了，怎麼可能還在楊將軍面前如此鎮定？原來是在虛張聲勢！楊將軍，你還不趕緊帶兵去追？否則此事傳揚開去，即便陛下不責罰你，對你的名聲也是大大的有損！」

「要去，你自己去。你怎麼知道，那鄭子明就不是故意在示弱誘敵？」折賽花把丹鳳眼一瞪，目光如刀子般，直戳張元衡心窩。

注一、退避三舍，出自《左傳》。春秋晉公子重耳出亡至楚，楚成王對他禮遇有加。後來，重耳返國執政，是為晉文公。其後，晉楚之戰發生，晉文公下令晉軍「退三舍以辟之」。一舍為三十里，三舍為九十里。

張元衡被她瞪得打了個冷戰，立刻耷拉下脖頸，不敢再指手畫腳。然而，內心深處卻愈發地確信楊重貴剛才是上了鄭子明的大當，錯過了一戰而定河北的良機。

偏偏楊重貴性子方正，絲毫不理解妻子替自己辯護的一番苦心。緩緩鬆開刀柄上的手，甕聲甕氣地說道：「不是在示弱，他是捨不得麾下那些弟兄。剛才他的後背已經被汗水濕透了，連披風都裹在了身上。我若是不跟他廢話，直接領軍殺上，即便拿不下他本人，至少也能把他麾下的滄州軍殺傷大半兒，然後……」

「那，那就去追啊！」張元衡聞聽，心中的戰鬥欲望頓時熊熊而燃，再度扯開嗓子，大聲催促。

「一鼓作氣，再而衰，三而竭！」楊重貴看都懶得看他，丟下一句兵法中的名言，撥馬揚長而去。

「你，你……」張元衡頓時惱得火冒三丈，然而卻沒勇氣硬逼著楊重貴和折賽花夫妻兩個領兵去追殺鄭子明。坐在馬背上楞楞半晌，最後把心一橫，咬牙切齒地低聲罵道：「我呸，不就是仗著被賜了國姓嗎，有什麼好得意的。幹的就是幹的，還能真的封你做了太子？你跟那姓鄭的有交情，老子沒有。老子這就去把他的腦袋砍了，看看今後你還有什麼臉面號稱楊無敵？」

罵罷，他也不管楊重貴夫妻倆是否聽見。逕自去找了一些心腹家將，讓後者分頭去收攏潰兵。準備尾追殺鄭子明，一雪前恥。

眾家將被楊家軍救下之後，靜下心來反思整個戰鬥過程，也覺得敗得非常委屈。因此，一個個用盡渾身解數，才花費了大約一個時辰左右，便從潰兵當中湊出了三千敢戰之士。

先前滄州軍撤得非常匆忙，根本沒顧得上打掃戰場。楊重貴心高氣傲，也不屑於拿張元衡部先前潰敗時丟下的武器、輜重和馬匹當作戰利品。故而，這三千「敢戰之士」，倒也不沒費多少力氣，就把自己重新武裝了起來。並且每個人都找到了一匹戰馬，飛身跨了上去，跟在張大帥之後，朝著滄州軍的撤離方向奮起直追。

仲春時節，雜花生樹，暖風薰衣。一路上，所有人跑得飄飄欲仙。轉眼間就追出了二十餘里，忽然間，幾名身著滄州軍服色的斥候出現在張元衡的視線之內。

「嗚嗚嗚，嗚嗚嗚——」眾滄州軍斥候，也迅速發現了追兵。一邊跳上馬背狂奔，一邊奮力吹響了號角示警。

「給我殺，殺一個，回頭老子賞他二十吊足色銅錢，冊勳三轉。」見對方果然毫無防備，張元衡喜出望外。猛地將騎槍朝前一指，扯開嗓子開出賞格。

跟他一起來撈功勞的眾河東將士，先前心裡還有幾分忐忑。此刻見了滄州軍斥候們的慌亂表現，勇氣陡然而生。吶喊著催動坐騎緊追不捨，恨不得立刻就將對手全部碎屍萬段。

然而人雖然求戰心切，他們胯下的坐騎，卻已經跑得有些乏了。只追出了三、五里路，便失去了一眾滄州軍斥候的蹤影。

「無，無妨。他們，他們不可能所有人都跑得如同斥候一樣快。總，總得停下來，停下來休息，做飯。」眼見著上好的立功機會不翼而飛，張元衡心裡好生不甘。一邊喘息著放慢坐騎腳步，一邊大聲吩咐，「都，都停下來。停下來歇，歇歇。喝，喝水，吃，吃乾糧。那姓鄭的，說過要退九十，九十里。這，這還不到一半兒呢。」

「停下，停下來歇歇，讓坐騎恢復體力！」眾家將分散開，將他的命令貫徹到全軍。很快，三千餘「勇士」就陸續停了下來，紛紛跳下馬背。用盡一切可能的方法，讓自己和戰馬進行休整。

「大帥，弟兄們體力下降很大！」一名有著多年征戰經驗的老將，走到張元衡身邊，低聲提醒。「即便能追上姓鄭的……」

「老子今天再追三十里。不，二十里就收兵！」跑了大半個時辰的路，張元衡的立功心思，也不再如先前一般熱切。搖了搖頭，低聲打斷，「能抓到幾個落單的滄州兵最好，砍了他們的腦袋，咱們回去之後就可以說，追殺鄭子明三十餘里，大勝而歸。即便追不上，哼哼……」

扭頭環視周圍蔥蘢的曠野，他眼睛裡閃出了幾絲冰冷，「素聞姓鄭的治下軍兵民不分，這地方的百姓，恐怕都跟鄭子明早有勾結。你一會兒帶些弟兄去村子裡……」

話剛說了一半兒，晴朗的天空中，忽然響起了一聲霹靂。「轟隆！」剎那間，震得地動山搖！

「呃！」張元衡嚇得以手捂嘴，朝著聲音起處用力張望。

不是雷公，雖然他剛才心裡起的念頭，被天打雷劈十次都不算冤！來的是一哨兵馬，總數也就是兩千出頭。繞過戰場左翼的山坳，直撲河東軍歇腳處。當先一員上將，手持包銅大棍。沿途所經之地，無論遇到河東軍的人還是戰馬，皆被其砸得筋斷骨折。

「迎戰，迎戰！趕快上馬迎戰！」張元衡嚇得魂飛天外，扯開嗓子，大聲叫喊。

「趙匡胤，此人乃是趙匡胤！鄭子明的二哥趙匡胤。」驟然遇襲的河東軍中，有人從兵器上，認出了敵將的身份，哭喊著向同伴發出警告，「一起上，一起上前攔住他。否則，咱們今天都得死在這兒！」

不像鄭子明那樣「假仁假義」，在傳說裡，三兄弟之中的老二趙匡胤，可是個心狠手辣的主。無論是在交戰之時，還是交戰之後，對敵人都從不留情。特別是對那些替契丹人帶路的敵軍，幾乎是見一個殺一個，無論其是放下武器投降還是頑抗到底。

「拚了，拚一個夠本兒。反正早晚都是死！」有河東將士，嚎叫著響應，聲音宛若落進陷阱裡的孤狼。

他們不甘心束手就戮，他們要垂死一搏。他們人數比來襲者多，他們還有絕處逢生的希望。

然而，令他們倍感絕望的是。他們的雙腿和雙臂，居然軟軟的使不出力氣。他們即便勉強跳上了坐騎，胯下戰馬也遲遲不肯邁動四蹄。

老天爺彷彿真的得知了張元衡先前心裡的惡毒念頭，突然降下了詛咒，或者施展了法術。讓他們拉不滿弓，使不動槍，甚至連坐騎也不肯再接受他們的命令。

「轟隆！」唯恐河東兵馬還不夠慌亂，半空中，猛地又響起了第二聲霹靂。緊跟著，一員白馬銀槍小將，帶領兩千餘騎兵，從戰場右翼的樹林後殺出，與趙匡胤的隊伍呈剪刀型，給了河東軍攔腰一擊。

「高懷德，是高懷德！」亂哄哄的河東軍中，哭喊聲更加絕望。很多人都認出了來人的身份，同時意識到了今日自己已經徹底走到了末路窮途。

「轟隆！」白馬銀槍小將高懷德意猶未盡，將一枚藥發傀儡點燃，直接丟向了河東軍的隊伍當中。

濃煙夾著塵土扶搖而上，原本就已經成了無比絕望的河東將士，更是生不出抵抗之心。竟然被毫無傷害力的爆鳴聲，嚇得四散奔逃。

「別怕，別怕，那是藥發傀儡。太原城早就有賣的，傷不到人！」此刻唯一還能保持幾分勇氣和理智的，只剩下張元衡的家將。一個個揮動著兵器，在潰兵當中奔走呼號。

不能逃，此地距離上一場戰鬥發生處，至少有四十里遠。四十里路，即便跑，也能把人活活跑死。只有鎮定下來，抱成團兒死戰，大家伙兒才有活命的希望。至少，有機會堅持到楊無敵再度前來相救。

他們的威望不夠高，很難得到將士們的響應。他們迫切希望自家主帥張元衡能站出來，振臂一呼。然而，當他們將期待的目光轉向帥旗下，卻看到自家主帥張元衡兩股戰戰，涕泗交流。嘴裡嘟嘟囔囔，不停地大喊大叫，卻沒有一個字，與此刻的戰事相關。

「他，他說過要退避三舍的！三舍，三舍是九十里，這，這還不到四十里呢！他，他說話不算數。他，他卑鄙無恥！」一個名字叫張壽的家將艱難地衝到張元衡身側，才終於聽見了自家大帥在喊什麼，頓時氣得兩眼發黑，差點當場吐血。

「退避三舍，什麼退避三舍？騙人！姓鄭的騙人。他說話根本不算數。這才四十里不到，才四十里不到？」彷彿徹底忘記了自己身在何處，張元衡一把鼻涕一把淚，哭得好不傷心。

「大帥，不成了，快走！」家將張壽強咽下去嗓子眼裡的血，猛地推了他一把，紅著眼睛催促，「弟兄們和戰馬都剛剛開始舒緩筋骨，這當口誰都提不起力氣來。快走，趁著沒人注意到你，趕緊去向楊無敵求救！」自家主帥這般模樣，甭指望他還能留下來號令弟兄們抵抗。讓他走吧，趁著趙匡胤和高懷德還沒殺到帥旗下，逃之夭夭。至於能不能逃得掉，就交給老天！

「啊，啊，呃！」張元衡被推得踉蹌數步，終於恢復了幾分清醒。小跑著朝向一匹看起來還算精神的戰馬，飛身跳上去，雙腿狠狠磕打馬腹。

「嗯，哼哼，哼哼哼……」可憐的坐騎一口精料還沒等嚼碎，就又要被催著上路，氣得搖頭擺尾，遲遲不願邁開四蹄。

「快走，不走老子宰了你！」張元衡急得兩眼噴煙冒火，拔出腰刀，朝著馬屁股狠狠一抹。「噗！」紅光飛濺，戰馬屁股上，頓時出現了一條半尺長的刀口，鮮血順著刀鋒兩側，噴湧而出。

「唏噓噓噓——」可憐的戰馬被疼痛刺激得發了瘋，身體向前一縱，騰雲駕霧般衝向了戰場外圍。沿途中，踩翻了士卒無數。

「呀！」「啊！」「該死！」「我日……」亂作一團的河東「勇士」們，氣得大聲咒罵。卻終究顧不上找策馬衝撞自己的人算帳，而是繼續爭搶坐騎，千方百計逃命。

畢竟是三千多人和同樣數量的戰馬，不是六千頭綿羊。即便失去了繼續抵抗的力氣和勇氣，也耽擱了趙匡胤和高懷德兩人不少時間。

當二人終於意識到，敵軍的主帥根本不在其帥旗下的時候，再舉頭張望，已經只能在戰場邊緣處找到幾個模模糊糊的背影。具體哪個是張元衡，卻根本無法分辨。

「咱們多派幾支隊伍分頭去追，不信他還能飛上天去！」沒等兩名主將做出決斷，趙匡胤的弟弟趙光義，已經一馬當先衝了出去，嘴裡同時大聲提議。

「站住！不要追！」趙匡胤卻用一聲斷喝，將自家弟弟嚇得硬生生拉住了坐騎。「否則，軍法從事！」

「是！」趙光義不敢違令，答應一聲，蔫頭耷拉腦袋返回。

趙匡胤看了自家弟弟一眼，冷冷地補充道：「有高將軍和我在，哪裡輪到你擅自做主？這次就放過你，倘若下次再犯，定然軍棍伺候！」

「是！」趙光義不敢狡辯，滿臉委屈地拱手施禮。過了一會兒，卻又趁著自家哥哥不注意，將頭湊到高懷德身邊，低聲詢問：「高將軍，你剛才怎麼不說話啊。明明可以把姓張的給抓回來的……」

「抓他回來，誰替咱們對付楊無敵？」高懷德聳聳肩，將一個剛剛點燃的藥發傀儡甩出四十多步遠。

「轟隆！」由滄州工匠仿製的藥發傀儡轟然炸開，在半空中灑下無數火星，落英般，繽紛隨風而逝。

「對付楊無敵？」趙光義在馬背上打了個趔趄，兩隻眼睛瞬間瞪得滾圓，「你們是故意放走了張元衡對不對？你們是不是早就料到楊重貴不會來追，所以才……」

「戰場上的事情，怎麼可能真的算無遺策？」高懷德輕輕看了他一眼，笑著點撥，「子明剛才撤下來時曾經說過，如果來追的是楊重貴，就先放他過去，再偃旗息鼓尾隨其後。來追的是張元衡，就狠狠給對方一個教訓。讓北漢……」

「尾隨其後？」一句話沒等說完，趙光義已經又急著打斷：「尾隨其後做什麼？莫非……」

「當然是斷其退路，準備全殲其軍了？否則，還能請他喝酒吃飯啊！」沒想到趙匡胤的親弟弟是如此一個頭腦簡單之輩，高懷德又看了趙光義一眼，冷冷地反問。

趙光義被看得臉色微紅，卻不肯承認自己見識少，反應慢。四下看了看，帶著幾分賭氣說道：「鄭子明剛才說過，他曾經答應退避三舍，以報楊重貴當年相救之恩。」

「他當然退避三舍了，你剛才看到鄭子明出手了嗎？」高懷德聳聳肩，嘴角微微上翹，反問的話再度脫口而出。

「沒，沒有！」趙光義不得不點頭承認，卻又覺得好生彆扭。沉吟了片刻，再度啞著嗓子道：「可，可你和我哥出手了。你們現在都受鄭三哥的節制。」

「我們倆出手打的是張元衡！」高懷德才不會承認鄭子明毀諾，立刻冷笑著大聲強調。「楊重貴是個正人君子，即便明白過來自己有可能上當，也厚不起臉皮再來追趕。那張元衡急著將功贖罪……」

「要是楊重貴自己領兵來追呢？」趙光義還不服氣，繼續大膽假設。

「那就先退夠九十里再說！」高懷德毫不猶豫地回應。「反正雙方都是騎兵，誰還能比誰快多少？」

「那，那豈，豈不要一路退到了深州城下？」趙光義跟不上他的思路，卻依舊不願服軟，只是一味地胡攪蠻纏。

「那又如何？楊重貴前有堅城，後有令兄和我所帶領的大軍。他即便再驍勇善戰，肯定也插翅難飛！」高懷德瞪了趙光義一眼，繼續大聲冷笑。

「那，那，這，這……」趙光義閱歷淺，戰鬥經驗少，費了好大力氣，才弄明白了高懷德之言的關竅所在，抬起手，在汗津津的臉上抹了幾把，喃喃地感慨，「這，這，真是讓楊重貴輸得沒有任何話說了！我，我先前還以為鄭三哥迂腐，光知道效仿古人……」

「他若是真的食古不化，墳墓旁的樹早就長到碗口粗了！」高懷德翻了翻眼皮，傲然補充。

天下同輩英雄，他到現在位置唯一佩服的便是鄭子明。非但武藝跟自己難分高下，韜略智計也遠超常人。與此子為友，每時每刻，都令他身上有著使不完的勁兒。而與此子為敵，呵呵，楊重貴倒是號稱打遍天下無敵手呢，還不是照樣吃了啞巴虧？

「那倒是，三哥當初吃了不少苦！」趙光義終於徹底心服口服，流著汗，連連點頭。「只可惜，楊重貴今天沒有追過來。」

「楊重貴乃真君子！」從高懷德嘴裡，難得聽到一句讚賞別人的話，雖然緊跟著就是一聲嘆息，「唉，可那又如何？他還能拗得過偽漢王劉崇嗎？你看著吧，用不了幾天，劉崇就得派人過來督戰。到那時，張元衡恩將仇報，再偷偷給上面遞幾句小話。唉，楊重貴除了拚死一戰之外，還有什麼其他選擇？」

「劉，劉崇剛剛賜了他國姓。」趙光義眼睛，頓時又瞪得滾圓，仰頭看著高懷德，結結巴巴地抗議，「他們楊家又割據麟州……」

「賜姓又不是真姓，能當飯吃嗎？」本著提携後進的想法，高懷德笑了笑，撇著嘴補充。「麟州楊家，一個兒子送到太原，另一個兒子送到汴梁，早就讓劉崇感到不滿了。不找機會敲打一下，讓劉崇如何震懾其他首鼠兩端的諸侯？」

「那，那……」天氣不算太熱，趙光義額頭上，卻滲出了密密麻麻的汗珠，瞪圓了無辜的眼睛，滿臉難以置信。

從小到大，他都被父親和哥哥保護得密不通風，根本沒經受過什麼挫折，更沒多少機會去瞭解人心之險惡。如今被高懷德拿楊重貴為例子，直接戳破了父兄精心構建的保護罩，頓時被眼前現實驚得毛骨悚然，神不守舍。

「你慢慢看著吧，還有好瞧的呢。那劉崇先前為了當太上皇，眼睜睜地看著陛下一路攻入汴梁。如今太上皇沒當成，立刻向契丹借兵入寇。」凡是心高氣傲者，必好為人師。高懷德也不能免俗，見到趙光義一驚一乍的模樣，忍不住繼續低聲指點，「這種人，怎麼可能真的把賜姓當作一回事，無非是念在楊重貴武藝高強，想拿他當刀用罷了。至於砍柴火還是砍石頭，哪裡輪到刀子自己說得算！」

「噢，噢！」趙光義流著汗點頭，再也不敢反駁一個字。

劉承佑滅史弘肇、楊邠、王章滿門，殺郭威留在汴梁城內的所有家眷；郭威起兵報仇，眾諸侯群起響應；劉承佑的叔叔劉崇按兵不動，眼睜睜地看著自家侄兒江山被奪，只因為郭威答應報了仇之後，擁立其長子劉贇為帝。而劉贇沒等當上皇帝，卻稀裡糊塗就被毒死在了半路上。然後是郭威自己登基，國號大周。劉崇起兵為子復仇，邀請契丹人平分天下……

最近四、五個月來，他親眼目睹的風雲變幻，比之前十餘年加在一起都多。見識和眼界，其實早已經被推到了高峰。就差一個契機，或者有人在身後狠狠再推上一把，就能騰空而起，遨遊九霄。

「自古以來，帝王之家，幾曾有過真情？李存孝還是李克用養大的呢，最後還不是被五馬分屍？石重貴也是石敬瑭的養子，石敬瑭沒等咽氣呢，他已經被馮道和景延廣兩個，聯手推上了帝位。」高懷德根本不知道自己親手放出了什麼，只顧著把趙光義繼續當小孩子教訓，「劉崇若是連楊重貴都不忍心下重手收拾，還有什麼資格跟大周爭奪天下。早點自己捆了雙手投降便是，說不定陛下心軟，還會饒他一命。」

「呼——」趙光義猛地吐了一口氣，抬起手，將額頭上的汗水一抹而盡。

有些話，他父親和哥哥以前從來沒跟他說過。有些話，父親和哥哥即便說，也不會說得如此直接坦蕩。而今天，高懷德無意間的舉動，卻讓他看到了一個與先前完全不同的世界。冰冷、幽暗，且無比的真實。

他感到有些害怕，有些震驚，但在內心深處，同時還湧起了一絲絲興奮。就像小時候偷偷爬上後花園的桑樹去摘桑葚，明知道可能會掉下來摔得滿臉是血，卻依舊會懷著緊張和恐懼奮勇登攀。因為他知道，只有爬到高處，才能看到更寬闊的天空，摘到更甜美的果實。哪怕那些果實原本不該屬自己。

「呼——」曠野中隱隱有風吹來，令高懷德忍不住打了個冷戰。抬頭仰望軍中戰旗，卻發現旗面低垂，紋絲未動。

警惕地提起長槍，他在馬背上扭頭四下張望。只見遠處山巒起伏，草木葱蘢。近處雖然有許多屍骸倒在地上，破壞了仲春風景，卻依舊是處雜花生樹，落英繽紛。令人感覺，好似策馬行在畫中。

如畫江山，古往今來，令多少英雄豪傑前仆後繼，血流成河！

【第二章】款曲

南唐、荊楚、孟蜀、北漢，還有剛剛建立起來的後周！如畫江山，被數種不同的顏色，割得四分五裂！

「咚！」耶律阮狠狠一拳砸在羊皮輿圖上，將整個黃金大帳震得搖搖晃晃。

一統山河，他自打被諸將擁立登上大遼國的皇位以來，做夢都想著一統山河。只有這樣，才能證明當初老太后述律平選擇讓耶律李胡即位是如何錯得離譜，只有這樣才能證明，他當年在鎮州果斷自行登基的舉動，是拯救了整個契丹帝國。

然而，朝中那些目光短淺的傢伙們，居然對南征百般掣肘。去年冬天故意拖延出兵的時間，導致韓匡嗣和耶律察割兩個孤立無援，先後敗北不說。今年春天北漢皇帝劉知遠明明都把南征的機會送上門來，他們居然又以各部積蓄不足，糧草補給難以供應為由，推三阻四。

糧草補給難以供應？狗屁！大遼自立國以來，有哪一場仗是糧草補給供應充裕的情況下打贏的？太祖皇帝開國之初，有哪一仗不是以戰養戰？太宗皇帝在南下助石敬瑭篡位時，甚至把懷了崽子的母馬都帶在了身邊，就準備糧草一旦斷絕就喝馬奶為生。結果呢，大遼國從一個塞外部落，變成了天下第一大國。南擁燕雲，北接冰海，東西兩側的邊境騎著馬跑半個月都跑不到頭……

由此可見，所謂糧草補給難以供應，不過是一個托辭。那些目光短淺的傢伙，其實是被眼前的榮華富貴磨光了進取之心，想抱著美女和寶馬混吃等死了。而一旦這種想法蔓延開來，大遼國必將萬劫不復。

契丹人百戰立國，所以必須不停地發動戰爭，才能保持整個國家的進取心，保持所有男人的血性。停下來享樂，那不該是契丹人所為，更不該是太祖耶律阿保機的子孫所為。那是南方漢人君主和大臣們才會做的蠢事，所以你看看，如今中原亂成了什麼模樣？巴掌大個地方，居然分成了四五個國家。每個國家內還有若干諸侯，沒有皇帝之名，在領地上的作為跟皇帝卻沒任何兩樣！

不能！耶律阮絕不允許大遼國，也變成中原一樣。雖然中原普通百姓的日子，在沒有戰爭的時候，過得遠比普通契丹人富足。但再富足，他們也是綿羊，長得越胖就越容易被猛獸盯上。而契丹人，卻是撲食綿羊的猛獸，獵殺和劫掠，才是他們的生存本能。

如果有人不願意繼續做猛獸，而願意去學著做綿羊。那就必須儘早將其殺掉，將他的血塗滿祖先的墓碑，讓所有試圖效尤者引以為戒。讓……

「陛下，這麼晚了，您還不安歇嗎？」一個溫柔的聲音，忽然傳進了耶律阮的耳朵，令他心中的怒火和殺氣，頓時就熄滅了一大半兒。

迅速回過頭，他的臉上難得地露出了幾分溫柔，「是甄兒啊，妳怎麼來了？這麼晚了，孩子們沒纏著妳嗎？」

「是撒葛只姐姐把我叫來的，她，她也很擔心皇上您。」

被喚作甄兒的，是耶律阮的第二皇后甄婉如。當年耶律阮第一次隨同遼太宗耶律德光攻入汴梁，在俘虜隊伍中發現了此女，一見之下，神魂顛倒。於是乎就豁出去四百里草場，從當時大遼皇帝耶律德光手裡贖回了此女。從此每日都帶在身側，哪怕是祭祖和出戰，都絕不分離。

而甄婉如，也懂得珍惜耶律阮的好。非但平素對他本人盡心服侍，曲意逢迎，對耶律阮原來的結髮妻子蕭撒葛只，也禮敬有加。所以甄婉如被耶律阮冊封為第二皇后時，蕭撒葛只非但沒有竭力勸阻，反而親自出面替此女擺平了許多障礙。每當耶律阮脾氣焦躁，需要人安慰之時，也會悄悄地把此女請出來以柔克剛。

果然，看到甄婉如那小心翼翼模樣，耶律阮心中的無名業火頓時又降低了三分。笑了笑，儘量舒緩了語氣說道：「撒葛只也是，想勸朕，自己進來不就行了，何必每次都要把妳推在前頭？就好像朕在這後宮裡，除了妳之外誰都不待見一般。」

「陛下這麼說，可就冤枉撒葛只姐姐了，作為女人，誰不希望能獲得自家丈夫寵愛多一些？」甄婉如緩緩走到耶律阮身後，抬起春葱般的手指，輕輕揉捏對方的額頭，「但撒葛只姐姐知道陛下是火命，生氣之時，必須有個水命的女人才能緩解，所以每次都把機會讓給了臣妾！」

「哦，是這樣？」不知道是甄皇后的按摩手段高明，還是兩個之間的關係真的應了命理之說，耶律阮果然覺得一陣清涼從頭頂直達心窩。於是乎，乾脆坐了下去，閉上眼睛，一邊享受食指間的溫柔，一邊繼續笑著說道：「妳是水命，朕是火命，那她呢，撒葛只是什麼命？」

「臣妾不敢妄下斷言。」

「叫妳說妳就說，反正也是沒影子的事情！」

「那臣妾可就斗膽了！」甄皇后一邊揉，一邊緩緩補充，「撒葛只姐姐說，她是風命。就像草原上的風，無拘無束，自由自在。」

「所以朕若是生了氣，她過來勸，只會風助火勢！」耶律阮被逗得哈哈大笑，拉住甄皇后的手，順勢將其背了起來。

「陛下，陛下小心！」甄皇后一邊尖叫著抗議，一邊快速抱怨，「陛下，咱們都不是二十歲的人了，小心你的腰。」

「我的腰，我的腰好著呢。」耶律阮不聽則已，越聽越有力氣，乾脆把甄皇后直接從後背摟到了身前，橫抱著朝後帳走去。「朕這就讓妳知道朕的腰有多好！」

「陛下，外人有人聽著呢！」甄皇后頓時羞紅了臉，像小貓一樣把身體縮蜷在耶律阮的懷裡，呢喃著提醒。

「聽？誰敢？朕是大遼皇帝，朕割了他的腦袋！」耶律阮小腹處一陣滾熱，根本不理會金帳周圍有多少侍衛，加快腳步，衝進了後帳，「誰聽得見，都給朕滾遠點兒。朕不想把你們全都殺光。」

頓時，金帳外的侍衛們如蒙大赦，一個個撒開腿，逃之夭夭。唯恐跑得稍慢，不小心聽了皇帝的窗戶根，落個身首異處的下場。

一陣悶雷恰恰滾過，將天空中的烏雲驚得瑟瑟發抖。仲春的細雨，很快就落了下來。打在剛剛化凍沒多久的大地上，潤物無聲。

青草偷偷地露出了泥土，野花緩緩地張開了蓓蕾，野鹿在細雨中相互追逐，燕子在春風裡淺吟低唱，天地之間，萬物都迸發出勃勃生機。

傍晚時的雨，來得及，去得也快。

雨過之後，耶律阮又命人掌起了燈，對著掛在帳壁上的輿圖幽幽嘆氣。

他心中的無名業火消了，但問題卻依舊沒有解決。南征兩個字，像一道魔咒般依舊纏繞在他心頭，讓他不達到目的就無法感覺輕鬆。

「陛下還在為長老們陽奉陰違而鬱悶嗎？」二皇后甄婉如拖著瘦軟的身體走上前，猩紅色的抹胸之下，跳動著耀眼的白。

雖然看上去非常年輕，事實上，她比耶律阮大了足足十一歲。前半生歷盡坎坷，最是珍惜現在的好時光。因此寧願冒著被人指責胡亂干涉政務的危險，也想替年輕性急的丈夫多分擔一些。

「除了他們還有誰？這幫老不死的東西，一個個眼睛只有芥菜籽那麼大！」耶律阮用力咽了口吐沫，回應聲裡充滿了憤恨，「可他們也不想想，家裡即便堆著金山銀山，早晚都有吃完的那一天。若是能拿下中原，就等於把金子和銀子都變成了牛羊養在了田野裡，什麼時候想吃隨便去拖一頭就行，根本不用擔心錢會花光。」

這個比喻極為生動，哪怕對政務並不熟悉，甄婉如也瞬間理解了耶律阮的想法。顧不得替遠處的家鄉父老擔憂，她稍微斟酌了一下，繼續柔聲問道：「那陛下何不把你的理由直接說給他們聽？他們既然能做到各部長老，應該不會太傻！」

「他們當然不傻！他們精明著呢，只是精明過了頭，只盯著眼前得失！」聽自己的女人居然敢為政敵們說話，耶律阮頓時怒從心生。狠狠橫了她一眼，甕聲甕氣地回應。「妳以為朕沒跟他們解釋過嗎？朕已經耐著性子跟他們解釋一百多回了！然而，他們，他們總是能找到敷衍朕的理由？」

「那他們的理由是什麼？」甄婉如被嚇了一哆嗦，卻硬著頭皮，繼續刨根究柢。

她不提這個茬還好，一提，耶律阮心頭的火苗，頓時就又高漲了三尺有餘，「還不是用爛了的那一套？契丹人怕熱，即便打下中原也無法占領。即便像先皇那樣英明神武，最後也會被人群起而攻之，最後不得不倉皇北返。可朕，朕又不是先皇。難道先皇做不到的事情，朕就一定做不到嗎？倘若這個道理存在，那我大遼就不用繼續東征西討了。以後歷代皇帝都守著老本過日子就行，然後一代不如一代，黃羊窩裡生兔子！」

「噗哧！」彷彿根本不理解耶律阮此刻的心情，甄婉如被最後一句生動比喻逗得抿嘴而笑。剎那間，如嬌花盛開，令軍帳裡的燭光都為之一暗。

「笑什麼，有什麼好笑的，莫非朕說他們說錯了嗎？」耶律阮非常敏感地豎起眉毛，雙拳緊握，厲聲質問。

「陛下，陛下勿怪。臣妾，臣妾真的不是笑您。臣妾是笑，笑黃羊窩裡生兔子。唉呦，唉呦。」甄婉如笑得直不起腰，揉著肚子，不停地擺手求饒，「黃羊那麼大，窩裡怎麼可能生出兔子？」

看著她嬌滴滴的模樣，耶律阮已經舉了起來的拳頭，又無力地放下，「這，這是比喻。妳懂不懂，朕，朕在打比方。」

「臣妾當然知道陛下在打比方！」甄婉如直起腰，靠前幾步，抓起耶律阮的右手拳頭，在拳眼處用舌頭輕輕舔了一下，媚眼如酥，「別生氣嘛，事實上，您比先皇強得多。至少在臣妾心裡，您比先皇要強許多。先皇在中原立不住腳，您未必立不住。只要汲取先皇當年的教訓就好！」

「先皇當年的教訓？」耶律阮楞了楞，心頭的怒火迅速降低。

他先前只想著要超越遼太宗耶律德光，卻從沒想到該如何去超越。而甄婉如的一句汲取教訓，卻如同醍醐灌頂，立刻讓他找到了努力的方向。

「臣妾記得當年先皇臨終時曾有遺言。」能以一個女俘虜的身份爬上遼國後宮的第二主人位置，甄婉如的本事，當然不止是在獻媚爭寵。只見笑了笑，用非常舒緩的語速回憶。「此番南征，朕有三失。各地搜刮百姓錢財，是第一失；讓契丹士兵打草穀擾民，是第二失；沒有早點遣返節度使去治理各鎮，是第三失。日後……」

「別說了，朕明白了！」耶律阮的眼睛，像狼一樣發出幽幽的亮光，揮舞著胳膊，大聲打斷，「朕會將這三個教訓記在骨頭上，朕一定會讓天下人都知道，朕不但是契丹人的皇帝，還是天下所有人的皇帝。朕會對他們都一視同仁，就像朕對待撒葛只和妳。」

「臣妾謝陛下恩典！」甄婉如立刻跪了下去，紅著眼睛叩頭。

耶律阮脾氣暴躁，心胸狹窄，喜怒無常，即位之後對功臣名將大開殺戒。對契丹皇室的其他子弟也百般提防。但那都是對別人，對她，卻是視若珍寶。從沒大聲呵斥過，更甭說一指頭暴力相加。

所以，無論此人剛才那番話是真是假，做得到，做不到，甄婉如都銘刻五內，感激涕零。

「妳跟我還如此客氣做什麼？」耶律阮一把將美人從地上拉起來，拍著對方的手背，柔聲說道，「朕要做天下人的皇帝，朕就得有包容全天下人的心胸，不能刻意去分別什麼契丹、漢、回紇、党項。這是當年太祖親口對朕說的，朕至今還牢牢記得。雖然有時候朕不得已……」

話說到了一半兒，他忽然又想起自己先前就地徵收補給和將中原視為金銀牧場的打算，不由得老臉一紅，壓低了聲音補充，「雖然有時候迫不得已，會搶一些糧食。但中原的節度使們，也一樣搶，朕其實並不比他們更過分。等朕，等朕一統天下就好了。他們只需要忍忍，忍受陣痛就好。」

「嗯，陛下！」眼前猛地閃過契丹人入寇時，自己家破人亡，丈夫和孩子都慘死刀下的場景，甄婉如剎那間不寒而慄。但是，很快，她就強迫自己忘掉這些，全心全意地適應此刻的身份，適應眼前的富貴榮華。

那個漢家少婦已經死了，如今的她，是大遼國第二皇后，理當站在大遼國的角度去考慮問題。至於發生在故鄉的災難，她一個小女子又何必去管，也沒能力去管。

悄悄地「擺正」了心態，遼國二皇后甄婉如笑著說道：「陛下當然會是全天下人的皇帝，陛下將來肯定會遠超漢武帝和唐太宗。但陛下可知，漢武帝大破匈奴，和唐太宗討滅突厥，都曾經做了同樣的事情？」

「什麼事情？」耶律阮眉頭輕皺，很是認真地詢問。

「挑動對手內亂，坐收漁翁之利！」甄婉如貝齒輕咬，一字一頓地回應。

「妳是說讓中原豪傑鷸蚌相爭？」耶律阮漢學功底甚厚，立刻就明白了甄婉如的意思。「可如今郭威和劉崇已經打了起來？」

「南唐未動，郭威和劉知遠也沒分出勝負。」甄婉如溫柔一笑，目光卻在剎那間凜冽如刀，「陛下這時候起兵南下，只會讓劉崇白撿一個便宜。不如加大其物資供應，並派遣一使者前往南唐。讓北漢與南唐合力夾擊郭威，彼此之間拚個三敗俱傷。那時，我大遼再揮師向南，非但可以將汴梁納入版圖，太原和江南，也可以順手取之！」

「嘶——」耶律阮聽得倒吸了一口冷氣，望著自己的二皇后，臉上的讚賞如假包換。

同樣是勸自己晚些再出兵，二皇后的理由與各部長老們的想法，卻是一個在天上，一個在地下。如果自己真的照著這種方式去做，非但出兵的準備可以做得極為充裕，跟各部長老之間的關係也可以得到極大的緩和。

只是，如果這樣做，外界卻會誤認為，自己這個皇帝過於軟弱，根本不敢挑戰各部長老的權威。世人也只會看到自己向長老們做出了妥協，卻絕不會關注自己暗中與北漢和南唐勾結。萬一某些宵小趁機……

「陛下可是擔心各部長老得寸進尺？」甄婉如心思剔透，稍加琢磨，就理解了耶律阮心中的擔憂，「臣妾以為，各部長老也不是鐵板一塊。陛下宣布暫緩南下之後，便可以找出幾個態度最不恭順者，重手懲處。如此一來，下次各部長老再試圖聯手跟陛下作對，就會多少考慮考慮後果。」

「嘶——」耶律阮聞聽，再度倒吸冷氣。隨即，伸出雙手，將二皇后甄婉如高高地舉過了頭頂，「甄兒，妳真是朕的女諸葛。朕怎麼先前沒有想到這招，朕知道了，朕明天就照妳說的去做。」

「陛下，馬里部的大長老，可是啜里妹妹的父親。」二皇后甄婉如媚眼如絲，聲音低沉婉轉。「您儘量不要動他，免得傷了啜里妹妹的心。」

天下，是男人們的事情。後宮，可是女人們的地盤。該下手時，絕不能心軟。

「不動他，不動他朕動誰？」耶律阮臉上的笑容盡數消失，想了想，咬牙切齒地回應，「最近半個月，頂數他跳得最歡！別以為把女兒送到了朕身邊，他就可以有恃無恐。朕會讓他知道知道，朕絕不會因私而廢公。」

也許是心中的惡氣實在憋得太狠了，他根本沒意識到，甄婉如心中的小算盤。或者是意識到了，卻順水推舟。第二天早朝議事，耶律阮首先宣布了暫緩南征，只加大對北漢王的糧草和馬匹支援。隨即，便以「厭魅」為由，將貴妃啜里趕出了宮外，由其父馬里部大長老蕭郁可帶回家去好生教養。

馬里部大長老蕭郁可聞聽，頓時如遭雷擊。立刻跳起來跟耶律阮爭辯，令後者收回成命。奈何其他一眾阻止南征的盟友們，大都覺得此事與自己無關，只有零星三五個人肯出來仗義執言。結果，非但未能成功迫使耶律阮低頭，反倒又牽連了另外一個妃子蕭白奴，也跟著被一道趕出了皇宮。

如此以來，眾長老頓時看清楚了跟皇帝作對的下場，紛紛低頭閉嘴，鴉雀無聲。耶律阮也好不容易嘗到了一回出口成憲的滋味，心情順暢得無以復加。接下來數日，將先前曾經被長老們聯手阻止的許多廢棄政令，挨個當庭重議，竟然大部分都順利通過，強行頒布到了全國。

他自己這下是痛快了，卻把北樞密使，大惕隱耶律屋質，給急得滿嘴血泡。先前在南征的議題上，大惕隱耶律屋質果斷站在了耶律阮這邊。在引進漢法，集權於朝堂，削弱各部獨立性方面，大惕隱耶律屋質的選擇也跟耶律阮完全一致。然而，以一次廷議通過兩到三條政令的速度，發起變革的風暴，卻令耶律屋質無法接受。漢語云：「物極必反。」狂飆式變法給主使者的感覺固然酣暢，可其引發的不滿，也勢必激烈。萬一契丹各部在壓力下發生反彈，後果將不堪設想。

本著替奔馬拉一下韁繩的心態，耶律屋質果斷請求入宮覲見。遼國皇帝耶律阮感激他對自己長期以來的支持，立刻就命人將他請入正殿，賜座飲茶。君臣二人先是對坐著閒聊了幾句，隨即便默契地將話頭轉向正題。

「大兄從來不主動入宮，今日忽然要求見朕，想必是有了滅周之良策。」帶著幾分期盼，耶律阮主動詢問。

「微臣愚鈍，有負陛下所望，慚愧，慚愧！」耶律屋質連忙站起身，紅著臉行禮。

他的祖父耶律岩木是大遼開國皇帝耶律阿保機的親弟弟，所以按照年齡排序，耶律阮需要叫他一聲大哥。但二人都是漢法的推崇者，所以在商議國家大事之時，不論親情，只論君臣。

果然，見耶律屋質態度如此恭謹，耶律阮心情大悅。笑著抬了下手，非常客氣地吩咐，「大兄坐，朕沒有怪你的意思。朕只是覺得一統九州，乃是我大遼太祖和太宗的未竟之願。所以才心急了些，以為大兄也是為此事而入宮。」

「微臣斷然不敢忘記太祖遺訓！」耶律屋質再度躬身下拜，然後才站直了身體，大聲回應，「然微臣更擔心的是陛下安危，所以才冒昧請求覲見。」

「朕的安危？」耶律阮被說得微微一愣，眉頭迅速皺起，「可是耶律李胡的餘孽又在蠢蠢欲動。」

「不曾！」耶律屋質笑了笑，果斷搖頭。

「那可是耶律天德、蕭翰的子侄在私下串連？」聞聽不是耶律李胡，耶律阮的眉頭稍微鬆了鬆，繼續低聲追問。

「不是！」耶律屋質再度用力搖頭，聲音聽起來好生疲憊。

「耶律劉哥和盆都？」

「不是！」

「耶律安端？」

「不是！臣未曾聽聞任何人有異動！」

「那朕怎麼會有什麼性命之憂？」連說了幾個重點被監控對象，都被耶律屋質否決。耶律阮不由得開始懷疑對方危言聳聽，嘴角翹了翹，大聲追問。

「是陛下最近所推行的新政。微臣雖然沒有在朝堂上掣肘，但微臣私下以為，陛下操之過急！」耶律屋質拱手肅立，實話實說。

「哦，原來你是擔心朕把大夥都逼急了！」耶律阮看了他一眼，輕飄飄地擺手，「大兄坐，不要客氣。朕一直拿你當嫡親兄長。朕也知道，最近做事的確有些急於求成。但朕，朕絕對有自己的理由。朕雖然放棄了南征，卻始終睜著一隻眼睛看著南方。老實說，朕很怕，朕怕自己動作太慢了，未等將我大遼整肅得君臣齊心，令行禁止。中原的內亂就已經結束。此消彼長，你我將再無實現太祖遺願之機啊！」

「陛下何出此言？」耶律屋質被嚇了一大跳，抗議的話脫口而出。「北漢不是已經揮師南下了嗎？南唐兵馬也由劉知遠的弟弟慕容彥超領路，數日前跨過了長江！」

「你只看到了北漢起兵，南唐北犯。」耶律阮嘆了口氣，連連搖頭，「可你卻沒看到，北漢的兩路大軍，都屯兵於堅城之下，月餘不得寸進。而南唐和慕容彥超，剛剛在沭陽吃了一場大敗仗，糧草輜重全都被白馬高行周一把火給燒光了，沒半年時間緩不過元氣來？」

「啊，怎麼，怎麼會這樣？」耶律屋質的心臟又是一陣抽搐，瞪圓了眼睛，喃喃地道。

最近他一直憂心於內政，根本沒顧得上注意南方的戰事。所以只知道在遼國的全力支持下，北漢和南唐正在聯手攻打郭威剛剛建立起來的大周，形勢一片大好。卻萬萬沒想到，北漢和南唐兩家兵馬的戰鬥力是如此不濟，居然連讓郭周傷筋動骨都做不到。

「令人驚詫的不止是這些。」尊重耶律屋質的品德與謀略，耶律阮絲毫不隱瞞自己的擔憂。想了想，用極低的聲音如實補充，「劉崇的南下大軍，以他的兒子劉承鈞為先鋒。結果前軍才出汾州，就遭遇到了常思的女婿韓重贇。被後者連敗四局，追殺了足足一百二十餘里，才在劉崇的親自接應下站穩了腳跟。」

「嘶——」耶律屋質倒吸冷氣，站起身，三步兩步來到輿圖前，定睛觀看。

他猜得果然沒錯，從汾州往北退一百二十里，差一點兒就到太原城邊上了！可見劉承鈞這一仗輸得有多狼狽。而此人的對手韓重贇，卻是最近三年才剛剛崛起的一員小將，除了去年春天時曾經幫助鄭子明一道對付過幽州韓家之外，以往根本沒有其他耀眼的戰績！

「隨後，劉崇親自率領大軍給兒子報仇，卻連韓重贇的馬尾巴都沒追上。」唯恐耶律屋質受到的震撼還不夠強烈，耶律阮也站起身，緩緩走到輿圖前，啞著嗓子補充，「好不容易追到了澤州，便遇到了韓重贇的岳父常思。然後雙方就隔著城牆開始對峙，從上個月一直對峙到了現在。」

「常思當年也是劉知遠麾下的一員良將，綽號肥狐，能從他身上討到便宜的人原本就不多。」耶律屋質咧了下嘴，很是無奈的搖頭。「劉崇雖然兵強馬壯，也有咱們的支援，以前卻沒怎麼打過硬仗。唉！」

「唉！」耶律阮也跟著他一道嘆氣，「打過硬仗又怎麼樣？楊重貴還被劉知遠譽為軍中第一猛將呢，當年無論領兵征剿太行山賊，還是領兵討伐党項人，都是一路勢如破竹。然而現在去了河北……」

「楊重貴麾下以騎兵居多，鄭子明又是出了名的善守。當初連幽州軍以十倍兵力都沒法奈何他的幾千鄉勇。如今他有兵有將，背靠堅城，楊重貴的確很難短時間內打贏他！」已經震驚得足夠厲害，對於楊重貴受阻之事，耶律屋質反倒覺得可以理解。畢竟此人的對手是出了名的難纏，這幾年來就沒吃過什麼敗仗。

「楊重貴的對手，不止是一個鄭子明！」耶律阮橫了耶律屋質一眼，聲音中帶著明顯的焦躁，「你先別忙著給我吃定心丸！先聽我把話說清楚。河北的將領，除了鄭子明之外，還有郭威的養子郭榮，趙宏殷的兒子趙匡胤和趙光義，高行周的兒子高懷德，還有，還有符老狼的長子和長女，據說也在那邊。」

「啊！」耶律屋質張大嘴巴，矯舌不下。

契丹人數度成功入侵，很大程度上都占了中原各家勢力互相傾軋，彼此提防的便宜。在滅晉之戰裡，更是如有天助。非但杜重威臨陣倒戈，符老狼、高白馬乾脆直接給遼軍做了開路先鋒。只有一個金鷂子劉知遠沒有幫忙，卻也帶著家雀郭威、瘋熊史弘肇、肥狐常思等人，在旁邊揣起了手臂看熱鬧。結果後晉皇帝石重貴身邊連個能帶兵的宿將都找不到，不得已親自出陣，一戰就成了階下囚！

而今天，那些曾經給契丹人帶路，或者坐視後晉覆滅的中原豪傑們，卻大多數都站在了郭威的那邊。北漢皇帝劉崇以一己之力同時挑戰這麼多成名多年的英雄豪傑，能占到什麼便宜才怪！

「朕原本也沒對劉崇抱什麼希望！」抬手在輿圖上用力敲了一下，耶律阮非常鬱悶地強調，「被人幾句花言巧語，就騙得坐視自家侄兒的江山覆滅，這種蠢貨，怎麼可能成得了大事？朕，朕卻無法不擔心，中原各家諸侯如今開始聯手對敵的事實。」

「這……」耶律屋質的身體晃了晃，接連倒退了兩步，才勉強穩住了心神。

他的特長在處理內政，彌合契丹人的內部紛爭。在領兵打仗和圖謀敵國方面，卻照著大遼皇帝耶律阮相差甚遠。然而即便如此，他現在也能清晰地感覺到，對方話語裡所預示的危險。

不知不覺間，耶律屋質的額頭上就冒出了汗珠，慘白著臉，連連搖頭，「也許，也許是劉承佑當初殺戮太重。對，就是這樣。劉承佑當初在早朝時設伏，誅殺史弘肇、楊邠和王章，過後，又滅了三人和郭威留在汴梁的滿門。如此殘暴之舉，豈能不激發公憤？是以符彥卿、高行周和常思等輩，才寧可讓郭威當皇帝，也不肯再向劉家低頭。」

「怎麼可能如此簡單？」耶律阮深吸了一口氣，繼續咧嘴苦笑，「那折從阮的女兒，還嫁給了楊重貴呢！折平素跟劉家也多有往來。然而這一次，折從阮卻不顧自家女兒會受到牽連，果斷接受了郭威的冊封，並且，並且還親自帶兵去牽制劉崇的側翼。」

「啊！折從阮居然投靠了郭威？」耶律屋質再度大步後退，抬起手，用力擦拭額頭上的汗珠。「瘋了，他們全都瘋了。那郭威先答應立劉贇為皇帝，又下毒將其殺死，明顯是個出爾反爾的無情之輩。他們今天紛紛起兵給郭威幫忙，日後，日後就不怕郭威坐穩了江山，再拿他們挨個開刀？」

對於這個疑問，耶律阮心中卻早已有了答案，「劉贇死得很蹊蹺！郭威只將其封為湘陰公，並且已經讓開道路，請劉崇派信得過的人接他回太原！如果想要殺人，根本不必多此一舉。而郭威拿下汴梁之後，除了劉承佑的幾個嫡系爪牙之外，其餘人一個都沒殺。汴梁文武百官，被誅者總計還不足二十。包括劉承佑的親娘，都被他單獨劃了一座行宮，好好養在裡邊。當初開封府尹劉銖代表攻破郭府，滿門上下沒留任何活口。而郭威抓到劉銖後，卻只殺了其本人，對劉銖的妻子兒女沒做任何株連。」

「啊，竟然如此，竟然如此！看來是臣小瞧了他！」聞聽此言，耶律屋質先是楞了楞，隨即拍著帳篷的柱子長嘆。「那郭威，那郭威果然是個人傑，怪不得中原群雄願意為他效力！」

這年頭，能殺人者比比皆是。屠戮一日不斷，動輒滅人九族。而大勝之後，卻能忍住報復之心，不牽連仇人家小者，恐怕普天之下，只有郭威一個！

所以即便身處敵國，耶律屋質也不願掩飾自己對此人的欽佩。並且以能跟這樣的人做對手而倍感榮耀。

「你先別忙著佩服他，先想想咱們該怎麼辦。」耶律阮的心胸卻遠沒有耶律屋質那樣寬廣，非常不滿地橫了後者一眼，沉聲說道，「早知道郭威如此了得，朕先前就不會下令暫緩南征了。可如今朕的命令已經發了出去，各部武士也都解散回家……」

「陛下切不可出爾反爾！」耶律屋質聞言大急，趕緊高聲打斷。「各部長老剛剛安定下來，各部武士也剛剛回到家中，現在重新下令集結兵馬，恐怕半點兒士氣都不會有！」

「朕當然知道不到萬不得已，不可如此！」耶律阮撇了下嘴，冷冷地道，「可你不能跟那些長老們學，只告訴朕這樣不可，那樣不可。總得幫朕想一個解決的辦法！」

「微臣這就想，現在就想！」耶律屋質被說得老臉一紅，低下頭大聲許諾。「微臣，微臣……」

他素來號稱足智多謀，可倉促之間，怎麼可能就拿出一個可動搖敵國根基的良策來？閉著眼睛喃喃好半晌，才猛地吸了口氣，大聲道：「如果想要對付郭威本人，恐怕除了發兵南下之外，沒有任何辦法。可如果僅僅是想給大周朝一個教訓，或者挫一挫郭威君臣的銳氣，微臣，微臣倒是想到一個主意。只是，只是，只是此舉有失光明！」

「有辦法你就說，別管他光明還是黑暗，能解決問題就行！」耶律阮等得心焦，跺了下腳，大聲催促。

「微臣遵命！」耶律屋質稍稍欠了下身，帶著幾分無奈回應，「微臣聽聞，那個與鄭仁誨、郭榮兩個一道坐鎮河北的鄭子明，有可能姓石，是石重貴的次子！」

「不是可能，是如假包換！」

「那如果陛下勒令石重貴給他寫一封信，命他率部來投……」耶律屋質臉色微紅，硬著頭皮補充。

綁架父親要挾兒子，那是強盜才會做的事情。而大遼卻是當世第一強國，兵鋒所指，山川迸裂，河流改道。堂堂一個萬乘大國，放著光明正大的招數不用，卻學強盜的下三濫。即便陰謀得逞，也必留下千古笑柄。

「你是說讓石重貴寫信勸他兒子歸順大遼？」耶律阮才不管什麼笑柄不笑柄，沒等耶律屋質把話說完，兩隻眼睛就已經放射出灼灼的寒光，「好主意，朕先前怎麼沒想到？那石重貴是個軟骨頭，連別人討要他的妃子，他都拱手奉上。朕讓他寫一封信，給他的兒子找一條明路，他想是不敢拒絕！」

「他當然沒膽子拒絕！」耶律屋質揉了下面頰，大聲補充，「但陛下不要給他下令，讓微臣去做這件事。即便，即便將來有人將此事記錄入史冊，也是微臣卑鄙，無損陛下英名！」

耶律阮笑了笑，大咧咧地擺手，「朕才不在乎讀書人怎麼寫！自古以來，凡能成大事者，必不拘小節。朕，

朕不過是讓石重貴寫一封信而已，總比劉邦叫人煮了他老父，然後分他一碗肉湯強！」注一

「那倒是，不過還是讓微臣出面為好！」耶律屋質笑了笑，輕輕搖頭，「微臣出面，不光是為了維護陛下的名聲，而是讓那鄭子明不至於對陛下懷恨在心。臣觀此人有良將之資，假以時日，必成大器。陛下若能讓他父子團聚，然後再高官厚賞，他日圖謀南國，則帳下又多一條猛犬。」

「好，那就交給你！」耶律阮恍然大悟，隨即大笑著撫掌。「如果能讓他來降，朕，朕豈止是得了一條猛犬，簡直，簡直就是肋生雙翼！」

「微臣遵旨！」耶律屋質躬身，行禮。然後卻不忙著派人去營州威逼石重貴寫信，而是收起笑容，繼續低聲提醒道：「但陛下對此事也別抱太大的希望。石重貴雖然骨頭軟，可那鄭子明，卻是從小經歷過許多磨難的，未必會接到他父親的信，就乖乖率兵來投。」

「那，那就別怪朕宰了他父親！」耶律阮臉上的興奮，瞬間就轉換成了惡毒，咬著牙，低聲發狠。

「那倒不必，您只需要將石重貴的親筆信內容，通過細作之口散布到汴梁即可！」耶律屋質對殺人不太感興趣，笑呵呵地獻上了另外一個挑撥離間之計。

「你是說，讓郭威對他起疑心？」耶律阮又是微微一楞，眼睛亮得就像半夜裡滾動的鬼火。

「不光是讓郭威對他起疑心，而且讓某些人，看到可乘之機！」耶律屋質笑了笑，紅著臉點頭。

這條計過於陰損，嚴重有違他的良知和平素處事之道。然而對手既然身在敵國，他也不得不硬下心腸，「首先，即便鄭子明對他父親的親筆信置之不理，郭威也會懷疑，一個連親娘老子都不要的人，是否值得信任。其次，如果郭威罷了他的兵權，等同於自斷一指。如果郭威假裝沒有看見，繼續對其信任有加。某些對郭威不滿的人，便會悄悄向鄭子明身邊聚集。日後鄭子明的威望越高，那些人的野心就會越大。待到鄭子明的

注一、見於史記。項羽打敗了劉邦，抓了其老爹威脅劉邦，如果不投降，就煮了劉邦老爹。劉邦回答：「吾翁即若翁，必欲烹而翁，則幸分我一杯羹。」

威望高至一定程度，便會有人利用其前朝皇子的身份，攔路以黃袍相奉，屆時……」

「那鄭子明即便不想造反，也只能造反了。」耶律阮接過話頭，興奮地揮舞拳頭，將帳篷壁砸得「咚咚」作響，「讓那郭威後悔莫急，讓那郭威自食其果！」

郭威打出「清君側」的旗號殺奔汴梁的同時，為了避免劉崇的掣肘，曾經遣使向劉崇表態，事成之後要推舉劉崇的長子劉贇做皇帝。劉崇對此信以為真，果然沒有給自己的侄兒劉承佑派遣一兵一卒相援。並且在聽聞郭威拿下汴梁之後，立刻讓長子踏上了行程。

結果劉贇前往汴梁的旅途才走了一半兒，郭威就在出發抵禦契丹入侵的路上，忽然被其麾下的將領們套上了皇袍，「不得不」親自做了皇帝。隨即，劉贇被「深明大義」的李太后貶為湘陰公，然後又在劉崇「憤」而自立為帝後不久，稀裡糊塗地死於非命。

在局外人看來，郭威雖然是出爾反爾，先推劉贇做皇帝，然後又自己登基，卻著實有些「被逼無奈」因素在。畢竟黃袍已經披在身上了，如果還繼續「客氣」下去，非但將來郭威自己會身首異處，麾下的一干弟兄們也免不了遭到新皇帝的清算，個個死無葬身之地。

然而，在耶律阮和耶律屋質這等曾經親自參與過大遼皇位之爭的內行眼裡，所謂「黃袍加身」，卻不過是郭威自己暗中操縱的一場陰謀。拙劣至極，從頭到腳全都是破綻。

首先，當時南下的契丹主力，已經被鄭仁誨、郭榮和鄭子明等人聯手擊潰，同行的幽州軍也倉皇拔營北撤，無法再對中原造成任何威脅，郭威根本沒必要，也不應該在這個時候突然親自帶領大軍離開汴梁北上。

其次，郭威前腳在澶州被送上皇位，其麾下悍將郭崇威立刻就趕到了宋州。將正在做皇帝夢的劉贇給「保護」了起來，這個反應速度實在太快了些，時間卡得也實在太巧。注二

第三，郭威乃大頭兵出身的百戰良將，而劉承佑和劉贇都是單弱公子哥，跟郭威的身材差別非常大。偏

偏郭威麾下的士兵們在行軍的途中，能「隨手」找到一件皇袍，套郭威身上，不大不小，毫厘不差……

所以對於郭威的「黃袍加身」，耶律阮和耶律屋質君臣向來是嗤之以鼻。如果將來有人能夠也「被披迫上」一件黃袍，給郭威來個以其人之道還治其人之身，耶律阮和耶律屋質君臣兩個肯定做夢都得笑醒。而目前在他們看來，最有可能成為這個人的，恐怕就是鄭子明！

首先，鄭子明戰功赫赫，與當年的郭威一樣素得士卒擁戴。其次，鄭子明血脈足夠「高貴」，遠超過周圍的同行。再次，中原自古以來就不缺追求建立「從龍之功」的毒士，一旦能從鄭子明身上發現機會，他們會像聞到血腥味兒的野狗一般……

「臣聽說此番郭威能順利登上皇位，其麾下心腹王峻居功至偉。」做事情向來喜歡謀定而後動，耶律屋質沉吟了片刻，再度幽幽地開口。

「王峻一直建議郭威對鄭子明嚴加防範，卻屢屢都被郭威的義子郭榮所阻。如今郭榮與鄭子明二人俱在河北，而那王峻剛剛受封樞密使，兼同中書門下平章事，權傾朝野……」耶律阮在耍弄陰謀詭計方面絕對堪稱天才，立刻就順著耶律屋質的提醒舉一反三。

「鄭子明目前雖然戰功赫赫，比起王峻的擁立之功來說，終究小了些！」見耶律阮跟自己如此心有靈犀，耶律屋質倍受鼓舞，立刻又低聲開始勾畫第二個圈套。

「嗯，資歷和威望的確還差了些！即便被郭威給棄置不用，對偽周的軍心士氣的打擊也不夠大。」耶律阮想了想，默契地點頭，「這樣，你先去派人逼著石重貴給他寫信。朕想辦法讓那鄭子明再立些奇功，最好是一戰而定河北那種。」

「只怕劉崇不肯。」耶律屋質皺了皺眉，沉吟著道。「他，他畢竟……」

注二、郭崇威：郭威麾下悍將。後為避諱，改名叫郭崇。曾奉王峻之命，劫持劉贇。然後將其毒死（一說受驚而死）。趙匡胤陳橋兵變後，郭崇因為懷念郭威和柴榮落淚，雖然被趙匡胤諒解，卻很快就憂憤而死。

鄭子明和郭榮、趙匡胤等人，前一陣子雖然讓楊重貴吃了不小的虧。但楊重貴畢竟是成名多年的宿將，武藝、經驗、謀略和威望，都不在鄭子明和他的一眾兄弟們之下。所以如今河北戰場上，周軍雖然占據了一定上風，想要說能有絕對勝算，卻依舊為時尚早。更甭提將楊重貴、張元衡和呼延琮三個徹底趕回河東！

而遼國若是想不損失自己任何利益，去迅速增加鄭子明的威望和功勞，唯一的辦法，就是讓北漢做出犧牲。只是，那劉崇雖然主動向遼國稱臣，卻並非完全一個傀儡。不可能在明知道會讓自家損兵折將的情況下，還遵從來自宗主國的「上命」。

「他的大漢神武皇帝之位，都是朕下旨冊封的，還多次主動認朕為叔父。如果朕要他打一個敗仗他都不肯，朕還留他這個老侄子何用？」還沒等耶律屋質想出該拿什麼利益跟劉崇交換，耶律阮已經勃然大怒，又狠狠捶了帳篷一拳，厲聲大喝。

耶律屋質被嚇了一哆嗦，趕緊用力擺手，「陛下，陛下，話不能這麼說。那劉崇雖然是個「侄皇帝」，但好歹也是一國之君。在群臣面前，多少得撐起個帝王模樣來！陛下，陛下直接讓他打敗仗成全別人，他，他肯定無法奉詔。並且消息一旦走漏，立刻會令郭威有所防範。接下來的離間之計，效果必將大打折扣。所以，所以……」

「有什麼辦法，你趕緊說。不必跟朕繞彎子！朕知道你肯定有辦法。」意識到自己先前的主意有點餿，耶律阮不耐煩地揮手。

「容臣，容臣再斟酌，斟酌一二。」耶律屋質無奈地拱手苦笑，然後低下頭去，數著地面上的金磚搜腸刮肚。不愧為大遼國第一謀臣，只用了小半炷香功夫，他就興奮地撫掌大笑，「有了！陛下，陛下強迫劉崇打敗仗，他肯定不會奉詔。但陛下可以反其道而行之！」

「如何反其道而行之？」耶律阮思路有點兒跟不上節奏，楞了楞，遲疑著追問。

「陛下派人去申斥他，問他為何拿了我大遼國那麼多馬匹、糧草和輜重，卻依舊屢吃敗仗？如果他麾下的兵馬再沒有任何搶眼表現，那就休怪我大遼棄之而去。我大遼的糧草輜重和馬匹，不可能永遠消耗在一群扶不起來的廢物身上！」

此時遼國立國未久，朝氣猶在。雖然內部有許多痼疾，朝堂的運作效率卻還不差。因此，僅僅用了七八天的功夫，就將耶律阮的「警告」，傳達到了劉崇的行營！

正如數年前符彥卿所說，天下任何官職都可以封，唯獨皇帝封不得！作為主動上門向遼國尋求冊封的「侄皇帝」，劉崇被遼國使者噴了滿臉吐沫之後，根本沒勇氣辯解。立刻吩咐人，擂響了戰鼓，準備親自領軍強攻澤州，寧可戰死於城頭，也不能辜負了「叔父」耶律阮的苦心栽培。

奈何動靜鬧得挺大，結果卻非常差強人意。劉漢軍血戰了兩天一夜，好不容易才在澤州城正北方向打開了一個突破口，卻發現第一道城牆之內，不知道什麼時候居然又多了第二道城牆。而兩個城牆之間，又被若干道小城牆分割開來，彼此互不相通。第一波衝進城內的劉漢勇士，被防守方堵在了一個甚為狹小的區域內，三面箭如雨下，轉眼間，就傷亡殆盡。

「常思，老子必將你挫骨揚灰！」劉崇看得雙目欲裂，親自帶領著近衛，咆哮而上。還沒等他靠近躺滿了屍體的城牆豁口，猛然間聽到一通鑼響，「當當當當……」。緊跟著，濃煙翻滾，紅星飛濺，卻是常思命人點燃了堆放在城牆豁口內乾柴。將先前被射死在城內的漢軍將士連同沒來得及爬出來的漢軍傷號，盡數付之一炬。

如此一來，先前犧牲了無數性命才打開的突破口，就徹底宣告報廢。想要再打開第二個突破口，還不知道得拿多少具屍體來換？而更讓劉漢將士感到恐懼的是，肥狐常思那層出不窮的守城花樣。開戰以來，幾乎每隔幾天就換一個新的，每出現一個新的，就令進攻方血流成河！

「常胖子，老子回到太原之後，必誅你九族！」劉知遠被濃煙熏得滿臉是淚，跳著腳，大聲威脅。然而，這些威脅的話，實際上卻不具備任何意義。首先，隔著那麼遠的距離，常思未必能聽得見。其次，早在他還做著太上皇美夢之時，肥狐常克功已經將太原城內的直系親屬，大搖大擺地搬去了潞州！

「陛下息怒，常克功是塊滾刀肉。當年在太祖帳下，就以擅長打爛仗而聞名。」還是馬步軍都指揮使張元徽頭腦冷靜，知道繼續惡鬥下去，劉崇絕對討不到任何好處。趕緊舉著盾牌湊上前，大聲提醒。

他的話音剛落，濃煙後，忽然亮起了數道寒光。掠過百十步距離，直奔劉崇的認旗所在。雖然因為距離和風力的影響，沒有傷到劉崇半根寒毛，卻也把後者嚇得亡魂大冒，冷汗瞬間就淌了滿臉。

「護駕，快護駕！」張元徽也嚇得魂飛天外，一邊用自己的身體擋住了劉崇的胸口，一邊啞著嗓子高喊，「快，護送陛下撤到三百步之外。」

眾將士原本就已經疲憊不堪，全憑一口氣在強撐。猛然聽到有人高喊護駕，還以為劉崇已經遇刺身死。頓時調轉身形，發了瘋般往回跑。足足逃出了五里多遠，才在劉崇本人的親自招呼下，勉強站穩了腳跟。

如此一來，澤州城外的漢軍，短時間內已經沒有士氣再戰。而遼國的使者卻愈發趾高氣揚，從上到下，把劉漢國君臣給挖苦了個體無完膚。

實在被逼無奈，第二天，劉崇只好強打精神，準備拚死一搏。老將張元徽聞聽，立刻含淚跪倒，大聲勸阻道：「陛下，自古以來，都是守城容易攻城難！再繼續強攻下去，甭說一路殺進汴梁，你我君臣能否平安返回太原都未必可知……」

「陛下三思！」

「陛下，軍心已亂。再打下去，恐怕會生變故啊！」

「陛下，弟兄們都是太原兒郎，再打下去，必傷國本啊！」

……

話音未落，眾文武已經跪下了一大片。個個都是雙目含淚，苦苦哀求劉崇不要繼續意氣用事，把兒郎們全都葬送在堅城之下。

「起來，都起來，朕，朕難道不知道，戰死的全是太原兒郎？」劉崇原本就不是硬心腸，見了群臣們如此，頓時眼淚也淌了滿臉，「可如果，如果失去了遼國的支持，咱們，咱們日後拿什麼去抵擋郭威的大軍？」

「這……」勸阻聲頓時戛然而止，眾文武一個個紅著臉，低著頭，無言以對。

他們當中，大多數人其實都不贊成劉崇向耶律阮稱侄，以換取契丹人支持的做法。可不這樣做，光憑著太原一地，絕對擋不住郭威的傾國之兵。所以，當初劉崇決定向遼國稱臣之時，他們心裡雖然感到屈辱，卻誰也沒有勇氣站出來阻止。如今遼國皇帝耶律阮的使者，對劉漢國君臣百般刁難，他們也沒有勇氣，勸說劉崇跟對方一刀兩斷。

「父皇何必為此煩惱？那遼國上使只是嫌我漢軍戰績差，又不是嫌我漢軍遲遲打不下澤州？」就在眾人束手無策之際，中軍帳門口，卻響起了一個宏亮的聲音。如同雛鷹初鳴，頓時讓所有人精神為之一振。

「鎬兒，你怎麼來了？」劉崇猛地從帥案後站起，大步流星迎向了來人，「誰叫你來的，戰場上，刀箭無眼。萬一……」

「孩兒特地前來替父皇分憂！」來人站穩身形，肅立拱手，「常思乃百戰老將，經營澤潞多年，占據地利人和。父皇越是急著將其拿下，恐怕越容易被他有機可乘。而河北，領兵的卻是老朽鄭仁誨和新丁鄭子明，父皇只要遣一員良將，令楊重貴、張元衡和呼延琮三人齊心協力，必能打破眼前僵局！」

「嘶——」劉崇倒吸一口冷氣，看著眼前的三兒子劉鎬，又驚又喜。

「這？」眾文武皺著眉，紛紛交頭接耳。

如果鄭仁誨和鄭子明兩個，真的像三皇子劉鎬說的那樣好對付。楊重貴早就將他們挫骨揚灰了，絕不會直到現在還毫無建樹。然而，將重點戰場，從河東轉移至河北，卻未必不是一個良策。

首先，深州、冀州和鎮州，不久之前都曾經遭受過戰火，特別是深州，去年冬天還曾經落到過契丹人手裡，城牆破敗不堪，城上的防禦設施都被洗劫一空，根本沒來得及重新補充配置。

其次，鄭仁誨和鄭子明兩個再難對付，也不會比常思難對付。況且河北戰場上的漢軍士氣尚可，不會像河東這邊，早已經瀕臨崩潰的邊緣。

「孩兒不才，願替父出征，將那兩個鄭賊的頭顱，獻於闕下！」沒等眾人將思路完全理順，三皇子劉鎬已經再度主動請纓，「請父皇給孩兒一個立功機會，報效您的養育之恩！」

「好，我兒有此雄心，為父豈有不成全之理？」劉崇聽得又驚又喜，手扶桌案大笑著應允。

做父親的，沒有一個不盼著自家孩子青出於藍。而在麾下眾文武都束手無策之時，自家三兒子卻挺身而出，非但獻上了一個恰當的脫困方略，並且還能主動請纓前去實施！如此智勇雙全的兒子，怎麼可能不令劉崇感到老懷大慰？

「三皇子英明！」「三皇子好有志氣！」「將門當然出虎子！」「我等當為陛下賀……」帳中大多數文武官員，也對三皇子劉鎬的智慧和勇氣甚為佩服，紛紛含著笑點頭。

只有主簿衛融，忍不住向前跨了數步，躬身勸阻：「陛下且慢！齊王殿下雖然睿智驍勇，卻從未單獨領過兵。而那鄭仁誨、郭榮、鄭子明等輩，無一不是百戰之將。陛下貿然將齊王派往河北，恐怕……」

「愛卿所言有理！」不待他把話說完，劉崇已經大聲打斷，「然而天下統兵之將，有哪個不是一仗仗打出來的？況且朕派齊王去河北，並非讓他去衝鋒陷陣，而是讓他去協調監督楊重貴、呼延琮和張元衡三個，戮力作戰，不要總是各自為政！」

「這，是，微臣愚鈍，請陛下見諒！」衛融的眉頭皺了皺，本能地想反駁。然而看到劉崇眼睛裡隱約跳動的殺機，只有自認見識短淺，躬身後退。

「愛卿不必多禮。你先前也是為了國家著想！」劉崇嘆了口氣，輕輕擺手。

事實上，此刻在他心中，也認為衛融的話並非完全沒有道理。然而契丹使者在身後催得緊，他本人在澤州城下又被常思堵得寸步難行。所以，將用兵重點轉向河北，幾乎是他現在的唯一選擇。

此外，在很久之前，劉崇就已經開始懷疑，河北戰場之所以打成了僵局，並非是老將鄭仁誨多謀，小將鄭子明勇猛這麼簡單。楊重貴的武藝天下無雙，鄭子明再勇猛也勇猛不過他。而那呼延琮的地盤就來自鄭子明，其女兒也一直跟鄭子明兩個不清不楚……

「末將麾下有一營党項兵，皆為百戰精銳。雖然不擅長攻城，野外騎戰時卻個個可以一當十！」大將段常心思活，見劉崇嘆氣，還以為其擔心三皇子劉鎬的安全，上前數步，大聲許諾，「如今陛下遣齊王經略河北，末將願以此營兵馬相贈，以壯齊王行色。」

「末將麾下有兩百兒郎，皆末將親手所整訓。願獻與齊王，助其馬到成功！」大將李休也不甘居於人後，主動出列向劉崇父子「獻寶」。

「末將麾下有……」

「末將……」

「……」

其餘武將見此，也紛紛出列，將麾下嫡系精銳分出一部分，贈給三皇子劉鎬，以免他去了河北時手頭無嫡系兵馬可用。很快，就給劉鎬湊出了三千精銳衛隊，縱使他在戰場上「偶然」有所失誤，也足以憑著這些人的保護全身而退。

連麾下大將都如此肯下血本，作為父親的劉崇，當然更不會吝嗇。乾脆直接將劉鎬麾下的兵馬補足了兩萬，當眾封其為征東大將軍，河北道兵馬大總管，賜天子劍一口。命其立刻趕赴河北，整合督促當地文武百官，一起征討偽周群醜，復大漢家國之仇！

「多謝父皇！」三皇子劉鎬喜出望外，連連俯首。然後以最快速度接管了自家父親和眾武將贈與的兵馬，星夜奔河北而去。

大哥劉贇被郭威的人給毒死了，二哥劉鈞剛剛打了一場大敗仗，顏面威望盡失。原本根本沒指望的繼承家業機會，就這樣突然從天而降。作為所有兄弟中最博學睿智的一個，三皇子劉鎬怎麼可能不去把握？

至於眼下河北戰場的困局，在劉鎬看來，不過是一個笑話而已！早在一個月之前，他就已經從至交好友張元衡的訴苦信中，得知了楊重貴與呼延琮兩個出工不出力的「實情」，只要他本人到了前線之後，將天子劍向外一亮，就不信，還有人敢繼續陽奉陰違，偷奸耍滑！

俗話說，初生牛犢不怕虎。此時此刻的劉鎬，可是比初生牛犢還要「勇敢」十倍。花費了小半個月時間，以減員近一成的代價抵達了前線之後，稍作休息，便吩咐麾下親信擂響了聚將鼓，將楊重貴、呼延琮、張元衡三個，以及三人麾下，級別在指揮使以上的將領全都召集了起來。

楊重貴等人，也早就從提前趕來的信使口中，得知了劉崇委任三皇子劉鎬被委任為東征軍主帥之事。心中雖然對劉崇此舉有許多困惑，表面上卻不敢怠慢。聽到鼓聲，立刻起身朝新立的中軍帳處趕，不多時，已經在劉鎬的帥案兩側站了個整整齊齊。

「嗯，不錯，不錯，諸位不愧為我大漢棟梁！」劉鎬的年齡才二十出頭，卻裝作一副老氣橫秋模樣，手捋下頦，微笑點頭。

「多謝齊王盛讚，我等不勝慚愧！」楊重貴和呼延琮互相看了看，無可奈何地帶頭拱手施禮。

「多謝齊王盛讚，我等不勝慚愧！」其餘諸將除了張元衡之外，也僵硬地躬身施禮。對河北的戰事，心中平添幾分絕望。

「殿下，您可來了！」最近兩個多月來終日灰頭土臉的張元衡，卻彷彿忽然吃了一籮筐人參果般，精神抖擻，氣宇軒昂。不待眾人的話音落下，就搶先出列，大聲說道：「我等日夜苦盼，總算將殿下您給盼來了。那鄭子明、趙匡胤、高懷德等賊日日在山外輪番挑釁，氣焰囂張至極。殿下來了，剛好將他們一網打盡！」

「哦？」劉鎬眉頭倒豎，雙目之間殺氣四溢，「怎麼個挑釁法？莫非在孤到來之前，爾等已經被打得連還手的力氣都沒有了嗎？孤在父皇身邊看到的軍報，可不是這麼說的！楊將軍，軍報都是你親手所擬，你可否給孤做一個說法？」

「什麼？殿下這話從何說來？」雖然早就猜到劉鎬新官上任會放三把火，楊重貴卻萬萬沒想到第一把火就會朝自己頭上燒，頓時一張面孔就漲成了茄子般顏色，劍眉倒豎，虎目圓睜，反問的話語脫口而出。

「孤說你寫給父皇的軍報有誤，不是嗎？」劉鎬聳聳肩，冷笑著搖頭，「從上個月起就是互有勝敗，兩軍對峙。原來就是這麼對峙法，被人堵在門口痛打！若不是孤主動向父皇請纓前來督戰，還不知道你們要對峙到什麼時候去！」

「殿下此言差矣！」楊重貴終於明白了對方的意思，強壓著心頭怒氣，抱拳施禮，「截至上個月底，我軍與賊軍交手，的確是互有勝敗。最近幾日，因為師老兵疲，才不得不暫時據山而守。只待弟兄們恢復了元氣，便會立刻出去跟賊軍一決雌雄！」

「恢復？什麼時候能恢復？還需要幾天時間，楊將軍能給朕一個準信不？」劉鎬心中先入為主，根本不願相信楊重貴所說的每一個字。再度撇嘴聳肩，滿臉鄙夷地追問。

「這……」楊重貴身體繃直，手臂上的肌肉不停地抽搐，「至少還需要三到五天，上一仗損失太大，弟兄們的體力和士氣都需要恢復！」

「損失太大，不是互有勝負嗎？原來輸的這麼慘！這一場大敗仗，你可曾向我父皇彙報？」劉鎬好不容易才得到獨當一面兒的權力，根本不知道如何使用，用眼皮夾了楊重貴一下，繼續窮追猛打。

話音剛落，一個憤怒的聲音拔地而起，「還不是以為這廝在戰場上帶頭逃命？關於那一仗的具體情況，還有彈劾這廝的奏摺，早就用快馬送到了令尊手上。你來得太急，恰好跟信使錯過了而已！」

「啪……」沒想到有人竟然敢當眾頂撞自己，劉鎬拍案而起，「呼，呼延琮？朕沒問你，你為何要在中軍咆哮？來人，將這廝給本王拿下！」

「是！」門外的親兵答應一聲，拎著繩索就往裡闖。待看清楚齊王劉鎬要自己索拿的對象，立刻嚇得楞了楞，兩腿如灌了鉛般再也無法向前移動分毫。

「拿個屁！」呼延琮受張元衡所累，最近接連吃了好幾次敗仗，正憋著一肚子怒氣無處發泄。聽齊王劉鎬居然朝自己喊打喊殺，立刻邁動雙腿向前走了數步，跟對方面對面拍打帥案，「要不是老子和楊大哥苦苦支撐，光憑著他們，你們老劉家早就把太行山以東的地盤都丟光了，你哪裡有機會跑到老子面前裝大尾巴狼？」

「呼延將軍，不得無禮！」唯恐劉鎬惱羞成怒，楊重貴趕緊追過來，用力拉住了自家兄弟一隻胳膊。

「你別管！老子今天跟他說個清楚！」呼延琮狠狠一揮手，擺脫他的拉扯，指著劉鎬的鼻子繼續大聲咆哮，「老子告訴你，即便在你親娘老子面前，也還是同樣的話。河北之所以打成了爛仗，完全是因為姓張的愚蠢無能，拖了所有人的後腿。你要是真的為破局而來，就趕緊割了這廝的腦袋，掛到旗竿上示眾。看在你行事果決的份上，弟兄們也許還願意再給你們老劉家一次機會。如果你這廝不知好歹，像瘋狗一樣亂咬。甭說收復河北，能保住定州和鎮州，老子就把呼延兩字倒著寫，從此改姓延呼！」

他長得又高又壯，形如鐵塔。而劉鎬卻是又白又嫩，宛若剛發好的豆芽菜。彈指間，豆芽菜就被鐵塔的陰影給壓得喘不過氣來，擺著雙手連連後退，「你，你，你怎麼能如此對，對待孤。孤，孤乃奉旨前來整軍的齊王。孤，孤，孤帶著天子劍！」

「那又如何，有種，你拔出劍來朝這裡砍。老子要是皺一皺眉，從此見到你就繞著走！」呼延琮是綠林瓢把子出身，可沒楊重貴那麼好的涵養，指指自家脖頸，繼續咆哮不止。

「孤，孤……」劉鎬從小到大，幾曾受過如此委屈？羞怒之下，立刻轉過身去抓劍柄。然而，還沒等他把天子劍拔出鞘，張元衡已經三步並作兩步衝上前，死死抱住了他的胳膊，「殿下息怒，息怒啊。這，這全都是誤會，誤會！」

「誤會？」劉鎬沒有張元衡力氣大，瞪圓了眼睛滿臉不解。

如果他記得沒錯，在張元衡的信裡，可是沒說過呼延琮半句好話。而今天他之所以朝著楊重貴發難，除了立威之外，另外一重目的就是替張元衡出氣。誰料，他這邊剛剛被呼延琮噴了滿臉吐沫，張元衡卻像沒看見一樣，跑出來替雙方做起了和事佬……

此人究竟是哪一頭的？此人到底安的是什麼居心？

「誤會，真的是誤會啊！殿下！」張元衡急得滿臉是汗，一邊伸手去奪天子劍，一邊不停地向劉鎬眨眼睛。「賊軍最近的確氣焰囂張，殿下來得也的確正是時候。但，但楊將軍、呼延將軍和末將，先前也不是故意貽誤戰機！是，是見敵人來勢洶洶，所以，所以故意堅守不出，慢其心，墮其氣，然後再尋機圖之！」

「噢，原來是這樣！」劉鎬終於注意到了張元衡的眼色，鬆開手，裝作恍然大悟地點頭。「朕誤會楊將軍和呼延將軍了？」

「誤會，的確是誤會！」張元衡將天子劍握在自己手裡，唯恐其突然自動變成傳說中的飛劍般小心謹慎，「楊將軍和呼延將軍都有萬夫不當之勇，等閒百十個人根本近不了他們的身，怎麼可能消極避戰？是，是末將覺得賊軍勢頭正旺，所以，所以提議大夥先暫且避一下他們的鋒芒。」

「萬夫不當之勇」六個字，用得實在妙極。就像一桶冰水般，頓時令劉鎬肚子裡的怒火應聲而滅。

他是三皇子不假，東征大將軍和河北道大總管兩個頭銜，也貨真價實。然而，貨真價實的前提卻是，對方得願意繼續給劉家效忠。如果對方原本就對劉家不怎麼忠誠，並且脾氣暴烈，發作起來不管不顧，他再試圖拿皇子身份和天子劍壓迫人家，就無異在乾草堆兒中玩火。非但起不到任何效果，反而一不小心，就有將自己活活燒死的可能。

「看來孤初來乍到，對情況瞭解還不夠！」大丈夫能屈能伸，當肚子裡的怒火被冷水澆滅，劉鎬立刻就恢復了理智。擺擺手，大聲道：「呼延將軍勿惱，孤先前的確魯莽了。各位將軍，各位前輩，請先各自回營休息。待孤，待孤再瞭解一下情況，再，再與眾位共議破敵之策！」

「遵命——！」眾武將拖著長聲，亂哄哄的回應。

如果剛才劉鎬真的把天子劍抽出來朝呼延琮身上招呼，無論砍得中還是砍不中，他們心中都會對這個新來的大總管凜然生畏。然而劉鎬先是聲色俱厲，隨即又突然偃旗息鼓，卻讓他們徹底看清楚這個貌似英明神武的三皇子，實際上卻是個如假包換的銀樣鑞槍頭！根本不值得大夥兒尊重，也不值得大夥偷偷向其靠攏。

「想找茬替狗腿子撐腰就直說，何必遮遮掩掩！」呼延琮的表現，比所有人更加直接。丟下一句令劉鎬七竅生煙的話，轉身拂袖而去。

只有無敵猛將楊重貴，兀自想替好朋友緩和跟三皇子劉鎬之間的關係。拱起手，紅著臉解釋：「殿下，殿下別往心裡去。他，他是綠林豪傑出身，性子野。但，但作戰時卻向來悍不畏死！」

「本王當然不會跟他計較！」劉鎬喘息著橫了他一眼，不耐煩地揮手，「楊將軍且去，本王弄清楚了情況再派人請你！」

「遵命！」楊重貴憋得臉色發黑，卻強笑著拱手，「末將告退！」

劉崇對他有知遇提拔大恩，最近又收了他做義子。所以他在心裡，早就把劉家的事情當成了自己的事情，對劉漢國的忠誠日月可鑑。故而，儘管今天受了許多委屈，他卻依舊念念不忘替家國效力。出了中軍帳之後，第一時間就追上了呼延琮，堵著對方的坐騎去路低聲抱怨：「你今天到底怎麼回事？三皇子初來乍到急於立威，你忍他一忍又能如何？咱們兄弟問心無愧，他還能雞蛋裡挑出骨頭來？」

「雞蛋裡的確挑不出骨頭，可把蛋殼敲碎了，卻再也黏不成原來模樣！」平素向來對楊重貴禮敬有加的呼延琮，如同換了人般，梗著脖子咆哮。

「小聲點兒！」楊重貴四下看了看，耐著性子開解，「你還嫌軍心不夠亂嗎？照這樣下去，也許根本不用鄭子明來攻，咱們自己就得不戰而潰！」

呼延琮撇撇嘴，對他的告誡不屑一顧，「你還指望能打贏鄭子明？醒醒吧，我的哥哥，做夢也不是這種做法！那個狗屁三皇子，明擺著是要跟張元衡穿一條腿兒褲子的。你我再忍氣吞聲，也必須靠邊站。就憑著他和張元衡兩個的本事，還想打勝仗，我呸！光死守營寨不出還好，只要出去，肯定一敗塗地！」

「怎麼能這麼說！三皇子雖然沒有領兵經驗，可帶來的全是百戰精銳。」楊重貴心憂國事，明明知道呼延琮的話很有道理，卻依舊硬著頭皮死撐，「有他帶來的兩萬生力軍，再加上咱們倆手頭的兵馬，總兵力已經是對面的兩倍。只要咱們倆能忍下這口氣，全心全意幫著三皇子……」

「要去你去，我可是不想找死！」根本沒耐性聽楊重貴把話說完，呼延琮撥歪馬頭，狠狠一抖韁繩，就要逃之夭夭。

「你怎麼這麼說話！」楊重貴一把扯住呼延琮的戰馬韁繩，怒火中燒，「什麼叫送死？難道你怕鄭子明就怕成了這樣？」

「我的好哥哥啊，你咋就不開竅呢！」呼延琮奪了兩下未能如願把戰馬韁繩奪回，迅速朝周圍看了看，壓低了聲音抱怨，「明明必輸無疑的仗，你居然還想打贏？打贏了對你有什麼好處？能立你當太子嗎？不能的話，二皇子劉鈞剛剛吃了敗仗，被韓重贇小子一路追殺到太原城下，你這邊就保著三皇子劉鎬立下了潑天大功！你給誰上眼藥呢，還是嫌自己死得不夠快？」

「啊——！」天氣已經很熱，楊重貴卻忽然打起了冷戰，瞬間感覺如墜冰窟。

他乃世間一等一的良將，武藝超群，謀略高明，兵法造詣也遠超同輩。但是，他從小到大，背後一直有個做節度使的父親撐腰，頭上還有劉知遠的親弟弟，現今皇帝劉崇遮風擋雨。從來沒遇到過什麼真正的挫折，也很少有人敢對他耍弄陰謀。

故而，對「人心叵測」四個字的理解，他遠不如同齡人，照著綠林道上滾出來的呼延琮，更是望塵莫及！

「唉！」見到楊重貴「大夢初醒」，冷汗淋漓的模樣，呼延琮忍不住嘆息著搖頭，「我的好哥哥，他們劉家，有一個省心的人嗎?當初劉承佑那小王八蛋為了奪嫡,可是親手毒死了他的親哥。如今劉贇慘死,儲君之位空虛。劉鈞、劉鎬、劉鍇,哪個會消停?即便是當年的孔融,能把梨子讓給哥哥,都不會將家主之位拱手相讓。更何況,如今他們劉家兄弟爭的是江山!」

「這……」大顆大顆的汗珠,從楊重貴的額頭向外冒,顆顆晶瑩剔透。

劉鎬真的是為了爭奪儲君之位而來?不是單純地為了替他父親分憂?人的目光,怎麼能如此短淺?要知道,如今劉漢可是以一隅敵全國,稍有不慎就會灰飛煙滅。這個時候不想著兄弟齊心以禦外辱,卻依舊忙著互相傾軋,這劉漢國,國運怎麼可能持續綿長?

身為劉崇的義子,楊重貴的骨頭上,已經打滿了漢國的烙印。他無法相信,也不願意相信,劉鎬真的在圖謀儲君之位。然而眼前剛剛發生的事實,卻在無聲地證明著,呼延琮說得沒有錯,群龍爭儲的鬧劇正在上演。如果他不慎被捲進去,十有八九都是粉身碎骨的下場。

「行了,別這這那那的了。咱們既然做了大漢國的將軍,帶兵打仗才是本分。」實在不忍心繼續摧殘楊重貴的心臟和神經,呼延琮緩緩從他手裡奪回繮繩,緩緩策動坐騎,「其他事情,站在旁邊看看就好。沒必要跟著瞎攙和。反正最後無論誰做了太子,將來總得用人幫他守土。切莫因為一時衝動,就亂替人幫忙。到頭來,升官發財的好處未必能輪得到,卻稀裡糊塗丟了身家性命,何苦來哉?何苦來哉?」

「是啊,何苦來哉?」楊重貴抬手擦了把汗,嘆息著附和。

鄭仁誨老謀深算,鄭子明、趙匡胤、高懷德三個智勇雙全,再加上一個虛懷若谷的郭榮。漢軍想在河北有所作為,難比登天。

然而,想打勝仗不容易,想打敗仗,卻是輕鬆得很。只要自己和呼延琮兩個以後裝聾作啞,用不了半個月,三皇子劉鎬和張元衡就會去自尋死路。只可惜,麾下這數萬兵馬和劉鎬所帶來的兩萬生力軍,下一仗之後，不知道還有幾人能活著返回河東？

「你別光顧著可憐別人，先保全自己吧！」知道楊重貴心善，呼延琮回頭看了他一眼，語重心長地勸誡，「大丈夫戰死沙場是無上榮耀，因為幾個皇子奪儲而死，卻是十分不值。況且眼下你無論說什麼都是錯，三皇子肯定不會聽你的。有那力氣，還不如好好琢磨琢磨，萬一三皇子他們被人打得大敗虧輸，咱哥倆如何才能替大漢國在河北保住一塊立足之地。否則，將來別人將井陘關和飛狐嶺一堵，咱漢軍就匹馬難過太行山！」

「唉——」楊重貴以一聲長嘆回應。

換做平時，以他的性子，無論如何都不肯沒等開戰，就先考慮潰敗之後如何收拾殘局。而現在，呼延琮的主意，卻無疑是最為理智的應對方案。

只有替劉漢國保住在太行山東側的兩處落腳點，大家伙兒才有機會捲土重來。否則，萬一連鎮州和定州也被鄭子明趁機奪去了，千里太行就成了隔絕河東與河北的天然城牆，只要其中一方堵住幾處重點關口，另外一方就只能對著崇山峻嶺徒呼奈何。

「走了，走了，咱們問心無愧就行了。管不了那麼多！」呼延琮倒是比他看得開，用力抖了抖韁繩，飛奔而去，「咱是劉家的臣子，不是劉家的狗！」

「唉——」楊重貴又長嘆了一聲，緩緩策馬跟上，剎那間，整個人宛若蒼老了十幾歲。

兄弟兩個打定了主意要明哲保身，接下來的日子就好過了許多。那三皇子劉鎬最大願望是不受任何人掣肘，見楊重貴識趣，也有些忌憚呼延琮蠻橫，便儘量不再主動找茬。於是乎，劉漢國在河北的兵馬大權，很順利地就被劉鎬收攏在握。隨即，此子便按照自己的想法，從側翼試探著向周軍發起了反擊。

結果非常出人意料，先前將楊重貴等人打得只有招架之功的郭周兵馬，遇到三皇子帳下的生力軍，立刻現出了「原形」。非但將左右兩翼的外圍據點挨個丟棄，很快連主營也受不住壓力，被迫向後移動。短短七天之內，就被漢軍攻破了十六座軍寨，一路退卻到泒水河附近的平原上，才勉強重新站穩了腳跟。

「所謂河北三兄弟，也不過如此！」三皇子劉鎬春風得意，不覺有些飄飄然，用馬鞭指著敵軍斷後部隊留下的煙塵，驕狂之態溢於言表。

在最初開始決定發起反擊的時候，他心裡著實有些忐忑。畢竟人的名，樹的影，郭榮、趙匡胤、鄭子明這三兄弟能在短短兩年內聲名鵲起，手底下應該有幾分真本事。

然而，一連串陸續發生的事實卻告訴他，他的擔心純屬多餘。河北三兄弟的名字全是吹出來的，比充滿了氣的豬尿泡還不堪一擊。

「那當然，時無英雄，才令豎子成名！」張元衡緊跟在劉鎬身側，故意落後半個馬頭，嘻皮笑臉地附和。

「殿下威武！」其餘眾將雖然不像張元衡那樣寡廉鮮恥，明目張膽地去拍三皇子馬屁。卻也真心實意地扯開了嗓子，大聲讚頌。

如今在大家伙兒眼裡，三皇子劉鎬雖然為人咋咋呼呼，用兵打仗，卻著實得了其伯父，大漢開國太祖劉知遠的真傳。最近半個月來，幾次在關鍵時刻調兵遣將，都起到了一錘定音的效果。特別是最近一仗，此人先是親自帶隊吸引鄭子明等人的注意力，然後果斷派遣騎兵突襲周軍屯糧的營寨，更是一招神來之筆，令軍中許多身經百戰的老將都自嘆不如。

而憑著這一連串勝利，劉鎬在軍隊中的威望也節節攀升。與之相對，楊重貴和呼延琮兩個，則日漸坐實了「有勇無謀」的惡名。非但許多跟著劉鎬從河東趕來的心腹，如楊桐、李進、武玄霸等，對楊重貴的臨陣指揮能力不屑一顧。甚至有一些曾經被楊重貴從戰場上救下來的故舊，也開始懷疑大家伙先前屢戰屢敗，是不是因為楊重貴遇到了鄭子明這個剋星的緣由。

畢竟，楊重貴與鄭子明二人之間的交情，早就傳得眾所周知。鄭子明的槍法和兵法，據說也得到過楊重貴的親自點撥。青出於藍而勝於藍，教會徒弟餓死師父，這年頭都不是什麼稀罕事。姓鄭的把楊重貴的本事和脾氣秉性都摸透了，然後再有針對性擺兵布陣，肯定會收到奇效。

「殿下，今日出發之前，楊將軍讓我等提醒您，不要追得太遠，小心鄭子明故意示弱！」也有幾個腦袋實在不開竅的，明知道三皇子劉鎬不愛聽，卻依舊從後隊追上來，大聲提醒。

「楊將軍？哪個楊將軍？」沒等劉鎬皺起眉，張元衡已經搶先一步回過頭去，瘋狗般朝著來人咆哮，「楊將軍是李靖的弟子嗎？還是額頭上長著第三隻眼睛，能看過去未來？他那麼有本事，怎麼會被鄭子明打得閉門不出？」

「是啊，楊將軍只需管好輜重就行，不要給殿下添亂！」劉鎬的心腹愛將，騎兵都指揮使楊桐也撇著嘴，大聲幫腔。

沒來河北之前，他心中就幻想著有朝一日，定要跟楊重貴爭一爭誰才是真正的楊無敵。如今看到把對方踩進泥坑裡的機會，當然不可能腳下留情。

「讓楊將軍省省心吧，殿下知道怎麼做！」

「這裡只有殿下，沒有楊將軍！」

「楊將軍那麼有本事……」

其餘平素跟張元衡走得比較近的武將，也紛紛搖頭撇嘴，根本就把楊重貴的好心提醒當作耳旁風。形勢明擺著，鹵水點豆腐，一物降一物。楊重貴的剋星是鄭子明，而那鄭子明遇到了三皇子，也等同於遇上了命中注定的剋星。今天大夥一鼓作氣將其趕過泒水河，明天就可以在祁州城外紮營。後天，說不定就能攻進祁州城內，然後揮師直指鄴都！

正興奮得難以自制之際，忽然間，耳畔傳來一陣低沉的龍吟。「嗚嗚嗚嗚，嗚嗚嗚嗚，嗚嗚嗚……」像寒冬臘月的北風，瞬間就把寒氣送進了所有人的心底。

「誰在吹角？」三皇子劉鎬猛地拉住了坐騎，四下張望。

這個時候，他可顧不上再嘲笑楊重貴膽小多事了。剛才那聲畫角，明顯不是河東兵馬常用的旋律。聽起來比河東軍常用的號角聲壓抑許多，也悲壯許多，甚至隱隱還帶著幾分「風蕭蕭兮易水寒」的決然。

沒有人回答他的話，接下來傳入他耳畔的，只有一片慌亂的驚呼。正南、正東、正西，三個方向的曠野上，數以萬計的周軍，洪流般滾滾而來。剎那間，便將天地之間所有亮色，吞沒在馬蹄濺起的塵煙當中。

「結陣，原地結密集陣！」有人在劉鎬耳畔扯開嗓子大喊，吐沫星子伴著炙熱的呼吸，噴了他滿頭滿臉。是剛才奉楊重貴之命前來提醒他小心的那幾個腦袋不開竅的傢伙，此刻卻比所有聰明人反應都快，辨認出來者是敵非友之後，立刻拿出了最直接的補救方案。

「結陣，所有人停下，整軍備戰！騎兵退向兩翼，長槍手原地結拒馬陣！」三皇子劉鎬如夢初醒，也緊跟著扯開嗓子大喊大叫，「楊桐、李進、武玄霸，你們三個速速下去整隊，務必趕在敵軍殺過來之前，把迎戰陣形準備好！」

「結陣，結陣，不要慌！」楊桐、李進、武玄霸三人撥轉坐騎，一邊策馬逆著自家隊伍狂奔，一邊將劉鎬的命令向下傳達。

然而倉促之間，眾將士怎麼可能立刻就做好交戰準備。騎兵來不及讓戰馬恢復體力，步卒來不及披上鎧甲，甚至許多被劉鎬寄予厚望的長槍手，慌亂中都弄不明白自己究竟該往哪裡站，只是東一簇，西一撮，像沒頭蒼蠅般四下亂竄。

「結陣，你們趕緊結陣啊。長槍手，長槍手趕緊站到三皇子身前來！」張元衡急得滿頭是汗，雙腳踩在馬鞍子上，右手奮力揮舞令旗。

「結陣，結陣，長槍手往帥旗前面站！」周圍的親兵伸長脖子，揮舞令旗，將張元衡的話一遍遍重複。

十多名手持長槍的老卒，踉蹌著衝上來，擋在了劉鎬身前。很快，又是跌跌撞撞的十多名。在太原經營多年，劉知遠和劉崇兄弟兩個，的確頗得人心。危急關頭，總有一些忠義之士，願意為劉家付出自己的性命。

「結陣，人太少。再來，再來一些。咱們只要結穩陣形，就不怕他們的騎兵！」張元衡右手奮力揮舞令旗，兩腳踩住馬鞍，喊得聲嘶力竭。

四周圍人聲鼎沸，任何軍令想被所有弟兄們聽見，都不可能。但是，他手裡的令旗，卻可以被弟兄們清楚地看見。已經有老兵陸續趕到帥旗之下，按目前態勢，只要再給他小半炷香時間，相信隊伍中的隊正和都頭們，會帶著其他人一道趕過來，一道應對眼前的危局。

然而，世間不如意者十有八九。還沒等他把自己的想法貫徹到全軍，半空中，忽然傳來一陣令人頭皮發乍的聲響，「嗖嗖嗖，嗖嗖嗖，嗖嗖嗖……」緊跟著，數以千計的羽箭從天而降，帶著風，帶著刺骨的陰寒，將死亡和恐懼播種在每一個漢軍將士的心頭。

「啊——」張元衡慘叫著栽下馬背，渾身上下插滿了雕翎。好在重金買來的青羌荷葉甲足夠結實，避免了他被亂箭當場射死。但是，劇烈的刺痛，也令他慘叫著滿地翻滾，鮮紅色血漿順著鎧甲上的破洞四下亂淌。

「救人，快救人，救張將軍！」三皇子劉鎬的嗓音已經變了調，從馬背上猛地俯下身去，就打算把自己的好友張元衡攔腰撈起。

這個動作，可實在太外行。沒等他的手臂碰到地面，斜刺裡，一匹死了主人的驚馬，忽然疾馳而過。淌滿了鮮血的前腿，正撞在他的肩膀旁。「轟」地一聲，將他整個人撞得橫飛而起，足足飛出了一丈多遠，才又撞到了另外兩名親兵，跟後者一道摔成了滾地葫蘆。

「救張將軍！」

「救三皇子！」

「救人，趕緊救人！」

眾親衛嚇得魂飛魄散，立刻一擁而上，拉的拉，抬的抬，將三皇子劉鎬和被射成刺猬般的張元衡從地面上抬起來，快速抬上另外兩匹戰馬的脊背。然而，還沒等大夥緩過一口氣兒，「嗖嗖嗖，嗖嗖嗖，嗖嗖嗖嗖……」，滲人的羽箭破空聲又至，第二波雕翎，又是數千支，再度凌空飛落，雨打麥田般，將劉漢軍尚未成形的方陣，打了個七零八落。

「別，別管我，結陣，趕快結陣。結硬陣，周賊的騎兵就要衝過來了！」生死關頭，三皇子劉鎬倒是不失男兒本色，狠狠抹了把鼻子裡的血，甕聲甕氣地指示。

他的指示相當正確，眼下結硬陣頂住對方騎兵衝擊才是關鍵，他這個主帥的安危，已經無關緊要。更何況，他身上的鎧甲足夠結實，即便被流矢射中一兩次，或者狠狠摔在地上，再被戰馬踩上四五腳，都不足以致命。

然而，一切都已經太遲。

就在眾侍衛七手八腳忙著救助他與張元衡的時候，對手的第一波騎兵，已經衝到了三十步之內。

整個隊伍的最前方，身穿銀甲白袍的小將高懷德狂笑著丟下手裡的騎弓，俯身從馬鞍處摘下銀槍，三尺長的槍鋒，筆直地指向了劉鎬的帥旗。「弟兄們，跟著我殺！」

「殺！」兩千餘高家軍精銳齊聲斷喝，棄弓，挺槍，策馬，動作宛若行雲流水。眨眼間，最後三十步距離，就被馬蹄疾馳而過。雪亮的槍鋒撞入慌亂的隊伍，剎那間，血流成河。

倉促擋在自家帥旗前的劉漢國將士，一排接一排被騎槍刺倒，根本沒有任何還手之力。紅色的血漿冒著熱氣從傷口噴向天空，然後化作雨霧四下濺落。一團團的霧氣四下蒸騰，轉眼間，就令綠樹、流雲和陽光都變了顏色，天地之間，只剩下了無邊無際的紅。

中計了！劉漢國的大軍中計了！小半個月來，他們取得的所有勝利，都是對手故意贈送。他們每多取勝一場，便朝陷阱裡又多走了一步。今天他們從山區追殺對手追到了平原，對手剛好趁勢收網，轉身給他們致命一擊。

「護駕，護駕！」猩紅色的血霧中，張元衡大聲叫喊，涕泗交流。主陣尚未成型就已經被高懷德從正面衝垮，左右兩側，還有兩支敵軍馬上就要發起進攻。此時此刻，即便神仙降臨，也無法再帶領劉漢軍轉敗為勝。

他唯一能做，也必須要做的，便是想方設法把三皇子劉鎬平安帶出戰場，帶著此人一道逃之夭夭。

至於四下裡絕望的慘叫，張元衡充耳不聞。那些都無關緊要，將領死光了可以從士兵中再提拔，士兵死光了，可以從百姓中強徵。只要三皇子劉鎬不死，他就有機會將此戰潰敗的責任，推到別人頭上，再不濟，也能保住性命。而如果三皇子劉鎬死在亂軍當中，他的哥哥張元徵再受信任，恐怕也保不住他。輕一點的下場是身首異處，重一點兒，恐怕老婆孩子都得受到牽連。

「護駕，護駕，護駕！」四周圍，眾親衛咆哮相應，用身體，結成一堵堵血肉堡壘。與張元衡一樣，對他們來說，也是三皇子劉鎬的性命，比此戰的勝負重要十倍。

數匹駿馬急馳，馬背上的騎手毫不猶豫地刺出長槍。張元衡身邊的親衛捨命撲上，用胸膛頂住槍鋒。

「轟！」最外層血肉堡壘瞬間崩塌，高家軍騎兵用槍鋒挑著數具屍體，飛奔而去。數名劉漢國親衛紅著眼睛補位，將崩塌的血肉堡壘重新補好，緊握兵器，滿臉絕望地迎接下一波騎兵的到來。

「別管我，大夥自己走。孤今天要戰死在這裡，戰死在這裡給弟兄們抵命！」三皇子劉鎬的聲音，從血肉堡壘的最深處響起，帶著困獸般的瘋狂。

太子之位，良將之名，還有父輩們追逐了一輩子的雄圖霸業，就在半炷香之前，還曾經跟他近在咫尺。而短短半炷香過後，一切卻都變成了夢幻泡影。唾手可得的勝利沒了，費勁心機攢起來的隊伍潰了，他辛苦積累起來的名聲，他好不容易才從父親心裡搶到的位置，他……

失去這些，他還拿什麼跟哥哥爭？爭不過哥哥，還引起了對方的警惕，一旦對方走上皇位，他肯定會生不如死！

與其今後受盡屈辱而死，還不如現在就死在戰場上。至少，現在死了，會死得轟轟烈烈。絕望中，三皇子劉鎬的眼睛，迅速開始發紅。將手中寶劍高高地舉起，策動坐騎，他就準備自己朝著敵軍最多處發起絕死一擊，「別管我，孤今天要死……」

「呼！」最初奉楊重貴之命提醒他小心敵軍可能有詐的腦袋不開竅者之一，猛地揮落手臂，用刀鞘砸在了他的後腦勺上。將他砸得兩眼一翻，當場暈倒。

「留下幾個人守住帥旗，吸引敵軍注意力！我帶著三皇子先走！」沒等眾親衛來得及發怒，出手者已經將劉鎬單手拎了起來，橫放在了自家馬鞍子前，「在下焦頌，乃是定州防禦使帳下衙內軍指揮。爾等若是沒死，儘管來定州找我！」

說罷，將戰馬一帶，趕在下一波高家軍騎兵殺到之前，迅速遠遁。

「張奉、李素、王重陽，你們三個帶領大夥兒守住帥旗！」見劉鎬被焦頌打暈帶走，張元衡立刻毫不猶豫地大聲吩咐。隨即，也策動戰馬，以最快速度逃之夭夭。

「奶奶的，孬種！」

「算老子上輩子欠了你的！」

「呸！老子用得著你吩咐？」

被張元衡點了名的三名親衛將佐，罵罵咧咧地朝著此人的背影啐了一口，舉起兵器，馬頭銜馬尾圍成一個三角形，將劉鎬的掌旗官連同帥旗一道擋在了人肉堡壘的正中央。

三皇子可以被人打暈了帶走，張元衡可以臨陣脫逃，而他們，卻沒資格跟著一起離開。他們是劉鎬的親兵，他們是劉崇親手挑選出來，保護其家人的精銳。此時此刻，他們必須盡可能地堅守在原地，盡可能地保持帥旗不被對手砍倒，盡可能地製造自家主帥還在指揮戰鬥的假象，盡可能地將全軍崩潰的時刻向後拖……

如此，他們才能將自己人和敵軍一起騙過，才能替三皇子劉鎬爭取更多的逃命時間！

「轟！」又一夥高家軍騎兵，擦著人肉堡壘的邊緣衝過。雪亮的槍鋒，帶走十幾具屍體，將堡壘削去厚厚的一層。他們的速度很快，配合也非常默契。一擊之後，立刻遠遁，根本不給對方還手機會。而堅守在帥旗附近的劉漢國親衛，卻無法利用起戰馬的速度。只能被動招架，努力自保。

「轟！」第三波高家軍騎兵疾馳而至，撞在人頭堡壘的邊緣處，撞出一個血淋淋的豁口。槍鋒將屍體挑上半空，馬蹄帶起一團團血色泥土。人肉堡壘中，未被騎兵波及的劉氏親衛們，被自家袍澤的血漿染得滿身通紅，咬著牙，苦苦支撐。

「啊——」有幾名膽子稍小的親衛，終於無法承受死亡的壓力，撥轉坐騎，加入逃命隊伍。還有數名劉氏親衛，高喊著撲向了敵軍，以期待儘快結束痛苦。但是，大多數親衛兀自繼續咬緊牙關堅持，咬緊牙關去填補被對手撞出來的缺口。

他們都是精銳中的精銳，他們也有自己的尊嚴。他們許下了承諾，他們願意用生命去兌現。

「轟！」「轟！」「轟！」第四波，第五波、第六波郭周騎兵衝來，將更多的屍體帶走。每一波，都絕不戀戰，一擊過後，便策馬迎向下一個目標。每一波，都令人肉堡壘向內坍塌數尺，缺口處，血流成河。

很快，人肉堡壘的填補速度，便跟不上損壞速度。坍塌的面積越來越大，坍塌的位置越來越深，直到露出核心處，孤零零的帥旗。

「劉鎬在哪？說出來，饒你們不死！」高懷德恰恰帶領著隊伍的前鋒部分兜轉回來，隔著十多丈遠，用長槍指著帥旗下滿臉血污的張奉、李素、王重陽等，厲聲喝問。

先前他率隊的進攻方向，稍微偏左了一些，沒有在第一時間衝到劉鎬的帥旗下，擒賊擒王。此刻好不容易才找到了正確目標，卻非常失望的發現，敵軍的主帥，劉漢國三皇子劉鎬，居然跟自己玩了個金蟬脫殼！

「高將軍何必明知故問！」張奉、李素、王重陽三個，笑著搖了搖頭，策動坐騎，飛蛾撲火般朝著高懷德撲了過去。他們不可能再挺過這一輪攻擊，他們已經完成了替主帥爭取逃走時間的使命。接下來，他們要用鮮血來捍衛自己的榮譽。

高懷德毫不猶豫地加速，用騎槍刺中了張奉的胸口。雙臂用力，將此人的屍體甩上了半空。緊挨在高懷德身側的高延福，則用騎槍擋住了李素，一個翻腕撥歪後者的兵器，再抖動槍桿來了個海底撈月，「噗」地一聲，給此人來了個透心涼。

第三個與對方接戰的是家將高延祿，與高延福一樣，他也是自幼就接受了嚴格的訓練。發現敵將有拚命的打算，他毫不猶豫地挺槍刺向了對手的戰馬脖頸。隨即一抽一遞，在對手連同戰馬一起倒地的瞬間，捅穿了此人脖頸。

其餘家將策馬跟上，將剩下的劉氏親衛連同掌旗官一掃而光。高懷德單手從地上拔起劉鎬的帥旗，在頭頂上隨便捲了捲，遙遙地擲向不遠處的血泊。家將們策馬過去，將劉鎬的帥旗用馬蹄踩進了爛泥當中。

「劉鎬已死，不想死的放下兵器投降！」舉頭四下看了看，高懷德扯開嗓子大喊。

「劉鎬已死，不想死的放下兵器投降！」

「劉鎬已死……」

經驗豐富的高家騎兵，扯開嗓子，將自家少帥的命令一遍遍重複。恐慌，立刻從帥旗落地處開始四下蔓延，先前亂作一團的劉漢將士，頓時宛若雪崩。從幾個點，迅速蔓延整個正面，然後再迅速向後蔓延，轉眼間就蔓延到了全軍。

「三皇子死了，三皇子死了！」

「中計了，中計了！」

「饒命，饒命啊……」

有人哭喊著轉身逃命，唯恐自己跑得比同伴稍慢。有人捶胸頓足，放聲嚎啕。還有人，則呆呆地站在原地，既不逃走，也不哭泣，羔羊般，等著對手舉起屠刀。

將是一軍之膽，這是常識！如果主將被殺或者提前逃走，則戰鬥必敗無疑。任何人都無力回天。

兩條腿跑不過四條腿兒，這也是常識！在正面和左右兩翼都有敵軍騎兵全力追殺的情況下，步兵成功從戰場上脫身的機會，微乎其微。

「不想死，就放下兵器！」高懷德策馬，撞翻幾個站在原地發傻者，扯開嗓子大聲呵斥。

「饒命——」被撞倒者立刻雙手抱頭躺在了地上，大聲哀求。主帥死了，全軍崩潰，他們即便逃回去，恐怕也落不到什麼好下場。還不如乖乖地把自己交給對手，也許還能苟延殘喘。

「廢物！」高懷德厭惡地朝求饒者身邊吐了口吐沫，策馬繞開對方，繼續前行。雙方之間長相差不多，語言一模一樣，以往也沒有什麼深仇大恨。所以，在勝局已定的情況下，他不願做更多殺傷。

「放下兵器，投降！」「放下兵器，投降！」「放下兵器，投降！」高延福等人，各自帶著一夥弟兄，在潰兵中穿插往來，打翻負隅頑抗者，堵住倉皇逃命者，盡可能多地，將潰兵朝戰場上某個固定區域收攏。

戰爭已經持續了七十餘年，全國各地的男丁都非常稀缺。這些被打懵了的劉漢國潰兵，將來即便不能替高家征戰，帶回去之後開荒種地，也是一等一的好手。因此能多抓一些就多抓一些，抓得越多，對高家將來的發展越有益處。

然而，此刻戰場的潰兵不下三萬，光憑著高家軍自己，怎麼可能全部吃得下？很快，高懷德就意識到了這個問題，紅著臉狠狠瞪了高延福等人一眼，大聲吩咐，「吃相別太難看，吹角，把劉鎬已經逃走的消息，告知鄭將軍和趙將軍。看看他們有沒有辦法將正主追回來？」

「是！」高延福笑著點頭，迅速從傳令兵手裡搶過畫角，奮力吹響，「嗚嗚嗚，嗚嗚嗚，嗚嗚嗚——」

「嗚嗚嗚，嗚嗚嗚嗚，嗚嗚嗚嗚——」東西兩個方向，很快就傳來了嘹亮的回應。負責從兩翼發起進攻的趙匡胤和鄭子明，也都將自己目前所掌握的情況和所採取的行動，用角聲傳遞給了高懷德。

兩翼的劉漢國部隊也早已經崩潰，將領皆被陣斬。趙匡胤正帶著一支輕騎尾隨追殺敵軍的騎兵，鄭子明則主動留了下來，準備帶領滄州軍跟高家軍一道收攏俘虜，打掃戰場。

「這傢伙，真的是個做主帥的料，從來都不跟別人爭功！」高懷德從畫角聲裡，大致瞭解到了兩支友軍的情況，楞了楞後，輕輕撫掌。

從當初不屑、暗中較勁兒，到現在的撫掌讚嘆，他跟鄭子明接觸的時間越長，越是為對方的胸懷和氣度而心折。跟這樣的人並肩而戰，你永遠不用擔心被搶走了原本應該屬於自己的功勞。跟這樣的人並肩而戰，你也永遠不用擔心他會提前逃走，令自己孤立無援，腹背受敵。

只是，此人身上卻過早地被搭上了郭氏的烙印。

眼下郭威已經做了皇帝，鄭子明麾下的將領本事越大，對於高家這樣的諸侯來說，恐怕越是不幸。

「他恐怕也是不能再爭。」高延祿正押著兩名將領打扮的俘虜走過來，見自家少帥的臉上又寫滿了欽佩的表情，忍不住低聲說道。「那封信如果是真的，他功勞立得越大，郭氏對他越會小心提防。萬一弄到功大莫酬……」

「胡說，那封信怎麼可能是真的？誰家父親會害自己親生兒子？」高懷德雙眉倒豎，厲聲反駁。「管好你自己的嘴，咱們幫不了他的忙，至少不能在這件事上推波助瀾！」

「這……，是！」高延祿楞了楞，用力點頭。

「那封信不是真的。誰家父親會禍害自己的兒子！」高懷德又狠狠瞪了他一眼，再度將頭轉向鄭子明所在方位，心中默默地重複。

因為家族關係，他這輩子，恐怕跟鄭子明都無法做朋友。

但是，做不成朋友，也未必就是敵人。

他這輩子不想跟此人為敵，永遠不想。

颶風

「這封信的確是真的！我找到了四份家父的筆跡相對照，還有私下派人找了屯田員外郎馮吉核驗，他們都確定，這封信是家父親筆所書！」鄭子明將一個已經磨破了角的桑皮紙袋放在了桌案上，疲憊的雙眼裡布滿了血絲。

「不可能！」話音剛落，陶三春第一個跳起來拒絕相信。在她心裡，自家未婚夫是個蓋世英雄，那麼，英雄的父親也一定是個寧死不屈的好漢，「公，伯父怎麼可能寫這種信？他應該知道後果！他的字，他的字非常容易見到，模仿起來也非常……」

「你沒見識過契丹人的惡毒。」常婉瑩偷偷看了看鄭子明的臉色，低聲打斷，「他們如果想要伯父寫信，就有無數手段逼著伯父就範。況且伯父在那邊，也不只是孤身一個人，還有，還有幾個伯母，還有，還有子明的妹妹和……」

「弟妹，重點不在這兒！」趙匡胤怕鄭子明情急出錯，也站了起來，倉促插言，「重點是咱們如何應對這件事。我提議，馬上把送信的契丹人殺了，還有他的全部隨從！」

「事不宜遲，我現在就去做！」陶三春的哥哥陶大春果斷起身，快速衝向門外。

「我跟你一起去！」李順也拔腿追上，唯恐去得慢了，讓契丹人的信使趁機溜走。

「別……」鄭子明本能地伸手去攔，胳膊抬到一半兒，卻又無力地垂了下去。

趙匡胤的辦法雖然狠辣了一些，卻是此刻能拿出來的最好解決方案。只要讓信使神不知鬼不覺的消失，遼國那邊就暫時無法判斷自己是否收到了父親的親筆勸降信。而下一步無論遼國君臣是打算去折磨自己的父親，還是打算直接對付自己，都因需要先確定信使的行蹤，而耽擱許多功夫。

「呼！」四下裡響起一片低低的吐氣之聲。所有人的臉上，都絲毫看不到剛剛在戰場上獲得一場大勝的欣喜。對大家伙兒來說，比起擊敗劉鎬這個紙上談兵的趙括，如何應付契丹君臣的陰謀，才是真正的挑戰。

趙匡胤的辦法固然可以為鄭子明爭取來半個月到一個月左右的時間，卻沒有解決任何問題。而一旦耶律阮君臣發現鄭子明是在故意裝聾作啞，石重貴那邊恐怕就會凶多吉少。

大家伙兒都是父母所生，因此沒有任何人敢當眾勸說鄭子明棄石重貴於不顧，一心只為剛剛建立的大周博取功名。而如果石重貴親自寫信勸降鄭子明的消息傳揚出去，勢必令曾經困擾後者多年的身世漩渦再度出現，令其日夜不得安寧。

「子明不必擔心，陛下那邊有我！」作為鄭子明的結義兄長和大周皇帝郭威的養子，柴榮知道自己這個時候沒資格保持沉默，「義父絕不是那種聽到點風言風語就疑神疑鬼的人，遼國君臣的這番挑撥離間，注定收不到效果。」

「那就有勞大哥給皇上寫信解釋一二！」鄭子明此刻心亂如麻，根本不知道該怎麼做才能擺脫困境。聽柴榮說得大氣，便想都不想地抱拳拱手。

「寫信未必說得清楚，我跟鄭帥交代一下就走，星夜趕回汴梁！」柴榮知道事關重大，搖搖頭，鄭重補充。

「呼——」聞聽此言，眾人再度長長地吐氣。雖然依舊滿臉凝重，但心頭的壓力，卻比先前已經輕了許多。

耶律阮君臣逼迫石重貴寫信給鄭子明勸降的陰謀詭計，惡毒就惡毒在，無論鄭子明應不應對，如何應對，都能起到一石數鳥的奇效。而柴榮的承諾，至少可以讓鄭子明減輕一些後顧之憂，不必在應付契丹人同時，還要提防朝廷對自己忽然起了疑心，在背後痛下殺手。

「子明，元朗，以我之見，柴大哥這個時候，絕對不能離開！」還沒等吐氣聲平息，符贏忽然向前走了半步，大聲反駁。

郭、符兩家的子女即將聯姻，目前已經是板上釘釘的事實。趙匡胤、鄭子明和常婉瑩、陶三春等人，也早就把符贏當成了長嫂。此刻聽她說得急切，便齊齊扭過頭去，七嘴八舌地說道：「為什麼不能離開？」

「大嫂，妳素來有急智，請把話說明白一些！」

「仗已經打完了，劉漢國短時間內，不可能再湊出第三支大軍！」

「大嫂，妳的意思……」

「我的意思是，朝中可能有人會借題發揮。」符贏笑了笑，朝著柴榮歉意地點頭，「陛下氣度恢弘，肯定不會上契丹人的當。但朝堂上難免有人見識短淺，搬弄是非。」

「那，那我，我和鄭帥各自寫一封信，用八百里加急送回汴梁！」柴榮臉色頓時一紅，抹著額頭上的汗珠說道。

符贏剛才的話，為了維護他的面子，故意說得很含糊。但他卻立刻就明白了其中所隱含的意思。自家養父郭威光明磊落，做事大氣，但自家養父身邊的人，卻不可能個個都是坦蕩君子。特別是因為立下奇功而被封為樞密使兼同中書門下平章事的王峻王秀峰，原本就看鄭子明不順眼，此番終於抓到了實際把柄，恐怕更是要折騰出一番風浪來。

而如果王峻在朝堂攪風攪雨之時，自己又恰恰不在軍中，鄭子明便有了「擁兵自重」的可能。以王峻的陰險，將「可能」變成「事實」，恐怕是易如反掌！

「你和元朗都得留下，這封信，也不能讓尋常人去送！」見柴榮跟自己心有靈犀，符贏滿意地向他輕輕點頭，「走八百里加急，未必能第一時間送到陛下之手。最好是……」

她的目光迅速環視四周，最終落在了高懷德臉上，「高將軍，你恐怕是最恰當的送信人選。騎術精良，做事穩妥，職位也足夠高，從這裡到皇宮，一路都能暢通無阻！」

「我……？」高懷德聽得微微一楞，無論如何也想不明白，自己為何能給符嬴如此印象？而趙匡胤卻對符嬴的謀略水平，佩服得五體投地。從側面狠狠推了高懷德一把，大聲道：「除了你，還有誰更合適？子明遇到麻煩，我和柴大哥當然要陪著他共度難關。咱們幾個當中你騎術最好，這次立的功最大，如今鄭帥需要人回汴梁向陛下報捷，你不去誰去？」

「是啊，高將軍，捨你其誰？」

「高將軍的確是最恰當人選！」

「高將軍……」

眾人七嘴八舌，紛紛附和趙匡胤的提議。

高懷德原本就打算助鄭子明一臂之力，此刻又賺足了面子，愈發堅定了仗義出手的信心。四下看了看，猛地把脊背挺了個筆直，然後大笑著點頭，「也罷，高某就勉力一行。斷不讓某些心胸狹窄之輩，壞了鄭兄弟的前程。」

「有勞了！」柴榮笑著向高懷德拱手，然後將目光轉向鄭子明，「三弟你儘管放心，即便天塌下來，咱們哥仨一起頂著。」

「是啊，有大哥和我在，絕不容許別人從你背後捅刀子！」趙匡胤也紅著臉，低聲重申。

「多謝，多謝兩位哥哥，多謝高將軍，多謝眾位弟兄！」鄭子明被苦澀麻木的心中，驟然湧起幾縷暖意，躬下身體，朝四周輕輕拱手。「此刻如果沒有你們，鄭某真的要方寸大亂。」

「自家兄弟不必說這些！」柴榮笑了笑，輕輕擺手，「朝廷那邊的事情，我們替你解決。但伯父那邊，咱們還得想個法子儘快把他老人家接回來。否則，拖得了一時拖不了一世。契丹人的諸多手段無法奏效，難免會惱羞成怒！」

「要是白天的時候把劉鎬給抓到就好了！」陶三春忽然插了一句，滿臉懊惱。

她心思單純，想法也比較直接。既然遼國君臣綁了鄭子明的老爹為肉票，鄭子明這邊為何就不能以牙還牙，抓了劉崇的兒子劉鎬？而後雙方你別做初一，我也不做十五，好好坐下來商量如何走馬換將。

「可不是嗎？早知道這樣，白天時應該多派些人追殺他！」

「本以為他是個趙括，放也就放了。唉，哪想到此人還有這用途？」

「是啊，咱們怎麼沒早點想到這一層？」

……

正所謂急病亂投醫，大夥眼下想不出別的辦法幫助鄭子明，陶三春的提議，便成為了唯一的解決方案。

趙匡胤將眾人的議論聲都聽在了耳朵裡，原本就已經紅潤臉色，立刻變得幾欲滴血。「我，我不是故意要放走他，真的不是！我去追殺敵軍騎兵的時候，根本沒發現劉鎬的身影。後來楊重貴領軍前來接應，我當時身邊的弟兄太少，又人困馬乏，就只能主動退卻。」

「二哥當時做的對，咱們原本就沒打算活捉劉鎬！」鄭子明迅速將話頭接過去，主動替趙匡胤開脫，「他那個人，志大才疏，又心胸狹窄。留他在偽漢那邊，遠比把他抓到咱們這邊來作用大。況且楊重貴也是百戰之將，任何人與他倉促相遇，都不可能有必勝的把握！」

「我們也不是責怪趙將軍！」聽鄭子明如此說，先前懊悔沒有活捉劉鎬的幾個人，也瞬間意識到了自己的話容易引起誤會，趕緊走上前，笑著向趙匡胤解釋，「我們，我們幾個只是，只是，唉……」

「行了，自家兄弟，不必解釋那麼多！」柴榮也笑了笑，出言替所有人解圍，「況且劉鎬只是一個兒皇帝之子，重要性怎麼能跟伯父相比？即便把他抓過來，心疼的恐怕也只有劉崇自己。遼國人那邊，才不會在乎他的死活。」

「這……」剎那間，眾人頭上宛若被潑了一瓢冷水，臉上的興奮，頓時消失不見。

走馬換將，講究的是雙方價值對等。連偽漢王劉崇本人在遼國君臣眼裡，恐怕都是一頭可有可無的老狗，劉崇的兒子，當然更是毫無價值可言。而石重貴的身價，則大大不同。

首先，好歹此人曾經做過一任中原的皇帝，在遺老遺少們心中或許還有號召力。其次，此人在位時，好歹敢跟大遼開戰，雖然敗了，也值得尊敬。第三，俗話說，後二十年看子敬父。遼國君臣現在要對付的是鄭子明，而鄭子明在大周的年輕將領一代中，到目前為止，肯定是最為出色的一個。

「柴大哥很有道理，然而，妾身卻以為，陶家妹子的想法，未必不可一試！」就在眾人倍感沮喪的時候，符贏的話又柔柔地響起，如同半夜時的燭光般，令所有人眼前為之一亮。

「嗯？」柴榮楞了楞，笑著將目光轉向符贏。對於這個美麗且聰慧了女子，他接觸越多，心中越是欽佩，「那妳不妨說說，反正這裡也沒外人。即便說錯了，大夥也不會計較！」

「劉鎬肯定連伯父的一根腳趾頭都比不上！」符贏笑了笑，先朝著鄭子明微微頷首。隨即，又將聲音提高了幾分，繼續微笑著補充道：「但咱們抓了劉鎬，卻可以告訴契丹君臣，綁票要挾的事情，不光他們會幹，一旦有人開了這個頭，就別怪大夥跟著學。」

「嘶——」眾人聞聽此言，不覺悄悄倒吸冷氣。

綁人親屬要挾對方就範這種下三濫勾當，通常只有江湖好漢才喜歡幹。兩國交兵，幾乎沒有過任何先例。一旦有人採用了，首先，此舉毫無疑問地意味著，他們已經失去了從戰場上擊敗對手的信心。其次，對方也可以用同樣的手段以牙還牙。

試問從皇帝到文武百官，誰沒有父母妻兒，三親六故？誰可能把所有家人都時時刻刻保護得密不透風？今天你抓了我父親，明天我去綁了你兒子，如此往復循環，又什麼時候才能是個盡頭？

「此外，劉鎬雖然一文不值，契丹人暫時卻還捨不得放棄劉崇這頭獵狗！」符贏溫柔地向所有人笑了笑，眼睛明亮如夜空中的繁星，「此事是因為他們而起，如果咱們抓了劉鎬要求換將，契丹人卻選擇了拒絕，肯定會令偽漢王劉崇寒心。其他與契丹有聯絡的小國，如南唐、西蜀，恐怕也會考慮，契丹人是否真的能夠依仗！」

話音剛落，柴榮和趙匡胤兩個立刻同時撫掌。「善，此言甚善！」

「大嫂之言有禮，咱們立刻想辦法把劉鎬捉回來！」

「明天一早，咱們就去找楊重貴決戰。」

「偽漢國剛剛吃了大敗仗，士氣低落。楊重貴即便生著三頭六臂，也無力回天！」

「追，追到太行山下去，把定州、易州和鎮州也搶下來！」

「追，我就不信……」

眾人擦拳摩掌，個個躍躍欲試。

符贏的分析很有道理，契丹人可以不在乎劉鎬的死活，卻不能不在乎此事所帶來的效應。如果他們不肯拿石重貴換劉鎬，就意味著今後其他走狗們遇到了危險，他們也會見死不救。如此一來，其號召力和影響力，必然會受到極大的損害，以耶律阮的狡猾，應該分得清楚孰輕孰重！

暫時也拿不出更好的主意，因此柴榮、趙匡胤和鄭子明三個，只能按照走馬換將的思路去謀劃。將目標明確之後，大家伙兒群策群力，很快，就弄出了一套完整的方案。然後，各自散去挑選部屬，整頓隊伍，準備第二天開始將計劃付諸實施。

作為鄭子明最信任的軍師，潘美在整個議事過程中，都一言未發。待出了門，回到了自家的營區內，看看四下已經沒有了外人，他卻偷偷拉了鄭子明一把，低聲道：「那個姓符的女人，手段好生了得，恐怕是早已得了老狼符彥卿的真傳！」

「那當然，否則也配不上柴家大哥！」鄭子明輕輕點頭，臉上的笑容看起來好生疲倦。

「我不是在誇她！」潘美頓時有些氣結，又拉了鄭子明的衣袖一下，將聲音提高了幾分強調，「我是說，她說話做事處處都留著後手。她讓高懷德回去報捷，一方面是利用高家與皇上的關係，避免有人將柴榮的信截留。另外一方面，也是為了將高懷德支開，以便你們哥仨可以按自己的想法行事！」

「我知道，如今王峻剛剛升了樞密使，鋒頭正勁。除了高懷德，別人回去，還真未必有機會見到陛下！」鄭子明又笑了笑，滿不在乎地點頭。

「他把柴榮留在這兒，其實是為了向朝廷證明，你根本沒有聽從令尊吩咐的機會，不可能領軍投降契丹！」潘美被氣得又是一哆嗦，咬著牙繼續提醒。

「我知道，我原本也沒打算聽從！」鄭子明點點頭，表現依舊不溫不火。

「這只是一方面，另外一方面，她恐怕也在防範著你真的一時衝動，去投了契丹人！」潘美用力跺腳，真恨不得直接給鄭子明頭上來一下，令後者頭腦恢復清醒。

「理當如此。」鄭子明笑了笑，好像對一切都了然於胸。「換了我也一樣，畢竟一旦這裡出了事，大周就會門戶洞開，黃河以北，包括陛下起家的鄴都，恐怕都得易手。更何況，她是她，柴大哥是柴大哥！」

「你，你還真想得開！」潘美沒料到鄭子明早就看清楚了符贏的小算盤，卻聽之任之，頓時氣得臉都青了。又跺了跺腳，大聲道：「你就不怕，她哪天真的把你當成傻子賣掉？我跟你打賭，劉鎬沒那麼容易抓，即便抓到，契丹人也寧可讓所有走狗寒心，不會答應走馬換將！」

「我要是契丹人，我也不會！」鄭子明就像傻了般，對潘美的觀點不加任何反駁。

「那，那你還任由他們瞎胡折騰？」潘美實在無法忍受鄭子明的木然，狠狠朝著他的腳尖兒出踩了一下，大聲喝問。「你到底是什麼打算？能不能直說，也省得我替你操心！」

這下，鄭子明終於有了激烈反應。向後跳了一步，四下看了看，用極低的聲音回應，「我的打算就是，你代替我，跟柴大哥他們一起去抓劉鎬，虛張聲勢。而我自己，親自去遼東把父親救出來！」

「轟隆——」天邊隱隱有悶雷聲滾過，盛夏時節到了，一場風暴正在醞釀。

潘美彷彿被雷劈了般，打了趔趄。接連後退了好幾步，才勉強將身形重新站穩，「你，你說什麼？你，你親自去遼東？你怎麼去？來回幾千里路，你又怎麼可能將人平安帶回來！」

「從水上去！」鄭子明的回答伴著雷聲，震得潘美身體再度搖搖晃晃。

「喀嚓！」一道閃電，照亮他發白的面孔。反覆打量鄭子明，如同第一天見到此人般，他的目光裡充滿了陌生，「你，你，你原來早就準備著這一天。你，你，你，你當初不惜花費重金打造水師……」

「喀嚓！」又一道閃電落下，雷聲夾著暴雨，將他的話和鄭子明的回答，都吞沒在無盡的黑暗當中。

瓢潑般的大雨從天而降，洗去天空中的征塵，洗掉地面上的血漬，把汴梁城內的雕梁畫棟，洗得煥然一新。

大周天子郭威坐在含涼殿內，聽著外邊嘈嘈切切的雨聲，忍不住眉頭緊皺。

含涼殿是劉承佑仿照唐代大明宮內的避暑建築所營造，位置甚高，三面環水，因此即便是在炎炎盛夏，殿內也有涼風習習。然而，在這雷雨交加的天氣裡，含涼殿內，就有些過於潮濕了。從柱子到窗棱，再到郭威面前的書案，幾乎每一處光滑的表面上，都凝著一絲水氣，人的衣服只要不小心輕輕蹭上一下，就會像尿了般被弄濕一大片。

「皇上，換個地方去批閱奏摺吧，天涼露重，小心龍體！」老太監李福，弓著身子湊上前，真心實意地奉勸。

他原本是皇宮裡打掃藏書閣的老雜役，長相醜陋，膚色粗糙，嘴巴和心思也不夠靈活，因此，一年到尾也見不到皇帝的面兒，更甭提勾結內外共同發財。誰料最近時來運轉，上一任皇宮的主人劉承佑玩男寵，楞是把江山給玩丟了。當時得勢的太監們逃的逃，死的死，樹倒猢猻散。而皇宮的新主人郭威偏偏又希望身邊的太監能讀書識字，所以，他就從藏書閣的雜役，直接變成了新皇帝的親隨，端的稱得起是「平步青雲」。

已經混吃等死的人了，忽然得到這麼大的造化，李福當然極為珍惜。因此，每時每刻，都全心全意為自家新主人著想，唯恐新主人龍體有恙，讓自己的好運道戛然而止。而那新皇帝郭威，也是個罕見得容易伺候的主，吃穿不挑，起臥有時，偶爾即便因為傷心家人的慘死，脾氣變差。也頂多是砸幾樣東西，從不拿太監和宮女們的血肉之軀作賤。

不過，今天的情況卻有些例外。聽了李福的勸告之後，郭威非但沒有立刻移駕他處，反而不耐煩地揮了下胳膊，大聲驅趕道：「去，一邊去！沒見我正忙著嗎？這大雨下個沒完沒了，哪地方能乾爽？嫌乎這裡潮，你就去生個炭盆。有個炭盆烤著，比老在我身邊晃悠強！」

「呀！哎，哎！老奴遵旨！老奴這就去替陛下準備炭盆！」李福年老體衰，反應速度慢，登時就被郭威給揮了個跟頭。然而，他卻既不敢驚叫，又不敢呼痛。一個翻滾爬起來，連聲答應。

「你……」郭威六識敏銳，立刻感覺到了自己腳邊好像有人在快速運動。本能地向書案另一側躲了躲，然後扭過頭，手按劍柄，驚詫地追問：「你，你怎麼倒下了。哎呀！是郭某的錯，郭某剛才不該……」

歉意的話剛說了一半兒，把老太監李福和當值的其他太監，已經全都嚇得趴在地上。一邊搗蒜般地磕頭，一邊帶著哭腔求告：「陛下，陛下切莫如此自責。我等，我等，我等不敢，我等真的不敢，真的擔當不起啊！」

「擔當什麼？」郭威又楞了楞，這才豁然想起自己如今已經是九五至尊了，不再是當初那個與弟兄們大碗喝酒，靠背而眠的武將。臉上的表情頓時變得有些尷尬，擺擺手，和和氣氣地說道：「行了，你們都起來吧。不是你們的錯。李福，你也起來，去太醫那邊看看傷到骨頭沒有？朕，朕剛才心裡有事，所以才揮了個胳膊。沒，沒想到會打翻了你！」

「老奴，老奴沒事，沒事！」老太監李福感激了涕泗交流，一邊用力磕頭，一邊哽咽著回應，「剛才是老奴自己沒眼色，不是陛下的錯。老奴……」

「是朕碰倒了你！」郭威上前幾步，彎腰將其從地上親手扶起，「長著眼睛的人都看著呢，你又何必替朕分辯？來人，送他去看太醫。再從內庫裡支兩貫錢給他，算朕的賠禮。」

「謝陛下！」眾太監聞聽，再度跪倒，真心實意地向郭威行禮。

都是從前朝留下來的，大夥誰沒見過從角門處抬出去的那些血肉模糊的屍骸？換做劉承佑當政的時候，被皇帝不小心推倒，還想看太醫，領補償，做夢去吧！不再將你拉出去打一頓，問你為何要故意惹皇帝不痛快，已經燒高香了。

「起來，起來，都別跟磕頭蟲一般！」而郭威自己，卻依舊沒有當皇帝的覺悟。被眾人的表現弄得渾身不自在，擺擺手，大聲吩咐。「有給我磕頭那功夫，不如趕緊去弄炭盆。李福不說，朕還感覺不到，這屋子裡的確濕得厲害。」

「是！」眾太監們滿臉感激地爬起來，小跑著去準備木炭。老太監李福，卻沒有遵命去找太醫診治，而是先自己活動了下胳膊腿兒，揉了揉後腦勺。然後蹣跚著再度走到郭威身邊，小心翼翼地問道：「皇上可是擔憂雨下得太大，黃河上會有洪汛？其實往年這個時候，也經常下暴雨，但是汴梁城有龍氣，洪峰從來不敢靠近。」

「什麼龍氣啊，選址選的好，洪水半途中又被三岔河分流了而已。」郭威白了他一眼，悻悻地回應，「不過今年上游雨水也大，奏摺上說，有好幾處洪水都已經漫過了堤壩。三岔河的分流作用，未必能像以往那樣收到奇效。可是，可是現在派人去搶修，恐怕，恐怕……，算了，你還是趕緊去看太醫吧，朕跟你說，你也聽不明白！」

「是，陛下！」老太監李福知道有些事郭威不願讓自己這樣的人過多參與，答應一聲，倒退向外走去。雙腳臨邁過門檻，卻又把心一橫，硬著頭皮提議：「陛下，其實除了三岔河之外，還有幾處可以分流。只要洪水不波及汴梁……」

「朕知道！」郭威知道對方是出自一番好心，擺擺手，低聲打斷，「不淹汴梁，可以讓洪水淹了別處。可別處百姓，就活該被淹了？」

「前朝，前朝都是……」老太監李福楞了楞，再度硬著頭皮開口。

「前朝都是這麼做，不意味著朕也可以這麼做！算了，你別管了，朕再想辦法！」郭威擺手，苦笑。「底下的人交糧納稅服徭役，一年到頭幾乎都不得清閒。朕吃他們的，喝他們的，洪水一來，為了保住眼前這一畝三分地，就派兵掘開河堤淹了他們的家。朕算個狗屁皇帝，他們還養著朕這個狗屁皇帝作甚？還不如養幾隻狗呢，好歹又能殺了吃肉，又能看守門戶！」

這是他心中的真實想法，雖然說出來之後，幾乎沒幾個人人能懂，更沒人有膽子附和。自古以來，皇帝都是天子，奉上天之命教化萬民。只要天命不絕，就可以傳國千秋萬世，至於萬民的死活，與他何干？

小太監們動作甚為麻利，不多時，已經將炭盆端上。亮紅色的火炭，立刻讓屋子裡暖了起來，濕氣也瞬間被驅散了許多。

郭威單手拎起書案，擺在了炭盆旁。然後又將裝滿了奏摺的筐子也挪了過來，對著火光繼續開始批閱。很快，腳下就堆起了厚厚的一大摞。

所有奏摺，其實都是由大臣們提前篩選過一遍的，處理掉了其中不太重要的，只將最為重要的，或者眾人難以做出決斷的那些，才送到他的面前。饒是如此，每天依舊將他累得筋疲力竭。今日又一直忙到了午時三刻，才終於放下了筆，伸著懶腰扭頭四望，「哈——」

外邊的雨，不知道什麼時候已經停了。房簷處原本像瀑布一般的水流，也早就變得淅淅瀝瀝。目光透過太監們專門留出來換氣的窗口，郭威甚至看到了幾點繁星。這令他心中頓時一喜，猛地站起身，就準備到院子裡活動筋骨。

「陛下忙完了？微臣有事啟奏！」一個沙啞的聲音，卻從耳畔響了起來，嚇得他本能地躲閃，差點沒一頭栽倒。

「陛下勿慌，是臣，樞密使王秀峰！」沙啞的聲音再度響起，隱隱還透著幾分幸災樂禍，「臣剛才看您批奏摺批得入神，所以才沒讓太監們打擾您。」

「秀峰兄，大半夜的，你怎麼跑到了朕這裡來了？」郭威驚魂稍定，哭笑不得地詢問。

他到目前為止，後宮裡只有兩個妃子。所以並不怎麼在乎外臣進出。但樞密使王峻大半夜突然到訪，並且還能做到讓他毫無察覺，就有些太過分了，甚至讓他隱隱在內心深處生出一些不安。

樞密使王峻，卻沒覺得自己的行為有何不妥。有事可以隨時入宮進諫，是郭威當眾許諾給他和幾位股肱之臣的特權。而郭威能痛痛快快坐上皇位，不再像先前那樣扭扭捏捏，也多虧了他當機立斷，派人結果了劉贇的小命兒！

所以，在王峻眼裡，大周江山的建立，至少有自己一半兒功勞。在國事上，自己該幹什麼就幹什麼，該說什麼就說什麼，真的沒有必要跟郭威客氣太多！

「微臣也不想半夜來打擾！」帶著幾分不滿，樞密使王峻如實回應，「然而微臣今晚卻聽聞，高懷德回了汴梁，隨身還帶著前線的告捷文書。微臣想問一問陛下，告捷文書在哪？澶州節度使到底想要做什麼？為何要讓高懷德繞過樞密院，將文書直接送到陛下之手？」

「秀峰兄問告捷文書啊，我看過之後，立刻派人送到樞密院去了，秀峰兄莫非還沒看到？不應該啊，天黑之前我就派人送過去了！」郭威臉色微紅，有些心虛地解釋。

「臣傍晚之後，就已經回了家，當然不可能讓人把公文送到私宅中批閱！」王峻被郭威企圖蒙混過關的態度，氣得怒火中燒。向前跨了半步，大聲補充，「直到半個多時辰之前，臣起身出來查看汴梁城的內澇情況才從下面人的嘴裡得知，澶州節度使的告捷文書下午先送進了皇宮！」

二人距離一下拉到不足半尺，郭威被王峻噴了滿臉吐沫星子，一邊躲閃，一邊繼續心虛地回應：「嗯，的確如此。所以我看過之後，立刻就命人送回了樞密院。高懷德這小子第一次出來做事，難免毛手毛腳。我看在他父親高行周的面子上，也不好對他過於苛責！秀峰兄，你看在我的面子上，暫且放過他這一回，如何？」

澶州節度使是郭威最近才加封給柴榮的官職，王峻不呼柴榮之名，而口口聲聲以官職相稱，明顯是在提醒他，報捷文書的上呈屬公務，應該先經過樞密院核對，查驗，才能交給他這個皇帝御覽。而不經樞密院，直接送入皇宮，則屬故意踐踏皇帝與輔臣之間的行事規則，絕對應該從嚴懲處，以儆效尤。

嚴懲柴榮，郭威是絕對捨不得的。他的兒女皆為劉承佑所害，膝下如今只剩柴榮這麼一個義子，捧在手心都怕摔到，怎麼可能動不動就加以嚴懲？況且這件事，郭威內心深處並不認為柴榮做錯了什麼。告捷文書是告捷文書，家信是家信，告捷文書是應該先進入兵部和樞密院，然後才能送到自己手邊，兒子給父親的家信，卻不需要再由群臣們先過目。要怪罪，也只能怪罪高懷德，是這小子弄亂了順序，先把家信給送進了皇宮，然後才想起來還有一份來自河北戰場的正式告捷文書，沒有按規矩上呈。

然而王峻，今天卻堅決不願讓郭威蒙混過關，抬手抹了下嘴巴，繼續大聲噴沫說道：「陛下看高行周的面子，怎麼不考慮一下，澶州節度使和高懷德兩個這麼做，會置臣於何地？如果人人都因為有個實力強大的靠山，就無視朝廷規矩。那咱們還要規矩做什麼？任憑衙內們胡作非為就是。如此，看看你的大周江山，能挺得了幾時？」

「這，這，秀峰兄，朕已經把文書送到樞密院去了，你還要怎麼樣？」聽王峻居然詛咒自己早日斷送江山，郭威被碰到了逆鱗。向後快速退了兩步，拉開彼此之間的距離，挺直身子，皺著眉頭發問。「況且粗略戰況，三日前就已經由驛站送到了樞密院。這次，不過是寫得更詳細一些罷了。朕先看幾眼，根本不會耽擱任何事情。」

他乃百戰名將，一怒之下，殺氣蓬勃而出。頓時將王峻的氣焰給壓了下去，楞了楞半晌，才終於意識到自己剛才對郭威有些逼迫過甚，然而卻又不願主動認錯，抬手又在臉上抹了兩把，梗著脖子說道：「陛下，您應該知道微臣不是這個意思！微臣之所以入宮覲見，是希望陛下明白一件事，大周初立，一切應該以規矩為上。任何人不能隨意踐踏！否則，勢必會導致有令難行，有禁不止，朝政一團混亂！」

「朕知道，朕明白秀峰兄是一心為公！」見王峻滿臉委屈模樣，郭威刻意控制了一下自己的情緒，點點頭，儘量用舒緩的語氣補充，「高懷德入宮，是因為君貴讓他捎帶了一封家書。他弄錯了順序，所以先送完家書，才又想起報捷文書來！朕念他一路辛苦，就讓他先回家去報平安，然後又趕緊命人把報捷文書給你送了過去。」

「陛下若是早這麼說，臣就不會死死揪住高懷德不放了！」見郭威主動緩和氣氛，王峻也趕緊順坡下驢，

「君貴在前線一切可好，可曾遇到什麼煩心的事情！」

「他能有什麼煩心的事情？」郭威不想在同一件事上沒完沒了的糾纏，趕緊借機轉換話頭，「有鄭大兄在前線坐鎮，有趙匡胤和鄭子明兩個做他的左膀右臂，他最近日子過得像蛟龍入了海一般，怎麼可能有事情煩心！」

「那就好，微臣一直在擔心他！」王秀峰笑了笑，難得主動誇獎起了柴榮的優點，「君貴見多識廣，眼界開闊。心胸、氣度和謀略，都是一等一。假以時日，必將青出於藍！」

沒有做父親的不喜歡聽別人誇自家兒子出息，郭威頓時老懷大慰，手捋鬍鬚，笑呵呵地自謙，「秀峰兄過獎了，君貴他還年輕，許多方面都略顯稚嫩！」

「比起你我當年，其實君貴已經強出甚多！」王峻笑著擺手，再度拍了一次郭威的馬屁。隨即，把忽然把話頭一轉，聲音立刻變得又硬又冷：「只是君貴有時候，過於感情用事。特別是對身邊的人，幾乎沒有任何提防。如此下去，恐怕早晚會追悔莫及。」

「你是說鄭子明？」有道是，響鼓不用重錘，郭威的臉色立刻就沉了下來，皺著眉回應。

「正是！」王峻根本不考慮任何人的感受，用力點頭，「陛下可曾聽聞，最近街頭巷尾有流言說，鄭子明的確就是後晉的二皇子石延寶。而那石重貴為了活命，竟然親筆寫了一封信給他，要求他率部歸順契丹！」

「噢，此事，朕的確略有耳聞。」郭威輕輕嘆了口氣，帶著幾分遺憾回答。

在今天下午沒有收到自家養子柴榮的信之前，他的確曾經為如何對待鄭子明而感到頭疼。雖然以他的智慧，能明顯地判斷出流言是有人在背地裡蓄意散布，而非簡單的市井閒漢亂嚼舌頭。

鄭子明是大周最年輕的節度使，也是權力最大的節度使。比自家養子柴榮還年輕十幾歲，比同樣為節度使的高懷德，地盤大了兩倍，並且正作為鄭仁誨的副手，領軍與偽漢國鏖戰沙場。如果此人真的倒向了契丹，非但周軍在河北戰場將一敗塗地，整個北方防線也會緊跟著門戶洞開，黃河以北，從澶州到深州，方圓上千里疆土將轉瞬為契丹人所有……

所以，當流言蜂擁之際，作為一國之君，郭威的最佳最穩妥選擇，就是將鄭子明調離前線，調到汴梁高官厚祿圈養起來。無論鄭子明有沒有異心，只要他已經具備憑一己之力毀掉大周小半壁江山的可能。

郭威是一國之君，他知道一國之君，必須有一國之君的雄才大略，遠見卓識。需要防微杜漸，將一些危險掐死在萌芽狀態。需要優先從對江山社稷有利，還是有害的角度去考慮問題，而不去管這樣做單獨對某個人公平不公平。

然而，當收到了柴榮的親筆信之後，郭威卻徹底推翻了心中先前的念頭。取而代之的，是深深的擔憂和愧疚。

如果鄭子明真的想跟契丹人勾結的話，他早就該有所行動了，根本沒必要等到現在；如果鄭子明真的為了一己之私，就不惜生靈塗炭的話，他也早就該在郭家起兵靖難之時，就趁火打劫，而不該主動請纓，到冀州坐鎮，替大軍解決後顧之憂。如果……

一切都已經沒有如果。作為一個從大頭兵爬上來的草莽英雄，作為一個良知未泯的人間帝王，郭威知道自己以往那些防微杜漸的行為，對一個渴望著被公平對待的年輕人來說，傷害有多深。而當他意識到這一點時，卻已經來不及做任何補償。

「陛下，此事絕非空穴來風！」見郭威只是滿臉遺憾地說了一聲「略有耳聞」，就突然變成了啞巴。王峻等得好生不耐煩，用手在御案上輕輕拍了一下，鄭重提醒：「臣勸陛下，早做決斷。切莫因為君貴與他乃是結義兄弟，就因私而廢公。」

「秀峰多慮了，朕當然不會因私而廢公！」郭威搖搖頭，目光落在王峻的肩膀上，忽然發現自己這位相伴多年的老夥計，身材又矮又小。

「朕如果因私而廢公，當初就不會刻意打壓他，只保舉他做了一個滄州防禦使。」不待王峻繼續指手畫腳，頓了頓，郭威帶著幾分懊惱補充，「朕如果因私而廢公，就不會有功不酬，只升他做橫海軍節度使，不依照常規，在樞密院給他留一個位置。朕如果因私而廢公，就不會以大局未定的由頭，對他半年來殺蕭天賜，敗韓匡嗣，斬將無數的功勞，視而不見，將本該給他的封賞拖延至今。秀峰兄，朕跟你實話實說，朕和你，在這件事上都缺乏容人之量，將來恐怕要追悔莫及！」

「什麼？」王峻原本有一肚子準備潑到鄭子明頭上的髒水，瞬間全被凍成冰坨，再也說不出來。楞楞地望著郭威，他的兩隻三角眼直接瞪成了四邊形，「陛下這話什麼意思？莫非說我嫉賢妒能，故意打壓年輕才俊他不成。他是石重貴之子，此事你我都清清楚楚。而那石重貴天生就不是個有骨頭的，被契丹人掠去後百般羞辱，卻到現在還不肯去死。如果契丹人逼著他寫信給鄭子明……」

「契丹人的確逼了，石重貴的確寫了，鄭子明的確收到信了！」郭威橫了王峻一眼，痛心疾首的搖頭，「這些，君貴都知道，君貴都在家書裡跟朕說得清清楚楚！」

「怪不得你今天對他如此袒護，原來是君貴先寫了信來，讓你先入為主！」王峻頓時恍然大悟，又用力拍打了兩下桌案，冷笑著奚落。「好了，疏不間親。既然君貴都替他作保了，王某還何苦枉做小人？看著你們父子兩個胡亂折騰便是！反正江山又不姓王！」

「住口！」郭威對王峻失望至極，也用力拍了下桌案，大聲呵斥，「秀峰，你，你什麼時候變得如此，如此蠻不講理。君貴的確給我寫了一封信，卻，卻不是為了給鄭子明說好話。而是……」

「不是為鄭子明說好話，他還有什麼事情？你為何又對姓鄭的如此袒護？」王峻滿臉不服，梗著脖子大聲打斷。

郭威是被他帶著一群老兄弟強行推上皇位的，這江山，原本就該有他和各位老兄弟們一份兒。他樂於見到郭威當皇帝，稱孤道寡，也樂意見到郭威傳位給子孫，江山萬代。但卻不能眼睜睜地看著郭威自掘墳墓。因為如果郭威把江山敗了，大家伙兒的所有血水和汗水也都付諸東流，眼前的榮華富貴和身家性命，將跟著大周王朝一道灰飛煙滅！

「什麼事情？什麼事情你都可以自己看！免得你再疑神疑鬼！」郭威的面孔因為後悔和憤怒而扭曲，從懷裡掏出一封帶著體溫的信，重重拍在了王峻胸口，「君貴只是告訴了我一個事實：鄭子明接到石重貴的信之後，交出了全部兵馬，隻身潛入了遼東！」

「啊！」王峻蹬蹬蹬接連退後數步，一跤跌坐在了地上。雙手抓住信封，胳膊顫抖，半晌，都鼓不起勇氣將信瓤抽出來。

他知道郭威不會騙他，也沒必要在這件事上騙他。鄭子明走了，他一向視為心腹大患的鄭子明，交還了兵權後隻身前往遼東去救石重貴了！從此再也對大周朝的江山構不成威脅，也不可能再憑著其前朝皇子的身份引賊入寇，割據一方。只是，從祁州到遼東兩千多里路，中間隔著數十座城池和數以百萬計的契丹大軍，鄭子明此去何止是九死一生？即便他長著三頭六臂，恐怕結果依舊是有去無回。

正惶恐間，耳畔卻又傳來了郭威的聲音，字字如針，「他不可能造反了，也不可能將河北數州拱手交給契丹人了，他這次十有八九要死在遼東，再也回不來了！我的秀峰兄，現在，你可徹底放心了！」

「騰！」剎那間，有股委屈的火焰，從樞密使王峻的心底騰空而起。

他做錯了嗎？他只是盡了一個樞密使的職責而已。試問從古至今，哪朝哪代，能允許一個前朝的皇子手握重兵？哪朝哪代，能允許一個前朝的皇子坐擁數州之地，還對其委以看守國門的重任？

如果他王峻不防微杜漸，萬一鄭子明今後野心突然膨脹起來怎麼辦？萬一那些有野心，或者對本朝心懷怨念的傢伙，紛紛靠攏到鄭子明身邊，給此人獻上一件黃袍怎麼辦？要知道，人的野心總是越膨脹越大，現在無意爭奪天下，未必將來永遠不會！想當年，劉知遠和郭威兩個，還都是大頭兵呢，能娶上媳婦住上間大宅子住就心滿意足呢？現在，郭威已經做了皇帝，而劉知遠謚號，是「大漢高祖」！

況且他王峻也從來沒想要過鄭子明的性命，只是想把此人調離軍隊和地方，調到汴梁城內美食豪宅圈養起來而已。比起那些將前朝嫡系血脈徹底斬草除根的人，他王峻已經給了鄭子明極大的善意！

可是，為何王某人的一番好心，偏偏就沒換回來好報！

鄭子明走了，衝動之下跑去遼東送死了。鄭子明倒是走得乾脆，死得痛快，最後還能落下個忠孝兩全的美名。而他王峻，卻一瞬間就成了逼死國之棟梁的罪魁禍首！

今後大周軍隊在邊塞上百戰百勝則已，他王峻只是逼死了一個桀驁不馴的年輕武將。若是萬一大周軍隊偶然遭受挫折，或者喪城失地，朝野間肯定立刻對他王峻一片罵聲。無數人立刻就會想起鄭子明當年如何英勇善戰，如何力保國家寸土不失，然後對他王峻口誅筆伐。而那些吃了敗仗，或者畏敵如虎的廢物們，肯定也會拿鄭子明的下場作為托辭，大言不慚地告訴所有人，不是他們不肯為國死戰，而是死戰者就會因為王峻嫉賢妒能，成為鄭子明第二，不得善終！

「臣，臣，臣當初只是提醒陛下，對他多少加一些防範。」想到鄭子明的死訊傳開後，所引發的一系列風暴，冷汗從王峻額頭淋漓而下。一邊抬起手來拚命地擦，一邊結結巴巴地推託：「臣並，並，並沒有故意逼他，逼著他去，去鋌而走險！汴梁城內的流言，也非，也非臣有意推波助瀾！」

「朕當然知道，你王秀峰的人品沒那麼不堪！」郭威低頭掃了王峻一眼，上前數步，伸手將他從地上扯起，「此事，主要應該怪在朕身上，而不是你。朕，唉，朕悔不該當初以小人之心度君子之腹！」

「陛下，臣之過，斷然不敢推諉於陛下！」聽郭威主動替自己開脫，王峻又是感動，又是慚愧。順著郭威的拉扯站直了身軀，先恭恭敬敬給對方做了揖，然後紅著臉表態。

內心深處，他並不太擔心郭威對自己的態度。從相交多年的經驗上來看，郭威雖然有可能因為此事對自己心生不滿，也很快就會念在昔日鞍前馬後的情分上，主動將不滿遺忘。但是，皇帝這關好過，天下悠悠之口難塞。如果此事善後不利，自己肯定會頂上一個殘害忠良的惡名，從此被百姓們用驢皮剪成小人，街頭巷尾

唾罵千年。注一

「該是朕的，就是朕的，誰叫朕是皇帝呢，此事與你無關！唉——！」彷彿猜到了王峻心中所想，郭威長嘆一聲，幽幽地道：「只是現在說這些，還有什麼用呢。鄭子明已經出發三四天了，朕不可能派人再將他追回來。有功夫在這裡後悔，咱們君臣兩個還是仔細想想，該如何善後才好。」

「謝陛下！」王峻又做了個揖，滿臉慚愧地回應，「鄭子明肯交出兵權，足見他的忠心。趁著現在還沒有他的消息，原來立的那些戰功，陛下應該儘快給與封賞。此外，對於他的家人，如果還能找到的話，也應該極力安撫，賜以，賜以……」

此刻心情實在太亂，他也想不出太好的善後之策。只能暫且建議郭威趕在鄭子明去契丹送死的消息傳開前，迅速把朝廷欠此人的封賞落實下去，以免日後成為別人攻擊自己和大周朝的把柄。

「明天早朝，你借著宣讀前線送來的告捷文書之機，出面總結鄭子明的功勞。」郭威將王峻的小心思都看在了眼裡，再度嘆了口氣，苦笑著吩咐。

他自認不是一個非常合格的皇帝，而老朋友王峻，顯然也不是一個合格的首輔。君臣二人，倒也相得益彰，暫且誰也不用看不起誰。只要各自盡最大努力將日子過下去，讓大周朝別曇花一現就好。

「微臣明白！」知道郭威是在想方設法維護自己的形象，王峻感激地點頭，「微臣會將他這半年來所立的戰功，逐一陳述，決不會再遺漏半點。只是……」

稍稍猶豫了一下，他又非常為難地補充，「陛下數月前剛剛封了他為橫海軍節度使，名義上已經坐擁五州之地。雖然有兩個半州實際被符家所控制，至少表面上橫海軍已經是二等節鎮。倘若把幾個月來所立的功勞一併升賞，微臣恐怕，鄭子明立刻就要跟符彥卿與高行周二人比肩！」

「那又如何，他的功勞又不是朕杜撰出來的。況且符老狼和高白馬兩個，還能拉下臉皮來跟一個年紀還不如他們兒子大的人爭風吃醋？」受不了王峻的小家子氣，郭威將大手一揮，直接做主，「他不是剛剛打垮了一個偽漢國的鎮冀節度使嗎？朕就乾脆封他為大周鎮冀節度使好了，掌管恒、冀、深、趙、滄、定、易，七州軍政，也免得符老狼總覺得橫海軍礙眼。就這樣，朕決定了，明日早朝，加封鄭子明為鎮翼節度使，冠軍大將軍，檢校兵部尚書，開國郡侯，賜免罪金牌一面，可傳爵三代！」

「這，陛下，此賞實在過重，而那鄭子明，鄭子明年方弱冠！」王峻被郭威拿官爵當黃豆賣的豪爽行為給嚇了一哆嗦，趕緊擺著手大聲勸阻，「年方弱冠就坐擁七州，將來他若再立下奇功，陛下豈不是封無可封！」

「秀峰兄，你糊塗啊！你以為，他還有機會活著回來嗎？他至今尚未成親，又哪裡來的子嗣？」郭威朝著王峻搖頭而笑，皺紋交錯的老臉上露出了幾分淒涼，「朕之所以這麼做，不過是求個心安罷了！」

「這……」王峻的老臉再度漲得通紅一片，無言以對。

如果鄭子明還活著，他無論如何都不會同意郭威的決斷。大周朝的鎮冀節度使擁有的權力，可不是張元衡那個名義上的鎮翼節度使所能比擬的。按照郭威剛才的說法，鄭子明實際上將掌控恒、冀、深、趙、滄、定、易，七州的軍政大權，轄地橫貫整個河北，治下丁口百萬，每年稅賦也數以百萬貫計。一旦此人將來跟朝廷之間起了衝突，轉眼就會成為第二個安祿山。注二

然而，郭威剛才的話說得明白，鄭子明哪還有機會活著來做大周朝的鎮冀節度使？如此高官厚祿，不過是封給活著的人看而已。讓所有武將們知道，大周對於肯為他賣命的人，絕不會吝嗇。同時也給契丹君臣瞧一瞧，大周朝皇帝和首輔的胸懷是何等之寬廣？明知道石重貴給鄭子明寫了勸降信，依舊對他信任有加，將其視為國之棟梁。

「他不可能回得來了，不可能！」緩緩在炭盆前踱了數步，郭威一邊思考，一邊繼續小聲補充，「即便真的有奇蹟發生，他能平安從遼東返回，朕也不會出爾反爾！君貴說過，真正的英雄豪傑，不會擔心手下的人本

注一、皮影戲，最古老的街頭藝術之一。在漢代就已經出現，後經不斷演化，流傳至今。
注二、安史之亂前，安祿山為三鎮節度使，坐擁大唐北方兵力的三分之二。所以一造反，就勢如破竹地攻入了長安。

事大。朕的江山是憑真本事打下來的，不應該害怕底下人成長太快。否則，咱們大周君臣只會一代不如一代，重整九州，收回燕雲，永遠都是痴人說夢！」

「陛下此言甚是，微臣慚愧！」王峻聽得臉皮和脖子同時發燒，再度躬身受教。

「朕不是在指責你！朕也是經過此事，才終於有所感悟而已！」郭威朝著他擺了擺手，繼續苦笑著搖頭，「有道是，亡羊補牢，未為晚矣！你我二人，今後切莫再重蹈此轍。」

「是，微臣謹遵陛下吩咐！」王峻抬手擦了下額頭上的油汗，將身子躬得更低。

「秀峰兄，不必如此！」唯恐對他打擊過甚，郭威輕輕攙了他一把，儘量將語氣放緩，「還是那句話，大錯已經鑄成，咱們先全力善後。朕打算讓鄭帥和君貴兩個，嚴格封鎖鄭子明已經前往遼國的消息，乘著大勝之機，揮師全力進攻偽漢在河北的幾個州縣，吸引天下人的注意力。說不定，遼國人光顧著看河北戰局，一時疏忽大意，讓鄭子明僥倖得手呢。那小子，原本就是擅長創造奇蹟的人！」

「陛下理當如此！」王峻自動忽略了郭威最後那句根本沒有任何希望的假設，大聲回應。「讓君貴和鄭帥把鄭子明的旗號也帶在身邊，打仗的時候高高地豎起來，混淆視聽。咱們幫不了他太多，至少能讓契丹人猜不到他已經偷偷地潛入遼東！」

對已經失去任何威脅的人，他向來大方得很。所以絲毫不介意郭威替鄭子明製造機會。反正無論柴榮等人在河北打得多熱鬧，也不可能直接率部殺到遼東去。鄭子明身邊沒有足夠的幫手，鐵定了要有去無回。

「石重貴的家裡，恐怕已經沒有什麼人了。但鄭子明的生母，我記得應該是石州節度使張從訓之女。張從訓好像還有兩個兒子在地方上做官，如果查明屬實，你派人問問，他們能否從後輩中找一個孩子出來，繼承石家香火！」兩眼盯著炭盆裡的藍色火焰，郭威沉吟片刻，繼續吩咐。

「臣遵命！」王峻想都不想，痛快地答應。隨即，又猶豫了一下，遲疑著提議，「陛下，此事，是不是該先跟常克功打個招呼。鄭子明畢竟是他未過門的女婿，如果陛下貿然就給鄭子明過繼了個孩子，將置常家女兒於何處?」

這話不說則已,一說,更是令郭威嘆息不斷,「唉!秀峰兄所言甚是。朕,朕剛才確實疏忽了。其實也不是疏忽,朕,朕現在心裡除了鄭子明之外,覺得最對不住的人,便是常思!他早就告訴過朕,準備在國事安定下來之後,就讓女兒跟鄭子明成親。朕還曾經親口許諾,去婚禮上喝一杯喜酒。唉,其實就衝著常思這個做岳父的份上,鄭子明應該也不會辜負朕。唉,朕,朕剛才其實不是疏忽,朕真的不知道該如何跟常克功交代而已。」

「這,唉——」想起常思如今所掌控的龐大實力,以及此人先前在劉知遠帳下時對付政敵的手段,王峻心中頓時又暗暗打了好幾個哆嗦。如果鄭子明真的死在了遼東,恐怕常克功第一個會跳出來跟自己沒完。好在如今死訊還沒傳回來,自己還有時間預先做一些補救。

「唉……」越想,越覺得心中愧疚,郭威不停地搖頭。絲毫沒有留意到,王峻的臉色已經瞬息數變。

「陛下,微臣以為,陛下可以先將常氏女收為義女。」不愧為當朝第一聰明人,王峻心思轉得極快,須臾之後,便已經有了主意,「陛下跟常節度乃是生死之交,如今膝下空虛,將他的女兒收為義女,別人也說不出什麼話來。如此,萬一鄭子明有事,父女之間,總是有話好商量。萬一鄭子明能平安歸來……」

頓了頓,雖然無論如何都不相信奇蹟會出現,王峻依舊決定好人做到底,「陛下不妨就給公主和鄭將軍二人賜婚,讓那鄭子明得償所願,雙喜臨門。」

「朕收常家女兒為義女,並且給鄭子明他們兩個賜婚?」被王峻突然展現出來的善意和大方給嚇了一跳,郭威瞪圓了眼睛追問。

「正是!其實陛下現在就可以先認了常婉瑩做女兒,然後定下她和鄭子明二人的婚事!」王峻乾笑了幾聲,高深莫測地點頭。

大周的民俗繼承自大唐,寡婦改嫁並不受歧視。郭威自己當年娶的就是後唐莊宗李存勖的遺孀,柴榮馬上要迎娶的符氏夫人，也曾經嫁給過李守貞的兒子李崇信。所以，郭威現在為常婉瑩和鄭子明二人賜婚，並不會給常婉瑩帶來太多的傷害。相反，待到鄭子明的死訊傳開之後，所有本應屬鄭子明的封賞，除了官職和爵位之外，都可以由常婉瑩繼承，等同於變相補償了常家！

這裡邊一系列彎彎繞，王峻認為自己不必說得太清楚，郭威稍加琢磨，便可恍然大悟。然而，他卻沒料到郭威聽了之後，又反覆沉吟了良久，最終卻是輕輕搖頭，「算了，朕跟常思，犯不著這樣做。認常婉瑩為義女可以，現在賜婚就不必了。朕自己犯下的錯，沒必要再拉一個無辜女子來承擔。」

「陛下仁慈，微臣慚愧！」王峻心裡暗暗數落郭威迂闊，表面上，做出一副躬身受教的模樣，大聲說道。

「行了，朕都說過了，咱們君臣之間，沒必要這樣！」郭威又看了他一眼，懶懶地揮手，「夜深了，秀峰兄早些回去安歇吧！有關鄭子明隻身前往遼東的事情，除了咱們君臣以外，暫且不要再讓第三人知曉。明天早朝之後，也別忘了給大兄和君貴那邊多撥付些糧草輜重。朕和你現在能做的，也就是這些了。希望大兄和君貴那邊，能打得狠一些，讓遼國君臣無暇分神他顧！」

「微臣，遵命！」王峻心中有愧，認認真真地拱手。

作為當朝首輔，當他決定認認真真去幹一件事的時候，效率還是非常可觀的。只花了十天左右的光景，撥付前線的糧草輜重，就已經隨著朝廷對鄭子明和其他所有將士的最新封賞，一併送到了河北前線。

前線上，鄭仁誨和柴榮等人，正帶領將士們跟後漢的軍隊激戰。得到來自朝廷的鼓勵，頓時，全軍士氣大振。弟兄們抖擻精神，奮勇衝殺，連破對手四陣。然後又追殺出了四十里外，才奏凱而歸。

楊重貴見周軍氣勢正旺，便生了避其鋒芒的心思，準備先將全軍撤入定州，然後再憑著山區的地形層層布防，想辦法將對手拖成疲兵，再尋機一雪前恥。然而，他的主意剛說出口，就遭到了鎮冀節度使張元衡和三皇子劉鎬的聯袂狙擊。

「不可，絕對不可。我軍自開戰以來，一敗再敗，士氣低落，聲威大墜。若是連支撐都不支撐就主動退回定州，領軍者必被天下所笑！皇上問起來，大夥也沒法交代！」

「若是對方依舊由鄭子明領兵，退也就對了，孤都輸在了他手裡，楊將軍自然也是獨木難支。可如今領兵者已經換成了柴榮，鄭子明據說已經病得臥床不起，咱們依舊不戰而退，豈不要被人笑掉大牙？」這倆貨心裡，絲毫沒有「救命之恩」四個字。光是想著要趁鄭子明「病重」期間打一場勝仗，將先前輸掉的顏面和威望，一股腦全撈回來。

「這，殿下，張節度，賊軍勢大。且鄭子明生病的消息，眼下根本無法判斷是真是假！」楊重貴被兩個無恥小人氣得臉色發青，咬著牙根兒低聲解釋。

對面的周軍規模不下三萬，而自己這邊，連傷兵都算上，也只剩下了一萬出頭。如此懸殊的實力差距，怎麼可能在野戰中獲勝？除非對面領軍者，也是三皇子這樣的蠢貨！偏偏那柴榮，勇力和謀略，都不在鄭子明之下。

然而，道理很簡單，明白人一眼就能看清楚。偏偏有些話，楊重貴卻不能直說。他不能當著全軍將士的面兒，告訴三皇子劉鎬，你就是個如假包換的趙括。也不能指著張元衡的鼻子尖兒唾罵，你這廝裝了一肚子乾草，只配去碾坊裡拉磨。這二人身後一個站著漢國的皇帝，一個站著馬步軍都指揮使，他打狗必須看主人。因此，他只能小心翼翼，繞著彎子點明漢軍根本沒有勝算的事實。

只可惜，這一番委曲求全，卻被對方視作了軟弱可欺。當即，三皇子劉鎬就撇了撇嘴，冷笑著道：「楊將軍可是素有無敵之名！才遇上這麼點挫折就一路退回定州，那我大漢國的無敵之名，是不是太不值錢了些？」

「就是，若是打仗只比人數多寡，咱們現在早就攻入鄴都了！」張元衡絲毫不顧臉皮，在旁邊大聲幫腔。「正面對攻不行，咱們還可以偷襲，劫糧，水淹，火攻，我就不信了，眼下除了主動後退之外，沒有別的解決辦法！」

「你既然這麼有本事，怎麼不自己去！」呼延琮在旁邊聽得忍無可忍，揮動著鉢盂大的拳頭衝上前，就準備給張元衡點兒教訓。

張元衡怕挨揍，立刻將脖子一縮，藏到了三皇子劉鎬身後。嘴裡卻兀自吱吱歪歪地搬弄是非：「姓呼延的，有本事你去找你女婿算帳去，在窩裡橫算什麼英雄？我是看明白了，這仗你壓根兒就不想打，就等著到了定州之後，關起門來把我們一綁，然後翁婿兩個去汴梁邀功領賞！」

「我，我打死你個賤骨頭！」呼延琮聞聽，愈發火冒三丈。一把將試圖偏袒的劉鎬撥了個趔趄，追上張元衡，拳頭如同搗蒜般朝著脊背處猛捶。

張元衡的黨羽試圖上前阻攔，被呼延琮的好友焦寶貴帶人迎面擋住，打得抱頭鼠竄。劉鎬試圖擺出皇子的架子喝止，才張開嘴巴，斜刺忽然丟過來一隻滿是汗水的皮護手，「當」地一聲，將他的頭盔砸歪到一邊，眼前金星亂冒。

前後不過是短短幾個呼吸的功夫，中軍帳已經亂成了菜市場。眾將佐連日來屢戰屢敗的委屈，以及對三皇子劉鎬胡亂指揮的怨氣兒，在這一刻，徹底爆發。把個楊重貴急得兩眼通紅，額頭青筋亂跳，拔出寶劍，朝著帥案狠狠剁了一記，大聲怒喝：「住手，全都給我住手。誰要是再打，就是楊某人的生死寇仇！有那力氣，爾等為何不用在敵軍身上？敵軍就在對面，不在中軍帳中。爾等都省省，留著力氣，今天半夜，楊某就帶著你們去一雪前恥！」

「轟隆！」半空中有悶雷劈落。

盛夏時節，天上風雲莫測。

「轟隆！轟隆！轟隆！轟隆！」雷聲滾滾，震得屋子內簌簌土落。

傾盆暴雨，模糊了天地間的界線，將窗外的景物，吞沒進一團無邊的黑暗當中。

幾道紫色的閃電忽然在黑暗中出現，瞬間將雨幕撕碎，露出院子內的殘磚爛瓦和四下飛舞的柳樹枝。緊跟著，又是一陣悶雷，震得人心臟哆嗦，手和腳也跟著戰慄不停。

「嘩啦！」一隻粗瓷茶壺，從松木桌子邊緣被震到了地上，四分五裂。

石重貴騰地一下跳起來，向前跑了兩步，然後忽然意識到了自己此刻身在何處，嘆了口氣，又轉回頭去，來到桌案旁的椅子上頹然坐倒。

兩名伺候他日常起居的太監捧著盞昏暗的牛油燈快速衝入，第一眼，先看到地面上破碎的茶壺，頓時不約而同地皺起了眉，低聲數落：「陛下，小心點吧！這個月，您已經打碎三個茶壺了。院子裡這麼多嘴巴，您的上朝戲最近看的人又越來越少，再這麼不珍惜物件兒，咱們就都得喝西北風了！」

「你……」石重貴被訓得面紅耳赤，想要站起身還嘴，想了想，第二次跌回椅子裡，訕訕地拱手：「知道了，王大伴，張大伴，朕，我剛才睡著了，沒注意到茶壺被雷聲給震到了桌子邊兒上！」

「睡，睡，睡！你說，你除了睡，還會幹啥？」兩個被他稱做大伴的老太監一邊蹲身收拾地上的茶壺碎片，一邊繼續不耐煩數落。「還不如去寫幾個字，下次趕集時我們也好拿去換些雞蛋回來！」

「是啊，要不然，你就再給你兒子寫封信。他即便不肯聽你的話帶著人馬投降契丹，至少得把你的吃穿用度管一管吧？咱們這院子，已經多長時間沒拾掇了。房頂上的瓦片早就爛了，一下雨，就到處漏水！」

「嗯，嗯，你們說得對。朕，我這就去寫，寫字。」石重貴被數落得像個三孫子一般，卻沒勇氣還嘴，只是順著對方的口風，低聲商量。「大伴，能把蠟燭點起來嗎？否則黑燈瞎火的，我怎麼寫啊？」

「您真的要給鄭，要給少主寫信？」王姓太監喜出望外，跳起來就準備去點蠟燭。

張姓太監，卻一把拉住了他，「你省省吧，別高興太早。咱們這位爺，你還沒摸透嗎？他就是一塊滾刀肉。他才不會寫信給鄭子明呢，他是想騙你點了蠟燭，然後隨便寫幾張大字了事。」

「這……」王姓太監楞了楞，扭過頭，對著石重貴怒目而視。果然，從對方臉上，看到了幾分小伎倆被戳破的尷尬。

他抓起牛油燈，朝著桌案上狠狠一放。然後兩手叉腰，大聲說道：「想點蠟燭，沒門兒，就湊著用油燈吧！您還以為是在汴梁呢，想點幾根蠟燭就點幾根蠟燭！能有油燈用，就已經是別人的恩典了！」

腐臭牛油發出的味道，立刻飄了起來，熏得石重貴胃腸一陣翻滾。本能地向後躲了躲，他求饒般拱手：「大伴，把油燈拿後一些，拿後一些，你知道朕受不了這個味道。不是朕不肯寫信，而是朕寫了，你們也得有辦法送到南邊去啊！」

「你不用管，只要寫了，我們自然可以托人送過去！」兩個太監心中一喜，互相看了看，異口同聲地回應。給鄭子明送信，他們當然沒那本事。可能逼著石重貴寫信，就是大功一件。將信交給契丹人之後，他們少不得要受一些嘉獎，說不定上頭一高興，看在他們做事得力的份上，把他們送入某個王爺家當差，就徹底脫離了苦海。

「朕，我……」石重貴楞了楞，閉上了眼睛，不再接茬。

好歹也做過一回皇帝，兩個老太監心中的想法，根本瞞他不住。然而，他卻沒有任何辦法懲罰對方，也沒有興趣，將二人的卑鄙心思直接戳破。

自從兩個妃子被述律王子「請」去看花，唯一活在世上的女兒也被永康王的妻兄娶去做妾之後，眼前這座院子裡，就只剩下了他一個囚徒。其他所有人都是獄卒，幾百雙眼睛看著他一個。做囚徒的，自然得有做囚徒的覺悟，不能跟獄卒對著幹，自討苦吃。雖然，眼前這兩名「獄卒」，曾經是跟隨他多年的心腹太監。

「又皮癢了是不是？」兩名太監見石重貴忽然耍起了死狗，便明白自己的伎倆被看穿了，頓時，臉皮隱隱有些發燙，心中的恨意，瞬間油然而生。「你還以為自己是皇上呢，沒人敢動你？告訴你吧，這封信，雖然不是朝廷要的，但正主來頭也不差。你早點兒寫了，人家一高興，說不定還能送你幾頭羊來吃。若是再拖拖拉拉，對方只要跟耶律將軍說一聲，你又免不了一頓鞭子吃。」

「哢嚓！」閃電透窗而入，照亮兩名太監醜陋的面孔。

石重貴被雷聲嚇得又是一哆嗦，抱著肩膀，將身體蜷在椅子裡，抖若篩糠。

鞭子，帶著倒刺的鞭子。他從沒想到過，原來鞭子抽在人身上，是如此的疼。讓人恨不得當場就死掉，偏偏一時半刻又死不了，只能咬著牙苦捱，咬著牙，感受皮肉從身體上脫離，火焰在骨髓中來回翻滾。

然而，即便下次再被打得死去活來，他也不會再給自家兒子寫第二封信了。他發誓，永遠不會。只要他頭腦能保持清醒。

上一封信，根本不是他想要寫的。是被打得太狠，打得馬上要昏倒之時，才迷迷糊糊地服了軟。內心深處，石重貴一遍遍替自己開脫，每開脫一次，內疚就又多一分。從信寫好之後那一刻起，他就恨不得一頭撞死在柱子上。然而，想想自己的愛妃馮氏當年碰柱自殺，腦漿迸裂的模樣，他又兩腿發軟，再也邁不開腳步。

「別裝死，沒用！」太監的聲音再度響起，不停地折磨著他的耳膜和心臟。「你有本事，就等契丹人找你的時候裝，那才真正像個爺們！」

「哢嚓！」又一道閃電從天空滑過，照亮石重貴滿頭的白髮。

「別逼我，你們別逼我，我不寫，我不能再害二寶！」他忽然扯著嗓子大叫起來，雙手抱頭，哭得像個丟了魂魄的幼兒。「王大伴，張大伴，朕，我求你，求你們。別，別逼我，我，我給你們磕頭了。二寶小時候還在你們懷裡撒過尿呢。他，他那麼善良的一個孩子，他，他從來都沒欺負過你們。他，他跟你們無冤無仇。我不寫，真的不能寫啊。我已經害了他一次，不能再害第二次！」

「哼！」兩位太監既不反駁，也不安慰。像看皮影戲般，冷眼旁觀。

作為伺候了石重貴多年的老人，他們可是將這位爺的脾氣秉性摸了個透。志大才疏，意志軟弱，貪生怕死。要是真的肯自殺的話，當年汴梁城破時，早就自殺了，根本不會賴到現在。至於眼下所表現出來對其兒子的舐犢之情，也是春末時節河面上的薄冰，根本禁不起一敲。

前些日子契丹人讓這位爺寫信給鄭子明勸降，此人愛惜親生兒子，也曾經寧死不屈了一回。結果怎麼樣呢，才吃了二十幾鞭子，就乖乖服軟了。數百字的勸降信一揮而就，那叫一個情真意切啊，讓人看了之後覺得姓鄭的不肯奉命，簡直就是禽獸不如。

而等身上的鞭子傷不疼了，這位爺突然就開始自責起來。絕食、撞牆、拿繩子準備上吊。鬧來鬧去，鬧得神憎鬼厭，沒人再肯理睬，卻又不肯死了。繼續像蚯蚓一樣活著，活得卑微而又骯髒。

「呼！」一陣狂風突然破門而入，帶著雨水，將兩個太監滿身濕透。二人立刻顧不得繼續看石重貴的熱鬧，扭過頭，破口大罵，「哪來的野狗，沒……，啊，耶律大爺，扎里木大爺，蕭大爺，您，您幾位怎麼來了。哪陣風把您幾位給吹來了！」

後半句話，與前半句話態度簡直是天上地下，徑直拐了一百八十度的彎子。也虧得兩個太監訓練有素，才不至於把他們自己給扭斷了氣。

踹門而入的契丹將領們，卻絲毫不理會二人的前倨後恭，上前數步，大馬金刀往石重貴身邊和對面的椅子上一坐，像主人般連聲吩咐：「少放屁！點蠟燭，生火盆，拿酒來！讓下面人殺一頭羊，老子要吃羊背！」

「生火，點蠟燭，拿酒！」

「拿個鼓來，讓姓石的給大家敲幾聲，賊老天，這雨下起來沒完了！」

「是，是，幾位將軍稍待，我們這就去安排！」兩位太監就像斷了脊梁的老狗般，搖頭擺尾而去。

三名契丹將領朝著他們的背影撇了撇嘴，然後各自用長滿黑毛的大手拍了下桌子，沉聲道：「還有你，去給本將軍端壺茶來解渴。別裝死！

「快去，快去，否則，老子不介意給你鬆鬆筋骨！」

「別以為皇上想用你兒子，老子就不敢打你了。告訴你，狗就是狗，什麼時候也爬不到主人頭上！」

桌案上濺起的水珠，灑了石重貴滿臉，頓時將其從恐慌與自責中驚醒。猛地又打了個哆嗦，石重貴一個轆跳到地上，慌慌張張地朝屋子外跑。一邊跑，一邊大聲答應道：「哎，哎，就來，就來，耶律將軍，蕭將軍，扎里木將軍，您三位稍候。朕，我這就吩咐人，我這就親自給您去煮奶茶！」

「呸，他還把自己當皇帝呢，朕，朕，朕個屁，連老子的狗都比你強！」姓耶律的契丹將軍對石重貴的猥瑣形象十分不屑，朝著他的背影唾了一口，大聲數落。

「慫樣，你他娘的好歹也是個皇帝！」

「都說是虎父膝下無犬子，那鄭子明倒是員虎將，可惜攤上你這麼個軟骨頭爺！」

蕭姓和另外一個韃靼將領扎里木，也撇著嘴大聲補充。

石重貴被罵得踉蹌數步，手扶牆壁，嘴角處隱隱流下一串血珠。

若說不後悔，那是假的。做父親的，有誰會故意禍害自己的親生兒子？可那呼嘯的皮鞭，那撕心裂肺的劇痛，又怎麼可能撐得過去？

現在唯一的希望，就是自家兒子接到信後，對上面的內容不屑一顧。那樣，遼國人的計謀就不會得逞，兒子就會繼續做大周朝的橫海軍節度使，憑著他跟柴榮的交情，一旦郭威死後，柴榮做了皇帝，一輩子什麼都不用做，榮華富貴也享用不盡。

「快點兒，你他娘的就不能利索點兒嗎？」見石重貴磨磨蹭蹭半晌，還沒離開自己的視線，耶律將軍又拍了下桌案，大聲催促。

「哎，哎，就去，就去！」石重貴連聲答應著，全當喝罵聲是耳旁風。

兒子應該不會來，他是那麼聰明的一個人，身邊還有柴榮和趙匡胤兩個好兄弟幫他，應該知道，那封信是契丹人逼著自己寫的，絕對不是出於自己的本意。可如果契丹人惱羞成怒，自己，自己接下來的日子該怎麼熬。

從臥室到廚房不過百十步距離，石重貴卻走得像幾萬里一般漫長。兒子如果來了，念在他還有利用價值上，自己可能會過得好一些。曾經有無數次，他偷偷地設想。隨即，又恨不得狠狠打自己幾個耳光，讓自己恢復清醒。

契丹人從來沒斷絕過南下之志，郭威剛剛建立的大周，是遼國君臣實現祖先夙願的絆腳石。自家兒子石延寶如果來了，要麼會被當作鷹犬，要麼會跟自己一樣成為囚徒。而無論鷹犬還是囚徒，都遠不如他現在。少年得志，手握重兵，隨時都可能平步青雲。

「好了沒有，姓石的，你是不是真的皮癢了！」催促聲繼續傳來，令石重貴又打了個哆嗦，趕緊暫且拋下心中的混亂思緒，動手捅亮炭盆，架起鐵壺去燒開水。

炭的質量很差，不停地冒起黑煙。不多時，就熏得他滿臉是淚。

如果兒子不來，自己恐怕就沒幾天好活了。如果兒子來了，就是自己這個做父親的親手將其拉入了火坑。那封信，如果被郭威知曉，會不會心生懷疑，進而搶先一步痛下殺手？那封信，如果傳播開去，會不會有人打著兒子的名義……

期盼，後悔，害怕，擔心，伴著眼前的滾滾黑煙，無數思緒，在石重貴腦海裡翻滾。他忽然發現，自己竟然是如此的無恥，如此的卑鄙，內心深處，竟然在希望兒子早一點兒出現。但如果兒子真的奉命到來，他相信，自己一定會羞愧後悔而死，死後無法閉上眼睛。

「啪！」屁股上挨了重重一腳，石重貴向前撲了數步，摔了個狗啃屎。

耶律將軍等得急了，親自來廚房找茶水。看到他對著火堆發呆，勃然大怒，立刻動手開始教訓。「廢物，老子長這麼大，就沒見過你這樣的廢物。當皇帝不會當，燒壺水你也不會。你這廢物，還，還能幹點兒什麼？」

「是，是炭太，太濕了！」石重貴向旁邊滾了滾，陪著笑臉解釋。好漢不吃眼前虧，沒有力氣還手，陪個笑臉又如何？好歹不至於被打得太狠，三四天都下不了床。

「你奶奶的，做錯了事總是有理由！」姓耶律的契丹將軍見他癩皮狗般模樣，頓時又失去了繼續打下去的興趣，撇了撇嘴，大聲吩咐，「閒著也是閒著，等水燒開之前，先過來給本將軍擦擦靴子。老子長這麼大，還沒使喚過皇帝呢，哈哈，哈哈，哈哈哈哈……」

「嗯！」石重貴羞得幾欲暈厥，額頭上，青筋根根亂蹦。剛準備轉身離去，耳畔忽然又聽到耶律將軍重重地「嗯？」了一聲。頓時，心中僅剩的一絲自尊煙消雲散，果斷匍匐在地，伸出袖子去擦對方的馬靴。

「哈哈哈哈，哈哈哈，哈哈哈……」耶律將軍愈發開心，抬起頭，笑得前仰後合。

「哈哈哈哈，哈哈哈，哈哈哈……」趕過來看人鬧的蕭將軍和扎里木，也笑得渾身肥肉亂顫。下雨天，閒著也是閒著，找茬戲弄中原皇帝一番，也頗為有趣。要不然，在這鳥不拉屎的地方一蹲就是好幾年，豈不把人給活活憋屈死？

「轟」「轟」「轟」

三聲響雷連續炸開，閃電過後，夜色更為深沉。

「這鬼天氣，真是要人命。呸。」一名巡查隊的契丹兵抹著臉上的雨水，罵罵咧咧地說道。

「還是蕭狐狸他們幾個好，可以跟著將軍進去避避雨。」另外一名契丹兵將手中的彎刀挪了挪，滿臉羡慕地說道。

「笨，避雨哪都可以去，幹嘛去那，將軍是又去玩那孫皇帝了。你可不知道……」第三名契丹兵，恨恨地接茬兒。

快樂都是大人物們的，小人物，只能在雨裡繼續巡邏。雖然這窮鄉僻壤，輕易都見不到幾個陌生面孔。

「不知道什麼，額。」最先說話的那名契丹兵扭頭，忽然自家同伴脖子上出了一根紅線。緊跟著，眼前一黑，天旋地轉。

另外幾名契丹兵卒果斷抓起胸前的號角，快速塞向嘴邊。然而，沒等他們將號角吹響，全身的力氣忽然從腰間溜走。

「噗！」鄭子明送刀，抽刀，動作宛如行雲流水。

陶大春、李順兒、陶勇等人，紛紛從契丹人的腰間將匕首抽出來，單手扶住屍體，緩緩放倒。

這一招，他們平素訓練過無數次，先是草人，然後是羊和豬，最後是牛。絕對不會找錯地方。

腎臟被戳破的契丹兵卒們，疼得臉色煞白，當場氣絕。從開始到結束，都沒能發出任何稍大一些的聲響。

血，順著傷口噴出，迅速將地面上的雨水染成了紅色。然後又迅速被雨水稀釋，順著地面的坡度淌向了門外，轉眼就跟泥漿混在了一處，再也看不出半點不同。

「順子，你帶兩個弟兄守住大門，其他人，跟我來！」鄭子明向眾人擺擺手，丟下一句話，繼續往院子內閃去。身子一起一伏，靈活得宛若傳說中的幽靈。

李順輕輕點頭，立刻拉住兩名距離自己最近的弟兄，打著手勢，命令二人跟自己一道去看守所有人的退路。陶大春、陶勇、李彪、王寶貴和其他一干平素訓練時表現最好的弟兄們，則緊跟在鄭子明身後，呈分散隊形，交替而進。借著狂風暴雨的掩護，一步步靠近今天的目標。

他們潛伏到這座小院邊上，已經好幾天了。今晚，終於等到了老天爺的垂青。

他們，跟著自家將軍，準備再創造一項前所未有的奇蹟。如果成功，足以震驚整個遼國，讓耶律阮君臣從此以後，日夜無法安枕。

㖓嚓，㖓嚓，㖓嚓，閃電一個接一個，沒完沒了。

轟隆隆，轟隆隆，轟隆隆，雷聲翻滾，蓋住地面上一切嘈雜。

雷雨夜，正是殺人的好天氣。

兩名出來給坐騎填草料的契丹兵卒，剛剛從馬棚口探了個頭，就被鄭子明一刀一個，瞬間送上了西天。

陶大春貓著腰衝過去，與鄭子明一道，將這兩名倒楣的契丹兵屍體，拖到了馬棚子內。棚子裡的戰馬被血腥氣所驚嚇，不停地打起了響鼻。一道悶雷從天空中滾過，戰馬脖子上冒出了瀑布般的血漿，待天地間再度恢復安靜，馬棚子內，已經徹底恢復了沉寂，只有滿地溫熱的屍體。

「誰，誰在那兒。蕭鐵狼、撒日勒，苦丁，你們幾個幹什麼呢？出來，出來回話！」一小隊契丹人冒著雨從臨近的屋子裡走出，用蓑衣遮住燈籠，朝著四下探望。雷聲很大，雨如瓢潑，但是沙場上滾打多年的他們，依舊隱約感覺到有哪裡不對勁。

他們的預感非常正確，只是挑燈籠四下亂照的動作，實在過於愚蠢。昏黃的燈光，非但沒有照到潛伏在黑暗中的潛入者，反而將他們的位置和人數，暴露得一清二楚。

鄭子明借著燈光，迅速算清了對手的數量。隨即，朝著身後的陶大春等人輕輕揮手。

陶大春和弟兄們點點頭，自動分成兩列，借著雨幕的掩護，從左右兩側朝這小隊契丹人摸了過去。

一共八個契丹人，他們這邊卻有三十六個。四個對付一個還綽綽有餘，根本不可能失手。

血，迅速濺起，染紅從天而降的雨水，散做一團團紅煙。

「哢嚓！」「哢嚓！」「哢嚓！」閃電一個接著一個，照亮鬼魅的身影。照亮破舊低矮的房屋，還有一張張失去生氣的面孔。

「哢嚓！」一道慘白色的閃電劈向院子深處，將正房的屋瓦，打出團團白煙。

院子最深處的正房內，水，已經燒開了。

茶，也已經煮好擺在了桌案上。

三名遼國將領，蕭里蔑、耶律欽、扎里木坐在椅子上，對頭頂上的雷聲充耳不聞。他們很忙，也很快活。

天下最尊貴的人，據說是皇帝。

而把最尊貴的人踩在腳下，滋味賽過神仙。

「你這老貨，皇帝當得不怎麼樣，這伺候人的本事倒是不錯。」蕭里蔑笑著誇獎了一句，抬起一條腿，隨即，又將另外一隻腿翹到石重貴的膝蓋上，慢慢的抖動。

石重貴被嚇得雙腿發麻，卻不得不咬著牙苦撐。雙手上上下下，替對方舒筋活血。唯恐動作稍慢了，又要吃到苦頭。

「喂，你說，你兒子會不會聽你的話，帶著兵馬前來替皇上效力？」扎里木還唯恐他受折辱不夠，將嘴裡的茶葉朝地上吐了吐，拉著長聲詢問。

他需要的，不是答案，而是石重貴受刺激後，那又悔又怒，卻忍氣吞聲的模樣。果然，這一次，石重貴又開始哆嗦了起來，紅著眼睛，流著淚，就像一頭即將被送上祭壇的羔羊。

「行了，別光顧著耍他玩了！」只有契丹將軍耶律欽心腸稍微「善良」些，笑了笑，低聲勸阻，「一旦玩死，就不好交代了。皇上還留他有別的用途呢！」

「死，他才不會，否則，早死了不知道多少年了！」扎里木不屑地搖頭，茶葉沫子吐得到處都是。

「那也別光顧著玩鬧，有空去外邊看看！」耶律欽厭惡地將自己的茶碗向後挪了挪，沉聲吩咐。

他是正宗皇族，雖然血脈薄了些，也不是扎里木這種靺鞨將領所能惹得起。後者聽了，只能悻悻地放下茶碗，掙扎著起身，「行，兩位大哥慢用，小弟去去就來！」

說罷，披上蓑衣，命親兵挑起燈籠，用牛皮擋住燈籠口，一頭栽進了雨幕。

「轟隆隆」「轟隆隆」「轟隆隆」，雷聲滾滾，連綿不絕。

三道寒光，忽然在雨幕中閃過。

三名契丹兵卒，手捂喉嚨，瞪大了眼睛，仰面朝天栽倒。

鄭子明、陶大春和陶勇三個，收起武侯弩。合身撲上，手中匕首在閃電的照耀下，泛出淡淡的藍光。

其餘契丹兵舉刀迎戰，更多沒有尾羽的弩箭從他們背後射來，將他們挨個放倒在雨幕裡。眾滄州精銳迅速靠近，拔出匕首，在垂死者的喉嚨處一抹，隨即，將屍體迅速拖向牆根兒。

鄭子明將臉上的雨水擦了一下，舔了舔嘴唇，黝黑的眼睛透著無盡寒光，這已經是襲殺第三隊巡查隊了，雖然不知道對手的巡邏節奏，但是可以肯定的是，留給他的時間真的已經不多了。

幾乎同時，陶大春與陶勇二人對視了一眼，做了一個手勢，率先躬身衝入了下一個掩護點，一個破的茅草屋下面。

李順兒的叔伯兄弟李彪和其他一干平素訓練時表現最好的弟兄們緊隨其後，射術最好的王寶貴則占據了最前的位置，貓著腰，用狼一樣的目光掃視周圍。

茅草屋下，一個偷懶的契丹兵，猛然冒出了頭。與陶大春的目光，對了個正著。還沒等他發出驚呼，鄭子明飛起一斧，直接砍進了他的脖子裡，契丹兵瞪大眼睛，頭朝邊上一歪，當場死去。

上前拍了下陶大春的肩膀，鄭子明彎腰從屍體上撿回斧子，然後又低低的學了一聲馬嘶，伸長脖頸，開始觀察院子裡的第二層防禦圈。

第二層防禦圈，是幾間廂房連著一間正房。每間房屋內都亮著燈，透過雨幕，可以看見大約有一百二三十個契丹兵卒，分散在不同的房間內，正在百無聊賴地打哈欠。

正房內，一名剛才趕來的絡腮鬍子將領舉著濕淋淋的馬鞭，對著身邊的四名契丹小頭目破口大罵。而幾個小頭目顯然對他不太服氣，各自抱著膀子，抖動雙腿，嘴角撇得比耳朵都高。

鄭子明默默的算了一下，自己帶的人在幾個瞬間之內，最多能將守衛的契丹兵殺掉二分之一，剩下的人絕對會將裡面的人給驚動。

「強攻，突破這層房子，就到了看押令尊的後院！你直接往前突，剩下的交給我！」陶大春快速跟過來，回憶著鄭子明預先畫出的草圖，小聲提議。

「好，我先上，你帶人收拾其他人！」鄭子明毫不猶豫地點頭，隨即，一個縱身撲向正房。左手短刃右手利斧，宛若下山撲食的猛獸。

陶大春帶著十幾名弟兄，迅速散開，端起武侯弩，對準窗口。

陶勇帶著另外十幾名弟兄，跟在鄭子明身後，如影隨形。

「轟！」

「嗖！」

漆黑的天空，再度銀蛇亂舞，閃電肆無忌憚的在空中展示著自己的與眾不同。

閃電過後，屋子裡忽然一暗，正在躲雨的契丹兵倒下了一片。

「敵襲！敵襲！」有人叫喊著去摸兵器，還有人則試圖打滅燈火。一個高大身影伴著雨水破窗而入，手起斧落，將兩名驚慌失措的契丹兵砍翻在地。

「迎戰，迎戰，跟我來！」絡腮鬍子猛地將距離自己最近的契丹小頭目向前一推，雙腿快速後退。隨即，棄鞭，抽刀，所有動作一氣呵成。

「扎里木——！」契丹小頭目哀嚎著發出一聲詛咒，舉起空空的雙手去擋迎面劈下的短斧。他是契丹人，絡腮鬍子是靺鞨人，平素仗著血脈高貴，他沒少給對方下絆子。卻萬萬沒想到，對方以往對自己一忍再忍，關鍵時刻，卻果斷拿自己當做了盾牌。

「老子是鄭子明！」高大的身影楞了楞，隨即怒吼下將斧刃加速劈下。

契丹小頭目腦漿迸裂，瞪圓了眼睛，死不瞑目。

絡腮鬍子將領扎里木拔刀迎戰，鄭子明忽然向他笑了笑，利斧帶著血珠脫手而出，「鐺」地一聲，將他的兵器砸飛到空中。緊跟著，一道閃電劈向了他的面孔。扎里木本能地後退，躲閃，脊背貼上了牆壁，雙手握成拳頭在身前亂砸。

他素有幾分蠻力，一拳下去，足以砸死一頭野鹿。然而，鄭子明的力氣，卻比他還大出許多，猛地一揮胳膊撥開了他的拳頭，隨即，手中短刃向前一吐，正中他的喉嚨。

「咯咯咯，咯咯咯咯，咯咯咯……」扎里木手捂喉嚨，眼睛瞪得滾圓，直到死去，他也無法相信，自己居然連一個回合都沒支撐下來。

鄭子明卻連看都沒多看他一眼，一腳踹開後門，縱身撲向院子最深處，沿途凡是遇到阻攔，皆一斧一個，盡數送上西天。

「怎麼回事！」院子最深處的正房內，蕭里蔑隱約聽到幾聲叫喊，猛地站起來，撲向窗口，「不好，有人，有人來救這狗皇帝了！」

「瞎說，除非他長了翅膀，能從天上飛過來！」耶律欽一腳踢到石重貴的屁股上，滿臉懷疑地笑罵：「就這慫貨，誰肯前來救他？隔著好幾千里路，真當我百萬契丹將士都是死人嗎？」

他的力氣太大，石重貴被踢得往前面一竄，恰恰撲倒在另外一位契丹將官蕭里蔑的大腿旁。正在聚精會神判斷外邊情況的蕭里蔑被嚇了一哆嗦，扭過頭，朝著石重貴的臉上就是一腳：「你這老貨，找死嗎？即便是有人來救你，老子也讓他們有來無回！」

瞬間，石重貴臉上就出現一個靴子的泥印，鼻子，嘴巴，同時淌出了血來。一邊擦，他一邊快速後躲，啞著嗓子大聲喊冤：「跟，跟我沒關係。我發誓，蕭將軍，外邊的人跟我一點兒關係都沒有……」

「那可不一定，說不好是你兒子來救你呢！」耶律欽冷笑，搖頭，自己都不相信自己的判斷。哪有明知道有去無回，還要主動送死的。那鄭子明又不是傻子？而且，石重貴跟他已經分別了這麼多年，那點兒父子情分，早就該淡了，怎麼值得他不顧一切過來捨命相救？

「喀嚓」一道紫色的閃電，將耶律欽的奚落，硬生生憋回了嗓子裡。

窗外被閃電照得亮如白晝，有名彪形大漢，如虎豹般撲向了周圍的契丹兵卒，所過之處，沒有一合之敵。在其身後，則是一小隊身穿黑衣的死士，個個手持短刀，追著契丹兵將大砍大殺，宛若一群餓狼殺入羊群。

「噗。」

鄭子明長刀一揮，一名舉著長矛的契丹兵還沒反應過來，便身首異處。

一名契丹百人將揮動鐵鐧，砸向他的胸口。鄭子明舉刀招架，噹啷一聲，剛剛撿來的長刀就斷成了兩截。他迅速撤步，後退，躲閃，隨即，單手朝腰間一抹。一把短斧迅速飛出，砍碎契丹百人將的面門。

幾根長矛刺破雨幕，直奔他的腰桿和小腹。鄭子明果斷後退，陶勇帶著兩名弟兄狂奔而至，擋住契丹兵，與對方戰作一團。

嗖嗖，王寶貴及時放出兩根弩箭。射翻了陶勇的對手。周圍的滄州勇士迅速結成小陣，彼此配合著，將剩餘的契丹兵挨個刺倒。

推開一具噴血的屍體，鄭子明搶過對方的鐵棍，高舉著繼續向前猛撲。他需要用最快的速度衝殺進去，不必管後路和兩側。後面的這些契丹兵，自有他的兄弟們解決。

「啊——」一名將領打扮的傢伙，咆哮著迎戰。被他當頭一棍，砸得倒飛出去，吐血而死。另外一名契丹兵卒試圖蹲下身，偷襲他的小腿。被他又是一棍砸在了頭上，連腦袋帶頭盔都砸了個四分五裂。

第三名擋路的契丹兵眼裡明顯露出了恐慌，轉身，撒腿逃命。鄭子明快速追了幾步，一棍將其腦袋砸進了胸腔。

鐵棍因為用力過猛，彎成了弧形。有人從身後扔來一把彎刀。鄭子明轉身接住，再一個轉身，殺進下一群契丹人之間，身體在跳躍中不斷的變換方向，長刀化身為牛頭馬面手中的鐵鍊，無情將周圍的契丹人挨個拉進地獄。

周圍的契丹人死的死，逃的逃，一掃而空。眼前忽然一亮，鄭子明人刀合一，直接撲向了臺階。

臺階上，兩名親兵打扮的傢伙，一人挺槍，一人舉刀，呼喝迎戰。王寶貴及時射出一箭，放倒其中一個。鄭子明揮刀砍死另外一個，抬腿將屍體踢進了水坑。

陶大春帶著幾名弟兄迅速追來，與周信所帶的弟兄互為犄角，隨時準備為前面衝刺的鄭子明提供接應。

「敵襲，敵襲！」一隊盔甲鮮明的親兵貼著房簷衝過來，不去管近在咫尺的鄭子明，卻先撲向了屋門。他們的主將在屋子裡頭，他們的責任，是先保護自家主將，再管敵人死活。

陶大春搶步撲上，堵住這夥親兵。帶頭的百人將揮刀朝他猛砍，陶大春側身閃避，樹葉般貼著地面上的積水飄走。契丹百人將沒想到對方居然不戰自退，頓時微微一楞，陶勇毫不猶豫地從邊上殺了出來，一桿長槍捅穿此人的身膛。

「噗」的一聲，隨著長槍被抽出，契丹百人將歪倒在地。

周信帶著弟兄們加入戰團，鋼刀揮舞，潑出一片片血浪。

在最前方的鄭子明，已無暇後顧，雙腿跨過臺階，撲向屋門。

幾名親兵從屋子裡殺出來，揮刀亂剁。李彪舉槍上前格擋，替鄭子明擋住了必殺一擊。鄭子明越步一跳，反手一刀，「呲」的一聲，刀落臂斷，利刃繼續下劈，劈斷了另外一名親兵的喉嚨。

「進屋，進屋，外邊有我！」陶大春高喊，手中鋼刀絲毫不停，將周圍的契丹親兵逼得連連後退。

陶勇帶著幾名弟兄，結陣而戰，迅速清空鄭子明身體兩側。

有一個魁梧的契丹猛士，忽然衝出屋門。手中的狼牙棒剛剛舉起，就被鄭子明橫刀擋住。李彪跨步上前，長槍直奔此人哽嗓。契丹猛士咆哮後退，一腳門裡，一腳門外。鄭子明果斷撲進此人懷裡，左手拔出短斧迅速上撩，「啪」的一聲，將此人的下巴連同半邊腦袋撩上了房梁。

屋門的最後一道防線，破了，借助明晃晃的蠟燭，他將屋內的情況盡收眼底。

一個白髮蒼蒼的老漢被人踩在腳下，兩名契丹武將，一左一右，踩著老者，手中彎刀寒光閃爍。

「站住，退出去。否則，我們就先結果姓石的。然後再跟你拚個魚死網破！」

「二寶？」石重貴仰起頭，眼睛裡滿是驚愕。「不對，你不是二寶，我不認識你。也不會跟你走。你趕緊滾，趕緊滾蛋！」

他自以為補救得足夠及時，卻過分低估了耶律欽和蕭里蔑二人的智商。話音剛落，兩名契丹負責看管他的武將，已經笑逐顏開，「石延寶，哈哈，你真的敢來。你這個蠢貨，比你的皇帝父親還蠢。哈哈哈，放下兵器投降，否則，老子先殺了他！」

「放下兵器投降，我從一數到三，一……」

「他不是二寶，不是鄭子明，你們認錯人了，你們都認錯人了！我不認識他，我不認識他！」石重貴拚命掙扎，叫喊，期盼能激怒耶律欽，立刻將自己一刀砍死。

如此，兒子就不必再受此人威脅，如此，兒子就能無牽無掛的離開。回到中原，回到大周，從此高官得坐，駿馬得騎。

「啪！」耶律欽蹲下身，狠狠給了石重貴一個耳光，「閉嘴，否則，老子先宰了你！」

「殺了我，殺了我。有種你就殺了我！」這輩子，石重貴從來就不曾像現在這般勇敢，主動扭著脖子，朝耶律欽手中刀刃蹭去。

耶律欽躲閃稍慢，頓時，刀刃上就帶起了一串血珠。「阿爺！」鄭子明大叫著撲向，卻被蕭里蔑死死擋住，眼睜睜地看著自家父親又被契丹武將打暈過去，像雞仔一樣拎在了手裡。

「住手，後退，否則，我真的下刀了！」耶律欽用刀刃朝著石重貴的喉嚨比了比，大聲強調。

他剛才萬萬沒想到，石重貴這個軟骨頭，居然真的能狠下心來求死。但是，他卻有足夠的能力和手段，讓石重貴父子生死兩難。「你既然來了，我也不難為你，跟我一道去上京覲見陛下就是。說不定，他念在你一份孝心的份上，會放了你父親，給你們兩個一片牧場，讓你們父子在遼國共享天倫之樂。」

「去你娘的！」回答他的，是一聲怒喝。周信拎著一名契丹十將衝進屋子，當著所有人的面兒，揮刀抹斷了此人的喉嚨。

「來啊，你殺個試試，老子手裡現在至少有一百名俘虜。你殺了石重貴，老子就讓他們一道陪葬！」像個瘋子，他大喊大叫，鮮血頓時噴紅了鄭子明半邊身體。

「你……」鄭子明又驚又怒，扭頭，指著周信大聲怒喝，「出去，趕緊出去，沒看見我阿爺在他手裡嗎？」

「那是你阿爺，不是我的，更不是我們大家的！」彷彿絲毫不在乎鄭子明的感受，周信丟下屍體，梗著脖子回應。「咱們可以跟你來送死，卻絕不會跟著你一起做孬種！」

「對！咱們不做孬種！」陶大春和陶勇二人，也各自拖著一名俘虜入內。已經砍出豁口的刀刃上，不斷有鮮血滴落。「放了石重貴，然後我們放了你們所有人，否則，大夥一起死！」

「這……」耶律欽和蕭里蔑二人也算見多識廣，卻沒見過如此蠻不講理的屬下。自己抓了石重貴來要挾鄭子明，是由於這二人原本為父子，血脈相連。鄭子明麾下的這些兵將跟自己有什麼關係？憑什麼為了他們的小命，就得放石重貴父子離開？

「放人，放人，否則，大夥一起死！」房簷下，喊聲此起彼伏。攻擊得手的滄州們勇士們，每人拎起一名不知是死是活的契丹將士，用刀壓在對方的脖子上，大聲威脅。

地面上，屍橫滿院，血流成河。

「喀嚓，喀嚓，喀嚓」閃電如銀蛇般亂竄，照亮耶律欽和蕭里蔑二人扭曲的面孔。

如果他們敢拒絕，對方肯定說到做到。那將意味著大夥同歸於盡，他們用自己和身邊所有親信和弟兄們的命，給石重貴賠了葬。而如果他選擇放人，過後，大遼國的皇帝也饒不了他，至少，也得殺他全家。

「他是你父親，他是你父親，鄭子明，你自己怎麼不說話！」進退兩難，蕭里蔑忽然急中生智，扭過頭，揪著石重貴的頭髮，露出那張蒼老的臉。

昏迷中，石重貴吃痛，嘴裡發出痛苦的呻吟，「走，二寶，走啊，別管我。別……」

「啪！」蕭里蔑又是一記耳光，將石重貴打得鼻孔冒血，「退後，否則就同歸於盡。」

「噗！」血光飛濺，鄭子明抓起一名俘虜，毫不猶豫抹斷了脖子。

「你！」蕭里蔑沒想到鄭子明居然連他父親的生死也不顧了，再度揚起巴掌，對準石重貴的老臉。

「噗！」又是一道血光，鄭子明從身邊人手裡抓過第二名俘虜，切斷咽喉，順勢向前一摜。

尚未斷氣的契丹俘虜手捂脖頸，搖搖晃晃向前撲去。雙目之中，滿是求肯。而蕭里蔑，卻毫不客氣地側開了身體，任由他摔倒在自己腳下，翻滾，掙扎，死不瞑目。

「姓鄭的，你，你不要你父親了，那好，老子現在……！」耶律欽怒不可遏，紅著眼睛，將手中寶劍，高高地舉過了頭頂。

「嗖！」一把短斧，從鄭子明手裡飛出，正中他的手臂。

陶大春和周信要的就是這個機會，幾乎在短斧飛出的同時，雙雙撲上。一人用鋼刀劈向蕭里蔑，另外一人，則直接撞進了耶律欽懷裡，將其撞了個仰面朝天。

「啪！噹啷啷！」斷臂和短斧、寶刀同時落地，耶律欽慘叫著摔倒，蕭里蔑被周信一刀逼退數步，再一刀砍掉了腦袋。

「你，你不得好死，不得好死！」耶律欽手捂著斷臂，在地上翻滾，哀嚎。他好恨，恨自己糊塗，恨自己怕死，恨自己不該試圖拿石重貴來威脅鄭子明。如果他聽見喊殺聲時，就果斷割了石重貴的腦袋，今日之戰，也許完全會是不同的結局。

「送他上路！」鄭子明隨口吩咐了一句，蹲下身，從濕漉漉的地面上抱起自己的父親。扭頭衝出屋外，「走，咱們回家！」

「回家！」陶大春手起刀落，砍下耶律欽的腦袋。

「回家！」眾勇士將手裡的俘虜，丟在腳下，在雨幕中，高高地舉起兵器。

「喀嚓！」一道閃電滑過天際，照亮他們筆直的身影。

這群男兒身影，注定要留在蕭蕭風雨中，永遠成為傳說。

「二寶……」石重貴從喉嚨中擠出兩個字，一時之間，恍然如夢。

「別說話，咱們得趕緊走！」鄭子明溫柔地朝著自家父親笑了笑，低聲叮囑。

他已經反覆辨認過，確信無疑，這就是自己的父親，那個曾經信誓旦旦說自己不是親生，而是撿來抱養的父親，那個替遼國招降自己的前朝皇帝石重貴。

那個時而英雄，時而孬種，給了他生命，同時也給了他無數煩惱的父親。

他在這世界上所剩下的，唯一的血脈至親。

「給我！」陶勇快步衝上來，彎下脊背。

鄭子明沒有多廢話，雙手一用勁，將石重貴攏到陶勇背上，隨手從懷裡掏出一根早已準備好的絲絛，快速的繞了幾圈，將二人拴在了一起。隨即，扯開嗓子朝著院門裡所有人大吼：「撤。」

陶大春將突然從黑暗裡衝到面前的契丹兵撂倒，閃到鄭子明身側，口中同樣叫道：「撤。」

剛才躲在右側射冷箭的王寶貴這時候，也集合了三五個人，大聲吼道：「撤。」

眾人魚貫而出，沿著來時的路，快速衝向了先前的隱藏處，風馳電掣。

營州附近有一條大河，但是，河岸距離石重貴的囚牢卻有些遠。他們必須，在守軍做出反應之前，逃到河邊，跳上藏在蘆葦蕩裡的船隻，才能順流而下，直奔大海。

時間緊迫，每個環節都不能太多耽擱。每多耽擱一炷香時間，大夥距離閻王殿就更近了一步。

他們計算得很仔細，也很精確，幾乎考慮了所有細節。

然而，大夥兒剛剛離開院落還不到五百步，雨幕中，卻忽然殺出了一群原本不該出現的人。

「圍住他們，圍住他們。果然在這兒，一個都不要放過！」帶隊的契丹將領滿臉喜悅，揮舞著長刀大喊大叫。

他不認識鄭子明，卻認識趴在陶勇背上的石重貴。從石重貴身上，知道自己今夜抱著試試看的心情，居然迎頭堵住了一群大魚。

「勇子先走，其他人，跟我一起來！」鄭子明當機立斷，衝進敵軍，大開殺戒。緊隨其後的陶大春和李彪，長刀揮灑，替他守住來自後面契丹兵的攻擊。

還沒來得及擺開隊形的契丹兵不敵鄭子明三人的衝殺，生生被衝出了一道缺口。周信帶領其餘弟兄緊緊跟上，將缺口越擴越大，血流成河。

「放箭，放箭！」帶隊契丹將領驚慌失措，扯開嗓子，高聲叫喊，「不管是誰，狠狠的放箭。」

亂箭齊發，卻被大雨打得歪歪斜斜。

如此狂暴的天氣裡，普通弓箭，根本起不到任何效果。

緊跟著鄭子明身後的滄州勇士，卻瞬間得到了提醒。果斷從背後抽出弩弓，扣動扳機。

「嗖嗖嗖，嗖嗖嗖，嗖嗖嗖！」沒有尾翼弩箭，即便在暴雨裡，也能穿透皮甲。周圍的契丹兵卒瞬間被射倒了一大排，剩下的大喊一聲，抱頭鼠竄。

「別戀戰，走！」鄭子明大叫，揮刀劃過一名百人將的嗓子。

「額。」百人將慘叫一聲，脖子上的鮮血如噴泉一般湧出。

不顧半空中落下的血跡，鄭子明單手推開屍體，抬腳，踢起一桿長槍。沾了水的長槍沉重無比，卻依舊被他踢得飛了起來，直奔另外一名契丹指揮使的胸口。

「啊！」契丹指揮使蕭鐵狼猛地來了個鐙裡藏身，躲過了必殺一擊。待再度於馬背上直起腰，鄭子明的面孔已經近在咫尺。

「啊——」他大叫著舉刀，下剁。卻忽然間看不到對手的身影。緊跟著，大腿處猛地一痛，整個人飛到空中。

鄭子明手起刀落，將蕭鐵狼砍去首級，隨即飛身上馬，舉起鋼刀四下猛劈，「讓開，讓開，擋我者死！」

戰馬附近的契丹兵卒紛紛躲避，唯恐動作稍慢，步了自家指揮使的後塵。數桿投槍卻破空而來，將他們統統釘死在地上。

「轟！」

電閃雷鳴，暴雨如注！

借著閃電的餘光，鄭子明看清楚了地面上深入盈尺的投槍，臉色瞬間變得一片鐵青。皮室軍，攔路的這支兵馬，居然出自契丹最精銳的皮室軍。而據他前幾天四處刺探得知的情報，最近一支皮室軍駐地，距離營州也有三百里，根本不該在囚禁父親的地方出現，更不該出現在狂風暴雨當中。

「轟！」還沒等他來得及推算，到底是哪裡出了問題。又一排投槍破空而至，逼得他不得不策馬閃避。對方人多，又訓練有素，經歷了最初的慌亂之後，已經逐漸穩住了陣腳。而自己這邊，總計才有五十多名弟兄，絕對不能做更多糾纏。

「跟我來！」彎腰從地上撿起一根長矛，鄭子明遙遙地指向敵將帥旗。同時，雙腿狠狠磕打馬腹部。吃了痛的遼東馬嘴裡發出一聲咆哮，沒有任何預兆的開始加速，踩著契丹兵的屍體，朝著遼軍隊伍的核心處衝了過去。

雷雨夜格外的暗，整個天空黑沉沉的。陶大春、周信等人一言不發，帶領隊伍，緊跟在戰馬之後。沿途過處，見一個砍一個，硬生生將敵軍殺出一條血肉通道。

「去死！」王寶貴借助閃電的亮光，確定敵人的方位，然後扣動扳機，以瞬發的速度將敵人射殺。

「去死！」其他滄州勇士也跟著扣動扳機，將弩弓上的弩箭射出。將近在咫尺的皮室軍射得抱頭鼠竄。武侯弩造價高昂，不宜大規模的裝備於部隊上。但是其精準的命中率和巨大的殺傷力，卻可以令敵人膽怯。

「啊啊啊——」一夥契丹刀盾兵終於看清楚衝過來戰馬上，坐的不是自己人，嚎叫著上前擋路。

鄭子明持槍前刺，馬蹄直接踩向刀盾兵頭頂，將刀盾兵們踩得鬼哭狼嚎。陶大春和周信一左一右，鬼魅般出現，將戰馬旁揮舞兵器的契丹人挨個放倒。

李順帶著弟兄們丟出短斧，瞬間將擋在鄭子明戰馬前的長槍兵剁翻一片。長槍兵的隊伍中，也出現了一道缺口，鄭子明策馬，急馳而過。

李彪的長槍如同出水蛟龍，瞬間殺至戰馬右側敵軍當中，身形忽左忽右，變幻不定。一個個槍花耍得眼花繚亂，周圍的契丹兵不得不放棄阻擋鄭子明，舉槍跟他搏鬥，隨即，被躲在暗處的王寶貴再度用弩箭挨個點名。

幾根投槍如毒蛇般飛來，命中鄭子明胯下戰馬，血流如注。

鄭子明左手一使勁，搶在戰馬倒下前主動飛了出去。長槍下戳，捅穿一個契丹兵卒的小腹。隨即，雙腿下落，胳膊發力，將屍體直接甩了過去，將另外一群衝過來攔路的敵軍，砸開了一個小缺口，他自己也隨著屍體一個猛撲，貼在地上，瞬間滑到一名契丹兵腳下。

長槍橫掃，掃翻七八條大腿，斷裂。手中兵器迅速換成契丹人丟下的彎刀，繞著圈子劃過一道寒光。三條小腿，兩隻腳，交替飛起，鄭子明搶過一面盾牌護住自己，單手揮刀，躍入敵軍當中，宛若瘋虎。

「噗！」陶大春的長刀橫掃，幾名契丹兵喉管直接裂開，倒地，地上雨水夾著鮮血，已經流淌得到處都是，四下裡的雨水，也瞬間都變得殷紅如血。

一名十人將咆哮著撲上來，被他揮刀砍翻。另外兩人則左右夾擊，逼得他手忙腳亂。鄭子明忽然出現，揮刀從背後砍死一名夾擊者。刀還未抽出，兩把彎刀閃著寒光而至。

「咚！」來不及將刀從屍體上拔出來的鄭子明，用敵軍屍體擋住了彎刀的殺勢，後面的契丹兵想直接將鄭子明圍住，不遠處的李順發現這一狀況，縱身跳躍，踩到一個契丹兵的頂，隨即翻身落到鄭子明身側，揮刀猛砍，將敵軍的包圍圈硬生生砍出一個缺口。

鄭子明抽刀，斜劈，橫掃，背靠著李順和陶大春旋轉，夜戰八方，生生將圍上來的契丹兵逼退。「哇哇哇！」眾契丹兵大叫著退後一步，彎刀恍若組織好了一樣，再度變成一道亮帶，齊齊劈來。

鄭子明和陶大春，李順三人被突如其來的變化逼得迅速後退，下一瞬間，鄭子明將手中的盾牌當飛斧一樣直接甩了過去。

「鏘鏘！」

契丹兵用刀砍向飛過來的盾牌，不料，鄭子明正等的就是這個機會，只見他如同一頭下山捕食的猛虎，長刀自右向左一個橫劈，頓時讓兩名契丹兵的肚子同時迸出血水。

「殺！」陶大春和李順同時揮動手臂，將另外兩名契丹兵砍成了滾地葫蘆。

「走！」就在二人正欲再度擊殺的時候，鄭子明突然心中感到一陣危機，毫不猶豫大喝示警，連連退後。

陶大春和李順想都不想，兩腿迅速向後滑步。剛剛挪開不到半尺遠，「嗖嗖嗖」，三支投槍，直插他剛才的落腳之地，擺出了一個端端正正的品字型。

「轟！」

一道閃電劃過，鄭子明看到馬背上向自己丟擲投槍的傢伙，皮盔，鐵甲，耳畔裝飾著兩條濕漉漉的貂尾。

「是敵軍主將！擒賊擒王！」他腦海裡迅速閃過一道亮光，隨即想都不想，從腰間抽出飛斧，本能地擲了回去。

「砰！」

馬背上的人猝不及防，被飛斧直接命中面門。腦漿迸裂，當場栽落於地。

歸來

「蕭將軍，蕭將軍——」四下裡，哭喊聲響成了一片。眾皮室軍勇士，沒想到自家主將連帶著大夥連續趕了好幾天路，結果到了目的地後，卻連一個照面都未支撐住就被人給斬於馬下，頓時又驚又悔，手足無措。

鄭子明卻絲毫沒有憐憫之心，趁著周圍契丹人被嚇傻了的功夫，接連幾個箭步竄到屍體旁，單手拎起，緊跟著，又一個箭步竄到此人的戰馬旁，飛身而上。「都讓開了，沒死，只是砸暈了。否則，老子再一斧子下去！」

手迅速往後一摸，卻摸了個空，今夜幾度擲出，又幾度撿回的飛斧，終於一個不剩，被他丟了個精光。

「讓開，還沒死！砸腦袋，砸腦袋！」

「讓路，還沒死！砸爛，砸爛！」

「砸，砸……」

陶大春等人冒著暴雨，衝到鄭子明戰馬兩側，抬手遞過一把從泥地上剛剛撿來的鐵鞭。用生硬的契丹話，大聲威脅。雖然他們喊的驢頭不對馬嘴，但周圍的皮室軍將士，卻從鄭子明拿著鐵鞭在自家將軍腦袋上比劃，頓時原本已經絕望的心情，又湧起了幾分希望，想要上前搶奪，又怕惹了對面的凶神痛下殺手，你推我擠，亂作了一團。

恰恰鄭子明胯下的戰馬動了動，將契丹將軍的屍體晃得上下起伏。眾皮室軍立刻就相信了自家將軍真的未死，擺著手，大聲請求，「別，別殺。求求你，不要殺！」

按照契丹軍律，主帥戰沒，其手下親兵即便搶回了屍體，也難逃一死。而其他將校被如何處置，則完全看上頭的心情。有可能直接被推出去砍了腦袋殉葬，也有可能奪去官職戴罪立功，還有可能連同家中老婆孩子，一道被貶做牧奴，持續三代不得翻身。

所以，眼下眾契丹將士的第一要務，是把自家將軍救回來，而不是繼續追殺對手。但如果真的把對手逼急了，將蕭將軍的腦袋用鐵鞭砸成了一堆爛西瓜，他們即便最終搶到了屍體，恐怕也落不到什麼好下場。

兩軍交鋒，哪怕連續決策失誤，都好過連續發呆發傻。鄭子明身邊的滄州弟兄們，對類似的場景已經模擬演練了數十次，豈能將機會白白錯過？立刻紛紛衝到自家主帥身側，或者搶了無主的坐騎，或者雙腿奮力狂奔。手中兵器，同時向隊伍兩側左右揮舞，「讓路，讓路，否則就砸爛，砸爛！」轉眼間，整個隊伍就如同蛟龍般潰圍而出。

「站住，留下我家將軍！」

「蕭將軍，蕭將軍！」

「漢人，說話算話，我們不追……」

眾皮室軍將士這才終於緩過神，用契丹話或者生硬的漢語叫喊著，緊追不捨。鄭子明等人，則以弩箭控制距離，以對方主將的生命作為要挾，且戰且退。不多時，便又跟背著石重貴突圍的陶勇等人匯合在了一處。

「有馬騎的留下，沒有馬的先去河邊，上船！」鄭子明果斷地吩咐了一句，同時撥轉坐騎，再度用鐵鞭壓住了死去多時的契丹將領頭顱。

「哢嚓，哢嚓，哢嚓！」數道閃電，照亮他驕傲的身影。雨已經快停了，但風卻更急，吹得戰馬鬃毛和尾巴都飄了起來，如旌旗般來回飛舞。

大多數弟兄一言不發，快步奔向藏著船隻的小河岔。陶大春和周信兩人，則帶著七八名搶到了戰馬的弟兄，迅速在鄭子明身邊排成一個三角陣。每個人身上都已經完全濕透，血水混著雨水滴滴答答往下淌。

追過來的眾皮室軍將士又累又怕，隔著老遠就緊緊拉住了坐騎。連續多日趕路，又遇到狂風暴雨天氣，主將還落在對方手裡生死未卜。他們這邊，無論體力和士氣，都已經跌落到了崩潰的邊緣。所以已經不敢再貪功，只求能平安把自家主將救回。

「趕緊緩一緩體力，咱們必須支撐到其他人都上了船！」鄭子明對靠攏過來的皮室軍，視而不見。扭過頭，對著陶大春等人吩咐。

「知道！」陶大春沉聲答應，隨即，從戰馬屁股的束帶上，抽出一根無主的投槍。雙臂用力，擲向對面，「不准越過這個投槍，否則，就砸爛你家將軍的腦袋，讓他老娘都認不出來！」

「投槍，不准越過，否則，砸爛腦袋，老娘，沒法認！」唯恐對方聽不明白自己的警告，他又再度用彆腳的契丹話重複。

「阿克棄，阿克棄！」眾皮室軍將士從沒遇到過如此「不講理」的對手，氣得紛紛破口大罵。然而，罵歸罵，他們卻是誰也不敢繼續超過標槍落地處半步。

「問問他們，為何要冒著雨往這邊趕？」鄭子明斟酌了一下，低聲向陶大春吩咐。

「為何，你們，今晚，到這兒？」陶大春的契丹話無比生硬，意思，卻能多少表達清楚。對面，又響起了一片憤怒的喊聲，與風聲和雷聲夾雜在一起，混亂而又嘈雜。但大抵意思，陶大春卻很快就弄明白了。側過頭，附在鄭子明耳畔說道：「他們招認，是三天前的早上，有人給他家將軍送了一個口信。然後他們就冒著雨趕過來了。具體口信是什麼，他們也不太清楚。」

「你再問他們，還有誰帶著隊伍往這邊過來了？」鄭子明的眉頭迅速往上跳了跳，再度低聲吩咐。

陶大春努力將他的話翻譯成了契丹語，努力讓對方聽懂。眾皮室軍將士雖然被問得焦躁無比，但看著鄭子明又將鐵鞭往高舉，便不得不耐著性子，給出答案。原來當日，不止一支契丹軍隊開始向營州移動，只是天氣過於惡劣，沒有人走得比皮室軍更快而已。

「再問問他們，帶兵的將領是誰，手下多少人，還有其他的事情，越詳細越好。」鄭子明聞聽，臉色頓時變得非常陰沉，啞著嗓子，繼續吩咐。

陶大春知道情況不妙，盡力將問題用契丹話表達清楚。對方被問得又是一陣鼓噪，卻終是耐住了性子，將他的問題一一解答。至於其中多少是謊言，多少為事實，則不得而知了。

「那你們可知道……」陶大春明白鄭子明已經是在故意拖延時間，啞著嗓子，再度開口。

眾契丹兵將急得抓耳撓腮，卻無計可施。只能硬著頭皮，跟他繼續東拉西扯。

「那你們……」轉眼已經問了小半炷香時間，陶大春依舊談興未盡。這下，對方可是徹底忍無可忍了。舉起兵器，大聲鼓噪，「阿克棄，阿克棄！瓦力呼啦，斥力，斥力！」

「去你娘的阿克棄！」鄭子明單臂，將契丹人的屍體掄起，朝著側面樹林裡奮力猛擲，「自己去找，老子不要這塊臭肉！」

「將軍，將軍——」眾皮室軍將士顧不得追殺鄭子明，立刻策馬朝屍體落地處狂奔。陶大春等人見狀，立刻策馬包裹起自家節度使，轉身便走。

直到大夥奔出了好遠，身背後，才隱隱有哭罵聲傳了過來。很顯然，一眾皮室軍將士終於發現他們的主將屍體早就冷了，神仙也救不回。

然而此刻，鄭子明等人心中卻湧不起絲毫欺騙敵軍得手的喜悅，一個個鐵青著臉，瘋狂地策動戰馬，去追趕先行撤退的其他弟兄。

消息暴露了！否則，那個什麼蕭將軍，絕對不會冒著瓢潑大雨晝夜連續行軍數百里，只為證明契丹人的耐力和驍勇。

有人刻意把鄭子明潛入遼東救父的消息，透露給了契丹人！有人不希望鄭子明返回大周，想讓他死在營州！而知道他潛入遼東這件事的，除了祁州前線的幾位大將之外，只有大周皇帝陛下郭威和皇帝陛下的少數心腹重臣！

「不對，契丹人剛才說，他家將軍收到的是口信，不是命令，也不是聖旨！」李順兒忽然甕聲甕氣喊了一句，隱隱帶著幾分心虛。

剛才陶大春跟契丹人的對話雖然生硬，但斷斷續續，還是揭露出了許多關鍵問題。如果是契丹皇帝命令手下的將軍帶兵追殺鄭子明，肯定不會是口信兒，至少會以軍令的形式，或者直接下一道聖旨給營州附近所有契丹將佐，令他們布下天羅地網。

而姓蕭的是因為接到了一份口信兒才在三日前動身，則說明，給他通報消息的人，在遼國的地位可能並不算高，至少，對他沒有任何的管轄權。或者，自慚形穢，沒有給他下命令的勇氣！

「咱們是半個月前從祁州出發的，去掉三天時間，是十二個日夜。」被李順的話頭勾起了幾分靈感，郭信也皺著眉，大聲強調。

無論契丹人的消息來源地，是祁州前線還是汴梁，此時此刻，他的位置都非常尷尬。因為所有橫海軍的核心將領當中，只有他一個，是來自郭家。而其他人，則都是鄭子明親手帶出來的老兄弟，利益、前程乃至生命，都早早地鏈接在了一起。

「十二天，已經足夠契丹細作將消息從汴梁送回上京了！」第三個開口的，是鄭子明的大舅哥陶大春。雖然讀書不多，但此人的見識，卻不比那些滿肚子四書五經的老學究們差。「所以，消息很可能不是有人故意傳出去的，而是無意間被契丹細作探知，卻無法辨別真偽，不敢向耶律阮彙報，只能想方設法提醒附近的帶兵者留意！」

聽他這麼一剖析，大家伙兒心臟中頓時又有了幾分熱氣兒。頭垂得不再像先前一樣低，臉上也終於有了幾分血色。

「那就不可能是從軍中刺探到的消息，祁州距離遼國最近，細作只要把消息送過河，就能快馬送到上京！」

「更不可能從咱們滄州。咱們回去時根本沒進城，直接就從海港登了船！」

「當然最大可能是汴梁，文臣向來嘴巴大，有點兒事情巴不得嚷嚷得全天下都知道！」

……

剎那間，議論聲嘈嘈切切，每個人都變成刑名師爺，從片鱗半爪的消息中，不停地剝繭抽絲，以期能挖掘出整個洩密事件的幕後黑手。

「的確有可能是汴梁的文官，樞密院、中書省還有各部，能走漏消息的人實在太多。」依舊是陶大春，向鄭子明使了個眼色，故意把話說得特別肯定。

這，也許是最能讓眾人心安的推斷。否則，大家伙兒在遼東出生入死，後方卻有人希望他們永遠無法生還。如此答案，太沉重，也太冰冷。足以在短時間內，就將所有人都徹底擊垮。

鄭子明對陶大春的暗示，心領神會。笑了笑，用鐵鐗直指南方，「管他誰洩漏的消息呢，抓緊時間趕路才是正經。上船，然後去換大船。只要能及時換了大船一路向東，契丹人即便來了千軍萬馬又能奈咱們如何？」

「將軍說得對，管他誰走漏的消息，對咱們來說，上船才最要緊！」

「趕路，抓緊時間趕路！」

「上船，然後到了老河口，再換大船順流而下！」

「上船，上船……」

弟兄們聞聽，精神頓時又為之一振。更加瘋狂的策動戰馬，朝著預先藏著小船的三岔河飛奔。四條腿跑得比兩條腿快，哪怕是遍地泥濘的情況下，也是如此。只跑了大約小半個時辰，他們就追上了陶勇、張彪和王寶貴等人。然後大家伙兒輪流騎上馬背歇緩體力，終於在半夜子時左右，趕到了預定接應地點。

「吱吱，吱吱，吱吱……」將筋疲力竭的戰馬朝身後一丟，李順立刻吹響了銅笛。

這種滄州軍所獨有的聯絡物件，發出的聲音極為尖利，即便在非常嘈雜的環境下，也能傳出二里多遠。

然而，黑漆漆的夜幕後，卻沒有同樣的笛聲回應。只有河水呼嘯而過的聲音，「轟隆隆，轟隆隆，轟隆隆！」如悶雷般，不停地折磨著人的神經。

「陶修，李智，你們兩個死哪去了！」本能地感覺到一絲不妙，陶大春跳下坐騎，直奔記憶中的河畔。大夥兒藏船的位置非常隱蔽，而四周二十里內都沒有人煙，留下看管船隻的弟兄，被敵軍發現的可能微乎其微。

依舊沒有任何回應，只有他雙腿踩在泥漿裡的聲音。「咕咚，咕咚！」一聲比一聲急，一聲比一聲沉重。

「快回來，危險！」鄭子明忽然扯開嗓子大叫，同時從李順的坐騎背上，抄起一團皮索，朝著陶大春兜頭猛擲，「接住，拉緊繩子。這是條季節河！」

「什麼？」陶大春被嚇了一大跳，本能地停住了腳步，按照鄭子明的命令去接繩索。說時遲，那時快，就在他的手掌剛剛將繩索握緊的瞬間，腳下忽然傳來一股大力，將他整個人沖得踉踉蹌蹌，多虧了繩索的拉扯，才避免當場栽倒。

「所有人，後撤，趕快往後撤！」鄭子明將繩子背上肩膀，倒拖著陶大春朝遠離河岸叢的方向走。陶大春被他拉得又踉蹌了數步，低頭細看，才發覺泥漿早已漫到自己腰間，若是剛才不小心被暗流推倒，恐怕立刻就得被沖得無影無踪！

「船，船哪裡去了？」李順依舊不甘心，從胸前油布包裡拿出火摺子和救急用的火把，奮力打燃。

火光，頓時照亮了眼前的河灘。

沒有船，也沒有河岸。原本藏船的蘆葦叢，已經被一片浩浩蕩蕩的泥漿所取代。而一天前還只有兩丈寬的三岔河，如今已經變成了黃色的「大海」。不時有浪頭捲著樹木和石塊翻滾而下，將「海」面砸得白煙滾滾，濃霧蒸騰。

「二寶，二寶，有一件事情，為父認為必須跟你說清楚……」就在大夥的心臟即將被絕望塞滿的時候，縮蜷於一匹戰馬上的石重貴，忽然用力抬起了頭。「你是我在班師路上撿到的，我，我其實不是你的親生父親。」

「阿爺，您不用著急，發洪水未必是壞事。咱們沒有小船，還有大船。大船就在三岔河與遼河的交匯處。」鄭子明笑了笑，故作輕鬆地回應。「而契丹兵想要及時趕到這裡，恐怕就得繞個大圈子了。至少有一半人，得被堵在三岔河對岸！」

自家父親從來就不是硬骨頭，他也沒指望一個被軟禁了多年的老人，能有什麼臨危不亂的大將之風。對方是英雄也罷，是普通人也好，都是他的父親。他沒有理由，在已經具備相救的能力下，還任其在遼東自生自滅。

「你真的是我撿來的！」彷彿根本沒聽見鄭子明說什麼，石重貴咬了咬牙，繼續大聲強調，「我不是你親生父親，從小也沒怎麼管過你。這事兒，你的兩個舅舅都可以作證。你，你真的沒必要為了我把自己的命……」

「我已經聽說了三妹的幾個姨娘的事情，咱們石家，恐怕就剩下咱們爺倆兒了！」鄭子明又笑了笑，非常耐心地開解。

父親的想法，他很清楚。不過是試圖割斷兩個人之間的關係，讓自己獨自去逃命罷了。這個伎倆，幾年前父親就已經用過了一次，當時就已經被自己識破。如今再照方抓藥，自己怎麼可能反倒信以為真？

只可惜，他的耐心與孝心，得不到石重貴的回應。被突然變寬了十倍的三岔河給打擊得徹底精神崩潰，石重貴早已失去了理性思考的能力，一心只想著不再拖累兒子，不再讓自己的厄運，再影響到任何人。

「真的，我不騙你。我真的不是你的親生父親。咱們倆，其實一點兒關係都沒有！」瞪圓空洞的兩眼，這個曾經立志要從契丹人手裡奪回燕雲，改正父輩所犯下錯誤的前朝皇帝，像個遭受了雪災後生無可戀的牧羊老漢般，繼續啞著嗓子補充，根本不管自己的話語，是如何的漏洞百出，「我是怕你哥孤單，才把你給撿回了家中。你小時候，就盡弄些稀奇古怪的東西，跟我家所有孩子都不一樣！你還……」

「我說老爺子，您現在說這些有啥用啊！」實在無法忍受石重貴繼續打擊大夥的士氣，李順走上前，皺著眉頭抗議，「您說不是就不是了？也不看看，我家大人跟您長得有多像！就跟一個模子拓出來的土坯一般，怎麼可能不是親爺倆兒？況且，您老也不想想，即便我家大人相信您說的全是真話，也得契丹狗皇帝和大周天子都信了才成啊！只要他們倆不信，您即便把謊撒出花來，能幫得了我家大人嗎？」

「是啊，老人家。既然已經來了，就不可能再丟下您！」陶大春也湊上前，笑著開解。「況且，現在丟下了您，也解決不了任何問題了！」

「這，這，這……」石重貴瞬間，從捨身救子的幻覺中被拍醒。再度佝僂起了腰，眼淚沿著花白的鬍子滴滴答答往下淌，「我，我真是不祥之人。我，我就是個災星。二寶，別管我了，讓我自己留在這兒吧！我早就活夠了！我不能讓跟我有關聯的人，個個都沒好下場！」

「誰說咱們會沒好下場？爹，您真的想多了！」鄭子明忽然笑了笑，像尋常民間父子一樣，低聲稱呼自己的父親。「我既然敢來，就有十足把握將您帶回去。咱們走，我讓您看看，兒子的本事！」

說著話，上前一把拉住石重貴的坐騎韁繩，快步向東。

「二寶啊……」石重貴根本沒有任何勇氣拒絕，趴在馬鞍上，放聲嚎啕。

自從上次相見之後，他曾經無數次在夢裡，與自家兒子重逢。無數次，夢見兒子帶著一群天兵天將，將自己救出苦海。無數次，夢見兒子跪在地上，對自己大禮參拜，而自己依舊還是大晉朝的皇帝，親自上前拉起兒子，當著全體文武大臣的面兒，冊立其為儲君……

但是，他從來沒夢到過，兒子替自己牽馬，像尋常胡漢雜居之地的百姓一樣，叫自己一聲「爹」。

他不是父皇，今晚也沒有什麼皇兒。他們只是尋常的父子，彼此給不了對方太多的東西，也從沒奢求過從對方手裡拿太多東西。沒有江山，皇權和其他雜七雜八的羈絆。有的，只是簡簡單單的骨肉親情，割捨不斷，也無法離棄。

「走吧，沒什麼大不了的！小船被洪水沖跑了，咱們直接去遼河上找咱們來時的那艘大船！」陶大春抬手揉了揉發紅的眼睛，大聲喊道。

「走了，走了，活人不能讓尿憋死！」李順也頂著一雙紅眼皮，大聲幫腔。

先前還滿臉絕望的弟兄們，忽然間心裡就又有了幾分暖意。笑了笑，抖擻精神，深一腳淺一腳，沿著河岸向東南而行。一邊走，一邊重新挺直了身軀。

「從這裡如果走著去兩河交匯處，至少得走三天三夜！」走了大概半里路左右，周信揉揉眼睛，快步跟上來，壓低嗓音，在鄭子明耳畔嘀咕。

「那就去找馬，遼東這一帶，最不缺的就是好馬！」看了一眼情緒已經漸漸穩定下來的父親，鄭子明斷然決定。「我記得咱們下船的時候，在距離此地十里外，隱約看到過幾道炊煙！你帶幾個人騎著馬去，先用銅錢買，如果對方不收銅錢，你就自己看著辦！」

「末將明白！」周信立刻心領神會，快步奔向一匹坐騎，「還騎得動馬的，跟我去給大夥找腳力。走！」

「走，去找腳力！跟契丹人客氣什麼？」李彪，王寶貴和陶勇等人，先後跳上坐騎，雙腳用力磕打馬鐙。

急促的命令聲與馬蹄聲，交替著響起，很快，眾人的身影，就消失在了無邊的黑暗當中。

「的的，的的，的的，的的……」急促的馬蹄聲，敲破了黎明時分的寂靜。

一個三十餘騎兵和百十匹戰馬組成的隊伍，穿出樹林，帶著濃厚的血腥氣在綠色草地上呼嘯而過。

馬背上，除了筋疲力竭的石重貴之外，其餘每個人，都神采奕奕。雖然，他們的鎧甲和戰靴上，沾滿了暗綠色的草屑和淡紅色的征塵。

「吁！」鄭子明猛地拉了下韁繩，胯下鐵驊騮吃痛，借著慣性又衝出了四五丈遠，才高高地揚起前蹄，「唏吁吁吁，唏吁吁吁……」

「唏吁吁吁，唏吁吁吁……」「唏吁吁吁，唏吁吁吁……」

馬嘶聲，在山谷間此起彼伏。所有弟兄都停了下來，手按刀柄，在戰馬的鞍子上端坐待命。

「順子，帶幾個人去頭前探路！」鄭子明揮了下胳膊，大聲吩咐。隨即，又快速將目光轉向了其他弟兄，「大春，去打些獵物。勇子，去收集柴禾。其他人，下馬恢復體力，跟畜生餵點兒清水！」

「諾！」李順、陶大春、陶勇三個齊齊拱手，然後各自點了兩名騎兵做助手，打馬而去。其他沒被點到的弟兄，則迅速跳下馬背，將自己的坐騎和旁邊空著鞍子的備用戰馬都牽到溪水旁，讓畜生們開懷痛飲。從始至終，沒有任何人多說半個字的廢話。

他們已經習慣了服從，服從自家年輕的主帥所說的每一個字。雖然這位年輕的主帥經常衝動，偶爾也會犯錯。

這些年來，鄭子明帶著他們從太行山旁的小山村，走到了定州，走到了滄州、祁州、冀州、澶州，讓他們看到了黃河，看到了高山，看到了草原和大海，看到了一個與先前完全不同的人生。

他們相信，自己跟在鄭子明身後，可以走得更遠。遇山劈山，遇河涉水，只要他們願意，就可以無視任何艱難險阻。

包括這次，也是一樣。

雖然五天前的那個深夜，老天爺用洪水捲走了他們的小船。但是，他們的主帥很快就將大夥從絕望中拉了出來，開始了另外一場驚險刺激之旅。向東，向北，向西，向北，再向東，然後忽然掉頭向南，五天、六百餘里，一路之上，如入無人之境，將沿途的所有契丹部落，攪得雞飛狗跳，一片狼藉！將四下趕來的追兵，耍得筋疲力竭，痛不欲生。而他們自己，至今則減員不到一成。

憑著精良的武器，高明的戰術，嫻熟的配合，精湛的醫術，大家伙兒在這四天多時間裡，讓那些囂張跋扈的契丹皮室軍兵卒，充分理解了，這世間什麼樣的隊伍，才配被稱作百戰精銳？讓那些大腹便便的契丹部落長老們，充分理解了，這世間什麼樣的人，才配被稱為英雄豪傑？

十步殺一人，千里不留行。所謂人生快意，莫過於如此。如果不是急著回到中原，弟兄們甚至堅信，就憑著身邊這百餘匹馬，三十幾條漢子，大夥兒可以在塞外打出一個全新的國家。

因為就在昨天他們路過一個靺鞨部落，卻拒絕了部落埃斤所獻上的美女，並且用搶來的銀餅付了馬錢之後，那個白髮蒼蒼老埃斤，已經明顯露出了要全部族追隨的意圖。類似的部落，五天里大夥遇到了肯定不止一個。如果不急著返回中原，大夥將來肯定會遇到越來越多。當然，前提是，他們能一直勝利下去，短時間內，不會遭受任何失敗。

可跟在自家主帥鄭子明身後，勝利，真的很難嗎？大夥現在不得不採用一擊即走的策略，不過是因為人少，且沒有穩定的後方而已。如果把幾百個靺鞨、女直、室韋、回鶻部落都納入旗下，集百族之青壯和糧草，在大潢水畔與契丹皮室軍主力列陣而戰……

千軍萬馬，那才是真正的千軍萬馬！想想，都令人熱血沸騰。

「唏吁吁吁，唏吁吁吁……」忽然，鐵驊騮抬起頭，發出了一聲長長的咆哮。

「唏吁吁吁，唏吁吁吁……」「唏吁吁吁，唏吁吁吁……」

正在飲水的坐騎，也都相繼將頭抬起來，轉動著短短的耳朵，嘶鳴不止。

馬是一種膽小且機靈的動物，對危險的感知能力，遠超過人類。只要有風吹草動，就會提前發出示警。

鄭子明和他麾下的所有弟兄，立刻停止了忙碌。三步並作兩步來到溪流旁，飛身跳上馬背。

皮盾被迅速套上手肘，武侯弩被迅速從皮囊裡掏出來，裝滿塗了毒藥的無羽短箭。投槍、鐵鐧、鋼鞭，等一系列殺人利器，也被迅速安放在了隨手可及的位置，只待弩箭射完，便可以被拉出來砸向敵軍頭頂。

「烏鴉，土珂拉，狗屎厥兒……」就在大夥剛剛收拾停當的一瞬間，沿著前方不遠處另外一個林子的邊緣，已經傳來了李順自行推演出來的契丹語。雖然聽上去驢唇不對馬嘴，但是那種囂張的態度，卻如假包換。

「嗖嗖嗖……」數支雕翎羽箭貼著樹梢飛過，帶起一道道翠綠色的煙塵。

追兵被李順撩撥的耐不住性子，明知道距離太遠，羽箭即便射中目標，也穿不透目標身上皮甲，卻依舊開始胡亂射擊。

「烏鴉，土坷拉，狗屎厥兒，豬屁眼兒……」李順兒用諧音杜撰著契丹話，一邊策馬向鄭子明等人靠近，一邊繼續向對方發起挑釁。空空的右手舉在頭頂，手掌不停地左右揮動。

「三里外，山窩下，大約七八十名契丹兵，不到一個百人隊，追過來的這波大概是二十人左右！」鄭子明的眼神微微一縮，迅速讀出李順的手勢，「所有人，跟我出擊！」

「是！」眾人齊齊答應，雙腿同時敲打馬鐙。

整個隊伍，立刻開始加速，在飛奔中，拉出一個整齊的三角形。鋒利的頂端，斜著插向李順和另外兩名弟兄身後，剛好將他們與追兵一分為二。

正在追殺李順兒的契丹武士們，也立刻發現了「最新敵情」，大叫幾聲，果斷撥偏馬頭。羽箭呼嘯，直奔鄭子明面門。

鄭子明輕輕一歪頭，將羽箭躲了開去。隨即，繼續冷靜地催促戰馬加速。「駕，駕……」

「駕，駕，駕……」兩支來自不同地域的隊伍，催促坐騎的語言，卻是一模一樣。隨著乾脆的呼喝聲，兩支高速前進的隊伍，轉眼從即將斜向交叉，變成了即將正面相對。每一匹戰馬都驕傲地仰起頭，鬃毛飄舞，馬尾在風中拉出一道道直線。

「嗖嗖嗖……」兩軍相距六十步遠，契丹人搶先放箭。

準頭應該說相當不錯，至少有三分之一射到滄州軍的隊伍中。只可惜，力道稍微差了些。被弟兄們擺動手肘上的皮盾輕輕一碰，就全都磕飛到了半空中。

「嗖嗖嗖……」

緊跟著，契丹人發起第二輪攻擊，依舊毫無建樹。戰馬跑得太快，風也有點兒大，羽箭抵消風力之後，所剩下的殺傷力微乎其微。

說時遲，那時快，兩輪羽箭過後，雙方之間的距離，便迅速縮短到了四十步。

「舉弩！」

「舉弩！」

呼喝聲猛然響起，從鄭子明本人開始，一直重複到滄州軍隊伍末尾。這個時候，誰也不會多想，完全憑著本能，將弩端穩，對準了敵軍兩眼之間的鼻梁骨。端穩，端穩，端穩！

「殺！」

「殺！」

斷喝聲，緊跟著再度響起。二十五步，已經到達了弩箭的致命射程。鄭子明果斷扣動扳機，隨即，將握著弩柄的手一鬆，任其自由落下，被綁在尾部的皮繩拉向馬臀。隨即，雙手各自持一把鐵鞭，直接撞進了對面的人群。

鬆弩，抽刀，策馬加速！身後的滄州軍弟兄們，動作整齊得宛若長了同一個大腦。銳利的三角形陣列，迅速生出了數十顆冷森森的牙齒，呼嘯著向前碾壓。而對面的契丹人，未到短兵相接，便先被弩箭放倒了十幾個，隊形轉眼分崩離析。隨即，再被長出了牙齒的鐵三角狠狠一撞，剎那間，灰飛煙滅！

「順子留下打掃戰場，照顧我爹，其他人，各自帶上一匹備用坐騎，繼續！」鄭子明看都不看，抬手拉住一匹無主的戰馬。隨即，將鋼鞭朝自家坐騎鞍子後的皮套裡一插，順勢從戰馬的後腹部撈起繫著皮索的弩弓，開始在飛奔中快速裝填。

「諾！」弟兄們齊齊答應，收兵器，搶馬，撈弩，裝填，策馬踩過狼藉的敵軍屍體。

類似的戰鬥，他們在最近幾天自己都數不清楚到底打了多少場。熟練得幾乎已經麻木。所以將對手屠殺殆盡之後，習慣性的下一個動作，就是重新給武侯弩裝填弩箭。

弩箭，也是經過多次回收過的。有的箭頭處已經破損，有的桿部微微變形。還有的箭鏃生了銹，急需要重新回爐。但是，身在茫茫塞外，大家伙兒根本沒資格挑剔。只能儘量參照矬子裡邊拔大個的原則，在每次戰鬥之前，選出最好的幾支裝填。然後再進行下一輪回收，挑選，循環往復。

「剛才那幫傢伙不是皮室軍！」周信快速將馬頭提前了半個身子，啞著嗓子向鄭子明提醒。「看打扮，應該是翼王耶律底烈的東路軍。原本駐紮在幽州，負責牽制和支援韓匡嗣。」

他曾經長期追隨柴榮化妝成刀客四處刺探軍情，因此對遼國內各派勢力的情況都瞭如指掌。光憑先前被消滅的這一夥敵軍身上的裝束打扮，就能推測出其主帥是哪個，屬契丹人的哪座「山頭」。

「狗日的，耶律阮還真瞧得起我！」鄭子明笑了笑，轉身朝著周信輕輕頷首。「他就不怕韓匡嗣伺機造反？」

「當狗當習慣了，怎麼捨得丟掉脖子上那根繩兒？」陶大春也將戰馬稍微提前了半個身子，護住了鄭子明的另外一側。

這個比喻實在足夠生動，令周圍的弟兄們轟然而笑。笑過之後，則繼續調整隊形，檢視鎧甲和兵器，舒緩心情和筋骨，準備迎接下一場激戰。

這套一邊趕路一邊準備戰鬥的奔襲方式，大家伙兒已經掌握得非常熟練。很快，每個人就都把自己的體力調整到了最佳狀態。而此行的目的地，也遙遙在望了。數十名正在等待迎接自己人凱旋的契丹東路軍武士，發現迎來的是一夥渾身殺氣的強敵，嚇得從煮馬奶的火堆旁跳了起來，撿起長槍短棍，倉促列陣。

「端弩！」鄭子明左手揮動，右手平端，同時用目光判斷自己和對方之間的距離。正準備下令攻擊。然而，在，命令即將抵達嘴邊的前一個瞬間，他卻猛然感覺到，在左側樹林裡，似乎有寒光閃了閃。

「不對，情況不對。有埋伏！」警兆迅速從心底湧起，瞬間竄上他的頭頂。「射！」手指扣動，眼睛迅速向四周掃過，剎那間，將附近山川地勢，盡數掃進了腦海。

三十多支弩箭齊齊飛出，將對面倉促結陣的契丹人射翻了一整排。鄭子明棄弩，任其自行墜落，被皮索扯向馬屁股後。抽鋼鞭，磕馬鐙，人和戰馬化作一道閃電殺進敵群；揮鞭，下砸，將一名躲閃不及的敵將砸得吐血而死。目光從屍體上收回，他的大腦也對先前眼角餘光所發現的東西，迅速做出了判斷，「別戀戰，突過去，然後跟我來！」

眼前倉促結陣的敵軍，和剛才被全殲的追兵，都不過是對手拋出的誘餌。李順的偵查結果有誤，敵軍不止是一個百人隊。就在左側的樹林裡，還有更多的兵馬埋伏！

「唏吁吁……」鐵驊騮大聲咆哮著，調轉方向，撞開一名敵軍的屍體，直奔樹林而去。「跟上，跟上，別戀戰！」陶大春和周信兩個大叫，撥轉戰馬，緊隨鄭子明身後。「跟上，跟上！」其餘滄州勇士用吶喊聲互相提醒，也毫不猶豫撥轉馬頭。丟下死裡逃生的誘餌，將自家隊伍，在飛奔中重新彙聚成一個完美的鐵三角。

「嗚嗚嗚，嗚嗚嗚，嗚嗚嗚嗚嗚嗚……」淒厲的號角聲，忽然在樹林中吹響。發覺自家的埋伏沒等啟動，就已經暴露。領軍的契丹將領，毫不猶豫地調整策略，發起搶攻。

兩百多名契丹步卒，邁著大步走出樹林，支起盾牌，架起長矛。一整隊弓箭手，迅速拉彎了角弓，仰面搭上羽箭。隊伍兩翼，還各自有五十多名騎兵，卻不忙著上前交戰。而是從容地貼著戰場邊緣向前迂迴，隨時準備切斷對手後路，將鄭子明等人一網打盡。

「投槍準備！」鄭子明在高速狂奔中，猛喊了一嗓子，同時單手從身後抽出一根三尺長的短矛。

「投槍準備！」「投槍準備！」「投槍……！」

重複聲不絕於耳，滄州勇士幾乎是毫不猶豫的執行了鄭子明的指令，將兵器交於左手，右手從馬鞍後抽出投槍，緊緊握在掌心。

「擋箭——！」鄭子明猛地一低頭，喊聲宛若虎嘯。

「嗖」「嗖」「嗖」……，漫天箭雨如約而至，打起一片片猩紅色的血花。

射向人體的箭矢，大多數都被弟兄們用盾牌擋住了。偶爾一兩支漏網之魚，也沒傷到要害上，不至於令傷者立刻失去戰鬥力。但弟兄們胯下的戰馬，情況就有些慘不忍睹。很多戰馬身上都插了至少四五支雕翎，血如同噴泉般沿著傷口向外噴射。

「唏吁吁，稀吁吁吁……」受傷的坐騎，嘴裡發出低沉的悲鳴。放慢速度，寧可獻血流乾而死，也不肯拖累背上的主人。

牠們的主人，則紅著眼睛，跳向身側傷勢稍輕的備用馬匹，動作乾淨利索，絲毫不拖泥帶水。

整個三角形陣列迅速縮小了一半，馬和馬之間的距離迅速拉開，人和人之間，彼此也無法互相掩護。

第二波羽箭，再度從天而降。更多的戰馬悲鳴著摔倒，紅霧蒸騰。馬背上的騎兵或者戰馬跌倒前跳下，徒步前衝。或者跳上臨近的備用坐騎，速度絲毫沒有羽箭的狙擊而變慢。

「吱呀呀，吱呀呀……」冰冷的角弓拉開聲，再度響起。契丹弓箭手們，熟練地將弓箭搭上弓臂，準備發起第三輪覆蓋涉及。

「擲！」鄭子明絕對不給對方第三次射箭的機會，揮舞手臂，將投槍奮力拋出。

「嗖——」二十多支投槍幾乎同時升空，掠過十五步的距離，掉頭向下。銳利的槍鋒，從空中繞過盾牌，將盾牌手和長槍手砸得東倒西歪。臨時組成的盾牆上瞬間被砸出了幾道巨大的裂縫，鄭子明一馬當先撞進去，鋼鞭揮動，在周圍砸起一團腥風血雨。

「砰砰，呯呯，咚咚！」敵陣快速從中央朝內塌陷，盾牌和矛兵們毫無還手之力，要麼被打得筋斷骨折，要麼慘叫著向後退避。陶大春、周信等人趁虛而入，宛若尖刀一般，將契丹的陣形直接破開。隨即殺進契丹弓箭手之間，瘋狂的砍殺，如同兩個地獄裡出來的惡魔般，在戰馬身後留下一地屍骸。

弓箭手在近距離上，沒有任何戰鬥力。立刻調轉身形，瘋狂向樹林內逃竄。更多的滄州勇士殺入敵陣，追著弓箭手、長矛手和盾牌手，宛若餓虎撲向了羊群。前後短短兩三個呼吸，契丹將領精心構建的殺陣，就已經徹底崩潰。

盾牌手跟著長槍兵，長槍兵追著弓箭手，不怕自己跑不過滄州軍戰馬，只怕跑不過自家袍澤。上百名殘兵，像炸了圈的羊羔一般，你追我趕，全力向樹林深處逃竄。任同伴的哀鳴，在身後不斷響起，誰都沒有勇氣再度回頭。

「哇啊啊——」樹林深處，一名身披猩紅色斗篷的騎兵都指揮使，帶著十名親衛，逆著人流而上。奇恥大辱，這是東路耶律家從未遇到過的奇恥大辱。如果不將罪魁禍首斬殺，他耶律杜虎海今後還有什麼面目活在世上？

他是耶律杜虎海，耶律底烈的三兒子，契丹老汗王耶律阿保機，契丹……

「噗！」一支投槍，結束了所有屈辱。

「啊呃！」耶律杜虎海的聲音被卡在了嗓子眼兒，圓睜著雙目墜馬。陶大春和周信兩個帶著滄州弟兄衝上去，將他的親信如同砍瓜切菜般屠戮殆盡。

「大人——」先前試圖迂迴到鄭子明等人身後，斷其歸路的契丹騎兵們，幾乎親眼目睹了從自家軍陣崩潰到主帥被殺的整個過程，咧開嘴巴，大聲哭嚎。

「殺，別讓他們回去報信兒！」石重貴恰巧被李順和另外兩名騎兵保護著趕到，見到此景，立刻扯開嗓子大聲提醒。

鄭子明楞了楞，撥轉馬頭，踩著敵軍的屍體，從側後方撲向右側的一支敵軍騎兵，「跟我來，殺光他們！」

陶大春、周信等滄州勇士迅速調整陣形，緊隨其後，「殺，殺光他們！」

左右兩翼的契丹騎兵立刻停止哀哭，催動坐騎迎戰。其中靠右一邊的騎兵，因為距離近，率先跟鄭子明等人發生接觸，隨即，一個接一個從馬背上掉了下去，短短幾個彈指間，便盡數被斬於馬下。

「呀——」左翼的二十五名契丹騎兵趕在半路上，忽然如夢方醒。迅速拉動韁繩，落荒而逃。

「一個不要放過！」鄭子明大聲強調，收起鋼鞭，再度抄起武侯弩。

「一個不放，一個不放！」還能找到戰馬代步的滄州弟兄，迅速追上來，用弩箭、角弓或者投槍，從背後瞄準逃命者。

「嗖嗖嗖，嗖嗖，嗖嗖……」

箭如飛蝗，槍鋒閃爍，如茵的草地上，瞬間濺滿了耀眼的紅！

戰場上，最快、最窩囊的死法，就是將脊背對向敵人。這個道理，對中原和塞外同樣適用。

二十多名不戰而逃的契丹騎兵，一個都沒跑掉，很快就被滄州勇士挨個射下了馬背。他們的坐騎和兵器，也成了滄州勇士的戰利品，被拉到火堆附近以供挑挑揀揀。

遼東馬高大健壯，是一等一的良駒。遼國騎兵身上的鎧甲和兵器，對此刻的滄州勇士來說，是難得物資補充。特別是在一名遼國都頭的馬背後，居然還馱著六把嶄新的飛斧，雖然比鄭子明常用的份量輕了些，卻也堪稱雪中送炭。

然而，此時此刻，鄭子明臉上，卻沒有多少喜悅之色。剛才的戰鬥時間持續很短，激烈程度也很一般。但是，卻讓滄州軍遭受了五天以來最慘重的損失。兩名弟兄當場戰死，三名弟兄掉下馬背後被自家戰馬踩成了重傷，在這極度缺乏藥材且潮濕高溫的環境裡，他即便有扁鵲妙手，也無法保證讓三人還有機會平安返回中原。

至於被羽箭所造成的輕傷號，已經無需統計。認真數起來，如今整個隊伍中身上沒有半點傷痕的，恐怕只有鄭子明的父親石重貴一個。好在此番臨北上前，大夥兒帶足了精鹽、烈酒和金創藥。而被選中一道前往遼東的精銳們，多少也都學過一些緊急戰場護理。基本上每次戰鬥之後，不需要鄭子明親自動手，大夥互相幫忙，就能將傷口處理得七七八八。

「殲敵過百，自己損失才五個，你已經做得非常不錯了。沒必要對自己太苛刻！」石重貴輕手輕腳走上前，按著自家兒子的肩膀低聲開解。「想當年，為父如果有你現在的三分本事，也不至於讓契丹人一口氣打到汴梁。」

「爹，我沒事，您也不要老是埋汰自己。」鄭子明一邊努力用清水，為一名重傷號壓制斷骨附近的體溫，一邊低聲回應。「我剛才是在想，這支契丹東路軍是奉命而來堵截我。還是跟前幾天遇到的另外幾支兵馬一樣，都是接到了韓匡嗣的口信，才抱著試試看的心情過來撿便宜！東路軍主帥耶律底烈會不會也來了？要那樣的話，咱們回去的路線恐怕還得變！」

「應該是後者，耶律底烈被安置在幽州附近，可不光是為了讓他就近震懾韓家父子。實際上，耶律阮玩的是一石二鳥之計，同時也讓韓匡嗣牽制耶律底烈。所以，如果沒有耶律阮的聖旨，耶律底烈絕對不敢帶兵開拔！」石重貴立刻笑逐顏開，接過話頭，認認真真地給出答案。

「嘶——」鄭子明眉頭輕皺，低聲吸氣。

雖然先前他和周信兩個已經確定過一次敵軍的身份。但那只是匆匆推測，並沒有充足的依據。而現在，答案好像已經擺在桌面上。

他來遼東的消息，已經正式傳到了遼國皇帝耳朵裡，並且從各種渠道獲得了證實。所以，契丹東路軍得到了遼國皇帝的正式命令，離開駐地，對他展開搜索追殺。契丹人駐紮在遼東附近的各路兵馬，恐怕此刻也跟東路軍一樣，正在滿地撒網尋找他的身影，發誓要讓他們父子兩個插翅難飛！

「其實，情況和原來差不多！一萬人追殺你，和十萬人追殺你，根本沒啥區別！」石重貴的想法，卻比鄭子明樂觀許多，晃晃腦袋，故意說得非常大聲。

自從五天前，發現無論自己如何編故事，都不能讓兒子放棄救自己脫離苦海的決心，他的性格就忽然變得極度開朗了起來。非但不再哭天搶地，整天抱怨自己是個災星。反而抖擻精神，主動給自家兒子當起了軍師。雖然謀劃出來的策略，通常都沒任何可實施性。但偶爾腦子裡靈光閃現，卻的確能給人耳目一新之感。

這回，石重貴的話，恰恰又矇到了點子上。遇到一百名敵軍，滄州勇士們通常可以將其全滅。遇到兩百敵軍，滄州勇士們有一半把握將其擊潰。若是敵軍數量超過了五百，除非領軍主帥再犯下剛才那樣的錯誤，否則，滄州勇士們連兩成獲勝機會都沒有。如果敵軍數量超過了兩千，數量變化就沒有任何意義了。大夥除了逃命之外，別無選擇。

「是啊，管他是誰派了的呢，能打就打，打不過就跑便是！反正遼東到處都是荒山野嶺，契丹人想找到咱們也不容易！」受石重貴的樂觀情緒感染，陶大春也走上前，笑呵呵地說道。

「可不是麼，將軍，咱們從營州一路殺到這，來來回回，把遼東攪了個底朝天。值了，即便戰死，這輩子也足夠風光！」李順兒向來口無遮攔，肚子裡有話便直接往外冒。

「可不是麼，大不了咱們再掉頭往北。去和女直人搭夥捉熊瞎子玩，就不信契丹人能一直把全國兵馬都堵在這兒！」

「值了，以前都是契丹人到中原一路燒殺搶掠，拿咱們當兩腳羊。這回，咱們也好歹威風了一回，讓契丹人知道，我中原也有男兒！」

……

被石重貴的樂觀情緒所感染，眾勇士們也都紛紛開口，主動給自家主帥吃起了定心丸。

「我，我，我發誓，一定帶大夥活著回去！」鄭子明心中猛地湧起一股滾燙，紅著眼睛抬起頭，向著周圍所有人拱手。

值了，這輩子，有這麼樣一群生死與共的同伴，自己即便此番死在遼東，的確也值了。但是，他不想死，他也不想同伴們再死。他要和大夥一道努力活下去，活得更精彩，讓那些一心想置他於死地的人，讓遼國的狗屁皇帝耶律阮，永遠不能得償所願。永遠在心中堵著一塊解不開的疙瘩，直到在鬱悶中變成一具屍體。

「我繼續去頭前探路！」李順笑了笑，主動請纓。

「這有現成的火堆，還有剛剛燒好的馬奶。肉乾好像也剛剛考熱了！」陶大春揉了下眼睛，迅速接過話頭。「咱們都吃點兒，吃飽了，才有力氣繼續廝殺！」

「步兵跑得慢，那夥鑽了林子的膽小鬼，一時半會兒無法把咱們的行踪，消息洩漏出去！」

「先吃，人是鐵，飯是鋼！」

樂觀的情緒，在整個隊伍中迅速蔓延。大家伙以奶做酒，以地為席，左手肉乾右手乾肉，大快朵頤。

「要是咱們當中，真的有人會說契丹話就好了！」吃著吃著，李順忽然嘆了口氣，大聲感慨，「這麼多兵馬來找咱們，誰都不認識誰。如果咱們當中有人契丹話說得很溜，只要把東路軍的鎧甲往身上一穿……」

「你說什麼？」話音未落，石重貴已經一個箭步竄上前，死死拉住了李順的衣領，身手敏捷得絲毫不像個被囚禁多年的老人。「你，你，再，再說一遍？」

李順兒被嚇了一大跳，去不敢用力將他推開，紅著臉，結結巴巴地補充：「哎，哎，我，我不是說真的要當契丹人。我，我是說，咱們，咱們假扮契丹人渾水摸魚。我，我，我說可惜咱們中間沒人能說一口流利的契丹……」

「我，我會，我會！」石重貴興奮得兩眼放光，整個人瞬間變得又年輕了十歲。一嘴流利的契丹話，噴湧而出，「他撒尼諾，他拉哈拉，阿木日無，哈那系的勒！你庫！」

他不再是拖累了，他能幫上兒子的忙了！他石重貴，臥薪嘗膽，日思夜盼，總算盼到了今天！

樂觀的人，據說老天也要對其多看顧幾分。

吃了早飯之後整整一個上午，他們都沒再遭遇到任何攔截。下午雖然遭遇到了一支規模龐大騎兵，但對方只顧著去抓大遼皇帝的聖旨裡必須生擒的石重貴和鄭子明，對擦肩而過的「東路軍答凜部左營飛鹿隊」沒有半點兒盤問的興趣，並且巴不得這群該死的少爺兵們走得越遠越好，別留下跟自己搶功勞。

化作契丹東路軍打扮的鄭子明等人心中偷笑，故意慢吞吞的拉開彼此之間的距離，然後一頭栽進了附近的樹林。直到對方的蹤影完全消失，才再度從林子裡鑽出來，先吃了一頓烤肉壓驚，然後先撒出兩名斥候頭前探路，其餘人再度打起契丹東路軍的旗號，繼續大搖大擺向南而行。

「多虧了世伯的契丹話說得流暢，對方居然一點都不懷疑！」

「可不是麼，剛才我的心都提到了嗓子眼兒上。唯恐被對方發現破綻！」

「世伯剛才那說話時的語氣，神態，嘖嘖，簡直跟我以前見過的部落長老一模一樣。對方如果能發覺破綻，除非他是神仙！」

「虧了有世伯……」

彼此之間相處的時間久了，陶大春等人跟鄭子明的父親石重貴也熟絡了起來。心中再也不把此人當作前朝皇帝，而是努力嘗試著將其當作一個普通人，當作自家朋友的長輩尊敬。

石重貴最近幾年嘗盡世態炎涼，幾乎立刻就感覺到了陶大春等人話語的親近之意。也連忙露出一副謙和的笑臉，搖著頭道：「哪是老夫一個人的功勞啊？是你們幾個剛才撐得住場面。外人一看，我這個答凜部大長老麾下個個都是虎狼之士，當然就對我也高看一眼了！」

「還是虧了世伯您，對契丹人的心思摸得一清二楚！」

「可不是嗎？世伯剛才那一吹鬍子一瞪眼……」

「老夫不過是被他們欺負久了，記住了他們每一張面孔罷了。呵呵，沒想到這輩子還能活學活用！呵呵，呵呵……」

「呵呵，呵呵……」

有時候，廢話的最大作用，就是拉近說話者彼此之間的距離。在談談說說中，石重貴就變成了真正的鄰家大伯。這種人間溫暖，讓他感覺很愜意。對南歸後的普通人生活，也越來越期待。扭過頭，正想跟自家兒子說一說對父子兩個將來的謀劃，卻發現鄭子明猛地把手臂舉了起來

「怎麼回事？」正在陪著石重貴說笑的陶大春和周信，也迅速發現了情況有異，拉住坐騎，低聲追問。

「整隊！備弩！」鄭子明根本不做過多解釋，直接以命令相回應。

話音剛落，前方拐角處就傳來一陣殺喊聲。擔任斥候的李順和李彪兩兄弟，殺得渾身是血，邊戰邊退。而其身後不遠處，有六十多名一模一樣打扮的契丹騎兵緊追不捨。

「奶奶的，遇到正主了！」滄州勇士們恍然大悟，每個人臉上都露出了哭笑不得的表情。

迎面殺過來的正是契丹東路軍旗下的某部，難怪李順兒和李彪兩個機靈鬼當場露餡兒。很顯然，對方也奇怪李順和李彪兩兄弟身上鎧甲的來歷，所以一直試圖將二人生擒活捉，在追殺時並未直接下死手。

「阿巴夜緒嗨，阿巴也緒海，亞述，亞述！」對面的契丹兵，忽然發出了一連串叫嚷，憤怒當中帶著幾分期待。

「他們讓咱們攔住順子！」石重貴本能地翻譯，隨即果斷從腰間抽出了彎刀，「好機會，他們還把咱們當成了……」

話音未落，身邊的騎兵已經紛紛開始加速，在跑動中，迅速調整隊形，手中武侯弩穩穩地端在了胸口。

「阿巴也蘇，舒拉，也他一帖……」反應慢了整整兩拍的石重貴靈機一個，乾脆把手搭在了自家嘴巴上，用熟練的契丹話質問對方為何要同室操戈。

他做過中原的皇帝，被俘後又接觸過許多契丹大貴族。因此部族長老架子擺出來，惟妙惟肖。對面的契丹兵見了，立刻急得連連擺手，扯著嗓子大聲解釋：「必棄，比齊！黑啊，也蘇黑，也蘇黑！」

說時遲，那時快，就在眾契丹兵卒還忙著替自家辯解的時候，鄭子明已經帶人衝到了他們二十步內，「順子，低頭！」先大聲向李順提了個醒兒，隨即果斷扣動扳機。

「順子，彪子，低頭！」陶大春、周信、王寶等緊跟其後的齊聲吼道。

二十幾把武侯弩同時扣動機關，弩箭剎那間離弦而去，「嘣！」伴隨著弩弦低沉的聲響，如同一群憤怒的黃蜂般，高速襲向對面。

李順和李彪兩個，早有默契。聽到鄭子明的命令，立刻不顧一切地將腦袋伏在了馬脖頸後。高速飛行的弩箭，貼著二人的頭皮掠過，「噗噗噗噗」，將猝不及防的契丹騎兵，射翻了整整一排。

「嘣！」「嘣！」「嘣！」……，弩弦聲繼續響起，在契丹將士胸口，射出一團團妖異的血花。兩軍之間的距離，迅速拉近到十步之內，滄州勇士們鬆手，任拴著皮繩的弩弓自由下落，順勢抄起彎刀大劍，風一般闖入對面亂做一團的人群。

東路契丹軍乃是遼國幾大主力部隊之一，雖然裝備不如皮室軍精良，但每個人身上，也都穿著厚牛皮鎧甲，皮盔的正面，還都暗藏著一層精鐵打造的護額。然而，無論是厚厚的牛皮鎧，還是精鐵打造的護額，在二十步內遇到弩箭，都脆若紙糊。

凡是被兩輪弩箭射中者，皆慘叫著墜馬。僥倖未成為弩箭瞄準目標的契丹兵卒，則個個驚慌失措。他們不明白，為何對面衝過來那群自己人，連情況都不問清楚，就突然痛下殺手。他們慌亂地揮舞兵器，催動坐騎，試圖殊死反抗，卻無法在最短時間結成有效的戰鬥陣形。

戰場上，每一次慌亂，都足以致命。

鄭子明和他身邊的弟兄們，都是百戰精銳，豈能把握不住眼前的天賜良機？刀砍鐧砸鞭掃，彈指間，就將亂成一鍋粥的契丹騎兵隊伍，殺出了一道又寬又長的血肉豁口。隨即，猛地撥轉馬頭，再度咆哮而上，「殺！」

「一個別留，逃兵交給我們！」李順和李彪兩兄弟反應迅速，果斷策馬離開戰團，兜向來時的方向。兩名機靈的契丹騎兵正打算策馬去給自家大部隊報信兒，被李順和李彪兄弟倆從背後追上，一弩一個，相繼了結了性命。

「殺，別留活口！」鄭子明的目光，迅速從李順所在位置收回。兩支鐵鞭不停下砸，橫掃，斜揮，豎抽，高效收割著自身五尺範圍內所有生命。

「一個不留，別讓他們去給蕭底烈報信！」陶大春離鄭子明不到一匹馬的距離，一邊左右搏殺，一邊關注著鄭子明，隨時準備救援和擋刀。來遼東前，他可是答應過自家妹子，一定會將妹夫毫髮無損的帶回大周。

「殺，殺光了他們！」周信不甘其後，手中舞著長刀，帶領五名滄州勇士護住鄭子明的另外一側。與陶大春差不多，他在臨出發前，也曾親口向柴榮許下諾言。保護好鄭子明，無論此行成敗，都將其完整地帶回。

他不清楚自己走後，大周內部又發生了什麼事情，為何鄭子明潛往遼東的消息，會如此快的傳遍塞外。但是，他卻清楚的知道，除了柴榮，大周皇帝已經沒有第二個兒子了。而一旦柴榮登基，那些暗中坑害鄭子明的傢伙們，保證個個都落不到好下場！

「殺！」「殺光了他們好回家！」陶勇帶著十幾名弟兄，組成鐵三角的底邊。如同鐮刀般，將鄭子明、周信和陶大春等人漏掉的契丹騎兵，挨個割倒。他們這隊人，動靜最小，氣勢也最平淡，殺人的效率，卻穩居第一。凡是三角形底邊所過之處，三丈餘寬的橫向，就再也找不到一個活著的敵人。所有對手，無論先前已經受傷的還是毫髮無損的，全都被砍到馬下，身上鮮血狂噴。

唯一沒有參戰的，只剩下神射手陶勇。只見他，拎著一把角弓，與石重貴並轡而立。眼觀六路耳聽八方，將試圖從戰團裡衝出靠近自己的契丹兵卒，挨個狙殺在半路上，手下不留一條漏網之魚。

「咯咯，咯咯，咯咯咯咯……」眼睜睜地看著兒子帶著一群弟兄與雙倍於己的契丹人激戰，石重貴不由自主地打起了寒顫。

不僅僅是因為緊張，更多的是因為興奮。雖然被俘後的表現極為窩囊，石重貴在年輕時，卻也算是一等一的勇將，多次披堅執銳，帶隊衝殺。所以，對這種短兵相接的情況絲毫都不覺得陌生。

然而，無論是在石敬瑭帳下做一名武將之時，還是當了皇帝後帶領十萬大軍討伐叛亂之時，石重貴都沒經歷過，像今天這種酣暢淋漓的情景。二十幾位漢家男兒，直接衝進雙倍於己的契丹人中間，如砍瓜切菜般，將對方打得毫無還手之力。

沒有什麼棋逢對手，沒有什麼你來我往，有的只是一下一個，瞬間生死立分。生的是，漢家男兒。死的是，契丹武士。過程簡單粗暴，結果毫無懸念！

「啊——」最後一聲淒厲的慘叫傳來，宣布戰鬥徹底結束。

「呼哧呼哧」一番衝殺過後的戰馬喘著粗氣，帶著滿身的血漿，緩緩向石重貴身邊靠攏。

空氣中瀰漫著濃郁的血腥味道，地下的鮮血如同小溪一般四處流淌。六十多名契丹兵被殺得一個不剩，全都躺在了血泊中。落日的餘暉下，受了傷的戰馬悲鳴，徘徊。風蕭蕭而過，齊膝高的野草上下起伏，海水般，用汪洋的綠色，遮住猩紅色的殺戮場。

「殺得好，殺得好！即便當年銀槍效節軍在戰場上與契丹人相遇，也不過如此！」唯恐年輕人們笑話自己只顧著在旁邊打哆嗦，卻沒膽子揮刀廝殺，石重貴迎向前，用顫抖的聲音不住誇讚。

「真叫您老人家說中了，當初咱們在李家寨的時候，以為楷模的，便是銀槍效節軍！」李順兒和李彪哥倆圈著幾匹高頭大馬趕來，將石重貴的誇獎，毫不客氣地笑納。

「咱們先前就是地盤小，糧草輜重有限。」陶勇同樣不知道謙虛為何物，咧著猩紅色的嘴巴大聲補充，「如果朝廷早就封了大人做橫海軍節度使，讓咱們有了充足和錢糧和時間，這次大人就不會只帶著咱們幾個人了。」

「可不是麼，假使當初劉承佑痛快點兒，將軍早就帶著滄州軍直接橫掃遼東了。」勝仗打多了，其他弟兄們也個個信心滿滿，絲毫不覺得自己的話語有何輕狂。

唯獨臉上不見任何驚喜和傲慢的，只有鄭子明本人。只見他心神不寧地回頭掃了一眼戰場，壓低了聲音對李順兒吩咐：「順子，去將馬匹都拉過來，咱們換馬趕路。」

「是！」李順兒聽完，毫不猶豫地收起笑容，掉頭去抓更多的無主坐騎。始終跟在鄭子明身邊的陶大春則默默地拉起武侯弩，將三支看似相對完好的弩箭，一根接一根壓進了擊發槽內。

二人的謹慎態度，迅速讓所有同伴從勝利的喜悅中恢復了冷靜。陶勇帶著幾名弟兄去幫李順抓馬，王寶貴帶著另外幾人去收集屍體上的箭壺。周信則四下看了看，跳下坐騎，將耳朵緩緩貼在了地面上。

只是一瞬間，他的臉色就狂變，果斷翻身上馬，大聲吼道：「鄭將軍，上馬快走，後面有大批騎兵朝咱們這個方向衝了過來。」

「騎兵，全是騎兵！」王寶貴也撒腿逃了回來，揮舞著手臂大聲示警，「帶上空馬！跑！快跑！超過一千人，我絕對不會聽錯！」

「走！」鄭子明立刻放棄了繼續判斷敵情，單手扯住石重貴的戰馬韁繩，大聲呼喝，「敵軍勢大，沒必要硬拚！」

「走！走！駕！」其他大多數滄州勇士，根本不知道發生了什麼情況，卻本能地選擇了服從。紛紛飛身上馬，拉起正在吃草的備用坐騎，跟在鄭子明身後奪路狂奔。

夕陽下，草海起伏，遮住戰馬的蹄痕。

幾匹棗紅色的駿馬，忽然在草海的西側邊緣出現。馬背上的騎手朝著鄭子明等人消失的方向看了看，滿臉驚愕，不明所以。

更多的戰馬，從草海邊緣湧了出來。旌旗招展，雪亮的刀光遮天蔽日。騎兵，大隊的騎兵，不止是一個千人隊，而是完完整整一個軍！整個隊伍的正中央處，有一面羊毛大纛迎風招展。

「大哥，大哥，剛才那邊好像有人！」一名騎著紅色高頭大馬的契丹將領，飛速奔向羊毛大纛，隔著老遠，就扯開嗓子叫嚷。「看打扮，是耶律底烈的爪牙。但是不知道為什麼，一見到我們，撒腿就跑沒影兒了！」

「化葛里，帶幾個機靈的過去看看。」羊毛大纛下，大遼泰寧王耶律察割揮了下手臂，沉聲吩咐。

「是，大哥！」一名騎著白色戰馬的少年將領，大聲答應。隨即，帶領百餘名手下呼嘯而出。眨眼間，就越過了先前那些騎著紅色戰馬的契丹將士，衝到草海中明顯顏色有些怪異的地方，將被雜草遮擋住的慘烈景象，瞬間盡收眼底。

「嗚嗚……嗚嗚……」「嗚嗚……嗚嗚……」「嗚嗚……嗚嗚……」

淒厲的號角聲，交替而起。以名叫化葛里的契丹將領帶頭，每一名騎在白馬背上的武士，都將聯絡用的號角舉在了嘴邊，發出了悲涼的腔調。

太慘了，六十多具屍體，橫七豎八地躺在血泊中。而周圍的血泊尚未被陽光曬變顏色，不停地跳蕩著耀眼的紅！

契丹武士，死的全都是契丹武士，從百人長到小兵，一個都沒逃掉。其中有七八個，明顯是背後中箭。而剛才跳上馬背飄然而去那群兇手，滿打滿算也不會超過三十人！

「是鄭子明，肯定是鄭子明！」耶律化葛里抽出彎刀，朝著四下胡亂劈砍。

有膽子殺死如此多契丹武士，也有本事同時殺死如此多六十多名契丹武士的，只有鄭子明。那個看似人畜無害的少年，那個給他們帶來無數屈辱的惡魔！

「報仇！」

「報仇！」

「抓住鄭子明，將其碎屍萬段！」

「報仇，不殺鄭子明，我等就不配做青牛和白馬的子孫！」

「報仇，咱們分散開搜，就不信他能藏到地底下！」

「察割將軍，報仇，報仇。肯定是鄭子明幹的，他剛剛離開，剛剛帶著兵馬離開……」

新仇舊恨，瞬間將所有契丹將士的心臟填滿。令他們一個個兩眼發紅，頭髮根根倒豎。

是鄭子明幹的，肯定是他。整個遼東，敢對契丹武士下此狠手，並且幾乎毫無損失的，只有他一個！

大遼皇帝許下一個王位，懸賞捉拿他。幽州韓氏許下萬貫重金，只求他的人頭。而他，卻打扮成了東路軍耶律底烈大詳穩的手下，大搖大擺地在遼東招搖撞騙，殺人放火。將整個遼國的英雄好漢視若無物。

追，分頭去追，追上去，替弟兄們出了這口窩囊氣。他剛剛離開，道路也不熟悉，肯定跑不太遠。殺，將其碎屍萬段，別管皇帝陛下的生擒旨意。只有殺了他，將其剁成肉泥。才能報春天時遭其擊敗的血海深仇，才能洗刷今天被他當著面殺掉同夥從容離去的奇恥大辱！

然而，無論是淒厲的號角聲，還是憤怒的叫喊聲，都沒能讓遼國泰寧王耶律察割的臉色改變分毫。只見此人，淡定從容地策馬前行，來到自家兄弟耶律化葛里身側。淡定從容地跳下坐騎，親手查驗死者身上的傷口以及草葉上的馬蹄痕跡。最後，又淡定從容地起身，向怒不可遏的下屬們問道：「追，你們怎麼保證，遇到的下一支隊伍，不是大遼東路軍，而是鄭子明喬裝打扮？」

「這……」正被怒火燒得欲仙欲死的耶律盆都、耶律奚儉、耶律化葛里等契丹將領楞了楞，面面相覷。

「你們怎麼保證，鄭子明手裡，只有東路軍的衣服，沒有其他契丹兵馬的盔甲？」耶律察割看了眾人一眼，繼續低聲發問。面色冰冷，就像一塊寒冬時節的牛糞盤兒。

「這……」耶律化葛里等人愈發無言以對，眼角抽搐，手指握在刀柄上開開合合。

眼下奉命拉網追殺鄭子明父子的遼國兵馬，恐怕不下十萬。並且大多數都分成了百人規模左右的小股，只有自家大王，才拒絕了朝廷許諾的第二個王位誘惑，堅持讓麾下兵馬統一行動。如果按照大夥兒先前的提議，分頭去追，恐怕沒等追上鄭子明，率先遇到的，就是其他四下搜索的契丹軍。

雙方都知道鄭子明喬裝打扮成了契丹人，雙方都必須先下手為強才有把握將鄭子明殺死，雙方一旦誤會了對方的身份，就立刻拔刀相向，後果，恐怕不堪設想！

「你等不必如此憤怒，他跑不了！」見周圍的怒吼聲漸漸變成了粗重的呼吸，耶律察割忽然笑了笑，臉上瞬間湧滿了惡毒，「我比你們還巴不得將他抓回來，蹂躪至死。但這節骨眼兒上，分兵搜索，只會讓他鑽了空子！」

「這……」耶律盆都、耶律奚僉、耶律化葛里等將領聽得滿頭霧水，不知道該怎麼接茬兒才好。

耶律察割又笑著舔了舔自家嘴唇，猩紅色的舌頭在嘴巴裡緩緩翻滾，「盆都，你帶著一個千人隊，去聯絡耶律底烈。告訴他，本王有一場大富貴要送給他。只要他照本王說的做，保證讓那鄭子明插翅難飛！」

一眉彎月，緩緩爬上頭頂，將清冷的光芒，灑遍地面上的每一道溝溝坎坎。

「減速！再吃點東西，順便讓戰馬恢復體力。」雖然心裡頭巴不得肋生雙翼，鄭子明依舊決定先把隊伍停下來休整。

古人云：「五十里而爭利，則蹶上將軍，其法半至。」身邊弟兄們雖然個個表面看上去精神抖擻，但是，鄭子明自己心裡卻清楚，大夥已經到了強弩之末。畢竟，從上一次遭遇戰，到現在已經又過去了三天，這三天大夥兒雖然儘量想方設法避開了大股的敵軍，卻又多走四百里冤枉路，一個個早就都累得筋疲力竭。

「想辦法燒點兒熱水，給大家泡泡腳和大腿！」石重貴猛地睜開眼睛，有氣無力地補充。

前後八天，來來回回上千里，年輕力壯的漢子也承受不住。更何況他這個曾經做過多年罪囚，無論身體還是精神，都已經被摧殘到了崩潰的邊緣前朝天子？

「我去打幾隻活物來，給大夥補補！」陶大春咬著牙，如同跟全天下的野生動物都有著不共戴天之仇一般，「兄弟們這會兒估計全靠最後一口氣撐著，再繼續埋頭趕路，除非咱們從此遇不到任何敵軍。」

那怎麼可能？一句話說罷，他自己忍不住都連連搖頭，「在下以為，咱們最好今夜不再繼續趕路，否則，幾個重傷號……」

「我知道，等會看一下周圍的情況！」鄭子明迅速扭頭掃了一眼，心中湧起一陣刺疼。缺乏藥材和工具，繼續耽擱下去，肯定有人撐不到下一個黑夜的到來。

陶大春知道他想早點兒回到來時的大船上，施展「奇術」留住幾個重傷號的性命，稍作猶豫，又低聲提醒道：「從昨天開始，我一直有個很不祥的預感，就是怕登船不易。今夜如果後面的契丹騎兵不追過來，我們就放慢行進速度，途中找一處易守難攻之處，安營紮寨，歇息幾個時辰……」

「登船不易！」周信不知道從哪裡走了出來，一屁股坐在地上，喘息著問道，「陶將軍是怕還有人在前面攔截？」

「我說不上來，我心裡一直覺得怪怪的，非常不踏實！」陶大春四下看了看，遲疑著搖頭，「咱們殺了那麼多契丹東路軍的人，按說，耶律底烈為了面子，也不該放過咱們。可最近兩天，咱們看到的隊伍打的都是別家旗號，東路軍的人馬一個都沒碰見！」

「嘶——！」周信將冰冷的鹽水，直接倒在自己大腿根兒處的箭傷上，一邊倒，一邊用力吸氣，「對啊，按說契丹人早就該發現那些東路軍的屍體了。他們對地形那麼熟，還有飛鷹送信，耶律底烈現在應該發了瘋般滿天下找咱們才對。怎麼他倒主動撤了兵？」

「怕是沒安什麼好心眼！」陶勇也走上前，接過周信手中的水袋，低下頭幫他清理傷口。「但咱們光是猜測，也沒有用。只能儘量準備，到時候見招拆招！」

「的確！」聽麾下幾個心腹愛將，都建議休息一下再繼續趕路，鄭子明只能選擇從諫如流。「等會兒探明了周圍情況，咱們就找個避風的山谷歇歇。然後看看能不能走直線，抄近路插向遼水與三岔河的交匯點。」

「休息半個晚上吧，然後後半夜再急行軍。後半夜契丹人睡得沉！」一直昏昏欲睡的石重貴再度抬起頭，低聲補充。

作為一個曾經的馬上皇帝，他臨敵機變能力雖然不足，征戰經驗卻非常豐富。知道此刻除了趕路之外，大夥還要隨時準備作戰。因此，無論如何都必須讓體力和精神，始終保持在某一道基準線之上，否則，就等同於自取滅亡。

鄭子明聞聽，愈發堅定了先讓弟兄們恢復體力的決心。朝著父親和陶大春等人點點頭，低聲道：「那就從現在開始休息，爹，你跟大夥就留在這兒。大春，你去打些獵物。順便在周圍轉轉，看看哪裡適合紮營！」

「好！」陶大春毫不猶豫地回應，然後迅速抖動韁繩。

鄭子明用目光送他遠去，然後將目光轉向周信和陶勇，吩咐二人去招呼大夥暫時下馬歇息。然後又將目光轉向自家父親，打開水囊，伺候著對方喝了幾口清水，說了幾句可以令後者寬心的話。最後，又將水壺塞進了一個掛彩嚴重的滄州軍懷裡，抖動韁繩，快速衝上了臨近的山坡。

夜風帶來習習清涼，令他整個人頓時精神一振。放眼望去，周圍看不到任何人影，也沒有任何燈光。只有鍋蓋一樣的藍色天空，從頭頂扣下來，倒扣住整個曠野。

「嗷，嗷，嗷——」狼嚎聲裡，幾顆流星迅速從「鍋蓋」上滑落，眼前世界瞬間一片大亮，然後又快速黑了下去，萬籟俱寂！

「看，星星從天上掉下來了！」五十里外的一處無名山坡後，幾名鞣鞨族將領猛地跳了起來，朝著流星下落的方位指指點點。

「有人要死了，老天爺派了人下來接他！」篝火旁，有個幕僚打扮的傢伙明顯喝多了，瞇縫著眼睛，嘴角涎水淌出老長。

「放你娘的狗屁，你才要死了，老子這就打死你，省得你整天給老子下咒！你們這些漢官，沒一個好東西。都跟石重貴一樣！讓老子連個安生覺都睡不得！」幾個鞣鞨族將領立刻怒火中燒，轉過身，來到篝火旁，朝著漢人幕僚拳打腳踢。

好不容易今年不用打仗，正琢磨著讓家裡的牲畜多繁衍些崽子，也趁機讓婆娘再給自己生個娃。誰料數天前，外邊忽然傳來石重貴被鄭子明救走的消息。緊跟著，大夥就被臨時徵召了起來，騎著戰馬東翻西找。

若是有希望把石重貴父子兩個抓到也罷，好歹皇上把賞賜頒下來，大夥多少都能分上一些。可從前天開始，大遼國泰寧王耶律察割忽然聯合東路軍節度使耶律底烈、南院樞密使韓匡嗣三個，發布了命令，要求其他各路契丹兵馬，看到鄭子明之後，只能尾隨驅趕，不得動手將其當場格殺。否則，就以抗命罪論處！

這，是他娘的什麼狗屁道理？敢情誅殺姓鄭的爺倆的大功，早就被兩位耶律將軍和一位韓將軍預訂了，其他人累死累活都沒份兒。而光是兩位耶律將軍也就罷了，人家好歹是太祖皇帝的後裔，根正苗紅。那姓韓的又算什麼狗東西？區區一個漢官，有什麼資格爬到鞑靼人頭上指手畫腳？

肚子裡憋著一股子惡氣，幾個鞑靼族將領下手自然就狠了些，眨眼功夫，就將漢人幕僚打得滿頭是血，趴在上，連哭喊聲都發不出來了。

「夠了，別打死他。好歹他也是六品文職，打死了，皇上那邊不好交代！」篝火旁，一名敞著懷，摳著腳丫喝酒的大漢，猛地將酒袋子丟了出去，大聲斷喝。

「是，蕭將軍！您說不打，我們就留他一命！」正在施暴的幾個鞑靼族將領，立刻停止了拳腳相加。轉過身，訕訕地撓頭，「這不是閒著也沒事情幹？這小子姓韓，不是什麼好東西。將來得了志，肯定跟那個韓匡嗣是一路貨色！」

「胡扯，他是魯國公的晚輩，與幽州韓匡嗣，根本不是一個韓！」蕭姓將軍單名一個薔字，出於遼國皇后一族，博學多聞，算得上是個中原通，用力擺了擺手，大聲回應。「行了，弄點冷水澆醒他，然後找個帳篷丟進去。明天若是有人問起，就說他喝多了，不知跟誰起了爭執。你們幾個找到他時，已經是這般模樣！」

「是，將軍英明！」眾鞑靼族將領心領神會，大笑著拖起昏迷不醒的韓姓幕僚，七手八腳將此人丟進一個濕漉漉的空帳篷中。

「廢物！」摳腳大漢蕭薔不屑地撇了撇嘴，又抓起一個酒袋，盡速開懷暢飲。如果不是看在魯國公韓延徽的份上，他才懶得管韓姓幕僚的死活。讀書不靈，打仗沒膽，偏偏又生了副傲慢性子，總覺得自己當不上南院大王就屈了才。這種人，要是自己的兒子，早就用大棒子敲死拖出餵狗了，才不留著他活在世上丟人現眼！

「蕭將軍，您說耶律大王他們，什麼時候才能把鄭子明逮住啊？」幾名靺鞨將領又湊過來，在蕭姓將軍身邊陪著笑臉試探。「這麼熱的天，草叢裡到處都是蚊子……」

「急著回去幹什麼？想抓住女人揣崽子啊！」蕭薔將軍塞了一口羊肉，又抓起皮袋子酒灌了一大口酒，滿臉不屑的說道，「這才出來幾天啊！系米列、也吞、拓拔宏，你們幾個就這點兒出息啊！」

「不是，不是，不是，咱們不是這個意思！」幾個靺鞨將軍都是耶律德光在位時，才被征服接納的僕從，有膽子毆打漢人幕僚，在蕭將軍這種后族契丹人面前，卻只敢弓著腰說話，「咱們，咱們不是替您老不值嗎？頂著大太陽天天跑來跑去，到頭來，卻是白忙一場！」

「白忙，誰百忙還不一定呢？」摳腳大漢蕭薔再度將酒袋子丟到一旁，撇著嘴大聲冷笑，「不要光想著吃老虎肉，得小心把自己填了老虎嘴。你以為鄭子明就那麼好抓呢？他若是真的好抓，早就落到別人手裡了。可你們看看，這七八天來，有人碰到他一根寒毛嗎？除了一大堆屍體之外，耶律底烈和耶律察割兩個，還收到了什麼？」

「那倒也是！」幾個靺鞨將領聽得連連點頭，然而內心深處，終究有幾分不甘驅之不散。猶豫了一下，又低聲說道：「可，可咱們畢竟出動了十多萬大軍，那，那鄭子明再厲害，早晚也有被累趴下的一天！」

「那又怎樣？」蕭姓將軍撇撇嘴，滿臉不屑一顧，「十萬大軍抓人家父子倆，你以為這是什麼光彩事情嗎？即便最後能把姓鄭的抓到，五馬分屍。過後無論誰提起來，也得豎起大拇指說，姓鄭的是個英雄，本事了得。而耶律底烈也好，耶律察割也罷，全都成了別人的陪襯！」

「這……」幾個靺鞨將領從沒想得如此之深，楞了楞，眼睛裡湧起了幾分茫然。

契丹鐵騎天下無敵，這是他們從小就被征服者用刀子刻進骨髓深處的「真理」，從來不敢質疑。而南方的漢人有錢、膽小且懦弱，也是部族長老們從小灌輸給他們的「事實」。他們從沒懷疑過，並且同樣沒勇氣去懷疑。

而今天，他們卻忽然發現，「真理和事實」，好像都出現了極大的偏差。三十幾個南邊來的漢人，竟然將遼東攪得天翻地覆！竟然需要遼國出動十萬大軍！若是鄭子明身邊此刻的弟兄數量不是三十幾個，而是三百，乃至三千……，這世上怎麼可能還有大遼？

「行了，去通知弟兄們，再休息一炷香時間，然後起來幹活！」蕭將軍酒足飯飽，站了起來，拍著肚子，意興闌珊：「吃飽了，消化消化食。拓拔宏，你帶著本部人馬在此守營。其他人，等會兒跟我上馬去找鄭子明。記住，喊聲要響亮，架勢要端足。」緊跟著，他狠狠打了一個飽嗝，又快速補充，「呃！對了，把火把都給老子點上。記住，拉開架勢就可以了，誰也別脫離大隊，更別想著立功。立了，功勞也不是你的！一旦逼得鄭子明狗急跳牆，老子可不想給你們幾個收屍！」

「是！」幾個靺鞨將領聽得似懂非懂，大聲答應著，去執行任務。

「嗚嗚……嗚嗚……」低沉的號角聲忽然響了起來，瞬間響徹整個曠野。

「呼啦啦啦啦！」數百隻食腐肉的烏鴉被號角聲驚醒，拍打著翅膀逃向遠方。

「哇哇，哇哇，哇哇……！」數不清的烏鴉，拍打著翅膀從天空中飛過，將夜的寧靜，攪得支離破碎。

鄭子明站在星空下，一動不動。就像一棵千年古松般，挺拔且安靜，對頭頂上噪聒的烏鴉叫聲充耳不聞。

「下去歇會兒吧！這裡足夠偏僻，契丹人輕易找不過來！」石重貴踩著山石緩緩而上，抬起手，給兒子披了一件羊毛披風。

夜風並不冷，羊毛披風也擋不住山間濕氣。但鄭子明的背上，卻湧起了一絲絲暖意。側過頭，他對著自己的父親笑了笑，低聲道：「還不到換崗的時候，況且我也不累。您呢，怎麼不多睡一會兒！」

「人老了，睡不著！」石重貴長長伸了個懶腰，打著哈欠低聲回應。「所以就想著上來看一看你，要不然，我總覺得自己是在做夢！」

「不是夢，我就在你眼前站著呢，不信，您可以掐掐我，或自己掐自己一把！」鄭子明笑了笑，非常體貼的安慰。

「嗯，這個主意不錯！」石重貴點頭，真的抬起手來，在自家兒子被曬黑的臉蛋兒上輕輕捏了捏，然後又狠狠掐了下自己的大腿根兒。直到一股刺痛湧上心底，才滿足咧了下嘴，低聲感慨，「嗯，的確是真的！沒想到，我這輩子，還能見到你，還能自由自在地陪著你看星星。二寶，有這麼幾天像人樣的日子，爹知足啦！」

「您，您胡說什麼啊，以後的日子長著呢！」鄭子明被自家父親突然流露出來的訣別之意嚇了一大跳，趕緊低下頭，盯著對方的眼睛說道：「後半夜咱們快點兒趕路，明天日出之前，就能到遼河與三岔河的交界處。那裡拴著一艘大船，船上還有五六個弟兄在看著，絕對不會輕易被洪水給沖走！」

「我知道，我知道！」石重貴抬頭看著自家兒子，滿臉幸福。兒子已經長大了，長成了一個頂天立地的英雄。如果平安回到中原，以其在遼東轉戰千里的輝煌事蹟，這輩子即便不能封王拜相，輕易也不會有人再敢動他一根寒毛。前提是，他不會威脅到別人的雄圖霸業。

「爹知道，你有足夠把握帶爹回中原！」不等鄭子明繼續開口安慰，石重貴快速補充，「但是，二寶，爹回去之後，你怎麼辦呢？這次，肯定是有人不願意讓爹回去，才故意把你的行踪洩漏給了遼國人。爹如果跟你回去了……」

「不怕，我仔細推算過了。洩漏消息的人，不應該是郭威，郭威沒有那麼無恥！」鄭子明笑了笑，臉上露出了幾分堅毅。「況且您傳位給劉知遠的詔書，早就傳得天下皆知。如果他們連您這樣一個手無一兵一卒的老人都容不下，郭威君臣的心胸也就太狹窄了，他們還有什麼資格重整九州？有什麼資格，從契丹人手裡重奪燕雲？」

「這……」沒想到自家兒子說得如此霸氣，石重貴楞了楞，肚子裡準備了半宿的話語，立刻一個字都說不出來。

對啊，如果連一個無權無兵的老人都沒心胸去容納，這樣的人，怎麼可能做得好中原的皇帝？這樣的昏君，又怎麼可能驅動虎狼之士，重整九州，收復燕雲？不過是鼠目寸光的跳梁小丑罷了，皇帝位置能坐幾天還都不一定呢。自家兒子回去之後，要地盤有地盤兒，要聲望有聲望，麾下還有一群驍勇善戰的弟兄，又何必畏懼於他？

如果二寶起兵爭奪天下？忽然間，一個狂熱的念頭，從石重貴心底湧起，燒得他熱血沸騰。然而，猛然又想起自己被推上皇位之後，石家兒孫對自己的刻意疏遠，姑父杜重威的陣前倒戈，以及國破家亡時的重重苦難，他全身上下的熱血，又迅速變得一片冰涼。

「二寶，你將來……」帶著幾分試探，幾分畏懼，石重貴小心翼翼地詢問。唯恐說錯了一個字，讓好不容易才找回來的父子親情，瞬間變成細沙從十指之間的縫隙處溜走。

「我沒什麼大志向，做個領兵的節度使就行了。好歹自由自在。我的結義兄長柴榮，應該能做個好皇帝，我可沒打算跟他兵戎相見！」鄭子明又笑了笑，托起父親的胳膊，一邊往下走，一邊低聲回應，「況且只要有他在，就沒人敢打我的主意。」

「怕是人心……」石重貴猶豫了一下，非常不忍心地提醒。「二寶，帝王家，帝王家裡向來沒什麼親情。寡人兩個字一出口，就是孤單單一個，從此，兄弟就全都成了臣子。」

「不怕，我還有滄州，滄州東邊就是大海！」鄭子明的回答依舊平靜而堅定，彷彿早就準備好了退路般無憂，亦無懼。「您放心好了，我說能保住您，就一定能保住您。」

「二寶你準備……」石重貴楞了楞，正打算再問，卻看到李順急匆匆地，從山下跑了上來。

「將軍，五里外，出現了一支過路的騎兵。」正在另外一個哨位負責守夜的李順兒，跑得滿頭大汗，遠遠地向鄭子明行了個軍禮，迅速彙報。

「先不忙叫醒兄弟們，隨我去看看。」鄭子明略作沉吟，然後低聲回應。

「哎，哎！」李順連聲答應著，上前替他攙扶住石重貴的胳膊，「您儘管去，伯父交給我！」

「好！」鄭子明朝他點點頭，拔腿就走。剛走出十幾步，陶大春已經握著佩刀和皮盾快速追了上來，「怎麼了？順子發現了什麼情況？」

「沒事，我出谷外看看。」鄭子明搖搖頭，笑著回應，旋即，又輕輕拍了拍陶大春的肩膀，「你繼續歇會兒。」

陶大春沒有說話，緩緩舒展自家手臂，然後，繼續亦步亦趨。

鄭子明無奈，只好由著他跟上自己的腳步。二人一前一後，向山谷口走了大約四、五百步，然後又向南拐出了二十幾步，快速爬上了兩棵油松，舉目向正東觀望。

一條紅色的燈火長龍，迅速出現在二人眼底。有數百丈長，在寬闊的曠野中，高速向前移動。人喊聲，馬嘶聲，還有馬蹄敲打地面的轟鳴聲，此起彼伏，在漆黑的夜幕下，顯得格外喧囂。

「契丹人學聰明了，不再分成小隊來到處撒網！」陶大春笑了笑，臉上露出了幾分得意。

遠處的敵軍，規模至少在三千以上。很顯然，契丹人汲取了前些日子被打得屍橫遍野的教訓，把隊伍都收攏在了一處，不再給大夥兒下手之機。但草原這麼大，契丹人越是收攏隊伍，留下的空隙也就越寬。滄州勇士們只要應對得當，肯定有機會從兩支敵軍的縫隙中鑽過去，然後一飛沖霄。

正開心地想著，耳畔忽然傳來了鄭子明的聲音，「回去，把弟兄們全都叫醒。跟上這群契丹人，跟在他們身後走！」

「什麼？」陶大春被嚇了一跳，手一鬆，差點從樹枝上掉下去把自己摔個稀巴爛。

「燈下黑，契丹人夜裡趕路，咱們剛好偷偷地跟在他身後。有他們做掩護，咱們明天用不了天亮，就能趕到藏船的地方！」鄭子明伸手撈了陶大春一把，同時迅速補充。

「好主意！」陶大春如夢方醒，旋即佩服得五體投地，「我這就去，多虧了這群勤快的契丹人！」

按照他們原來的打算，大家伙兒在後半夜出發，借助夜幕掩護悄悄趕路。沿途還得提防被各部契丹武士聽見馬蹄聲，不能跑得太快。即便順利抵達遼河畔，也得是日出時分了。而現在，有一群免費勞力頭前開路，大夥至少能早到河畔一個時辰。黎明前的黑暗，將成為最好的掩護，成功上船的機會大增。

二人心裡都知道機不可失，因此動作極快。只花費了小半盞茶時間，就已經回到了自家臨時營地，把勇士們挨個從睡夢中叫起來，帶起戰馬、兵器和乾糧，悄無聲息地溜出了山谷。然後又如獵食的靈貓般，悄無聲息地，綴在舉著火把趕路的大隊契丹兵馬之後。

「奶奶的，大半夜的，連個安穩覺都不讓睡，瞎折騰什麼勁兒！」火把和燈球組成的長龍下，契丹北路軍左廂白馬營都指揮使耶律大木，一邊用手驅趕著飛蟲，一邊罵罵咧咧地嘟囔。

與其他大部分契丹中層將領一樣，他也對追捕石重貴父子的任務，不怎麼感興趣。一個做過契丹人俘虜的前朝皇帝，一個不被自己朝廷信任的地方武將，即便平安回到中原，又能給大遼造成什麼威脅？犯得著傾全國之力，去追捕這兩隻蒼蠅？這下好了，將來蒼蠅無論能否打死，大遼鐵騎的臉都丟盡了。十萬人，十萬人打兩個。唉，多威風！多厲害！石重貴父子幾乎什麼都沒幹，就都成了萬人難敵的絕世猛將，轉眼間名揚天下！

「將軍，已經走了十五六里了，是不是讓弟兄們停下來歇歇！」一名親兵舉著火把上前，小心翼翼地詢問。

「滾，滾一邊去！」契丹北路軍左廂白馬營都指揮使耶律大木向後躲了躲，嘴裡發出一連串咆哮，「你，就想燒死我嗎，把火舉得這麼近？」

「不敢，小的不敢，小的真的不是故意的！」倒楣的親兵嚇得滿頭是汗，紅著臉，大聲求饒，「小的，小的只是想提醒將軍……」

「滾，老子才不用你來提醒！」耶律大木抬手賞了對方一鞭子，惡狠狠地呵斥，「什麼時候趕路，什麼時候停下來歇息，老子自有安排，用得了你來多嘴？」

「啊，是，是，小的不敢了，再也不敢了，請將軍大人開恩，饒了小的這一回！」親兵的臉上，立刻被抽出一道長長的血痕。卻不敢用手去捂，只敢低下頭，大聲謝罪。
「記吃不記打的賤痞子！」耶律大木揮鞭四下抽打，將頭頂的飛蟲打得四散奔逃，「那耶律察割和耶律底烈兩個，出動十萬大軍卻找不到鄭子明的影子，正愁找不到人頂罪呢！咱們本來就已經走得慢了，若是明天中午之前，再趕不到目的地，耶律察割一頓鞭子抽下來，還不得老子光著膀子去挨。趕路，抓緊趕路，能不能找到鄭子明不打緊，別讓耶律察割把罪責推到咱們頭上才是重要！」
「是，將軍。」周圍的各級軍官們恍然大悟，不屑地看了一眼拍馬屁卻拍到了馬腿上的親兵，紛紛催動坐騎，去督促各自的屬下。
整個隊伍驟然加速，馬蹄聲轟鳴如雷。又足足跑了一個多時辰，才終於在某道無名小河旁停了下來，讓牲口恢復體力。
原本長龍一樣的燈火，轉眼彙聚成了湖畔。將周圍方圓五里，照得比白晝還亮。然而，五里半之外的夜色，卻愈發顯得黑暗。墨一般，即便頭頂的星光如何璀璨，也難以將其穿透。
距離契丹人臨時營地六七里遠處，鄭子明和滄州勇士們，也緩緩停住了腳步。因為勞累和緊張，每個人頭上都頂著大顆的汗珠。但是，每個人的臉色，都興奮得湧起團團殷紅。
「看情形，他們一會還要繼續趕路！」陶大春的身體貼著樹幹和草尖，狸貓般竄了回來，半新的靴子上，沾滿了草屑和露水。
「那咱們也歇歇，等會跟著他們一起走。再向東南走一個時辰，然後就甩開他們，直接切向正南！」鄭子明計算了一下路程，迅速做出決定。
「是！」陶大春、李順、陶勇等人同時答應，然後迅速去幫助其他弟兄照顧坐騎，輪番拿出乾肉和清水，補充體力。向來謹慎的周信，則待其他人都走遠了之後，又來到鄭子明身側，悄聲提醒：「看樣子，是有人逼著他們去東南方某處匯合。否則，他們不會走得這麼急。剛才行軍的時候，我還隱約聽到附近有另外一隊人馬，好像也在連夜趕路。方向和這支兵馬基本一致！」

「無論是向東南，還是正南，最後，肯定都要通過遼河。」鄭子明迅速朝周圍看了看，臉上浮現一層陰影，「據我所知，遼河上根本沒有橋梁。契丹人過河，要麼是吹鼓了羊皮，要麼是紮木筏子。」

「將軍您也發現了？」周信聽得一楞，遲疑著繼續追問。

「不止我一個人發現了，契丹人的反應絕對不正常。但咱們像這樣再走一個半時辰，就能到達藏大船的地方。怎麼著也得過去看一看。」鄭子明又回頭掃了一眼昏迷不醒的重傷號們，繼續補充，「上了船，才有足夠的藥物。而只要把大船開到河道中央，遼國人無論能不能發現咱們，都拿咱們無可奈何！」

「那剛才說契丹人要渡河……」

「不是說他們渡河，渡河不用擔心，咱們又沒想走陸地。」鄭子明深深吸了口氣，彷彿要用冰冷的空氣，來冷卻心中的狂躁，「我是擔心契丹人把靺鞨人，那些靠打魚為生的黑靺鞨人，也拉過來幫忙。他們雖然沒有大船，可小船若是多了，像蒼蠅一般……」

「這，這怎麼可能！」話未說完，周信已經臉色大變。跳起來，揮舞著胳膊抗議，「黑靺鞨都是一群野人，當初渤海國統治遼東那麼多年，都未能收服他們！」

「渤海國被契丹人滅了！」鄭子明笑著搖頭，冷峻的臉上寫滿了決然，「不管怎麼樣，咱們都得走。所以，別想那麼多了，去休息一會兒吧。有了足夠體力，才能殺出一條血路！」

「嗯，是，卑職明白！」周信想了想，咬著牙點頭。

「來，咱倆背靠背！」鄭子明伸手朝腳下的石塊上拍了拍，笑著發出邀請。

「謝，謝將軍！」周信感激地拱了下手，也不多矯情，走到他身後，用脊梁輕輕貼住他的脊梁。

二人緩緩坐倒，閉著眼開始假寐。不一會兒，就覺得有股熱氣從後背處湧起，緩緩湧遍了四肢百骸。鼻孔裡，也都發出了低低的鼾聲。

連續的高強度戰鬥，臨時路線的調整，還有隊伍的不斷縮小，讓二人不論是身體還是心靈，都已經疲憊不堪。再這樣繼續下去，恐怕用不了幾天，無需契丹人來追殺，就會相繼病倒，然後或者死於野獸之口，或者被某個幸運的牧羊人給抓去獻給遼國官府，換回意想不到的富貴榮華。

「將軍，將軍……。」後半夜，鄭子明被李順輕輕推醒。

「怎麼了？」他猛地坐起，兩眼瞬間睜得滾圓，「咱們暴露了？」

「契丹兵應該是準備開拔了。」李順遞過一袋子清水，繼續小聲說道，「看樣子，一刻鐘之內，就能準備完畢！」

鄭子明猛地站起來，抓住水袋狠狠灌了自己幾大口。然後又灑了些水在臉上，輕輕拍打，強迫自己加速恢復清醒，「現在什麼時辰？」

「丑時剛過。」陶勇走過來，搶著回答道。

「好。叫醒弟兄們，咱們回家！」鄭子明甩了甩胳膊，又看了看前方，帶著一絲果決的說道。

可以走了，已經距離遼河很近了。空氣中，隱隱已經有了濕漉漉的味道。只要找到大船，跳上去，契丹人即便再來十萬人，也只能望河興嘆！

眾位勇士迅速跳上戰馬，悄悄綴在連夜開拔契丹大軍身後，先是向東南方走了一個時辰，隨即根據天空中的星座辨認方向，離開對手，迅速折往正南。

又過了大約半炷香時間，契丹大軍的馬蹄聲漸漸遠去。鄭子明深吸了一口氣，手臂向南戟指，「加速，天亮之前，趕到河邊登船！」

「駕！」眾勇士齊聲低呼，輕輕磕打馬鐙。

早有已經耐不住性子的戰馬「噗哧哧」打了個響鼻，撒開四蹄開始高速狂奔，轉眼間，就將燈火長龍遠遠甩在了身後。

眉月漸漸向西墜了下去，天空中的星光也漸漸開始變暗。

黎明之前，正是最黑時刻。

不遠了，不遠了，翻過這座山，山下就是河岸。四下只有光禿的河灘和無邊際的蘆葦蕩，沒有任何人煙。

在蘆葦蕩深處，藏著大夥來時的大船。只要登了船，便是海闊憑魚躍！

契丹人即便來了千軍萬馬，也無法再阻止勇士回家。

「駕！」

「駕！」

滄州勇士們，一個個抖擻精神，衝向山頂，心潮澎湃。

猛然間，最前頭替大夥探路的李順帶住了坐騎。

緊跟著，是陶勇，是李彪，是王寶貴，是……

鄭子明在陶大春和周信的保護下，最後一個抵達山頂，剎那間，全身血液一片冰涼。

帳篷，密密麻麻的帳篷！

曾經方圓幾十里荒蕪人煙的三岔河與遼河交匯處，已經變成了一座聯營。

曾經的遮天蘆葦，被收割殆盡。

光禿禿的河岸邊，大家伙兒潛入遼東時所乘坐的那艘大船隨著水波，且沉且浮！

【第五章】

短歌

夜色很黑，但契丹人立營處，卻亮如白晝。

數不清的燈球火把，在密密麻麻的帳篷之間搖曳。一隊隊士兵抱著明晃晃的刀槍，在營地中往來穿梭。間或有剛剛睡醒的戰馬，仰起頭，嘴裡發出不安的嘶鳴，「唏吁吁，唏吁吁，唏吁吁。」如寒冬臘月的北風，吹得人心臟一片冰涼。

鄭子明感覺自己的心臟往下沉，往下沉，往下沉，沉得就像一萬斤的鐵疙瘩，沉得令他無法正常呼吸。扭頭再看身邊的弟兄，發現大夥的臉色也全是一片灰白，每個人的嘴唇和肩膀，都在不安地顫動。

「我，我真的是個不祥之人。」石重貴的心靈最為脆弱，整個人都癱在馬背上，淚如雨下，「你們，你們丟下我，自己想辦法繞路逃生吧！二寶，大春，你們都是好孩子，別為了我這個倒楣鬼……」

「大伯，您這是什麼話，都到這兒了，我們還能往哪跑？」陶大春殘笑著搖搖頭，從腰間抽出彎刀。距離契丹人的營地這麼近，剛才大夥又未曾努力控制坐騎的速度，營地裡值夜的契丹將士，不可能毫無察覺！

「死則死爾，大伯，咱們把遼東的天都捅出窟窿來了，怎麼可能現在裝孬種。」陶大春身側，一名滄州勇士梗著脖子說道。與其說是在安慰石重貴，不如說是在給自己打氣兒。

「我們跟著我家將軍。」王寶貴一邊整理弓弦，一邊咬著牙說道。「將軍在哪，我們在哪。」

「我們跟著將軍，將軍不拋下你，我們也不會拋下你！」其餘滄州勇士也手按刀柄，用顫抖的聲音回應。

三十餘騎縱橫千里，讓遼國派了十萬大軍圍追堵截。這輩子能如此風光一回，死也值得！既然今天已經無路可去，就讓大夥挺直胸口，再轟轟烈烈的廝殺一回。告訴那些契丹豬狗，中原並非沒有男兒。

「這，這，這……」石重貴被燒得心頭火熱，努力用雙手支撐起身體，讓自己在年輕人面前不至於太掉架子。

他是石敬瑭的侄兒，自幼便被叔父收養。然後就像一頭孤狼般，跟敵人廝殺，跟堂兄弟們明爭暗鬥，直到踏著血跡走上皇位。

他這輩子沒有真正意義上的兄弟，也沒有真正意義上的朋友。他這輩子，只有仇人、政敵和同謀！而今天，他卻在自家兒子身邊，看到了什麼叫做忠誠，什麼叫做友情，什麼叫做肝膽相照，什麼叫生死與共！

他終於明白了，為何兒子能赤手空拳打下如此大的基業。也終於明白了，為何兒子敢帶著不到百人便潛入遼東。他努力將身體挺得更直，同時努力抽出腰間彎刀。他石重貴也是個馬上皇帝，當年也曾披堅執銳，身先士卒。他感覺到自己的心臟在狂跳，年輕的血液又迅速湧遍全身，他忽然在自己身體內，又找到了一個年輕的靈魂，驕傲、勇敢，不屈不撓。

「子明將軍，我們跟著你！」周信拍馬上前，拱手說道。

「子明，是戰是走，你一言而決！」陶大春回過頭，滿臉決然。

「將軍，你去哪，我們就去哪！」李順、陶勇、王寶貴等人紛紛開口，每個人眼睛裡，都燃燒著戰鬥的狂熱。

然而，鄭子明卻忽然把手指放在了嘴邊上，輕輕搖頭，「噓，小聲，情況不對。契丹人好像還沒發現咱們！」

「啊——？」眾人長大嘴巴，目瞪口呆。

這怎麼可能？大夥為了保持趕路速度，每個人至少都帶了三匹戰馬。一百多匹的戰馬撒腿飛奔，即便是聾子都能被驚醒，河灘上的契丹人，怎麼可能視而不見。

但是，眼前的情景，依舊如做夢般虛幻。營地內巡邏的契丹士兵，迅速打著哈欠來來往往，誰也沒興趣，朝他們多看一眼。

「他們，他們依舊把咱們當成了自己人！」

「他們，他們鬧騰習慣了，向來不講究什麼紀律！」

「在中原的時候，契丹人也不喜歡好好紮營！這裡是他們自己的地盤，他們更是胡亂對付！」

「他們，他們的營寨旁沒有溝渠，也沒有鹿柴！」

驚詫的聲音，迅速變成了狂喜。陶大春等人一個個，滿臉興奮，躍躍欲試。

眼下大夥有兩個選擇，第一，立刻轉向，趁著契丹人毫無防備，策馬逃命。另外一個就是直接衝殺過去，奪船而走，向東揚帆出海。兩種可能性，都是九死一生，兩種可能性，都有可能導致全軍覆滅。

沒等眾人想好該選哪條路，鄭子明忽然深深的吸了一口氣，左手拉出武侯弩，右手抽出鋼鞭，奮力前指：「兄弟們，是生是死，我們都在一起。跟我來，咱們奪船！」

「奪船！」「奪船！」「奪船！」眾人快速回應，嫻熟地將石重貴架在隊伍中央，以鄭子明為鋒，組成了一個三角形突擊陣列。

環顧四周，鄭子明笑了笑，舉起鋼鞭，狠狠往下一揮：「衝！」

鐵驊騮張開四蹄，順著山坡狂奔而下。弟兄手舉彎刀大劍，保護著石重貴和重傷號，帶著備用的戰馬，緊隨其後。二十幾個人，一百多匹馬，如撲火的飛蛾般，刺向契丹人的連綿軍營。

「你們，不要胡鬧，大營中策馬，殺頭！」有一隊巡邏的士兵停住腳步，舉起角旗，一邊揮動一邊大聲提醒。

契丹武士大多數都是牧民出身，天性散漫。即便在中原作戰時，也從不會像漢人那樣將營盤紮得固若金湯。而現在，他們在自家地盤上，又是十多支互不統屬的兵馬臨時湊在了一起，所以各種胡鬧作死的舉動都屢見不鮮。當巡夜的士兵看到鄭子明等人從山頂呼嘯而下，還以為他們是哪個領兵大將的親信，舉著旗子提醒幾聲，已經算是盡到了責任，根本沒心思上前攔阻。

「耶律將軍要的松雞打來了，讓開，別耽誤廚子做醒酒湯！」石重貴立刻看到了機會，鼓足勇氣，用嫻熟的契丹話大聲回應。

「耶律將軍，松雞，醒酒湯！」李順等人也扯開嗓子，盡可能地鸚鵡學舌。

契丹貴族只有兩個姓，要麼是耶律，要麼是蕭。巡夜的士兵饒是再聰明，短時間內，也分不清石重貴說的到底是哪個耶律將軍。只好繼續用力揮動著旗幟，大聲勸告，「那也不能直接往營地裡邊衝，萬一驚擾了貴人……」

沒有人再理會他的話，鄭子明和眾滄州勇士們，腿夾馬腹，借著地利，將坐騎的速度在極短的時間內提升至極致。馬蹄帶得泥沙濺起，恍若一條黃龍般直撲而下，轉眼間，已經撲到了營地邊緣。

「起」，隨著一聲斷喝，戰馬四蹄同時騰空而起，飛過數丈距離，將契丹人臨時用樹枝搭建的簡陋營牆，瞬間丟在了身後。

「站住！都給我站住！」帶隊巡夜的契丹百人將終於意識到了情況有些不對，「站住，不准再闖了。再闖，我就要吹警號將你等拿——啊！」

「噗！」鄭子明抬起左手，直接將弩箭射穿了此人的哽嗓。隨即右手鋼鞭橫掄，將另外兩名躲避不及的契丹兵卒砸飛到了半空中。

「噗噗，噗噗，噗噗！」陶大春等人紛紛扣動扳機，將冰冷的弩箭，射入攔路者的胸口。隨即，棄弩，揮刀，帶起一團團血霧，所有動作宛若行雲流水。

凌晨的微風帶著濕氣迎面吹來，將戰馬的尾巴吹成一條條直線。百餘匹馬，二十幾名勇士，呼嘯著捲過昏睡中的營地，將所有擋在路上的東西，無論是活人還是帳篷，全都瞬間踏成了碎片。

「嗚嗚嗚，嗚嗚嗚，嗚嗚嗚嗚嗚……」

營地內，其他幾支巡夜的契丹兵卒倉促吹響號角。試圖通知自家同伴，有人正在策馬闖營。然而，酣睡中的契丹將士們，卻無法及時從好夢中恢復清醒。

數萬大軍圍堵三十幾名對手，一人一口吐沫，就能將對方活活淹死。沒有一個人，想到他們可能會在自家營地內遭遇危險。更沒有任何人，會想到鄭子明等人居然會主動向他們發起攻擊！

「擋住，擋住他們！」幾個膽大的巡夜小校，帶著各自的親信撲向戰馬。他們試圖用長槍組成小陣，來拖緩對手的推進速度。此時此刻，這個戰術再恰當不過，只是，他們過分高估了自己的戰鬥力。

借助戰馬奔行的高速，鄭子明只是輕輕揮了下鋼鞭，就將一名契丹將領連人帶兵器一起抽得倒飛出去。陶大春和李順等人手中的彎刀輕輕一抹，就在戰馬的身側抹起一團團腥風血雨。

倉促彙聚而來的契丹將士，還沒等擺開架勢，就已經被幹掉了將近三分之一。剩下的三分之二楞了楞，踉蹌著倉皇後退。

「呼！」鄭子明用鋼鞭抽碎了一顆躲閃不及頭顱。鐵驊騮的四蹄緊跟著從死者的軀幹上踏了過去，濺起一團團紅色的血肉。

「嗤」，陶大春猛地一揮胳膊，鋒利的刀刃，從一名契丹兵的脖子上迅速抽出，帶起一道紅色噴泉。高高濺起的血漿，把他的臉瞬間染成通紅一片。然後帶著溫熱的水汽，沿著下巴慢慢滑落，滴滴答答，染紅了戰馬的鬃毛，最後又滴滴答答落下，落進河灘上沙土中，消逝不見。

抽刀，揮刀，劈砍、橫掃。周信，李順、陶勇等人反覆重複相同的動作，整齊得宛若一架機器。嚴格的訓練，無數次結伴出生入死，令他們早就將每一步配合都刻進了骨髓。只要出手，便是數刀齊出，令敵將防不勝防。

「攔住他們，攔住他們，帶隊的是鄭子明！」

「攔住他們，攔住他們！」

「攔住他們，別讓他們靠近大船！」

……

當馬蹄已經踩過了大半邊營地的時候，四下裡，終於響起震天喊殺聲。大部分契丹人都被驚醒了，開始在自家將領的組織下，發起了瘋狂的反撲。從營地外圍到營地核心，一隊隊像餓紅了眼睛的野狼般，衝向快速移動的戰馬，捨生忘死，前仆後繼。

「嗚嗚，嗚嗚，嗚嗚嗚，嗚嗚嗚……」憤怒的號角聲，將黎明前的黑暗，攪得支離破碎。契丹東路軍節度使耶律底烈穿著一條鼻犢短褲，赤精的上身，拎著一把血淋淋的彎刀，親自督戰，「上，全都給我上去。殺了他，殺了他，要死的不要活的！」

「殺，殺鄭子明！」

「要死的不要活的！」

「跟弟兄們報仇！」

「殺……」

一隊騎著馬的契丹人，咆哮著上前，試圖完成耶律底烈剛剛交代的任務。時間倉促，他們都沒來得及穿盔甲，也沒顧上穿戰靴，兩隻毛茸茸的大腿夾在馬肚子上，被四下裡的火光一照，顯得格外醜陋。

「去死！」鄭子明猛地左手向身後一拉，奮力前甩。一把冰冷的鐵斧瞬間呼嘯而出，直奔距離他自己最近的膝蓋骨。

「咔嚓！」沒有任何遮擋的膝蓋骨直接被斧刃砍斷，大腿和小腿一分為二。馬背上的契丹勇士慘叫著摔下，被蜂擁而上的自己人，瞬間踩成了肉泥。

「去死！」鄭子明右手揮動鋼鞭，左手撤出另外一把鐵斧，呼喝酣戰。眼前的空間忽然變得極為狹窄，但時間卻變得極為緩慢。鋼鞭磕飛一條長槍，鐵斧將另外一隻胳膊砍得齊肘而落。緊跟著，鋼鞭將另外一名送上門來武士砸得筋斷骨折，鐵斧抹斷第四人的脖頸。鮮血飛起，染紅頭頂的天空。紅色的天空下，戰馬撒腿狂奔，踩翻一具具屍體。

一桿長槍從側面襲來，鄭子明側身，斧刃貼著槍桿橫掃。五根手指相繼飛起，長槍的主人慘叫著抱鞍逃走。一把彎刀從前方砍來，被鋼鞭打得倒飛上半空。隨即，鐵斧脫手，砍中此人的面門。

陶大春揮刀，從背後砍死逃走的受傷武士。周信雙手持著一支長槍，左挑右刺，如虎入羊群。三人身上都染滿了血，大部分是別人的，可能有一部分也是來自自己。但是，他們卻誰都感覺不到疼，感覺不到恐懼，感覺不到鎧甲的沉重和血液的滾燙。他們並轡而行，戰鬥，戰鬥，橫衝直撞。而周圍的敵軍將士一個接一個倒下，一個接一個被馬蹄踩入爛泥。

眼前瞬間一空，一整隊的契丹武士被殺散，魂飛膽喪。李順、陶勇等人迅速跟上，穿過鮮血淋漓的缺口，將躲避不及的敵軍，挨個送上西天。

所有活著的滄州勇士都從缺口處策馬而過，還剩十八個人，中央簇擁著石重貴和三名昏迷不醒的彩號。所有備用戰馬，都在途中丟失，或者被憤怒的契丹人殺死，或者悲鳴著逃之夭夭。

整個三角形陣列縮小了一半，卻變得更加銳利。踩著鬆軟的河灘和契丹人的屍體，直奔大船停泊的河岸。

「嗚嗚，嗚嗚，嗚嗚嗚，嗚嗚嗚……」

「嗚嗚，嗚嗚，嗚嗚嗚，嗚嗚嗚……」

號角聲在四下裡響起，憤怒中帶著瘋狂。耶律底烈被徹底氣瘋了，親自領著護衛撲向鄭子明。然而，四下裡全是剛剛從帳篷中跑出來的契丹將士，將他的去路擋得嚴嚴實實。

衝向前想要建功立業的契丹勇士，和被打沒了膽子倉皇後退的契丹懦夫，還有剛剛被驚醒滿臉茫然的契丹糊塗鬼們擠在一起，你推我搡，剎那間，竟然膠著成了無數堵厚厚的人牆！

「哈察，吹角給哈察，如果膽敢放走鄭子明，他提頭來見！」耶律底烈接連推翻了七八名自家將士，依舊無法提起戰馬的速度，氣得啞著嗓子，大聲命令。

哈察是來自室韋族的勇士，素有萬夫不當之勇。為了穩妥起見，昨晚紮營時，耶律底烈刻意將哈察和其他室韋勇士安排在了最靠近大船的區域。期待最後時刻，此人憑著手中兩隻鐵蒺藜骨朵，創造出一個奇蹟。「嗚嗚，嗚嗚，嗚嗚嗚，嗚嗚嗚……」親兵將命令化作角聲，盡可能地傳到遼河岸邊，傳進每一個傾聽者的耳朵。

「嗚嗚嗚，嗚嗚，嗚嗚嗚……」黑漆漆的遼河對岸，隱隱也有號角聲相應。大遼泰寧王耶律察割站在河畔一棵老樹的陰影裡，眼睛像兩團鬼火般滴溜溜亂轉。

「大哥，對面，耶律底烈好像快被氣瘋了。」左軍都指揮使耶律盆都湊上來，滿臉幸災樂禍，「早告訴他睡覺時要睜著一隻眼睛……」

「行了，都是一家人，他被鄭子明打了個措手不及，你有什麼好歡喜的？」滴溜溜亂轉的鬼火猛地一滯，耶律察割翻翻眼皮，冷冷地呵斥。

「這，是，大哥！」耶律盆都鬧了個大紅臉，訕訕點頭。隨即，卻又不甘心地問道：「那，那咱們是不是現在就收網，讓耶律底烈也好安心！」

「急什麼？」耶律察割斜著看了自家弟弟一眼，輕輕撇嘴，「打虎，得先讓老虎跑上幾圈，累脫了力。現在收網，得不到耶律底烈的感激不說，弄不好，網子都得被老虎撕破了，得不償失！」

「這，這，大哥英明。」耶律盆都聽得似懂非懂，撓了撓頭上的小辮，低聲誇讚。

「別出聲，朝對面看，好戲還在後頭！」耶律察割詭秘地笑了笑，向前數步，手搭涼棚，就像對面的廝殺跟自己沒半點關係般，悠哉游哉看起了熱鬧。

遼河在與三岔河交匯處附近，只有不到二十丈寬展。河對岸，燈球火把亮如白晝，將上萬個焦頭爛額的身影，照得清清楚楚。

東路軍將士很努力，其他幾支契丹部族軍，也是前仆後繼。然而，同一時刻，能衝到鄭子明身邊的，每次卻只有數十人。

這數十人被李順和王寶貴等人擋住一半兒，再被陶大春和周信各自分出兩成，真正能與鄭子明交上手者，寥寥無幾。

倉促組成的防線，轉眼被鄭子明衝破。眾滄州勇士騎著渾身是血的戰馬，距離大船越來越近，越來越近。就在此時，喊殺聲忽然一滯，燈火也瞬間變得暗了暗。一大隊身穿皮襖，手持各色古怪兵器，又矮又壯的「妖魔鬼怪」，緊貼著河岸撲了上來。

「室韋人，室韋人！」

「哈察，哈察！」

「吃人頭的哈察！」

「哈察來了，哈察來了……」

遼河兩岸，歡呼聲轟然乍響。無數契丹武士本能地停住腳步，眼巴巴地望著那群大夏天依舊身穿皮襖，又矮又壯的生力軍，臉上充滿了期盼。

室韋人來自大漠以北，以狩獵為生，與冰雪為伴，成年男子個個能活撕惡狼。雖然因為性子狂暴粗野的緣故，無法被大規模訓練成戰士。但用於小範圍內廝殺，卻最強不過。往往七八個室韋男子，就能敵住上百皮室軍精銳。百十個人，就能在上千契丹大軍中潰圍而出。只有在雙方都達到近萬規模的時候，契丹勇士才能憑藉優良的兵器、嚴格紀律及密切的配合，將其擊潰，並且追上去將室韋勇士們挨個殺死或者俘虜。

所以，當大隊的室韋人投入戰鬥，其餘契丹將士都立刻停住了腳步。他們相信，他們確定，鄭子明已經徹底插翅難逃！

室韋第一勇士哈察，也的確未辜負契丹人的期待。在跑動中，就帶領自家弟兄，組成了一道厚厚的人牆。手中兩支鐵蒺藜骨朵相互碰撞，「咣！」「咣！」火星四濺，嚇得周圍的戰馬紛紛人立而起，大聲悲鳴。

「來，聽說你也是英雄，跟俺大戰三百……」操著生硬的契丹語，他大喊大叫。唯恐對面衝過來的那名中原少年落荒而逃，不肯讓自己過一次廝殺的癮。

「嗖」一把利斧凌空而至，正中他的面門。

兩支鐵蒺藜骨朵「撲通！」「撲通！」先後落地。肥碩的屍體仰天而倒。

「哈察大人死了！」

「他殺了哈察大人！」

「他殺了哈察大人！」

河岸邊，眾室韋好漢哭喊著，衝上前與鄭子明拚命。原本就不算整齊的隊形，徹底分崩離析。

「搶船！下馬搶船！」鄭子明揮鞭砸飛一根鐵棍，反手一鞭，將鐵棍的主人又砸進河畔泥坑裡。隨即側轉坐騎，左衝右突。

「搶船，下馬搶船！」陶大春緊跟著鄭子明殺進一大群室韋人中間，手中彎刀上下翻飛。將試圖從側面包抄鄭子明的室韋勇士，砍得東倒西歪。

「搶船，搶船！」周信撥轉戰馬，與陶大春馬尾對著馬尾。沿河岸向另外一側強突，手中長槍左右撥打，將擋在自己戰馬前的室韋勇士挨個砸進渾濁的河水當中。

「搶船，下馬搶船！」李順、李彪、陶勇，猛地一踹馬鐙，像三隻鷂子般飛起來，砸向室韋勇士的頭頂。眾室韋勇士慌忙閃避，三人落地，背靠上脊背，四下揮刀，卸下一堆毛茸茸的胳膊和大腿。

一轉眼功夫，室韋人的防線就徹底被衝垮。王寶貴一個腳踩馬鞍，一個箭步撲向河道，直奔繫在岸邊的大船。船艙中，立刻衝出四五名契丹兵，長槍高舉，試圖將他直接在半空中刺成一個篩子。

「蹦蹦蹦！」弓弦響動，石重貴帶著四名滄州勇士撲到岸邊，用弩箭替王寶貴清理道路。三名契丹兵仰面栽倒，甲板上瞬間出現了一個落腳點。王寶貴雙腿著艦，借著慣性迅速下蹲，手中彎刀橫掃千軍，齊著膝蓋切下兩條大腿。

這條大船是數日前鄭子明等人從海上開過來的，因為通往營州的三岔河水太淺，大船無法繼續前行，才換了一隻小船逆流而上。耶律察割和韓匡嗣兩個，通過南邊故意洩漏出來的蛛絲馬跡，成功在遼河與三岔河交匯處的蘆葦蕩裡，找到了此船，並且將鄭子明留下看守船隻的弟兄斬殺殆盡。然後，又將此船作為誘餌，用纜繩繫在了岸邊。只是，二人機關算盡，卻漏算了一件非常重要的事情。契丹勇士，根本不通水性，也沒經歷過任何水戰訓練。

這些在陸地上個個弓馬嫻熟的好手，一旦上了船，全身本事立刻只剩下不到三成。腳下沒根，兩腿發虛。轉眼之間，就被經受過嚴格水戰訓練的王寶貴，殺得只有招架之功，沒有毫無還手之力。

「上船，上船！」王寶貴像猴子般在甲板上蹦來跳去，每次起落，都用足下肢的力氣，故意將甲板弄得搖搖晃晃。

「上船，快上船！」鄭子明一邊用鋼鞭和馬蹄阻擋室韋人的反撲，一邊大聲催促。

契丹人被打了個措手不及，但契丹人不會永遠措手不及下去。是生是死，只在數個呼吸之間。誰也沒資格延誤耽擱。

「上船，快上船！」周信和陶大春二人，一邊策馬衝殺，一邊大聲重複。只差一步就是河水，戰馬無法保持高速奔行。而周圍的室韋人、契丹人，還有操著生硬語言的不知道來自何處部族勇士，卻越發瘋狂。

「上船，上船！」李順、李彪、陶勇和另外一名滄州勇士，背對背站成兩排，組成一個狹窄的通道。其餘滄州勇士們奮力逼退敵軍，從馬背上抬下昏迷不醒的袍澤，迅速沿著通道跑過。雙腿踏過齊腰的河水，踉蹌奔向船頭。

甲板上，王寶貴已經從船頭殺到了船尾，又轉身殺了回來。鋼刀下，沒有一合之敵。忽然，數支羽箭凌空而至，將他和周圍死戰不退的契丹勇士，全都蓋在了同一片雕翎之下。

「寶貴！」石重貴看得雙目迸裂，朝著甲板大聲叫喊。

「上船啊！」黎明的晨曦中，王寶貴忽然又從屍山血海中站了起來，帶著七八支羽箭，搖搖晃晃衝向船頭，奮力拉動纜繩。

鮮血順著纜繩淅淅瀝瀝而落，大船動動，又動了動，緩緩靠向岸邊，靠向水中正在踉蹌而行的自家袍澤。又一排羽箭飛來，將他身上插滿紅色的雕翎。王寶貴的身體晃了晃，又晃了晃，掙扎著然後繼續站穩。將纜繩一寸寸拉回手邊，一寸寸垂向甲板，每一寸，都染滿了滾燙的鮮血。

「射！瞄準水裡射，看誰躲得開！」河岸邊，一名氣急敗壞的百人將，扯著嗓子命令。周圍的契丹人紛紛舉弓，奮力拉開弓弦。忽然間，一匹鐵驊騮騰空而至，鄭子明揮舞雙鞭，將百人將的腦袋打了個四分五裂。隨即，衝進弓箭手隊伍，將這群卑鄙的偷襲者，砸得東倒西歪，抱頭鼠竄。

「子明上船，上船，這裡交給我！」陶大春緊隨而至，如同勾魂使者般，提著彎刀一路追殺。剛才還牛氣沖天的契丹弓箭手們，愈發魂飛膽喪，抱著腦袋，四散而逃。

「廢物，全都是廢物！」距離河岸四十幾步處，契丹東路軍節度使耶律底烈氣急敗壞，揮舞著鋼刀大聲命令，「弓箭手，弓箭手，對準船頭和岸邊，覆蓋射擊。給我，給我把姓鄭的亂箭穿身！」

「將軍，岸邊，岸邊咱們的人更多！」一名姓蕭的將軍，立刻大聲提醒。

「一群廢物，留之何用。放箭！」耶律底烈狠狠瞪了他一眼，揮舞著彎刀繼續大喊大叫，「放箭，放箭，再不放箭，難道讓他乘了船逃走嗎？」

「嗚嗚，嗚嗚嗚，嗚嗚嗚，嗚嗚嗚！」短促的號角聲，接連而起。

數以千計的角弓，斜向上張開，閃著寒光的羽箭，紛紛脫離弓弦。

一把彎刀恰恰遞到鄭子明戰馬的小腹下，他猛地一抬腿，將彎刀的主人踢了的仰面朝天。緊跟著，鋼鞭奮力下砸，正中此人胯骨。

「啊——」彎刀的主人大聲慘叫，踉蹌後退。鄭子明策馬回衝，剛剛奔了兩步，忽然感覺到頭頂的天空顏色不對，果斷翻身，整個墜下了馬背。

「嗖嗖嗖，嗖嗖嗖，嗖嗖嗖！」飛蝗般的羽箭落下來，將鐵驊騮射成了刺猬。

下一刻，鄭子明的身體從鐵驊騮的小腹下鑽出，拉起一名契丹將領，用鋼鞭敲暈過去，舉過頭頂，「上船，遠離河岸！」

「嗖嗖嗖，嗖嗖嗖，嗖嗖嗖……」更多的羽箭飛來，將他手中的契丹將領射得像豪豬般，渾身上下長滿了尖刺。周圍的契丹人、室韋人、靺鞨人，還有不知道什麼民族的武士，被羽箭無差別射殺。河岸邊，瞬間變得一片死寂。

陶大春、周信兩個跳下已經搖搖欲倒的戰馬，各自拎著一面搶來的盾牌，奔向鄭子明，夾著他，快速跑向距離岸邊越來越近的船頭。

船頭上，王寶貴雙目圓睜，身體後仰，雙手依舊用力地拉著纜繩，口鼻間，卻早已沒有了呼吸。

更多的羽箭飛來，將河岸清理一空。

李順奮力撲到岸邊，鬆開遮擋羽箭的敵軍屍體，一步竄上甲板，雙手丟下一團繩梯。

李彪緊跟著他的腳步，撲到水中，奮力將梯子拉緊，「快上船！快！」

石重貴雙手抱住一名不知道是死是活的滄州勇士，先將此人丟上甲板，然後沿著繩梯攀援而上。雙腳剛與甲板接觸，就立刻抄起一面被卸下的艙門，遮住扶梯下所有人的頭頂。

陶勇與另外四名弟兄，互相配合著，將重傷號送上甲板。然後陸續登船，撿起盾牌，木板，以及一切可以遮擋羽箭的東西，給後面的自己人，擋出一片安全的天空。

又一波羽箭凌空而至，射得船舷啪啪作響，卻未能再傷害到任何人。

趁著敵軍弓箭手彎弓搭箭的空隙，鄭子明飛身躍上。緊跟著猛地一彎腰，從半空中拉住正欲落水的周信。

周信雙腿著艦，回頭與剛剛落下的陶大春兩個一道，奮力扯起繩梯。將水中的李彪扯得騰空而起，像梭魚般，直接撲到了甲板上。

沒有其他人了，所有活著的滄州勇士，都已經登船。其餘的弟兄，全都戰死於奪船的途中，最近一個，距離船頭只有三步之遙。

「駕……駕……駕……」

「轟轟！」

劇烈的馬蹄聲，從山頭處傳來，另外一支騎兵也趕到了戰場，望著被鮮血染紅的大船，目瞪口呆！

「走！」鄭子明含淚斬斷纜繩，整個大船晃了晃，伴著沉重的吱呀聲，飄向河道中央。所過之處，留下一道又寬又長的血跡，遲遲不肯被河水沖淡顏色。

朝陽無聲無息升了起來，照得水面浮光躍金。

亂箭如雨，遮住蔚藍色的天空。

濁波翻滾，浪花淘盡英雄。

「嗚嗚，嗚嗚，嗚嗚——」憤怒的角聲此起彼伏，響徹原野。

「大哥，耶律底烈問咱們，剛才為何不動手！」耶律盆都晃著肥碩的屁股跑到耶律察割身邊，明知故問。

「吹角，告訴耶律底烈，放心，姓鄭的逃不了！」耶律察割撇了撇嘴，志得意滿。

年初他帶領殘兵敗將從河北倉皇撤回的時候，可沒少受了一眾同胞兄弟們的奚落，特別是東路軍節度使耶律底烈，說出來的話格外難聽。如今，兄弟們應該知道，鄭子明到底是怎樣一頭瘋虎了吧？自己當初好歹是受了蕭天賜的拖累，才不得不撤兵。而現在呢，將近十萬大軍，上千戰將，卻眼睜睜地看著此人奪了大船，揚長而去，弟兄幾個人中，到底誰更無能，不問便知！

「嗚嗚嗚，嗚嗚嗚，嗚嗚嗚……」角聲從遼河南岸響起，透著難以掩飾的自信。幾名插著傳令兵標識的契丹勇士，策馬向下游衝去，所過之處，踏得爛泥四濺。

還有大隊大隊的幽州兵卒，趕著耕牛，拉開床子弩的弓弦，將兩丈多長，碗口粗細的攻城鑿，一支接一支填到了弩床上。不停有人用肉眼觀測著床子弩與大船之間的距離，尋找最佳發射時機。

喧囂的遼河北岸，哭喊喝罵聲迅速降低。東路軍節度使耶律底烈分開眾人衝到河灘上，指著南岸一架架閃著寒光的弩車，兩眼瞪圓，牙關緊咬，渾身上下不停地戰慄。

他恨，恨鄭子明狡猾，居然趁著黎明前自己睡得正香的時候，帶領區區三十來號亡命徒穿營而去，將數萬大軍的臉直接按進了糞坑！

他恨，恨那些室韋蠻子徒有虛名，辜負了自己的信任。號稱能生撕虎豹，結果一個照面都沒走完，就被鄭子明給殺了個落花流水。

他更恨，同胞兄弟耶律察割陰險，無恥。明明有足夠的兵力和手段，幫自己將鄭子明擒下。卻與韓匡嗣一道選擇了袖手旁觀。直到鄭子明跟自己這邊拚了個魚死網破，才跳出來坐收漁翁之利。

「大帥，上當了，咱們都上了耶律察割的當！」一名騎兵千人將哪壺不開提哪壺，衝到耶律底烈身邊，氣急敗壞地控訴，「他，他分明是在利用咱們，替他，替他消耗鄭子明的實力。然後，然後再給姓鄭的最後一擊！」

「活該，誰讓咱比他蠢！」耶律底烈的怒火頓時再也壓制不住，揚起鋼刀，一刀將此人胯下戰馬砍去半邊腦袋。「比人蠢，就活該跟在別人身後吃土。咱們自己笨，又怪得了誰！」

「撲通！」可憐的戰馬轟然而倒，將馬背上的千人將摔得眼冒金星，滿臉是血。

其餘幾個正準備上前向耶律底烈詢問對策的契丹將領見狀，趕緊拉住坐騎，小心翼翼地屏住呼吸。唯恐自己哪點兒表現過於顯眼，被自家主帥當作下一個發洩目標。

而那耶律底烈，卻一點兒都不知道收斂。揚起血淋淋的刀鋒，指著麾下眾將破口大罵，「都楞著幹什麼？你們都是死人啊！姓鄭的坐船跑了，你們不會騎著馬去追嗎？騎著馬沿河岸去追！給我用箭射，用火箭射，把那艘大船點成火把！」

「這？是，大帥！」眾將佐原本想提醒耶律底烈，河面上風大，羽箭的射程根本不可能抵達河心。然而，看到刀尖上正在淅淅瀝瀝下落的血珠，又本能地將自己的真實想法壓回了肚子裡。一個個爭先恐後撥轉馬頭，點起各自的部曲，彎弓搭箭，瞄準漸漸遠去的大船亂矢齊發。

大部分羽箭，沒等靠近大船，就被河風吹歪，軟軟地落進了水中。零星十數支射程格外遠的，抵達船身附近後，也失去了力道。被周信和陶勇兩個用盾牌和兵器一格，便倒飛出去，不知所終。

鄭子明和他麾下的滄州勇士們，都接受過嚴格的水戰訓練，早就料到這種情況的出現。非但不受漫天羽箭的困擾，反而主動操縱船舵和船槳，調整航向，讓大船盡可能地靠近河心偏北一側。寧可多挨成百上千支羽箭，也不冒險成為南岸床弩的目標。

「啪！」「啪！」南岸的床弩，展開了第一輪齊射。十幾支粗大的弩杆貼著水面，如梭魚般撲向大船。

李順和李彪兄弟倆調整航向，極力操縱大船閃避。然而，船隻的行駛速度畢竟比不上巨弩的飛行速度，耳畔只聽「嘭」「嘭」兩聲悶響，左側船舷貼著吃水線的位置，立刻被弩箭射出了兩個頭盔大的窟窿。

船速猛地一緩，船身緩緩傾斜。「大春、周信，跟我下去補船。」鄭子明抄起一塊門板，大吼著衝向底艙，一邊跑，一邊流水般發布命令，「順子和彪子繼續操舵，其他，去尋找兵器，準備反擊！」

「小心！」陶大春卸下另外一塊艙門追上，側著身體，將鄭子明擋在了背後。

「嘭，嘭！」又是兩聲巨響。另外兩支攻城弩貼著吃水線鑿進底艙，扁平的弩鋒繼續向前戳了四五尺遠才停了下來，幾乎與二人擦肩而過。

「攻城鑿，他們動用了攻城鑿！」第三個衝入底艙的周信大驚失色，啞著嗓子提醒。「是幽州軍的攻城鑿，契丹人從來不懂得用這東西！」

「補船！幽州軍也是契丹人！」鄭子明看了他一眼，冷靜地上前，將兩支失去力道的攻城鑿，挨個倒推出艙外。隨即，用艙門板奮力壓住一處正在向船內湧水的窟窿。

拜波濤起伏所賜，四處被攻城鑿砸出來的窟窿，大部分時間都位在吃水線之上。只有在浪濤打過來時，才會有水流湧入。因此，堵起來倒不怎麼廢力氣，只是要隨時冒著被下一根攻城鑿透體而過的危險而已。

大船猛地一晃，開始轉向。很顯然，正在操舵的李順和李彪做了一個正確的決定，讓船身更靠近北岸，去挨更多的羽箭。增大船身與南岸之間的距離，以免幽州軍的攻城鑿有更多機會發威。

密密麻麻的羽箭撞擊聲，在船艙外響起，剎那間，宛若雨打芭蕉。四名滄州勇士抱著木板衝下底艙，推開鄭子明，開始封堵其他窟窿。陶大春向周信打了個手勢，強拉著鄭子明拾階而上，「契丹人沒來得及搞破壞，船上應該還留著咱們的武器。找出來，咱們不能光挨打不還手！」

「找床弩，咱們的床弩比幽州軍的操作便利！」周信將木板交給身邊的弟兄，轉過頭推著鄭子明往外走。

鄭子明理解弟兄們的一片苦心，只能順勢走上甲板。放眼望去，只見河道兩岸，密密麻麻站滿了人。無數契丹勇士，拉圓角弓，將羽箭和火箭，不要錢般朝自己頭頂上送。

陶勇獨自一人，舉著盾牌，一邊遮擋從天而落的箭雨，一邊努力調整固定在左舷上的弩車。這種簡易弩車，是滄州軍工匠專門為戰船定製，完全由諸葛弩按十倍比例放大而成。雖然威力不如守城用的床子弩，但操作起來卻簡單了許多。緊急情況下，只需要兩個人相互配合就能完整裝填和射擊，並且能夠一次三發。

「周信留下協助勇子。大春，咱們去右側甲板，不能光挨打不還手！」鄭子明立刻從陶勇的舉動上受到提醒，果斷下令。然後拉著陶大春撲向船艙的另外一側。

陶大春擔心他的安全，本想阻攔。然而看看南岸因再度裝填完畢，正準備發射的床弩，猛地一跺腳，抄起盾牌快步跟上。

兄弟二人配合默契，很快，就將契丹人沒來得及破壞的船弩，調整到位，然後齊心協力轉動絞盤，拉開弩弦。隨即，快速將三支修長的弩箭，挨個裝填進了發射槽。

「啪！」「啪！」「啪！」南岸的弩車，開始了第三輪齊射。粗大的弩杆，在水面掠出一道道筆直的白線。因為距離越拉越遠的緣故，這次只有一支床弩命中的船身。其他數支，全都徒勞地打了水漂。引起南北兩岸，嘆息陣陣。

「該我了！」鄭子明一把推開陶大春，瞄準南岸的一座床弩拉動機關。「嗖——」「嗖——」「嗖——」，三弩齊發。

修長的弩箭，瞬間飛過了兩百餘步距離。第一支準確命中弩車，將其推得轟然歪倒。第二支擦著弩手的頭皮疾飛而過，不知去向。第三支，則正中一名督戰的契丹將領胸口，將其整個人都推到半空中，血肉飛濺。

「嗖——」「嗖——」「嗖——」安置在左舷的弩車，也迅速發威。將三支弩箭，射進了策馬彎弓的騎兵隊伍當中。

一名引弓待發的契丹兵被弩箭直接從戰馬上推下，一連滾了幾個跟頭，還沒來得及站起身，就被後續衝過的戰馬再次撞倒，張口吐了一大口血，再次摔倒，轉眼被踩成了一團肉泥。

一匹戰馬被弩箭透腹而過，疼得揚起四蹄，奪路狂奔。三步兩步衝進了河水裡，與自家主人一道被漩渦捲入了水底。

第三名被射中的契丹兵，直接被弩箭帶走了半個腦袋。鮮紅色的血漿從腔子裡，泉水般狂噴。他胯下的坐騎，卻不知道自家主人已經死去。兀自揚起四蹄，繼續沿著河岸飛奔。將死亡的恐怖，瞬間傳進在場每一名契丹武士的心底。

「卡巴西，卡巴西……」北岸河灘上策馬彎弓的契丹武士，頓時一片大亂。誰也不敢保證，自己不會成為弩箭的下一個狙殺目標。

南岸河灘上，眾弩手也滿臉駭然。他們現在認為如此遠的距離，只有自己狂毆對方的份，所以動作才始終從容不迫。而現在，他們卻驚詫地發現，自己也有可能成為對方的獵殺目標，頓時動作就有些變樣，倉促發射出去的攻城鑿，頓時就沒了準頭。

「啪，啪，啪……」攻城鑿貼著河面，畫出一道道慘白色的水線。只有一支如願射在了大船尾部，其餘五支全都無疾而終。

大船上，一名滄州勇士扯著繩索盪下來，將攻城鑿砍為兩段。緊跟著，三支弩箭聯袂飛出，兩支各自射中一名契丹弩手，第三支，卻呼嘯著從耶律察割的頭頂飛過，將他的帥旗鑿出一個窟窿。

「啊！」原本以為勝券在握的耶律察割，也被大船上突然射出的弩箭給嚇了一跳，本能地向後躲了躲，隨即勃然大怒，「來人，去問問韓匡嗣，火油彈呢，為何他不用火油彈！」

「是！」傳令兵策馬而去，轉眼就跑沒了踪影。耶律察割卻依舊覺得不放心，點手叫過自家弟弟耶律盆都，低聲吩咐，「去，帶一營騎兵去下游，你親自監督那些穿魚皮靺鞨人。告訴他們，如果今天留不下鄭子明，他們就都不用回去了，老子會讓他們求生不得，求死不能！」

「遵命！」耶律盆都興奮地發出一聲大叫，跳上馬，點起一整營的騎兵精銳，如飛而去。

春天的時候，他們受蕭天賜拖累，倉促從中原撤軍，被鄭子明帶著人馬尾隨追殺，跑得連老牛皮褲腰帶都斷了好幾根。如今終於看到了報仇機會，豈能憑空錯過？一個個你追我趕，發誓要與埋伏在下游的魚皮靺鞨一道，將姓鄭的碎屍萬段！

「大哥，我呢，我呢！」不願讓耶律盆都獨攬殺死鄭子明的奇功，耶律察割的另外一個同父異母弟弟，耶律化葛里衝到他面前，大聲提醒。

「站我旁邊，用心看著！」耶律察割橫了他一眼，沒好氣的吩咐。

「這，是！大哥！」耶律化葛里被嚇了一挑，吐了吐舌頭，垂頭喪氣地拉住了坐騎。

「殺一個必死之人，有盆都自己出手就夠了。你又何必急著去爭功！」耶律察割又看了他一眼，忽然間，有些意興闌珊。

為了一雪春天時的兵敗之恥，他現在幾乎把所有能用的力量都用上了。連環計一環扣著一環，相信鄭子明即便長了翅膀，此番也在劫難逃。

但是，這樣的報復真的有意義嗎？在即將大功告成之際，他忽然覺得好生疲憊。中原的豪傑可不止鄭子明一個，柴榮、趙匡胤、高懷德，甚至那個平素不顯山不漏水的符昭序，都是一等一的英雄好漢。今天是鄭子明，帶著三十幾個弟兄橫行遼東，讓十萬大軍疲於奔命。哪天，柴榮繼承了郭威的皇位，帶著其他幾個少年豪傑聯袂而來，遼國得出動多少兵馬，才能抵擋他的鋒纓？

「這鄭子明也真是膽大包天，居然敢潛入我大遼救人。」耶律化葛里猜不到自家哥哥的複雜心情，只是覺得弩車和大船隔著數百步遠，你一下我一下慢吞吞地來回互射，好生無聊。咂了咂嘴巴，小聲嘀咕。「這回，人沒救出去，把他自己也搭上了。也不知道他死到臨頭時，會不會追悔莫及！」

隨著距離不斷拉大，第一道床弩陣地，已經對大船失去了威脅力。而第二道床弩陣地，還在前方等待鄭子明進入射程。這段時間雖然不會太長，卻也令人無比心焦，真恨不能化作一波暗流衝過去，將大船早點推入已經準備好的陷阱。

「人生能如此暢快一回，才不枉生為男兒！」耶律察割不知為何又忽然嘆了一口氣，幽幽地道。

「大哥，那……」耶律化葛里看了一眼自己的同父異母哥哥，欲言又止。

耶律察割恰恰也回過頭來，見他神秘般的模樣，擺擺手，低聲吩咐：「有話就說，沒什麼大不了的！在我面前，不用怕人笑話你。」

「是，大哥！」耶律化葛里被說得臉色一紅，垂下頭，低聲問道，「按說，鄭子明這次行動極為突然，怎麼一下子整個遼東都知道了他的行踪，並且皇上都被他給驚動了，連下四道聖旨，要大夥一定將他生擒活捉？」

「哼！」耶律察割聳聳肩，從鼻孔中發出一聲怪異的動靜。「你這不是故意裝傻嗎？除了南邊有人故意向大遼通風報信之外，還能有什麼其他答案？」

「那是，可，可南邊的人，為何要置姓鄭的於死地？他們，他們不是同一族嗎？」耶律化葛里撓了撓頭，眼睛中湧起幾分茫然。

此前，他想過很多種可能，比如，鄭子明不小心留下了蛛絲馬跡，比如大遼細作出生入死刺探得到了機密，然後用飛鷹傳書。但隨著遼東各路兵馬越聚越多，大遼朝廷對情況掌握得越來越準確，很多推測，就都失去了意義。

「唉，還能有什麼，如果漢人不自相殘殺，我大遼怎麼可能成為天下第一強國！燕雲十六州和中原，又怎麼可能有咱們契丹人的份！」耶律察割仰起頭，又是報以一聲長嘆，「化葛里，你還小，想不通也沒什麼，但是哥哥有一句話，你一定要記在心窩子裡頭。中原也罷，大遼也罷，朝堂上的凶險，遠超戰場凶狠十倍。自古以來，英雄豪傑凡是能死在兩軍陣前的，都是造化！」

「這，這……」耶律化葛里聽得目瞪口呆，猛然間，想到一個傳說，全身上下的血液，迅速凝結成冰。

「走，跟上去，獵物又快抵達第二道陷阱了！」看到自家弟弟被嚇成如此模樣，耶律察割心裡覺得好生不忍。抬手用力拍了下對方的肩膀，笑著吩咐，「你不是很佩服鄭子明嗎？剛好去送他一程。我今天倒是要看看，他到底能闖過幾道天羅地網！」

「噢！」耶律化葛里低低的答應一聲，然後神不守舍地跟在了耶律察割身後。

河灘上站滿了人，地面踩得泥濘不堪。一隊隊契丹武士騎著戰馬，追逐著大船，不停地開弓放箭，明知道羽箭很難射中河道中的大船，卻依舊要全力一試。一隊隊幽州漢軍，則用挽馬拖起床弩，全力趕向下游。以便在下游的第二道陷阱發揮作用之時，能趕過去助一臂之力。

也不知道鄭子明能闖過幾道天羅地網？耶律化葛里渾渾噩噩地抬起頭，目光透過散發著薄薄霧氣的河面，投向河道中央偏北側順流而下的大船。內心深處，隱約竟然湧起了幾分期盼。

他不知道自己究竟是在期盼鄭子明被殺死在河道裡，還是期盼對方能再度創造一個奇蹟。他還年輕，骨子裡本能地崇拜英雄。他願意看到自己和哥哥在戰場上，堂堂正正將鄭子明擊敗後擒殺，卻不願意看到一個英雄死在陰謀之下。如果沒有人故意向大遼這邊洩漏鄭子明的行蹤，如果沒有人故意點明滄州軍早在一年多之前就已經擁有水師的情況，如果……

沒有那麼多如果，事實上，鄭子明是死在了鼠輩的無恥出賣。而不是這沿河兩岸奮勇追殺的十萬大軍！事實上，在落入陷阱的最後一刻，鄭子明極有可能還被蒙在鼓裡，還不明白天下之大，卻根本沒有他們父子兩個的容身之地。

「嗖，嗖，嗖……」大船進入第二道埋伏的弩車射程，隱藏在第二道伏擊的弩車開始發威。這回，不是銳利的攻城鑿，而是綁著牛油和羊毛的巨型火矢。

濃煙立刻撕破河面上的薄霧，留下一道道又黑又濃的尾痕。大船上很快就冒起了火光，一個人影在濃煙烈火中縱橫來去。

那是鄭子明！耶律化葛里瞪圓了眼睛，心臟也提到了嗓子眼。他並不能聽見對方在說什麼，也猜不出對方有什麼辦法能化解殺劫。但是，他卻希望自己能看得更清楚些，能記下此人最後的輝煌。

「順子，將船儘量向北岸靠，向北岸靠！」鄭子明單手握著纜繩，騰空而起，撲向船舷側正在纏繞的弩杆。手中鋼刀奮力回落，「喀嚓！」一聲，砍在碗口粗的弩杆，深入盈寸。弩杆上正在燃燒的火焰立刻跳起來，燎得他滿臉漆黑，眉毛和頭髮同時散發出焦糊的味道。鄭子明卻根本顧不上痛，繼續單腳點著船舷，在半空中奮力揮動鋼刀，「喀嚓！」「喀嚓！」「喀嚓！」又是接連數下，弩杆終於斷裂，正在燃燒著的牛油火球翻滾著落入水中。

「射，射死他！」遼河南岸，無數人扯開嗓子大叫，隨即，箭如飛蝗。

大部分羽箭都在半途中被河水吹歪，只有極少一部分成功靠近目標。眼看著就要被亂箭攢身而死，鄭子明忽然拉著纜繩騰空而起，如同鶻鷹般脫離險境，撲向甲板。

「呼——」耶律化葛里本能地長出一口氣，然後趕緊屏住呼吸，四下觀望。唯恐被人發現自己在為敵將的安危而擔憂。

他發現，周圍屏住呼吸四下亂看的，好像不止是一個。大家伙默契地將目光錯開，然後舉起手臂，扯開嗓子，高聲叫囂，「射，繼續射，射死他！」

「嗖——嗖——嗖，嗖嗖，嗖！」第二輪火弩，再度飛出，直撲水面上掙扎起伏的大船。

韓匡嗣不愧為當世名將，伏擊陣地選得極為恰當。六輛可發射火矢的床弩，正卡在河道忽然收窄處，沿著河岸一字排開。這樣，從上游順流而下的大船，無論如何努力躲閃，都會有很長一段路程，完全處在弩箭的攻擊範圍，根本不可能擺脫巨弩的捕殺。

兩根火弩在大船後方入水，燃燒著的牛油球受到冷水刺激，轟然炸裂，波浪推得大船上下起伏。另外兩支，則落在了大船前方，濺起兩道高高的水柱。最後兩支，一前一後，掠著水面繼續飛行，在數萬道期盼的目光下，「呼」「呼」兩聲撞上了船舷。火苗立刻高高地跳起，濃煙沿著船身扶搖而上。

大船猛地一晃，速度立刻變慢，兩岸遼國將士見狀，忍不住齊聲歡呼。還沒等他們的歡呼聲到達興奮的頂點，船身又是微微一晃，鄭子明和陶大春二人，各自拉著一根纜繩，聯袂撲下，半空中，如飛鷹般落向卡在船舷處的弩杆，手中鋼刀潑出兩道閃電。

「咔嚓」，「咔嚓！」鋼刀剁入硬木的聲音，穿透歡呼聲，在所有人心底響起。

「放箭！射死他！」耶律察割大怒，搶過一張角弓，彎弓便射。

「放箭，射死他，射死他！」剎那之間，萬矢齊發，即便不能如願將鄭子明和他的同伴射成刺猬，也要干擾他們，令二人無法繼續去砍斷包裹著牛油球的弩杆。

由於河道收窄的緣故，雖然有大部分羽箭被河風吹歪，成功抵達目標區域的，依舊數以千計。鄭子明與陶大春兩人避無可避，猛然間，齊齊向下墜落，瞬間消失不見。

「啊——」耶律化葛里覺得自己的心臟突然抽了一抽，痛楚莫名。然而，就在下一個瞬間，兩道身影忽然從水底竄了出來，像蛟龍般跳向半空。手中鋼刀揮舞，再度砍在燃燒著的弩杆上，「咔嚓！」「咔嚓！」「咔嚓！」弩杆斷落，大部分火焰連同油球併入如水，船身上的濃煙立刻就黯淡了一大半兒。

「用床弩射，用床弩射死他！」耶律察割氣得臉色鐵青，咬著牙大聲吩咐。

這是如假包換的亂命，床弩只適合用來攻擊大型目標，根本不適合用來狙殺對方將領或者兵卒。韓匡嗣麾下的弩手們，毫不猶豫地選擇了拒絕，然後瞄準大船，再度射出新一輪火焰巨矢。

「轟！轟！」「轟！」三枚巨矢落水，爆炸，濺起滔天巨浪。另外三枚巨矢成功命中船舷，在船舷上點燃了更多火頭。

又一道魁梧的身影從甲板上飄落，與鄭子明和陶大春兩人一道，聯手去劈砍弩杆。是郭信，郭威派往李家寨「協助」鄭子明的郭信，在關鍵時刻，挺身而出，揮刀劈向了弩杆。

濃煙滾滾，鄭子明和陶大春、周信三個，冒著被烈火灼傷的風險，鋼刀奮力揮落。陶勇、石重貴和其他滄州勇士，則用木盆和皮口袋裝滿河水，順著船舷不停地澆下。

火焰忽明忽暗，船身上下起伏，兩岸遼國將士的心臟，也跟著上下起伏。眼看著大船就要脫離第二道伏擊圈，遼河南岸，忽然奔來一匹通體火紅色的高頭大馬。馬背上，一名四十多歲的漢子雙手挽弓，搭上一支破甲錐，任馬背如何起伏，錐鋒都穩穩瞄準了鄭子明的後心。

「韓大帥，韓大帥！」幽州將士齊聲歡呼，骯髒的臉上寫滿了崇拜。

韓匡嗣，幽州第一名將，曾經隔著河岸一箭射死親生女兒的韓匡嗣！耶律化葛里迅速認出了來人的身份，心臟再度提到了嗓子眼兒。

只見韓匡嗣迅速將巨弓拉滿，猛地鬆開右手，羽箭呼嘯而出。正在奮力劈砍弩杆的鄭子明隱約聽到身後風響，本能轉身揮刀格擋，「噹啷！」一聲，火花四射，鋼刀歪了歪，羽箭倒飛著掉入水中。

還沒等他看見是誰偷下的殺手，耳畔又已經傳來了第二道羽箭破空之聲。完全憑藉本能，他用腳點了下船舷，蕩開數尺，在千鈞一髮之際，逃離生天。然而，就在他身體處於半空，完全憑藉一根纜繩借力的時候，第三支羽箭，已經脫離了韓匡嗣的弓弦，不偏不倚，正中拴在桅桿上的纜繩末段。

「喀嚓！」纜繩斷為兩截，鄭子明身體直接墜向河水。就在他的雙腿即將沒入水下的一剎那，陶大春拖著另外一根纜繩飛來，一把搭住了他的手腕。

「起！」兄弟二人配合多年，心中早有默契，吶喊著同時發力。借助纜繩的拉扯，從水面上飛了起來，高高地跳向甲板。

「好！」遼河南岸，歡聲雷動，也不知道是為了韓匡嗣的精湛射術喝彩，還是為了鄭子明和陶大春兩個危難關頭不離不棄而歡呼。

「小子去死！」韓匡嗣被歡呼聲刺激得怒火萬丈，右手一次拉出三根狼牙箭，夾在指縫。雙臂用力將角弓連續拉滿，「嗖！嗖！嗖！」三箭連珠，直奔半空中正在蕩向甲板的鄭子明和陶大春兩個。

「無恥！」

「不要暗箭傷人！」

「暗箭傷人不算好漢！」

遼河兩岸，有無數人本能地大叫，然後迅速低下頭，捂住嘴巴。即便身在敵對一方，他們也希望自己落難時，有兄弟不離不棄。對韓匡嗣一而再，再而三偷襲行徑忍無可忍。

「走，別管我！」鄭子明猛地推了陶大春一把，鬆開手，任自己從半空落下。第一支冷箭貼著他的頭皮飛過，第二支冷箭擦著陶大春的腋下掠過甲板。第三支冷箭，正中他的右肩窩，瞬間帶出一團血霧。

「嗖！」「嗖！」「嗖！」韓匡嗣對周圍的謾罵聲充耳不聞，連續拉動弓弦，又是三箭連珠。這一回鄭子明，徹底躲無可躲。

「完了！」耶律化葛里將雙眼緊閉，不忍看到鄭子明被羽箭穿身而死的悲涼下場。

「呀！」尖叫聲，就在他閉上雙眼的瞬間陡然響起，瞬間響徹遼河兩岸。耶律化葛里迅速睜開眼睛，定神再看。只見一名腰間拴著繩索，手裡舉著盾牌老將凌空飛下，恰恰擋在了鄭子明身前，將三根狼牙箭，盡數擋在了盾牌之外。

「拉我上去！」石重貴一手攬著自家兒子的腰，一手舉著盾牌，大聲命令。剎那間，彷彿又回到了十七八歲年紀，身先士卒，所向披靡。

「您老小心些！」陶勇帶著四名滄州勇士大喊著，同時奮力扯動繩索，將鄭子明父子兩個，拉上甲板。鄭子明雙腿落地，立刻掙脫父親的懷抱。左手搶過一把鋼刀，身前猛揮。「喀嚓」一聲，將肩膀上的狼牙箭砍做兩段，帶著羽毛的後半段飄然而落。緊跟著，他又豎起刀身用力一拍，「啪」，肩膀後竄出一股血漿。已經穿透了肩膀的箭鏃和箭桿，被一併拍了出來，貼著甲板飛出老遠。

「嗖嗖嗖！」李順操縱船弩，射向韓匡嗣，逼得此人不得不策馬閃避。

「嗖嗖，嗖嗖，嗖嗖！」新一輪火弩從南岸飛來，全都落在了船尾後，無一命中。沒有更多的發射機會了，水流很急，待弩車重新裝填完畢，大船肯定已經脫離了攻擊範圍。但是，半邊船身已經燒了起來，濃煙滾滾。

河岸邊，所有遼國兵卒，都失去了繼續開弓放箭興趣，目送著大船順流而下，決定把鄭子明等人的命運，徹底交給老天爺來掌握。如果船被大火燒沉，則鄭子明在劫難逃。如果火被滄州勇士成功撲滅，則說明老天爺不想讓英雄豪傑死於陰謀，誰也沒必要再枉做惡人。

就在此時，下游忽然傳來一陣低聲的號角，「嗚嗚嗚，嗚嗚嗚，嗚嗚嗚嗚……」狼嚎般，撕心裂肺。

數百隻丈許長，四尺寬，渾身塗滿黑漆，散發著腥臭味道的漁船，逆流而上。如爭搶腐肉的烏鴉般，撲向燃燒著的孤舟。

黑水靺鞨人，穿魚皮，吃魚肉，死後將屍體剁碎葬身魚腹的黑水靺鞨人，來了！他們奉遼國泰寧王耶律察割的命令，要給鄭子明最後一擊。

「鄭子明，你已經無路可逃了。落到咱們手裡，總好過落在魚皮靺鞨人手裡！」耶律化葛里猛地一踹馬鐙，追著正在緩緩傾斜下沉的大船嘶聲叫喊。

「鄭子明，投降吧，你不為自己著想，也為你父親，為你麾下弟兄們想想！」東路軍節度使耶律底烈在遼河北岸，帶著數十名親兵策馬狂奔。一邊追，一邊朝著河道中央大聲命令。

「鄭子明，投降吧，大遼皇帝最重英雄好漢！」遼河兩岸，無數將士齊聲勸說。

魚皮靺鞨世代生活在窮山惡水當中，打洞穴居，茹毛飲血，在大多數契丹將士眼裡，都屬不折不扣的化外野人。而鄭子明與他麾下的弟兄，卻算得上真正的英雄豪傑。所以，此時此刻，大多數遼國將士寧願放棄仇恨，讓鄭子明帶著弟兄加入自己，也不願意眼睜睜地看著他們死在化外野人手裡。

「嗯！」鄭子明咬著牙，任由陶大春和周信兩個用燒紅的兵器燙住傷口，避免失血過多而死。雖然他自己也不知道，自己還能支撐多久。

自打當年被渾渾噩噩地帶離瓦崗山白馬寺之後，歷經大大小小的戰鬥，數都數不清楚。受過的傷，大大小小也有三四十處。但是，沒有一次，讓他像現在一樣徹底陷入絕境。

大船已經嚴重進水，開始向左側傾斜。左側上半邊船舷卻烈焰升騰，融化的牛油沿著被烤裂的船舷縫隙，四處流淌。每經過一處，便將火焰帶向一處，讓死亡陰影迅速籠罩甲板上所有人的頭頂。

「鄭子明，你是聰明人，你應該知道，南邊有人不想讓你活著回到中原，向大遼出賣了你的行蹤！跳下水游過來吧，我大遼最佩服善戰的勇士！我親自去求皇帝陛下，讓他饒恕你們父子的所有過錯！」眼看著大船時刻都會散架，鄭子明卻依舊不聽勸告，耶律化葛里把心一橫，乾脆將自己知道的情況和盤托出。

「鄭子明，我是大遼泰寧王耶律察割，你見過我，我可以向皇帝陛下擔保，免你一死！」耶律察割也策馬沿著河岸追過來，半真半假的勸告。如果能收服鄭子明，自己帳下無疑就多了一員虎將。而郭威的大周，則多了一個死敵。

「鄭子明，你把船划到北岸來，北岸更近。我，契丹東路軍節度使耶律底烈對天發誓，保你父子不死！」遼河北岸，喊聲一浪高過一浪。東路軍的將士們，在其主帥的示意下，不停地重複同樣的誓言。比起殺女求榮的無恥之徒韓匡嗣，無疑地，鄭子明這種捨身救父的好漢子，更對眾人胃口。

「去你娘的，漢兒豈能做遼狗！」回答他的，是一聲怒喝。鄭子明捂著焦糊的肩膀，踉蹌幾步，朝著河岸破口大罵。

「去你娘的，漢兒永不做遼狗！」先前還有幾分茫然的周信、陶勇、李順等人，頓時士氣大振，扯開嗓子，齊聲給與敵人最後的回答。

乾脆而且帶著嘶吼的聲音，帶著無比堅定的信仰，順著河面上的狂風，清楚的傳到兩岸契丹兵的耳中。勸降聲，戛然而止。耶律底烈、耶律化葛里，還有耶律察割等人的臉，都彷彿被人抽了幾十巴掌一樣紅。

「放箭，放箭，射死他，射死他！射死這個不知道好歹的傢伙！」有人氣急敗壞地大叫，緊跟著，飛蝗如雨而下。

河風太大，羽箭全都在半途中落水，無一建功。

「嗚嗚，嗚嗚，嗚嗚，嗚嗚嗚……」焦躁的號角聲再度吹響，耶律察割惱羞成怒，命人用角聲傳達最後命令，催促魚皮靺鞨人將鄭子明碎屍萬段。

「順子，幫我把船弩右舷推到身邊來，瞄準南岸那個放冷箭的傢伙！」鄭子明無視漫天飛舞的羽箭，咬著牙吩咐。雙眼當中的寒光宛若兩把鋼刀，透過濃煙，射向楞在岸邊的韓匡嗣。

「哎！」李順低低的答應一聲，與李彪、陶勇三個一道，去挪動擺在右側船舷後的弩車。

「其他人，準備戰鬥！」扭頭又朝河面上烏魚般靠過來的小船掃了一眼，鄭子明繼續沉聲吩咐。彷彿身邊依舊帶著數萬大軍，臉上不見任何恐慌。

自打離開瓦崗山白馬寺那天起，他就一直在跟死亡捉迷藏。一次，接著一次。命運，好像從來不願意讓他如意過，每次當他的人生出現一縷曙光，就立刻將其逼向懸崖峭壁。

既然如此，就奮力迎擊好了。死則死爾！

至少，他來過，他戰鬥過，他找到了自己的親人，他身邊還有一群俠肝義膽的兄弟，他這輩子，從不孤獨！

「哇嘎啦呀咦嘻呼……」魚皮靺鞨人的黑漆船雖然又小又慢，卻憑著數量眾多，堵住了整個河面。看到燃燒著的大船距離自己越來越近，他們興奮地叫喊著，丟出了手中拴著繩索的鐵叉。

「呼呼呼，呼呼呼，呼呼呼！」捕魚用的鐵叉，紛紛釘在了船舷上，密密麻麻，如一群吸血的螞蟥。

「喀嚓嚓……」擋在河道中央偏北位置正前方的十幾艘小船，被大船直接碾翻。船上的魚皮靺鞨人，被撞得筋斷骨折，血水瞬間染紅了河面。

「哇嘎啦呀咦嘻呼……」其餘靺鞨人，卻對同伴的死亡視而不見。繼續興奮地叫嚷著，奮力拉緊繩索。數十條繩索迅速繃直，早已失去控制的大船，晃了晃，瞬間橫了過來，停在了河道正中央。

正在試圖向岸邊瞄準的李順等人，被閃了個趔趄，失去目標。努力重新站穩腳跟之後，不得不再次推動船弩，沿著甲板尋找合適的停放船弩位置。周信和陶大春兩個，彎腰抄起鋼刀，迅速奔到船舷邊，沿著船舷四下亂剁。「喀嚓！喀嚓！喀嚓！喀嚓！」「喀嚓」……鐵叉後捆綁的繩索，被二人接連切斷了十幾根，但是，卻有更多的鐵叉飛過來，釘住船舷，帶來更多的繩索，密密麻麻，割不勝割。

「去死！」石重貴撿起一把落在甲板上的鐵叉，朝著一名正準備朝船上攀爬靺鞨小頭目擲去，當即將此人的脖頸刺了個對穿。

「啊——！」靺鞨小頭目慘叫著落水，濺起一團紅色的波濤。臨近的烏漆小船上，立刻又跳起另外一名小頭目，毫不猶豫拉住繫在船頭上的魚皮繩子，嘴咬短刀，雙手交替而上。

「去死！」郭信也撿起一根投槍，奮力猛擲。

第二名靺鞨頭目被投槍透體而過，慘叫著氣絕。第三名小頭目卻緊跟著從烏漆船上站起來，雙手死死拉住了魚皮繩，交替移動。

「去死，去死！」其他滄州勇士，迅速得到啟發，學著郭信和石重貴二人的模樣，從甲板上撿起契丹人遺落的兵器，朝著正在攀援繩索的靺鞨武士，劈頭蓋臉砸了過去。

靺鞨武士上身赤裸，下身也只有單薄的魚皮遮擋，被砸得像餃子般，紛紛落水。但是，他們的數量實在太多，被砸下一個，又爬上來一排。

「哇啦啦，哇哇亞哈呀！」站在烏漆船上的一名靺鞨長老，咆哮著射出了羽箭。

剎那間，羽箭遮天而至。剛剛舉起一根投槍的郭信躲避不及，全身上下瞬間被射中了二十餘箭，圓睜著雙眼踉蹌摔倒。

「哇啦啦，哇哇亞哈呀！」站在烏漆船上的靺鞨長老，雙拳捶打著自己胸脯大喊大叫，興奮莫名。

更多的羽箭飛上甲板，逼得石重貴和眾滄州勇士不得不向船艙躲避，再也無力阻擋靺鞨勇士攀船。

「嗖嗖嗖，呼！」甲板上，鄭子明紅著眼睛單手拉動機關，三弩齊發。正在大喊大叫的靺鞨長老被射得飛了起來，屍體四分五裂。

「哇啦啦，哇啊啊啊……」其餘靺鞨武士捶胸頓足，兩眼發紅，舉著契丹人贈與的角弓，向鄭子明亂箭齊發。李順和李彪舉著一塊修船的木板護住自家主帥，三人迅速移動，趕在木板被羽箭擊碎之前，滾入冒著濃煙的船艙。

船艙中，石重貴迎上前，雙手抱住了自家兒子，淚如雨下。自己是個不祥之人，先前已經拖累了整個國家，如今，又要將唯一活在世上的兒子，拖入死亡的深淵。

「世伯，不怪你，跟著子明，是我這輩子最幸運的一件事！」陶大春知道老人的心思，走上前單手拍了拍石重貴的肩膀，然後提著長槍走向艙口。

「世伯，如果不是將軍，我們這輩子都要做一個農夫，不是死在契丹人刀下，就是死在豪強大戶之手。」李順也抬起手，小心翼翼地拍了下石重貴的肩膀，紅著眼睛說道。

「我當兵那天，將軍就教會了我一件事，男人不能做狗！」陶勇的話一向不多，說出來，卻擲地有聲。

「死戰而已！」其他幾名倖存的滄州勇士舉刀向鄭子明致意，然後快步走向陶大春，以其為核心，組成一個銳利的攻擊陣列。

靺鞨人已經爬上甲板了，正在東張西望尋找攻擊目標，身上的魚腥味道，熏得人直欲作嘔。

「哇哇，哇哇，哇哇哇，哇啊啊啊啊……」一名梳著上百根小辮子，手裡舉著人頭蓋骨手杖的部落大祭司，也被先登船的靺鞨勇士們用繩索拉了上來，腳剛一接觸甲板，就開始裝神弄鬼。

獵物已經是板上之魚，不著急下刀。按照傳統，這個時刻，他首先要帶頭感謝上蒼。

「哇哇，哇哇，哇哇哇，哇啊啊啊啊……」甲板上，靺鞨勇士們舉著各色各樣的兵器，載歌載舞，興奮得宛若一群看到屍體的禿鷲。

彷彿聽到了他們祈禱，一道閃電忽然當空劈落，將部落大祭司直接劈飛到半空當中。

「啊呀也蔑……」祈禱聲戛然而止，眾魚皮靺鞨抬頭望著天空中血流如注的大祭司，滿臉錯愕。

又是數道閃電當空劈來，將十幾名躲避不及的靺鞨頭目劈下甲板。緊跟著，冰雹般的弩箭蕭蕭而下，將其餘靺鞨武士砸得抱頭鼠竄。

「是船弩，船弩！」正橫槍堵在艙口處的陶大春又驚又喜，扯開嗓子大聲喊叫，「咱們的船弩，還有武侯弩。船，咱們的雙層大艦！」

「什麼？」鄭子明等人根本不敢相信自己的耳朵，冒著被武侯弩誤傷的風險，蜂擁而出。舉目望去，只見下游五十步外，一艘雙層巨艦破浪而來。甲板二層，有名身穿綠色披風的女將逆風而立，手中令旗上下揮舞。百餘名滄州勇士在令旗的指揮下扣動扳機，用武侯弩將烏漆船上的魚皮靺鞨人，像扎蛤蟆一樣一排排射入水中。

「這，這是咱們的破浪號！」絕處縫生，李順啞著嗓子尖叫，「咱們滄州軍的破浪號。夫人，大夫人在船上，大夫人帶著破浪號來救咱們了！」

「是破浪號，真的是破浪號！」其餘四名滄州勇士，也啞著嗓子歡呼，煙熏火燎的臉上，瞬間淌滿了眼淚。

破浪號，滄州水師利用福船改造而成的雙層大艦。每艘戰艦上，光是船弩就有二十架。此艦形象威猛，戰鬥力驚人，速度也遠超尋常。但抗浪性方面，卻遠不如大夥腳下的這艘單層大船。萬一在行駛中遇到風暴，全船人都有葬身魚腹的危險！

所以，此番前來遼東救人，大夥才沒有選擇乘坐高大威猛的破浪號，而是選擇了一艘不太起眼的中型商船，準備悄悄地搶了石重貴，悄悄地溜走。卻沒想到，由於內奸的出賣，整個行動計劃和路線先後暴露，不起眼的商船差點成了大夥的葬身之所。而破浪號卻在最後關頭逆流而至，將大夥重新拉出了生天！

「啊嗚咿呀吁哈喇……」魚皮靺鞨人仗著自家船多人多，冒死靠上前，向破浪號投擲鋼叉，打算先用繩索將破浪號拖住，然後再攀上甲板以眾擊寡。

綠披風女將不慌不忙，抬起手，將令旗左右揮動。劇烈的戰鼓聲，瞬間蓋住了靺鞨人的鬼哭狼嚎。下層甲板的滄州勇士們，奮力扳動機關，數十支拍桿沿著船舷梯次而落，將衝過來的烏漆船，拍王八般一隻接一隻拍翻在水中。

一些韃鞨人直接被拍暈，像死魚般漂向下游。但大部分韃鞨人，都憑著嫻熟的水性逃離生天。扭頭望著山一樣巍峨的破浪號，他們眼睛忽然開始發紅，大叫數聲，彼此招呼著，游向了船底。

「鑿船，小心艙底，他們要鑿船！」石重貴看得心焦，跳著腳大聲提醒。

沒等他的話音落下，只見綠披風女將用令旗向左右兩側一揮。緊跟著，戰鼓突然變調，兩排滄州勇士怒吼著衝向船舷，居高臨下，用投槍將試圖靠近船底的韃鞨人，一個個穿成了肉串！

「好，好！這是誰家女兒？本事好生了得！」石重貴看得兩眼放光，指著綠披風女子大聲發問。

「爹，她是常婉瑩，是澤潞節度使常思的女兒。小的時候，曾經在咱們家裡住過！」鄭子明兩頰含笑，回頭看了自家父親一眼，低聲彙報。

是小師妹，武藝高強，箭術無雙的小師妹。每次在危機關頭，總是從天而降。這次，當自己陷入絕境的時候，她又來了，指揮著一艘並不安全的戰艦，將周圍的敵軍殺得浮屍滿江！

「噢！肥狐常克功之女，怪不得！怪不得！」石重貴的目光一直集中在對面的破浪號上，根本沒注意到自家兒子臉上的自豪表情。點點頭，順口說道。

他沒做皇帝之前，跟常思的交情還算不錯。但畢竟常思是劉知遠故意安插在汴梁的黨羽，而他卻是皇帝石敬瑭的養子兼心腹愛將。所以，雙方交往雖多，卻遠不到能結為通家之好的地步。

而後來，他做了一國之君，更不可能去跟某個地方諸侯麾下的大將攀交情。只是天生性子柔弱，沒有因為常思是劉知遠的心腹，就故意給對方小鞋兒穿而已。

見父親誇了妻子一句之後，就沒了下文。鄭子明再也不好過早介紹妻子的情況。反正破浪號一到，水面上陷阱立刻就被碾了個支離破碎。魚皮韃鞨人的烏漆船再多，自身再悍不畏死，也不可能是滄州水師的對手。而遼河兩岸的契丹人，更不可能跳到水裡去自己找死！

「嗚嗚嗚，嗚嗚嗚，嗚嗚嗚，嗚嗚嗚嗚……」號角聲從兩岸傳來，帶著幾分氣急敗壞。果然，遼河兩岸的契丹大軍發現情況不對，立刻發布命令，要求魚皮靺鞨人以死相拚，而他們自己，卻沒有跳下水的勇氣，只能站在岸邊，拚命朝破破浪號開弓放箭。

大部分羽箭都沒等抵達目的地上空，就被河風吹飛。少部分力道充足的羽箭，被破浪號上的勇士們用盾牌一擋，也都白忙活一場。已經損失慘重的魚皮靺鞨人不敢違背契丹人的命令，硬著頭皮，重新組織進攻。這一回，他們學乖了許多，沒勇氣再湊到近前發起跳幫戰注一，而是仗著船隻小巧靈活，圍在破浪號附近三十幾步外，不停地發射羽箭偷襲。其中有許多支羽箭的頭部還穿上了點燃的魚油球，試圖通過數量的積累，在船舷引起大火，將破浪號付之一炬。

俗話說，螞蟻多了也能咬死大象。在靺鞨人剛剛改變戰術的瞬間，破浪號果然被打了個措手不及。站在對面船上的鄭子明，眼睜睜地看著船舷上有十多處位置同時冒起了濃煙，數名弟兄中箭落水，心臟一下子就提到了嗓子眼兒。

然而，還沒等他隔船獻策，常婉瑩已經迅速做出了調整。只見數十桶泥漿從底層甲板齊齊潑下，立刻壓住了剛剛冒起的火頭。緊跟著，破浪號的船頭猛地一擺，如怒龍般，一邊四下發射著弩箭，一邊朝河道北側高速碾了過去，將十多艘徘徊在河道北側的烏漆小船連同船上的靺鞨武士，一併進了河底。

「啊，嗚離，嗚粒里……」僥倖沒被當場碾死的魚皮靺鞨人魂飛膽喪，抄起船槳，拚命將各自所在烏漆船朝岸邊划。破浪號卻得勢不饒人，像獵食的巨鯨般，從後面追上去，橫衝直撞。

「嗖嗖嗖，嗖嗖嗖，嗖嗖嗖，嗖嗖嗖！」遼河北岸，氣急敗壞耶律底烈帶著其麾下爪牙，萬箭齊發。箭雨中，破浪號驕傲地轉身，神龍擺尾。將另外十幾艘烏漆小船掀翻於岸邊，然後直撲楞在河道南側不知所措的另外一批烏漆小船，碾出一道猩紅色的血浪。

「啊，嗚離，烏粒離……」河道南側的烏漆小船四散奔逃，破浪號緊追不捨。耶律察割和韓匡嗣兩個大怒，調集全部力量，向破浪號發起攻擊。破浪號則一邊高速碾壓靺鞨人的小船，一邊毫無懼色地用武侯弩和船弩還以顏色。雙方隔著七八十步的距離，箭來弩往，轉眼間，掉落的箭支和靺鞨武士的屍體，就飄滿了水面。

「轟，轟，轟……」準備就位的床弩，故技重施，朝著破浪號射出纏繞著牛油包的火弩。烈焰與河水接觸，瞬間發生爆炸，掀起滔天巨浪。

「呼呼，呼呼，呼呼呼呼……」在常婉瑩的指揮下，破浪號上的船弩，向岸上的床弩和操作床弩的幽州軍，輪番射擊。包裹著硫磺和牛油的弩杆，落地之後立刻炸裂，火星飛濺，將幽州軍的陣地，燒得濃煙滾滾。

所有船弩，都是在舊式床弩的基礎上，改進而成。鄭子明親手畫圖，幾番修正，才令其達到目前工藝條件下的最佳效果。無論是操作方便性，裝填速度，還是準頭，都甩了老式床弩不知道多少條街。

「轟，轟轟轟，轟！」

「呼呼，呼呼，呼呼呼，呼呼呼呼呼呼！」

「呼呼，呼呼，呼呼呼呼……」

高速移動的戰艦用船弩與河岸靜止的床弩對射，船弩的數量是床弩的兩倍、裝填速度和射擊精度又占據了絕對上風。結果可想而知。才小半炷香功夫，幽州軍的床弩就被擊毀過半兒，剩下的見勢不妙，趕緊用戰馬拖著，高速撤離了河灘。

「呼呼，呼呼，呼呼呼呼……」

「呼呼呼，呼呼呼，呼呼呼……」破浪號又如同示威一般，朝著韓匡嗣和耶律察割二人帥旗下各自發射了一輪弩箭，然後才不慌不忙地返回了河道中央，緩緩靠向正在下沉的大船。兩艦的船頭剛剛對齊，數把鐵鉤

注一、跳幫戰：戰鬥雙方的船艦相互追逐、相互接近。當兩艦船舷相接的時候，進攻的戰士會跳上對方船艦的甲板，用近戰武器消滅對方。

拖著繩索從天而降，牢牢地拉緊了大船的側舷。

「嗖！」「嗖！」兩道矯健的身影蕩著纜繩飄然而落，一道奔向鄭子明，難分先後。

「你怎麼受傷了？活該，叫你丟下我們三個！」

「你怎麼受傷了？快，我和陶姐姐扶著你跳過去，破浪號裡有你親手配製的金創藥！」

陶三春和呼延雲兩女的表達方式迥異，所包含的擔憂和關切，卻別無二致。

「這是我爹，妳們先送他過去，船快沉了！」鄭子明顧不上解釋，從身後拉過自己的父親石重貴，大聲吩咐。

陶三春乃是農戶之女，呼延雲出身於綠林世家，二人都不是什麼扭捏之輩。知道自家丈夫事急從權的道理，所以也不廢話。立刻一人架住石重貴一隻胳膊，轉身便跳。「嗖！」地一下，還沒等石重貴反應過來，三雙腳已經踏上了破浪號的甲板。

「嗖！」「嗖！」「嗖！」「嗖！」更多的勇士拉著纜繩飛至，與陶三春和呼延雲兩人一道，將鄭子明、陶大春、陶勇、李順兒以及所有重傷號，連同戰死袍澤的屍體，陸續送回了破浪號。遼河兩岸，各族將士氣得咬牙切齒，亂箭齊發，卻無法將救人的速度減緩分毫。

轉眼間，著火的大船上，已經沒有了活人。常婉瑩一聲令下，眾勇士砍斷連接在兩船之間的繩索，扯起風帆。龐大的破浪號快似奔馬，在兩岸敵軍的「歡送」下，揚長而去。

到了此時，常婉瑩終於鬆了一口氣。將指揮權移交給了身邊的女兵，快步來到鄭子明面前，柔聲問道：「你的傷不要緊吧！我把你的金創藥和刀具都帶來了，就怕你遇到什麼麻煩。十多天前，我家派往幽州的夥計忽然冒死跑到滄州示警。我和兩個妹子緊趕慢趕……」

說著話，不知不覺間，已經喜極而泣。

「沒事兒，貫通傷，最好收拾！」鄭子明笑著搖搖頭，不小心扯動傷口，忍不住齜牙咧嘴，「嘶——」

「你怎麼了？小心些！」常婉瑩、陶三春和呼延雲立刻顧不上矜持，齊齊衝上前攙扶。鄭子明羞得臉色微紅，趕緊退後兩步，擺著手道：「沒，我沒事兒。師妹，春妹子，雲妹子，這是，這是我爹。爹，她們，她們三個，都是您的兒媳婦。」

「你……」三女頓時羞不自勝，慌忙轉過身，給石重貴行禮。

石重貴獲救之後，一直忙著逃命，根本沒顧得上跟自家兒子細說家事。忽然間看到三個英姿颯爽的女子向自己行晚輩之禮，頓時瞪圓了眼睛，一邊做勢欲攙，一邊結結巴巴地說道：「好，好，趕緊，趕緊都平身，不，不，趕緊都起來，起來。這，這，第一次見面，老夫也沒準備什麼禮物，這，這……，二寶，如果你娘還在，不知道該有多高興！」

一句話沒等說完，老淚已經淌了滿臉。三女聽了，連忙出言安慰。這個說婆婆如果有在天之靈，一定會為公公的平安脫險而開心。那個說無須什麼見面禮，全家人平安團聚就好，真的是一個大氣，一個爽利，一個溫柔，春蘭、夏荷、秋菊，爭妍鬥艷，各有所長。

石重貴見了，不覺老懷大慰。心中暗道：「二寶這些年雖然受了不少苦，可有這三個女娃娃在，他下半輩子，即便不當皇帝，恐怕是掉進蜜罐子裡頭了。」

正開心間，忽然發現常婉瑩臉色有些白，便笑了笑，端起當公爹的架子，大聲道：「行了，妳們三個乖孩子，就不用故意哄我老人家開心了。今後二寶有什麼做得不對的地方，儘管跟我說，我來給妳們撐腰。特別是妳，常家小娃兒，我記得妳叫小瑩子對吧！趕緊下去加兩件衣服，河上風大，你又剛剛累出了一頭汗，不對，妳的腳，妳的腳邊怎麼流了那麼多血！」

起初還帶著幾分慈祥，說到後來，聲音迅速帶上了顫抖。「啊！」眾人被嚇了一跳，齊齊朝常婉瑩腳邊望去。只見一股鮮紅色的血跡，順著護甲的邊緣正瀝瀝而落，就這麼一小會兒功夫，已經在腳邊的甲板匯了小溪。

「師妹，妳受傷了，傷在哪裡？」鄭子明緊張得額頭冒汗，趕緊衝過去，單手扶住常婉瑩的胳膊。

「沒有啊，你小心些，你的右肩膀還在流血！」常婉瑩溫柔地對他笑了笑，輕輕掙脫。

她性子生來有些靦腆，當著這麼多人和未來公公的面兒，更不願跟未婚夫過分親密。然而，身體剛剛一動，忽然間，眼前卻是猛地一黑，雙腿不由自主地就軟了下去。

鄭子明反應極快，迅速收攏左臂，將常婉瑩抱在了懷裡。陶三春和呼延雲也雙雙撲上，手忙腳亂檢查傷勢。大夥仔細翻看，這才在常婉瑩的披風下，找到了一支鞢鞨人用的簡陋羽箭。幾乎是貼著脊背射入肩胛，深入數寸。先前大夥一直忙著作戰和救人，綢緞做的披風又不怎麼沾血，才陰差陽錯疏忽了過去，誰都沒有留意。

「快，準備一間乾淨的船艙，準備麻沸散，準備刀具。師妹剛才說過，她把我常用的藥物和刀具都帶來了！」鄭子明急得聲音都變了調子，單臂托起常婉瑩，大步流星朝船艙門口衝去。

「去呼延妹子的房間，呼延妹子的房間最乾淨！」陶三春也急得兩眼發紅，一邊叫喊著，一邊跑到頭前去開路。

「麻沸散，刀具，還有你平常救人用的東西，都放在同一個箱子裡，擺在常姐姐的床邊上。她，她一直親自保管，每天，每天都將箱子擦好幾遍！」呼延雲急得滿臉是淚，哽咽著大聲提醒。

她因為父親和哥哥都在敵國，所以平素少不得要聽見一些風言風語。而常婉瑩非但不肯落井下石，反而擺出一副大姐姿態，將所有明槍暗箭都擋在了家門外。所以，在呼延雲心裡，早已把常婉瑩當成了親姐姐一般，此刻真恨不得以身相代，讓受傷的不是對方而是自己。

「夫人，夫人怎麼了！」

「夫人的傷要緊不要緊！」

「鄭將軍，你，你快救她，你一定能救她對不對？」

「將軍，你需要藥材什麼就趕緊說，我們拚著一死也去給你把藥找回來！」

「將軍，將軍……」

「夫人，夫人……」

周圍的其他將領雖然不像陶三春和呼延雲一般慌亂，也個個心急如焚。紛紛跟上來，七嘴八舌地追問。

「都站住，別耽誤將軍救人！將軍，將軍他能生死人，肉白骨！」陶三春見勢不妙，大喝一聲，擋在了鄭子明身後。張開胳膊，將所有男性將領全都擋在了船艙大門之外，「你們跟著瞎攙和什麼？你們誰能幫得上忙？都給我打起精神來，守好戰船。萬一再有個閃失，大夥都百死莫贖！」

「這，是！」眾將領楞了楞，終於恢復了幾分冷靜，答應著，轉身跑回甲板各處，各司其職，嚴守崗位。

「子明，這個節骨眼兒上，你心千萬不要亂！」陶大春轉過頭，準備跟鄭子明交代幾句，然後再去掌控整座戰艦。卻看到鄭子明踉踉蹌蹌走向左側一間倉房，殷紅的血跡，順著肩胛淅淅瀝瀝而下，與常婉瑩身上滴下鮮血混做了一團。

「子明！」她急得寒毛倒豎，撒腿便欲衝上前幫忙。卻被自家妹子陶三春，一把推出了船艙，「去，妳負責管好戰船，讓人把船開穩一些。裡邊的事情，交給我們。」

陶大春朝著自家妹子用力點了下頭，轉身邊走。一邊走，心中一邊默默祈禱：「子明，你要穩住。這個節骨眼兒上，你千萬不能亂。只有你自己先穩住了，才能救得了你家夫人！子明，你，你能生死人而肉白骨，這都是我們曾經親眼看到的。」

「呼！」船艙大門從他身後關閉，將艙內艙外，徹底隔成了兩個世界。

「呼！」鄭子明雙腿一軟，單膝跪在了床邊。左臂卻穩穩地托著常婉瑩的身體，與呼延雲一道，小心翼翼地將常婉瑩放到了床榻上。

陶三春帶著七八個女兵，小跑著抬來裝工具的箱子、烈酒和雪白的棉布。然後又慌慌張張地去準備熱水和麻沸散。呼延雲則親手去推開了窗子，讓陽光照了進來，將整個睡艙照得無比明亮。

「鄭大哥，你一定要冷靜。」抬手擦了把眼睛，她低聲求肯，「常姐姐只是左肩胛中箭不是致命傷，你要冷靜下來，她還等你救呢。」

「我知道！」鄭子明用烈酒洗了左手，哆哆嗦嗦地拿起剪刀，準備將狼牙箭的箭桿貼著皮肉剪斷。然而，不知道是因為失血過多，還是左手遠不如右手靈光，他接連嘗試了三次，卻始終未能如願。

「我來！」陶三春忽然風風火火地衝入，搶過剪子，喀嚓一下，將箭桿貼著衣服剪為兩截。然後一邊繼續用剪子剪開常婉瑩肩膀和後背處被鮮血染紅的皮甲，一邊喘息著彙報：「我剛才用烈酒洗了手，漱了口，也擦了臉和胳膊。你說，我動，就不信閻王爺敢不給老娘面子！」

「抱緊她，讓她坐起來！」鄭子明深吸一口氣，點頭示意。隨即單手拿起了一把鋒利的短刀。

呼延雲說得對，此刻他必須冷靜，否則，小師妹就救不回來了。他以後再遇到任何危險，小師妹都不會再來了。他以後再想出什麼稀奇古怪的點子，也沒有人耐心地陪著他胡鬧了。他，他準備在心裡的種種補償，將永遠沒有機會兌現。他，他連將自己的真實想法解釋清楚的機會，也永遠都不會再有。他將永遠活在負疚當中，永遠不會原諒自己，永遠！

陶三春雙手抱住常婉瑩，將對方的頭搭在自己肩膀上，面對面支成一個牢固的三角形。鄭子明連連深呼吸，迫使自己冷靜下來。拿起棉布，沾滿乾淨的烈酒，開始替常婉瑩擦洗傷口。

濃烈的酒氣，熏得他眼淚直流。淚眼朦朧中，他彷彿又看見一個淡綠色的影子，擋在手持利刃的呼延琮面前，張開雙臂，將自己牢牢地護在了身後。

「呼延琮，你要不要臉？」

「石小寶，真的是你嗎？」

「石小寶，你別怕，有我在！我父親是常思，他們不敢拿我怎麼樣！」

「石小寶，只要我在，就沒人能傷到你！」

「石小寶，你真的是石小寶嗎？」

「師兄，過去的事情，你不想記得，就盡數忘了吧！以後有我呢，我會永遠對你好就是！」

「師兄……」

劇烈刺痛，從他心頭湧起，痛得他簡直無法正常呼吸。

他發現，自己是如此卑鄙無恥。從常婉瑩身上索取了那麼多，卻從沒給予過任何回報。

他發現，自己早已習慣了對方的無私付出，就像習慣了生活中有水和空氣。直到即將失去之時，才知道，如果沒有對方，自己簡直一天都無法生存！

「師兄……」一聲柔柔的輕喚，忽然在陶三春的肩頭響起。帶著幾分痛楚，幾分依戀。

鄭子明又被嚇了一跳，不敢確定自己是不是幻聽。丟下被烈酒染紅的棉布，站起身，繞到陶三春背後，跪下去，單手輕輕托起常婉瑩的頭，宛若托著一件稀世珍寶。

「師兄，我要死了，是嗎？」不是幻聽，常婉瑩真的醒了！溫柔地笑著，低聲詢問，就像在詢問外邊的鮮花是否盛開，天上是多雲還是晴空萬里。

「不，妳不會，永遠不會！」鄭子明用力搖頭，淚如雨下。「有我在，妳永遠不會。麻沸散一會兒就好，妳喝它，我這就替妳把箭鏃拔下來。妳知道，我醫術精湛，只要病人還剩下一口氣，我都能將他救活！」

「師兄，你又騙人了！」常婉瑩笑了笑，眉毛彎成了兩道好看的月牙，「師兄一騙人，耳垂就會動。師兄你自己不知道嗎？」

「我，我沒騙妳，我發誓，我發誓。麻沸散，麻沸散真的馬上就好！」鄭子明急得火燒火燎，仰起頭，對天發誓，「如果我剛才有半句假話……」

「好好的，發什麼誓啊，你？」常婉瑩輕輕白了他一眼，低聲嗔怪。就像新婚的妻子，嗔怪丈夫弄花了自己的妝容。

「真的，我真的沒有！」鄭子明的心臟，痛得縮做一團，看著常婉瑩的眼睛大聲解釋，「妳知道我最擅長救人，我……」

「我知道，我從小就知道！」常婉瑩笑了笑，溫柔地回應。隨即，閉上眼睛，微微喘息了幾下，又努力將眼睛睜開，帶著幾分調皮問道：「師兄，你真的是石延寶嗎？告訴我，你到底是石延寶，還是別人奪舍而來，占據了他的軀殼？這句話，我，我一直想問，但，但我一直不敢。」

「我，我是石延寶，真的是，如假包換！」鄭子明被問得身體一顫，硬著頭皮叫嚷，「真的，師妹，妳別多想，我這就救妳，我一定要救妳！」

「師兄，不急！」常婉瑩虛弱地笑了笑，聲音漸漸變低，「那你跟我說一件，咱們小時候的事情。慢慢說，我閉著眼睛聽。」

「師妹，我是石延寶，真的是石延寶！師妹，妳醒來，妳不要睡，我不准妳睡！」鄭子明輕輕搖晃左臂，試圖將常婉瑩喚醒，卻又不能動得太劇烈，以免扯到對方肩膀上的傷口，流出更多的血。

他到底是誰，他自己真的也不清楚。原本覺得，這輩子就稀裡糊塗過去便是，卻沒想到，平素從未追究過此事的師妹，一直想要一個確切答案。

「咱們小時候，咱們小時候……」他急得咬牙切齒，汗流浹背。眼睜睜地看著，常婉瑩的皮膚變得越來越白，眼睛越閉越緊。忽然間，心臟猛地一抽，痛得渾身戰慄。隨即，一道亮光劈入腦海，無數記憶的碎片噴湧而現，在半空中，拼湊成了一幅完整的圖案。

「我想起來了，我真的想起來了！我是石延寶，我就是石延寶！」他扯開嗓子，大喊大叫，唯恐聲音低了，令常婉瑩昏睡過去，永遠無法聽見。「我，我曾經捉了毛毛蟲，逼著妳用刀子割開牠的身體，看牠有沒有五腑六臟！」

「我曾經用草藥煮了給妳喝，說喝了就會長得跟我一樣高！」

「我曾經掀過妳的裙子，羞得妳哇哇大哭！」

「我曾經跟妳說，我來自另外一個世界，那裡的人坐著個盒子飛來飛去，大車從來不需要馬和牛拉，按一下機關自己就走。」

「我曾經跟妳說，有一種辦法，可以把妳的畫像和聲音刻在石頭上，萬古不滅！」

「我曾經拿薑粉抹在胳膊上，給妳演示如何……」

「我曾經……」

一樁樁，一件件，都是他小時候，跟常婉瑩在一起時，幹過的搗蛋事情。每一件，都在記憶裡鮮活如初。

而常婉瑩的頭，卻越來越沉，越來越沉，如泰山般，壓得他左臂微微顫抖。

「小師妹，妳醒醒。我真的是石延寶，我真的想起來了。我曾經，我曾經許諾過，建一座三層高的屋子，做我們倆的新房。娶妳的時候，讓汴梁城內的綠樹，十里紅妝！」他大叫著，說出兒時最美麗的諾言。

也許，當初只是童言無忌。

他現在卻知道，此諾既然許下，就永生不變！

【第六章】

紅妝

汴京，繁華依舊。

四通八達的街道上，喧鬧聲、叫賣聲，此起彼伏，幾名童子手持細柳，嬉鬧著相互追趕。人聲鼎沸的集市上，也絲毫不見半年前的壓抑和灰暗，人們習慣於忘卻，習慣於在亂世中享受著片刻的安寧。

數個月的金風銀雨，足以將任何血色洗褪。持續七十餘年的亂世，也令人們早已習慣了城頭上的王旗變幻。無論是朱家變成了李家，還是劉家變成了郭家，都不會引起太多的震動，更沒有幾個人感覺惋惜。日子，總是要過下去的，地面上的柴米油鹽尚不能保證，誰有多餘的功夫去品味什麼天空中的風雲激蕩？對凡夫俗子而言，哪個皇帝不收稅，哪個朝廷的勞役能逃得開？誰他娘的做了皇帝，誰篡了誰的位，又跟老子何干？

「快點，快點，這個來十筐，那個，那個，還有那個，問掌櫃的手頭還有多少，全送到府上去！」往來的人群中，有一隊人格外顯眼，領頭的管家不斷的指點著周邊的貨物，幾名身材魁梧的壯漢，則不斷將貨物朝馬車上搬，完全不像是尋常過日子採買，而是軍隊出征之前的大規模物資囤積。

「這又是要去打誰了？」有人偷偷掃了一眼壯漢們挺拔的脊背，彎下腰，跟身邊的同伴小聲嘀咕。

大周立國雖然還不到一年，可這七八個月裡頭，仗卻沒少打。兒郎們拿著刀槍成群結隊開拔，在汴梁城裡根本不算風景。慶幸的是，這些仗都打贏了。契丹人暫時放棄了南下的野心，南唐、西蜀的兵馬，也被趕回了老家。至於以慕容彥超為首的幾大叛亂勢力，更是滅的滅，敗的敗，再也對朝廷構不成任何威脅。

「不是要打仗吧，你看他們買的貨，這分明是誰家要辦喜事的模樣！」一名前來汴梁幫人採買貨物的牙行老夫子，袖著手，滿臉羨慕地回應。「可惜這家門檻高，根本不肯用咱們這些下九流。否則，誰要是能蹭上去幫個忙，接下來兩三年都不用愁了！」

「是啊，是啊！」路邊的茶攤上，幾名行商打扮的人，手持著茶碗，頻頻點頭。

「嗯，的確！也不知是哪個貴人，出手可真是闊綽！這群人從早晨起，都來來回回多少趟了？看這架勢像是不把集市上的東西給搬完不肯罷休一般！」一名剛坐下來的漢子，滿滿的喝上一口粗茶，咬著硬硬的茶葉梗子，不停地搔頭。

「幾位客官是剛到汴梁吧？」茶攤的小二，明顯是個藏不住話的人。一邊提著茶壺給客人們填不要錢的白開水，一邊笑呵呵詢問。

這種開場白，向來不需要對方回應。果然，沒等眾人承認或者搖頭，他就再次開口說道，「他們可是鎮冀節度使府邸上的人，給冠軍侯準備大婚的用事呢。」

「鎮冀節度使？」

「冠軍侯？」

「哪個鎮冀節度使？這官銜兒，我們怎麼從沒聽說過？」

「這不是把整個河北都封給了他嗎？好大的官兒……」

眾茶客立即被吊起了胃口，七嘴八舌地詢問。

然而，小二卻忽然又變得謹言慎行了起來，只是笑吟吟地向大家碗裡繼續填不要錢的白開水，卻不肯再多吐露半個字。

這下，眾茶客可就心癢難搔了，一個個端著早就喝沒了味道的殘茶，臉上的表情比聞到魚腥卻吃不到嘴的貓兒還難受。

「再來一壺龍團吧！算我的帳，跟幾位兄弟也算有緣！」還是牙行老夫子反應最快，忽然靈機一動，從口袋裡掏出了五枚白皮錢，輕輕地擺在了桌案上。

白皮錢是前朝所鑄，雖然成色很差，但好歹也是硬通貨。頓時，小二的嘴巴上的「封條」就不翼而飛。先高高地叫了一聲：「好勒！」緊跟著，以令人眼花繚亂地動作收錢，沏茶，倒水，須臾之間，就給本桌的所有客人都換好了新茶，然後連氣都不喘，迅速補充道：「當然是新封的鎮冀節度使，冠軍侯，鄭子明鄭大將軍！幾位客官是來得不巧了。若是再早來汴梁半個月，嘖嘖……，當初太子爺和鄭大將軍班師回朝那場景，嘖嘖……，整個汴梁城都開了眼了！」

「哦！」眾茶客半張著嘴巴，頻頻點頭。

在這亂世當中走南闖北，不瞭解一些時事，肯定要吃大虧。所以，對於茶小二的「賣嘴」行為，他們並不覺得厭惡。相反，他們願意花一些小錢，來迅速彌補自己在「消息靈通」方面的不足。

於是乎，便又有人拿出錢來，買了煮黃豆、漬薺菜等價格親民，且在市井中頗受歡迎的小吃，請同桌的茶客們分享。那茶小二收了錢，談興愈發高漲，用手巾輕輕在掌心地抽了一下，繼續大聲補充，「且說咱們這位鄭侯爺，可是陳摶老祖的關門弟子。一身武藝萬夫莫敵不說，還有一手出神入化的醫術，可以生死人，肉白骨……」

「哦，我想起來了。你說的是那位石，那位以一千鄉勇擋住了十萬幽州大軍，襲殺契丹蕭天賜的少年英豪鄭子明？」有茶客恍然大悟，用力拍了下桌案，將桌子上茶盞震得上跳數寸，水花飛濺。

「對，對，對，我也想起來了！」

「肯定是他，肯定是他！」

「怪不得，除了他，誰配得起冠軍侯這個稱呼。上次……」

眾茶客非但不惱怒，反倒撫掌的撫掌，拍案的拍案，個個興奮莫名。

別人家升官發財，都不干大夥的事情。可太子爺郭榮和這位鄭子明鄭三爺，卻曾經做過大夥的同行，提起來就令人覺得親近。況且這位鄭三爺出道以來，殺的不是山賊流寇，就是契丹強梁，刀刃兒從來沒指向過自己人，所以即便官當得再大，也都理所應當。

「幾位說得都是老皇曆了，咱們這位鄭三爺，最近可是幹了一件驚天動地的事情！否則，怎麼可能剛剛封了橫海軍節度使，轉眼就又高升為鎮冀節度使！」小二不甘心被茶客們搶了鋒頭，又用力拿手巾敲了下自己的掌心，滿臉神秘地補充。

「什麼事情？」眾茶客再度被勾得心癢難搔，打住話頭，低聲請教。

「當然是潛入遼東，將契丹國攪了個天翻地覆嘍！你們沒聽人說嗎？契丹皇帝都嚇出病來了，天天派人四處尋找郎中！」茶小二揚起頭，雙手扠腰，彷彿自己曾經追隨於鄭子明的鞍前馬後一般，「數月前，太子爺命人打起鄭三爺旗號，在前面吸引契丹人目光。背地裡，卻命令鄭三爺帶著十幾位英雄豪傑，潛入了契丹人的老窩。然後一路殺人放火，將契丹國殺得血流成河。契丹狗皇帝給嚇得連覺都睡不安穩了，只好把原本已經派往南邊來爭天下的大軍，又調回去護駕。你們猜，結果怎麼著？」

「怎麼著？你快說啊！」

「再加一碟黃豆！」

「一碟子醋芹！」

「蓮藕，蓮藕，還有什麼其他的，你只管看著加！」

……

茶客們急得火燒火燎，將口袋裡的零花錢接二連三拍上了桌面。

茶小二的眼睛迅速掃了掃，覺得數量差不多了。笑著彎下腰，用極低的聲音道：「鄭三爺帶著十幾個英雄好漢，先在草原上繞了九天九夜，把契丹人的十萬大軍拖得筋疲力盡。然後拍拍屁股上了船，沿著大河直奔大海。十幾萬契丹狗賊，卻只能眼巴巴站在岸上看著，誰都拿他們無可奈何！」

「這……」答案實在匪夷所思，眾茶客眨巴了半天眼睛，才拍打著各自的胸口慨然長嘆，「呼！原來鄭三爺還藏著這招。我就說嘛，他的滄州水師不可能只為了打打鯨魚！」

「打鯨魚，當初估計也是為了練兵吧。咱們這位鄭三爺，真是額頭上比別人多生了一隻眼睛！」

「嘿，這招好。從海上去打契丹人的草穀。以其人之道還治其人之身！」

「嗯，嗯，這回好了，以後契丹人再南下打草穀，咱們鄭三爺這邊立刻揚帆出海，直奔契丹人的老窩……」

「飲盛！」

「飲盛！」「飲盛！」「飲盛！」

眾茶客一邊在腦海了補充著英雄殺敵的英姿，一邊以茶代酒，開懷暢飲。

「也不知哪家閨女得老天眷顧，能嫁給如此少年英雄？」一輪熱茶落肚，有人扭頭看了看正在搬貨的馬車，滿臉羨慕地感慨。

「當然是常節度的女兒？你們沒聽說過嗎？他們倆原本就是師兄妹，從小一起學藝長大的，兩小無猜！」

「應該是陶家的三女吧？不是說，打契丹人那幾回，陶家三女曾經親自提著盾牌，替他遮擋箭矢嗎？」

「也許是呼延家的那個呢，娶了呼延家的女兒，然後再帶著兵馬找岳父要嫁妝，哈哈，看那呼延老匹夫……」

議論聲再起，茶客和周圍的小商小販們，個個臉上帶著善意的微笑，替心中的英雄勾畫出一幅郎才女貌的新婚吉圖。

「陛下，老臣以為，我大周初立，百廢待興。任何人不應過份奢靡！」有人替鄭子明開心，自然就有人看他不順眼。大周皇宮含涼殿內，樞密使王峻怒氣沖沖地走上前，將一份彈劾奏摺，重重地拍在了郭威的桌面上。

「哦？有人揮霍國帑了？誰這麼大膽子？」郭威正捧著一卷史書痛下苦功，被桌案上發出來的聲音嚇了一跳，抬起頭，皺著眉頭詢問。

「不，不是！」王峻頓時被問得一陣氣結，皺著眉頭咬牙切齒，好一會兒，才又換了相對緩和些的語氣補充道：「哪怕是花自己的錢，也不該如此炫富。我大周不是東晉，也容不得王愷與石崇！」注一

「哦？花自己的錢？」郭威又楞了楞，站起身，親手給王峻倒了一盞冷茶，「大熱天，秀峰兄先喝口茶消消暑。雖然朕也不喜歡有人故意炫富，但人家花自己的錢，只要未曾逾制，朕也不好干涉太多！」

此時天氣早就入了秋，三面環水的含涼殿內，哪裡有半分暑氣？王峻的老臉頓時有些發黑，卻又不能不接郭威親手遞過來的茶水。捧著茶盞楞楞半晌，又向後退了兩步，搖著頭道：「陛下，你又何必跟老臣裝糊塗。那鄭子明成親，光是上好的紅綢子就買了十幾車。據說成親當日，要將家門兩側的樹木十里紅妝……」

「你指的是這件事兒啊，常克功已經跟朕知會過了。此乃鄭子明幼年時與常家小女兒的約定，不能說了不算。」郭威自己給自己也倒了碗茶，故意不看王峻七竅生煙模樣。一邊站起身沿著窗口輕輕踱步，一邊平心靜氣的補充。「反正他們翁婿兩個，都是一等一的大富翁。朕以為，就由著他們性子折騰一回好了，朝廷沒必要干涉太多。」

「你……」沒想到郭威早就站在了被彈劾對象的那一邊，王峻氣得手一哆嗦，半盞茶水全潑在了自家大襟上。

「秀峰兄，常思坐鎮澤潞兩州，前些日子戰功頗巨。朕跟他也算是老相識，真的不希望他跟你一武一文，弄得水火不容。否則，朕有時候，真的不知道該替誰撐腰才好！唉——」郭威聽到了身後的水響，卻不肯回頭，眼睛望著含涼殿前滿池蓮蓬，嘆息著道。

嘆息聲不長，卻如同兩個大耳光般，抽得王峻滿臉血紅。

不知道該為誰撐腰？分明是揣著明白裝糊塗，故意借常思之手給自己難看才對！否則，無論是為了維護律法的威嚴，還是為了維護朝廷的臉面，當朝向樞密使頭吐口水的行為，都該被抄家滅族！

然而，王峻自己也知道自己的想法不現實。首先，常思手握重兵且治地緊鄰北漢。真的若是把此人逼急了，令其帶著麾下兵馬倒向太原，則大周的門口洞開，剛剛恢復安寧沒幾天的中原，肯定會干戈再起。

其次，常肥狐有大功與國，且與符老狼、高白馬等人私交甚厚。如果朝廷輕易處置了常思，勢必引起其他地方諸侯的反應，絕對是牽一髮而動全身！

再次，就是滿朝文武對此事的態度了。那些嫉賢妒能之輩，正巴不得看自己的笑話！常思只是幹了他們一直想幹沒有幹的事情而已，如果得不到郭威的支持，自己想讓常思賠禮道歉都不可能，更甭說讓滿朝文武通過一條廷議，出兵討伐澤潞二州！

想到常思朝自己臉上吐口水之時，滿朝文武那幸災樂禍的目光。王峻心內就無比幽怨！自己做錯了什麼？自己所作所為，哪一項不是為了這個朝廷，這個國家！那群鼠目寸光的朝臣們，只看到了鄭子明捨身救父的壯舉，卻不想想，假如此人平安回來，出任鎮冀節度使，然後再跟其岳父常思遙相呼應，朝廷就會徹底失去對河東河北的控制權！大周的疆土無形中就少了三分之一！連自己內部都無法穩定控制，大周日後又怎麼可能北拒契丹，南掃荊楚，將分崩離析的九州重整為一？

「秀峰兄，朕這幾天看史書，發現一件事！」正委屈得難以名狀之際，王峻的耳畔，卻又傳來了郭威的聲音，不算高，卻字字如針，「無論是重塑大漢江山的光武帝劉秀，還是削平群雄，奠定大唐根基的高祖李淵，氣度都極為恢弘，從不擔心手下人本事比自己還強。而那些看到手下人立了些功勞，就開始防微杜漸之輩，通常江山很難長久。能二世而斬，已經是運氣極好了。差不多十個裡頭有八個，沒等死，就已經……」

注一、王愷與石崇：世說新語裡面記載東晉王愷為表示自己豪富奢侈，命人用飴糖和乾飯洗擦鍋子，石崇就以蠟燭當柴燒回應；王愷又以紫色綢緞作行幕，長達四十里，石崇則用錦布作行幕，長達五十里。王愷知道石崇以花椒塗牆壁，就用赤石脂塗牆壁。

「我沒有對鄭子明防微杜漸！他去遼東的消息，也不是我故意洩漏給契丹人的！」沒等郭威把話說完，王峻就像被人踩了尾巴般跳起來，揮舞著胳膊辯解。

然而，話音落下，他卻忽然發現，自己的舉動，略有欲蓋彌彰之嫌。頓時，又惱了個滿臉通紅，跺了跺腳，喘息著道：「陛下若是懷疑老臣跟契丹人暗中勾結，儘管將老臣收監好了。只要證據確鑿，老臣即便身死族滅，也絕不喊半聲冤枉！」

「秀峰兄這是什麼話，朕說過懷疑你嗎？朕又不是劉承佑，怎麼可能無罪誅殺樞密使全族！」郭威被王峻突然爆發的火氣嚇了一跳，回頭橫了對方一眼，語調裡立刻帶出了幾分不滿。

「那陛下剛才說，不能看到手下人立了些功勞就防微杜漸！除了老臣，還有誰針對過鄭子明？」王峻一梗脖子，七個不服八個不忿。

他可以對天發誓，將鄭子明潛入遼東消息洩漏給契丹細作的，肯定不是自己。自己，自己只是沒有吩咐樞密院嚴格保密，僅此而已！如果真的是自己出手，鄭子明父子兩個根本沒機會活著回到滄州！

「你以前的確是針對過鄭子明！但是，朕相信你王秀峰，還不至於如此下作！下作到借契丹人之手，去害自家同袍！」郭威的聲音再度傳來，繼續如針般，狠戳王秀峰的心臟。「可，可秀峰兄，消息洩漏，也是事實。」

「不是老臣，老臣願意任憑朝廷調查！」王峻的臉，紅得幾乎滴出血來。兩隻拳頭緊握，在自己身前亂揮，「老臣這些日子，也在嚴查洩密之事。但，但陛下總得給老臣留一些時間。」

消息洩漏，乃是事實。鄭子明潛入遼東的消息，的確是被人故意洩漏到了遼國。並且消息的準確程度令人震驚，甚至連姓鄭的是取水路逆流而上的細節，都以令人意想不到的速度送了出去。

能將細節掌握到如此程度的，從前線到朝堂，總人數湊不足二十人。而這二十個人裡頭，唯獨自己跟鄭子明關係最差，並且一直在努力打壓此子，限制此子的發展空間。所以，才發生了常思在班師獻俘之日，當著滿朝文武的面，向自己頭上吐口水這一愚蠢且魯莽的舉動，所以，幾乎滿朝文武都偷偷向常思挑起了大拇指，而不是站出來指責其咆哮朝堂！

「你不用查了，朕也不會再查了！」郭威的話繼續從耳畔傳來，帶著幾分妥協味道，卻令王峻覺得心裡一片冰涼。「朕也不打算再深究此事，鄭子明已經回來了，此事再追查下去，除了文武百官攪得人人自危之外，沒任何意義。朕只是，朕只是感慨，為何我大周才剛剛建立不到一年時間，就出現了如此齷齪之事。借契丹人的刀殺自家大將，還殺得如此心安理得，如此上下協力！朕的大周，朕的大周，即便是條河魚，出水後也不該爛得這快才對！」

話說到後來，隱隱已經帶上了幾分悲憤。令王峻已經組織到嗓子眼裡的許多言辭，瞬間都失去了意義和作用。咬著牙，苦著臉，沉思了好半晌。才強忍下一口惡氣，嘆息著開解道：「陛下能有如此氣度和胸襟，實乃百官之福。臣可以對天發誓，臣絕對沒有故意洩漏鄭子明的行踪。老臣承認，當初對此事太粗心了些，未曾嚴格限制知曉此事的人數。樞密院裡，也留用了太多前朝舊人。若是有人原本就跟鄭子明有仇，或者以為替朝廷除掉鄭子明，才更利於大周的江山，那……」

「朕擔心的，就是後一種！」郭威抬起拳頭，重重地捶在窗框上，震得房簷簌簌土落。「明明是嫉賢妒能，卻覺得自己是一心為國。一旦這種想法流傳開來，我大周甭說今後光復燕雲，能不能保證自己別步了石重貴的後塵，都很難說！」

「這……」王峻心臟一抽，悄悄向後退了兩步，雙頰再度泛起了兩團殷紅。「陛下，陛下說得極是，此風且不可長！」

「所以，你說朕是縱容也好，是補償也罷。無論鄭子明這回想把婚禮操辦得如何隆重，朕都不會干涉。唉，朕欠了他，朕和你其實都欠了他！」

「這……」王峻頓時雙眉又蹙到了一處，滿臉糾結，「陛下，這兩件事情豈能混為一談。那鄭子明雖然於國有大功，但其救回了其父親之後，又將其藏了起來，對外宣稱父子兩個半途中走散的行為，卻是貨真價實的欺君。陛下念在這起功勞甚大的份上，對其行為睜一眼，閉一眼，已經足夠了。且不可再讓他……」

「唉！秀峰兄，你說如果鄭子明跟朕如實交代，他把石重貴救回來了，眼下就安置於一個誰也找不到的海島上，朕該如何應對？」郭威幽幽地嘆了口氣，低聲打斷。

「當然，當然是……」王峻雙手握拳，在胸前揮舞。然而，話說到了一半兒，忽然想起了常思和鄭子明兩人麾下所掌握的大軍，頓時又把話憋回了肚子裡，搖著頭嘆氣。

「唉——」郭威嘆了口氣，目光對著水面，幽幽地補充，「如果朕明知道石重貴回來了，卻選擇不聞不問，肯定有人會笑話朕膽小，氣量小，連個手中沒有一兵一卒的老頭子都容不下。可朕若是把石重貴安置在汴梁，哪怕是高官厚祿養著，萬一有人又像先前對付鄭子明那樣，打著為朕分憂的旗號，偷偷下手把他害了，那會是個什麼結果？秀峰兄，你不用仔細想，應該也能推算得到！所以，還不如雙方對著裝糊塗呢！鄭子明怎麼說，朕就怎麼聽。今後石重貴是死是活，都是民間一個老叟的事情，與大周徹底無關！」

「也是！」王峻終於心服口服，苦笑著點頭。

冠軍大將軍，鎮冀節度使，陳摶的弟子，常思的女婿，再加上多次擊敗契丹大軍的奇功，帶三十幾人轉戰遼東千里光輝事蹟，不知不覺間，當初那個自己隨手就能捏死的小傢伙，已經變成了一個龐然大物。任何涉及到其身邊人安危的事情，都得小心處置。否則，大周朝……

正悶悶地想著，耳畔卻傳來了一陣急促的腳步聲。驀然回頭，只見今日本應在樞密院當值的樞密副使馮道，急匆匆地走了進來。

「長樂公，你怎麼來了？發生了什麼十萬火急的事情！」王峻對此人頗為忌憚，連忙叫著大夥給對方取的綽號，低聲發問。

「大喜，大喜，臣為陛下賀，為大周賀，為天下百姓賀！」大周樞密副使，多朝元老，伺候過已故契丹皇帝的中原重臣，無數讀書人的夢中楷模，長樂老兒馮道躬下身，臉上的皺紋兒都開始放光。

「何喜之有？瀛國公，您老可切莫光顧著哄朕開心！」與王峻一樣，郭威內心深處，對馮道也有幾分瞧不起。只是耐著此人的資歷與能力，不得不留一個高位給他。卻根本沒打算真的對其委以重任，並推心置腹。

「老臣，老臣剛剛接到鎮冀節度使的表章，他舉薦趙匡胤、符昭序、高懷德三人，出任深州、趙州和冀州節度使！兄弟四人，願携手並肩，共同為國家看管北方門戶！」馮道興奮得無法自已，又做了個揖，啞著嗓子大聲補充。

「你說什麼，他真的保舉了趙匡胤、高懷德和符昭序？奏摺在哪？拿給朕看，快拿給朕看！」郭威猛地向前走了一步，劈手從馮道手裡搶過了奏摺。

此舉極度失禮，然而馮道卻根本不在乎。笑呵呵地湊上前，頭歪在郭威肩膀上，手指在奏摺上點來點去，「當然，陛下請看。人名，人名和所保舉的官位在這裡，前面的都是廢話和套話。他如此做，等同於將手中權柄一分為四！今後，王樞密再也不用一提河北，就愁得無法安枕了！」

「朕知道，朕知道，朕知道他不會辜負朕的信任。朕知道付出必有回報！」郭威直接忽視了馮道話語裡的刺兒，搓著手，目光追逐著對方所指的位置，反覆逡巡，唯恐自己看錯了一個字，弄錯了鄭子明所上奏摺的意思。

「贈人芝蘭，手有餘香！」馮道頓了頓，迅速順著郭威話頭，引用了一句和尚們常用的諺語。

「嗯，嗯！」郭威搓著手，來回踱步。「君貴說得對，鄭子明是個知道感恩的人。朕給他一尺，他會還朕一丈。嗯，嗯，朕不能讓他白白把地盤和兵權交出，朕，朕得想法補償他，補償他！」

唯獨不覺得如何興奮的，只有王峻。鄭子明把兵權和對地方的控制權一分為四了，三份給了別人，只留下了原本的橫海軍。雖然名義上，趙匡胤、高懷德、符昭序三個，都依舊歸鎮冀節度使指揮。但凡是長著眼睛的人都能看出來，鎮冀節度使的含金量，已經只剩下了原來的兩成！對朝廷再也構不成任何威脅，朝廷也不用再擔心鄭子明成為安祿山第二！

此舉，有利於民，有利於國，也令王峻心中所懸的千斤重錘，悄然落地。然而，此時此刻，王峻卻沒感覺到多少輕鬆，相反，卻覺得身邊空蕩蕩的，好生冷清。就像伯牙忽然發現世上已經沒有了子期，孫臏終於殺死了龐涓，獵狗終於追丟了狡兔，干將終於失去了莫邪的消息……

「不行，朕，朕得封賞他，朕得給他一個大大的封賞。如果，如果天下諸侯都肯像他一般，一般視權力如糞土，朕，朕又，又何必，何必天天就像坐在火堆上！」大周皇帝郭威，如同個撿到了金元寶的老乞丐般，激動得語無倫次。「朕，得封賞他。讓天下豪傑都知道，朕，朕絕非吝嗇之人。朕，朕怎麼辦呢？剛剛，朕剛剛封了冠軍侯，這還沒過去一個月呢！再封，再封就得封他做國公了！一個不到二十歲的異姓國公……，嘶嘶，瀛國公，秀峰兄，兩位趕緊給朕出個主意。」

「封公就過了，難得他知道進退，陛下，陛下，陛下賞他一個大大的虛職，再賜常家女兒一份誥命，再，讓他再多拿一份俸祿就行了！」王峻依舊沉浸在拔劍四顧心茫然的狀態當中，皺了皺眉，心不在焉地回應。

「老臣，老臣以為，光一個虛職不足酬其功！」馮道卻比王峻認真得多，立刻接過話頭，大聲補充，「他的滄州海船可直接勾連南北，日進斗金，多少俸祿估計都看不上眼。但，但現在封他為國公，將來陛下百年之後，太子對他就封無可封了。所以，所以還不如，不如這樣，陛下多賜他些田產，作為食邑，讓他的子孫世襲罔替。然後，然後再給他賜婚，讓他一次娶了兩個，不再為家事頭疼！」

「你是說，讓朕替這小子背黑鍋，幫他達成所願？」馮道的建議，明明是將國事和家事混為了一談，郭威卻心有靈犀，立刻大聲追問。

「常克功的女兒，為他把命都豁出去了，那陶家女兒，也替他擋過箭矢。」馮道笑了笑，彌勒佛般點頭，「他現在，心裡肯定誰都放不下，卻未必有勇氣跟常思說，想一次娶倆。乾脆，陛下替他完成這份心願算了，反正娶一個也是娶，娶兩個也是娶。左右是再多一份誥命的事情，冠軍侯麼，娶兩個老婆還能算多？」

「對，讓他雙喜臨門，然後朕帶著太子到時候登門去喝喜酒！哈哈，哈哈，長樂公，果然有你的，薑還是老的辣。就這麼定了，把國事和家事一起辦了。朕就做一回糊塗帝王！」郭威大笑著撫掌，活脫一個占了便宜的老兵痞，渾身上下，哪裡有半分帝王威儀？

「啊，啊噓！」鄭子明猛地打了個哈欠，皺著眉頭，四顧茫然。

他在汴梁城內的鎮翼節度使府邸，是郭威特地命人騰出來的。原本屬杜重威，在更早之前，則屬尚未登基的石重貴。裡邊的一草一木，他都非常熟悉。特別是小時候跟常婉瑩一起玩耍的後花園，幾乎在每一個角落裡，都能勾起許多溫馨回憶。

終於要將小師妹明媒正娶的娶回家了，從此，再也不用彼此間互相牽腸掛肚。每每想到小師妹常婉瑩那依戀的目光，鄭子明心中都默默地感謝上蒼。老天爺保佑，那天船上能找到足夠的藥材、烈酒和棉紗。老天爺保佑，自己還沒忘記上輩子吃飯的本事。老天爺保佑，陶三春和常婉瑩兩個，身體裡淌著一模一樣的血。老天爺保佑，這兩個女孩子內心都極度善良，不會眼睜睜地看著對方去死……

否則……

起風了，樹梢頭的黃葉繽紛下落，在半空中幻化出一個個熟悉的身影。

「呼延琮，你要不要臉！」從天而降的小師妹，張開雙臂，死死地護在自己身前。

「師兄，喝了這碗藥吧！師父說，喝了它，你就很快會好起來！」當年，那所由和尚寺廟改成道觀的雲風觀中，小師妹捧著一碗藥湯，柔柔地奉勸。

「過去那些事情，師兄不願意想起來，就不用想了。咱們兩個，可以從頭開始！」小師妹張著大大的眼睛，滿臉溫柔。

「師兄，你真的是石延寶嗎？告訴我，你到底是石延寶，還是別人奪舍而來，占據了他的軀殼？這句話，我，我一直想問，但，但我一直不敢。」

「師兄，不急！那你跟我說一件，咱們小時候的事情。慢慢說，我閉著眼睛聽。」

……

當時未能感覺得到，過後回憶起來，他才明白小師妹這些年，到底承受了怎樣的沉重壓力。在還沒確定他的「二皇子」身份之時，就毅然將他劫走，寧可面對劉知遠的滔滔天威，也要替他爭取半分生存的希望。哪怕是救錯了人，也無怨無悔。

雲風觀的血戰，面對劉承佑派來數千大軍，小師妹緊緊用後背靠住他的後背，哪怕下一刻，就是萬箭天降！

澤州戰後，明知道他可能就此一去不回。小師妹卻從始至終，沒做任何阻攔，也沒多說一句挽留的話。只為讓他徹底擺脫「二皇子」身份的拖累，讓他從此頭上有一片晴朗的天空。

滄州遇襲，小師妹再度從天而降。哪怕看到了他身邊還多出來兩個女子，依舊毫不猶豫地策馬衝向了敵軍。

隨後，兩個人的身影，就變成了四個人。

自己貪心，自己花痴，自己背負了三生三世的記憶和孽債。但小師妹，卻一直是當年那個小師妹。單純、善良、勇敢，為了自己，可以承受任何委屈，可以置生死於不顧。

「喂，我說老三，你怎麼做起白日夢了？」一個熟悉的聲音，突然從腦後傳來，讓鄭子明打了冷戰，迅速恢復清醒。

回頭細看，卻是大哥柴榮和二哥趙匡胤兩人聯袂而至，每個人臉上，都帶著幾分促狹。

「大哥，二哥，什麼風把你們二位給吹來了？」上前半步，鄭子明笑著向二人施禮，規規矩矩，不緊不慢。

「這不是怕你忙暈了頭嗎？我就拉著老二過來看看，看看有什麼是我們哥倆能幫忙的。誰知道你早就做了撒手掌櫃，把事情都交給了潘美張羅，自己躲在花園裡悠哉游哉！」柴榮笑著還了個半揖，然後搖著頭補充。

趙匡胤也笑著回了個半揖，然後快步走到石桌旁，一點兒也不見外地拿起兩個杯子，各自倒了一杯熱茶，一杯遞給柴榮，一杯端在手裡：「好茶，我先前就聞見味道了。子明真是個會享福的人，這茶，這點心，還有這院子裡的陳設，恐怕全汴梁城裡，也沒幾家人能用得起！」

幾句奉承話說得很順，但話裡話外，卻隱隱帶著幾分提醒味道。鄭子明聞聽，頓時就明白了二哥趙匡胤的意思，笑了笑，輕輕搖頭：「怎麼可能，汴梁自古就是銷金窟，我滄州所產奢侈之物，七成都販往這裡，剩下的另外三成才能供應南唐和荊楚。只是，別人都喜歡偷偷花錢，不像我這般，窮人乍富，總是免不了要炫耀一番。」

「你要是窮人，我等就全是乞丐了！」趙匡胤撇了撇嘴，低聲補充，「不過，想要把日子過得安穩，還是精打細算才好。我聽說，這兩天，整個東市和西市的貨物，都快被老三你家給包圓了！不好，不好，這樣做，太招人嫉妒了！」

一邊說，他一邊搖頭，活脫一副土財主模樣，如假包換。

見趙匡胤如此繞著彎子說話，鄭子明忍不住啞然而笑，「二哥是聽到了些風言風語吧，我才不管那些人怎麼想呢！我鄭某人一沒貪污公帑，二沒喝兵血吃空餉，花自己的錢，關他人屁事！」

「好個一沒貪污，二沒喝兵血！」話音剛落，柴榮就忍不住用力撫掌，「這兩條說起來容易，全天下能做到的，恐怕也只有零星三五個。某些人自己屁股底下髒得可以熏死螞蟻，卻盯著三弟花自己的錢辦婚事，真是令人厭惡至極！」

他最近剛剛正式被郭威冊立為太子，放下兵權，開始跟著王峻和馮道兩人熟悉政務。隨即，他就赫然發現，剛剛建立還不到一年的大周，居然城狐社鼠滿朝。而想把這些贓官和蛀蟲鏟除，卻難比登天。要麼會冒上激起兵變的風險，要麼將令朝廷至少一到兩個部門徹底癱瘓。

而王峻和馮道兩個，對此卻好像早已經見怪不怪。自身對手下人「孝敬」來者不拒不說，還非常「好心」

的勸和告諭他，要有帝王氣度。水至清則無魚，只有能容忍官員們一定程度上的貪污腐敗，才令對方死心塌地的效忠。而朝廷想要鏟除某個官員的時候，辦法也更為簡單。直接辦對方貪贓就行了，一抓一個準兒，根本不用再找別的錯處。

這就是老百姓也一心期待的太平盛世？這就是父親和前輩們努力了半輩子才建立的大周？這樣的大周，跟後漢、後晉，還有什麼分別。一個滿朝貪官污吏的國家，怎麼可能擔負起重整九州的重任？

對於王峻和馮道兩個人的說辭，柴榮一句也不願意相信。他心目中的大周，絕不是另外一個後漢和後晉，更不應該是朱門酒肉臭，路有凍死骨的後梁！他希望在父親和自己的努力下，大周能像傳說中的漢唐一樣，有文景和貞觀氣象。他希望自己有朝一日，能帶領十萬虎賁北上燕雲，將契丹人徹底趕回老窩，封狼居胥！

很顯然，以目前的態勢，大周不可能滿足他的心願。哪怕父親郭威將所有權柄都交給他，任他為所欲為，也沒有達成心願的絲毫可能。所以，他每天處理政務之時，都如坐針氈。也就是在自己家和趙匡胤、鄭子明兩個的府邸，才能徹底放鬆下來，一舒心中感慨！

「大哥，你，你現在已經是太子！」見大哥柴榮非但不與自己一道勸說鄭子明收斂，反而用鄭子明的廉潔來對比朝中其他大臣的貪婪，趙匡胤忍不住有些氣結，皺了皺眉，低聲補充：「常言道，眾口鑠金，積毀銷骨。正是因為子明的錢都來歷清白，他才愈發需要謹慎小心。否則，那些屁股底下不乾淨的傢伙，難免要覺得他壞了規矩，然後聯合起來針對他。哪怕有大哥你在背後為他撐腰，他也早晚會有頂不住的一天！」

「那倒是！可，可為兄我真的不願意，像父皇一樣，整天揣著明白裝糊塗！」柴榮聽得微微一楞，隨即在桌案旁坐了下去，喝了一口水，長長地嘆氣：「最近父皇讓我熟悉政務，我都快被那群城狐社鼠給弄瘋了，現在想想，還是咱們哥三個在外邊打仗的日子逍遙快活。所有人心都往一起使，目的也只有一個，贏！不像現在，唉，現在，有時候，我真的都弄不清楚自己到底在幹什麼！」

「唉——」趙匡胤聽了，也跟著幽幽地嘆氣。

雖然是主動出面勸諫鄭子明「和光同塵」，可他心中，何嘗又對現狀滿意過？文官貪財，武將怕死，對內心狠手辣，對外奴顏婢膝。在大唐滅亡之後這七十多年來，很多積弊早就變成了「傳統」。而如果不早些將這些「傳統」革除，無論後晉取代了後唐，還是大周取代的後漢，都是一個行將就木的老叟，取代了另外一個將就木的老叟而已，除了城頭上的旗幟變了變，從上到下，都沒半點兒新鮮氣息。

三人當中，唯獨沒有嘆氣的，只剩下鄭子明。他自家人知道自家事，先端起茶壺來，給兩位哥哥續上水，然後笑了笑，不緊不慢地說道：「大哥，二哥的心意，小弟都愧領了。但兩位儘管安心，區區幾句風言風語，未必能拿我怎麼樣！我現在，就是想把師妹風風光光的娶回家。其他，且讓別人去說，小弟我現在沒功夫搭理，也懶得搭理。況且我越是不受滿朝文武的待見，王樞密恐怕就對我越放心。否則，哪天我真的變成眾口交讚的賢臣了，他肯定就徹底夜不能寐了！」

「你，你是在變相自污！」趙匡胤恍然大悟，指著鄭子明的鼻子，大喊大叫。「你，好你個鄭小肥，你，你可把二哥我給騙慘了！」

他出身於將門，從小就跟著父親學了很多自保的本事。在古書中，也沒少看前人的典故。像自污這種招數，漢之蕭何、唐之李靖，都玩得出神入化。而史書上沒學會自污的名將，如韓信、檀道濟等，個個都死無葬身之地。注二

鄭子明身上流淌著前朝皇族血脈，鄭子明年紀輕輕就成為大周朝排名前五的百戰名將，鄭子明的地盤和兵馬，已經穩居年輕這代第一。鄭子明既不接受麾下將佐的孝敬，又不喝兵血，如果他再不犯點兒別的錯誤，說他心中沒有任何圖謀，世間幾人能信？

所以，傲慢和奢靡，恐怕是最能令鄭子明自己接受，也對他人傷害最小的缺點。鄭子明做事越肆無忌憚，花

注二、檀道濟：南朝劉宋的大將，受皇帝猜忌，被無辜處死。臨死前大叫，爾等在自毀長城。

錢越宛若流水，恐怕越令朝堂上某些重臣安心。至少，到目前為止，這是最安全，也是最好的辦法，沒有之一。

「唉——」柴榮嘴裡，忽然發出一聲長嘆，年輕的心中，百味陳雜。

曾經沒心沒肺的鄭小肥，現在也學會自污了。而他這個當大哥的，卻只能默認三弟的行為，而不能主動站出來，告訴對方，你其實根本不必如此。有大哥在，咱們兄弟之間，真的沒有這種必要。

他是太子，不是皇帝。在大周朝，即便皇帝都未必能做到一言九鼎。他這個太子，更不可能，有絕對把握，確保鄭子明不受任何傷害。

向契丹人洩密的事情，到現在還沒找到主謀。而樊愛能、何徽等三十幾員宿將，已經聯合王殷等勛臣，上表請求朝廷撥付糧草錢款，支持他們各自擴軍。還毫不客氣地指明，他們之所以擴軍，是看到了橫海軍重金養精兵的效果，準備爭相效仿，以便在將來的戰爭中為國……

狗屁，全是狗屁。那些人想什麼，柴榮用腳趾頭都能猜得到。可猜得到，並不意味著他有辦法解決。現下看似平靜的政局，實則是暗潮洶湧，而三弟鄭子明，就是其中一個漩渦的中心。誰也不知道，這個漩渦會有多深，會把多少人捲進去，攪得粉身碎骨。

「子明，子明，聖旨！趕緊出門迎接，馮樞密親自來送聖旨了！」正憤懣間，耳畔忽然傳來一聲緊張的呼喊，緊跟著，鄭子明的義父，澤潞節度使常思帳下司倉參軍寧采臣滿頭大汗地闖進了花園裡。

「馮樞密，長樂公？他怎麼會有空到子明府上？」柴榮和趙匡胤兩個齊齊起身，皺著眉頭追問。

「見過太子殿下，見過趙將軍！」寧采臣知道柴榮、趙匡胤和鄭子明之間的關係，所以也不多客氣，先草草行了個禮，然後快速補充道：「據在下估計，是子明上本，推薦趙將軍、高將軍和符昭序將軍出任深州、冀州和趙州節度使的事情，被皇上恩准了。否則，聖旨不會來得這麼快，也無需勞動馮樞密親自來頒旨！」

「什麼？子明把成德軍一分為四了？」柴榮和趙匡胤兩個被嚇了一跳，異口同聲追問，「這是什麼時候的事情？子明，你怎麼沒跟我們商量一下？」

成德軍，又名恒冀節度使，鎮冀節度使。最早起源於唐末，乃河北三鎮之首。轄鎮、冀、趙、深、定、易、滄、德、棣九州，如今德、棣二州被符老狼所掌控，定、易二州被北漢所竊取，實際上鄭子明這個鎮冀真正能掌握的，只有鎮、冀、趙、深、滄五州之地，其中鎮州位置還過於突前，經常受到契丹人的劫掠，根本沒有足夠的人口支撐，等同於名存實亡。

而他一下子保舉了高懷德、趙匡胤和符昭序三個人做節度使，等同於將其治下的四個半州，又還給朝廷仨。自己只剩下了一個滄州和半個鎮州，跟原本的橫海軍，沒任何本質上的區別！

「皇上封我為鎮冀節度使，原本就屬追封的性質！」彷彿早就預料到柴榮和趙匡胤會有此一問，鄭子明笑了笑，非常坦誠地回應，「我既然活著回來了，這份封賞原本就該由朝廷收回。陛下不願出爾反爾，我卻不能厚著臉皮硬裝糊塗。所以，乾脆分出三個去。反正都落在自家兄弟手裡，肥水沒進外人田！」

「子明，你，你，唉！」柴榮紅著臉看著鄭子明，不停地揮拳。

如果他這個太子，真的有實力跟王峻一較短長，想必三弟根本不用如此委曲求全。先變著法自污不說，如今又將血戰得來的轄地，拱手讓給了別人。但眼下的事實就是如此，他這個太子根本得不到以王峻為首的一大批文武官員的認同。有義父在身後撐腰，還能在國事上勉強跟王峻等人爭上一爭，如果得不到義父郭威的支持，甭說是干涉一鎮節度使的任命，就連向地方安插一個縣令，都絕無可能！

而義父郭威，又怎麼可能會拒絕鄭子明主動向朝廷交還兵權和地盤？義父郭威是一代雄主，無論內心深處覺得如何愧疚，都會從江山社稷的長治久安上考慮問題。而削弱藩鎮實力，集權於中央，是大周朝富國強兵的必經之路。根本不會因為鄭子明是太子的結拜兄弟，就會允許例外！

「子明，你其實真的不必如此！」趙匡胤終於從震驚中回過神，在邊上看看滿臉坦誠的鄭子明，和滿臉羞憤的大哥柴榮，帶著幾分忐忑勸告：「花錢自污，已經夠了，犯不著再自剪羽翼。凡事，還有大哥和我呢，咱們三兄弟聯手，未必就不能跟王峻老賊鬥上一鬥！」

「窩裡鬥，輸贏有什麼意思？」鄭子明笑了笑，非常淡然地搖頭。「有那功夫，我還不如去操練士卒呢。況且以我現在的本事，掌控一個橫海軍，已經筋疲力盡，根本不足以做好鎮冀節度使！」

「子明何必過謙，我知道，你，你都是為了愚兄！」聞聽此言，柴榮的臉色愈發紅得厲害。猛地一跺腳，轉身就走，「你不要接旨，我現在就入宮去拜見父皇。無論如何，也把其餘三個州，給你討要回來！」

「大哥，我的好大哥！」鄭子明趕緊上前數步，一把拉住了柴榮的手臂，「我今年還未及冠啊，又何必如此著急做官？你覺得我受了委屈，等陛下百年之後，你登基做了皇帝，再加倍封賞給我就是！咱們又何必急著去跟朝中那群老朽爭一時短長？」

「是啊，大哥，子明說得對。你封的官，咱們兄弟做得才更安穩。」趙匡胤也擔心柴榮做事手段過於激烈，跟王峻產生直接衝突。上前拉住對方另外一隻胳膊紅著臉勸說，「咱們三個都還年輕，有的是時間。你，子明和我先去學些本事，沒必要把精力浪費到跟老朽們勾心鬥角上。等你做了皇帝，我們哥倆本事也大了，足以擔起重任。想封什麼官，不都是你一言而決嗎？誰還敢像現在這般暗地裡上下其手？」

「這，這……」柴榮接連掙扎了幾下，卻沒有鄭子明和趙匡胤兩個人力氣大，只好悻然收住腳步，「也罷，三弟，你受的委屈，大哥我記下了。日後若是有了機會，一定加倍補償！」

「我記下了，將來大哥如果忘了，我就登門去討要！」鄭子明笑著開了句玩笑，然後鬆開柴榮的胳膊，繼續補充，「兩位哥哥且坐著喝茶，我去接了聖旨就回來。能勞動馮樞密親自登門，想必皇上給我的補償不會太差！」

「也罷，我們哥倆就在這裡等著！」柴榮反覆咬牙，最終，嘆息著點頭。

趙匡胤知道他正在火頭上，怕他衝動起來不管不顧，也笑著朝鄭子明點點頭，低聲道：「你趕緊去吧，別讓馮老兒久等。那廝雖然沒臉沒皮，可門生故舊遍天下。能別得罪他，儘量別得罪。否則讀書人們的吐沫，就能讓你遺臭萬年。」

鄭子明笑了笑，轉身離去。不一會兒，便捧著份聖旨，紅著臉返了回來。

「怎麼了，皇上，皇上把你的奏摺駁回了？駁得好，駁得妙，你這人，就是牽著不走，打著倒退！」柴榮看得心裡一緊，立刻跳起來，大聲詢問。

「沒推掉嗎？看樣子陛下是著實愛護你，希望讓你多加歷練！」趙匡胤心裡雖然隱約有些酸澀，卻也站起身，笑著恭喜。

「什麼呀？」鄭子明咧嘴苦笑，同時將兩位哥哥臉上的表情一一盡收眼底，「你們自己看吧，陛下，陛下這，這真是把我給架在火上烤了！」

說著話，將聖旨朝柴榮手裡一丟，只管坐下喝茶。

柴榮和趙匡胤兩個迫不及待，立刻打開聖旨拜讀。一看之下，忍不住也苦笑連連。

兩萬多畝的莊子，就在汴梁城外不足十里遠的位置，可以永世傳於子孫，無論其官職大小，爵位高低。這份賞賜，不可謂不厚！足以起到示範作用，讓其他手握重兵卻沒有什麼野心的地方諸侯們爭相效仿。

可接下來，賜兩份二品誥命，著令陶氏三女與常家小女一起嫁入冠軍侯府是什麼東西？君臣關係即便再親近，武將的家事和國事也不該混為一談！更何況，因為陶三春和呼延雲兩人的存在，澤潞節度使常思早已經氣得七竅生煙，鄭子明真的敢按聖旨上辦，估計婚禮當天就得一片刀光劍影！

「來，以茶代酒，小弟敬兩位兄長一杯。」鄭子明喘息了半晌，舉起手中的茶杯，與柴榮與趙匡胤碰了一杯，苦笑著補充，「今日雙喜臨門，小弟的確被砸暈了。就不留兩位哥哥用飯了，且容小弟自己先靜一靜，想想該如何……」

「沒事，父皇既然敢給你下這種聖旨，肯定還有後招。你等著，大哥我入宮去問。今晚之前，保證給你問出了個子丑寅卯來！」自家義父做下的荒唐事，柴榮沒有資格逃避，只能「主動請纓」，想辦法去彌補疏漏。

「三弟就安心的操辦婚事，其他的事直接別管，再怎麼的，也有大哥和我替你撐著。」見自己依舊有希望走上節度使之位，趙匡胤心中膽氣徒生，拍了拍鄭子明的肩膀，大聲承諾。

「兩位哥哥不提，差點忘了！」鄭子明懊惱地一拍自家額頭，忽然站起身，大聲道：「的確有一件事情，非需要兩位哥哥出馬不可。」

「什麼事情，三弟你儘管說！」柴榮心裡覺得對不住鄭子明，立刻毫不猶豫地答應。

趙匡胤卻有些怕自家兄弟鬧得太過分，輕輕點點頭，低聲道：「三弟的忙，無論如何都是要幫的。但這裡可是汴梁，不是你的滄州，即便咱們哥仨，行事也不能毫無忌憚。」

「二哥你放心，肯定不是違法亂紀的事情！」鄭子明微微一笑，起身快步走向書房，「你們倆個稍等，我去去就來！」

「這個鄭小肥，不知道又要鬧什麼妖！」看著他的背影，趙匡胤搖頭苦笑。

「讓他鬧就鬧吧！」柴榮笑了笑，幽幽嘆氣，「他這些年，受得磨難太多了。難得有幾天舒心日子。唉——！」

二人此刻心中都裝了一肚子事情，談性比白開水都淡，因此簡單閒聊了幾句，就坐在石頭凳子上發起了呆。不多時，鄭子明夾著一卷羊皮再度匆匆趕回，見兩位哥哥魂不守舍模樣，忍不住哈哈大笑，「不是什麼要緊事，你們不用擔心。我只是想，這樣，這樣，來，二位哥哥過來看！」

說著話，他將手中羊皮卷朝地上一鋪，頓時，整個汴梁躍然而現。

「嘶！」柴榮和趙匡胤兩個又被嚇了一跳，同時長身而起，「老三，這幅圖你從哪弄來的？你這是要……」

「當然是我自己畫的。可廢了老鼻子勁兒呢。二位兄長，你們看，我的府邸在這個位置，小師妹現在在這裡，就是這條道。」鄭子明彷彿根本沒看見二人的表現一般，只顧拿著根沒沾墨的毛筆，在汴梁建築布局圖上勾勾畫畫，「成親那天，我想這樣，這樣……」

「呼——」柴榮和趙匡胤同時吐出一口長氣，手扶額頭，哭笑不得。

這個鄭老三，在戰場上巧計迭出，在朝堂上也懂得趨利避害。可一到處理家事的時候，就又變成了懵懂頑童，想起一招是一招，根本不遵循任何常理。

「到時候，咱們就這樣，這樣……」鄭子明說得兩眼放光，柴榮和趙匡胤無奈，只能搖著頭，努力跟上他的思維節奏。直到他的話終於告一段落，才強忍住頭上的眩暈，低聲勸告：「三弟，你這件事情，好像，好像汴梁城內，從沒有人做過。」

「甭說汴梁，全天下，恐怕也是第一遭。真的匪夷所思！」

「不是有那麼一句古話？」鄭子明笑了笑，非常自信地揮手。「世上原本沒有路，走的人多了，就成了路！」

「這……」柴榮和趙匡胤又是同時微微一楞，只覺得古人的話好生有道理，卻無論如何想不出，此語是出自哪位古聖先賢之口。

「沒什麼這個那個的，就一句話，兩位哥哥，小弟的忙，你們幫是不幫？」鄭子明卻沒給二人更多的思考時間，笑了笑，大聲追問。

「不是我們兩個幫不幫你的問題，這事這麼辦，常節度能答應嗎？」柴榮被逼得無路可退，苦著臉，低聲提醒。

趙匡胤則苦笑著搖頭：「常大人那邊是小事，估計皇上派來教導鄭子明籌辦婚禮的官員要鬧翻天了。」

「皇上那邊，不是有大哥嗎？」鄭子明揮揮手，帶著幾分促狹對著柴榮和趙匡胤說道。「至於我岳父那邊，二哥，據說令尊跟他關係相當不錯！」

「也罷！」見鄭子明心念已定，柴榮只好也豁了出去，「為兄就陪著你胡鬧一回，反正，這種事，一輩子頂多一兩次。」

見柴榮已經點頭，趙匡胤咬著牙把鄭子明安排的任務接下，「老三，我有點兒後悔來看你了。早知道你又要作怪，我昨天下午就出城打獵去，遠遠地躲起來，省得被你拖住不放！你這廝，簡直是我的命中剋星！」

「二哥，你放心，咱們哥幾個今後的日子長著呢！」鄭子明看著兩位焦頭爛額的兄長，笑著說道。不經意間，眼神裡露出了幾分深長意味。

那天在大船上，他可不只是想起了自己小時候曾經發生的事情。

當所有記憶都拼湊在一起，疊加交織。他自己有時候也有些懷疑，這輩子是莊周夢蝶，還是蝶化莊周？

十月初八，宜嫁娶，忌破土。

汴京城中，整潔而筆直的大道兩側，一條條紅色的綢帶迎風飄盪，宛若一團團跳動的火焰。

鎮冀節度使門口，自屋內到屋外三里，地上都鋪上了嶄新的紅毯，乾淨而又整潔的紅色路面，從頭到尾洋溢著奢華緋靡氣息，讓人用腳踩上去，頓時如墜雲端。

從鎮冀節度使府門口，一直到澤潞節度使府門口，十里的紅妝，沿路飄搖。大道兩側，每隔一丈就有一名手持木頭長槍的士兵值守，個個挺胸抬頭，氣宇軒昂。

沿街的店鋪裡，早就被看熱鬧的人群所擠滿。大家伙兒一邊吃了零食，喝著茶水，一邊對著屋外的風景指指點點。

天下最繁華之地，莫過於汴梁。汴梁老百姓的見識，也位居全天下之冠。然而，這次，汴京城的老百姓可算是開了眼。

見過鋪張浪費的，沒見過如此鋪張浪費的！沿路的樹上，都繫上了紅色的綢帶不說。寬闊的大道表面，還鋪滿了金黃色的海砂。還有專門的護衛守護，手持木製的刀槍劍戟，一字排列。每一把兵器的的表面，或者塗滿了銀粉，或者鍍了一層金沫，讓人一眼看上去，就覺得富貴迫人！

比十里紅妝和塗滿了金粉和銀粉的木頭兵器更為令人嘆為觀止的，是迎親的隊伍。清一色的燕趙壯漢，足足有兩百人之數。每個人胯下，都是清一色的遼東桃花驄。而新郎官鄭子明，則騎著一匹純白色駿馬，走在了整個隊伍的最前頭。渾身上下，玫瑰色的吉服纖塵不染，馬脖子旁，還掛著數十朵逆季節盛開的牡丹花。爭妍鬥艷，姹紫嫣紅。

「這，這也太有錢了吧？！嘶，我的天，皇上家，恐怕都不敢如此擺闊！」大道兩側的百姓們看著眼前一身紅妝的鄭大將軍，紛紛笑著搖頭。

「鄭將軍怎麼自己去接親？」

「是呀，這也是皇上定的嗎？」

「真是稀奇，新郎官自己跨馬迎親！不過，鄭將軍長得可真俊，雖然臉色黑了些。」

「黑什麼黑？人家天天在外邊打仗，能白得了嗎？以為都像你，捂得就跟大葱根子似的！」

「我羨慕的是那位沒見過的鄭夫人，聽說這些紅綢都是鄭將軍讓人繫上的。只因為，二人小的時候，鄭將軍親口許諾的一句話。」

「古有金屋藏嬌，今有紅妝十里。嘖嘖……」

「如果老娘嫁人那天，肯有人紅妝十丈，不用，不用，即便紅妝十步迎娶，老娘這輩子給他做牛做馬也都認了！」

「得了吧，春花姐，妳都嫁了四回了……」

「四回怎麼著，就不准老娘想想第五回嗎？」

「那地面上鋪的是紅毯子，造孽，真的造孽啊！」

「我也聽說過，鄭將軍本意是要將沿路都給鋪上紅毯子，好像是被鄭將軍的大哥，當今太子爺給攔住了，最後就鋪了三里地。」

「哼，鄭將軍可真是有錢。」

「你別陰陽怪氣的，人家鄭將軍本來就是大財神爺，這會又是皇上賜婚，娶的還是他老人家的青梅竹馬，多破費點算什麼錯？」
「人家花自己的錢，關你屁事！」
「那是，不破費些，能顯示我們鄭大將軍與眾不同嗎。」
「現在是鄭大節度使，冠軍侯，將軍都是老舊的事情了。」
……
有道是，內行看門道，外行看熱鬧。
汴梁城內的老百姓，看的是迎親隊伍的雄壯和十里紅妝的奢華。而汴梁城內的文武百官們，此刻看在眼裡的卻是，另外一種風景。
皇上這是鐵了心要削藩了。所以鄭子明主動交出了三個州的實際控制權之後，即便家裡藏著金山銀山，也不用再擔心朝廷染指分毫。相反，對於肯主動放棄一部分地盤和權力的武將，朝廷還會盡可能地對其做出補償。嬌妻、美妾、豪宅、田產，只要國庫付得起，皇上肯定不會皺眉！
然而，如果有人還抱著老一套打算，想借助手中兵馬和地盤，來保證家業和權力代代相傳。恐怕今後就有些危險了。除非你的實力強大到符老狼、高白馬和常肥狐三人比肩，否則，一旦被朝廷尋到錯處，肯定會落個人財兩空！
都怪鄭小肥，沒事兒獻殷勤，非奸即盜！
這個鄭小肥，想娶倆老婆你娶就是了，胡亂擺什麼闊？
這個鄭三兒，才能不滿足以充任鎮冀節度使，你就尸位素餐好了。沒事兒胡亂裝什麼忠臣孝子？
這個缺心眼的蠢貨！
這個沒見識的謬種……

然而，恨歸恨，卻沒有人敢衝出門外，給迎親隊伍製造麻煩！朝廷派來的禮官馮吉和符昭序兩個，此刻就跟在馬隊之後。四雙燈籠般的眼睛，正盯著街道兩旁的院子門上下亂轉。誰要是敢在今天出來搗亂，就是不給他們哥倆面子。他們兩個的面子，不止代表著大周朝廷，還包括了他們二人的父親，馮道和符彥卿。得罪了大周朝廷，未必會家破人亡。同時得罪了馮道和符彥卿，恐怕早晚都得身敗名裂。

「這痴頑老子馮道，也不知道抽什麼瘋？一輩子沒得罪過人，馬上要入土了，卻突然跳出來替鄭子明撐腰！」

「對，還有那符老狼。雖然朝廷收攏兵權，一時半會兒不敢收到他的頭上。可大夥都變成了光桿將軍，他就能落到好嗎？」

「怎麼想的，為了自家兒子唄！你沒見到嗎？馮家的二兒子做了太子府洗馬，將來指不定還想做下一個魏徵！」

「可不是嗎？那符昭序原本是個有名的糊塗公子，這跟鄭子明一起混了才幾天，都出任一州節度使了！雖然是個邊境上的州，可符家也算正式對外開枝散葉，不用再守著老祖宗留下來的家底兒乾瞪眼睛了！」

「嘶——」

「唉……」

「鄭將軍，鄭將軍！」

「恭喜鄭將軍，賀喜鄭將軍！」

感慨聲，嘆息聲，與道路兩旁的議論聲、歡呼聲，混雜在一起。一波接一波，宛如海浪。

此時此刻，唯一心無旁騖的，恐怕只有鄭子明本人一個。只見他，端端正正地跨在白馬之上，雙目含笑，滿臉幸福洋溢。

小師妹，十里紅妝，我曾經許諾過的，我終於做到了。

至於此刻世間喧囂，與你我何干？

「這石小寶，花心的確是花心了些，但是這婚禮，倒也操辦的足夠風光。真的是紅妝十里，恐怕多少年後，汴梁城都不可能見到第二次！也不枉了這些年，妳為他淌過的眼淚！」澤潞節度使府邸，常婉淑看著一身吉服的妹妹，帶著幾分羨慕打趣。

雖然已經跟韓重贇成親多年，她的言談舉止裡，依舊看不到半個「淑」字。說著話，已經在屋子裡走了七八個來回，彷彿唯恐新郎官在路上耽擱太久，耽誤了吉時一般。

「他哪裡光是為了我而鋪張，他那是變著法子自污。況且，今天跟他成親的，又不是我一個人！」常婉瑩生來性子靜，說出話，總是帶著幾分平淡。隱隱約約，還有幾分不甘。

常婉淑將妹妹的話聽在了耳朵裡，心中頓時就是一疼。然而，看看吉服下那嬌嬌怯怯的身軀，又偷偷嘆了口氣，低聲安慰道：「當然是為了妳一個人，另外那個，不過是搭了順風車罷了。否則，怎麼沒見石小寶先去迎娶她？不過，這口氣妳也不用憋在心裡。等會石小寶到了，看姐怎麼折騰他！」

「別！」話音未落，常婉瑩已經跳下了喜床，一把拉住了自家姐姐的衣袖，「阿姐，妳千萬別……」

「怎麼，這就捨不得他了？妳呀，如果這麼當大婦，就等著吃一輩子虧吧！」常婉淑一把將妹妹推回喜床，像擺放木偶一般，用力擺正，扶穩。然後，才又慢吞吞補充道：「在夫家不比自己家，那兩個女人也不是妳親姐妹，可不能講什麼溫良恭讓。妳是當家大婦，誥命比陶三春高一級，認識小寶也比呼延家的那個硬撲上來的早，憑什麼要給她們兩個好臉色看？放心去做，做出事情來，有姐和父親給妳撐腰！」

「阿姐……」常婉瑩低低的喊了一聲，不知道該怎麼接話才好。這種時候，沉默也許是最恰當的辦法。因為她知道不管自己說什麼，姐姐都必然有一堆話等著她。順著姐姐說，肯定越說越讓自己心中不安，可要是向著鄭子明，那就是她心中沒姐姐，罪過更大，也許姐妹兩個就此便會生分。

好在一旁給常婉瑩整理婚衫的丫鬟機警，聽姐倆越聊話題越歪，便笑了笑，低聲插嘴道：「小姐這身吉服真好看，無論誰見了都會眼熱。一會出了門去，肯定會讓外邊的人羨煞！」

「出門，今天如果讓他輕易進了這道門，我就，我就，我就不……」常婉淑撇了撇嘴，一邊替常婉瑩整整頭飾，一邊冷笑，「我就不姓常，妳耐心等著，我去前面探探風聲。這會兒，按照常理兒，他該向父親見禮了。」

說著話，也不管自家妹妹是贊成還是反對。站起身，風一般捲出了門外。

屋子裡打下手的侍女們見狀，都忍不住抿嘴而笑。大小姐也真是，自己成親那會兒，誰敢難為韓重贇就跟誰拚命。而現在，刁難起自家妹夫來，卻是如此之迫不及待！

正如常婉淑所料，此時此刻，鄭子明在禮官的帶領下，恰巧走入了正堂。而他曾經的上司，現在是變成了岳父，正端著茶杯，大馬金刀地坐在一張寬闊的胡床之上，頭對窗外，若有所思。

「奉陛下之旨，鎮冀節度使，冠軍侯鄭子明，今日迎娶澤潞節度使，中書令常公之女……」禮官馮吉眼睛一轉，就猜出了常思的真實想法，立刻扯開嗓子，大聲宣告。

另外一位禮官符昭序跟他心有靈犀，趕緊從背後推了鄭子明一把。鄭子明楞了楞，旋即毫不猶豫地躬身下拜，「小婿拜見岳父大人，岳父大人安康。」

「嗯！」常思抬起手，摸了摸還沒養長的鬍鬚，冷著臉道：「起來吧！老夫自問年少時也算風流，卻也未曾同時娶過兩個！如今把自家女兒嫁給你，卻要眼睜睜看著她與別的女子一道跟你拜堂，這個心裡頭，唉，你說我該是什麼滋味？」

「岳父大人，原本……，原本……」沒想到在關鍵時刻，常思忽然提起這個茬，鄭子明頓時鬧了個大紅臉。解釋也不是，不解釋也不是，吞吞吐吐，汗珠順著額頭淋漓而下。

「常公，常公，這是陛下的主張，與鄭節度……」符昭序唯恐鄭子明過不了關，湊上前，小心翼翼地解釋。

「滾蛋吧，你！」常思卻根本不給他面子，抬起腿，先踹了他一個趔趄。然後「騰」地一下站起來，走到鄭子明面前，指著對方鼻子罵道：「老夫不管是誰的聖旨，也不管你有多少理由。總之就一句話，嫁給你，是小瑩子她自己心甘情願。老夫阻止不了她，也不忍心阻止她！但老夫卻可以保證，成親後你若敢慢待了他，老夫麾下這三萬大軍，絕不會跟你善罷甘休！」

「嘶——」前來觀禮的賓客聞聽此言，齊齊倒吸冷氣。見過在婚禮上擺譜的女方家長，卻沒見過把譜擺到如此之大的。連皇上的面子都不肯給，還隨時準備跟女婿兵戎相見。這一趟，來得值！無論花費多少賀禮，都絕對不虛此行！

「你聽到沒有？啞巴了，還是準備丟下我的女兒，自己直接打道回府？」正納罕間，卻又聽見常思惡聲惡氣地追問。看架勢，竟準備隨時將鄭子明趕出家門，將皇上的賜婚聖旨一撕了之。

「岳父大人放心，晚輩今後哪怕是粉身碎骨，也絕不會讓師妹受到半點兒委屈。」鄭子明激靈靈打了個冷戰，再度躬身下拜，「此言，天地為證，若有違背，願五雷轟頂！」

「你這混帳，好好說話，發什麼誓嘛？」常思瞬間如同換了個人般，笑呵呵彎下腰去，將鄭子明用力攙直，「子明，賢婿，你聽好了！剛才那番話呢，是老夫必須要說的。否則，對不起小瑩子已故的娘親。下面的，才是老夫真心想要說的，小瑩子以後就交給你了。你娶十個也好，八個也罷，都是她自己選的，她自己的命兒。她對你一往情深，即便日後有什麼不對的地方，你多想想她現在的好處。夫妻兩個，總是要彼此念著對方的好處，才能和和美美的過日子。否則，又何必天天對著賭氣，弄得彼此都不開心？」

「是，岳父大人，師妹幾番捨命相救，小婿絕不敢負！」鄭子明又躬身下去，大聲承諾。

「呵呵，辜負也罷，不辜負也罷，都是你們兩個之間的事情，老夫怎麼可能管得了一輩子！」常思揉了揉眼睛，搖頭而笑。

今天對他而言，不僅僅是嫁女，從某種程度而言，也算是娶媳。鄭子明幾乎就是他一手培養出來的，轉眼間，這個昔日東躲西藏的黃口小兒，就變成了名動天下的一方諸侯。而自己的女兒，也即將成為他夫人，從此夫妻兩個，生死相隨，福禍與共！

想到這兒，老將常思再度彎下腰，將鄭子明的身體攙直。然後用力在對方後背上拍了一巴掌，大聲道：

「起來吧，別那麼多廢話了。趕緊進去，把小瑩子抬走！老夫眼不見，心不煩。逢年過節，記得登門就成。即便人有事過不來，禮物卻不能少。速去，速去！」

說罷，將臉扭到一邊，用力揉了揉，拔腿就走。

「哈哈，哈哈哈，哈哈哈哈……」眾賓客被常思前後不一的行徑，逗得哈哈大笑。笑過之後，再看新郎官鄭子明，愈發覺得此子怎麼看怎麼順眼。而鄭子明，則像衝鋒一般，帶領迎親的隊伍，直撲常府後院，一路上，將前來「堵路」的女方親朋，用珍珠、銀錠，「砸」了個潰不成軍。

轉眼來到閨房，攔路的親朋盡行散去。入眼的，卻是一道緊閉的屋門。兩名十二三歲，嬌滴滴的丫鬟，拎著一根紅色的絲繩擋在門前，口中高喊：「來人止步！」雙腿和雙臂，卻哆哆嗦嗦，唯恐激怒了傳說中「殺人如麻」的新郎官，將自己一巴掌拍成肉餅。

「兩位姐姐，這裡有兩串珠花，換兩位讓開道路可好？」鄭子明看得心中好笑，轉身接過潘美遞上來的買路財，舉到兩位嚇得臉色蒼白的小丫鬟眼前，柔聲求肯。

「不，不行！」兩位小丫鬟立刻齊齊搖頭，然後眼看地面，結結巴巴地補充：「大，大小姐說了。你，你是男子漢大丈夫，不，不能對我們兩個小女孩動武。否，否則，必，必然被，被全天下人，恥，恥笑！」

「噗！」正準備買路不成就強行闖關的鄭子明，楞了楞，看看兩個已經快嚇哭了侍女，好生無奈。

兩個小侍女早就雙腿發軟，卻擺出一副視死如歸的模樣，繼續結結巴巴地補充道：「大小姐說了，想進此門，先，先答題。接連，接連答對三道，才，才能放行。」

「也罷，答就答，且出題來！」知道今天如果自己不按兩個小丫鬟說的去做，肯定進不了常婉瑩的閨房，鄭子明把心一橫，大聲回應。

話音剛落，屋子裡，立刻傳來一聲囂張的冷笑，「呵！很爽快啊？石小寶，你也有今天。實話告訴你，若不耽擱到中午，讓你來不及再去另一家迎親，我就不姓常。」

「大嫂，韓重贇跟我乃是八拜之交！」鄭子明自覺理虧，躬下身，小心翼翼地求肯。「他……」

「別跟我套近乎，這裡是常府，沒有大嫂，只有大姐！」常婉淑才不肯通融，隔著屋門把手往自家腰間一扠，大聲吩咐，「常欣，出題！」

「哎——」站在門口的兩個小丫鬟之一，立刻從腰間的荷包裡往外掏預先準備好的考卷兒。誰料剛掏了一半兒，就聽外邊忽然傳來了一陣急促的腳步聲。緊跟著，趙匡胤的弟弟趙光義，連滾帶爬地闖了進來，「不好啦，子明大哥，大事不好了。滄州軍的弟兄等不及，先出門去接陶姑娘了。韓重贇大哥攔了一下沒攔住，被他們推倒在地，頭磕在了拴馬樁……」

「啊！」閨房門呼地一聲，被人從裡邊推開。常婉淑拎著把寶劍衝了出來，「你韓大哥怎麼了？你快說！什麼滄州軍的弟兄等不及，分明是姓陶的自己使得壞……」

話才說了一半兒，卻見趙光義朝著自己一吐舌頭，撒腿就逃。再扭頭看鄭子明，哪裡還見踪影。早就一個箭步竄進了屋子，將自家傻妹子攔腰抱在了懷裡，心滿意足。

「鄭小肥，你耍賴，你，你這人怎麼如此無恥。」常婉淑終於明白上當受騙，氣呼呼的指著鄭子明的鼻子，大聲斥責。

鄭子明哈哈大笑，抱著羞不自勝的常婉瑩，昂首闊步而出，「弟兄們，開路，回家。」

「吉時將至，新郎新娘上馬回府！」禮官馮吉和符昭序促狹地扯開嗓子大叫，各自帶一隊人站在路旁，將常府的丫鬟和僕婦們，牢牢擋在身後。

「哇啊，無恥，無恥，鄭小肥，你從小到大一樣無恥！」常婉淑氣得張牙舞爪，卻無法跟一群壯漢動武，只能眼睜睜地看著自己的諸多準備，全都落到了空處。而自家妹子，則被一個高大魁梧的男子抱在懷裡，越走越遠，越走越遠。

「百年好合！」

「夫唱婦隨！」

「早得貴子！」

……

院子內外，響起了一片祝福之聲。

常婉淑忽然笑了笑，背靠著閨房的牆壁，閉上了眼睛。

十里紅妝，白馬迎親，小壞蛋幼年時答應的事情，他真的做到了。

但願他今日許下的諾言，也與當年一樣，永遠不變，永遠不忘。

永遠。

「夫妻對拜，送入洞房——！」禮官馮吉扯開嗓子，將最後一句話故意拉得餘音繞梁。

兩群丫鬟和僕婦立刻一擁而上，丟下新郎官鄭子明，將兩位新婦分頭送入後宅，腳步整齊急促，彷彿唯恐自己這一隊落在另外一隊身後。

鄭子明轉身欲追過去調節，卻被馮吉當場攔了下來。緊跟著，哄鬧聲和祝福聲就響徹成了一片。柴榮、趙匡胤、韓重贇、楊光義、潘美、李順兒等一眾兄弟，帶領著若干軍中少年，喊得尤為賣力，彷彿根本沒看到皇帝郭威和一眾道賀大臣的存在。

郭威乃是大頭兵出身，對繁文縟節原本就不怎麼感興趣。見酒宴已經開始，乾脆不待鄭子明上前招呼，就主動出擊，找到鄭仁誨、王峻、王殷等一干老兄弟，開始推杯換盞。

如此一來，大堂內的氣氛頓時愈發活躍。幾乎所有人都抓起了酒盞，開始鯨吞虹吸。

「嗯，有點兒意思！」坐在大堂最核心處的一個獨席，樞密副使馮道舉起酒盞抿了抿，瞇縫著眼看著那一群起鬨的賓客，臉上浮起一團神秘的微笑。

皇帝親自下旨，賜鎮翼節度使鄭子明與澤潞節度使常思愛女常婉瑩、陶家莊義民之女陶三春同時完婚，不光在本朝，恐怕再向前逆推三代，也是一份罕見的創舉。算是給足了鄭子明和常克功二人面子，同時也清楚地向外界表達出了一種態度，朝廷不會虧待有功之臣，但也不會再像前面幾朝那樣，容忍藩鎮們繼續做大。識趣者，就趕緊效仿鄭子明，將掌控的地盤和兵馬交一部分出來，良田美宅還是金銀珠寶，朝廷隨著你挑。如果不識趣的話，哼哼，咱們這位大周天子可是一刀一槍從普通小兵打上來的，眼下正值年富力強，想要收拾誰，根本不用考慮什麼陰謀詭計，直接就可以帶著十萬大軍登門拜訪！

而朝中文武這幾天的表現，也非常令人玩味。不論以往與鄭子明關係親疏遠近，幾乎全都有賀禮送過來。包括一直與之不對盤的王峻，包括最近因為從龍之功，地盤和兵馬都急劇擴大的王殷，還包括符彥卿、高行周，以及若干大大小小的兵頭……

若說這些人已經看清了形勢，準備效仿鄭子明，自剪羽翼，以兵權和地盤換取良田美宅，馮道是一百二十個不信。跟這群老兵痞打了一輩子交道，他清楚地瞭解其中絕大多數人的心思。官職高低對這群人來說並不重要，朝廷是否信任，對他們來說也不重要。只要手中的兵馬足夠令朝廷投鼠忌器，他們回到自己的地盤上，就是小一號的土皇帝。看上哪座宅院隨時可以搶了搬進去住，看上那片田產可以直接命令田主雙手奉上，才不稀罕朝廷所賜那三瓜兩棗！

但以目前態勢，那群兵痞，也沒膽子公開與朝廷唱反調。且不說郭威這尊大佛，足以令鬼魅魍魎望而生畏。就看今天幫助鄭子明迎親和宴客的那群後生晚輩，皇帝陛下的義子柴榮、新晉的節度使趙匡胤、常思的女婿韓重贇、澤州馬軍指揮使楊光義，還有王政忠、劉慶義、潘美、陶大春等等，個個聲名赫赫，文武雙全。真的跟老一輩兵痞們沙場爭鋒，誰生誰死，未必可知！

而這，還只是眼前的局面。作為屹立數朝的不倒翁，馮道即便是用腳趾頭去想，也能推測出五到十年之後，當一眾少壯將領成長起來，朝堂上會是如何模樣。而屆時郭威不過才五十六七，算不上老邁。只要坐鎮汴梁，給與自家兒子柴榮和一眾少壯將領足夠的支持。放眼天下，哪個諸侯還敢興風作浪？

那將是怎樣的一個局面？想想，馮道激動得手都發抖。大唐盛世由何而來？不就是虎狼之師俱歸中樞，而朝廷的政令暢通無阻嗎？一旦中原的各方勢力都被朝廷壓服，郭威將所有力量擰成一股繩，南征荊楚，北伐契丹，又怎麼可能是一句空話？而自己如果真的能參與其中，後世著史，誰又敢說長樂老子歷仕多朝厚顏無恥。誰敢忘記長樂老兒忍辱負重，最終輔佐聖主，重整河山之奇功？

「連冠軍侯都一次娶了兩個，陛下春秋正盛，何必苦著自己？不如早立正宮，廣納妃嬪，若是能誕下鳳子龍孫，也好讓太子殿下多幾個幫手！」正想得熱血澎湃之時，忽然，又一道低低的聲音，針一般刺進了馮道的耳朵。

「誰？誰這麼惡毒？」手臂又是一哆嗦，饒是涵養功夫高，馮道也差點兒將面前矮几推翻在地。

大周朝比前面數朝的另外一大優勢便在於郭威膝下只剩下了柴榮這麼一個繼承人。而柴榮自身又得到了趙匡胤、鄭子明、張永德，甚至高懷德、符昭序等少壯派將領的全力擁戴。父子兩個齊心協力，對內對外都能戰無不勝。

若是郭威再有了親生兒子，並且因為舔犢情重，起了廢立之心，那大周朝即將面對的驚濤駭浪，也絕對會是前面數朝的十倍！剛剛出現的太平盛世希望，又將被徹底掐滅。而自己，長樂老兒馮某人，這輩子都不會再有第二次機會，洗清別人潑在自己身上的污水！

想到這兒，馮道心中的憤怒立刻無法掩飾。抓起酒盞，就想砸向正在給郭威出餿主意的那個佞人。然而，待看清了此人的面目，他的胳膊再度僵了僵，有股冷氣從腳底直接竄上了頭頂。

是王峻，還有王殷，還有范質、王溥，以及若干在郭威起兵之時，立下了汗馬功勞的故舊老臣。與他們幾個相比，自己就像風中殘燭對上了正午的烈日，根本沒有出現的必要！

怎麼辦？郭威才五十出頭，怎麼可能拒絕得了「廣種多收」和延續血脈的誘惑？而身為臣子，這個節骨眼兒上，怎麼可能跳起來說：「陛下，請你為了江山社稷著想，不要再娶新的老婆，請心甘情願斷後選擇絕子絕孫！」

前後不過短短幾個剎那，已經有冷汗從馮道額頭上淌了下來。一滴，一滴，又是一滴，砸在酒盞裡，濺起漣漪串串。

他想向柴榮示警，讓柴榮自己來化解眼前危局。然而，目光在大堂裡掃來掃去，卻發現柴榮正帶著趙匡胤和高懷德兩個，替鄭子明擋酒，喝得不亦樂乎，根本無暇分心他顧。他又迅速將目光轉向自家兒子馮吉，希望兒子能過來幫自己出個主意，卻又驚愕的發現，馮吉、符昭序和潘美三人勾肩搭背，喝得正是熱鬧，根本沒功夫多看他這個苦命的老父親一眼。

阻止不了，就順勢而為。倒向實力最強的一方，避免血光之災。管他亂世還是盛世，自家人生存才是第一。多年來奉行的處世之道，迅速幫長樂老兒馮道做出了決斷。無論他這一刻，心裡是否疼得宛若刀絞。

迅速站起身，馮道捧著琉璃盞，準備加入勸說郭威立后和納妃的隊伍。就在此時，他卻聽到了一陣爽朗的大笑聲，「哈哈哈哈，哈哈哈哈哈，秀峰，盛之、文素，你們的意思朕懂。也感謝你們為了朕如此費心。然而郭某當年還是大頭兵時，柴氏肯不顧其家人勸阻果斷下嫁，如今郭某走運被推上了皇位，就不能把皇后的位置封給別人。那樣做，太壞良心。朕怕半夜睡不著覺！有些話，就不要再說了，朕這輩子，只會有柴氏一個皇后，絕不另立。至於廣納妃嬪，朕今年都五十多了，就別學某些不爭氣的傢伙，豁出老臉去禍害別人家黃花大閨女了！平素力不從心不說，待朕死後，人家也就三十出頭，下半輩子，孤燈苦影，該如何去捱？」

「這……」

「陛下……?」

想到過郭威有可能會拒絕，但是王峻等人卻萬萬沒有想到，郭威會說出如此悲天憫人，有情有義的一番話來。頓時，事先準備在肚子裡的許多言辭，都沒有勇氣再說出口，一個個窘得面紅耳赤。

論年齡，郭威在眾人之間不算最長。論權勢，眾人誰也不可能大過皇帝。然而自從成功擁立郭威登位以來，他們當中，幾乎每個人都往家裡抬了三、四房姬妾，個個都覺得英雄美人，相得益彰。卻誰都未曾想過，當白髮蒼蒼的英雄死後，青春年少的美人該如何自處?

正尷尬間，卻又聽郭威嘆了口氣，低聲道：「你們幾個的心意，朕領了。無非是覺得，郭某流血打下來的江山，不該落在外姓之手。今天，郭某就給大夥一個明白話兒。首先，君貴是柴氏的侄兒，不是外姓。其次，即便將來老天垂憐，讓朕真的有了後人，君貴也永遠都是太子，絕不允許變更！主幼臣強將會是什麼結果，你們幾個都親身經歷過。真的不應該，也沒必要再經歷第二次了。馮樞密，你是天下讀書人之首。過來，記下朕今天的話，替朕廣傳天下。朕，這輩子只有一個太子，就是郭榮。從今往後，誰若是再興廢立之言，朕，必親手斬其頭顱！」

話音落下，擲地有聲。將王峻、王殷等人頓時嚇得臉色煞白，不知道該如何應對！而膽小了一輩子的馮道，卻忽然上前半步，長揖及地，「臣，樞密副使馮道遵旨！臣，大周樞密副使馮道，替天下蒼生，謝陛下仁德！」

「馮可道?」樞密使王峻沒勇氣直接去捋郭威虎鬚，卻有足夠的膽量去威脅任何同僚。立刻轉過頭，對著馮道怒目而視。

再一次令所有人都萬萬沒想到的是，膽小了一輩子的長樂老兒馮道，今天卻突然勇敢了一回。看都不看王峻一眼，單手舉起一隻琉璃杯，大聲宣告：「老臣發誓，寧可粉身碎骨，也將陛下今日之言廣傳天下。如有違背，願如此盞！」

說罷，奮力將琉璃盞擲落於地，頓時摔了個粉身碎骨！

「嘩啦！」清脆的響聲，打破了大堂內的喧鬧，剎那間，將所有目光都吸引了過來。

「今日天光甚早，老臣回去著書了。陛下，諸位同僚，來日早朝見！」平素八面玲瓏，一輩子奉行「唾面自乾」的長樂老兒馮道，像換了個人一般，昂首挺胸，闊步而出。

「好！好！」馬上皇帝郭威，先大笑著撫掌，隨即高高舉起酒盞，「長樂公，朕與你相識這麼多年，唯獨今天，覺得你活得像個男人！來，諸君，飲盛，為可道賀！」

「飲盛，為陛下賀，為大周賀！」鄭仁誨立刻大笑著舉盞，與郭威遙相呼應。

「飲，飲盛！」范質，王溥互相看了一眼，也連忙將酒盞舉到了頭頂。

「飲盛！為陛下賀！」

「飲盛！為大周賀！」

屋子裡大多數賓客都不知道剛才發生了什麼事情，也跟著亂哄哄起身，鯨吞虹吸。

「飲，飲盛！」始作俑者王峻無奈，只能苦笑著舉盞，將酒漿倒灌入喉。

他向來就不是個輕易肯服輸的人，哪怕今天郭威的話語裡，已經隱隱透出了幾分殺機。他不相信，性子急躁，又渾身上下充滿了江湖氣的柴榮，會是一個合格的儲君。正如柴榮從來不相信他王峻是一個合格的當朝首輔。今日之事準備稍顯粗疏，他才不小心輸了一局。而歲月漫長，早晚有一天，他相信自己能令郭威放棄今天的決定，替大周朝，替所有老兄弟，重新安排未來！

「好了，朕在這兒，有人肯定會拘束。朕回去了，君貴，你替小胖子好好招呼賓客！」郭威清楚地瞭解王峻的性格，不想在鄭子明的婚禮上節外生枝。朝所有人亮了亮酒盞底兒，笑著說道。

「起駕回宮！」太監立刻拖長聲音，宣告皇帝陛下的離去。

眾賓客連忙起身相送，待郭威的儀仗去遠，陸續又返回大堂來，繼續開懷暢飲。在場絕大多數人都沒有注意到，就在剛才大夥圍著新郎官勸酒的時候，大周朝經歷了一場怎樣的驚濤駭浪。更沒有意識到，皇帝郭威今天的言語和舉動，將對整個中原的局勢和未來，將造成何等深遠的影響！

酒席從中午開始，延續到月上西樓方才結束。送走了所有賓客，又將爛醉如泥的新郎官鄭子明擺在軟榻上，派僕婦抬進了洞房，柴榮和趙匡胤兩個才終於鬆了口氣，走到專門留給貴客的廂房裡，喝茶歇息。

「王秀峰今日之舉，相當於擺明了陣形，要跟大哥你誓死一戰了。多虧了陛下聖明，當場駁回了他的請求，並趁機再度確定了你的太子之位！」掏出一粒陳摶老祖親手配製的解酒丹，趙匡胤一口吞了下去。然後又狠狠地灌了自己幾大口濃茶，喘息著道。

「范質的性子太軟，王溥的從政時間太短，還沒適應朝堂上的風雲險惡，他們兩個，只能算是被王秀峰強拉著湊數的，不足為慮！」柴榮笑了笑，也掏出一粒醒酒丹放在了嘴裡，一邊慢慢咀嚼，一邊輕輕搖頭。「至於樊愛能、何徽等輩，無非是記恨我到任後，著手清點士卒，淘汰老弱，令他們無法繼續吃一大半的空餉罷了。這種人有奶便是娘，只要這一輪整軍結束之後，多發些糧餉給他們作為補償，就會立刻改換門庭。真正值得重視的，不過是王峻和王殷，而自從老三前往遼東消息被洩漏那一刻起，我與他們二人之間，就已經徹底勢同水火。所以，他們想方設法離間我與陛下的父子之情，絲毫不足為怪。如果哪天他們兩個突然主動向我示好了，那我才真的要提一百二十個小心！」

「這，這，的確！」趙匡胤楞了楞，然後啞然失笑。「的確，他們兩個忽然主動向你示好，才真正值得擔心。不過常言道，三人成虎……」

「沒事，我信義父，正如義父信我！」柴榮端起茶碗抿了抿，笑著打斷，「除了義父的信任之外，其他，歸根結柢都是實力上的問題。如今有義父在，王秀峰和王殷兩個，無論怎麼折騰，都動不了我一根寒毛。而如果哪天義父他老人家若是突然撒手西去，咱們兄弟如果還沒有力氣跟老匹夫王峻相爭，那恐怕就凶多吉少了！」

「絕不會如此。子明、我，還有高懷德，三人足以掌控大半個河北！只要大哥一聲令下，就能揮師南向，讓那群老匹夫見識見識，什麼才是真正的百戰精銳！」趙匡胤立刻接過話頭，咬著牙道。

「還不到那種時候，義父乃行伍出身，身子骨一向硬朗！」見他說得如此斬釘截鐵，柴榮又笑著連連搖頭，「只要義父能繼續在我背後支撐五年時間，我就可以不費一兵一卒，讓王峻和王殷兩個滾回家去養老。你和子明眼下首先要做的事情，不是控制河北，而是繼續按照滄州軍的方式打造精兵。自古以來，贏了內鬥，都算不上什麼本事。能卻異族於國門之外，才稱得上英雄。倘若當年大唐太宗不是打垮了突厥，就憑他殺兄、屠弟、逼父諸舉，與桀紂比肩也不為過！」

「大哥放心！」趙匡胤被說得心懷激蕩，用力拍了下桌案，沉聲許諾，「待返回河北之後，我一定努力輔助子明……」

「不是要你輔助子明，而是你自己也站出來，獨自打造一支新軍！」柴榮擺了擺手，再度笑著打斷，「子明此番獻地分兵，等同於掘了某些人的祖墳，短時間內，必將成為眾矢之的。所以，你這個做二哥的，就得站出來多承擔一些，免得讓他獨自一個人木秀於林。」

「我明白！」趙匡胤笑了笑，欣然點頭，「我明白，大哥儘管放心。就像今晚替他擋酒一般，只要有我在，誰也甭想……」

話說到一半兒，他忽然覺得好像哪裡不太對勁兒。抬手朝自己口袋裡掏了掏，又拿出一粒醒酒丹，在燈下晃了晃，遲疑著道：「咱們倆的醒酒丹是扶搖子所賜，扶搖子是子明的師父，子明怎麼會醉得那麼快？莫非扶搖子老祖給了咱們丹藥，卻唯獨忘記了照顧他這個徒弟？」

「怎麼可能！咱們上當了，這該死的鄭小肥！」柴榮恍然大悟，揮舞著胳膊，哭笑不得，「虧得咱們哥倆還擔心他今晚醉得入不了洞房，這廝，這廝真是……」

「這廝也就表面看著老實！」趙匡胤指著柴榮的鼻子，哈哈大笑，「算了，算咱們倆倒楣。總不能現在闖過去，質問他是不是裝醉？」

「這廝，明天切莫讓我見到！」柴榮無奈地搖頭，撇著嘴，將目光轉向窗外。

窗外，明月懸上了屋子角。流光如紗，照得天地間一片靜謐。幾縷微風托著一片羽毛，緩緩飛出柴榮的視線。緩緩飛過高牆，飛過拱門，然後在花園裡打個轉，輕輕地落在一處亮著燭光的窗口。

窗子內，鄭子明輕輕拉出常婉瑩的髮簪，任憑烏黑的長髮，瀑布般落在奶白色的鎖骨上，濺起漣漪串串。

「看什麼，這麼久了還沒看夠？」常婉瑩笑著抬起頭，雙目流波，紅唇嬌艷似火。

這個時候，說什麼話，都不重要。重要的是，得付諸行動。鄭子明會心地一笑，果斷低頭。眼看著四瓣紅唇越湊越近，越湊越近，窗外竹林後，忽然傳來一聲輕笑：「鄭大哥，兩份蓋頭，你至今只揭開了一個。另外一邊，莫非要等到天明嗎？」

「啊！」鄭子明的身體一僵，所有動作都戛然而止。

「呼延雲！妳當初說好了兩不相幫？」常婉瑩的臉，頓時羞得如同著了火。一個縱身從窗口躍了出去，雙掌化作兩道閃電。

驚呼聲乍起，隨即，化作一陣低低的嬌笑。令聞聽者心中一蕩一蕩，如在春潮之中泛舟。

「相公，你摸摸，他好像在動，他好像真的在動啊！」常婉瑩穿著一襲湖藍色的綢衫，慵懶的躺在一張竹榻上，聲音膩得宛若加了糖霜的酥油。

竹榻很寬，足以並排躺下四個人。而現在，上面卻只臥了她一個。她的丈夫，大周七州節度使，冠軍侯鄭子明，像個鐵塔般站在竹榻旁，一邊用扇子送來習習涼風，一邊咧著嘴巴回應：「當，當然，也不看看是誰的兒子！看，這拳頭，可真有力氣。哎呀，別再打了，再打你娘親就該打你屁股了！」

「臭美，你怎麼知道她就不是個女兒？」常婉瑩自動忽略了後半句「挑撥離間」之詞，溫柔地看著肚子上的小小凸起，目光裡充滿了母性的慈祥。

「男孩，不會有錯！妳夫君我的醫術，如果自認第二，天下誰敢稱作第一？」對於岐黃之道，鄭子明向來自負得很。立刻接過話頭，鄭重補充。

「相公，我發現你越來越自大了啊！」

「這不叫自大，是自信！」

「咯咯，咯咯……」

低低的笑聲在四下裡響起，眾侍女盡力轉過頭，捂住嘴巴，以盡可能地對宅邸的男主人保持尊敬。

胎動，懷孕期最常見不過的胎動，卻給滄州城的冠軍侯府內，平添了無數歡聲笑語。七州節度使大人有後了，十有七八是個男嬰！太子殿下已經將汴梁城內最好的穩婆打發了過來，澤潞節度使乾脆直接送來了整整五十名年輕力壯的僕婦。符老狼送來了蒲扇的玉璧兩對兒，高白馬贈了拳頭大的金鎖一把，外加上好的蘇綢百匹。趙匡胤、高懷德和符昭序三位節度使，則各自送來了駿馬十匹，牛羊百頭。這孩子，在娘胎裡，就注定要受到無數人的關愛，受到成千上萬人的祝福。

然而，世事向來是福禍相依。冠軍侯府邸，乃至整個滄州，自開春以來就好事不斷。但放眼大周全國，卻能看到無數縷愁雲慘霧正在迅速向汴梁凝聚。

首先，今年剛剛開春，許州一帶便有地龍翻身，幾個彈指功夫就毀掉了民居數萬，令百姓死傷枕籍。

其次，三月份的一場倒春寒，令汴梁和長安等地的麥子，盡數遭殃，地方官員雖然全力補種，夏糧歉收的局面，卻在所難免。

最後，也是最可怕的，則為滂沱暴雨。自打進入了四月，關中、隴右一直到洛陽，大雨下起來就未曾間斷，年久失修的黃河大堤，如今已經多處出現了險情，一旦決口，必將導致流民萬里。

好在皇帝和百官，大部分都出身於底層，通曉民間疾苦，並且親眼目睹過流民的驚人破壞力。所以早早地就命令各級官府，開倉放糧，安置受災百姓。然而，剛剛才建立了一年多的國家，哪裡來如此多的糧食物資儲備？轉眼間，黃河沿岸各地的府庫就都見了底兒，而無家可歸的百姓卻越來越多，並且不斷向汴梁周圍的城池靠攏。

「大兄、秀峰、可道，如果朕將雄、滁、雄、泰四州，割給南唐，是否能換回足夠的稻米，讓大周熬過下一個冬天！」面對日漸窘迫的局勢，大周皇帝郭威愁得夜不能寐，思前想後，終於做出了一個最為痛苦的決定，割地，以土地向南方的敵人換取存糧。

「陛下，請慎言。」樞密使王峻聽到郭威如此說話，立刻起身規勸。「去歲慕容彥超勾結偽唐入寇，將士們捨生忘死，付出了上萬條性命，才終於將賊兵擊潰，並趁機將邊界推到了長江之畔。如今陛下卻為了區區幾船白米，就把四州之地盡數送出。如此，將置當日血戰而死的英魂於何地？三軍將士聞聽此訊，今後哪裡還有士氣再為大周而戰！」

「陛下，臣也以為，以地換糧的想法不妥！」鄭仁誨的性子遠比王峻沉穩，但話語裡所表達出來的反對態度，卻是同樣的堅決。「眼下沿河各州縣的官庫雖然已經見底，但晉州、澤潞、洺州和冀州等靠北之地，卻還沒受到水災波及。朝廷下令從這些地方調集些錢糧，遠比向偽唐乞討來得簡單。況且那偽唐皇帝李璟雖然暗弱，卻遠算不上昏庸。越是這當口，越恨不得我大周餓殍遍地，絕不會因為區區四州，就放棄對我大周落井下石！」

「與其謀糧於偽唐，不如借糧於偽楚。那偽楚如今正值內外交困，若陛下肯主動向其示好，贈送其一些甲冑刀矛，換回幾百船白米應該不成問題。」樞密副使馮道，向來不喜歡跟人爭執。沉吟了片刻，低聲說出一個替代方案。

「那倒不如直接跟偽楚結盟，然後陳兵江北。令偽唐的兵馬，不再敢繼續深入楚地！」王峻難得一次沒直接跟馮道對著嗆，而是先橫了此人一眼，隨即皺著眉頭補充。

如今天下除了大遼、北漢和大周之外，長江以南，還盤踞著南唐、吳越、荊楚、南漢，等諸多割據勢力。這些割據勢力之間彼此攻伐不斷，卻給江北的大周留下了許多合縱連橫之機。

「陳兵江北，圍魏救趙，這倒是不錯的辦法！」郭威是個馬上皇帝，立刻看出了王峻的提議確實有可行之處，騰地一下站起身，大聲問道：「就是不知道，荊楚出不出得起這筆救命的費用？還有，朝中何人能替朕前往荊楚一行？」

樞密使王峻，等的就是他這一問。趕緊笑著拱了拱手，不慌不忙地回應道：「人選，倒是現成的，就看陛下捨得捨不得了！太子殿下當年替陛下督辦軍資，將荊楚、偽唐、南漢和吳越等地，都走了個遍。如果陛下能捨得太子親自出使荊楚，一則足以顯示我大周對結盟的誠意。二來，以太子對荊楚的熟悉程度，也容易從其內部找到幫手，促使盟約儘快達成。是以，臣，樞密使王峻，舉薦太子出使荊楚，為千萬災民，早日謀取救命之糧！」

「啪！」話音剛落，郭威已經氣得將一隻茶盞擲到地上，摔了個粉身碎骨。「王秀峰，你不要欺人太甚！朕一再跟你說，朕這輩子，只會立君貴一個太子。君貴平素，也對你禮敬有加，你，你，你為何非要將他往絕路上送？」

「啊！」第一次被郭威如此對待，樞密使王峻著實被嚇了一跳。然而，接連退開數步之後，他卻突然把心一橫，梗著脖子反嗆道：「臣有罪，臣蓄意謀害太子，罪不容恕！請陛下命侍衛將臣拿下，推出午門，亂刃分屍！」

「你，你……」郭威手指王峻鼻尖兒，眼前一陣陣發黑。如果做了皇帝就可以肆意妄為，此刻他真的想命令身邊的侍衛們一擁而上，將樞密使王峻剁成肉泥。然而，心中尚未被怒火焚成灰燼的那部分理智卻清晰地告訴他，不能那麼做，那麼做，結果必然是天下大亂！

王峻乃當朝首輔，王峻曾經與國有功。並且王峻身後還站著王殷、樊愛能、何徵等若干宿將勳臣！

「朕不是劉承佑，你，你也做不了史弘肇！」牙齒用力咬了幾次嘴唇，郭威強迫自己冷靜下來，收回手指，喘息著補充，「朕，朕不殺你。但，但今天，王秀峰，你要是拿不出切實理由。朕，朕就是拚著被全天下人恥笑，也，也必，必將你逐出汴梁！」

「臣樞密使王峻，謝陛下不殺之恩！」王峻今天也是徹底豁了出去，又向郭威做了揖，冷笑著道：「陛下剛才問臣，朝中何人能替陛下前往荊楚一行。陛下卻沒說，不准推薦太子。陛下更沒說，千萬流民的性命，抵不上太子一個！」

「你……」郭威被氣得眼前又是一黑，想要批駁，話到了嘴邊上，卻一個字也說不出口。直憋得額頭上青筋亂蹦，汗珠順著面頰淋漓而下。

他雖然出身於行伍，在登基之後，卻一直努力想做一個愛護百姓的有道明君。而一個有道明君，無論如何，都不能認為自家兒子的小命，高於千萬百姓。哪怕心中這麼想，也不能公開宣之於口！否則，一旦傳揚開去，就會立刻變成獨夫、民賊，天下人都有資格起兵驅逐之。

君臣兩個正僵持不下間，副樞密使馮道忽然湊上前來，朝著郭威深深施禮：「陛下，老臣以為，太子並非最好出使人選。」

「長樂老兒！」沒想到素來膽小的馮道，居然一而再，再而三地主動跳出來跟自己過不去，王峻登時被氣得兩眼冒火，「此乃涉及我大周國運和千萬生靈之事，你休得胡言亂語！」

「樞密使應該知道，老夫向來不說妄言！」馮道朝著他微微一笑，將撲面而來的殺氣當作和煦春風，「太子當年化名經商，所結交的都是販夫走卒以及那些上不得檯面的市井之徒。這些人，根本沒資格染指荊楚馬氏的朝政。而老夫，故交卻遍布江南。若蒙陛下不棄，委老夫以出使荊楚的重任。必能促成兩國結盟，為大周，為千萬受災百姓，換來喘息之機！」

一番話，說得不卑不亢，有理有據。登時，就令王峻眼睛裡的凶光黯淡了下去。而大周皇帝郭威，則被感動得虎目含淚。伸出蒲扇大的巴掌，一把拉住馮道的手，哽咽著道：「太師，你，你的心意，朕領了。但荊楚悶熱潮濕，瘴癘橫行。而你又已經年逾古稀……」

「呵呵，陛下何出此言？」馮道輕輕掃了郭威一眼，搖頭而笑，「昔日蜀漢黃忠七十還能沙場爭雄，戰國名將廉頗七十還能一餐斗米，臣不過是去與荊楚俊傑喝喝酒，以文會友，又不用提刀子與人拚命，七十歲和五十歲能有什麼區別？」

說著話，從郭威的掌心掙脫自己的手，退開兩步，正色請纓，「臣，樞密副使馮道，願為陛下出使荊楚。請陛下莫嫌臣老邁，不吝委以重任！」

「好，好！」郭威也收起臉上的憤怒與不捨，鄭重點頭，「朕准了，准了。可道，儘管回去準備。明日一早，朕帶領百官為你送行！」

「謝陛下！」馮道再度躬身，給郭威行了禮。隨即，又抬起頭，看了看滿臉不甘的王峻，轉身闊步離去。

「老不死，老匹夫，老佞賊！」如果目光可以殺人的話，此刻的樞密使王峻，真恨不得用目光將馮道千刀萬剮。但是，既然目光無法殺人，他費盡心力為柴榮所挖的陷阱，又因為馮道的介入而失去了效果，他就只能暫且壓下心頭的殺意，重新布置其他毒餌。

「陛下，老臣先前之言，的確有些急躁了。比起太子，可道的確是更恰當的出使人選！」將目光從馮道的背影上收回，樞密使王峻笑了笑，非常意外地主動向郭威賠禮。「但老臣也是無心之失，還請陛下寬宥則個！」

「算了，咱們君臣，不說這些客氣話！」看著臉上根本沒有任何悔意的王峻，大周皇帝郭威打心眼裡頭感覺到一陣陣乏力，揮揮手，苦笑著道。「反正你秀峰兄，也不是第一次當面頂撞朕了。朕，朕早就已經習慣了！」

「多謝陛下寬宏！」王峻立刻打蛇隨棍子上，先微微一躬身，然後笑著補充，「然而，老臣卻依舊以為，借米與結盟，都是治標不治本之舉。若想平息水患，陛下還得從源頭上想辦法！」

「嗯，此言有理！」郭威楞了楞，反應速度多少有點兒跟不上王峻的思維變化節奏。「今年春夏多雨，秋天卻未必。待入了秋，水位退下去一些之後，朕就立刻派人……」

「陛下，臣不是這個意思！」話才說了一半兒，王峻已經毫不客氣地打斷，「陛下，臣說的，不是修補河道。修補河道，只能令水患緩解。但想要風調雨順，卻需要下安黎庶，上禮蒼天！」

「安民，禮天？」郭威又被說得微微一楞，皺著眉，臉色再度漸漸變冷，「秀峰，你且說說，朕登基以來，都有哪些不敬蒼天之舉。令老天爺除了地震就是水災，不停地折騰朕？」

「陛下，你應該知道，微臣對你忠心耿耿。」王峻絲毫不在乎郭威的臉色，笑了笑，大聲強調，「臣以為，不敬蒼天的並非陛下，而是另有其人。自古以來，巨鯤從不上岸，上岸必有大災。而如今，您看這汴梁城中，賣的是鯤油，吃的是鯤肉，玩的是鯤骨。東海鯤鵬一族，每年被捕撈上岸者不計其數。也難怪蒼天震怒，暴雨滂沱！」

「這，秀峰，這種無稽之談，怎能，怎能拿到朕的書房中來！你，你可是我大周文臣之首！」沒想到王峻剛坑完了太子，轉過頭就又咬上了鄭子明。大周皇帝郭威被氣得身體晃了晃，反駁的話脫口而出。

鯨油那東西如今在汴梁城內很常見，皇宮內一些不太重要的地方，晚間也多用此物當作燈油來照明。雖然味道有些腥，所發出的光芒，卻遠比菜油燈明亮。更關鍵的是，鯨油價格還不到菜油的一半兒，可以為皇家節約大筆的開銷。

對於鯨肉，郭威更不陌生。此物味道極差，無論如何烹製，都蓋不住那種天生的腥臭氣。但汴梁城內醃鯨肉的價格，卻和鯨油一樣便宜得嚇人。豪門富戶不願意吃，對於常年連碗羊雜湯都喝不起的窮苦百姓來說，卻是難得的腥葷。花幾文銅錢買上一大塊，就可以讓全家人大快朵頤，並且連鹽錢和油錢都能省下不少，實在是一舉三得。

只有鯨魚骨頭，郭威對其實在提不起任何興趣。質地遠不如象牙，雕出來的物件，卻賣得跟象牙一樣貴。眼下汴梁城內漸漸颳起的奢靡之風，有一小半兒，恐怕都與此物有關。特別是那些身經百戰的老將們，家門口如果不擺幾根鯨魚肋骨做裝飾，簡直就覺得要低人一等。而越粗越長的鯨骨，價格也賣得越貴，超過一定長度之後，甚至到了以分論價，一分萬錢的地步。與朝廷崇倡節儉的號召，完全背道而馳！

可鯨骨賣得再貴，也跟普通百姓生活無關。尋常百姓家門口沒那麼大，用不到鯨魚肋骨做裝潢。尋常百姓家的長輩，也不會由著子女們將來之不易的銅錢隨便糟蹋，去買那中看不中用的敗家玩意兒。至於汴梁城裡的高門大戶，鄭子明拿鯨魚肋骨賺他們的錢，郭威才不會感覺心疼。反正那些錢即便不花在毫無用處的鯨魚骨頭上，也會被揮霍在別的地方。還不如全被鄭子明賺了去，好歹能有一部分用在滄州軍身上

「陛下，這可不是什麼無稽之談。」王峻才不管郭威對鯤油、鯤肉和鯤骨這三樣火遍中原的新鮮事物到底瞭解多少，梗著脖子，大聲強調，「莊子有云：北冥有魚，其名為鯤。化而為鳥，其名為鵬。怒而飛，其翼若垂天之雲。而佛經亦有云，鵬以龍為食，雙翅可分開海水，擒龍而食其肉，一日可餐龍五百。而龍主司天下之水，東海之幼鯤皆被滄州水軍所殺，鵬鳥之數量必然會減少。沒有鵬鳥吞吃江河之龍，龍自然會肆虐成災。是以，今年先有地龍翻身，然後又是暴雨不斷……」

「噗哧！」沒等王峻將精心編造的理由說完，韓郡侯鄭仁誨已經忍不住笑出了聲音。

他為人忠厚，素來也不願攙和朝堂上的權力之爭。可今天王峻做的，也實在過於丟人。堂堂大周樞密使，一朝文臣之首。居然用坊間傳言和佛經故事，來攻擊早就主動放棄了兵馬大權的鎮冀節度使，真不知道此人是太自信，還是太愚蠢！

「笑什麼，韓侯，莫非你可以擔保，那鄭子明真的甘心做一個名不符實的鎮冀節度使，從此對陛下，對大周永遠忠心耿耿？」王峻立刻像一頭被踩了尾巴的野狗般扭過頭，朝著鄭仁誨大聲咆哮。

「行了，秀峰，你不用朝我叫嚷，你的心思我明白！」鄭仁誨是個厚道人，卻不意味著他會像馮道那樣信奉唾面自乾，搖了搖頭，冷笑著打斷，「無非是擔心鄭子明得了大量錢財之後，暗中擴軍，圖謀不軌罷了。可你要收拾他，至少也拿出些像樣的憑據來。把鬧地震和發洪水的責任，都推到他頭上，未免，未免有些過於，過於不擇手段。一旦傳揚開去，你王峻不怕成為天下人的笑柄，滿朝文武，卻不能跟著你一起遭世人戳脊梁骨！」

「胡說，你胡說！」王峻被羞得老臉發紫，揮舞著胳膊，大聲辯駁，「你，你怎知水患就一定跟他肆意撲殺巨鯤無關！歷朝歷代，有哪個像他一般，駕駛巨舟，在滄海中肆意往來？古語云，鯤鵬死而諸侯薨，那年他剛剛開始出海撲殺幼鯤，劉承佑立刻在汴梁殺死了史弘肇、楊邠和王章……」

「那是劉承佑自己愚蠢殘暴，與鄭子明撲殺鯨魚怎麼能扯上關係？」鄭仁誨笑了笑，撇著嘴打斷，「倘若鯤鵬一死，就有諸侯薨。那鄭子明去冬和今春，光是賣到汴梁城裡的鯨魚骨架，就有二三十具。怎麼沒見到全天下擁兵自重的諸侯都相繼死掉，讓朝廷省去許多麻煩？至於鯤鵬獵食蛟龍之說，更是無稽之談！若鯤鵬以龍為食，那鄭子明屠殺幼鯤，恰恰是在替蛟龍報仇。天下蛟龍應該感激他都來不及，怎麼可能再來胡亂下雨，鬧得民不聊生？」

幾句話，說得聲音不算高。卻是實實在在的，以子之矛，攻子之盾。登時把個王峻給駁得找不出半個字來回應。一張老臉由紅轉紫，由紫轉黑，咬著牙楞楞半晌，才艱難地補充道：「你，你簡直是在胡攪蠻纏。你，你只看到了鄭子明他，他交出了三州之地和三州兵馬大權，卻，卻根本不清楚，如今滄州軍強大到了何種地步！如果，如果陛下繼續養虎為患，早晚，早晚必被其掉頭反噬！」

「樞密使大人，說話得有憑據。總共五千水軍，一萬馬步兵卒，你倒是跟我說說，朝廷怎麼個養虎為患法？」鄭仁誨原本不想跟王峻太較真兒，但實在受不了此人信口雌黃，又撇了撇嘴，冷笑著反問。

「憑據？你要憑據？好，王某就拿給你看！你可知道，兩個月之前，鄭子明麾下心腹潘美帶著兵馬巡視漳水，正遇到某支幽州軍南下打草穀之事？」王峻的眼睛突然一亮，站直身體，虎視鷹盼。

「當然，送往樞密院的告捷文書上有。潘美率眾迎戰，大破之，追殺至漳水河對岸三十里，奏凱而歸。」鄭仁誨不知道王峻忽然問到此事，是什麼意思，想了想，如實回應。

「告捷文書上說，生擒敵軍將士幾人，斬殺幾人？」王峻的目光頓時變得更加犀利，就像兩把有形的刀，直刺對方心窩。

鄭仁誨被問得微微一楞，沉吟了片刻，低聲回應「生擒，生擒七十，斬殺，斬殺三百上下吧。數量的確少了些，但追過漳水河對岸，卻貨真價實。」

「當然是貨真價實。老夫根本不擔心鄭子明謊報軍情，而是，而是，而是沒想到潘美在敵我數量如此懸殊的情況下，還能將幽州軍打得望風而逃！」

「喔？眾寡懸殊？潘美當時身邊帶了多少滄州軍？」聞聽此言，不但鄭仁誨有些震驚了，郭威也扭過頭來，滿臉困惑地詢問。

當初滄州軍送來的捷報之時，大家伙兒誰都沒拿此戰太當回事。細作早就探明，遼國皇帝耶律阮去年秋天死於內亂，眼下遼國內部幾位勛貴正為了爭奪皇位，大打出手。精兵強將，死傷無數。短時間內，遼軍根本無力南侵。是以，幽州軍與滄州軍之間的戰事，只能算作邊境上的小打小鬧，根本不值得朝廷過度關注。

「你們可知，當日潘美身邊有兵馬幾何？」見自己終於成功地引起了郭威的關注，王峻抖擻精神，繼續大聲反問。

並非自己嫉賢妒能，一心要找鄭子明麻煩。而是，而是此子成長的實在太迅速了。萬一讓其繼續做大，並且與太子內外勾結。他日郭威西去，自己和一干老弟兄，將要如何才能容身？

「兵馬幾何？既然秀峰嘴裡能說出懸殊兩個字。想必知道具體數量！」郭威接過王峻的話頭，遲疑著說道。

「鄭子明在捷報上，根本沒說實話。陛下！」王峻忽然眼睛一紅，彷彿受到極大的委屈般，啞著嗓子補充，「別人都是謊報戰功，他卻反其道而行之。據河北那邊的傳聞。當日，潘美只是率領一個百人隊沿著河岸做例行巡視，恰逢三千餘幽州軍已經過了浮橋，正在列隊整軍。而那潘美當即喜不自勝，帶領百人弟兄縱馬直撲其帥旗。大破之，殺其武將十，斬首數百，幽州軍自相踐踏，落水而死者，不計其數！」

「啊——」鄭仁誨倒吸一口冷氣，心中頓時騰起驚濤駭浪

他替郭威籌劃軍務多年，對幾個主要對手的實力都非常瞭解。幽州軍戰鬥力固然比不上契丹，三千越境打草穀的人馬裡頭，固然沒多少為戰兵主力，可被一百滄州軍打了個落花流水的結果，依舊遠遠超出了他的想像。

要知道，眼下大周境內，能跟同等數量幽州軍在戰場上一爭短長的隊伍，也只有那麼區區三五支。而眼下滄州軍卻有一萬馬步軍，五千水師……

「哼，知道麻煩了吧！更麻煩的還在後頭呢，據王某派人暗中查訪，那潘美的本事，在鄭子明麾下根本排不上前五！」見鄭仁誨被驚得神不守舍，王峻終於狠出了一口惡氣。撇撇嘴，繼續大聲補充，「王某拿龍王說事兒，你笑王某丟人，笑此舉不該是當朝首輔所為。可王某忌憚滄州軍的戰鬥力這種事，又怎麼能擺在明面上？」

一句話說罷，他忽然覺得鼻子發痠，眼眶陣陣發燙。自己明明就是一心一意為了大周，為了天下百姓。而

此時此刻，非但滿朝文武當中很少人能理解自己的苦心孤詣，連皇帝郭威，也對自己產生了許多誤解，認為自己單純地就是嫉賢妒能！

嫉賢妒能，嫉賢妒能，王某人已經身為當朝樞密使了，犯得著嫉妒一個小小的地方節鎮嗎？王某，王某人還不是為了避免大周境內，除了符老狼、高白馬和常肥狐之外，再出現第四個尾大不掉的諸侯？王某人還不是為了避免你郭威百年之後，姓鄭的趁機起兵，令江山動蕩，百姓生靈塗炭？

「天！那小子居然把滄州軍，整訓到了如此地步？秀峰，你確定傳言屬實？」正委屈得即將落淚之時，耳畔終於傳來的郭威的聲音，好像剛剛睡醒一般，又好像故意而為之，「如果朕，如果朕當初麾下有這樣一群虎狼之士，又何必用築城的笨辦法去對付那李守貞？直接將其騙出城外，一鼓而擒便是。既能贏得乾脆俐落，又能節省朝廷錢糧！」

「陛下！」王峻眼眶中的淚水，立刻就被怒火燒乾。抬起頭，死死瞪著郭威的臉龐，雙臂用力揮動，「是滄州軍，鄭子明的滄州軍。石重貴眼下據說就住在滄州附近的海島上，而鄭子明與常思的女兒，也即將生下一個兒子！」

「是啊，朕知道這事兒，朕已經讓君貴代朕送過賀禮了！」彷彿根本聽不懂王峻在說什麼一般，郭威繼續笑著點頭。「常思的幾個兒子，都是庸碌之輩。兩個女兒卻一個比一個聰明，一個比一個大氣。朕現在真的很後悔，當初沒聽了你的話，認常婉瑩做乾女兒！」

「陛下，臣不是跟你在說笑話。常克功與鄭子明翁婿日後若是聯手……」聞聽此言，王峻的雙臂揮舞得更急。恨不能衝上去，狠狠抽郭威幾個耳光，令此人恢復警惕和清醒。

「好了。」郭威朝著他輕輕搖頭，隨即走到案後，「撲通」一聲坐了下去，將身體慵懶地後仰，「滄州軍再強大，也是大周的兵。朕絕不會做那種，自毀棟梁的事情。君貴有句話說得好，咱們用人，不能專用本事不如自己的。否則，就是罐子裡養王八，越養個頭越小。根本不用去想光復燕雲，重整九州。」

「陛下……」王峻又急又氣，終於按捺不住，前衝數步，雙手扶住郭威的書案，如一頭豹子般低著頭咆哮，「前提是，你得有本事掌控此人得住。否則，就是在玩火，早晚有被……」

「怎麼，秀峰兄，你認定了朕沒本事，掌控不了鄭子明嗎？」郭威仰起頭，再次打斷了王峻的話，眼睛正對王峻的眼睛。

他這次沒有動怒，但目光卻如冰水，直接灌進了王峻心底。令後者立刻就打了個哆嗦，鬆開桌案角上的胳膊，緩緩後退，「陛下，你應該知道我不是這個意思。全天下，我王峻只佩服幾個人，而你……」

「我恰是其中之一，對嗎？」郭威將身體慢慢坐直，一股無形的霸氣，從背後散發出來，像泰山般壓向王峻的頭頂，「秀峰兄，朕知道你對朕忠心耿耿。朕也相信，你都是為咱們這群老兄弟而謀。但是，秀峰兄，朕現在是一國之君，而你，是一國樞密使。你，我，還有王殷他們，都不再是一群拎著刀子搶飯吃的兵痞。咱們不能看誰不順眼，就立刻拿刀剁了他。那咱們就不是什麼皇帝和百官，而是一群剛剛打下了個大寨子，坐地分贓的土匪！甚至連土匪都不如，好歹，土匪還知道作戰奮勇者領頭功。好了，朕不想再聽你提鄭子明的任何事情了，除非，除非你有足夠的證據，證明他真的圖謀不軌。」

「這，這……」王峻被壓得說不出話，雙拳緊握在腰間，骨節處隱隱發白。

「臣等告退。」鄭仁誨怕他繼續跟郭威爭執下去，鬧出不必要的麻煩。趕緊上前半步，躬身大喊。隨即，輕輕拉了一下王峻的衣角，帶著滿臉不甘的後者，快步而出。

「呼！」看著一前一後走出的兩人，郭威長長吐氣。

關於鄭子明，關於這個擁有曠世之才的子侄，要說他心裡沒有一點戒備，那肯定是瞎話。但是，鄭子明軍隊和基業，都是在大周朝的公開允許規則之內，憑本事換回去的。整個過程中，沒有得到過絲毫優待，平心而論，朝廷對其還虧欠頗多。

在這種情況下，如果朝廷僅憑著「鯤鵬撲食蛟龍，蛟龍司雨」的瞎話，就對鄭子明痛下殺手。恐怕所失去的就不是一鎮強軍，而是全天下能臣良將的忠心。

要驍勇善戰，還要驍勇善戰得恰到好處，既能為國家打敗入寇的敵軍，還不能讓朝廷對其本事感覺忌憚，否則，就要丟官罷職，甚至身首異處！這個度，也太難拿捏！即便是神仙，恐怕也無法做到！

而他郭威，卻是人間帝王，麾下統領的全是凡夫俗子，不是什麼妖魔鬼怪！

登基這十七八個月以來，郭威已經改變了許多，但是作為一個將軍的基本信念卻沒有變化。那就是，有功就要賞，有過就得罰，賞罰必須分明。不能憑藉個人喜怒，降罪屬下。否則，手中隊伍就會士氣大降，麾下弟兄們就會不知所措。

所以，對與滄州軍在戰場上的卓越表現，郭威只能為之驕傲，為之喝彩，卻絕不能像王峻所挑撥的那樣，因嫉生恨。更何況，當初鄭子明面對遼國的反間計，乾脆俐落的直接交出軍權，抽身而去的表現，已經讓郭威明白，此人所作所為，絕不能用老一輩的常理而度之。

如果朝廷真的蠻不講理，對其橫加打壓的話，郭威相信，結果可能不會是鄭子明繼續選擇忍辱負重或者主動交出更多兵權。那個看似軟弱謙卑，實則內心極為堅強驕傲的少年人，即便看在與柴榮的友情份上，不選擇造反，恐怕大怒之下，也會拂袖而去。從此江南塞北，肆意逍遙。

這天下，可不只有大周一國！也不會因為大周占據了中原和汴梁，就理所應當被視為正統。還有南唐、荊楚、西蜀，甚至冒認劉邦後人的大遼。鄭子明如果離開大周，無論去其中哪一家，對方恐怕都會虛位以待。退一萬步講，即便鄭子明誰也不去投奔，從此泛舟海上，與常婉瑩兩個做了一對快活神仙。受損失的也是大周一國，其他幾國君主聞訊之後，恐怕個個都會撫額相慶，進而將頭扭向汴梁，滿臉鄙夷！

「陛下，太子求見！」兩名當值的太監快步入內，附在郭威耳畔，低聲彙報。

「讓他直接進來就是，求什麼求？」郭威肚子裡尚有餘火未消，扭過頭，沉聲喝令。隨即，又匆匆改口，

「請，速請太子進來，順便吩咐廚房弄些酒菜。朕已經很久沒跟太子一起用膳了！」

「是！」太監們行了禮，匆匆退下。郭威自己，則收拾起紛亂的心神，慘笑著搖頭。

孤家寡人，怪不得做皇帝的都自稱是孤家寡人。如今昔日的老兄弟們各懷肚腸，滿朝文武當中大多數也只顧著各自眼前那一畝三分地，真正能跟自己說上幾句實在話，並且將自己當作長輩尊敬的，也只剩下了太子一個。而太子，卻因為不是自己親生，至今得不到王峻、王殷等一干老臣的承認，萬一哪天自己駕鶴西去，這汴梁城內，恐怕又一次要血流成河！

不！他用力搖頭，心中同時發出痛苦的悲鳴！

他不想殺人，尤其不想對老兄弟們動刀，哪怕明知道有些老兄弟，早就跟他不再是一條心。這麼多年來，大夥相互扶持著，才走到今天。曾經並肩而戰，也曾經為彼此遮箭擋刀。多年生死與共的情分，不該如此輕易就被權力給碾成齏粉。君臣之間，應該有更好的結局。不應是動不動就拔刀相向。

他不想做第二個劉知遠，更不希望自己的義子做劉承佑。劉知遠臨終前還算計老兄弟的滋味，未必好受。劉承佑寧可冒著無人可用的風險，也發狠將股肱老臣全部殺光的舉動，更是愚昧至極。如果這些事情再一次重複，他郭威起兵取代劉承佑，除了報家人血仇之外，還有什麼意義？

一樣的死不安生，一樣的血流成河，除了將旗子上的姓氏從劉改成了郭，大周和後漢，哪裡有半點兒不同。

「父皇，是不是還在為水災而煩惱？沒必要，兒臣這裡已經有了一個切實可行的對策！」柴榮的聲音從門口處傳來，伴著微風與陽光。

「噢，我兒，你有辦法了。趕緊坐，坐下跟為父說個明白！」郭威的精神頓時為之一振，站起身，迫不及待地發出邀請。

「兒臣見過父皇，願父皇身體安康！」柴榮笑了笑，不緊不慢地給郭威行禮。

「安康，安康，你也安康！」郭威心裡分明受用得很，卻嗔怪著揮手，「起來，別多禮。都給你說過多少次了，咱們父子之間，用不著這些虛頭巴腦的東西。」

「兒臣今天要說的是國事，所以才鄭重一些！」柴榮笑著解釋了一句，快步上前，將一幅極為寬大的皮紙輿圖，擺放在了御書案上，迅速展開。

一條長河在紙上躍然而出。孟州、滑州、澶州、博州、齊州，還有棣州、濱州，所有沿河州郡以及長河中下游的地形、地貌，皆畫了個一清二楚。在幾處水患嚴重區域，還用彩墨勾出了幾個圈子，並且標明了一大串細小的數據。

「這是什麼？」郭威的目光，頓時被彩墨所圈定部分吸引，皺了皺眉，低聲道。

「蓄洪區，或者說，是借助這次水患，專門開鑿出來的人造湖泊。雨多時，可以蓄水洩洪。天旱時，就可以取水灌溉附近的田土！」柴榮早就做足了功課，笑了笑，帶著幾分自豪解釋。

聞聽此言，郭威的眉頭頓時皺得更緊，沉吟半晌，繼續猶豫著問道：「那豈不是說，人要為河水讓路？已經被河水沖毀的村寨，從今以後，將永遠沉沒於水下，不見天日？」

「不是所有吧，但至少一小半兒會是這樣！特別是靠近黃河兩岸的地段。」柴榮迅速收起笑容，低聲回應，「但兒臣以為，朝廷根本沒必要非跟河水爭個高低。咱們大周，眼下最缺的是人，而不是田土！」

「這……」郭威的身體頓時一僵，隨即，眉頭舒展，苦笑連連。

魔怔了，自己真的魔怔了。只想到了黃河氾濫，吞噬了兩岸太多的良田。卻忘記了，歷經七十餘年戰亂，中原百姓比起盛唐時，早已十不存一。眼下汴梁附近，還有大片大片的無主荒地沒人去種，朝廷又何必冒著反覆決口的風險，去跟黃河爭那幾十萬畝已經被洪水吞沒的土地？還不如留在那裡，讓其徹底成為一座座湖泊。正如柴榮所說，下雨時蓄水，乾旱時灌溉，一舉兩得。

「此次水患，據兒臣推測，一方面是因為天降暴雨而河堤年久失修，另外一方面，則是因為上游的河水中，泥沙越來越多。到了下游不斷淤積。所以，留出幾處湖泊的好處，還可以用來沉積泥沙。免得河道越修越高，最後徹底修無可修！」知道郭威已經初步理解了自己的想法，柴榮用手指在輿圖上點了點，繼續低聲補充。

此時黃河中下游河段的水面都低於地面，並且水量充沛到足以行駛巨舟。所以，很少有人注意到，水患其實與下游河道的不斷抬高，息息相關。更沒有人想到過，該怎樣來減少泥沙的含量，防患於未然。

身為大周朝的皇帝，郭威的眼界，無疑比普通人開闊得多。但是，他也無法理解，河水當中含泥沙量與水患之間的因果關係。不過，既然開鑿人工湖泊，可以兼具抗洪和抗旱的功能，在他看來，沉積泥沙的作用，就屬添頭了。有，則更好，沒有，也無關緊要。

「還有，兒臣查閱史冊，黃河好像每間隔百餘年，就會有一次改道。每次改道，都會造成一場大災。如果父皇決定治水，兒臣建議，乾脆於博州和齊州之間，開鑿一條河道出來。勾連黃河與濟水！如此，一旦下次來了更大的洪水，超過了沿岸湖泊的蓄水能力，則打開河閘，讓一部分黃河水分流到濟水中，雙道入海。如此，可保我大周，百年之內，再無黃河決口之憂！」稍微等了一下郭威的反應速度，柴榮又點了點輿圖，朗聲提議。

「這……」郭威的眉頭再度緊皺，雙目當中，宛若有兩團烈火在熊熊燃燒。

百年無黃河決口之憂！真的能夠做成，即便自己生前無法一統九州，在史冊上，也必將留下濃重的一筆。功業無法跟秦皇、漢武相較，但遺澤，絕對不輸隋文、唐高。注一

只是，又要開鑿人工湖泊，又要挖掘連通黃河與濟水之間的溝渠，其耗費之巨，恐怕將遠超朝廷這幾年賦稅所得。而眼下光是賑濟災民，已經淘空了各地府庫，哪裡還能挪出錢糧來，為如此浩大的工程提供支撐？所以，圖畫得再好，也終究不過是紙上談兵罷了！太子終究還是過於年輕，不像王峻等老臣，知道量入為出，量力而行……

想到這兒，郭威忍不住閉上眼睛，搖頭長嘆：「唉，君貴，難為你了。咱們大周如今窮得……」

「父皇，兒臣不需要朝廷支付任何錢糧。」彷彿早就料到郭威會為「無米下鍋」而為難，柴榮笑了笑，大聲打斷，「兒臣臨入宮之前，有人教了兒臣八個字，『以工代賑，賣地換錢』。若是父皇肯將治河之事，盡數委托於

兒臣。兒臣保證，五年之內，湖泊河渠盡數完工，而從始至終，不拿國庫一分一文。」

「以工代賑？讓災民們自己出力去修河挖渠？對啊，朕怎麼沒想到這一招！」郭威先是微微一楞，旋即跳了起來，抬手狠狠拍自己的腦袋！「朕還一直擔心呢，那麼多無家可歸的流民，整天吃飽了沒事兒幹，被人一煽動，肯定要鬧事。而不給他們飯吃，肯定其中老弱會先餓死。以工代賑！以工代賑！想養家餬口就趕緊給朕幹活，每天幹活累個半死，誰還有心思瞎鬧騰！」

「還有賣田換錢，將黃河南北各州的無主之田，公開發賣給富豪！這個也很關鍵！」柴榮笑著拉了自家義父一把，然後繼續補充。「我大周如今是荒地多，人口少。而朝廷一直實施的，又是每丁十五畝的授田令。所以一些大戶人家，空有錢財，卻沒資格多占田產。而小家小戶，既沒有餘錢，也沒有力氣去開荒。如此下去，恐怕沒有三五十年太平光景，即便是洛陽、長安附近，也恢復不了史書上所載的那種，良田連綿如錦的景象！」

「的確，連續打了七十年的仗，把人丁都打光了。唉！」郭威咧了下嘴，搖頭苦笑，「一時半會兒，怎麼可能恢復得起來？賣吧，誰能多種就儘量種，總好過讓田地都荒在那！不過……」

猶豫了一下，他壓低聲音，帶著幾分沮喪提醒，「我兒可曾想過，黃河下游，可是高白馬和你岳父的地盤。你無論賣地也好，開渠也罷，沒有他們兩個點頭，恐怕為父也沒辦法讓你得償所願！」

做皇帝做到這個份上，可真有點兒鬱悶。但事實就是如此，眼下大周朝根本沒有足夠的力量，也沒有足夠的理由，讓手握重兵的幾位地方諸侯，乖乖地聽從朝廷的安排。所以，想要治理黃河，光是有朝廷的支持還不夠，沿途各位諸侯的配合，一樣不可或缺。

然而，在他看來極為繁瑣的事情，到了柴榮這裡，卻變得無比簡單，「父皇，兒臣請求，出任都水監水部郎

注一、隋文，唐高：隋文帝楊堅，唐高宗李治。這兩個，在歷史上，都不是憑武功而著稱的皇帝。但在位期間，與百姓休生養息，令國庫充盈，民間殷實。都算得上有作為的明君。

中，主持治理黃河。舉薦符昭文、高懷亮為主事和少監，協助兒臣一同治河。」

「這……」郭威歪著頭，像不認識一般反覆打量自家義子。半晌，才笑著長嘆，「唉，為父老了，真的老了。什麼事情，都瞻前顧後，遠不如君貴你乾脆利索。呵呵，讓高懷亮和符昭文出來幫你做事，高，這招實在是高。那高白馬正愁給自家老二找不到露臉的機會，符老狼也絕不會難為自家侄兒。有他們倆在，從曹州到濱州，你的命令定然能暢通無阻！」

「有他們倆在兒臣身邊，也可以讓地方諸侯安心！」柴榮點點頭，笑呵呵地補充。

治河不是個小工程，涉及到的人員、錢糧、器械都數以萬計。所以任何一位地方諸侯，看到自家一畝三分地上忽然來了如此龐大的隊伍，恐怕心裡頭都不會覺得踏實。而讓高行周的兒子和符彥卿的侄兒來參與決策，則等同於主動邀請兩家勢力前來全程監督。高行周和符彥卿無論是為了替自家子侄揚名，還是為了向朝廷投桃報李，都該全力給與配合。

這其中的彎彎繞，當然瞞不過郭威的眼睛。輕輕頜了下首，他笑著道：「辦法是好辦法，不過格局還是小了。想收買高白馬和符老狼，區區都水監主事和少監怎麼夠？這樣，你明日早朝，主動請纓前去治河，朕就封你為工部尚書，主持處理黃河水患。符昭文和高懷亮兩個，一個做工部侍郎，都水監丞，正三品，一個做工部郎中，都督監水部主事，從三品。協同你督辦河務，治下官員，由你們三人共同選擇推薦。」

「謝父皇！」柴榮喜出望外，立刻長揖及地。

早已熟悉了朝廷各項政務的他知道，郭威這樣做，等同於把大半個工部和整個都水監，都交給了自己。讓自己從此在大周的朝堂上，正式擁有了一支嫡系文官隊伍。不再是像原來那樣，事事都受王峻的掣肘，無論想幹什麼，做得對與錯，都會被對方嚴厲打壓。

「不用謝！朕早就說過，咱們父子之間，不必如此客氣！」看到柴榮那喜不自勝模樣，郭威忍不住又悄悄地嘆氣。有些矛盾，如果無法調和，就只能想辦法保持平衡了。比起王峻的實力來，太子恐怕連此人所掌控的兩成都不到。「你出去後，一定要努力做，別辜負了朕的期望就好！」

「兒臣不敢，兒臣發誓，不治好黃河，不回汴梁！」柴榮在王峻和馮道二人手下歷練了一年多，早就憋出了犄角。立刻接過話頭，大聲承諾。

「什麼話，你不回汴梁，誰來看我這孤老頭子？」郭威心頭一酸，笑著質問。

「父皇，父皇恕罪，兒臣，兒臣逢年過節，肯定還是要回來的。只是，只是不能再像現在這般，總是能膝下承歡了！」想到義父身邊已經沒有了任何子嗣，柴榮心中也是一酸。趕緊又拱了下手，笑著安慰。「但兒臣一定努力，讓您明年這個時候能報上孫子。有孫子在，您老肯定就顧不上再思念兒臣了！」

「那還差不多！」郭威被逗得轉怒為喜，搖著頭道，「你真該跟你那義弟學學，看看人家，十月成親，如今胎兒都能看出男女了。不像你，比他成親早，卻至今沒有造出娃娃來。」

「義弟，義弟那是，那是天縱之才，孩兒，孩兒真的不如！」柴榮被說得好生尷尬，低下頭，紅著臉解釋。

「生孩子跟天縱之才有什麼關係！」郭威難得跟自家兒子開句玩笑，抬腿虛踢了一下，繼續大聲說道：「你勤快些，多努力就是。不說這些了，明天早朝，朕會讓那鄭子明兼任河道巡防使。如今遼國內亂不休，暫時無力南下。他是一員虎將，繼續蹲在滄州實在浪費了。乾脆替你把沿河兩岸的治安管起來，免得有宵小之徒，趁著水災鬧事。你如果遇到麻煩，也可以隨時跟他商量，就不用發過信去，然後眼巴巴地等著他再給你回信了！」

「這，這……」柴榮聞聽，臉色立刻變得更加紅潤。像偷吃糖瓜卻被大人抓了現行的孩子般，流著汗主動認錯，「今天，今天的那幅輿圖，還有，還有治河策略，的確大多出自子明之手。兒臣也不是想貪墨他的功勞，是他，是他自己一再叮囑兒臣，不准，不准把他推出來的。兒臣，兒臣……」

「行了，你是在保護他，他自己也想韜光養晦，免得木秀於林。朕知道，朕早就知道！」郭威拍了拍柴榮的肩膀，低聲嘆氣，「唉，小小年紀，怎地一個個都如此老成，就跟活了好幾輩子一般。去吧，好好做，你們兄弟聯手做出點事情給朕，給文武百官看。朕當初和你年齡差不多的時候，跟劉知遠、跟常思，也曾經有志拯救萬民來著。可後來，後來卻一步步，唉，不說了！總之，你們兄弟三個，比我們兄弟三個強。你們兄弟三個，將來一定會比我們兄弟三個強！」

說到最後，話語裡隱隱已經帶上了幾分沉重。

太子柴榮聽在耳朵裡，唯有默默點頭。

戰亂已經持續了七十餘年，曾經的大唐盛世，已經徹底成為了傳說。曾經被隨便一個地方諸侯就能打得潰不成軍的契丹野人，如今已經成為需要大周以舉國之力才能扛得住的龐然大物，並且曾經一度攻入汴梁，席捲半個中原。

如果中原再繼續亂下去，恐怕就不僅僅是幾家幾姓妻離子散了。而是要再度重複當年的五胡之亂，所有漢人都會變成兩腳羊，所有雕梁畫棟和經史子集都再度被付之一炬。

義父郭威、後漢太祖劉知遠和澤潞節度使常思三人半輩子苦心孤詣，就是為了結束這場浩劫。他們走著走著就走歪了，他們走著走著，就漸漸忘記了當年的初心。而自己，趙匡胤和鄭子明，卻可以接過他們當初的志向，避開他們曾經走錯的彎路，將大周，將整個中原，努力拉回正軌！

自己、趙匡胤和鄭子明還年輕，有的是精力和時間。自己、趙匡胤和鄭子明的起點就比義父那一代人高，未來，也理應比他們走得更遠！

「去吧，記得明天早晨把奏摺弄得漂亮些，別讓王秀峰挑你的毛病！」見到柴榮那鄭重的表情，郭威就知道今天自己的話沒有白說，在他肩膀上輕輕按了按，低聲吩咐。

「是，父皇，兒臣定不負你所望！」柴榮用力點頭，拱手告別。轉過身的瞬間，背影居然帶上了幾分決絕。

父子兩個當天夜裡都輾轉反側，第二天早朝，卻抖擻精神，相互配合著，把預先的安排，都盡數兌現。

期間，雖然遭到了王峻等老臣的一些掣肘，然而，畢竟郭威心意已決，再加上治河自古以來都是件費力不討好的苦差，其他人都避之唯恐不及。所以，很快，反對者就自動偃旗息鼓。散了朝後，柴榮立刻著手準備。又花了些時日，調集人員和物資，終於趕在下一波暴雨降臨之前，水陸兼程離開了汴梁。

他急著做出成績堵朝中某些人的嘴巴，所以早在出發前，就派人給好兄弟鄭子明送了信，約後者與自己在博州匯合。而鄭子明雖然身在滄州，對王峻在汴梁城內針對自己的那些小動作，卻並非一無所知。因此，無論是為了幫義兄柴榮的忙，還是為了自保，都沒有拖拉的理由。接到信後，立刻點起三千精銳，押著數十船輜重，沿運河一路奔向了目的地。

博州，十日後。

渾濁的黃河之水，如同一條朝天怒吼的蛟龍，帶著呼嘯聲而來，捲著漫天的泥沙，奔騰而去。滾滾波濤，使勁地拍打著岸邊，帶起一個又一個令人恐怖的漩渦。

對此地，鄭子明和郭榮兩個，都不陌生。

兩年前，郭威起兵南下復仇，各路人馬約定的匯合地點，就是博州。當時，初出茅廬的滄州軍，還以整齊的軍容，激昂的士氣，嫻熟陣列配合，引起了友軍一陣陣驚呼。高懷德、符昭序等人，也是在此地與鄭子明相識，進而彼此結為關係親密的好友。

而現在，曾經的大校場，已經徹底沉入水下。曾經的河岸碼頭，已經變成了一座大湖的中心。當年眾將比武的高地還在，就緊鄰在剛剛形成的大湖邊上，看上去如同一頭俯身飲水的怪獸。在「怪獸」的脊背處，有個堆滿了鳥屎的木頭亭子，則正是當年復仇大軍開拔時的點將臺。

點將臺裡，鄭子明和郭榮苦笑著站在一處。放眼望去，濁浪排空，水霧瀰漫，前方是一片汪洋，左右則各是一片沼澤。

博州城其他地方，也跟腳下的情況差不多。肆虐的河水，將地勢低窪之處，全都變成了湖泊。原本的城牆和城內樓臺館舍，已經盡數被河水泡塌。城內的十餘萬男女，被河水淹死了大約三萬有餘，剩下的七萬餘人，此刻都逃到了三十里外，隔著一條乾水溝的夾河縣。與其他從各地蜂擁而至的十幾萬災民一道，如同數群初生的羔羊般，嗷嗷待哺。

而夾河縣城，原本只是個彈丸之地。全縣城鄉人家總計才不過四千多戶，怎麼可能容納得下忽然湧來的二十餘萬流民？幾乎是在短短數日間，整個縣城就變成了大雜貨攤子，旅館客棧，寺廟道觀，都擠滿了人。大街小巷，牆根房簷，也全都是三尺高的簡易窩棚。以往熱鬧喧譁的大街上，布滿了屎尿垃圾。街道兩邊的店鋪，十家有九家關門謝客。唯一還開著門的只有妓院，只需要付出幾個蕎麵窩頭，就可以將黃花大閨女往裡頭拉，並且還能使勁兒挑，個子矮，臉上有斑點，性子不夠溫順的，一概不要！

「好在你帶了糧食和醃鯨魚肉過來，否則，為兄我真的要在夾河縣大開殺戒了！」想到城內某些地方大戶那趁火打劫的醜惡行徑，柴榮的火氣就不打一處出來。狠狠踢了點將臺的柱子一腳，咬著牙說道。

鄭子明給他謀劃的治河方略的確切實可行，但眼下，他的首要任務卻不是治河，而是先想方設法安定人心。否則，再好的方略，也推行不下去，到最後，兄弟二人只會落個紙上談兵的笑話。

「殺人的事情，倒不用急。而是想辦法，先讓百姓們從城裡疏散出來，暫時在附近的高地上，結營而居！」鄭子明雖然比柴榮年齡小許多，面對眼前的亂局，卻遠比對方能沉得住氣，笑了笑，小聲開解。「只要先把流民都撤出來，當地不法之徒，自然就失去了渾水摸魚的機會。而夾河縣太過閉塞，如果人聚集得太多，排泄物和垃圾都無法及時清理，早晚會出現疫情！」

「問題是，那些流民都成了驚弓之鳥，總以為夾河縣的那道破牆和城外的乾河溝，能將黃河水徹底隔開。所以，無論我怎麼派人去勸，他們根本都不會聽！」柴榮懊惱地又踢了柱子一腳，啞著嗓子抱怨。

「不用勸，你只管等著看熱鬧好了。明天一早，他們自然會從城裡跑出來！」鄭子明總是胸有成竹，以與其年齡毫不相稱的成熟，笑著補充：「歇歇，天塌不下來。我正好也抽空替你把把脈。記得你在信裡頭說，今年一生氣就容易頭暈。按照醫理，有可能是心脈淤塞。我這次特地帶了一些草藥，咱們一邊治河，一邊給你調理氣血。等河治好了，你的病根也去了。包你將來做個千古明君！」

柴榮聞聽，心中頓時就是一暖。

自打他被郭威正式冊立為太子之後，家裡頭可謂門庭若市。可那些人要麼送他寶馬，要麼送他美女，要麼送他金銀細軟，土地田產，其中卻沒有任何一位，關心過他健康如何，說過要給他把脈抓藥，調理身體。

要知道，給太子看病，可從來不是什麼好差事。連宮廷御醫，都避之惟恐不及。把病治好了，只能算太子洪福齊天，不干醫官什麼功勞。可萬一沒有治好，或者期間出了什麼波折，醫官輕則丟官罷職，被趕出汴梁。重者，恐怕就要下獄抄家，流配千里。

「我不是咒你，也不是醫之好治不病以為功！」見柴榮忽然陷入了沉默狀態，鄭子明還以為對方誤會了自己的意思，想了想，鄭重解釋，「你自己也說過，十四五歲就出來掌管商隊，為陛下募集軍資，曾經吃過很多苦。人少年時身子骨強壯，感覺不到，但內腹恐怕會留下一些隱疾。而做了太子之後，你又勞神過度，難得出門活動一下，如此，很容易導致心脈乏力，氣血兩虧，煩躁、易怒，頭暈眼花。食欲、記憶力，也會日漸衰退……」

柴榮在汴梁日日受王峻和一群老臣聯手打壓，最近大半年來，形神俱疲。因此身體的確出了很多狀況。此刻聽鄭子明所言，居然跟自己平日裡的感受毫釐不差，頓時，對自家三弟的醫術佩服得無以復加，轉過頭，一把拉住鄭子明的胳膊，低聲道：「是極，是極，老三，你真是扁鵲，不，你可比那扁鵲強多了！居然不用望聞問切，就能猜到為兄的病情！該怎麼治，為兄聽你的，你儘管放手施為。無論能不能見效，或者治出毛病來，為兄都不怪你！」

「不是什麼大病，大哥，你也不用過於緊張！」鄭子明笑了笑，柔聲安慰。「以調養為主，每天再配合一定量的筋骨活動，用不了三個月，包你像原來一樣活蹦亂跳！」

「行，行，此番治水也好，治病也罷，你儘管放手施為便是。天塌下來，有為兄頂在前面，絕不會讓你費力還不討好！」曾經親眼看到過鄭子明如何救治呼延琮，對於自家這位三弟的本事，柴榮可是一百二十個放心，當即，又點點頭，大聲承諾。

「那我就不客氣了，治水以疏導為主。治病，也以調養為主。」聽他說得情真意切，鄭子明也不推諉，「反正，咱們兄弟倆有的是時間！」

「那倒是！」柴榮笑著撫掌。

他今年才三十二歲，無論如何都算不上老邁。而鄭子明年方弱冠，更是風華正茂。再加上後者那一手幾乎能「生死人肉白骨」的神技，只要兄弟倆不自己作死的話，再並肩而戰三十年都不成問題。

遠離朝堂爭鬥，周圍又有自家兄弟的虎狼之師，這一天，柴榮雖然跑了很多路，心情卻是難得地放鬆。當晚，早早地便在夾河縣城外的軍營裡上了床，第二天清晨起來，沒吃任何藥物，就已經覺得神清氣爽。

正欲按照鄭子明的叮囑，出門去打上一趟拳腳。耳畔忽然傳來了一陣哄鬧，緊跟著，心腹侍衛郭智，帶著滿臉得意跑了進來。「太子，太子殿下，您快出門，您快出門去看熱鬧。那些流民，前幾天咱們費盡了口水，都沒讓他們挪一下窩。鄭，鄭三爺只是灑了兩把石灰，他們就全從城裡跑出來了！」

「石灰？」柴榮楞了楞，滿臉迷惑不解。

石灰那東西他不陌生，乃滄州軍內的常備之物。每逢在一地紮營，鄭子明總會讓人在營地內外的潮濕處，灑滿那個東西。據說能殺蟲、防鼠、除蚊，甚至還可以有效阻止瘟疫的發生。

但是如何用石灰逼迫那些已經成了驚弓之鳥的流民出城，柴榮就無論如何都猜不到了。自家三弟做事向來不拘泥於常規，又得了扶搖子真傳，這世間能比他還鬼點子多的，還真找不到幾個。

正百思不解之時，卻聽見外邊的喧嘩聲越來越大。非但整個軍營都沸騰了起來，從大軍所駐紮的半山坡，一直到十幾里外的夾河縣城，叫喊聲，哭罵聲，哀求聲和歡呼聲夾雜在一起，一浪高過一浪，震得連寢帳四壁都跟著搖搖晃晃。

「到底怎麼回事，孤且去看看，子明，鄭將軍沒用強吧？」柴榮立刻心裡有些發虛，趕緊快速衝出門外。三步並作兩步衝上山頂，手搭涼棚向下張望，只見一支龐大的流民隊伍，扶老攜幼，像逃難般從夾河縣城衝了出來，直奔大軍所駐紮山坡。而山坡上，則早已支起了百餘口大鍋，滾開的熱水捲著醃鯨魚肉上下一翻，帶著鹹腥味道的香味順風飄出數里，勾得人嘴巴內口水直流。

「難道都是奔著一口肉湯來的，早知道這麼簡單，我前幾天就命人燒湯好了！」柴榮越看越好奇，轉動腦袋，繼續四下觀望，「石灰呢，石灰在哪？不是說灑了兩把石灰，就解決了問題嗎？」

有道是，功夫不負有心人。仔細找了兩遍，他果然在夾河縣城外，那道已經不知道乾枯了多少年的巨型溝渠旁，看到了兩條淡淡的白線。已經被踩得非常模糊，但已經能看得出是人為撒上去的痕跡。從溝渠旁一路向南，隱隱約約，好像正通往五十里外，剛剛由黃河決口而形成的那座大湖。

「他，他，他這簡直是嚇死人不償命！」好歹也走南闖北二十餘年，柴榮無論見識、眼界都遠超常人。立刻就明白了，那兩條白線所暗示的意思。借道洩洪，借夾河縣城外的那條巨型水溝，洩洪水入海。如此，博州城很快就能重見天日，而緊鄰水溝的夾河縣，就成了下一個博州。說不定哪場大雨一至，就會被河水直接吞沒。

他和軍營裡的一眾文武，都看過治河方略，當然知道鄭子明根本沒打算借道洩洪。但夾河縣城裡的流民們，耳目怎麼可能如此靈通？因此，早晨起來一看到有人在用石灰畫白線，立刻嚇得魂飛天外，趕緊帶上僅有的家什和老婆孩子，爭先恐後往城外的高地上逃！

而滄州軍的兵卒們，非但不急著闢謠。反而敲打著鑼鼓，在旁邊推波助瀾，「招募河工嘍，招募河工嘍，一人入選，全家都能喝上肉粥。第一期只招募四千人，先來先招，過期不候！咱們先吃飽了肚子，然後立刻開挖！」

「這鄭小肥，簡直一肚子壞水！」柴榮悄悄朝地上啐了一口，笑著嘀咕。

整天被王峻盯著，他平素連走路都提著一百二十個小心。也就是在鄭子明的軍營裡，才終於感覺自己又活過來了，活得像個真實的人，而不是寺廟裡的土偶木梗。

正感慨間，忽然潘美騎著一匹駿馬，從腳下不遠處匆匆而過。便忍不住心中好奇，揮了胳膊，大聲招呼：「潘將軍，你一大早，這是要往哪裡去！」

然而，軍營裡人太多，對方又走得實在匆忙。根本沒有聽見他的呼喚，只管繼續策動坐騎，越走越遠。

「來人，給我把潘小妹兒喊過來！」柴榮頓時覺得有些尷尬，眼睛一轉，心中立刻湧起了幾分促狹。

郭智等親衛，在去年的冀州之戰中，都追隨在柴榮身側。跟潘美之間，也早就混得無比熟悉。聽自家太子殿下叫出了潘美的綽號，立刻就肆無忌憚地喊了起來，「潘小妹兒，站住！太子殿下找你！」

「潘小妹兒，站住，太子殿下找你有事兒！」

「潘小妹兒……」

「誰他奶奶的在找死？早就跟你們說過，誰敢再叫我潘小妹兒，老子……」潘美猛地拉住韁繩，轉身怒目而視。待看清了喊自己綽號的傢伙居然是太子柴榮，又趕緊收起怒火，咧著嘴拱手：「末將見過殿下，祝殿下福壽安康！」

「行了，剛才你罵人的話，我權當沒聽見！」柴榮「陰謀」得逞，也不為己甚。笑了笑，用力揮手。

「多謝殿下！」潘美臉色頓時一紅，翻身下馬，牽著韁繩走近，「我剛才也不是想罵人，軍中漢子麼，難免粗魯一些。有些蠢話……」

「行了，都說我沒聽見了！」柴榮再度笑著擺手，「大清早的，你這急急忙忙要去哪？你家侯爺呢，他去哪了？」

「回殿下的話，末將奉我家侯爺之命，去召集郟縣的大戶們，到縣衙門裡頭商量賣地和募捐事宜。我家侯爺，我家侯爺這會兒應該是組織人手給流民分粥了。他怕弟兄們脾氣差，嚇壞了那些百姓。所以一定要自己親自到場看著！」

「哦，理應如此！」柴榮笑了笑，欽佩地點頭，「不過，把縣裡頭大戶召集起來募捐，你家侯爺是不是想得太簡單了？那些人，據孤所知，可都是一毛不拔的鐵公雞！」

後一句話，是他親自觀察後得出的結論。夾河縣、清河與臨河三縣，土壤肥沃，水源便利，因此雖然是三個彈丸之地，城裡卻住著不少糧食滿倉，牛羊滿圈的大富人家。可這些人，一個個卻吝嗇得很。眼睜睜地看著滿城的流民被餓得皮包骨頭，非但不肯捐獻一些糧食幫助官府賑災，反而囤積居奇，爭先恐後地發起了國難財。

「殿下您還不知道嗎？我家侯爺，從來不打沒把握的仗！」聽了柴榮的提醒，潘美非但一點兒都不著急，反而臉上露出了一縷詭秘的笑容，「您就等著聽好消息吧，放心，這群土財主，天黑之前，保準會爭先恐後地把糧食送到軍營裡頭來！」

「哦？可是不准用強！朝廷裡有無數雙眼睛正盯著你家將軍！」聽潘美說得如此有把握，柴榮忍不住微微一楞，遲疑著勸告。

「殿下啥時候見過我家侯爺用刀子對付過自己人？」潘美晃了晃腦袋，臉上的笑容愈發詭秘，「不信，您自己一會兒去看。殿下，請恕末將先走一步！」

說著話，再不給柴榮發問的機會。一翻身跳上了坐騎，疾馳而去。

「這廝，唉，算了！什麼將帶什麼兵！」已經很久沒人敢在自己面前如此失禮，柴榮多少有些不習慣。然而，轉瞬之間，卻又給對方的行為找到了充足的藉口。「也就是在子明手下，這些人都活蹦亂跳。換了別人來帶他們，就全都變成了榆木疙瘩。」

話雖然這麼說，他肚子裡終究有些放心不下。因此在用過早飯之後，稍微處理了一些日常公務，便換了一身尋常下級軍官所穿的袍服，帶著郭智等二十幾名親衛，信馬由韁地朝著夾河縣城趕了過去。

沿途中，隨處可見一支支流民隊伍，被三兩個滄州軍的士兵帶著，在城外地勢相對較高的位置，用臨時砍下的樹幹和樹枝，搭建窩棚。雖然每一位流民都餓得面黃飢瘦，但是，因為剛剛吃過一頓飽飯，心裡也有了幾分盼頭的緣故，大部分人眼睛裡，都重新散發出了生命的色彩。

那些幹不了活的老幼婦孺，也都比原來精神了許多。被成群結隊地安置在向陽處，一邊幫著官兵朝架起的大鐵鍋下填柴，一邊從鐵鍋裡舀了放過藥草的滾水，清洗手頭僅有的幾件衣服。

人群中，還有七八個讀書人打扮的少年，看模樣，年齡都只在十三、四歲左右。卻像一群小大人般，舉著寫滿了字的木板，大聲宣告：「奉太子殿下詔諭，冠軍侯鄭大人命令，從今日起，凡年齡十五歲以上，四十五歲以下男子，皆前往軍營幫工，以工代賑，換取領全家救命口糧。凡年齡十五歲以上，四十五歲以下女子，可前往軍營右側的女營幫工，報酬與男子等同。四十五歲以上，無子女奉養者，另營安置，每日早晚各供一餐，入秋發放新衣一件兒。年齡十五歲以下，無父母撫養者……」

聲音雖然稚嫩，卻一句接著一句，讀得清晰流暢，條理分明。

「咱們這鄭侯爺，手段雖然不怎麼講究，效果卻著實不差！」柴榮的心腹侍衛郭智早年間就是個孤兒，聽鄭子明安排得如此仔細，忍不住抬手揉了把眼睛，甕聲甕氣地誇讚。

「可不是麼，昨天這些流民還哭著喊著，說啥都不肯出城呢。結果，就兩把石灰加一鍋肉粥，所有麻煩都迎刃而解！」

「也不看看咱們鄭侯爺是誰，想當初，滄州的仕紳和堡寨主們聯手對付他，都被他輕鬆擺平了。眼下不過是區區二十萬流民！」

「話不能這麼說，當初在滄州可以用強，這次卻打不得也罵不得。」

「可不是麼，要我說，安置流民這差事，比打仗都難！」

……

眾親衛七嘴八舌，把欽佩的話不要錢般往外倒。太子柴榮聽在耳朵裡，非但不覺得嫉妒，反而感覺身體輕飄飄的，彷彿腋下生出了兩股微風。只要稍微加一把勁，就能令自己直上青雲。

鄭子明是他從半路上撿回來的好兄弟，鄭子明是他一手扶持起來的心腹愛將。這些年，從李家寨、到滄州再到冀州前線，鄭子明的每一次成功，背後都有他的汗水。鄭子明的所有戰績，幾乎都離不開他這個大哥的鼎力支持。

因此，從某種程度上說，鄭子明就是他柴榮的一個影子，或者另外一個自己。這些年來，鄭子明所做的每一件事，幾乎都是他柴榮想要做卻沒機會去親自做的。鄭子明的每一次新鮮嘗試，都是他柴榮想要去嘗試，卻因為有太多顧忌，不敢去嘗試的。有鄭子明在，他就可以暫且壓下心中的焦灼，繼續留在汴梁，做那個老成持重的太子殿下。而有他在，鄭子明就可以在外邊隨心所欲，放手施為，不必考慮來自背後的明槍暗箭。

沒有人會嫉妒自己的影子和化身，柴榮當然更加不會。這些年，兄弟兩個一個老成持重，一個靈活機智，默契配合，彼此響應，將一道又一道溝溝坎坎踩在了腳下。將來，想必也是一樣！

正所謂，春風得意馬蹄疾。

一邊走，一邊看，不多時，柴榮等人，已經進入了夾河縣城。

與前幾日骯髒擁擠的情況相比，眼下的縣城環境，可謂天翻地覆。街道旁，房簷底，樹根下，坐以待斃的流民，大部分都已經消失不見。小部分身體實在孱弱不堪，已經無法自行挪動者，也被胳膊上纏著紅布的滄州士兵，盡力抬到了避風處，用瓷碗灌下了米湯，以期換回一線生機。還有零星數個肢體健全，體力尚可，卻不肯自食其力，只想著偷雞摸狗的無賴子，則被騎著馬的士兵，像攆兔子一樣攆得到處亂鑽。

對於這些游手好閒之輩，當地百姓非但不肯給予絲毫同情，反而主動站出來，替巡街的騎兵們指明「獵物」的逃走方向。一邊指，還一邊不停地念佛。好像那些騎著高頭大馬，身穿精織鎖子甲的滄州騎兵，一個個都是捉鬼的羅漢轉世一般。

每當看到有無賴子被騎兵們抓到，用繩索纏住一隻胳膊拴在了馬後。當地百姓，則不吝於在一旁鼓掌喝彩。幾乎每個人臉上，都帶著促狹的笑容。而無賴子們，則認命地苦笑著搖頭。反正被滄州軍捉了去，也只是與其他流民一起修河堤，一天還能管兩頓飽飯。比起為了吃口飽飯，每天讓人戳脊梁骨之外，好像下場也不算太壞。

轉眼間，眾人來到了夾河縣的官衙前。隔著老遠，便有一個大家伙兒都熟悉的身影，晃著屁股迎上前來。雙手抱拳，躬身長揖，「殿下，您怎麼親自來了？這縣城裡又髒又亂，秩序還沒恢復，萬一有某些居心叵測之徒……」

「得了，順子，一般刺客，未必能靠近得了我！」柴榮笑著揮了下手，低聲打斷，「況且你們滄州軍的威名也不是吹出來的，有你們在，誰還敢冒死往我身邊湊！」

「多謝殿下誇讚！」李順跟柴榮早就混熟了，毫不客氣大聲回應。「您是來看募捐的情況嗎？請稍等，末將進去一下，讓縣令和潘美他們出來接……」

「不必了，孤，我就是隨便看看。咱們悄悄進去，看看你家侯爺施了什麼法術，能從鐵公雞身上拔下毛來？」柴榮之所以換了普通下級軍官的裝束，就是想要微服私訪一番。因此，不待李順兒把話說完，立刻笑著擺手。

「那，也好。殿下，末將這就帶您進去！」李順不敢違抗，先是抱拳領命。然後又猶豫了一下，低聲詢問，「就說，就說您是我的，我的族中長輩！特地前來觀摩。您看，這樣可行？」

「可行！」柴榮向來不喜歡在熟人面前擺架子，笑了笑，輕輕點頭。

「那，那，也罷，殿下請跟末將來！」李順知道柴榮的秉性，喜歡做事不喜歡囉嗦。想了想，轉身替大夥帶路。

此刻的清河縣大堂內，賓主之間正忙著討價還價，吵得熱鬧。因此，除了縣令劉英才之外，誰也沒心思去管，新進來的幾名底層軍官，到底姓是名誰，與其他人有什麼不同。

而那劉英才，也只是三、四日前，匆匆見過柴榮一回。當時只顧著替自己摘清安置流民不利的責任，根本未曾，也沒膽子仔細打量太子殿下的長相。故而看到李順領著一名指揮使打扮的下級軍官和數個士兵入內，還以為這些人是特地前來向眾地方鄉紳施加壓力。不安地笑了笑，便又快速將目光轉回了一眾鄉紳的臉上，屁股微翹，帶著幾分求肯的語氣說道：「各位鄉親，各位父老，並非本官強求你們捐獻糧食。鄭，鄭侯爺麾下這位潘將軍說得明白，是買，平價購買。你們拿出多少糧食，他們付多少錢，童叟無欺。」

「劉大人，你可能不知道，我家那倉庫早就空了，都借給自家的那些受災的親戚去了，不信你可以去親自搜。」一名肥頭大耳鄉紳立刻站了起來，大聲叫苦。「如果能搜出一袋子多餘的糧食來，草民願遭天打雷劈！」

「可不是麼，真的沒有，沒有啦。甭說是按照平日的價錢，就是按照這幾天的價錢，我等家裡也沒有糧食可賣了！」

「可不是麼，地主家也沒餘糧啊！」

「我們這些人家的存糧，還不都是汗珠子掉地上摔八瓣兒才積攢下來的？青天的大老爺啊，您行行好，也讓我們給自己留一口吃食吧！」

「不瞞縣令您說，我們家，只有逢年過節，才吃得起白米。其他日子，哪天不是野菜和米糠在對付。去年大兒媳婦懷孕時多吃了一碗餃子，老夫差點就讓兒子休了她！」

「是啊，是啊，我等都是勤儉持家多年，才攢下的家底。青天大老爺，你不能隨便破我等的家啊！」

……

其餘鄉紳們緊緊跟上，說出的理由各不相同，但答案卻別無二致：不賣！堅決不賣！要糧食沒有，要命一條。

「胡扯！」坐在縣令身側的滄州軍水師指揮使陶六順，氣得火冒三丈。將手用力一拍桌案，大聲喝問：「姓張的，剛才問你等是否有錢買地之時，你等怎麼說的？不是家裡的錢都多得花不完嗎？還有你，王莊主，你今天一口氣買下了三千畝荒地，家中怎麼可能沒有積蓄？還有你們，姓盧的，姓鮑的，姓高的，你們，你們這些土財主，莫非欺負老子手中刀子不夠快嗎？」

「冤枉！軍爺饒命，軍爺饒命啊！」話音剛落，眾鄉紳立刻齊齊跪倒於地，涕泗交流，「軍爺饒命，我等家裡頭真的已經沒有存糧了。剛才官府發賣土地，說的是用銅錢和銀子付帳，並且可以只付三成，餘下的在五年之內逐年付清。若是，若是說用糧食，我等，我等肯定買不起，買不起啊！」

「買不起，買不起，軍爺，您就是殺我等，也拿不出糧食來啊！」

「冤枉，軍爺，我等冤枉！」

「縣令大人，縣令大人，您老趕緊為我等說句話。否則，我等死了事小，萬一毀了太子殿下的清譽，可是百死莫贖！」

一聲聲，哭得撕心裂肺。就好像遭受了多大的委屈般，恨不得立刻死給全天下的人看。

縣令劉英才是個讀書人出身，又素來重視名聲。聽鄉紳們哭得可憐，頓時就慌了心神。從袖子裡掏出一塊方巾，用力擦了擦額頭上的汗水，帶著幾分祈求的口吻對陶六順說道：「將軍，您應該知道的，本地民風淳樸。他們說家裡沒有餘糧，恐怕有八分為真。要不然，您看，能不能讓滄州軍再幫忙支撐幾天，朝廷不是已經派人去荊楚收購米糧了嗎……」

「等朝廷的米糧到了，外邊的流民早就都餓死了！」被糊塗縣令氣得兩眼冒火，陶六順又拍了下桌案，厲聲斷喝，「來人，給我……」

「小六子，不要衝動！」坐在大堂正中央位置的潘美，趕緊站起身，低聲打斷，「沒必要！鄭大哥有令，不准用強！」

說罷，又快速將目光轉向眾鄉紳，笑著說道：「既然諸位家裡都沒有餘糧了，那購糧之事情就此作罷。各位可以走了，希望今後大夥都不要後悔便好！」

「什麼，我等可以走了？」眾鄉紳原本還想繼續撒潑耍賴，見對方居然如此輕易地就放過了自己，頓時有些無法相信各自的耳朵。

「走吧，對了，臨走前，記得過來簽個字，把你們準備認購的田產，也都確認一下！」潘美輕輕點點頭，英俊秀氣的臉上，寫滿了人畜無害的笑容。

他原本就長得唇紅齒白，一笑起來，愈發像菩薩旁邊的善財童子。然而，眾鄉紳卻從他的三品武職官袍上，判斷出此人絕非可以輕易糊弄之輩。猶豫了片刻，咬著牙道：「雖然我等家中餘糧不多，但省一省，還是能省出一些來。這樣吧，鄭侯爺不用買了。我等認捐。」

「對，認捐！」先前那個叫苦連天的胖子，嗓門兒最高。跳起來，大聲補充：「草民，草民認捐白米十石，絕對是十足十的好米，不摻雜任何沙子和稻殼！」

「草民，草民認捐粟米十五，十五石！」

「草民，草民家裡窮，捐，捐粟米八石！」

「草民願意替鄭侯爺分憂，認捐白米十石！」

……

本著不撕破臉的原則，眾鄉紳紛紛開口。忍痛拿出了一部分米糧，以免眼前這個看上去英俊得如同女扮男裝的少年將軍，過後再登門找自己的麻煩。

明知道鄉紳們在打發叫花子，潘美也不生氣。先笑呵呵地將眾人認捐的記錄下來，然後用筆桿又敲了敲帳簿，慢吞吞地開口：「好了，各位義民，末將在這裡，先替太子殿下和我家侯爺，謝過各位了。」

「不敢當，不敢當！」

「應該的，應該的！」

眾鄉紳齊齊拱手，唯恐反應太慢，對方再提出其他額外要求。

「行，請各位義士過來簽字畫押，要是不會寫字，按個手印也行！」潘美朝著眾鄉紳又是微微一笑，低聲吩咐。「簽完了字，就可以離開。潘某絕不阻攔！」

「真的？」眾鄉紳兀自不敢相信如此輕鬆就被放過，瞪圓了眼睛再度確認。

「我騙你們幹什麼？」潘美笑了笑，嘴角微微上挑。

「那，那大人記錄如此詳細是為何故？莫非，莫非還怕我們抵賴不成？」胖子鄉紳被潘美笑得心中發毛，忍不住又硬著頭皮，低聲追問。

「問得好！」潘美放下筆，輕輕撫掌，「我讀一遍，你來聽著。這上面寫的是，清河縣張家莊莊主張思遠，心憂鄉親，特響應朝廷詔令，認購無主荒地兩千畝，同日捐，捐贈災民十石白米，未摻雜任何沙子和稻殼！」

「啊！」話音落下，滿堂立刻鴉雀無聲，所有鄉紳面如土色，兩股戰戰，腳步再也邁不動絲毫。

那潘美，卻唯恐對眾人的打擊力度不夠，頓了頓，又笑著朝張思遠拱手，「張莊主見諒，我家大人是要未將清楚記下各位的功勞，說是以後，要讓沿岸黎庶，知道該向哪個感謝活命之恩！」

「啊！」張思遠聞聽此言，臉色登時又是一變，趕緊從袖子中遞過幾粒銀豆子，快速塞向潘美手心，同時，用極低的聲音追問：「敢問冠軍侯大人他，他到底打算……」

潘美和沒事人一樣，輕飄飄的收了銀子，聲音卻絲毫沒有降低，「張莊主，各位義士，大夥兒儘管放心。我家侯爺說了，這次諸位買多少田地，賣出多少米糧，他都不會在意。只是，只是他不能讓諸位的善舉，最後落得無人得知。所以，所以，侯爺特地命人準備了石碑，打算在治理好後的黃河各渡口處，勒石為銘。記錄下所有良善人家在救災期間的所作所為，以供後人萬世敬仰！」

「這，這，這如何使得，如何使得！」眾鄉紳的臉，一個個臊得跟猴子屁股般，隨時都可能滴出血來。

勒石為銘，勒石為銘。這那裡是為了弘揚大夥而善舉，簡直是要把在場所有人，都永遠釘在石頭上，讓來來往往的百姓和客商，唾罵萬年！

正羞得無地自容間，卻又看見潘美忽然把臉色一板，手按劍柄，大聲吩咐：「來人，請諸位義士簽字畫押！」

「是！」兩排彪形大漢衝入堂內，拿起賬冊，就準備按個請眾位鄉紳上前用墨。

眾鄉紳頓時嚇得再也顧不上從長計議，「撲通！」「撲通！」「撲通！」接二連三跪倒於地。一邊磕頭，一邊爭先恐後地喊道：「大人且慢，大人且慢。草民想起來了，草民剛剛想起來，我家另外還有一處存儲糧食的倉庫，我打算全部捐獻出來，全部！」

「草民，草民認捐，認捐三千，不，五千石！」

「草民，草民家裡，剛好還有兩千石餘糧，願意，願意全部捐給太子殿下和鄭侯爺，賑濟災民！」

「草民認捐三千石……」

「草民……」

「各位，末將剛才都把賬本寫好了，你等這樣一來……」潘美看著這群汗出如漿的鐵公雞，心中笑得好生暢快。活該，誰叫你們軟硬不吃！也不仔細想想，我家將軍連契丹人的千軍萬馬，都能殺個七進七出，還怕治不了你們這群滾刀肉！

「將軍，縣令大人……」眾鄉紳跪直身體，大聲乾嚎，「行行好，二位大人就行行好，讓我等多捐一些吧，我等看著那些沒飯吃的難民，其實心裡頭每天也猶如刀割啊！」

「是呀，將軍，縣令大人，我等回家就讓族人省吃儉用，一定與流民們共度過難關。」

「改了吧，改了吧，潘將軍，行行好，就讓我等改了這一次吧！」

……

「也罷，末將就勉為其難，收下爾等的善心！」聽眾人哭得狼狽，潘美裝出一副感動的模樣，撇著嘴回應，「不過，記住了，是平價買入，不是讓爾等白白出糧食。說實話，這點兒小錢，我家侯爺看不上，太子殿下更看不上！」

「是，多謝將軍，多謝侯爺，多謝太子！」眾鄉紳聞聽，捐出去的米糧，居然還能按平時價格換回現錢。頓時如蒙大赦，一個個點頭如搗蒜。再也不敢動歪心思，繼續囤積居奇，害得自己把貪婪吝嗇的名字，刻在石頭上，遺臭萬年。

「唉！」站在遠處看了半晌熱鬧的柴榮，連連搖頭苦笑。三弟這招夠奸夠狠，端地是把一眾鐵公雞的心思，算了個精光。「順子，你讓潘美繼續，不要出來。孤走了，不礙著你等繼續放手施為！」

說完，也不待李順回應。起身就朝門外走去，剛出大堂，便再也忍耐不住，揚起頭來，笑了個酣暢淋漓！

人心

齊州，暴雨初晴。

渾黃的河水，帶著不知哪裡流來的樹枝石塊，像沸騰般，咆哮鼓蕩而下。一次又一次，拍打著堤壩，發出悶雷般的聲音。「轟隆隆，轟隆隆，轟隆隆……」，聲聲急，聲聲敲得河堤搖搖欲墜。

大大小小的漩渦，沿著堤壩邊緣席捲而過。就像地獄裡魔鬼張開的大口。無論什麼東西落入其中，都瞬間被吞得不見踪影。

如此險惡的態勢下，通常是不會有人膽敢再靠近河堤的。且不說稍不小心就可能滑進水裡頭，被捲去東海餵龍王麾下的蝦兵蟹將。即便人走得再穩，僥倖沒有滑倒，萬一腳下的河堤倒塌，下場也是萬劫不復。

然而，今天的情況卻有些特殊。陽光剛剛刺破了烏雲的阻攔，便有三萬多民壯，推著獨輪車，扛著鐵鍬和扁擔和草編口袋，浩浩蕩蕩朝河岸撲了過去。緊跟著，數萬條手臂齊齊揮舞，用泥沙將袋子填滿，用獨輪車將填滿了沙的袋子推上河堤，然後一個挨一個碼過去，頃刻間，就讓原本搖搖欲墜的河堤，長高、變厚了半尺有餘。

「起……落……起……落……」

「起……落……起……落……」

滿是泥濘的堤壩上，一排精壯的漢子齊聲喊著號子，將手中的大沙包，繼續填到堤壩最單薄處，加寬，加高，加固。

有個別地方，河水已經順著蛇鼠鑽出來的孔洞向外噴湧。三五個身穿火紅色號衣的滄州軍士兵率先撲上去，用木板死死頂住出水孔。數百名訓練有素的民壯緊隨其後，砸下木樁，繫住繩網，然後用沙包和石塊，堆出一座座堅固的堡壘。

熟練，專業，且有條不紊。從濮州、博州到齊州，數百里險情，一寸寸排除下來。早就令參與治河的士兵和民壯們，練出了銅筋鐵骨和火眼金睛。先派出一小股精銳，站在河岸附近粗粗一望，就能判斷出最危險的地方在哪。然後豎起旗幟，吹響銅笛，轉眼間，就能將發現的問題，傳遍全軍。

接下來，便是規劃、調度和臨場指揮了。雖然河水不是敵軍，但治河搶險所需要的本事，其實和領兵作戰差不多。都需要主將料敵機先，並且身先士卒。都需要士卒悍不畏死，且令行禁止。都需要將士們上下齊心，眾志成城……

約莫一炷香時間過後，臨近拐彎處的三里長河堤，總算被加固到了一丈寬。大大小小沙包，就像數萬名英勇的士兵，肩膀並著肩膀，手臂貼著手臂，直面沸騰的河水。而先前囂張霸道的黃河水，在整齊如軍陣般的沙包前，終於一敗塗地。調轉身形，偃旗息鼓，灰溜溜地朝下游奔去，期待著能在下游某個位置，尋找到新的突破口，給人間製造更大的災難！

「呼，總算擋住了！」柴榮丟下指揮旗，朝運送草編袋子的馬車上一躺，四腳朝天。「他奶奶的，要是像先前那種雨再來上一場，老子這一百來斤兒，恐怕就得直接填了窟窿！」

「填窟窿也輪不到你，有符昭文呢。他胖，一個上去能頂兩個沙包使！」鄭子明笑著抹了一把臉，從滿是泥漿的嘴唇下，露出滿口的白牙。

「胖，再胖還能胖過你鄭節度？別人都是越累越瘦，只有你，越累越上膘！」工部侍郎符昭文如同個泥巴團般滾了過來，很沒尊卑地往柴榮身邊一靠，撇著嘴道。

「我是累胖了八十斤，你是累瘦了八十斤。結果，鄭某卻依舊胖不過符兄一條大腿！」鄭子明乜斜著眼轉頭，反唇相稽。「唉，這人比人，真是氣死人啊！」

「你……」符昭文在汴梁時，就恨別人拿自己痴肥說事兒。頓時舉起拳頭，就要給鄭子明一個教訓。然而，看看對方那一身虬結的疙瘩肉，又豁不出去手疼。只能恨恨地朝自己身邊的車廂板上錘了一下，低聲道：「呸，老子是讀書人，不跟你個兵痞一般見識。等……」

話音未落，馬車廂板卻因為負擔太重，被壓散了架。直接將三人丟到旁邊的水坑裡，滾得滿身都是泥漿。

「哈哈，哈哈，哈哈哈……」鄭子明第一個跳起來，指著符昭文，笑得前仰後合。「說你胖，你還不高興，如何？本來我們倆時還好端端的，你往旁邊一倒，車就垮了！」

「胡說，哪裡。哪裡是符某一人之力，太子，太子殿下肯定也有份兒！」符昭文無臉反駁，只好拉柴榮當墊背。

「好，好，是我，是我！」柴榮脾氣和性格，都比當年剛剛離開汴梁時開朗了許多。點點頭，笑著承認。隨即伸出一隻手，「子明，拉我起來，哎呀，原本想歇一歇……」

「你呀，天生就是勞碌命！」

「勞碌就勞碌吧，反正，再苦再累也要拉著你們。」

「行，誰讓你是太子呢，算我們欠你的！」

三個全身上下都滾滿了泥漿，大家伙你一言，我一語，在水坑旁肆無忌憚地鬥嘴為樂。不是熟悉的人，誰都想不到，這就是大周朝的太子殿下、七鎮節度使和工部侍郎。

而不遠處，潘美、陶大春、李順兒等將領，更是放任不羈，居然當著數萬人的面兒，就揭開了葛布做的罩衣，從土坑裡捧起雨水，直接朝各自的光膀子上撩。

正所謂什麼將帶什麼兵。其餘滄州軍士卒見潘美等人都袒胸露背，也大咧咧地揭開衣服，用河水及雨水，擦洗身體。一年多來的艱苦勞作，令每個人的骨架，都比當初從滄州出發之時，又粗了小半圈。因為伙食油水足，作息時間安排得當，每個人的皮膚，洗乾淨之後，都像棕色的綢緞般，在太陽下泛著暖融融的光芒。

「就弟兄們這身子板，這肉皮子，嘖嘖，絕了！等哪天治好了黃河，殿下不妨帶著他們，光著膀子回汴梁走一遭，絕對讓汴梁城裡那些未成親小女娃娃，一個個看得連眼珠子都捨不得挪！」符昭文天性詼諧，冷不防，大聲提議。

「那可不行，到時候，豈不是半個汴梁的光棍漢，都要以孤為敵！」

「為敵就為敵，反正冠軍侯驍勇善戰。有他在，誰敢跟咱們齜牙？」符昭文笑了笑，話語若有所指。

按輩分，他算是柴榮的叔伯小舅子。所以在協助柴榮治河之餘，對汴梁城內的風風雨雨，都分外關心。而自打柴榮赴外治河這一年多來，汴梁城內，也的確發生了許多充滿玄機的事情。不由得他不時刻提醒柴榮，早做提防。

以柴榮的智慧，豈能聽不出符昭文的話裡有話？但是，在這個節骨眼兒上，他卻不想把太多心思，都花在朝堂中那些無謂的爭鬥中。

皇帝郭威的妃子們，在這一年多來，依舊未能產下一兒半女。迄今為止，依舊無人能威脅到他的皇儲之位。通過治理黃河，柴榮在朝野的聲望，以無人能阻擋的速度，節節拔高。而除了鄭子明這一條臂膀之外，趙匡胤、高懷德、潘美、陶大春等少壯派將領，已經都成長了起來，每個人拉出去都可以獨當一面……

有了這些依仗，柴榮又怎麼會在乎汴梁城內的那群垂垂老朽如何對自己百般詆毀？隨他們說去吧，反正天下百姓都不是瞎子，吐沫也淹人不死。況且，義父郭威如今春秋鼎盛，並對他信任有加。根本不會被流言蜚語所動！那群老朽折騰得越歡，恐怕越會適得其反！

「我說你們仨，一個當朝太子，一個掌管七州的節度使，好好的錦衣玉食不享受，跑到這裡來扛沙包，我也是服了你們了！」就在三人躺在水坑旁喘氣歇息的時候，一個銀甲白袍的武將大步走了過來，笑著數落。

回應他的，是一大團粘糊糊的老泥。直接命中盔纓處，順著銀盔的邊緣淌了此人滿臉滿身。

「哎呀，我新做的錦袍！」銀甲將軍頓時大怒，揮舞著雙拳要上前拚命，「鄭子明，你個不識好歹的殺材。高某人今天跟你沒完！」

「啪！」「啪！」「啪！」「啪！」又是數團老泥凌空而至，將其打得抱著腦袋，盔斜甲歪。「太子，符胖子，你們，你們兩個居然跟姓鄭的狼狽為奸。哎呀，別打了，投降，高某投降。再打，我一會兒就沒法去見家人了！」

「今日且留你一命，改日再取！」見這麼快就開始討饒，鄭子明悻悻丟下手中的泥巴團，裝作皮影戲裡楚霸王的模樣，扠著腰道。

「既然投降，就速速過來跟本將軍見禮！」太子柴榮也笑著朝銀甲將軍點了點，大聲吩咐。

只有符昭文「仁義」，見對方主動認輸，便不為己甚。丟下泥巴，將髒手搭在嘴邊上，大聲喊道：「兀那賊將，既然已經投降，就速速過來通名！」

「呸！好心沒好報。虧得高某一到齊州，連口氣兒都沒歇，就趕過來看你們。早知道這樣，高某今天一定躲得遠遠的！」銀甲將軍一邊用手清理身上的泥巴和髒水，一邊大聲抱怨。嘴裡說得雖然委屈，雙腿卻毫不猶豫地朝三人身邊邁。

「好了，既然投降了，孤就不難為你了，賜座！藏用，你不在前線防備北漢和契丹犯境，怎麼有空跑到齊州來了？」柴榮順手拉過幾張稻草編織袋丟過去，叫著對方表字詢問。

「謝殿下賜座！」高懷德單腳接住編織袋，然後輕輕一挑一甩，將其摞成墊子。順勢坐了下去，嘴裡發出一連串遺憾的嘟囔：「北漢和契丹哪裡用得著我防備啊？耶律家的那幾個，為了爭奪皇位，自己殺得人頭滾滾！得不到耶律氏的支持，北漢和幽州就全成了斷了脊梁的野狗，根本沒膽子犯境！只可惜了，老天爺不作美，竟然讓咱們大周接連鬧了兩年水災。否則，否則咱們即便不能趁機光復燕雲十六州，打進太原城裡去，活捉劉崇老兒應該不成任何問題！唉！」

「唉！」聞聽此言，柴榮不知道該如何回應，只能歪在稻草袋子上，仰頭長嘆。

「唉！」受二人的情緒感染，符昭文也跟著長吁短嘆。

他雖然是個文官，可畢竟是出身於符家。平素對天下大事，都甚為關心。據他所知，遼國皇帝耶律阮在前年八月，因為不顧群臣勸阻執意在秋冬兩季出兵找大周的麻煩，搞得天怒人怨。結果，才走到火神淀，便被耶律察割和耶律嘔里聯手割了腦袋。

隨即，耶律察割稱帝，命群臣向自己效忠。誰料才登上皇位不到五天，大惕隱耶律屋質已經領著平叛大軍殺至。雙方在火神淀附近惡戰一場，叛軍潰敗，耶律察割被俘。耶律屋質乘勝追擊，將耶律察割本人和耶律嘔里、耶律盆都、耶律底烈等一干可能參與謀反，或者平素與自己關係不睦的勛臣宿將，盡數以謀逆罪亂刃分屍。就連早已被流放到祖州替耶律阿保機看守陵墓的耶律劉哥，也沒逃過一杯毒酒。

將所有政敵都清理一空之後，耶律屋質擁立耶律德光之子耶律璟為帝。耶律璟非常「知道好歹」，終日與美酒佳人為伴，將朝政盡數托付給了耶律屋質。君臣各得其所，倒也彼此相安無事。

然而，此舉卻惹得其他重臣的不滿，很快，太尉忽古質就跳了出來，指責耶律屋質擅權誤國。耶律屋質大怒，立刻以謀反罪，誅殺了忽古質。緊跟著，又發現了其他的潛在謀反者，政事令耶律婁國、侍中耶律神都、郎君里等，發兵將這些人全部捉拿歸案，斬殺一空。

俗話說，拔出蘿蔔帶起泥。在搜查耶律婁國的宅邸時，耶律屋質又「目光如炬」地發現了此人與耶律李胡之子耶律宛的書信，順藤摸瓜抓獲了陰謀篡位的太平王耶律罨撒葛、林牙耶律華割、郎君耶律新羅等，於是將他們全部拘捕，或殺或囚，明正典刑。

連續兩年多的大清洗下來，遼國的領兵將領被洗掉了一大半兒。剩下的要麼昏聵無能，要麼作戰經驗淺薄。可以說，此刻，乃是遼國自立國以來，最為虛弱之時。如果老天爺去年沒讓黃河決了口，如果大周朝能君臣齊心，興兵北伐，恐怕燕雲唾手可得。

然而，如果終究是如果。

去年和今年的多雨天氣，令黃河兩岸哀鴻遍野。大周連賑濟災民的錢糧都湊不齊，拿什麼來支撐北伐大軍？更何況，眼下大周最英勇的將軍，最善戰的兵卒，都被洪水拖在了黃河沿岸，沒有他們做先鋒，就憑朝堂上那群光知道窩裡橫的老朽，能不在燕都城下損兵折將，才怪！

「有什麼可惜的，太原和燕雲十六州又不會挪地方？」四人當中，唯一沒有嘆氣的，只剩下鄭子明。只見他低著頭沉吟了片刻，忽然笑了笑，大聲說道。「與其以傾國之力，去搶太原和幽州，我寧願像朝廷像現在這樣，把心思都花在治水和賑災上。否則，自己家裡頭的百姓都餓死了，搶別人家的兩塊地盤回來何用？更何況劉家占據太原已久，韓氏在幽州也頗得人心，我軍貿然打過去，即便能打得垮劉崇和韓匡嗣，沒有足夠的錢糧往外灑，也安撫不了這兩地的百姓！」

「怎可能安撫不了，他們應該知道，韓氏和劉氏都是契丹人的走狗！」高懷德雖然對於鄭子明這個人很佩服，對於他的觀點，卻堅決不敢苟同。

「老百姓哪會在乎誰做皇帝啊！只要少收賦稅，少服徭役，官府處理事情再多少公道點兒，不要明火執仗，大夥就滿足了。至於誰來當皇帝，是契丹人統治，還是中原人統治，他們根本不會關心！」看了一眼高懷德那寫滿憤懣的臉，鄭子明笑著搖頭。彷彿自己已經活了好幾輩子，而對方只是個乳臭未乾的毛孩子一般。「不信，你仔細去數數？數數那歷年跟著契丹人南下打草穀的隊伍裡頭，多少兵卒本來都是中原人？」

「你……」高懷德氣得兩眼噴煙冒火，卻找不到一個字來反駁。

被鄭子明推薦為節度使，鎮守邊塞這兩年多來，他沒少跟越境打草穀的遼國流寇作戰。每次獲勝後抓到的俘虜裡頭，總是一大半兒是中原面孔。剩下的一小半兒，才是契丹、奚、靺鞨、室韋等塞外諸胡。並且那些生著中原面孔的「二鬍子」，殺起中原百姓來，絲毫不比真正的胡人手軟。

這種情況，令他在震驚之餘，痛恨異常。然而，卻找不到其中緣由，也找不出任何解決辦法。

「戰國之時，天下七分，齊楚燕韓趙魏秦，如今，誰還記得自己祖上是齊人還是楚人？」明知道高懷德不會認同自己的觀點，鄭子明也不生氣，拍了拍對方肩膀，繼續笑著補充，「自魏晉之後，咱們的祖上之所以都自稱為漢人，並非漢高祖劉邦能打敗項羽。而是有文景之治，讓大部分人都過上了安穩日子。有漢武北征，讓敢犯我漢境，殺我百姓者，都死無葬身之地。如果在哪邊都是餓肚子，在哪邊都是朝不保夕，做漢人還是做胡人，能有什麼分別？」

「這……，這……」高懷德本能地就覺得此話狗屁不通，偏偏又找不出其中漏洞，直氣得臉色發青，額頭上青筋根根亂蹦。

倒是柴榮，早已習慣了自家三弟鄭子明的信口開河。輕輕推了高懷德一把，笑著打起了圓場，「你別跟他認真，他那張嘴巴，死人都能說活。你若是較真，可就輸了。不過……」

輕輕嘆了口氣，他又幽幽地補充：「子明此話，其實也未必沒有道理！飽學之士，都可以朝秦暮楚。又怎麼能苛責百姓為了活得好一些，就甘心做遼國的臣民？孤心急了，光想著機不可失。卻沒想過，有些機會未必是機會！」

「是啊，當年隋煬帝親征高麗，看上去倒是有機會將遼東一戰而下呢。結果，沒等拿下遼東，先亂了山東！」符昭文讀書多，反應也快。見柴榮隱約已經認同了鄭子明的說法，立刻開始旁徵博引。

「要真有隋煬帝當年那實力就好了。隋朝官倉的米，可是一直吃到了貞觀初年。不像現在，官倉空空。若沒有馮樞密捨命在荊楚奔走，滄州軍拚死出海打魚，這河堤上的軍民，累個半死之後，連口飽飯都沒得吃！」

「的確，多虧了馮樞密和滄州水師。」符昭文想了想，輕輕點頭。

正感慨間，忽然見一匹快馬急匆匆趕至。馬背上，一個背上插著青色認旗的信使，扯開嗓子大喊：「太子殿下，高將軍，齊州急報！」

「怎麼回事？」柴榮等人被嚇了一大跳，齊齊站起身，異口同聲追問。

「唏吁吁……」戰馬被信使拉得嘴角出血，咆哮著揚起前蹄。緊跟著，一個帶著哭腔的聲音，順著馬鞍滾落於地：「太子殿下，鄭將軍，高將軍，屬下可找到你們了。齊王，齊王病重，請，請高將軍速速回府！」

「什……你說什麼，我阿爺他，我阿爺他怎麼了？」高懷德嚇得眼前陡然發黑，差點一頭栽倒。

齊王是郭威今年才給他父親加的封號，而新建的齊王府，就坐落於五十里外的齊州城內。這也是他此番告假探親，不急著回家，先到黃河大堤上探望朋友的原因。反正此刻距離天黑尚早，趕在日落之前再進城也不為遲。

沒想到，只是在路上拐了個彎子，居然就聽到了父親病危的噩耗。如果此刻世界上能買到後悔藥的話，高懷德恨不得拿自己的性命去換。

「老王爺，老王爺今天早晨聽聞您即將到家，一高興，就，就喝了兩碗酒。然後，然後在出門操練士卒時，不小心，不小心就從馬背上掉了下來！然後，然後就，就口吐鮮血，昏迷，昏迷不醒！」從馬背上滾下來的信使一邊哭，一邊大聲補充。每個字都像刀子般，直戳高懷德心窩。

如果他不繞路到黃河大堤，而是直接回家，也許就能將父親堵在城裡頭。如果他今天陪著父親一道去操練士卒，憑著眼下的身手，也許就能在千鈞一髮之際，將父親拉回馬背。如果他當年不貪圖去邊塞上建功立業，而是老老實實承歡膝下，也許父親就不會因為聽到他回來的消息而喜歡過度。如果……

想到這兒，高懷德再也沒勇氣拖延。三步兩步衝到自己的戰馬旁，飛身而上。隨即猛地一撥馬頭，雙腿用力磕打馬腹，「駕……」

「唏吁吁——」白龍駒嘴裡發出憤怒的咆哮，張開四蹄，閃電般向南而去。

「藏用……」柴榮拉了一把沒拉住，只能對著高懷德的背影跺腳，「好歹你也帶上子明，這天底下，誰的醫術比他還高？」

「不用，齊王前幾天還跟小弟我見過一面。我給他望過氣，最近應無大難！」鄭子明卻不緊不慢跟上來，搖著頭道。

「望氣，你居然還會望氣！」柴榮先是喜出望外，旋即，臉上湧滿了如假包換的焦灼，「那你怎麼不早點兒告訴藏用，他走得那麼急，萬一……」

「他是齊王的藥引子，如果他不回去，齊王說不定還得繼續吐血！」鄭子明聳聳肩，老神在在地補充。

「你——」柴榮實在有些無法忍受他的輕慢態度，忍不住眉頭緊皺。但下一個瞬間，卻好像又從自家三弟的笑容裡，讀出了一些東西。揮了下手臂，嘆息著搖頭，「你呀，唉——」

鄭子明又對著他笑了笑，臉上的表情愈發令人玩味，轉過頭，快步來到正在從地上往起爬的齊州信使面前，柔聲追問：「這位信使兄弟，不知道該怎麼稱呼？」

他原本就長得人高馬大，最近兩年又天天在河堤上勞作，因此身體被打磨得愈發雄壯結實。跟剛剛從地上爬起來的信使相比，就像一頭巨熊在俯視一隻雞雛。令後者頓時就覺得心頭一緊，說出的話立刻變得結結巴巴，「在下，在下，在下，在下隨，隨家主的姓高，但名一個明字！」

「嗯，高明，這名字不錯！」鄭子明咧了下嘴，兩排潔白的牙齒，看上去就像兩把鋒利的鍘刀，「敢問高明指揮，你家王爺，吐了幾口血？都什麼顏色？他老人家落馬時，是那隻腳先著的地？」

高明的心臟再度一抽，說出來的話愈發顛三倒四，「三，三口，不，四口。小人當時站得遠，沒數清楚。他老人家落馬，是左腳先，不右腳，不左右腳同時……，侯爺，小人，小人當時離得太遠，真的沒看清楚啊！」

「好了，沒看清楚就沒看清楚，不是什麼大不了的事情！」鄭子明後退半步，伸出手，和顏悅色地拍打對方肩膀，「你回去吧，順便把你家二公子也叫上。他在後面替大夥兒督辦伙食的輜重。齊王病危，他這個當兒子的，不回去盡孝不太合適！」

「唉，唉！」信使高明如蒙大赦，低頭抹了一把汗，慌慌張張地跳上了馬背，逃一般走了。從始至終，都沒顧得上給太子柴榮行一個禮，更甭說替自家東主交代幾句場面話。

望著他落荒而逃的背影，鄭子明忍不住冷笑著搖頭，「呵呵，鷂子，瘋熊，白馬，呵呵，真的是聞名不如見面！」

「行了，歇夠了，咱們該繼續幹活了！」到了此時，柴榮豈能看不出來齊王高行周是在裝病？抬腳在地上接連踢了數下，踢得泥巴四處亂飛。

「他，他為什麼要這樣做？殿下，殿下和侯爺，可是一直拿高懷德當親兄弟看！」符昭文雖然是個文官，反應速度卻比兩個武將還慢。楞楞地走上前，滿臉茫然地感慨。

齊王高行周通過裝病的方式，迫使自家兒子不敢在柴榮身邊逗留，很明顯，是不想讓高懷德捲入柴榮和王峻之間的矛盾中，下定了決心，準備讓高家袖手旁觀。

這種選擇，可以算理智，卻極為不盡人情。首先，高懷德與柴榮、鄭子明等人曾經在鎮州前線並肩作戰，曾經一起流過血，彼此間兄弟之情甚篤。其次，高懷德的弟弟高懷亮，是柴榮一手提拔起來的心腹，身上早已打下了太子一系的烙印，怎麼可能想摘清，就立刻摘得清楚？第三，王峻眼下雖然權傾朝野，可柴榮依舊是唯一的皇位繼承人，皇帝郭威到目前為止，也沒透露過任何改立其他人的口風。高家在這種時候，突然要與太子拉開距離，未免會令人浮想聯翩。

「他這麼做，都是他的事情，孤問心無愧！」柴榮顯然被高行周的舉動給打擊得不輕，又狠狠朝爛泥裡踩了一腳，冷笑著道。

「馬最機靈，聽到風吹草動，就會躲得遠遠的！還那句話，求人不如求己，打鐵還靠自身硬！」鄭子明在邊上呵呵一笑，用手使勁的揉了揉腿，伸了伸腰，「走吧，該繼續幹活了。趁著天晴，繼續修下一段河堤。」

「走！沉舟側畔千帆過！有你們，有元朗，有仲詢，孤就不信，幾團爛泥，還擋得住逝水滔滔？」柴榮看了看鄭子明，非常認真地回應。

「那，那就走吧！」符昭文聽得似懂非懂，跟在鄭子明和柴榮後面，深陷的泥足一腳一腳走向自家隊伍。

河灘旁，三千滄州精銳和三萬餘精挑細選後留下來的民壯，已經休整完畢。見到太子柴榮和冠軍侯來到，立刻迅速起身，整隊。轉眼間，就橫成排，縱成列，看氣勢，絲毫不亞於一支百戰精銳。只是，此時此刻，他們手中拿的是鐵鍬和扁擔，而不是大刀和長槍。

「中軍，原地舉盾！」

「左翼，前插！」

「右翼，斜向前推進五十步，左旋，投擲長矛！」

「遊騎……」

五千衙內親軍，在旗幟和角鼓的指揮下，不停地前進後退，左右旋轉穿插。拔地而起的殺氣，瀰漫整個校場。

「唔！」齊王高行周滿意地手捋鬍鬚，略微隆起的肚子上，灑滿了金黃色的陽光。

這五千身披重甲，手持利器的精銳，是他安身立命的資本。也是確保高家榮華富貴長盛不衰的堅實後盾。想當年，澤潞節度使常思憑著五百弟兄，就能橫掃半個河東。如今，他高行周麾下的精銳是常思當年的十倍，哪怕這天下再度風雲變色，誰又敢硬逼著他屈膝彎腰？

「中軍，向前二十步，前劈三次！」

「左翼，原地不動，弓箭手挽弓待發！」

「右翼，後退十步，結陣！」

「遊騎……」

見自家王爺滿意，正在負責操演兵馬的衙內親軍副都指揮使高行儉喊得愈發賣力。周圍的傳令兵們，則迅速將他的命令化作旗幟動作和鼓聲，清晰地傳進在場每個人的耳朵。

「殺，殺，殺！」校場上，怒吼聲宛若驚濤駭浪。每一名參加校閱的將士，都使出了吃奶的力氣，唯恐自己表現差強人意，對不起齊王爺平素的供養。

一旦入選親軍，無論兵將，皆拿雙餉。逢年過節，還另有一份豬肉和米糧作為犒賞。家裡遇到紅白之事，根本不用張嘴，王府的管事，自然會派遣小廝帶著錢款上門幫忙。所以，每一名親軍，都從入營那天起，就已經將性命不再當成自己的。只要王爺一聲令下，刀山火海，也絕不旋踵。

「嗯！」見弟兄們個個都精神抖擻，高行周心中愈發得意。

論地盤，如今他高行周，穩居諸侯裡的前三。論實力，即便不算已經單獨開府建牙的長子高懷德，高家也不比排名第四的常家低下分毫。論人脈和資格，除了老狼符彥卿之外，更是找不到誰能跟他高行周相比。自已跟皇帝郭威親若手足，長子跟太子相交莫逆，二女兒還嫁給了當朝太尉，侍衛親軍都指揮使王殷的長子王棟，生下了嫡長外孫王雄，可謂要風得風，要雨得雨。

想到手握禁軍兵馬大權的親家公王殷，高行周的臉色，就忽然閃現了一絲陰雲。女兒跟女婿伉儷情深，在王家的地位極為超然。太尉親家公王殷跟他這個齊王，也算是交往了多年的老兄弟，彼此惺惺相惜。如無意外，二十年內，王、高兩家，可以聯手成為大周境內誰也動不了的一方勢力，坐看世間風雲變幻。

然而，這念頭，有意外是常態，無意外才稀奇。上個月，太尉王殷居然酒後亂了方寸，主動提出，讓自家掌上明珠王柔，嫁給禁軍大將，大內都點檢兼馬步都軍頭李重進做填房！這，可是一招歪棋攪亂了整個棋局！

要知道，大內都點檢兼馬步都軍頭李重進是郭威的親姐姐，福慶長公主之子。跟皇帝郭威的血緣關係，比太子柴榮還要親近數分！而樞密使王峻，素來又欣賞李重進的敦厚，將其視為弟子門生。最近這兩年來太子柴榮在外邊忙著治理黃河，難得回汴梁一次。李都點檢就成了出入皇宮最頻繁的人。非但代替柴榮承歡於郭威膝下，還多次為國舉賢，每次舉薦都得到了郭威的恩准。

如果李重進在王峻的支持下，能百尺竿頭更進一步！每次念及此節，高行周的心臟就會抽搐不已。

天威難測，人心更是難測。這些年，他可見慣了皇帝臨時換人。就像當初石敬瑭屍骨未寒，侍衛親軍都指揮使景延廣，立刻就擁立石重貴取代了太子石崇睿。就像劉知遠前腳離開汴梁，太子劉承訓就被親弟弟劉承佑親手送上了西天。如果高家不及早做出準備，一旦有些圖謀變成了事實……

「王爺，大公子回來了！」一名老將匆匆忙忙跑上觀禮臺，附在高行周耳畔低聲彙報。

「啊！」正在推算時局變化的高行周被嚇了一跳，身體向後躲了躲，旋即嘴裡發出一連串低低的咆哮，「直接帶他來見孤就是，彙報什麼彙報，多此一舉！」

「可，可王爺先前派人，派人通知大公子時，說，說的是落馬……」老將被訓得鬢角冒汗，低下頭，小心翼翼地補充。

「老子，老子恢復得快，不行嗎？」高行周臉色一紅，怒吼聲頓時愈發響亮，「你不用管這事，去把他給老子叫過來。難道，難道老子不病，他就可以學那大禹治水，三過家門而不入了嗎？」

這是哪跟哪啊？黃河分明位於齊州之北才對？老將心裡不住嘀咕，卻沒有勇氣公開反駁高行周的話，行了個禮，匆匆而去。

不多時，高懷德頂著滿頭大汗趕到。看見自家父親完好無缺地站在觀禮臺上，校閱衙內親軍將士，不禁微微一楞。連忙躬身及地，大聲喊道：「父王，不孝兒回來了。祝父親身體康健，富貴綿長！」

「呀，你回來了！怎麼不去河堤上搬沙包了？」高行周看都懶得看自己兒子一眼，拔腿就朝觀禮臺下走去，一邊走，一邊繼續數落，「既然你那麼喜歡搬沙包，就住到黃河大堤上好了。剛好，把你弟弟換回來。免得老夫空有兩個兒子，卻什麼事情都得自己動手。病了，痛了，連個送藥的人都找不到！」

「父，父王息怒。我，我只是，只是順路去那邊看看。真的，真的不是故意賴在外邊不回來！」高懷德不敢還嘴，耷拉著腦袋跟在自家父親身後，陪著笑臉解釋。

「對，天黑還早著呢。你還可以搬個過癮！」高行周今天根本就沒打算跟兒子講理，扭過頭，指著對方鼻子呵斥，「你看看你，哪裡像個手握重兵的節度使？平素處處唯他人馬首是瞻不說，還，還低三下四跑去河堤上玩泥巴！咱們高家，咱們高家究竟是祖墳哪裡風水不對了，居然生出你這個分不清高低貴賤的混帳東西？」

「父王，我沒有親自動手搬沙包。」高懷德好歹也是一鎮節度使，受不了父親在如此多人面前，給自己下不來臺。跺了跺腳，滿臉委屈地解釋。「況且，況且太子殿下都親自……」

「太子是太子，你是你！」高行周狠狠的瞪了高懷德一眼，翻身跳上馬背，揚長而去。「好好想想，你到底錯在哪兒了，想不清楚，就不要回家見我！」

「啊……」從來沒見父親對自己如此冷淡過，高懷德楞了楞，滿臉難以置信。

高行周卻不想給自家兒子更多解釋機會，快馬加鞭，一路衝回了府邸。將坐騎朝親衛手裡一丟，又大步流星返回了後宅，脫頭盔，去罩袍，解鎧甲，將全身上下的零碎，丟得滿地都是。

後宅內的僕人和姬妾不敢上前觸他的霉頭，趕緊去佛堂搬來了一品誥命夫人王氏。王氏也被自家丈夫突如其來的怒氣，弄得滿頭霧水。硬著頭皮走上前，低聲勸解：「老爺，你今天這是怎麼了？孩子長大了，有自己的一群朋友，不是很正常的事情嗎？況且他結交的又是當朝太子和冠軍侯，二人都是……」

「妳一個婦道人家懂個屁！」高行周一肚子邪火正無處發洩，豎起眼睛，大聲呵斥。見到老妻王氏那驚愕中帶著委屈的面孔，心中頓時又是一軟，放緩了語氣，低聲補充：「妳以為我真生氣他跑到河灘上幫太子扛沙包呢？我，我這是，這是借題發揮，借題發揮妳懂不懂？這小子，這小子的確長大了，的確該有自己的一幫子朋友，太子和冠軍侯，也的確人品都不錯！可，可這世道，向來是誰壞，誰狠，誰心腸歹毒誰大富大貴，好人一茬接一茬都死無葬身之地啊！孩子他娘！好人可以作為朋友，卻注定做不了主公，孩子他娘，我這麼說，妳到底聽懂聽不懂？」

「這，這……」王氏性子原本就軟，聽丈夫說話聲中帶著喘息，愈發不敢頂撞。猶豫了好半天，才親手給高行周倒了杯熱茶，一邊眼巴巴地看著他喝了下去，一邊小心翼翼地提醒，「話，話雖然這麼說，可，可也不能直接得罪了太子殿下啊！畢竟，畢竟皇上只有他這一個兒子了！」

「乾的，不是親的！」高行周直接把茶葉倒進嘴裡，一邊咀嚼，一邊大聲解釋，「況且也得罪不了，郭榮氣度恢弘，即便猜到老夫故意想讓藏用跟他疏遠，也只會恨老夫一個，不會牽連他人。而老夫，老夫還能活多久了？未來咱們高家，還，還不都得靠著藏用支撐？」

「你，你這是什麼話？」王氏被嚇了一跳，眼淚立刻滾了滿臉。「你，你今年才六十九，春天的時候，還，還被冠，冠軍侯親手把過脈。他，他說你還能，還能至少活，活十五年！他，他可是當世第一神醫。你，你不能咒自己，你，你要是有個三長兩短……」

「哭什麼？我只是那麼一說而已。別哭，我應該不會死那麼快！唉，可畢竟人到七十古來稀！」高行周見慣了生死，根本不在乎什麼口彩不口彩，「藏用和藏威兩兔崽子如此魯莽，真的死了，我還不放心閉眼睛呢！」說罷，他又幽幽地嘆氣，牙齒上下咬動，彷彿跟嘴裡的茶葉有不共戴天之仇。

雖然是炮製過的茶團，可味道依舊有些苦。很快，他的眉頭就被苦得皺了起來，肚子裡也覺得澀澀的，好生不是滋味。

他自己的身子他知道，情況好的話，還能撐上些時日，不好的話，也許駕鶴西去，就在今明兩年了。而當下的朝局，卻因為王殷將女兒嫁給了李重進，一下子變得暗流洶湧。

「你，你不能這麼說！孩子不爭氣，你，你打他們就是。何必，何必非要，非要用，用這些話來嚇唬人。我，我……」王氏不理解他心中的苦處，只管抽抽噎噎地哭著數落。

「唉！老夫謀略不及杜重威，謀略不及張彥澤、李守貞，可這麼多年下來，他們都身死族滅，唯獨老夫官越做越大，手中兵馬越來越多，為何？」見老妻被自己嚇得魂不守舍，高行周心裡又是一軟，嘆了口氣，幽幽地解釋。「無他，老夫從不站隊，從不跟任何一方走得太近而已。如今朝中，太子、冠軍侯等人是一派，王峻，王殷、李重進是一派，勝負難分，咱們高家，還是跟兩方都保持距離才好！」

「你，你做事，做事謹慎些，也是應該。」唯恐高行周情急之下，再說出什麼不吉利的言語，王氏只好順著他口風，將話頭繼續往下捋，無論心中同意不同意。

「太子是個有心胸的，我惡了他，他也不會恨到藏用他們哥倆頭上。將來太子做了皇帝，我兒照樣跑不了一輩子榮華富貴。而老夫若今天不把藏用找回來，萬一將來王峻真的把李重進送上了皇位，咱們，咱們高家，可就是要大禍臨頭了！」高行周瞇著眼，看了看大堂之外有些昏黑的天空，嘆息著補充。

「噢！」聽聞自家丈夫說柴榮不會記恨高懷德，王氏的心終於踏實了一些，含著淚點頭。

「藏用那孩子，表面上心高氣傲，誰都看不起。可實際上，卻極為古道熱腸。一旦跟哪個看對了眼兒，就是一輩子的朋友。」高行周今晚非常想找人傾訴一下自己心裡話，根本不管老妻是不是個恰當聽眾，又咽了口苦澀的唾液，低聲補充。「我如果勸他趨吉避凶，他即便表面上聽從，背地裡，也會跟我對著幹。所以，還不如老夫來做這個惡人！」

說到這兒，他忽然又意識到高懷德居然還沒回家來向自己「請罪」。連忙把頭轉向門口，大聲喊道，「高福，藏用去哪了？他莫非還在校場上戳著？去，你去把他給老夫找回來！」

「是！」管家高福大聲答應著，卻沒有立刻離開。而是稍微等了片刻，直到聽見高行周的喘息聲小了，才滿臉堆笑地蹭進了屋子，「王爺，回您的話。世子，世子他……」

「怎麼，小兔崽子哪去了？有話你趕緊說，別藏著掖著！」高行周立刻感覺到了幾分不妙，眉頭跳了跳，怒火再度從雙目中噴湧而出。

「王爺，剛剛，剛剛有人來彙報。世子，世子好像，好像牽著馬又從北門出城去了！」管家高福向後迅速退了幾步，啞著嗓子回應。

「什麼？」高行周先是楞了楞，隨即勃然大怒。

北門，從北門出城，當然目的地只有一個，那就是黃河大堤。

想到自己一番心血全都落到了空處，他再也忍耐不住。揮動胳膊，將手中茶碗直接丟在地上摔了個粉碎。旋即，也不管嚇得臉色蒼白的老妻，抬手從牆上摘下一口寶刀，大步衝出屋外，「來人，跟我去黃河大堤，去把那忤逆不孝的畜生抓回來！」

「是！」眾親衛嚇得人人寒毛倒豎，答應一聲，快速去牽坐騎。不多時，就組成了一個百人規模的騎兵小隊，簇擁著暴跳如雷的高行周，直奔黃河大堤而去。

這兩年高懷德常駐邊境，為了加強麾下騎兵的戰鬥力，沒少搜羅遼東良駒。因此高行周的衛隊近水樓臺先得月，早已將上上下下的坐騎換了個遍。此番緊急出行，遼東馬的優勢，立刻顯現了出來。只用了不到一個時辰，黃河已經遙遙在望。

跑出了一身臭汗，高行周心中的怒火，便不像剛剛聽聞兒子偷偷溜走那麼旺了。本著不跟太子殿下直接起衝突的心思，他將手高高地舉起，同時緩緩放慢了坐騎。

「吁——」眾親衛訓練有素，立刻相繼拉緊了戰馬韁繩。轉眼間，整個隊伍的前進速度都由狂奔變成了慢走，動作齊整得令行家嘆為觀止。

「高遠，高朋，你們兩個跟著老夫去找那逆子！」高行周沒心思欣賞自己麾下隊伍的騎術，回頭先點起兩名武藝最好的心腹，然後朝餘下的親衛低聲吩咐：「其他人，就在這裡等著。沒老夫的招呼，不要暴露行踪！」

「諾！」眾親衛低聲答應，旋即齊齊拉住了馬頭。

高行周滿意地向大夥頷了下首，翻身跳下戰馬，手握寶刀，徒步走向燈火通明的河堤。高遠和高朋緊隨其後，一邊小心翼翼地護住高行周的身體兩側，一邊轉動腦袋，迅速朝四下觀望。

黃河堤壩上，插滿了沾著鯨油的火把，將整個工地，照得亮如白晝。

柴榮和鄭子明在剛剛加固過的堤壩上，緩緩來回走動，仔細查看著各處施工質量。而潘美和范文長兩人，則照本宣科，大聲向周圍的河工頭目們，強調下一階段施工的注意事項。每名河工頭目聽得都極為認真，唯恐漏了一個字，拖累了明天的施工進度。按冠軍侯所制定的規矩，保質保量提前完工的隊伍，當天報酬翻倍。而拖到天黑還在磨磨蹭蹭的隊伍，當天報酬只能領到八成不說，全隊上下第二天還要帶上黃色的帽子，被整個大堤上的人指指點點。

距離河堤稍遠處的平地上，則站著陶大春、李順和另外幾位高行周叫不出名字的滄州將領。只見他們各自帶領著一支百人上下的巡河隊，正在操練得熱火朝天。隊伍中，每一名兵丁，都是從河工裡精挑細選出來的，個個生得虎背熊腰，赤裸的胳膊上，油汪汪的肌肉塊兒清晰可見。

更遠處，還有數個少年讀書郎，對著塊寬大的桃木板子，給無事可幹的河工家眷們，傳授基本的草藥辨識技巧。冠軍侯說過，越是荒蕪偏僻之地，所長出來的草藥成色越足，效果越好。家眷們除了替男人洗衣服做飯之外，能學會採藥，無疑就又多了一份穩定進項。腰間荷包一鼓，心裡頭底氣就足，說話的時候就有膽子抬頭。甚至連晚上伺候自家男人洗腳時，都不再像以前那樣小心翼翼。

這些景象，高行周在最近幾多月來，已經明裡暗裡看過無數遍。但從沒有一次，看得像今天這麼認真。兒大不由爺，有時候硬拗，也未必能拗出個好結果。所以，他必須認真審視眼前這些司空見慣的場景，才能更好的做出判斷，才能決定自己今晚到底採取什麼樣的態度，將兒子帶回家中。

「誰？」幾個當值的士兵，警覺地發現有人靠近，舉著兵器迎上前，低聲喝問。

「老夫，齊王高行周！」高行周將手裡的寶刀舉了舉，用極低的聲音回應。

當值士兵從刀鞘所鑲嵌的寶石上，立刻知道來人身份不低。隨即，又看到了齊王府兩名親衛所亮出的腰牌。趕緊行了禮，大聲問道：「見過王爺，請王爺稍候，我等立刻就去向太子殿下彙報！」

「不必，天熱，老夫到河堤上看自家兒子，就不必驚動太子殿下了！」高行周快速擺了擺手，用更低的聲音吩咐。「該幹什麼幹什麼去吧！老夫不是外人，論武藝，三個也頂不上冠軍侯一個，更害不了你家太子！」

「是，王爺！」當值士兵被說得臉色發紅，趕緊又給高行周施了個禮，訕訕退開。

他們都知道高行周是高懷亮的父親，所以不敢公開違背老爺子的吩咐。但為了謹慎起見，還是悄悄在二十幾步外，圍出半個弧形，以免有什麼不測之事發生。

這種明顯帶著防範意識的行為，當然瞞不過老行伍高行周的眼睛。但後者身為齊王，也拉不下臉來跟幾個小兵較真兒。只是笑了笑，便繼續沿著河堤緩緩走動，一邊走，一邊繼續檢視太子殿下的「本錢」。

河堤附近的兵不多，還是只有太子自己的一個營親衛和鄭子明所帶的三千精銳。但大大小小的河工隊伍，卻不下二十支。每一支都單獨擁有一塊營盤，散落於堤壩附近。從高處看去，就像一朵朵盛開的梅花。每座營盤都收拾得極為整齊，大小帳篷橫成排，縱成列，宛若一隊隊將士，正在挺胸拔背，接受主帥的校閱。

「便是老夫麾下的親軍，營盤也不會紮得如此嚴整！」看著，看著，高行周就忍不住手捋鬍鬚，低聲嘆。

俗話說得好，外行看熱鬧，行家看門道。他高行周帶兵數十年，目光早就被鍛鍊得像閃電般明亮。稍微掃了幾掃，便看出了太子麾下的河工們與以往各路服徭役民壯的不同。

從來沒有人，給過民壯這麼好的待遇。也從來沒有人，將民壯組織得如此整齊。更沒有人，會終日跟民壯們滾打在一起，同吃同住，同抬一個沙包，同釘一根柱子！

這哪裡是帶民壯治河，這，這簡直就是借機練兵啊！

昔日吳起與士卒食同甑，寢同埂，出入同列。三年後，以新兵五萬、兵車五百，輕騎三千，大破秦軍五十萬。昔日衛青行不騎馬，坐不鋪席，臨戰親負矢石，三年後，大軍直搗虜庭，破敵十萬，盡俘匈奴王妻妾兒女。如今，太子柴榮在冠軍侯鄭子明的輔佐下，已經與數萬河工，同吃同住了兩年有餘……

「王爺，世子在那邊！」高明悄悄地湊過來，拉了一下高行周的衣袖，努著嘴提醒。

高行周迅速扭頭過去，只見自家長子高懷德一手拎著一隻碩大的木桶，穩穩地走向了柴榮等人，根本沒注意到自家老父就在附近。一邊走，還一邊興高采烈地叫喊：「來，來，殿下，子明，趕緊叫大夥都過來嘗嘗。

嘗嘗我們高家秘藏的老酒！存了十幾年了，我父王平素根本捨不得喝。今天全被我連鍋端了，來，嘗嘗，舒筋養骨，活血化瘀！」

「呸！老子什麼時候藏過酒，還捨不得喝？」高行周眉頭皺了皺，壓低了聲音自辯。然而，他卻沒勇氣衝出去，戳破自家兒子的謊言。只是一步步，倒退著走下了河堤，唯恐躲得不夠及時，破壞了河堤上那群年輕人的酒興。

「王爺，要不然小的過去知會世子一聲？」高朋不確定自家東主的想法，扶著高行周的腰，小心翼翼地失態。

「算了，兒大不由爺，隨他去吧！」高行周咧下嘴，輕輕搖頭。

一陣微風吹過，送來濃烈的酒香。雖然沒有親口喝到，卻也令人神清氣爽。

「走吧！」看了一眼默默無語的親兵，高行周笑著轉身。「該回家去睡覺了，人老了，精神頭不濟，就不湊熱鬧了！」

「唉，唉！」高遠和高朋兩個心頭頓時一輕，趕緊跟上前，再度托住高行周的胳膊。

「不用，老夫身體結實著呢，用不到你們來攙！姓鄭的小子說過，老夫再活個十五年都沒問題！」高行周的臉上，寫滿了放心的笑容。甩開兩名親兵，大步流星走向先前隱藏戰馬的地方。

年輕時的熱血，彷彿在不知不覺間，又回到了他的軀體裡，令此時此刻的他，全身上下都充滿了活力。

年輕，真好。

滾滾黃河向東流去，日夜不息。

「轟隆隆，轟隆隆，轟隆隆！」棣州北側白馬坡，河水因為河道驟然收窄，而變得湍急異常，就像一條被激怒的黃色巨龍，不停地拍打在剛剛加固過的堤壩上，濺起一團團金色的水霧，被陽光一照，如夢似幻。

比河水拍打堤壩還大聲的，是河工們整齊的號子聲，「一二，起……一二，起……一二，起……一二，起……」

「一二，起……一二，起……一二，起……」

「一二，起……一二，起……一二，起……」

紅旗招展，繩索隨著號子聲緩緩扯動，將一塊兩丈高矮，五尺見方的石碑，緩緩立了起來，就像一根定水神針般，威嚴地聳立在了河道最窄處，與一座剛剛架起來的索橋遙遙相對。

石碑的正面，龍飛鳳舞雕著七個漢字，「棣州治河功德碑」，每個字都有芭斗大小，表面還專門塗了一層銅粉，被陽光和水霧一襯托，立刻瑞氣繚繞。

石碑北面，則是治河有功的當地仕紳名姓及事跡。每個名姓連同下面的文字，雖然都只占了窄窄的兩行，總計加起來也沒有三指寬，卻格外吸引人的目光。

「張寶財，棣州白馬人，正直良善，富而不驕。憂水患危害鄉鄰，於廣順二年捨家為國，購進無主荒地兩千四百畝，捐贈粟米五千石……」石碑沒等立穩，已經有好事者，迫不及待，將背面第一行字大聲念了出來。

「多謝皇上，多謝太子，多謝諸位鄉鄰，草民，草民何德何能，敢，敢居此碑之上，慚愧，慚愧啊！」一名花白鬍子，肥頭大耳的鄉紳跳起來，抱著肥碩的拳頭，向四周團團行禮。一張圓臉，早已因為激動走了形。雙目當中，也湧滿了驕傲的淚水。

勒石記功，勒石記功啊！當初他聞聽太子殿下派人下鄉購買糧食，抱著破財免災的想頭，捐出的五倉陳年粟米，沒想到居然換回了如此殊榮！當年，族裡那群短視的傢伙，還笑他笨！如今，看誰後悔得捶胸頓足！

的確，這功德碑不禦寒，不頂飢，可這，卻是實實在在的名望。從此之後，他白馬張家，就是天下聞名的良善門第，忠厚縉紳。無論哪朝哪代，無論今後換了誰做皇帝，在黃河兩岸，也沒人再敢把手朝張家頭上亂伸。否則，必將淪為千夫所指，在地方上寸步難行！

「劉二山，棣州大劉莊人，約己厚人，樂善好施。哀流民衣食無著，特購進無主荒地兩千畝，捐贈粟米三千石，麻布兩百匹，活羊……」好事者們沒功夫接受張寶財的感激，繼續扯開嗓子，大聲念誦功德碑背後的文字。

一個四十多歲，滿面紅光的漢子立刻衝了過來，帶著七八個家丁，將熱氣騰騰的肉包子，朝石碑附近的河工嘴裡塞，「辛苦，辛苦，真正辛苦的是你們。草民，草民，草民不過是沾了太子殿下的光，殿下如此厚待，草民，草民真是愧不敢受，愧不敢受啊！」

嘴裡喊著愧不敢受，他的脊背卻挺的筆直，面孔左轉右轉，唯恐周圍看熱鬧的官員、仕紳和百姓們，記不住自己劉二山長啥模樣！

「李達，棣州臨河村人，樸實無偽，心懷鄉里……」誦讀聲繼續，又一個地方仕紳從人群中擠了出來，帶著自家佃戶，將熟肉，酒水，不要錢般朝維護秩序的滄州兵腳邊擺。「愧煞了，愧煞了，都是軍爺與河工們每日拚死拚活，我等，我等不過是受陛下和太子的感召，才捐出了些糧食物資而已，真的愧煞了！」

「錢小六，棣州……」

「許浩達……」

「李方鋒……」

更多的地方仕紳名字被念出，人群中，擠出更多的身影，每一個都努力將胸脯挺起，將腰桿豎得筆直。在當初購買荒地和平價出讓存糧的時候，無論他們當中有人是打算破財消災，還是真的對鄉鄰和災民們動了惻隱之心，至少，在此時此刻，他們每個人，都覺得自己當年的行為，是如假包換的積德行善！

這年頭，皇上換得快，朝廷換得也快，但一個家族的好名聲積攢起來，卻分外耗時。而隨著治河工程開始收尾，各渡口和橋梁附近的功德碑開始豎立，他們和他們身後的家族，就迅速變成了真正的地方望族。

今後，無論是換了皇帝，還是換了刺史、縣令，輕易不會再有人敢窺探他們的家產和土地。否則，就是欺壓良善，就是荼毒百姓，就會被全天下人所嘲笑，就會失去民心，自毀根基！

「梁小大……」

「黃四……」

「周方正……」

更多的名字被念出來，隨著咆哮的黃色水，傳向遠方，傳遍黃河兩岸。

站在距離黃河不遠處一座臨時搭建的高臺上，太子柴榮轉過身，以鄭子明最喜歡的慶賀方式，跟他默默擊掌。

三年以前，二人聯手，以「發賣荒地，平價收糧並許諾勒石記功」等一連串令人眼花繚亂的手段，為朝廷募集到了巨量的資金和糧食，為治河工程提供了豐厚的物資保障。但是那時，卻沒有人相信，他們事後會真的兌現承諾，真的把「只是吐出了不該得的國難財」那些吝嗇鬼的名字，刻在功德碑上。

而現在，功德碑真的立起來了，「吝嗇鬼」們真的變成了遠近聞名的良善仕紳，人們回過頭來再看當初，才豁然發現，太子殿下的目光當年有多長遠。

那些名字被刻在功德碑上的「良善仕紳」，以前真的樂善好施嗎？明眼人其實都知道答案！那些名字被刻在功德碑上的「良善仕紳」們，在被迫平價出讓原本打算用來囤積居奇的糧食之際，沒在肚子裡問候太子殿下的祖宗八代，沒偷偷朝寫著冠軍侯名字的小人上扎針嗎？答案也是不問可知。但是，從功德碑準備豎起消息傳開之時，一直到現在，甚至還會延續到今後若干年，那些名字被刻在功德碑的傢伙，一定會盡力約束自己和族人，盡力去表現得像個良善仕紳，絕不敢再輕易去踐踏幾輩子積攢都未必能積攢起來的好名聲。而讓每一件善行都有善報，從現在起，也將會成為黃河兩岸百姓官府公認的默契，往下流傳百年乃至千年。

「子明，你，真有你的！」作為當年的見證者和整個治河工程的主要領軍者之一，符昭文激動得兩眼發紅，也湊上來，跟太子柴榮和鄭子明兩個陸續擊掌為賀，「如此，如此一來，殿下，殿下一諾千金之名，必將流傳天下。而，而這黃河兩岸的民風，也，也必將為之大變！這，這都是實打實的功德，古，古之聖賢，也，也未必……」

「是殿下當初敢於決斷，才有今日之結果！」鄭子明笑了笑，輕輕搖頭。

「孤絕不敢貪此奇功！」柴榮內心深處，也是熱流奔湧。揮了下胳膊，以顫抖的聲音強調。「沒有子明，沒有文仲，沒有潘美、藏用和陶大春，孤，孤對今天想都不敢想！」

一個言出必踐的好名聲，一樁解決黃河水患的蓋世奇功，對現在的他來說，簡直就是雪中送炭。面對王峻、王殷、李重進和那些投機之輩的聯合打壓，他這個太子，已經連續數月不敢返回汴梁。而隨著水患被解決的消息和移風易俗的壯舉被傳回朝堂，那些聯合起來窺探太子之位的人，必將受到當頭一擊！

「別謙虛了，這個時候，你不能謙虛。有些事情，你不敢想也得想，誰叫你是太子呢！」鄭子明抬手輕輕錘了柴榮肩膀一下，一語雙關。「有些責任，也是命中注定，咱們誰都逃不掉！」

說罷，也不管柴榮如何理解自己的話。轉過頭，看著河畔熙熙攘攘的人群，會心而笑。

修橋鋪路雙眼瞎，坑蒙拐騙福滿門。當生活在某一個國家，某一片地域上的大多數人，失去了對「善」的追求，失去了對「善」的敬重，轉而不分青紅皂白，以明火執仗為勇敢，以巧取豪奪為榮耀的時候，這群人的精神，就會日益衰弱下去，甚至會走向死亡。

當生活在某一個國家，某一片地域上的大部分的人，連自己的左鄰右舍都坑，怎麼可能有勇氣捨生取義？怎麼可能在面對入侵者之時，挺身而出，眾志成城？

以石敬瑭為楷模，以韓匡嗣為榜樣，為出賣族人者做傳，為引狼入室者立碑，將敢於站出來抵禦外辱者以莫須有的罪名殺死，將與敵偕亡的反抗者以「愚昧」二字打入另冊，不過是其精神衰退的一種外在表現而已。

是病，就得治，這是醫者的信條。

鄭子明的岐黃之術居當世之首，鄭子明對當世頑疾的認識，也遠超同輩和各位前輩。記憶裡那些越拼湊越清晰完整的時光碎片，令他生出了一雙遠比普通人銳利的眼睛。可以透過疾病表象，看進患者的骨髓。甚至在某一局域，能穿透時光，看清三世三生！

採取由上到下的手段，主動去回報那些善行，無論當初行善者是被迫無奈還是有心，只是他給眼前世界開出藥方的中的一副。在他的背囊中，還有更多的藥方，更多的針石，隨時可以拿出，只待外界有足夠的空間，只待能找到恰當的時機。

「轟隆隆，轟隆隆，轟隆隆！」黃河奔流，日夜不息。浪淘盡，千古風流人物！

一直到太陽落山，黃河棣州段的功德碑落成慶典方才結束。柴榮和鄭子明兩個各自騎著一匹遼東駿馬，在五百餘名親兵的保護下，匆匆離開了河灘，朝著棣州城疾馳而去。

城內，坐落著柴榮的岳父，魏王符彥卿的一處宅邸。老將軍心疼女兒，自打符贏年初為柴榮生下了兒子宗訓之後，就派人將她連同外孫一道接回了娘家，每日錦衣玉食，關照不斷，唯恐讓母子倆受到半點委屈。

連日的奔波操勞，讓這群鐵打般的漢子，臉上都難掩倦色。但走在隊伍最核心位置的柴榮，卻絲毫不敢鬆懈，一邊抬頭不停地打量著四周的地形地貌，一邊低聲跟身邊的鄭子明商量：「三弟，魏王雖然與我名為翁婿，待宗訓也一直不錯。但是，他和高行周一樣，身上還扛著一個偌大的家族。所以，哪怕他今天有些話說得不對，或者有些行為出格了些。念在你嫂子和你侄兒的份上，還請你容讓一二！」

「哪裡的話，大哥？」鄭子明抬起頭，嘴裡發出一陣爽朗的大笑，「你放心好了，兄弟我是那種不懂得尊老敬賢的人嗎？腦袋被石頭砸了，才會跟大哥你的岳父去較真兒？放心，今晚無論他說什麼，我權當是耳旁風！」

「那就好，那就好。今晚符昭序應該也在，他能有今天成就，多虧了你當年的提携。所以，想必我那岳父也不會太過於為難咱們！」柴榮心裡一百二十個不放心，表面上，卻儘量裝作一副高興的模樣，大聲補充。

自家人知道自家事。符老狼是他的岳父不假，可這位岳父大人，在差不多將近三年的治河時間裡，卻根本沒給他和鄭子明半點兒幫助。甚至在施工隊伍進入符家所控制地盤時，暗中指使爪牙，給大夥製造了許多障礙。雖然這些障礙，最終都被鄭子明一一跨了過去，可雙方之間的矛盾，卻也清晰地浮現在了水面上。

是以，在隊伍正式進入棣州城之前，柴榮無論如何，都得跟鄭子明提前打好招呼。免得自家三弟遇到刁難後，當場給符彥卿下不了臺。那樣的話，他倒是好辦，反正以河工事務緊急為由，隨時可以一走了之。妻子符贏就為難了，一邊是丈夫，另外一邊是父親，無論幫誰說話，都難免心如刀割。

「其實，你不說，我也不會招惹符彥卿。他老人家，更不會在酒宴上讓你這個女婿難做！」敏銳地發現柴榮有些言不由衷，鄭子明笑了笑，低聲補充：「那以前做的那些事情，十有八九，是做給外邊人看的。否則，咱們沒那麼容易就將麻煩一一擺平。畢竟，這裡是他經營了多年的老巢，天時、地利、人和都占全了。無論想什麼事情，都可以隨心所欲！」

「那倒也是！」聞聽此言，柴榮心裡頓時就是一鬆。笑了笑，喘息著點頭。

如果把符彥卿故意給治河工程設置障礙的舉動，看成是做給王峻等人看，則一切都可以解釋通了。符家向來奉行明哲保身，自己雖然貴為太子，在真正當上皇帝之前，也甭想得到符家的絕對支持。況且當年，三弟鄭子明還魯莽地拒絕了符家的拉攏，氣得符贏的妹妹符嫣灑淚而走。

想到符贏的妹妹符嫣，至今還雲英未嫁，柴榮心裡就又開始隱隱擔憂。自家三弟也是，都娶了陶三春和呼延雲了，何必單單將符嫣給拒之門外？放眼天下，如今那個年輕有為的英雄豪傑，家裡不是藏著一大堆鶯鶯燕燕？況且那常婉瑩，還是個如假包換的豪門貴女。早就見慣了自家父親和哥哥妻妾成群的她，能容得下鄉下姑娘和敵國大將的女兒，又怎麼會在乎通過聯姻的方式，為自家丈夫增添一個唇齒相依的盟友？

「末將以為，魏王再倚老賣老，也不會特地選擇在今天跟殿下和冠軍侯添堵！」正犯愁一旦在酒席上有人舊事重提，自己如何才能幫助鄭子明蒙混過關之時，柴榮耳畔，卻又傳來潘美那略顯稚嫩的聲音，「他原先不想支持殿下，無非是擔心殿下實力不足以自保，拖累符家而已。但殿下別忘了，若論善於審時度勢，魏王他老人家絕對能排到天下前三。半年前，連齊王見了咱們的河工及護堤軍之後，都不再反對高懷德追隨殿下。以魏王的老辣，豈能判斷不出來，這日後的江山該歸誰所主？」

「仲詢，別亂說！」柴榮被嚇了一跳，趕緊扭過頭，低聲強調。「我父皇天子春秋鼎盛，德澤有加，能為萬民造福的時日長著呢！」

「萬歲只鍾意你一個，也是事實！」知道柴榮口不對心，潘美笑著聳肩。

「那也不能這麼說，否則，傳揚出去，對你，對我，都不是什麼好事！」身為太子，柴榮在皇位繼承一事上，向來謹慎。搖搖頭，繼續低聲補充。

「仲詢，你剛才的話，的確過分了！」潘美正想辯解幾句，卻被鄭子明笑著打斷，「小心給某些人抓到把柄，誰都救你不得！」

「噢！」潘美最服氣的人，就是鄭子明。沮喪地答應了一聲，將準備好的說辭全都吞回了肚子裡。

「不過，我以為，有些話，大哥還是及早跟符老狼說明白了為好！」壓服了潘美，鄭子明又笑著將目光轉向柴榮，「過去他符家騎牆觀望，的確情有可原，並且也的確占到了便宜。可符家不能一直騎牆觀望下去，或者永遠兩頭下注。否則，在外人看來，連你的岳父家都不支持你，你這個太子……」

「我知道，如果找到恰當時機，我會推心置腹地跟岳父談一談！」柴榮胸口好像被人突然錘了一拳般，悶得有些難受。抬頭看著漸漸被夜幕籠罩的棣州城，大聲許諾。

仲秋剛過，夜風裡已經隱隱有了些寒意，地面上的水汽被風一捲，散發出淡淡的白煙，如夢，似幻。

在夜色和煙霧的包圍下，整個棣州城從遠處看去，宛若傳說中的蓬萊仙境。只是不知道仙境裡的神明們，到底是吸風飲露為生，還是也像凡夫俗子一樣，有割不斷的七情六欲，離不開的人間煙火？

棣州城中央偏北，魏王府。

裡裡外外，被鯨油燈照得亮如白晝。僕人、丫鬟們，匆匆忙忙往來於廚房和大堂之間，將裝在盤子內的各色瓜果，流水般往上矮几上擺。

正中央的主位上，大周魏王符彥卿正襟危坐。一雙炯炯有神的眼睛望著周圍，就像一頭年邁的狼王，在巡視著自己的領地。

雖然是招待女婿的家宴，但因為有鄭子明、潘美等領兵大將在場，女眷照例是不能出來露面的。而負責幫忙張羅宴席的長子符昭序又是個毛糙性子，沒等正餐前的水果擺放整齊，就已經進進出出跑了好幾圈兒。

符彥卿被他晃的頭暈，忍不住用力拍了下桌案，大聲呵斥：「坐下來，豎子，你什麼時候能有些人樣？好歹你也是一鎮節度，慌慌張張成何體統！」

「阿爺，我，我這不是……」符昭序被訓得面皮發紅，趕緊停住腳步，擦著汗解釋，「我這不是怕出差錯嗎？妹夫和鄭子明每天在河堤上摸爬滾打，難得吃上一頓安生飯。萬一……」

「這是魏王府，不是邊塞！」他不解釋還好，一解釋，符彥卿的鼻子差點沒被氣歪。猛地又拍了下桌案，大聲呵斥，「從裡到外，都是世代追隨咱們符家的老人……」

「阿爺，阿爺，到了，姐夫和鄭將軍馬上就到了！」一句話沒等說完，大堂外，已經傳來魏王府世子符昭信的聲音，帶著難以掩飾的興奮，「我安排在城門口的家將剛才送回信來，姐夫，姐夫他們已經進城了，正在安頓護衛。大約，大約半炷香的功夫，就能到家！」

「哦，來得倒是快！」符彥卿笑了笑，微微點頭。旋即，大聲向門口的親兵吩咐，「貴由，去，命人敞開正門，鋪上紅氈，準備迎接太子。」

說罷，也不待對方回應，從鋪著虎皮的胡床上走下來，先倒背著手在屋子裡踱了半圈兒，隨即，又朝著符昭序吼道：「還在這裡傻站著做什麼？去後宅，給你妹妹帶個口信。等會兒，讓她找機會把宗訓帶出來，認一認他的幾位叔叔！」

「噢！」符昭序低低的回應了一聲，卻不想動身。給妹妹帶口信，隨便一個僕人或者丫鬟就能做，犯不著由他這個節度使去。而太子柴榮和對自己有舉薦之恩的鄭子明馬上就到家門口兒，他不去迎接，就實在有些失禮了。

還沒等他想好該怎麼把自己的想法稟告給父親聽，站在門口的世子符昭信已經雀躍著舉起了手臂，口中叫道：「阿爺，我去，我去和姐姐說，這事兒不用勞煩哥哥。」

說完，哧溜一下，如閃電般衝向了後院！

符彥卿哪還不知道自己這兩個兒子都在想什麼，恨鐵不成鋼的指了指符昭序，搖頭而嘆：「你呀，你……，要是有你弟弟一半聰明，老夫也不至於如此勞心勞力，唉！朽木，真是朽木不可雕也，虧得鄭子明能看上你！」

「這……」符昭序被訓得滿頭霧水，抬起頭，可憐巴巴地看著自家父親，不知道該如何回應。

見他滿臉委屈模樣，符彥卿的心裡愈發失望，搖搖頭，乾脆拔腿走出了大堂正門。「好好做你的節度使吧！有些事情，你不懂也好。懂了，反而招災惹禍！」

「噢，是，父王！」符昭序愈發感覺丈二和尚摸不到頭腦，苦著臉答應了一聲，小心翼翼地跟在了父親身後。

從小，他好像就不受待見。數年前甚至被父親直接剝奪了家族的繼承權，關在屋子裡閉門讀書。好在後來遇到了太子柴榮和七鎮節度使鄭子明，才終於能有機會吐了口氣。本以為自己都當上節度使了，還接連兩年得到了皇帝陛下的嘉獎，多少能夠讓父親滿意些。誰料，這次回來探親，依舊是從父親嘴裡聽不到半句表揚或者鼓勵的話，動輒就被數落個灰頭土臉！

可我究竟哪裡做得不好？望著年近六十，卻依舊虎視鷹盼的父親，符昭序心裡一陣陣發寒。

父親不想讓自己繼承這個家，自己當年就已經順從把少族長的位置交了出去，一句多餘的話都沒有說！父親覺得自己沒本事，志大才疏，可在節度使位置上這三年來，自己一邊組織人手屯田墾荒，一邊打擊那些跟幽州暗通款曲的堡主寨主，已經令治地煥然一新。父親覺得自己不懂得把握機會，廣結善緣，可自己跟柴榮、鄭子明、趙匡胤、高懷德等人都相交莫逆……

比起至今還在父親羽翼下的世子弟弟，自己究竟哪點差了，怎地就這麼不受待見？

正百思不解間，耳畔忽然傳來了父親符彥卿的聲音：「你覺得很委屈，是不是？覺得我待你就不像親生父親，而你弟弟，才是我的嫡親長子？」

「不敢，父王，孩兒不敢！」符昭序的鼻子頓時一酸，勉強笑了笑，拱起手來回應，「父王向來高瞻遠矚，無論做什麼，肯定都有道理。只是，只是孩兒愚鈍，總是讓您老失望！」

話說得畢恭畢敬，卻是僵硬冰冷，透著如假包換的疏遠之意。符彥卿聞聽，心裡頓時就是一疼。隨即，咧開嘴，苦笑著搖頭：「呵呵，做了三年節度使，別的沒學會，倒學會繞著彎子說話了！不錯，不錯，你當年要有現在的三分本事，為父也不至於讓你關起門來苦讀。」

「父王做事，肯定都是有道理的！」符昭序鼻孔裡，酸得愈發厲害，又拱了拱手，強笑著回應。

「你果然是不服！過去的事情，老夫就不說了！就拿今天的事情來考考你吧，剛才老夫讓你去給你妹妹送信，你為何不去？」知道自己長子是個什麼脾性，符老狼繼續笑著搖頭。

「孩兒，孩兒跟太子殿下，跟冠軍侯，都有袍澤之誼。他們，他們難得來父王的府上一次，孩兒，孩兒不出去迎接，就太失禮了！」符昭序的回答很坦誠，絲毫不做任何掩飾。

「那你弟弟為何去後宅了？」早就知道答案會是如此，符老狼絲毫不覺得意外。撇撇嘴，笑著繼續追問。

「世子，世子年齡還小，跟太子和冠軍侯也不熟！」反正自己已經這樣了，符昭序索性繼續實話實說。

「唉！這就是你們倆的區別。老夫還有一句話，讓贏兒找機會帶著宗訓出來，拜見他的幾位叔叔。」符老狼嘆了口氣，上上下下打量自家長子，再度輕輕搖頭，「你沒聽見，或者聽見了，卻沒走心。而你弟，卻立刻明白了為父的意思！」

「沒走心？」符昭序皺起眉頭，委屈和不解寫了滿臉。

不就是沒去知會妹妹，找機會帶孩子出來拜見鄭子明等人嗎？這跟走心不走心有什麼關係？鄭子明又不是第一次見到宗訓？當年妹妹跟柴榮成親之後遲遲懷不上孩子，還是吃了鄭子明所開的湯藥之後，才終於有的喜訊。兩家關係都親近到如此地步了，還在乎那麼多繁文縟節作甚？

「我要的是你妹妹帶著宗訓，在老夫的見證下，出來拜見冠軍侯！」見符昭序依舊是一副朽木難雕的模樣，符彥卿真恨不得朝著兒子的腦袋踹上幾腳，好讓他重新開一次竅。「鄭子明年方弱冠，就已經是冠軍侯，七鎮節度使。將來如果太子做了皇帝，他的位置怎麼可能低得了？而既然是皇帝，就不可能只娶你妹妹一個。萬一太子再和別人生下孩子，宗訓的地位該如何保障？還不趕緊趁著現在，你妹妹跟太子夫妻之情正篤，老夫依舊能有幾分薄面的時候，給他找個合適靠山？如果鄭子明能答應多看顧宗訓幾眼，或者乾脆收了宗訓做弟子，將來即便你們幾個做舅舅的不爭氣，天下誰又能欺負得了老夫的外孫？」

「這……」沒想到一件看似再普通不過的小事兒，背後竟然隱藏著如此多的玄機。符昭序頓時聽了個目瞪口呆。然而，在內心深處，卻依舊有個極低的聲音在不服氣地嚷嚷：「用得著嗎？一家人什麼話不能直接說？況且宗訓說不定將來跟我一樣，無論怎麼努力都不受他父親待見……」

「不服氣是不是？你難道還以為，老夫不知道這兩年在任上你那些政績，是怎麼來的嗎？」知道自家長子是個什麼模樣，符老狼嘆息著撇嘴，「一年四季，什麼時候該幹什麼，差不多鄭子明都已經替你寫在了紙上，你只需要照著做就行，根本不用自己去想。遇到突發事件，也有趙匡胤和高懷德幫你出謀劃策，無須你勞心勞力。這種便宜節度使，給根骨頭狗都未必比你幹得差，你還有什麼好沾沾自喜的？」

「父王！」被符彥卿的比喻氣得兩眼發紅。符昭序忍無可忍，大聲抗議，「孩兒，孩兒在你眼裡就如此不堪？孩兒，孩兒能有今天，也是戰場上一刀一槍換回來的，可不是仗著你老人家餘蔭！」

「不仗著我老人家餘蔭？呵呵，說得好！不仰仗我老人家餘蔭，太子和鄭子明會看上你？」符彥卿絲毫不顧及兒子的感受，繼續大聲冷笑，「好吧，即便人家看上你了。看上你老實聽話，忠誠可靠，還特別地知恩圖報。可就你這副直心腸，將來能從地方升入中樞？你啊，休怪為父當年心狠，讓你弟弟替下了你。以你性情和本事，遇到個開拓進取的明主，也許還能建立一番功業。如果在亂世當中守成，恐怕，恐怕咱們符家，又要重演當年差一點兒被滅門之禍！」

說起滅門之禍，他忍不住就又想起了自己大哥符彥超和二哥符彥饒。兩個哥哥，都像符昭序一樣直心腸，兩個哥哥，都像符昭序一樣知恩圖報，待人誠信有加。但兩個哥哥，下場都是死無葬身之地。只有自己這個膽子最小，凡事不想五遍便不去做的老三，僥倖活了下來，僥倖活成了整個家族的頂梁柱。

「父王，您，您別生氣。我，我早已經也無意家主之位！」見自家老父的眼睛裡頭，忽然湧起了淚光。符昭序心裡一酸，滿肚子怨氣頓時隨風而去。

自己是特地回來探望老父和弟弟、妹妹們的，不是來翻舊賬的！自己已經有了自己的地盤，有了自己的兵馬，有了一大票可以並肩而戰的朋友，又何必盯著老父辛苦積攢了半輩子的這點基業？算了，隨他去吧，父親老了，讓他說上幾句，反正也少不了一塊肉。

「我知道你已經不在乎家主之位！」聽兒子解釋的急切，符彥卿也迅速意識到自己今天的態度有些過分。又嘆了口氣，幽幽地補充，「唉！為父也是，好好的，何必讓你不痛快呢！你能在外邊打下一番自己的基業，為父高興還來不及。將來你們兄弟倆，一個在外邊開枝散葉，一個在舊宅裡守成持家，五代之內，咱們符家，倒也不愁榮華富貴！唉，罷了，不說了，太子的車駕快到了。咱們爺倆都鬆口氣，準備迎駕！」

話音剛落，果然，遠處就傳來了一通鑼鼓聲。無數個鯨蠟燈籠高高地挑起，將魏王府前面的街道，照得亮如白晝。緊跟著，太子柴榮和冠軍侯鄭子明二人聯袂而至，遠遠地就跳下坐騎，相繼給符彥卿施禮，「小婿郭榮，拜見岳父。」

「魏王在上，末將鄭子明這廂有禮了！」

「折煞了，折煞了。太子殿下快請，冠軍侯快請！」符彥卿立刻換了另外一副面孔，興高采烈地上前相迎。「來人，奏樂，請太子殿下移駕寒舍！」

早已準備好的王府樂器班子，吹響各色笙簫。魏王府的正門四敞大開。八名身穿金甲的衛士，手持儀仗，頭前領路。符彥卿和符昭序父子，一個攙扶著太子柴榮的胳膊，一個拉著鄭子明的手，踩著鬆軟的紅色地氈，緩緩走入府內。

雖然是翁婿至親，太子駕臨諸侯府邸，也少不了必要的若干禮節。因此足足折騰了大半個時辰，賓主雙方才含笑落座。

符彥卿先舉起酒盞，代表整個家族向太子和皇帝致意。柴榮隨即起身答謝，代表郭威和朝廷，向符家父子表示慰問，於是乎，又是一番誰都覺得累，卻誰都無法逃避的繁文縟節，直到把雙方都折騰得腰痠背痛，方才「表演」結束，進入正式吃喝時間。

轉眼酒過三巡，符贏抱著柴榮未滿半歲的兒子，出來拜見三叔和諸位叔伯。眾人免不了，起身作答，將祝福的話成車成車的往外拋。好不容易哄走了符贏和孩子，魏王世子符昭信，又帶著幾個弟弟，各自端著酒杯，上前跟眾人挨個見禮。

結果，一頓飯吃得比扛著沙包修河堤還要累。好不容易熬到結束，賓主雙方，都變得筋疲力竭。

符家早就專門騰出了一處院子，供太子及太子府的侍衛居住。鄭子明也被安排在了太子的臨時行轅附近，隨時可以過去聽候柴榮的差遣，或者在必要之時，殺過去提供支援。其他人等，如潘美、陶大春、李順、郭智，則又單獨開了一處院落，與鄭子明的院子只隔著一堵矮牆，只要聽見風吹草動，立刻能翻過去匯合。

畢竟是快六十歲的人了，符彥卿的精神，遠不如客人們健旺。強撐著將柴榮和鄭子明等晚輩送出大堂之後，便一頭栽進了臥房中，趴在床榻上，開始打起了呼嚕。

續弦夫人李氏擔心他著涼，趕緊帶著丫鬟，小心翼翼地給他脫去鞋襪，抹乾淨手腳，然後蓋上一床錦被。正打算命人將臥房內的鯨蠟吹滅，自己也多少瞇上一會兒，門外卻傳來一陣細碎的腳步聲響，緊跟著，符贏的聲音就透過窗子傳了進來，「二娘，阿爺睡了嗎？」

「已經睡下了，娘娘找他有事嗎？」李氏出身於普通人家，對符贏這位從小就聰慧過人的太子妃，不敢有任何怠慢。翻身跳下床，趿著絲履親自迎到門口。

「二娘，自家人不必如此客氣。如果我在乎什麼稱呼，就不會親自過來了！」符贏退開半步，先向李氏蹲了下身，然後笑著抗議。

即便按照王府的規矩，女兒半夜入後宅拜見父母，也需要提前通報一聲。但這個規矩，向來對符贏無效。所以，李氏也不敢計較什麼，立刻還了個萬福，笑著解釋道：「今天的酒，喝得可能有些急。你父王進屋之後，跟任何人都沒說話，就直接睡下了。鞋襪都是我給他偷偷換的，生怕把他給吵醒！」

「多謝二娘了，那，那我就明日一早，再過來給父王請安！」符贏莞爾一笑，轉身準備離去。

沒等她的腳步開始挪動，先前睡得如塊石頭般的符彥卿，忽然翻身坐起。「誰在外面，是小鷹子嗎？進來，趕緊進來，秋天了，當心外邊露水重。我估計著，妳即便今天不過來找老夫，明天白天一大早也會過來了。怎麼，太子殿下又跟鄭子明廝混去了，沒理妳這個孩子他娘？」

「阿爺，您，您說什麼呢？」被自家父親調侃得臉色微紅，符贏跺了下腳，低聲嗔怪。隨即，卻一點兒都不客氣，繞開滿肚子不情願的李氏，長驅直入，「太子今晚受眾人敬了那麼多酒，回去之後就睡下了。是女兒自己心裡覺得不踏實，怕您老也喝多了，所以才特地過來看看！」

「呵呵，不是看望老夫，是擔心老夫以酒蓋臉，繼續裝聾作啞吧！」符彥卿咧嘴一笑，無奈地搖頭，「都說女生外向，果真如此。妳居然連太子殿下明早起來這麼半個晚上的時間，都等待不得？說吧，妳希望，或者太子殿下希望老夫怎麼做，先說出來。老夫也好仔細斟酌一番，不至於讓你們夫妻倆兩手空空而歸！」

「阿爺，您怎麼能如此直接？」符贏被自家父親一句話戳破了心事，頓時羞得臉色發紅。頓了頓腳，低聲嗔怪，「就像女兒我真的成了外人一般。您先別管其他事情，先看看這個，還有這個！」

說著話，從貼身侍女手中接過兩本薄薄的冊子，鄭重呈在符彥卿面前。

「什麼東西？」符彥卿微微一楞，低頭看去。只見上面一本冊子的表面，龍飛鳳舞般寫著四個大字，《治河方略》。

鄭子明的治河方略！登時，他的手就不受控制地哆嗦了一下，彷彿兩個小冊子加起來有上萬斤重。

要知道，即便是太平年代，任何朝廷經歷了黃河決口之後，想要恢復，至少也得花費十年八年苦功。並且耗資甚巨，稍不小心，就能讓國庫入不敷出。而柴榮和鄭子明兩個，從請纓到現在，卻只花了不到三年時間。非但沒有從朝廷索要任何錢糧，並且在黃河中下游動員百姓，開闢出良田數十萬頃，從根本上解決了大周朝的糧食儲備問題！

這手段，簡直是神仙所為。如果符彥卿自己掌握了如此本事，肯定記錄下來，藏入密室，只准嫡系子孫傳閱，半個字都不洩漏給外人。但是，鄭子明為了替太子拉攏符家，居然毫不猶豫地將方略拿了出來，如此手筆，如此胸懷，怎麼可能不令人為之震驚？

「這都是子明當初與太子兩個人商量後實施的治河辦法，包括這麼做的原因。以及治河過程中，出現和發現的若干問題，還有，還有解決問題的過程，諸多決策的利弊得失。」女兒的聲音從對面傳來，每一個字，都令符彥卿手上書冊的份量變得更加沉重，「採用的是一問一答方式，類似於傳說中的《衛公問對》，另外一本則是……」

「小鷹子，妳還是直說吧，太子他到底想要老夫做到哪一步？」符彥卿悄悄後退數步，坐在椅子上，喘息著打斷。

有道是，禮下於人，必有所求。所求越多，禮物越重。光一份《治河方略》，已經足夠讓符彥卿難以割捨了。如果再加上一份同樣份量的東西，恐怕符家只能當場表態，永遠唯太子馬首是瞻！

不行，絕對不行！即便再疼愛女兒和外孫，符彥卿也不會做如此承諾。那，簡直是拿整個符氏家族做賭注。以他的謹慎性格和豐富閱歷，哪怕讓女兒傷心，哪怕捨棄手裡的誘惑，也絕不會冒此奇險！

「父王，您著什麼急嗎？好像女兒我逼著你替太子做事一般！」符嬴微微一笑，追上前，從符彥卿手裡拿回兩個冊子，並排放在桌案上，「另外一份，是《治軍綱要》。滄州將士的戰鬥力到底如何？您老也曾經親眼目睹。有了這本書，咱們符家兒郎……」

「不可能！絕不可能！」沒等符嬴把話說完，符老狼已經跳起來打斷。「鄭子明怎麼可能如此大方，交出治軍綱要！他，他滄州軍只有萬把人，萬一秘密被他人所洞悉，今後，今後如何在世間立足？」

話雖然說得斬釘截鐵，他的手指，卻忍不住將《治軍綱要》迅速翻開，目光也移了過去，唯恐看得不仔細，無法分辨此書真偽。

只見綱要第一頁上，赫然寫道，「夫練兵者，練其體魄，壯其精神也！使其知榮辱，明號令，辨金鼓，識禮儀，見強敵不亂於心，聞小利不亂於行，而後列陣接戰，則進退有序，無堅不摧……」

字寫得頗為潦草，遣詞造句也算不上齊整。但每一句話，都令符彥卿的臉色一變再變，兩耳於無聲處，聽得驚雷滾滾。

強行壓制住心中的震撼，他快速向後翻動，越看，越捨不得將目光移開分毫。待看到後半部的選士篇，竟忘記了身邊還有外妻子和婢女，直接大聲開始朗讀，「夫軍中之士，勇武且敢於擔當者也。可謂之為軍中之膽。必精神力貌兼收，且肯嚴格遵守號令者，方可入選。寧缺毋濫。武藝差可以教之，力氣差可以養之，唯精神差且無服從之心者，不經十年調教難見其功。而兩軍接戰，紀律嚴明，戰陣整齊，進退嚴守金鼓旗幟者，勝者十之八九。未戰先亂，士卒踴躍，各不相顧者，縱得一時之先機，亦難將其維繫持久。三鼓之後，強弱之勢立轉……」

「轟！」彷彿有道驚雷，又在腦袋裡炸開。符彥卿身體晃了晃，聲音戛然而止。

作為手握重兵的地方諸侯，哪個不希望自家麾下掌握著一支虎狼之師？而這些年來的戰鬥經驗卻清楚地告訴他，眼下無論是郭威手中的禁軍，高行周手中的白馬精騎，還是自己麾下的符家子弟，都只是用來對付普通山賊草寇的二流貨色。真的遇到硬茬，便會被打得原形畢露！

所以，自銀槍效節軍被李嗣源糟蹋之後，同等數量的中原軍隊再與契丹人交手，就有敗無勝。想從契丹人手裡贏下一場，中原軍隊往往得出動對方的三倍，甚至五倍到十倍！而兵馬越多，對糧草輜重的需求越大。萬一契丹人再遣一支偏師繞路於中原軍隊身後，斷其糧道。則最遲不出三個月，中原軍隊肯定要一潰千里！

恥辱，內戰內行，遇到契丹人就成了窩囊廢。這，不僅是後唐、後晉乃至後漢皇帝的恥辱，也是所有中原將領的恥辱！符彥卿這輩子，不是沒想過雪恥。卻苦於根本不知道該如何雪起。而今天，鄭子明的《治軍綱要》，卻讓他終於看到了努力的方向和希望的曙光。

「阿爺，這兩個小冊子，對咱們符家有用嗎？」見父親不出自己意料之外被震住，符贏笑了笑，走到桌子另外一面，輕輕坐好。春蔥般的手指，在桌面上輕輕敲打，「咚，咚，咚咚咚……」

「呼——」符老狼艱難地將目光從《治軍綱要》上挪開，長長地對著天花板吐了一口氣。「怎麼，怎麼可能沒用。咱們，咱們符家如果能早點得到，得到這兩冊書，不，只需要《治軍綱要》一本便足夠了，就可，就可，呼——」

說著話，他又長長地吐氣，彷彿要把心中的所有遺憾，都吐到空中一般。

「就可什麼？阿爺？」符贏眼睛微微一亮，停止磕打，笑著追問。

「算了，不提了！」符彥卿立刻意識到自己說漏了嘴，苦笑著搖頭，「女生外向，古人誠不我欺！這兩份禮物，對咱們家太重要了，為父找不到任何拒絕的理由。但是，妳切莫漫天要價才好！」

「阿爺，看您說的。我怎麼著也姓符！」符嬴看著符彥卿的眼睛，輕輕搖頭，「其實，太子根本沒讓女兒我向您提任何要求，只是，女兒我不想咱們符家被人說只進不出，所以，所以想跟您老商量一下，能不能，能不能在今年秋末，給朝廷上一道表，陳說鄭子明治河和為國守土之功？」

「啊，就這點兒事情？」符老狼簡直不相信自己的耳朵，本能地反問出聲，「你們夫妻兩個，不需要為父表態支持？」

「您是我的父親，表不表態，其實都一樣！」符嬴笑了笑，輕輕點頭。

「這就怪了，眼下王峻和王殷，實力遠超太子。那鄭子明雖然驍勇，可滄州軍卻只有萬把人，雙拳難敵四手！」聽女兒說得肯定，符老狼忍不住手捋鬍鬚，低聲沉吟，「除非，除非太子還有別的力量，不為人知。可，可他這三年忙著跟鄭子明一道治理黃河……」

「阿爺，您莫非忘了選士的標準。必精神力貌兼收，且肯嚴格遵守號令者，方可入圍！」符嬴又笑了笑，輕聲給出一個答案。

「啊？」符彥卿的嘴巴，頓時張得能放進一個鵝蛋。楞楞半晌，身體向後一歪，喟然長嘆：「老了，為父真的老了。這麼強的一支大軍就在眼皮底下，居然做了睜眼瞎子！唉——」

精神力貌兼收，且能嚴格遵守號令，論上述幾點，誰能比得過太子所統帶的河工？十裡難得其一，三年來，經太子和鄭子明兩人挑選的流民，恐怕不下四十萬，就是四十人裡挑一個，也能挑出一萬合格之士來，怎可能無人可用？而這還是士，不是兵。若按那《治軍綱要》所言，一士位於陣中，可掌控十兵。此時太子只需要一聲令下，輕鬆便能拉起十萬大軍！

而這十萬大軍，還絕非普通貨色。連續將近三年的携手並肩，連續三年的坐臥飲食與共，連續三年的令行禁止，即便是一堆生鐵，也早鍛造成百煉精鋼了，更何況一堆大活人！

可笑，符家的一干宿老們，居然還覺得，太子手中沒有足夠的兵馬為依仗。可嘆，符家上下，此刻居然還有不少人認為，太子實力太差，遲遲不願意站在他這邊，跟他一道面對王峻和王殷！

天氣已經涼了，尤其到了夜裡，秋風中已經帶上了十足的寒意。然而，此時此刻，癱坐在椅子上的符彥卿，額頭上卻滲出了黃豆大的汗珠。

符老狼啊，符老狼，你真是聰明了一輩子，臨老卻變成了糊塗蟲！幾個月來，為了劃清跟太子的界線，居然還默認族中一些蠢貨，去主動上門挑釁！好在太子宅心仁厚，看在雙方是一家人的份上，沒有計較。若是換個心狠手黑的，帶領數萬河工忽然發難，符家在毫無防備之下，下場可想而知！

「阿爺，夫君對您一直禮敬有加。否則，也不會任由女兒我帶著宗訓住在王府裡！」看到符彥卿的臉色一變再變，以符贏的聰明，豈能猜不到自家父親的反應是因何而起？站起身，走到符彥卿的背後，一邊替他揉捏肩膀，一邊嬌聲說道。

被一支規模數萬的大軍潛伏在老巢旁邊數月，卻毫無察覺，任何諸侯發現這種情況之後，心裡都不會好過。更何況符彥卿這種曾經在腥風血雨中走過幾個來回的。然而，想想這支大軍出現的時間和近期的舉動，再想想自家那個粉團子般的嫡親外孫，老傢伙的臉色，又頓時好看了許多，慢慢將繃緊的肩膀放鬆，再度嘆息著搖頭：「老了，為父真的老了。無論心力還是見識，都比不上你們這些年輕人了。算了，妳說得對，咱們符家人再怎麼表態，也改變不了太子是我女婿的事實！」

「阿爺，咱們原本就是一家人。族中那些長輩所為，也是給夫君的考驗而已，都沒較真！」符贏抿嘴而笑，手上的力氣慢慢加重。

父親能如此看得開，當然是最好的結果。否則她真不知道自己到底該怎麼辦？古往今來，被廢掉的太子，沒有一個能得善終。夫君那裡，只能一步步前進不能絲毫後退，否則，自己和宗訓就跟著一道萬劫不復。而符家如果繼續像先前那樣兩頭下注，甚至任由子侄暗中跟王峻眉來眼去，即便太子看在跟自己的夫妻情分上能繼續裝聾作啞，趙匡胤、鄭子明、潘美和高懷德幾個，恐怕也會有所行動了。

動，就不會是和風細雨。

作為柴榮的枕邊人，符贏可是清楚地知道，所謂「售田與民」和「勒石募捐」，可不是像外人眼裡那麼簡單。外人只看到了夫君和鄭子明哥兩個一諾千金，將肯平價出讓糧食和出錢購買荒地為治河提供物資保證的大戶名姓刻在了石碑上，以供後世敬仰。卻沒看到，那些一文錢不出就想憑藉後臺白拿朝廷田土，還有妄想囤積居奇繼續發國難財的傢伙們，都去了哪兒？如果把三年來明裡和暗地借土匪之手砍下來的人頭埋在河堤之下，說十步一個也許誇張。一里兩個絕對不稀奇！

「是啊，一家人，一家人不說兩家話！」感覺到女兒手指上傳來的微微顫抖，符彥卿抬起手，在符贏的手背上拍了拍，笑著承諾，「妳放心，阿爺還沒老糊塗呢。家裡那些不安分的小傢伙們，也該收拾收拾了。唉，樹大了，總會出現些枯枝。自己剪，總比別人來剪好！」

「阿爺出手不要太重，否則，夫君恐怕會怪我多事！」符贏抬手揉了下眼睛，乖巧地點頭。

「我知道把握分寸，不會壞了妳夫君的名聲！」作為經歷過無數風浪的老人，符彥卿的心境非常坦然。「小鷹子，妳就不用為此再操心了。老老實實，等著做妳的皇后便是！」

「父皇春秋正盛，夫君和孩兒，都不敢奢求太多！」符贏聽得眼睛又是一紅，搖搖頭，強笑著回應，「女兒我如此幫夫君，一是他平素的確將女兒視如珍寶。至今整個太子府，還只有女兒一個正妃。二來，這些年，看著他和鄭子明等人的所作所為，也的確令女兒我欽佩。且不說他們努力治理黃河，功德無量。就是看著他們從無到有，一個個地招募河工，組建隊伍，然後練兵選士，就令人覺得每一天都過得極為充實快活，而不是像當年那般，枯坐在城中慢慢盼著天黑！」

有比較，才知道高下。比起當年李守貞父子楞頭楞腦造反，到坐困愁城等死，臨終前還要屠殺全家老小。柴榮和鄭子明兩個這種一步一個腳印，堅決穩定朝目標前進的做法，差別簡直是天上和地底。

而心中有目標，行動有計劃，做起事情自然就不慌不忙，夫妻兩個自然就在不知不覺間將力氣往一個方向使，彼此間配合得越來越有默契，越來越琴瑟和諧。

「是啊，妳夫君不僅有眼光，而且有手段，有毅力和銳氣。」雖然在不知不覺中被擺了一道，對於自家女婿柴榮，符彥卿依舊極為欣賞，「就拿治河這件事來說吧，當年他主動請纓，朝野當中，不知道有多少人笑他傻，盼著他吃力不討好。而三年下來，他簡直就成了黃河兩岸百姓眼裡的萬家生佛。讓當初許多不看好他的人，後悔得腸子都打結！」

「夫君當初，恐怕也沒想如此長遠！」符贏笑著表示謙虛，臉上，卻露出了不假掩飾的自豪。

「名聲這東西，看不見，摸不到，作用卻不可忽視」符彥卿搖搖頭，繼續笑著感慨：「可笑那王秀峰，還以為把妳夫君擠出汴梁，是一記妙招。等真正他做足了準備，想要扳動妳夫君之時，恐怕才會發現，天下人心都早就被妳夫君得了，他注定要白忙活一場！」

既然輸了，就得認帳。他符老狼輸得起，也放得下。不會因為吃了虧，就拒絕承認勝利者的長處和實力。

「能讓王樞密主動看到雙方之間的差距就好，夫君曾經說過，天下難得安寧了幾天，他不想再看到流血！」既然自家父親把話已經說到了最關鍵處，符贏也不再做任何掩飾，直接道出了自己這邊的打算。

「這，也好！」符彥卿眉頭微微一皺，想要說女兒女婿太過婦人之仁，話到了唇邊，又斷然改口，「高懷德這半年來老往河堤上跑，想必高行周在暗中已經站在了妳夫君這邊。老夫，老夫就遂了妳的願，來再加一把乾柴就是。說吧，給鄭子明的那份表功奏摺，妳希望為父什麼時候寫？寫到什麼地步合適！」

「父王如實寫就是，畢竟功勞都是明擺著的。不過，時間安排需要稍作調整。」終於回到了正題，符贏振作精神，慢慢道出自己這邊的初步安排，「子明為了降低黃河下游發洪水的風險，特地派高懷亮帶人在齊州以西七十里處，開鑿了一條三十里長，十餘丈寬的溝渠。只要在黃河汛期的時候，打開幾道閘門，就能將四成洪水通過溝渠分往濟河。如今，河渠已經即將完工，夫君和子明，也會儘快趕過去給弟兄們設宴慶功。屆時，如果父王的摺子能恰好送到汴梁……」

「齊州往西七十里？」符彥卿稍加琢磨，腦海裡就出現了一幅完整輿圖。「已經快到博州了，那正是黃河與濟水距離最近的地方。開鑿一道溝渠，倒也省事。」

剩下的話，就不必再說。父女兩個都心知肚明。當年郭威起兵清君側，就是從博州殺過了黃河。如今柴榮和鄭子明等人，直接把數萬河工擺在了黃河南岸，想要前往汴梁，恐怕更是揮揮手的事情，連渡河的時間都省了，根本不會給王峻留多少調兵遣將的時間！

這一招，真可謂神來之筆。既堂堂正正，讓人挑不出毛病來。卻又乾脆俐落，出劍便可封侯。令符彥卿這等老狐狸，都無法不在心中暗暗喝彩。然而，想到這個方案的布局謀劃，極有可能完全出於鄭子明之手，老狐狸的心中又暗暗一凜。乾笑了兩聲，迅速提醒：「好，好，奏摺老夫一定會寫。保證不會耽誤了妳夫君的事情。但，嘶——」

「父王有話請明言！」聽出自家父親的語氣有變，符嬴皺起眉，警覺地催促。

「其實也不是什麼大事兒。為父年紀大了，難免會想得多一些。那鄭子明，年方弱冠，就已經封侯。老夫這道摺子上去，恐怕就又得將其推上一層樓。才二十出頭的異姓公，哈哈，哈哈，恐怕也就是當初大唐太宗麾下才有！」

「那又如何？距離封王還差得遠呢！況且頂多也是兩個字的王，跟父王您依舊無法比！」符嬴眉頭輕挑，笑著回應。

「妳說反了，為父這個魏王，跟他可真不能比！」符彥卿也搖了搖頭，微笑著補充，「為父這個王，是熬了一輩子才熬上來的。手下的兵馬雖然多，卻中看不中用。不像妳夫君那三弟，是憑著真本事一刀一槍殺出來的，麾下也盡是潘美、陶大春這種百戰之將！」

一個過於有本事的心腹，對柴榮和大周的將來，未必全是好事兒。況且柴榮年齡比鄭子明大了十五歲，等到他六十幾歲之時精力不再旺盛，或者不小心駕鶴西去。四十幾歲，手握重兵，且極得將士們擁戴的鄭子明，豈會甘心受一個晚輩的指使擺布？

話，符老狼自問已經點得足夠清楚。也相信，以自家女兒的聰明，絕對能聽得懂。然而，耳畔傳來的回答，卻遠遠出乎了他的預料。

「父王恐怕是多慮了！當年漢昭烈帝比諸葛武侯，大了可不止十五歲。況且夫君也曾說過，想成就不世之功，就得有過人之量。這用人就好比他當年帶商隊，如果從掌櫃到夥計，都只選本事不如自己的。那生意只會越做越小。還不如早點散了夥兒，帶著閒錢去混吃等死！」

「啪！」燭臺上的某根鯨油蠟燭，忽然爆開了一個燭花。落英繽紛，照得眼前一片大亮！

【第九章】

暗流

夜色籠罩下的汴京城，萬籟俱寂。

忙碌了一天的百姓，早早就上了床休息。喜歡晚上出來廝混的公子王孫們，也因為天氣漸漸轉冷的緣故，很少在街頭徘徊。偶爾有低低的腳步聲從街頭響起，卻是來自負責巡夜的更夫。只有他們，沒資格挑揀天氣的好壞，每天夜裡都得按時走過幾條固定的街道，將單調的梆子聲，傳入已經睡著，或者還在清醒中的耳朵。

對汴梁城的百姓來說，這梆子聲雖然單調，卻意味著天下太平。邊境上沒有戰事，朝廷內部，也沒有動盪發生。前者尚好，畢竟距離汴梁甚遠，頂多是讓他們頭上的稅賦又加重幾分。而後者，就意味著禍從天降。

前幾年大漢國的皇帝劉承佑派人誅殺史弘肇，將史弘肇府邸周圍的左鄰右舍，都順手殺了個乾淨。這幾年雖然換成了國號改成了大周，皇帝也算聖明，可太子常年漂泊在外，皇外甥娶了禁軍大帥掌上明珠這兩件事兒，讓人想起來心裡就不踏實。

「等下個月博濟渠正式通了水，就該讓君貴回來了！」大周皇宮，馬上天子郭威從小山般的奏摺堆裡抬起頭，一邊伸著懶腰，一邊喃喃自語。

奏摺已經是由尚書省和樞密院層層篩選過後，並經左右樞密使批覆過的，大部分只要求他看過一眼，在上面做個同意或者否決的標記，就可以拿下去用印。但即便如此，每天依舊都把他累得筋疲力竭，甚至連堅持大半輩子的拳腳功夫，都徹底荒廢了。

「陛下，還是早點安歇吧！明天還有例行的大朝呢！」太監李福弓著腰走上前，小心翼翼地提醒。

「不急，不急，這才兩更天！」郭威的臉色雖然疲憊，但今天的精神卻非常好。一張久經風霜的臉上，也帶著自豪的笑容，「大朝嗎，不過是走個過場。朕只需要用耳朵聽聽就好，根本不用當場做決定。倒是今晚手頭上這些事情，特別是博濟渠即將開閘分水……」

話說到一半兒，他又突然意識到，跟太監討論政務，乃是治理國家的大忌。連忙將下半截話吞回肚子裡頭，然後指指牆壁和柱子上的青銅燭臺，笑著補充：「算了，朕不跟你說這些。否則，過幾天被王樞密他們幾個知道了，又該跟朕嘮叨個沒完。李福，你命人去把蠟燭多點幾根，順便通知御膳房替朕準備一份宵夜。太子如此給朕長臉，朕這個當皇帝的，總得替他把首尾處理乾淨，免得被他笑話！」

「是，奴才遵命！」老太監李福感激地躬了下身子，快速去安排人執行任務。

郭威登基之後，力行節儉。所以整個皇宮裡，大部分房間晚上都不會點蠟燭。除了侍衛們手裡的燈籠外，到深夜還亮著的，只有寢宮和郭威經常去處理政務的承德、含涼二殿。即便是這兩個亮著的宮殿，通常也不會將所有燭臺上的所有蠟燭全部點燃。僅僅是靠近御案附近才會稍微集中一些，以免郭威熬夜批閱奏摺看壞了眼睛。

如果是靠近門口處，則只會點上一兩根，勉強讓進出的人看清腳下，不至於摔倒而已。

今天，郭威顯然是心情極為愉快，所以想稍微過得奢侈一些。非但指揮著大小太監們，將承德殿內的所有燭臺都插滿了價格昂貴的滄州香蠟，並且又在宵夜之外，臨時追加了一壺滄州燒酒，打算多少喝上幾口，給自己解乏。

歷時三年的治河工程馬上就要結束了，除了最初墊付了一部分救災物資之外，這個工程從頭到尾，沒有增加國庫一文錢的開銷：大野澤和豆子窪兩個歷史上曾經有過的大湖，也重新被挖掘了出來，成為一南一北兩大蓄水池，調節黃河的水量，並為周圍的農田提供充足的灌溉水源；中下游的所有河堤，都被重新加固，不會再輕易出現險情。幾處沉積泥沙最嚴重的地方，也進行了疏通，從此萬石巨舟，可以載著南北貨物，從濱州入海口，一路直達汴梁！

自打李唐覆滅以來，哪個皇帝在位時，能令黃河如此馴服？哪個朝廷，能在黃河決口後三年之內，就令兩岸重新煥發起了勃勃生機？如果這些，還不足以讓大周擁有天下正朔的資格的話，那就再加上博濟渠！分黃入濟，分黃入濟，三道水閘，一條不到五十里長的河渠，就換來了黃河中下游至少五十年無水災之憂。除了大周之外，從劉邦建立大漢朝算起直到劉知遠的後漢，哪朝哪代能勾勒出如此神來之筆，能將這個奇思妙想付諸實施？

越想，郭威心裡就越得意。對著高行周和符彥卿兩個人聯名給柴榮及其結拜兄弟鄭子明等人的請功摺子，忍不住就笑出了聲音：「哈哈，哈哈，朕當年就相信，你們不會辜負朕的期待。卻不料，你們非但沒有辜負，還能給朕如此多的驚喜。不行，明天大朝，明天大朝，朕得把此事詔告天下，不能當作地方上的日常政務就給處理了。嘶，這王秀峰，又在故意誤導朕！」

最後一句話說出口，他的笑聲便戛然而止。

黃河主河道疏通治理即將結束，博濟渠即將正式分水，還有符彥卿和高懷德聯名給治河有關人等請功的摺子，居然跟蔡州豐收，陝州夜現五色鳳凰，以及其他全國各地官員為了表功而捏造的祥瑞事件摺子，放作了一堆兒！如果今晚不是他這個皇帝心情高興，多翻了幾個奏摺，恐怕就得一併歸入不需要處理的類別，全都石沉大海！這王秀峰，也忒過分了。朕都跟他說過多少回了，有關治河的摺子，不准隨意處置，更不准再蓄意針對太子，他為什麼就是不聽！

想到這兩年朝廷內部的一些亂象，和一干老兄弟們的作為，郭威原本愉快的心情，就立刻蒙上了一層陰影。正所謂富貴亂人心，這話，其實半點兒都沒錯。當年大夥拎著刀子跟敵人拚命時，肚子裡都沒這麼多彎彎繞。對權力，對財富，對美色，也沒這麼熱衷。而現在，官一個個越做越大，美人娶得越來越多，俸祿、職田，還有其他亂七八糟的進項，都已經足夠全家人吃上幾輩子了，卻一個個都越來越不知足。

作為一名曾經的統兵主帥，郭威認為自己心胸已經足夠寬廣。當皇帝這幾年來，也對老兄弟們足夠包容。然而，幾個老兄弟越來越囂張的行為，還是一次次衝撞到了他的容忍底線。

過去三年時間，他不是不想出手懲治，讓老兄弟們的行為有所收斂。但一則擔憂自己反應過度，落下一個鳥盡弓藏的罵名。二來，則是想要把大部分精力，都集中在治河工程上，為太子那邊提供除了錢糧之外的各種必要保證。好在，治河工程馬上就要勝利結束了。太子也即將帶著他的東宮嫡系班底返回汴梁！

「如果太子回來，父子兩個就可以好好地謀劃一番，慢慢完成權力的整合與交接。反正朕已經忍三年，不再差一兩個月！」轉念想到柴榮回汴梁之後，父子倆可以再度聯手，郭威疲憊的身體中，突然又湧出了一股神秘的動力。

想當年，他初掌兵權，糧草、輜重、人才無一不缺。是義子柴榮，以不到弱冠的身軀帶著商隊走南闖北，為他帶回豐厚的紅利，讓他從此再無「等米下鍋」之憂。而現在，該他給義子柴榮提供足夠的支持了，只要父子兩個重新聯手，就不信，誰還敢再攪風攪雨！

「李福，給朕再拿些酒來，朕今天要喝個痛快。」提起筆，在符老狼和高行周的聯名請功摺子上，龍飛鳳舞地批下了一行字，郭威將奏章放到最急需落實的筐子裡，然後興致勃勃吩咐。

「是！」太監李福向來話不多，低低的回了一聲，小跑著去安排人取酒。

看著此人花白的頭髮和已經不再靈便的雙腿，再看看自己堅實的胸脯和純黑色的短鬚。郭威忍不住又得意而笑。

他還沒老，他還有足夠的精力。足夠將義子扶上監國之位，足夠為義子鏟掉一些荊棘。當然，這個過程中，如果能不流血，最好不要流血。

老兄弟們雖然行事乖張了些，但主要是以前從沒掌握過如此大的權力之故。自己和君貴只要聯手，不著痕跡地，將老兄弟們肚子裡剛剛滋生出來野心給剪除掉就行，沒必要弄得鮮血淋漓，就像當初小皇帝劉承佑那般。

御膳房的廚師，還沒將火壓住。見小太監們又來取酒，趕緊燒了幾樣郭威平素最喜歡吃的菜，一併請人送到了承德殿內。郭威也是心情高興，便又就著燒酒多吃些，然後看了一眼門口已經開始打瞌睡的侍衛，非常體貼地吩咐道：「現在也很晚了，爾等也都下去各自歇息去吧。不用管朕了，皇宮裡，出不了什麼事情。朕吃完後，也不去寢宮了，就在這裡對付一晚上便是。」

「遵命！」侍衛們已經習慣了郭威一個人在承德殿過夜，齊齊躬身行禮，然後緩緩退入了周圍的夜幕當中。

「你也下去睡一會兒吧，朕現在不用伺候！」看到老太監李福還在書案旁拿著酒壺一動不動，郭威抬腳輕輕踢了他一下，溫和的補充：「朕需要時，再命人喊你起來。」

「多謝皇上！老奴不睏，老奴情願陪著皇上一起熬夜。有個熟悉的人在旁邊伺候著，陛下用起來也方便。」李福非常自覺地直了直腰，低聲回應。

「行，朕也不難為你了。」郭威想了想，輕輕點頭。對方說得有道理，真要是一個熟人都不在身邊，他自己也彆扭。

「謝陛下！」李福躬身給郭威行了個禮，然後小心翼翼地將酒盞斟滿。

伺候過前朝兩任皇帝，後來又被選中伺候郭威。他非常懂得珍惜現在的福分。比起劉知遠的刻薄多疑和劉承佑的任性胡鬧，眼前的大周皇帝，簡直就是聖人轉世。不會動輒遷怒於人，也不愛發脾氣，更不喜歡喊打喊殺。對皇宮裡的太監、宮女，也很少聲色俱厲。唯一令人覺得不太適應的，恐怕就是太「孤寒」了些。用「食不重葷，衣不重素」來形容，可能有些過分。但熬夜批閱奏摺都捨不得將蠟燭全部點起來的皇帝，李福還真沒聽說過第二個！

因為心裡存著由衷的敬畏，李福給郭威倒酒時，難免就倒得勤了些。而郭威今晚的確心情舒暢，幾乎是一口一盞，很快，就把第二壺老酒也喝見了底。於是，又陸續命人取來了第三壺，第四壺，第五壺，當太監們終於抖著膽子，請來了楊淑妃出馬，勸他不要再喝時，第六壺酒也早已經落肚大半兒。

好在他從諫如流，並不需要楊淑妃多勸，便笑著放下酒盞，在太監宮女的攙扶下，搖搖晃晃回了寢宮。

黃河被馴服了！

黃河兩岸，新開闢出了數十萬頃良田。

大周朝從此再無缺糧之憂，內政也能逐漸理順。

當內政理順，糧草積攢充足，就可以讓太子監國，然後自己御駕親征，奪回燕雲十六州！

那是自己這代人丟掉的，自然要由自己這代人親手奪回來。不能把麻煩再遺留給孩子們。契丹內亂，是老天賜給大周的機會。大周不能不把握。

當弟兄們的胸膛裡，再度充滿雄心壯志，再度携手一致對外。自然就沒有精力互相傾軋，君臣之間，自然就能有始有終。

想著未來十年的規劃，郭威迷迷糊糊睡去。睡夢中，卻又看到妻子柴嫣溫婉的笑容。拉著二人的孩子，青哥和意哥，一同站在轅門口，送他出征，祝福他早日馬踏燕山……

「青哥，意哥……」兩個孩子居然沒有被人殺死，而是如同石延寶當年那樣，逃到了民間，然後被妻子尋了回來！剎那間，郭威歡喜從馬背上一躍而下，張開雙臂奔向自己的妻兒。

然而，他的手臂和雙腿，卻忽然僵在了半空中，遲遲無法移動分毫。

「不——」眼前這老妻和兩個兒子慢慢消失，郭威張嘴大叫。猛然間睜開眼，卻只看到光鮮華麗的寢帳。

老妻早就不在了！

意哥和青哥被人殺死了！

自己現在是大周皇帝，是真正的孤家寡人！

溫暖的夢境消失，冰冷的現實卻越來越清晰。

陡然間，他感覺心口一陣刺疼，嘴裡「哇」地噴出一口血，隨即徹底失去了知覺。

當他再次有意識的時候，發現自己的手被人輕輕地握著，鼻孔裡充滿了藥香。下意識的動了動手指，郭威緩緩睜開沉重的眼皮。金色的幔帳，雕花木床，還有陽光打在幔帳上的窗戶影子，一一進入眼底。

「皇上，你可算是醒來了。」一個帶著哽咽的聲音從床邊上傳了過來，同時，手背上的力度驟然加大。彷彿唯恐他會飛走般，片刻不放。

是楊淑妃！聲音傳進耳朵的時候，郭威就反應過來了。他有些吃力地將眼睛睜大了些，側過頭去，恰看到一張梨花帶雨的臉。

床榻邊，楊淑妃雙手抓著郭威的手，身子朝前傾著，雙眼中珠淚盈盈，「你可算醒來了！你若是再不醒來，臣妾，臣妾就無法活了。來人，快，去傳太醫。去，去給王樞密院，馮樞密院報信。還有，還有，春喜，去御膳房吩咐做些開胃的飯菜候著。」

聲音很沙啞，條理也不甚分明。卻一瞬間所有留在整個屋子裡的人都調動了起來。環珏叮噹，腳步聲細碎，聽在人耳朵裡，別有一番生機。

「唉，辛苦妳了！」郭威蒼老的臉龐上，湧起一絲安慰笑容，張開嘴，喃喃地說道。

「不，不辛苦。皇上，皇上您才真的辛苦！皇上您又要操持國事，又要……」楊淑妃的肩膀猛地向下一鬆，眼淚再度淌了個滿臉。

「別哭，別哭，朕，朕這不是醒過來了嗎？」郭威笑著將自己手抽出，在楊淑妃的手背上輕輕拍打，「妳先給朕說說，朕總計昏迷了幾天？朕，朕也沒想到，不過是多喝了兩壺，居然，居然會鬧出如此大的麻煩。」

「皇上，皇上已經昏睡快四天了。不，是四個晚上，三個半白天！」聽郭威問起正事兒，楊淑妃趕緊擦了把眼淚，認真回應。「這三天，多虧了李殿帥跑進跑出，外邊也有王樞密下令全力封鎖消息，才不至於鬧出什麼大亂子來！」

國不可一日無君。這四個長夜外加三個半白天，對她來說，簡直比煎熬了數百年還要久。而原本對政務一竅不通的頭腦，也忽然強行被塞入了許多東西。令她在極短的時間內，就迅速脫胎換骨。

這種從精神到氣質上的改變，怎麼可能瞞得過自家丈夫的眼睛？登時，郭威就是眉頭一皺，目光迅速變得明亮且犀利，「是重進這孩子嗎？真難為他了？馮樞密呢，馮樞密可曾進宮來看過朕？」

「來，來過！但，但荊楚的使節又跑來求援，他被纏得無法脫身，所以只能先處理份內的事情！」知道丈夫已經明白了自己的暗示，楊淑妃抬手抹了抹眼睛，小聲補充。

「嗯──」郭威閉上眼睛，低聲沉吟。

自己的外甥李重進被其老丈人王殷鼓動得對皇儲之位有了窺探之意，這一點，他早就心知肚明。王峻喜歡弄權，這一點，他心裡也早就看得非常清楚。所以，這兩年，他才全力支持馮道，以分王峻之權，並且大力提拔張永德、韓重贇、王政忠等一干與太子交好的青年才俊，限制李重進的野心繼續膨脹。

沒想到，他的動作力度還是小了些。馮道性子綿，正面相爭，根本不是王峻的對手。而張永德、韓重贇、王政忠等，無論實力還是人脈，與李重進相比都差得太遠。

如此看來，郭威忽然發現，自己這次忽然昏迷，也不完全算是壞事。至少，讓以前布局的疏漏和一些人的野心，提早暴露了出來。而亡羊補牢，永不為晚。只要儘快把身體養好，然後……

正在心中飛快的謀劃著，門外忽然傳來了一陣腳步聲響。緊跟著，太醫苟柄泰慌慌張張地衝進了寢宮。先向楊淑妃行了君臣之禮，然後就迫不及待地請示道：「陛下，陛下請容臣為陛下把脈！」

「好吧！」郭威向來不喜歡難為下屬，笑著探出一條胳膊。

苟柄泰立刻像撿到了寶貝般，撲了過去。跪在床頭前替郭威查驗脈象，然後又將望、聞、問三樣看家本事輪番施展了個遍，最後，則向後爬了兩步，磕了個頭，低聲道：「皇上，皇上的龍體，乃是，乃是勞累過度，外加情緒大起大落所致。只要，只要吃上三五副湯劑，然後再注意靜養，就可慢慢恢復。微臣，微臣這就下去，跟，跟其他幾個太醫一起商量著，給皇上調配藥劑。還請，還請皇上千萬不要太心急！」

「好！」郭威笑了笑，輕輕擺手。

苟柄泰又磕了個頭，匆匆而去。臨出門的時候，左腳卻突然絆在了門檻上，差點摔了個狗啃泥。

「這廝，也太毛糙了！」看到苟柄泰狼狽模樣，郭威忍不住搖頭而笑。

「太醫院正值青黃不接，所以才輪到了他來做主！」楊淑妃也搖頭而笑，然後俯下身，小聲提議，「這世上，若論醫術，恐怕冠軍侯才是第一國手。陛下不妨下一道聖旨，讓冠軍侯快馬加鞭趕回……」

「胡鬧，博濟渠能否成功疏水，乃事關今後五十年國計民生的大事。朕怎麼可能在這個節骨眼兒上把他調回來！」一句話沒等說完，已經被郭威大聲打斷，「朕自己的身體，自己知道，不是什麼大毛病。就讓太醫們商量著治吧，未必比冠軍侯趕回來，差上許多。」

「嗯！」見他堅決不肯聽自己的建議，楊淑妃也不敢多勸，只能含著淚點頭。

見她一副愁眉不展模樣，郭威笑了笑，又以只有二人能聽見的聲音緩緩補充，「妳不要急，朕心裡有數。這不是什麼大病，慢慢治才能去根兒。一下子用藥過猛，未必是好事！」

說罷，也不管楊淑妃能否聽得懂，又閉上了眼睛，繼續養精蓄銳。

畢竟是個馬上皇帝，最近雖然把武藝都荒廢了，但身體的底子還在。才休息了一小會兒，郭威的精氣神就慢慢的回復了不少。胃腸蠕動也開始加速，肚子裡頭「咕嚕嚕」響了起來。

「皇上，先漱漱口，然後喝點粥，養養胃吧。」楊淑妃非常體貼，立刻輕聲提議。

郭威微微的點了下頭，在楊淑妃的攙扶下，先坐直了身子。然後由宮女們伺候著漱乾淨了口，擦乾淨了臉和手，笑著說道：「還真是有些餓了，唉，酒是穿腸毒藥，看來，今後能不碰還是不碰的好。」
「臣妾一定會記住陛下今日之言！」見郭威這麼快就能爬起來吃飯，楊淑妃心裡也變得又輕鬆了不少。端起宮女們送過來的米粥，拿著湯勺舀了一些，用嘴先嘗冷熱，又等了十幾個呼吸時間，才親手遞到郭威唇邊：「皇上，小心些，有點燙！」
「嗯！」郭威輕輕點頭，隨即，很貪婪地將粥一口吞進了肚子。
有股暖洋洋的感覺，從嗓子眼兒迅速滑入肚腹。令他的身體微微顫抖了一下，雙臂和脊梁等處，力氣一點點開始增加。
「春喜，你把小菜給皇上端過來。」見郭威吃得香甜，楊淑妃趕緊又多餵他幾口，然後扭身朝著自己的貼身宮女吩咐。
「是！」名喚春喜的宮女，小跑著，將御膳房準備的小菜，用一個餐盤端上前，蹲身，雙手舉到眉間。
「不用這麼麻煩！」楊淑妃笑著吩咐了一句，抬手接過餐盤，直接擺在了床頭上。一邊將小菜挨個嘗了嘗，一邊低聲吩咐，「你去讓御膳房再準備些湯水，記住，嘗過了鹹淡，再端上來。」
「是！」春喜心領神會，轉身匆匆而去。
「辛苦愛妃了！」見楊淑妃如此防微杜漸，郭威忍不住又低聲致謝。
「不苦，只要陛下能平安醒來，臣妾即便再苦，也心甘情願！」楊淑妃聞聽此言，眼中頓時又有了淚光。強笑著搖了搖頭，低聲回應。
「唉！」明白她的苦處，郭威忍不住又輕輕嘆氣。嘆過之後，便張開嘴巴，一口接一口，將碗裡的米粥吞下了肚子。
昏睡中剛剛醒來，他其實根本沒多少胃口。但是心裡卻明白，這當口，自己無論如何都不能再倒下去。於是乎，強壓著想要嘔吐的感覺，又喝了一碗參湯，重新漱過了口，然後才在楊淑妃的攙扶下，繼續躺在床上閉目養神。

楊淑妃的擔憂郭威理解，楊淑妃剛才的暗示，郭威也完全能聽得懂。

但是，此時此刻，他卻不能倉促地就把太子和鄭子明召回汴梁。

情況還沒崩壞到如此地步，非要以武力來快刀斬亂麻。

眼下太子和鄭子明兩個手頭的兵馬加起來，滿打滿算也只有五千，根本擔負不起快刀斬亂麻的使命。

王峻、王殷，再加上已經被欲望蒙蔽了雙眼的李重進，足以調動大部分禁軍。

一旦訴諸武力，幾千遠道而來的輕騎，遇到嚴陣以待的數萬禁軍，即便鄭子明和太子兩個再英勇，也未必能有任何勝算！

唉，這場大病，可真來得邪門兒，來得太不應該！

「啪啪，啪啪，啪啪……」一陣雨打荷葉聲，敲碎了郭威紛亂的思緒。

秋風秋雨，愁煞人！

有道是，病來如山倒，病去如抽絲。

又過去了整整三天，郭威在楊淑妃細心的照顧下，身體才慢慢有些好轉，但是，他的精神，卻遠不如從前充足了。每天只要坐上小半個時辰，就又開始昏昏欲睡。吃東西時的胃口，也越來越差。

太醫們也不敢給皇帝用太猛的藥，只是勸他多餐少食。換句話說，就是有精神有胃口的時候，就吃幾口，不想吃的時候，也別勉強。如此一來，讓原本已經有些消瘦的郭威，愈發顯得形銷骨立。

「淑妃，最近些時日，連累妳也一塊受苦了。」醒來之後第四天下午，郭威喝了一碗蔘湯。斜躺在床榻上，看著鬢角突然漏出白髮的楊淑妃，忽然低低地感慨。

「皇上，你說這是什麼話？臣妾為你做什麼，不都是應該的麼？即便換在民間，也沒有自家男人生了病，妻子不聞不問的道理？」楊淑妃拉了拉郭威的手，笑容裡充滿了疲倦和擔憂，「現在臣妾就只盼著，皇上你能儘快恢復起來。儘快出門去見見太陽。那樣，臣妾即便再苦再累，心裡也更踏實！」

「是呀，我們也算老夫老妻了。」郭威今天睡了有大半日，此刻，總算被蔘湯給吊起了幾分精神。笑了笑，低聲說道。「唉，日子過得真快！就好像一眨眼般，多少年就過去了。」

曾幾何時，自己在軍中和一群老兄弟喝酒，三五罈子完全不在話下，就算是醉了，第二天照樣能夠披堅執銳，衝鋒陷陣。而現在，一次過量就讓他在床上躺了數天。

「陛下整天忙於政務，當然日子過得就快了。」楊淑妃聽到郭威話語裡的不甘心之意，唯恐他又想起全家被屠的往事，趕緊顧左右而言他，「若是在民間，日子就慢多了。當年臣妾在家中的時候，春天收完了蠶絲，就一天天盼著立秋時收穀子。等穀子入了倉，就又盼著過年。過年的時候，就可以添置新衣服，新鞋子，遇到大人心情好，或者年景不錯，還能給買對鐲子或者簪子！雖然都是錫的，只是在表面鍍了一層銅水，但看上去金光閃閃的，也覺得好生快活。」

「看妳說的，妳們家又不是尋常百姓，哪就缺妳一對金鐲子了？還拿錫的糊弄！」郭威聽到楊淑妃說得有趣，忍不住笑著搖頭。

「那不一樣，我是女兒。天生是外姓，家裡的錢要留給哥哥和弟弟。所以，嫂子進了門，可以給添置金鐲子。而我是注定要賠錢的貨，所以有副錫鐲子鍍上銅水，就不錯了！」純粹想要分散郭威的注意力，楊淑妃故意裝出滿臉羨慕模樣，緩緩補充。「直到後來我哥哥和嫂子實在覺得內疚，才趁著爺娘不注意，偷偷塞給我一副金的。結果我還不敢戴，只能藏在箱子底下，晚上沒人的時候才拿出來摸上一摸。」

「越說越慘了，小心我那泰山大人進宮來找妳算帳！」不忍辜負妻子的一番苦心，郭威故意裝出一副被逗樂的模樣，撇著嘴搖頭。「不過，令兄的確是個厚道人。他最近如何？好像好久沒到汴梁來了！」

「臣妾也不知道他最近如何了，他那個人，粗心得很，也不知道派人給臣妾送封信來！」楊淑妃搖搖頭，有些沮喪地抱怨，「可能也是公務繁忙吧，他那個人，根本不是當官的料。陛下當初就不該破格提拔他。」

「芝麻綠豆大的小官，算什麼破格？」郭威伸手拉住楊淑妃的手，拍了拍，笑著說道，「大兄能力未必強，但難得的是認真肯幹。妳不用替他擔心，以他的性格，在地方上，絕不會仗著身份去做一些狐假虎威的事情，讓妳到最後下不了臺！」

「但願吧！」楊淑妃握著郭威的手，輕輕的嘆了一口氣，低聲道。

「即便做了，也不會弄到無法收拾。」見她有些神不守舍，郭威笑著安慰，「放心好了，常克功那廝表面看起來迷迷糊糊，做事精細著呢。妳哥在他手下，想犯錯都不容易！」

話音落下，他忽然又想到已經好久沒聽見老兄弟常思的音訊。忍不住皺皺眉，低聲詢問：「最近常思可有奏摺送過來，他的駐地緊鄰著偽漢，可別讓劉崇得了機會！」

「沒，每天送進宮裡的摺子，就那幾份。臣妾都給皇上擺在床頭上了！」楊淑妃想了想，笑著努嘴。

順著她的示意扭頭，郭威果然在床榻旁的小几上，看到了十幾份奏摺。其中有一大半兒都是他這幾天批閱過的，居然還沒有及時送回樞密院和尚書省。還有幾份，則是在他今天睡覺時新送進宮裡的，看上去又輕又薄，很顯然也不會有什麼值得關心的內容。

儘管如此，他依舊不想再荒廢光陰。努力將身體坐直了些，低聲命令：「幫我拿過來，朕趁著今天清醒，好歹也應付一下差事！」

「嗯！」楊淑妃柔聲答應，起身將沒批閱的奏摺雙手捧到了床頭，「應該沒什麼要緊的事情，否則，樞密院和尚書省那邊，都會專門做出標記！」

「沒事情就好！」郭威抓起奏摺，一一快速翻閱。在生病之前，他每天累死累活，政務都處理不完。忽然間奏摺只剩下了不到原來的十分之一，讓他著實難以適應。

果然沒什麼大事，從西到東，從南到北，一片太平。吉兆在全國各地陸續出現，官員清廉，百姓安居樂業，遼國人好像也突然轉了性子，從入秋到現在，匹馬未過界河。

若是換了劉承佑見到這種情況，肯定會當場龍顏大悅，然後吩咐在宮中設宴相慶。然而，郭威畢竟是做過數任地方節度使的老江湖，稍一認真，就感覺到了情況很不對勁。皺了皺眉，笑著問道：「就這些嗎？好像朕一生病，就國泰民安了。早知如此，朕真該多病上幾場！」

「陛下千萬不可這麼說！」楊淑妃被嚇了一跳，趕緊伸手去捂郭威的嘴。手伸到一半兒，卻又想起對方是大周天子，跟自己不是尋常民間夫妻。頓時，身體僵了僵，含著淚低聲補充：「陛下，陛下怎麼能如此詛咒自己。奏摺少，是樞密院擔心您龍體欠安，故意沒往皇宮裡送而已。陛下，陛下您怎麼……」

「行了，朕知道了。是誰做的決定，把奏摺截留不送給朕御覽的？」郭威心裡猛地一抽，臉色頓時陰沉如水。

「臣妾，臣妾不太清楚。」楊淑妃原本膽子就小，見他好像動了真怒，愈發前言不搭後語，「臣妾向來沒心思過問這些，臣妾也知道陛下不喜歡臣妾過問這些。所以，所以外邊送進來多少，臣妾就只能替陛下收下多少。」

「行了，朕知道了！」聞聽此言，郭威心裡更加不踏實，不耐煩地擺擺手，低聲吩咐：「妳不用哭，朕不怪妳。朕一直沒想到會突然病得如此沉重。這幾天妳也累壞了，下去休息一會兒吧。順便，順便把李福給朕喊進來。」

「是，臣妾遵命！」楊淑妃抬手擦了把眼淚，緩緩起身。卻不肯立刻離開，而是猶豫了片刻，又低下頭，用非常小的聲音回稟：「陛下，李福已經被逐出宮了！新選來伺候您的太監頭領姓林，是原來的御馬監管事。」

郭威的眉頭迅速挑了起來，就像兩把倒豎的鋼刀。「什麼？李福被逐出宮了，誰把他逐出去的，朕怎麼不知道？」

「是，是王樞密。」楊淑妃被嚇得打了個哆嗦，將頭垂得更低，嘴唇幾乎貼上了郭威的耳朵：「臣妾也不願意，想等陛下醒來之後再說。但陛下昏倒的當夜，王樞密得知是李福給陛下添的酒，就命人把他逐出了皇宮。臣妾曾經勸阻，但王樞密說，事關陛下安危，此乃國事，他有權利做主！」

「哦，這樣啊！」郭威臉色，忽然又變得晴朗了起來。說話的語氣，也不像先前那樣犀利。只是雙目當中，不經意間流露出來的光芒，卻帶上了一抹刺骨的冰寒。「那就算了。秀峰的話，也有道理。對了，抱一和重進他們倆最近沒鬧什麼矛盾吧？」

聽到郭威又自動轉換了話題，楊淑妃趕緊擦了下眼睛，笑著搖頭：「這兩孩子，總是愛胡鬧，最近倒是沒聽到什麼他們二人對著幹。哦，今天中午抱一還來看過皇上，下午蔘湯中所用老山蔘，也是他所獻。不過皇上那會兒還在睡覺，臣妾就沒敢叫醒您。」

「哦！」郭威笑了笑，輕輕點頭。

抱一是他的四女婿，殿前都虞侯張永德的表字。此人既然還能出入皇宮，就說明殿前軍還沒有完全被別人所掌控。他和楊淑妃二人的安全，暫時也不會出現問題。

但是，眼下的情況，顯然比三天前又嚴峻了許多。再這樣耽擱下去，恐怕不等他病好，大局就已經徹底被王峻等人掌控了。可現在就爬起來跟王峻等人針鋒相對，他又有心無力。

老兄弟們都不是善茬，想要不著痕跡地把所有權力收回來，且不激起對方的反彈，尺度就必須嚴格把握。失之分毫，恐怕就是完全不同的兩個結果。甚至讓汴梁城內血流漂杵。

作為一個開國皇帝，郭威的直覺，已經讓他心中警訊長鳴。

貼身伺候的太監，居然沒經過他同意，就被逐出了皇宮。送入宮中的奏摺，已經少到不足正常時候的一成。作為後宮的半個主人，楊淑妃居然親口去替自己品嘗飯菜和所有湯水，親手伺候自己的飲食起居，臥病這麼多天，入宮來探望他的，居然只有王峻、李重進、張永德等寥寥幾人，其他文臣武將居然毫不知情，或者對他這個皇帝的生死不聞不問！

如果這些，都不能讓他意識到自己恐怕隨時會遇到危險的話，他這半輩子，可就白活了。但老兄弟們，究竟準備到了什麼地步？究竟是打算將他這個皇帝架空，還是不顧多年並肩作戰的情義，準備對他痛下殺手？

他卻沒法做出準確判斷。更無法判斷，在自己昏迷和臥病的這些天裡，汴梁內外，又有多少文臣武將倒向了王峻？自己現在就出手的話，能挽回多少人的心，勝算能有幾何？

早知道這樣，前幾天剛剛醒來時，就該聽楊妃的勸，火速調太子和鄭子明返回汴梁！平生第一次，郭威開始後悔自己的決斷。太子和鄭子明二人手中的兵馬雖然不到五千，但好歹也是一支絕對信得過的力量。而禁軍和皇宮侍衛當中，郭威卻不知道，眼下自己是否還能調得動一半兒！

不行，無論如何，也不能繼續臥床不起了。否則，相當於是坐以待斃！猛地抬手拍了下床沿，郭威掙扎著跳下床。正準備命楊妃幫自己穿好常服，耳畔忽然傳來一個沙啞的聲音，：「啟稟皇上，瀛國公，樞密副使馮道，懇請皇上賜見！」

「長樂老？」郭威正愁找不到合適的人來摸清外邊的情況，沒想到關鍵時刻，馮道居然主動送上門來。立刻抬起頭，朝著門外高聲吩咐，「請，速請長樂老，請瀛國公進來。」

「是，皇上。」新上任的太監頭領林清答應了一聲，彎下腰接連倒退了五六步，然後轉身快速離去。

「原來是他！」郭威立刻從背影上，想起了此人的履歷。皺了皺眉，嘴角浮現出一絲冷笑。

他雖然是個武將出身，喜歡收集天下名馬。但登基後卻厲行節儉，食不重葷，衣不重素，御馬監裡，也只養了五六匹坐騎，根本不需要太多人照顧。所以，御馬監的管事太監，聽起來名頭不小，實際上卻只相當於一個普通馬夫，地位在皇宮裡根本排不上號。

然而，這個林管事，當初卻是依靠王峻的說情，才被留用的。所以現在替誰做事，也就不問便知了！可笑的是，王秀峰自己還以為做得天衣無縫，把別人都當成了傻子。卻偏偏忘記了他郭威素有過目不忘的本事，認真讀過書，留意過的人，從來都不會在記憶裡遺失。

「皇上，你也別太勞累了，這身子骨才見起色，可禁不起折騰。」見郭威的病情剛剛好轉了一些，就要掙扎著接見大臣，楊淑妃忍了又忍，最後終究沒忍住。向前湊了湊，低聲勸告。

「好了，淑妃放心，朕的身體自己知道。」郭威裝出一副成竹在胸的模樣，笑著安慰，「妳也下去休息吧，免得馮道見了妳，又怪朕內外不分！」

「是，臣妾告退！」楊淑妃嘆了口氣，起身往後殿走去。一邊走，一邊忍不住抬手擦淚。

「唉！」望著楊淑妃單薄的背影，郭威忍不住低聲嘆氣。

事實上，他又何嘗不知道自己的身體禁不起任何折騰？剛剛休養生息了沒幾天的大周朝，也禁不起任何劇烈動盪？然而，如今日漸渾濁的局勢，讓他怎麼可能平心靜氣地去慢慢梳理問題。老兄弟王峻等人，都把手直接伸到皇宮大內了，又豈會給他更多的準備時間？

正無奈地感慨著，多朝元老，大周瀛國公，樞密副使馮道在兩個太監的引領下，緩緩而入。見到郭威的額頭上隱隱冒著虛汗，趕緊快走了兩步，上前伸手攙扶，「陛下，陛下不必起來。老臣，老臣今天只是過來看看陛下，並無要事啟奏！」

「長樂老不必為朕擔心，朕是武夫，這點兒小病不妨事！」輕輕推開馮道的胳膊，郭威笑著揮手，「來人，賜座！給瀛國公搬一把椅子來，就擺在朕對面。」

「是！」兩名太監不敢怠慢，小跑著去書桌旁，搬來椅子。郭威笑著做了個請的手勢，吩咐馮道落座。然後又揮了下胳膊，沉聲吩咐：「行了，這裡沒你們的事情了。下去準備些茶點，朕要跟瀛國公邊吃邊聊。」

「奴才遵命！」兩名太監互相看了看，猶豫著退出了門外。

郭威先目送他們的身影離開，隨即轉過頭，朝著馮道低聲詢問，「瀛公，難得你來一趟。荊楚那邊的事情，可曾了結了？朝堂上拿出了什麼章程！」

「此事，說來慚愧！」馮道拱了拱手，苦笑著搖頭，「荊楚已經完蛋了，咱們根本來不及相救。老臣跟王樞密商量過後，只能想辦法讓人把馬氏的子嗣偷偷送到汴梁，給與一份閒職養起來，也算對馬氏當年的借糧之恩有了交代。其他，只能靜待將來了！」

「噢！」郭威想了想，嘆息著點頭，「也只好如此了，咱們剛剛解決了水患，根本沒力氣馬上跟南唐開戰。將士們，也不熟悉水戰，貿然出兵，恐怕必吃大虧！」

「陛下聖明！」馮道拱拱手，笑著誇讚。「不過，陛下也不用過於擔心，那南唐實際上沒撈到什麼便宜。唐軍雖然擒殺了馬氏父子，卻在潭州城外，被楚將周行逢殺了個丟盔卸甲。如今，周行逢已經又豎起了楚國旗號，只是不想再侍奉馬氏遺孤而已。」

「原來是個見死不救的佞臣！」郭威的政治經驗，是何等之老到。稍加琢磨，就猜出了荊楚覆滅的前因後果，「恐怕如果當初不是周行逢按兵不動，馬氏父子也不會連一點抵抗之力都沒有吧？姓周的這廝，絕非一個善類。」

「老臣和王樞密也認為如此。但南唐和荊楚打得越熱鬧，對咱們大周越有利。所以，就讓他們繼續打去吧，咱們坐山觀虎鬥就好！」馮道笑了笑，輕輕點頭。

「哈哈，長樂老倒是跟朕心有靈犀」郭威摸著鬍子，裝作非常得意的模樣，仰天大笑。接著，好像很隨意地問了一句：「瀛國公，最近可有什麼其他事情需要跟朕商量著處理？」

馮道拱了拱手，道：「陛下，現今黃河水患消除，舉國大慶，邊界更無戰事。所以，老臣難得清閒了幾天，沒有任何事情需要請陛下決斷。只是希望，陛下能早點好起來，別再讓老臣提心吊膽！」

「嗯！」郭威聽到了「提心吊膽」四個字，便明白了馮道尚未徹底倒向王峻。笑了笑，輕輕點頭。

「陛下，就現今狀況，老臣有一偏方，不知陛下是否願意一聽？」見郭威能一點就透，馮道心裡頓時舒服許多。壯起膽子，繼續低聲補充。

「長樂老有何高見？」郭威心下，愈發一片通明。順著對方的意思，笑著追問。

「呵呵，高見談不上。」馮道笑著捋了捋鬍鬚，繼續補充，「當年，臣出鎮同州，途中偶感風寒，得一山間老者點撥，不出幾天，身體就恢復如初。其實，老者的偏方就五個字，多動多透氣。」

「瀛國公的偏方就是這個呀，哈哈，朕還以為什麼失傳的絕技呢。」郭威原本以為馮道能說出什麼厲害的方子，沒成想，卻是早年間自己家貧買不起藥，硬抗疾病的故技，根本沒任何新鮮之處。

「是呀，多動多透氣。多出去走走，四處看看，總好過悶在皇宮裡。」馮道卻對郭威譏笑毫不介意，低聲又重複了一次，然後再度對著郭威拱手。

郭威心中猛的一驚，立刻明白此老話中有話。以馮道從不樹敵的「穩健」，能為自己做到如此地步，已經是難能可貴！因此，他立刻笑了笑，大聲回應：「好吧，朕就試試。來人，把寢宮的窗戶，給朕打開幾扇。朕現在就想透透氣！」

「遵命！」還是先前的那兩名太監，端著茶水和點心快步走進來，先將茶點在郭威床側的矮几上擺好。然後小跑著去推開了兩扇朱漆菱花窗。

天已經有些涼了，傍晚的清風帶著幾分寒意，迅速撲進了屋內。郭威立刻被吹得打了個冷戰，抬起頭，凝神四望。只看見，窗外的樹梢，嫣紅姹紫。而一株株大樹下，提著刀槍的禁衛們，如泥塑木雕般，一動不動。人數雖然不算多，但未經他們的准許，此刻恐怕連隻蒼蠅，都休想向自己的寢宮靠近。

原來，侍衛們也都被換掉了！郭威心中頓時一凜，立刻明白，馮道先前是想建議自己主動離開汴梁，到起家的老巢澶州，或者太子那邊避險。然後再找機會，徐徐扳回敗局。

只是，如果連侍衛都換成了王峻的人，自己想要離開汴梁，恐怕也不容易。念及此節，他故意將聲音提高了些，笑著吩咐：「瀛國公，朕有一件要緊的事，待會你替朕去安排一下。」

果然，最靠近窗子的幾名侍衛，齊齊豎起了耳朵。門外伺候的幾個太監，身體也悄悄向前靠近。一個個，如臨大敵。

「你去，給楊妃的哥哥傳一道口諭。」郭威笑了笑，隨即，眼中閃過一道寒光「讓楊坦進宮看看他姑姑，淑妃好久沒見他們父子了，想念得很。」

「是，臣出宮就去辦。」馮道是何等地聰慧，立刻知道自己想說的東西，郭威已經全部知道了。於是痛快地站起身，抱拳施禮，「若陛下沒其他事情，老臣就先行告退了。」

「好的，朕也有些乏了。瀛國公請自便。」郭威挪了挪身體，半躺半靠在床頭上，慢慢的閉上眼睛。

馮道不敢再打擾他，又行了個禮，緩緩退出門外。不多時，整座寢宮，就陷入了一片死寂當中。

秋風吹過，樹葉從院子裡的樹梢上簌簌而落。樹下的皇宮禁衛們，一個個如同木雕一樣，紋絲不動。每個人的臉孔，都像是石頭雕成的般，僵硬冰冷，看不到任何生機。

「原來，情況已經危急到如此地步了。王秀峰，你也忒心急了些！」這時候，郭威可沒有真的睡著。而是瞇縫著眼睛，偷偷觀察外邊的一草一木。

皇宮還是那座皇宮，但所有禁衛當中，居然沒剩下一個他所熟悉的面孔。馮道的提議，非常正確。但和此人以往在關鍵時刻的許多提議一樣，正確得恰到好處，正確得根本沒有實現的可能。

看來，老虎真的不能打盹兒。忽然笑了笑，郭威臉上露出了一絲冰冷。自己這次太大意了，也太心軟了，以至於徹底失去了先機。但是，自己所能調用的，又豈會只有表面上這點力量？王秀峰啊，王秀峰，你真是太自信了！

「臣，王峻叩見皇上。」

「臣，李重進叩見皇上。」

正在琢磨著，是不是該將隱藏的棋子，全都亮出來的時候。寢宮外，忽然又傳來了兩個熟悉的聲音。

「秀峰？」郭威楞了楞，迅速抬頭。

只見樞密使王峻、太尉，左右禁軍都指揮使王殷、殿前都指揮使李重進三人，聯袂而入。每個人的臉上，都帶著如假包換的決絕！

當帶著警惕的眼光去看待問題，很多蛛絲馬跡，都會變成牽動天下局勢的線索。

皇家如此，普通人也是如此。

距離宮牆西側大約五百丈遠的長樂坊，剛剛下了晚值的左班殿直副都知韓重贇，拖著疲憊的身體，舉頭四望。

最近幾天汴梁城內的氣氛不正常，裡裡外外透著一股子怪異味道。作為曾經帶兵作戰多年的他，幾乎憑藉本能，就感覺到了危險的臨近。

但是，危險到底在哪，他又說不清楚。畢竟他從澤潞虎翼軍調入殿前軍的時間只有短短半年，職位在官多如牛毛的汴梁城內，也排不上號，很多機密根本接觸不上。

「嘎嘎，嘎嘎，嘎嘎……」幾隻烏鴉拍打著翅膀，從沒有任何星斗的夜空中掠過，令他更覺心驚膽顫。烏鴉最是貪食腐肉，很多久經戰陣的老兵，都說烏鴉有靈性，知道哪裡會有大量的屍體即將出現。所以會提前一步趕過去等著，只待屍體倒下，就立刻撲下去吃一口熱乎的。對於這傳言，韓重贇向來不信。但今天，他卻本能地將手按在了刀柄上，脊梁骨同時像撲食前的靈貓一樣弓了起來。

沒有人前來偷襲他，也沒有任何想像中的流血事件。自家大門口，一匹毛色水滑的汗血寶馬，不安地打著響鼻。憤怒的呵斥聲，則隔著院牆飄了出來，針一般扎向他的耳朵。

「謬種，狗眼看人低的謬種。是不是覺得老子落魄了，就管不到你頭上？告訴你，老子再落魄，也是你家大人他親爹。即便打死你這謬種，他也不會多說半個字！」

「老爺息怒，老爺息怒，小人真的不是故意的，真的不是故意的。那副富貴逍遙鞍，的確是好幾天前就被張虞侯借走了。小人不知道老爺要用，所以就沒急著去要回來！」

緊跟著呵斥聲的，則是一連串解釋求饒聲。平素負責掌管倉庫的親隨韓貴，不停地祈求原諒。

「什麼張虞侯？不就是張永德那廝嗎？他說借，你就借？他家裡藏著金山銀山，還能缺了一副漂亮馬鞍子？分明是你偷著拿去給了別人，然後故意用張永德的名號來壓老夫！」呵斥聲不依不饒，非要跟韓貴掰扯個沒完。

「嗯哼！」韓重贇聽得心裡頭發堵，用力咳嗽了一聲，帶著兩名侍衛，大步走進了側門。

整個韓府，能有閒功夫，並且喜歡跟底下人過不去的，肯定是自家老父韓樸。不用細聽，韓重贇心裡頭就能判斷得清清楚楚。

四年前，老父的嫡系兵馬跟著劉承佑的一眾親信，被郭威打了個灰飛煙滅，全靠著岳父常思的說情，才勉強保住了性命。從那時起，老父就徹底心灰意冷，每天除了喝酒賭錢，就是折騰下人。好在自己的薪俸不低，在滄州那邊還白得了一份海貿乾股。這幾年，才不至於被老父折騰得兩手空空。

「咳嗽什麼，莫非想提醒老子，這個家是你做主嗎？」果然，他的腳剛踏過門檻，就看到了老父那雙布滿血絲的眼睛，直勾勾地掃過來，目光裡充滿了挑釁。

「阿爺，這個家，當然應該是您老做主。但張虞侯是孩兒的頂頭上司。他要借東西，孩兒這裡真的不方便拒絕！」韓重贇沒心思跟自家父親針鋒相對，笑了笑，低聲解釋。

「那，那也不該任其揉捏！」韓樸蓄勢已久的挑釁，卻遇到了一個「棉花包」，楞了楞，肚子裡的火勢迅速下降。「那小子，一看就是個貪得無厭的主，將來肯定沒好下場。你，你最好離他遠一些！」

「您老放心，孩兒我跟他只是泛泛之交。」韓重贇裝作非常聽話的模樣，躬身受教。「您老這身打扮，是要出去會朋友嗎？富貴逍遙鞍雖然樣式好，但坐著其實未必舒服。孩兒馬上那座平步青雲鞍子，您老不妨先拿去用！」

「平步青雲？那，也行。乾脆，我騎著你的馬算了，省得再換！」實在喜歡平步青雲這個口彩，韓樸肚子裡剩下那點兒怒火，也迅速散去。笑了笑，大聲跟自家兒子商量。

韓重贇當然沒有拒絕之理，於是乎，便微笑著點頭，「行，您老儘管拿去用。記得身邊多帶幾個人，最近汴梁城內未必安生！」

「用你說，老子吃過的鹽，比你吃過的米還多！」見兒子對自己依舊百依百順，韓樸立刻眉開眼笑。擺了擺手，小跑著走向韓重贇的坐騎。

望著自家父親那生龍活虎的背影，韓重贇忍不住又偷偷皺眉。就在前天晚上，夫人常婉淑曾經猶豫著提醒過他，公公韓樸最近好像變了一個人。當時，他自己還以為是常婉淑想多了。但現在看來，恐怕常婉淑的觀察結果一點都沒錯。

被削職為民之後，那個情緒低落的邋遢老人不見了。現在的父親，又變成了當年那個殺伐果斷，銳意進取的韓都指揮使。到底是什麼原因，導致父親身體內又充滿了鬥志？韓重贇不太清楚。但是，他卻知道，這種鬥志，極有可能將全家人推向萬劫不復。

想到這兒，他快速將目光轉向管倉庫的親隨韓貴。斟酌了一下，帶著幾分歉意低聲安慰：「貴哥，委屈你了。今天的事情，你不要往心裡頭去，我阿爺年紀大了。人年紀大，有些脾氣在所難免。」

「將軍放心，我受得住！老太爺他，也不是故意要找小人麻煩。」親隨韓貴眼圈微紅，啞著嗓子回應。

韓貴是韓重贇的親隨，當年在戰場上為了保護韓重贇，被契丹人打下了馬背。多虧了鄭子明施以回春妙手，才僥倖保住了性命。但是，他卻再也無法征戰沙場了，只能跟在韓重贇身邊做家將，混一碗安生飯吃。

感謝他的捨命相救之恩，韓重贇拿此人一直當兄弟對待。專門請了教習教此人讀書識字，還要老管家韓有德指點此人處理家中雜務。按理說，對於這種被兒子當成管家培養的人，韓樸應該輕易不會為難才對。但今天，很顯然韓樸已經折騰過了頭，根本沒考慮自家兒子的顏面和感受。

如果換做平日，韓重贇少不得要再多安慰親隨韓貴幾句。然而，今天，他卻根本顧不上。迅速朝四下看了看，將聲音壓得更低：「我阿爺的脾氣，我知道。你不用替他說話。我來問你，最近，我阿爺經常找你麻煩嗎？

還是就今天這一次？不要替他遮掩，情況很奇怪，我現在需要聽實話！」

「這，好像也不多。老太爺以前只找他自己那邊院子裡頭僕人的麻煩，很少到咱們這個院子裡來！」韓貴聽到韓重贇問得鄭重，低頭回憶了一下，小心翼翼地回應：「老太爺以前只管找他自己身邊的人發火，基本不會找我們的麻煩，尤其是將軍您身邊人的麻煩。但是，四天前，大概是四天前吧，他老人家就不再區分兩個院子的差別了，好像看誰都不順眼。即便是夫人，也被他數落了好幾回呢！」

「四天前有沒有發生什麼事情？」韓重贇皺了皺眉，夫人常婉淑說的父親最近這幾天好像是變了一個人，時間上很契合。

「一切正常，非要說新發生的事情，就是五天前，那天老太爺又喝醉了，但是贏了很多錢。是王大人家的下人，把老太爺送來的。」韓貴眺了一下眼睛，回憶著最近幾天看到的所有事情，低聲補充。

「王大人？哪個王大人？」韓重贇心中警兆頓生，第一時間，腦海裡就浮現出一張陰測測的臉。

「太尉府王毅，王大人。」韓貴想都不想，就非常肯定的回答。

「王殷的弟弟？」韓重贇的眼睛一瞪，手掌本能地再度搭上了劍柄。

放眼汴梁，誰人不知王峻、王殷和李重進是一夥，而他、張永貴、鄭子明、柴榮等人是知交。雙方最近彼此之間越來越針鋒相對，都恨不得要拔出刀來互相砍了，如此玄妙時刻，老父，老父他居然跟太尉王殷的弟弟搭上了關係？

「的確是王殷的弟弟，那個仗著哥哥，在汴梁城內開了十幾座賭坊的傢伙！」韓貴的聲音再度傳來，每個字，都如同冰塊一般刺激著韓重贇的心臟。

身在殿前軍，他當然知道皇帝陛下最近臥床不起的事實。但按照常理，只要皇帝陛下一天沒有駕鶴西去，整個汴梁就該歸他老人家掌控，無論是樞密使也好，禁軍大帥也罷，根本翻不起，也不應該翻起什麼風浪。

這大周的權力結構，可不像晚唐時那麼簡單。幾個太監只要控制了皇帝，就能令天下豪傑俯首帖耳。高白馬、符老狼，還有自己的岳父常思，哪個是盞省油的燈？如果不是有郭威鎮著，三家當中，至少有兩家會帶兵直撲汴梁。王峻等人但凡還沒徹底失去理智，就應該知道，這如畫江山，無論如何都沒他們的份！能追隨郭威，是他們這些人最好的選擇。如果換了另外的人來做皇帝，他們幾個甭說出將入相，位極人臣，連個縣令職位都未必坐得上！

可理智這東西，不一定能永遠保持著。利令智昏，也不是一句笑話。沉沉想著心事，韓重贇邁步走向內宅。卻沒有進屋，而是繞過正房，直接走到了後花園，開始對著荷塘發呆。

荷塘裡，大部分荷葉都已經枯了。只有零星幾枝，像獨腳鬼般，影影綽綽地站著。每逢有夜風吹過，「獨腳鬼」們便不停地晃動，「刷，刷，刷」，「吱吱吱吱」，荷葉摩擦聲伴著寒蛩聲，吵得人心煩意亂。

早有人將他回家的消息，報告給了他的夫人常婉淑。後者難得沒有跳起來打擾他，而是先命人燒了一壺熱茶，準備了些吃食。然後帶著幾名貼身侍女，默默地將茶具和點心，擺在了荷塘旁的石頭桌案上。

作為肥狐常思的女兒，常婉淑雖然性子跳脫，心思卻轉得不慢。早年間，通過自家父親的言傳身教，學會了很多別人一輩子都接觸不到，更甭提掌握的東西。雖然因為是女兒身，大部分時間裡，她一肚子所學，都找不到用武之地。但關鍵時刻拿出來給自家丈夫出謀劃策，卻綽綽有餘。

韓重贇這些年跟在老狐狸般的岳父常思身邊，也沒少長了本事。更知道，自家夫人絕不像表面上那樣毫無心機。於是乎，先就著茶水吃了幾塊點心，然後，就毫不客氣地說道：「情況非常不對勁兒！皇上已經很多天沒上朝了。殿前軍的軍心，也起伏得厲害。而這個時候，我阿爺卻突然跟王殷的弟弟攀上了交情……」

「應該反過來說，是王殷派人，拉攏了公公！」沒等他把話說完，常婉淑翻了翻眼皮，毫不猶豫出言提醒。「公公自打上回逃過了一劫之後，嘴裡雖然不說，心裡頭卻覺得是你在養著他。如果有機會能東山再起……」

「不可能！」韓重贇猛地一拍桌案，長身而起。手臂，脊背，大腿等處的肌肉，同時開始戰慄。

自家父親是什麼性情，他比任何人都清楚。用尊敬的話說，是志向高遠。用難聽一點的話說，則是急功近利，為了升官發財不擇手段。如果王殷真的許以高官厚祿的話，不用問，自家父親會立刻撲過去，任憑對方驅使。

「怎麼不可能？有句話叫做，後二十年看子敬父！你是左班殿直副都知，眼下官職雖然不高，卻是皇上特地從我父親手裡要來，與張永德一道，平衡李重進在殿前軍中勢力的重要人選。」常婉淑的反應，卻遠比他冷靜。笑了笑，緩緩補充。

「啊！」雖然自己也猜到了幾分事實，但聽到此處，韓重贇心中，依舊打了個哆嗦，扶在石頭桌案上的手背，青筋根根直冒。

王殷的這一招，好毒。

如果父親倒向了李重進，自己再跟李重進對著幹，就是不孝，並且在短時間內，就極有可能，跟父親各領一哨兵馬，面對面舉起鋼刀。

自己如果贏了，父親的性命恐怕就保不住。而父親如果贏了，按照他跟王殷之間的交易，自己有可能活下來，但皇帝、柴榮，還有鄭子明……

「呼！」一股涼風突然從側面襲來，吹得韓重贇身體顫了顫，汗珠淋漓而落。

一邊是父親，一邊是朋友、正義和國家。忽然間，他彷彿又回到了多年前的黃河畔，當年，為了救鄭子明離開，他果斷站了起來，跟父親，跟父親的上司，跟小半個天下的英雄豪傑，對面為敵。那時候，他還年輕，心臟裡頭的血很熱，也不懂得世事艱難。

「韓郎，你知道，當年我最欣賞的你，是什麼模樣嗎？」常婉淑的話從耳畔傳來，聽上去好生遙遠。

「什麼模樣？」韓重贇的心神，迅速從過去飄回，看了自家夫人一眼，低聲反問。

「你站在劉知遠面前，對著所有人大聲說，父有過，子不言之，卻可改之！」常婉淑笑了笑，滿臉自豪，

「當時我雖然不在場，但是後來聽父親提起，心裡好生驕傲！這就是我將來要嫁的人，我的夫君！這輩子跟了他，未必大富大貴，卻活得頂天立地！」

「呼」宮外吹過一陣急促的寒風，穿透門縫窗簷，吹得寢宮內的燭火搖搖晃晃。

「秀峰？叔德？還有重進？」郭威故意裝作很是驚訝的模樣，有氣無力地抬手，平身吧。「你們三個怎麼一起來了？平身，全都免禮平身！」

「是，陛下。」王峻、王殷和李重進齊聲答道，然後像預先排練過的一般，相繼站起。三個人以李重進為鋒，排成了一個品字。如果此刻手裡握著兵器，就隨時可以結陣而戰。

「你們三個這麼晚了還進宮裡來，是有要緊的事嗎？」郭威側著頭，看了看頭髮花白的王峻，又看了看滿臉疤痕的王殷，嘆了口氣，低聲詢問。

「也沒什麼要緊的事情，好幾天沒入宮面聖了，微臣心裡有些放心不下！」王峻笑了笑，輕輕拱手。

「是啊，陛下，您今日如何？身體情況可曾好轉？」王殷緊跟著補充了一句，目光裡的「關切」如假包換。

「陛下吉人自有天相，肯定沒有什麼大礙。」李重進則笑著低下頭，畢恭畢敬地祝願。

「呼，應該是好多了吧！」郭威被問得心中一軟，剎那間，又想起了當年跟王峻、王殷兩個一塊兒喝酒吃肉，一塊兒在死人堆中掙扎求生的種種畫面，語氣頓時也變得柔和許多：「今天吃了一碗蔘湯，還抽空看了幾分奏摺。秀峰兄，朕這次生病，虧了你內外張羅。否則，國家不知道會亂成什麼模樣？」

「陛下跟老臣，又何必如此客氣？」聽了郭威的話，王峻的心臟中，也湧起了一團暖意。但很快，這團暖意就被他強行壓了下去，換成了冰冷堅硬的權謀，「咱大周，雖然屬陛下，但臣等當年也為它披荊斬棘，自然應該與它榮辱與共。」

「是啊，咱們幾個，向來都是一條繩子上的螞蚱。」郭威的眼神微微一變，立刻笑著點頭，「若是沒有秀峰你，朕根本沒機會坐到這個位置上。若是沒有叔德，朕恐怕在皇宮裡也睡不安穩。這些年來，真的辛苦你們二位了。」

「臣等甘願為陛下分憂！」王峻帶著王殷，同時在李重進的側後方躬身。「願陛下吉人天相，早日恢復安康！」

「呵呵，一把老骨頭了，再怎麼恢復，也比不了當初！」郭威輕笑了一聲，向後縮了縮，用身體緩緩靠緊牆壁。

大病初癒，他體力遠不如從前，能掙扎著堅持一個下午，已經非常勉強。如今卻繼續同時應付王峻、王殷和李重進三個，從精神到肉體，都不堪重負。只能依靠牆壁的支撐，保持自己不要中途倒下。

「是啊，所以臣等商量了個折衷辦法，既能讓陛下靜下心來將養身體，又能確保朝野不生大亂，還請陛下斟酌！」王峻見郭威好像隨時都在準備拔刀迎戰，不敢再繼續繞來繞去，乾脆咬了下壓根兒，大聲補充。

「終於還是來了，連拖延上幾天的機會，居然都不想給朕留！」郭威的心窩處又是一寒，借助牆壁的支撐，將身體緩緩地坐了個筆直，「秀峰兄，請明言。只要有道理，朕自然不會駁了你的面子！還有叔德、重進，你們倆，是跟秀峰為同一件事而來嗎？」

「這……」雖然入宮之前，他已經下定了決心。然而，當真正到了圖窮匕見時刻，李重進心裡竟然禁不住有些發虛。不敢面對郭威的目光，迅速低下頭，啞著嗓子回應，「就算是吧，舅父您也曾吩咐過，讓甥男平素多向王樞密討教。」

「正是！」畢竟也是死人堆中打過滾的，太尉王殷王叔德的表現，要比李重進堅強的多。毫不畏懼抬起頭，宣布要與王峻共同進退。

「那就說罷，到底是什麼事情？」心中最後一線希望也徹底破滅，郭威不怒反笑，「趁著朕還清醒著，否則，恐怕會來不及！」今天秀峰兄你與重進聯袂而來，是不是有什麼事需要朕拿主意的？

王峻心中，被笑得一哆嗦。咬了咬牙，乾脆直奔主題，「陛下，臣王峻，請陛下立皇外甥李重進為太子。在陛下養病期間，以太子監國。替陛下坐鎮朝堂，駕馭文武百官，牧守天下！」

「請陛下改立皇外甥為太子！」王殷躬身抱拳，彷彿甲冑在身，隨時準備領兵出征。

「孩兒，孩兒，孩兒願為舅父分憂！」見二人都已經把今晚的來意挑明，李重進知道自己無路可退，也硬著頭皮抱拳施禮，主動「請纓」。

原本，他們三個準備先說上幾句題外話，瓦解了郭威的戒心，再慢慢繞回正題。誰料郭威雖然病得半死不活，卻憑藉三言兩語，依舊打得他們方寸大亂。因此，只能快刀斬亂麻，以免再拖延下去，心中的勇氣都被消磨乾淨，主動認罪服輸！

原本以為，自己這邊挑明目的之後，郭威多少也得掙扎一下，才會鼓起勇氣討價還價。誰料，過程根本沒那麼麻煩。李重進的話音剛落，郭威的就直接給出了答覆，「不，重進能力有限，不足取代君貴。此事，朕不能准奏！今後，也休要再提。」

「我是您親外甥，身上淌著郭家的血脈！」李重進頓時沉不住，跳起來，大聲強調。

「君貴是朕的義子！」郭威心思，根本不為這個理由所動，不屑地看了他一眼，大聲強調，「君貴曾經替朕籌集錢糧，奔走江南塞北。君貴曾領軍出征，替朕，替大周卻契丹於國門之外。君貴曾經親手治理了黃河水患，惠及天下萬民！而你，替朕，替國家、替天下百姓，做過什麼？如果你做了太子，將置君貴於何處？高白馬、符老狼、常肥狐，還有君貴的把兄弟鄭子明，可會答應？黃河兩岸的千萬黎庶，可會答應？」

「這……」李重進原本就是中人之才，先前有沒有考慮如此多。頓時，被問得一個字都答不上來，紅著臉，汗流浹背。

天下百姓的想法，他可以不考慮。惠及萬民的功勞，他也可以視而不見。老百姓是羊，皇帝和百官是牧羊人，只要皮鞭和屠刀在手，就根本不會在乎羊的想法，更不怕群羊造反。

但是，高白馬、符老狼、常肥狐、鄭子明四人，卻個個手握重兵。其中第一個人的兒子跟柴榮相交莫逆，第二個人是柴榮的岳父，三、四為翁婿關係，而第四位亦是柴榮的結拜兄弟鄭子明，其女兒照慣例要叫柴榮一聲大伯！

如果他們四人，聯合起來為柴榮振臂一呼，試問天下，誰人還能坐得穩皇帝的寶座？恐怕到頭來，終究是好夢一場。甚至連夢醒的機會都沒有，稀裡糊塗就走向了滅亡！

「廢物，扶不起來的阿斗！」見李重進被郭威三言兩語就說得鬥志全消，王峻心裡破口大罵。然而，從今晚各自將一隻腳踏進宮門那一刻開始，三人就都已經沒有了退路。因此，他毫不猶豫地向前跨了一步，大聲說道：「陛下，臣知道臣斗膽進言，必令陛下震怒。但是，有些話，臣卻不吐不快！」

「哦，秀峰，你確定必須要今晚說？」郭威先輕輕點了下頭，然後遲疑著問。

如有可能，他真不希望君臣之間的對話再繼續下去。那樣，彼此還能留下各自後退半步的餘地，不見得非要血濺五步。

然而，此刻的王峻，卻宛若是楚霸王附體，力能拔山，氣可蓋世，嘴裡的吐沫星子，更是四下飛濺，「雖然君貴有治河之大功，然而，其氣量狹窄，行事莽撞，絕非一個合格的儲君。與其立他為太子，不如讓他為樞密使或者左右相。若陛下肯改立重進，臣願意交出樞密院，遠避秦州，此生不再踏入汴梁半步！」

這條件，在他自己看來，絕對是誠意十足。非但給柴榮留了一條活路，而且自己主動離開中樞，徹底化解了郭威對自己今後把持朝政，拿李重進當作傀儡的擔憂。然而，郭威聽了之後，卻又是微微一笑，低聲回應道：「秀峰這番考慮，足夠周全，朕替君貴先謝過了。但是，秀峰兄，你依舊沒有回答朕的話，如果符彥卿、高行周、常思、鄭子明四人聯手起兵支持太子，你拿什麼手段來退敵？」

「這，兵來將擋而已。況且只要陛下將立重進為太子之事，詔告天下。他們四個人，怎麼可能同時造反？」

王峻根本不認為郭威所說的那種情況會發生，撇了撇嘴，大聲冷笑。

「萬一呢，朕豈能拿大周江山去做賭注？」郭威收起笑容，正色強調。

「沒有萬一！高行周這輩子，就沒替別人出過力。李崇訓也曾經是符彥卿的女婿，當年李守貞起兵，卻沒見符彥卿幫他們父子分毫。至於常思和鄭子明，呵呵……」王峻想都不想，繼續冷笑著撇嘴，「臣就不信，臣，叔德，還有滿朝武將聯手，就不能將他們翁婿兩個逐一剪除！」

「噢，原來秀峰早就有了對策！」聽王峻說得輕鬆，郭威再度輕輕點頭，隨即，又淡然發問，「可大戰之後，我朝元氣，還能剩下幾何？常克功和鄭子明都死了，誰來替大周抵抗北漢，誰來替大周威懾燕雲？」

「不破，不立，到時候肯定有辦法！」王峻被說得心中一陣煩躁，跺了跺腳，大聲補充，「況且常思是陛下的結義兄弟，未必會抗旨。而以君貴對陛下的敬重，心中縱然覺得委屈，也未必會准許鄭子明借著他的名義胡作非為！」

「那照秀峰兄的意思，只要朕改立儲君的聖旨一降，則天下可定了？」郭威楞了楞，忽然又無聲地笑了起來，笑得胸口上下起伏。

「當然，陛下可是大周皇帝，九五至尊！」王峻誤以為郭威已經準備跟自己妥協，立刻大聲保證。

「原來朕還是大周皇帝啊！」郭威抬起手，一邊笑，一邊擦淚。「朕以為秀峰兄都忘了呢！朕為何要聽你的安排？朕為何明知道你剛才說得這些，心裡其實半點兒把握都沒有，還任由你胡鬧？秀峰啊，你最近太累了，累得已經昏了頭。早點回去歇息吧，朕倦了！」

說罷，揮揮手，便命太監送王峻等人離去。那王峻，如何肯善罷甘休？立刻上前一步，伸手抓住郭威的胳膊：「陛下，且慢！」

「怎麼，秀峰想連朕也一起廢了？」郭威猛地站直了身體，像獅子般俯視著王峻，雙目當中，寒光四射。

他是從一名小兵一刀一槍殺上的皇位，這輩子，不知道在屍山血海中打過多少次滾。登基之後雖然沒有時間再去練武，可盛怒之下，身體當中，立刻有無形的殺氣沖天而起。把個王峻嚇得鬆開手臂，蹬蹬蹬接連退後了五六步，直到脊背撞上柱子，才咬著牙回應：「微臣不敢。陛下，是大周的皇帝，誰都無法取代。但是，陛下，這大周江山，卻是微臣，叔德，還有外邊無數老兄弟拚死拚活替你打下來了。立誰人為儲君，關係到我等的榮華富貴和子孫後代的前程。所以，此事已經不是陛下一個人的事情，請恕臣等，不能任由你乾綱獨斷！」

「噢！那朕就乾綱獨斷了，你等又將如何？」郭威向前跨了一步，又向前跨了一步，站在王峻對面，冷笑著質問。

「陛下，陛下莫要逼臣！」王峻的背後是一根柱子，退無可退。抬起頭，手臂用力在身前揮舞，就像一隻憤怒的公雞。

「陛下，請三思！」

「舅父，請三思！」

知道王峻一個人扛不住郭威的壓力，王殷和李重進咬著牙轉身，從郭威的側後方大聲「請求」。久經戰陣的郭威，立刻發覺自己陷入了三人的包圍當中。笑了笑，大步後退。李重進沒有勇氣阻攔，趕緊側著身體閃避。王殷壯起膽子邁步去擋了一下，卻被郭威一晃肩膀，直接撞了四腳朝天。

「就憑你們三個！」郭威大步回到床邊，重重坐了下去，不屑地撇嘴，「還想學別人逼宮？呵呵，也不撒泡尿照照自己什麼模樣？滾出去，朕不想再看到你們！」

「陛下，你，你，你莫執迷不悟！」不知道是被氣的，還是被嚇的，或者二者兼而有之。王峻背靠著柱子，頂著滿頭冷汗，伸出右手食指，遙遙地指向郭威，大聲威脅。

「朕就是執迷不悟，你又能怎樣？」郭威看都懶得多看他一眼，繼續撇著嘴聳肩。

「我，我，我……」王峻的手指哆嗦，嘴角掛著白沫，氣喘如牛。然而，喃喃半晌，他終究沒勇氣說出要廢掉郭威的話，扭過頭，拂袖而去。

「陛下，好自為之！」見王峻起身離開，王殷也不想再多逗留，從地上爬起來，快步走向門外。

只有李重進，心中依舊還保留著幾分良知。看出郭威的臉色青中泛灰，忍不住躬了身體，低聲說道：「陛下，請保重龍體。甥男，末將告退！」

「下去吧！」郭威看了他一眼，懶懶的揮手。

李重進被看得心中發毛，趕緊邁動雙腿去追王殷。臨出門，腳卻在門檻上絆了絆，差點一頭栽倒。

「嗤！」看到李重進那狼狽不堪模樣，郭威忍不住從鼻孔裡噴出一行冷氣。就這麼個貨色，也配和君貴相提並論？王峻、王殷，你們這夥人，真是有眼無珠！

「陛下，趕緊想辦法出宮，想辦法出宮！」沒等宮門從外邊合攏，一個低低的聲音，忽然從郭威背後響了起來，帶著難以掩飾的焦急。

「是淑妃啊，剛才朕和他們幾個的話，妳都聽見了？」郭威回頭朝聲音來源處看了一眼，卻沒有挪動身體，只管苦笑著搖頭。

「聽，聽見了。陛下，陛下莫，莫怪臣妾多事。臣妾，臣妾是怕，臣妾真的怕他們幾個……」淑妃楊氏踉蹌撲上前，手裡拎著一把三寸長的剪子，泣不成聲。

「傻瓜，哪裡輪得到妳來動手！」郭威原本已經結了冰的心臟當中，難得又有了一絲暖意，伸手將楊淑妃拉起來，笑著搖頭。「放心，他們不敢殺朕，殺了朕，就沒人替他們遮醜，也沒人替他們去威懾群雄了！」

楊淑妃聽得心中一喜，趕緊擦著眼淚低聲催促：「那，那陛下還不快走？趕緊走，莫管臣妾。只要陛下能離開汴梁……」

「走不了啦！」郭威嘆了口氣，貼著牆壁緩緩躺倒，「他們既然敢來逼宮，就早已做出了相應準備。王秀峰那個人，跟朕共事了小半輩子。朕瞭解他，正如他一樣瞭解朕！這會兒，皇宮內外，已經全換上了他的人。朕只要一天不下旨改立李重進為太子，這皇宮，就一隻蒼蠅都甭想再飛進飛出！」

「啊！」楊淑妃心中剛剛生出的一點點希望之火，再度化作了灰燼。楞了楞，流著淚不知所措。

「唉——！」郭威嘆了口氣，將她攬在了懷裡，閉目不語。

太監們全都消失不見了，寢宮內，燈火將熄，也沒人再進來替郭威夫婦換上新的蠟燭。整個皇宮，宛若一座巨大的囚牢，將百戰餘生的郭威關在了裡邊，插翅難逃。

一重重宮門，陸續關閉。

大周樞密使王峻，站在皇宮大門口，緩緩回頭。兩隻眼睛裡跳動著暗藍色的光芒，就像郊外亂葬崗裡閃爍的鬼火。

眾親信鴉雀無聲，誰也不敢開口。唯恐哪句話說錯了，觸了樞密使大人的霉頭，被當場碎屍萬段。

許久，許久。

就在眾人緊張得幾乎要窒息的時候，王峻終於甩了下衣袖，斷然做出決定：「皇上有重病在身，需要臥床靜養，從即可起，非有老夫手令，任何人不准去打擾陛下。敢擅闖者，格殺勿論！」

「是！」眾人心裡打了個哆嗦，齊聲回應。

唐末以來，諸侯殺君宛若宰雞一樣尋常，自打他們被王峻當作心腹死士來拉攏的時候，每個人就都早已想到這一天。故而緊張歸緊張，卻誰都不會大驚小怪。很快，就分散開去，將原本規模就不大的皇宮團團包圍，沒有王峻的手令，甭說是大活人，就連一隻老鼠，都甭想混進宮牆。

皇宮內的侍衛和太監們，也早就被王峻和王殷兩人，偷偷換了個遍。知道事情已經到了最關鍵時刻，成王敗寇在此一舉。所以也都抖擻精神，瞪圓眼睛，死死盯住郭威的寢宮門窗，唯恐一不小心，大周皇帝就會化作蝙蝠飛走。

然而，讓太監和侍衛們略感失望的是，大周皇帝郭威，明知道其變成了階下囚，卻既沒有暴跳如雷，也沒有試圖用高官厚祿來拉攏大夥倒戈，而是認命般躺在了床上，不多時，便打起了呼嚕。

「到底是馬上天子，都落到了如此地步了，居然還能睡得著！」靠近寢宮的一名侍衛聽到了郭威的鼾聲，忍不住低聲議論。

「那當然，虎死不倒椿！」另外一名侍衛咧了下嘴巴，帶著幾分佩服回應。

「唉，可惜了！」

「沒辦法，誰叫他自己倔呢。早把太子之位交給李將軍，豈不是天下太平？」

「唉……」

其他侍衛們，也嘆息著陸續開口，聲音裡，不乏遺憾和同情。

平心而論，與前面的數任皇帝相比，大周天子郭威，絕對算得上是一個有道明君。登基以來，厲行節儉，輕稅薄賦，重用文臣，嚴查不法，才短短幾年時間，就已經令城市和鄉野，都重新煥發出了勃勃生機。

「你們幾個吃裡扒外的東西，想找死是不是？不想死，就都給咱家閉上鳥嘴。」唯獨例外的一個人是太監林清，聽到居然有人膽敢替階下囚說好話，頓時邁著四方步走過去，破口大罵，「他是個好皇帝，壞皇帝，關爾等鳥事？別忘了爾等的俸祿是誰發的，家裡的吃穿用度都是誰供著？倘若此事出了紕漏，不但爾等都死無葬身之地，家裡人也會被株連九族！」

「這……」眾侍衛被罵得面如土色，卻不敢說一個字反駁。低下頭，連連施禮：「大人，大人說得是，我等，我等多嘴！」

「知道多嘴，就把嘴巴閉上！」林清當了半輩子馬夫，難得過一次罵人的癮。撇了撇嘴，繼續咆哮：「再閉不上，咱家就拿馬糞給你們堵上。一個個把眼睛給咱家瞪圓了，裡邊的人真睡也好，假睡也好，從現在起，一直到王大人下次來之前，都別讓他脫離爾等的視線。」

「是！」眾侍衛敢怒不敢言，齊齊躬身答應，然後瞪圓了眼睛，開始對著寢宮的門窗發呆。

也許是因為久病體乏，也許是天生膽大心寬，寢宮裡的呼嚕聲，直到四更天兒，才終於停止。隨後又過了大約小半炷香時間，門忽然從裡邊被人拉開，大周天子郭威，在淑妃楊氏攙扶下，緩緩走了出來。

「陛下，小心半夜天涼！」太監頭目林清得意地掃了一眼眾侍衛，帶頭衝上前，擋住郭威夫妻的去路。

「陛下，小心天涼！」眾侍衛心裡雖然同情郭威的際遇，但此時此刻，正如林清先前所提醒，他們的全家性命都跟王峻綁在了一起。只能咬著牙上前，結成了一道人牆。

「哦，莫非朕連寢宮，都不准出了嗎？李重進呢，你們把他叫來，朕問問他，到底準備拿朕怎麼樣？」被一群人擋了路，郭威既不生氣，也不緊張。歪著頭掃了大夥幾眼，冷笑著質問。

「這……」眾侍衛被問得無言以對，低下頭，不敢正視郭威的眼睛。

再怎麼著，郭威也是李重進的親舅舅。大夥可以奉命監視他，軟禁他，卻不能隨意折辱他。否則，萬一李重進登基之後，哪天忽然又想起他舅舅的好處來，收拾王峻和王殷未必下得了手，殺十幾個侍衛做樣子，卻不用有任何顧忌。

「皇上，皇上，何必，何必讓咱家為難！」關鍵時刻，又是太監林清挺身而出。朝郭威抱了抱拳，啞著嗓子勸誡，「咱家不過是奉命行事，該怎麼對待您，全得聽王樞密和李將軍的吩咐。您現在就是把我等都打死，也改變不了任何事情！還不如好好回去安歇，我等別的不敢保證，陛下和淑妃娘娘的一日三餐，絕無半點克扣！」

有道是，聽話聽音兒，郭威立刻從林清的勸誡裡，挑出了最有用的東西。又笑了笑，搖著頭追問：「哦，這麼說，如果朕不聽你的勸阻，你就不打算給朕吃飯嘍？」

「奴才不敢，但有時候人手安排不開，御膳房那邊耽擱一時半刻，也在所難免！」林清後退半步，笑著發狠。

「朕還真不信這個邪了！」郭威猛地抬起手，狠狠抽了太監林清一個大耳光。將此人抽得橫飛出去，鼻孔和嘴巴裡頭鮮血狂噴。「滾，老夫縱橫半生，還怕了你沒卵蛋的傢伙！有種，你現在就讓人殺了老夫！」說罷，一把推開擋在面前的人牆，帶著楊淑妃，大步向前。花白的頭髮，如同戰旗般，在風中上下飄盪。

「攔，攔住他！」太監林清打了個滾，從地上爬起來，大聲命令。「攔住他，否則，你們都得死！」

「是！」眾侍衛一擁而上，試圖用身體和手臂阻擋郭威。只是，他們過分小瞧了這位馬上天子的戰鬥力，轉眼間，竟然被郭威拳打腳踢，挨個放翻於地

「陛下止步！陛下，啊——！」太監林清大喊著，從後邊追上去，試圖抱住郭威的大腿。卻被郭威轉身一腳，又踢出了半丈遠。躺在地上，痛苦地來回翻滾。

其餘侍衛不敢再耽擱，也爬起來，陸續衝上前跟郭威撕扯。然而，養了大半夜精神的郭威，卻如同一頭瘋虎，拳打腳踢，左衝右突，數息不到，就殺出了眾人包圍，帶著楊淑妃，大步走向了御花園。

「來人，快來人啊，皇上，皇上要跑！」太監林清見勢不妙，扯開嗓子，向四下大聲求援。

又有十多名侍衛衝了進來，試圖阻擋郭威的去路。然而，面對這群比自己年輕了足足三十歲的壯漢，大周天子卻毫無畏懼。一手拉著楊淑妃，一手緊握成拳，四下亂捶，「廢物一群，也來攔阻老夫？有種，就拔刀！」

沒有王峻等人的命令，太監和侍衛們，哪有膽子對他白刃相向？非但不敢拔刀，甚至連赤手空拳，都得留著幾分力氣。唯恐一不小心，將他打出了內傷，耽誤了重新冊立太子的大事！

郭威乃是百戰餘生的老將，即便虎落平陽，也輪不到一群走狗來欺負！趁著沒有更多侍衛趕來阻擋自己的機會，且戰且走，三步兩步，就帶著楊淑妃衝進了御花園。

「來人，快來人，快來人幫忙，別，放跑了皇上，咱們都得死！」太監林清第三次從地上爬起來，扯著公鴨嗓子大喊大叫。

更多的侍衛和太監們衝進了御花園，從四面八方朝郭威靠攏。面對如潮而至的人流，大周天子仰天狂笑。一轉身，推開了藏書閣的門，拉著楊淑妃大步登樓。

這個舉動，非但讓前來幫忙阻截他的侍衛們大吃一驚。太監頭目林清，也頓時被弄得滿頭霧水。停止聲嘶力竭的叫喊，瞪圓了眼睛，喃喃自語，「沒，沒跑？他，他居然不是想跑！他，他上藏書閣做甚麼？」

「你這個廢物！」殿前軍指揮使王德衝上前，一腳將其踹出老遠。「連個六十歲的老頭子都看不住，老子

養你做甚。來人，給堵死藏書閣的門，沒有命令，誰也不准進入！」

「是！」一大群鼻青臉腫的侍衛和太監聯袂衝上，從臨近的宮殿搬來桌椅，七手八腳，將藏書閣的大門堵了個嚴嚴實實。

「折騰，繼續折騰，老子看你還能折騰出什麼花樣來！」半夜摟著宮女睡得正香時被人推醒，王德肚子裡憋滿了邪火。盯著漸漸明亮起來的藏書閣四樓窗口，大聲奚落。

他是王峻的親侄兒，眼裡可不會有郭威，更不會在乎李重進將來對自己報復。唯一在乎的，就是將皇宮內外徹底隔絕，不讓任何人和消息進出。

而將藏書閣當作監禁郭威的囚牢，效果比寢宮更佳。寢宮前後各有一道門，附近還有好幾座宮殿相連。一旦郭威跟大夥藏起了貓貓，想把他揪出來，還得廢許多力氣。但是藏書閣卻孤零零地坐落於御花園深處，前後左右根本沒有任何宮殿與之相連，進出的門也只有一個。

正當他以為自己安排得當，打算回去繼續睡下半截銷魂覺的時候。耳畔，卻突然又傳來了太監林清聲嘶力竭的叫喊：「不好啦，快，快上樓。四樓，四樓裡有滄州進貢來的八寶琉璃燈。只要點起裡邊的燈芯，半個汴梁都能看得見！」

「啊！」王峻的侄子王德終於明白了郭威拚著老命也要衝進藏書閣，所為哪般？趕緊親自動手去搬剛剛堵在門口的桌椅。然而，哪裡還來得及？

但見藏書閣四樓的窗子，一扇接著一扇，被郭威從裡邊推開。赤橙黃綠青藍紫白，八道燈光，交替而出，衝破黎明前無盡的黑暗。將皇宮周圍方圓數百步內的碧瓦白牆，照得五色繽紛，絢麗紛呈。

【第十章】

奪帥

皇宮裡的八色燈光剛剛掃完第一圈兒，韓重贇已經翻身跳下了床頭，抬手推開了窗子。他的官職不算高，宅子距離皇宮自然也不會太近。但宅院四周，卻略顯空曠，只要抬起頭，就能清清楚楚地望見遠處的皇宮。

藏書閣內射出來的燈光，又緩緩掃過了第二圈。落在他眼裡，剎那間，讓他渾身上下都開始戰慄。燈，是上次郭威壽誕之時，鄭子明特地派人從滄州送來的賀禮。整個燈身，足足有兩張書案大小。骨架由赤銅所鑄，表面上還鍍著一層厚厚的紫金。燈壁由七色和無色琉璃鑲嵌而成，每色八片，按顏色分列八面，巧奪天工。此外，在燈身內部，還另藏乾坤。只要點燃三個胳膊粗的燈芯，整個燈籠就會被熱油推著慢慢開始旋轉，幾個呼吸時間內，就可以將整座皇宮，照得瑞彩紛呈。

如此貴重奢華的一件壽禮，當然讓郭威龍顏大悅。只是，紫金八寶琉璃燈僅僅在郭威過壽的當晚，被點燃了一次，從此，就被擺在了藏書閣內，再也無人問津。據知情人透露，僅僅那一個晚上，該燈就消耗了五十多斤添加過特殊香料的燈油。而皇帝陛下登基以來帶頭厲行節儉，絕不能容忍有人如此糟蹋民脂民膏。

皇帝陛下平素帶頭厲行節儉，而今天，皇宮裡卻在黎明前最黑暗之時，點燃了紫金八寶琉璃燈。綜合最近幾天皇帝重病臥床，無法會見群臣的事實，只要有一點政治頭腦的人，都能明白到底發生了什麼事！

天下，又要大亂了！有人劫持了皇帝陛下！而太子卻遠在齊州，身邊只有幾百護衛和一群埋頭幹活的河工！

沒等紫金八寶琉璃燈轉起來第三圈兒，韓重贇已經開始迅速穿衣披甲。他的妻子常婉淑，則默默地給丈夫拿來了佩刀。夫妻兩個昨晚臨睡前，已經把該說的話都說開了，此刻，不需要任何語言，就知道對方準備去做什麼，應該去做什麼。

父有過，子可以不言之，卻可以改之。這是韓重贇少年時的話，擲地有聲。如今的韓重贇，已經不再是少年。但跟過去相比，他卻更強壯，更結實，更明白自己這輩子的路在何方！

第四圈燈光緩緩轉了過來，照亮韓重贇的眼睛。他忽然笑了笑，張開雙臂，給了常婉淑一個大大的擁抱，然後轉身直奔馬廄。常婉淑則披著一件貂皮大衣，緊隨其後，每一步，都走得格外堅定。

第五圈燈光只轉了一半兒，就突然消失。整個汴梁，忽然又重新墜入了黑暗。四下裡，一片死寂。韓府的後門，卻悄悄被從裡邊拉開。韓重贇一手持槍，翻身上馬。臨抖動韁繩之前，驀然回頭。

「我是澤潞節度使的女兒！」知道他在擔心什麼，常婉淑笑著揮手。「如果王峻不想整個山西落入北漢之手，就沒膽子動我一根寒毛！況且，從現在到天亮，還有差不多整整一個時辰。」

有這句話，已經足夠。韓重贇朝著妻子默默點了下頭，雙腿同時輕磕馬腹。來自遼東的白龍駒立刻領會了主人的意圖，邁動四蹄，緩緩加速。像一道微弱的星光，穿過長街，直奔距離韓府最近的西城門。

西城門口，一群剛剛從睡夢中被驚醒的神武禁衛軍士卒，沿著馬道，慌慌張張衝了下來。地位寒微的他們，根本無法理解剛才那忽然亮起，又忽然中斷的彩色燈光，究竟意味著什麼？但是，每個人心裡，卻都清楚知道，今夜汴梁城內，恐怕連天都已經塌了下來！

「不要慌，都不要慌，天塌下來，也有樞密使和太尉兩個頂著。爾等只要恪盡職守，別放任何人進出就行了。天亮之後，不，半個時辰之內，太尉那邊自然會有命令告訴咱們該怎麼做！」一個公鴨嗓，在敵樓中忽然響起。今晚當值的神武禁衛左軍三廂二軍七營指揮使王文盛，從敵樓護欄後，探出半個身體，大聲安撫。

他是太尉王殷的遠房侄兒，這幾天刻意被安排在汴梁西門當值，以防不測。所以，心裡早就知道遇到突發情況之時，自已該怎麼做。根本不會像尋常士兵一樣，被突然出現的燈光所困擾。

話音剛落，三匹快馬疾馳而至。正中央的馬背上，有名官差打扮的漢子，高高舉起一支猩紅色的令箭：

「開門，放下吊橋，奉開封府令，出城追捕朝廷要犯！」

「給我把他們三個拿下！」還沒等眾士卒回頭請示該如何應對，王文盛已經抄起角弓，大聲斷喝。同時，將一支雕翎搭在弦上，朝著手舉令箭者的胸口果斷射出。

「闖！」手舉令箭的官差，也絕非等閒之輩。發現對方早有防範，立刻拔刀在手，「噹啷」一聲，將凌空飛來的羽箭磕得不知去向。隨即，雙腿猛地一夾馬鐙，刀光借著馬速潑出一道閃電。

「啊——！」「該死！」「娘咧——！」眾禁軍士卒趕緊舉起兵器迎戰，轉眼間，就跟衝過來的三名「官差」殺做了一團。仗著人多勢眾，他們很快就占據了上風，將其中兩名「官差」當場格殺，第三名逼得撥轉馬頭，倉皇逃竄。

「別追，天亮後，自然有人去找他。結陣，守住城門！」王文盛在敵樓上，意氣風發。就這麼幾隻臭魚爛蝦，也想壞樞密使和太尉兩個的大事？真是不自量力！樞密使和太尉，算無遺策，早就把最近幾天有可能發生的事情，都推算了清清楚楚。今夜有王某在，不消說出去一個大活人，就是一隻蒼蠅，也得給牠削掉翅膀，當場拍死！

眾禁軍士卒見過了血，也知道大夥已經別無選擇。強壓住心中的慌亂，在汴梁城的西門口結成方陣。發誓只要有人敢像先前那三個傢伙一般硬闖，無論是誰，都格殺無論！

還沒等他們將陣形站穩，漆黑靜寂的街道上，又傳來一陣急促的馬蹄聲。十多名家將簇擁著一個白袍公子哥，飛馳而至。發現城門口已經做出準備，二話不說，彎弓便射。

「啊——」禁軍士卒們雖然已經做出了充足準備，卻依舊有四人當場被射翻。剛剛結成的方陣，頓時在正中央就出現了一個缺口。那白袍公子哥見狀，毫不猶豫地丟下角弓，掄起兩隻鐵鐧，急衝而至。左砸右掃，將膽敢阻攔自己的禁軍士卒，挨個送上了西天。

「來人，給我全都下去，把他碎屍萬段！」王文盛大怒，揮舞著角弓，大聲命令。

身邊有人低低的答應了一聲「是」，緊跟著，三百多名禁衛軍，從敵樓、馬臉，還有臨近的院落裡衝了出來，將城門口圍了個水洩不通。

那白袍公子與其麾下的家將雖然驍勇，奈何猛虎難敵群狼。不多時，便被禁衛們耗乾了體力，一個接一個下砍落於馬下。

「嗤！」王文盛根本懶得理會自己剛剛殺死了誰家的子侄，擰著鼻子，大聲冷笑。

無論死者出自誰的府邸，今夜被他宰了也是白宰！只要他家叔叔王殷成功擁立李重進登上太子之位，白袍公子哥的父輩非但不敢給自家兒子報仇，還得想方設法摘清父子之間的關係，以免被順藤摸瓜，秋後算帳。

「王將軍，太尉急令，太尉急令！」又一陣馬蹄聲傳來，有名身穿殿前侍衛袍服的小校，隔著老遠就大聲叫喊，「太尉急令，請王將軍嚴守西門，從現在起，不要放任何人出行！」

「怎麼樣，王某早說過，半個時辰之內，太尉大人必有安排，這，還不到半刻鐘。」王文盛立刻扭頭，朝著身邊的幾個親隨大聲賣弄。

「將軍英明！」「將軍英明！」眾親隨對他佩服得五體投地，挑起右手大拇指，連聲誇讚。

「嗯！」王文盛抬手捋了一把山羊鬍，笑著點頭，「都打起點兒精神來，咱們別讓太尉失望。此事過後，王某自然不會忘記爾等今晚的功勞！」

「多謝將軍！」眾親隨肯忍著噁心拍他的馬屁，圖的就是日後能夠跟著他雞犬升天。頓時，一個個喜不自勝，齊齊躬身拜謝。

「嗯！」王文盛再度手捋鬍鬚，輕輕點頭。正準備再說幾句，忽然發現前來給自己傳令的這位殿前軍小校看上去好像有點兒臉熟兒。趕緊用角弓朝著此人指了指，大聲吩咐：「站住，不要上城。你先報上名來！」

「你爺爺韓重贇！」雙腳已經沿著馬道踏上了城牆的殿前軍小校嘴裡發出一聲斷喝，手中長槍忽然化作了一條蛟龍。凌空飛起，直奔王文盛胸口。

「噗——」王文盛想要閃避，哪裡還來得及？被韓重贇的銀槍透胸而過，當即氣絕。

「將軍！」

「他殺了將軍，殺了將軍！」

「攔住他，他……」王文盛的親隨哭喊著，從敵樓裡衝出來，試圖給自家主將報仇。被韓重贇一刀一個，砍翻於城牆之上。

「不想死的就滾開！」雙腳踏著敵人的血跡，韓重贇單手持刀，直撲牽引吊橋的機關。沿途只要有人膽敢攔阻，都被他毫不猶豫地送上了西天。

先前王文盛把麾下大部分弟兄都派下去封堵城門，留在城牆上的只有他的嫡系親隨，總計還不到二十個人，又因為自家主將的身死而士氣大落，怎麼可能擋得住百戰餘生的韓重贇？短短幾個呼吸之間，就死得死，逃得逃，消耗殆盡。

「指揮使大人！」

「將軍！」

「殺了他，給大人報仇！」

「殺了他，殺……！」

堵在城門口的神武禁衛左軍三廂二軍七營的士卒們，到了此刻才終於回過神來。拎著武器，亂哄哄地衝上馬道。韓重贇先一刀砍斷吊橋機關上的鐵鎖，然後，猛然回過頭，用帶血的橫刀向眾人頭頂戟指，嘴裡發出一聲霹靂般的斷喝：「老子乃是左班殿直副都知韓重贇，奉聖旨去向太子求救。爾等阻攔，莫非是想跟別人一道謀反嗎？」

「啊——」眾禁軍士卒被嚇了一跳，旋即又想起先前皇宮內忽然出現又忽然消失的燈光，剎那間，全身血漿幾欲凝結成冰。雙腿也停在了原地，遲遲不敢向前挪動分毫。

「吱吱呀呀，吱吱呀呀，吱吱呀呀……」一片死寂中，吊橋被繩索拉著下落的聲音，顯得格外刺耳。

有禁軍士卒開始向前邁動腳步，但大多數人，卻依舊猶豫不決。趁著他們還沒能整體緩過神來的功夫，韓重贇舉起血淋淋的橫刀，再度厲聲質問：「別人造反，圖的是升官發財。爾等跟著瞎攙和，又圖的是哪般？莫非嫌自己全家老小活得時間長，急著被滿門抄斬嗎？」

「吱呀呀！」吊橋被纜繩拉著加速下墜，眾禁軍兵卒卻你推我搡，大聲叫喊，大聲威脅。誰也不願率先上前跟韓重贇拚命。

此人武藝高強，遠非先前那幾個冒失鬼能比。

此人是替皇帝去向太子求救，殺了此人，他們不知道自己將來會落到什麼下場。

此人此刻精氣神兒正足，連王指揮使都沒擋得住他一個照面兒。大夥先衝上去的，肯定是替人做嫁衣，而等到此人筋疲力盡時衝上去的那個，才能一擊而竟全功。

更何況，主城和甕城的兩道大門都被鐵鎖鎖得牢牢，馬道也被他們堵得水洩不通，即便放下吊橋，此人也插翅難飛。

「呼！」吊橋落地，發出巨大的撞擊聲。

在眾人猶豫且充滿恐懼的目光當中，韓重贇忽然轉身，三步兩步奔向城牆外側。左手從腰間拉出一隻鐵鉤，猛地拉住牽引吊橋的纜繩，飛身跳出城外。眨眼間，就順著纜繩落進了無邊的黑暗裡，徹底不見蹤影。

這一夜，不知道有多少人輾轉反側，多少人拔劍而起，多少人懷著滿心的不甘，戰死於汴梁城的幾座城門口，變成了一具具冰冷的屍體！

直到天光大亮，整個汴梁城才在左右神武禁衛軍的全力彈壓下，終於恢復了「安寧」。所有沿街店鋪，全都關門落鎖，暫時停止營業。所有寺院道觀，也被勒令緊閉大門，禁止香客進出，以防有人渾水摸魚。所有公校、私塾，全都放假休息，以免學子們「不辨是非」，肆意傳播謠言。所有酒館、妓院、賭坊，一律不准接待客人，省得有人興奮過了頭，說出一些有辱國體的醉話，讓官老爺們為了羅織處置他的罪名而大傷腦筋。

甚至連那些見不得光的黑道堂口，也都被通過各種渠道，下達了「封口和停工」令。凡有在皇帝病重期間傳播謠言，或者「藏污納垢」者，殺無赦！

一時間，偌大的汴梁城，徹底化作了一團冰雕。除了來來往往巡視的禁衛軍將士之外，街頭上幾乎看不到半個活物。偶爾有人不得不出門傾倒垃圾糞便，與左鄰右舍相遇，也只能閉緊嘴巴互相對著點頭，唯恐打招呼的聲音過大，被巡視的禁軍兵卒當作妄談國是，稀裡糊塗把兩家人都送進鬼門關。

此時此刻，唯獨不受各項禁令管制，依舊保持著平素熱鬧的，只有大周樞密使王峻的府邸。這座距離皇宮只有一炷香距離的宅院，從四更兩刻時開始，就門庭若市。一波又一波的武將、文臣，無論被驚醒之後猜沒猜得到事情真相，也無論此刻心裡懷的到底是何種念頭，都小心翼翼地排著隊，等著跟樞密使大人說上幾句話，或者在樞密使大人的親信面前露個臉兒，以期留下一個「我與昨天夜裡發生的事情無關」之印象。以免王峻惱羞成怒下，大開殺戒，讓全家遭受池魚之殃。

而樞密使王峻，哪裡還有時間浪費在這些人身上？從被燈光從睡夢中驚醒之後，就將自家書房當作了白虎節堂，召見心腹，調兵遣將，根據城內的情況變化，不停地調整應對策略和各處要害部門的兵力。直到天光完全大亮，才終於稍稍緩過了一口氣，筋疲力竭地跌坐在寬大的胡床上喘息。

與皇帝郭威的節儉吝嗇不同，樞密使王峻，是個非常懂得享受的人。大周立國這幾年來，隨著國庫日漸充盈，官員們手頭上日漸鬆快，他的府邸內的各項陳設，也一天比一天舒適、奢華。

背後的胡床，是鄧州刺史上任後專程派人送過來的心意。由一整根金絲楠木打造而成，從主體到扶手和踃腳板，都幾乎沒有任何疤痕和雜色。胡床上的虎皮，則來自千里之外的陜州，虎毛足足有兩寸多長，紅中透著金，身體只要與其輕輕一接觸，就有一股慷慨豪邁之氣，從屁股直奔心窩。而擺在書案上的硯臺，居然是一塊青黑色的藍田暖玉！無論天氣多冷，手摸上去，都感覺熱乎乎的，宛若握著一盞加了薑絲、紅棗，又剛剛在火上蒸熟的陳年花雕。

「說罷，昨天夜裡，跑出去了幾個，都姓什名誰？」無論是金絲楠木，紅毛虎皮，藍田暖玉，都沒能讓王峻臉上的寒意減退分毫，當體力稍微恢復了一些之後，他立刻手扶書案，沉聲詢問。

話音落下，書房裡，頓時安靜得連每個人的喘氣聲，都清晰可聞。

禮部侍郎何楚、三司使黃子卿、兵部侍郎董俊、神武禁衛左軍副都指揮使王健、神武右軍副都指揮使李岡、左軍第一廂都指揮使樊愛能、第三廂都指揮使何徵，以及其他若干由王峻一手提拔起來的心腹們，個個低下頭，眼睛盯著各自鞋子尖兒，不敢做任何回應。

見眾人都變成了啞巴，王峻臉上的寒意更盛。用手用力拍了下桌案，大聲斷喝：「說，都盯著地面兒幹什麼，莫非地上能長出後悔藥來？昨夜跑出去了幾個？都是從哪裡跑出去的？該處當值的是誰？逃走那幾個人的家眷，都捉拿歸案沒有？別給我說誰家無辜，既然敢放縱家人連夜出城，就應該想到如何承擔後果！」

「這……」眾文武齊齊打了個哆嗦，將頭垂得更低。

敢冒險讓家人去向外傳遞消息的，要麼實力足夠強，要麼就是已經豁出去舉家為國殉難。他們心裡既畏且敬，不到萬不得已，都不願痛下殺手。而昨夜事發突然，當值的弟兄們，很難做出及時應對。被三兩個藝高膽大的傢伙鑽了空子逃出城外，也是情由可原！

「王健，你來說！別告訴我，你到現在還沒掌握具體情況！」實在沒功夫再耽擱下去，王峻乾脆直接點將。

神武禁衛左軍副都指揮使王健是他的族弟，知道自家哥哥著急起來，絕不在乎當場「大義滅親」。趕緊向前跨了半步，以顫抖的聲音彙報：「四，四個，總計才逃脫了四個。不多，真的不多！剩下的全被禁軍殺死在城門口了，其宅院也被禁軍圍了起來。只待您一聲令下……」

「待什麼待，直接給我衝進府去，全都抓了。若是有誰膽敢抵抗，當場格殺！還有那些連人都攔不住的廢物，都頭以上，無論級別高低，全都給我直接斬了！」沒等他把話說完，王峻又猛地一拍桌案，厲聲打斷。

「是！」王健嚇得身體一晃，趕緊躬身領命。然而，卻不肯立刻去執行任務，而是抬起頭，帶著幾分猶豫補充，「逃，逃走的四個，分別是左班殿直副都知韓重贇、殿前都虞侯張永德、神武禁衛右軍第四廂都指揮使白延遇，還有，還有開封府丞周，周琦。」

「啪！」又是一聲巨響，王峻將藍天暖玉硯臺抓起來，擲在地上摔了個粉碎。

左班殿直副都知韓重贇，殿前都虞侯張永德衝出城去替郭威搬救兵的舉動，沒出乎他的預料。前者是鄭子明的好兄弟，與柴榮也算知交。後者則是郭威的女婿，沒有不向著自家人的道理。

神武禁衛右軍第四廂都指揮使白延遇逃走，他也可以理解。郭威曾經對此人有活命之恩，且待之以國士之禮，此人不能不報。

但第四個人，開封府丞周琦，卻是他的親外甥。是被他一手提拔到關鍵位置上，準備當做千里駒重點培養的對象。昨夜居然一聲不吭，撒腿就跑了？如果不將此人的父母親族誅殺一空，叫他王峻怎麼去收拾其他效尤者？可如果誅殺到底的話，包括他王峻自己在內，今天這屋子裡的人至少得被砍掉一小半兒，消息被那柴榮知道，恐怕做夢都得笑出聲來！

「啟稟樞密，卑職以為，周府丞未必是棄官潛逃，而，而是遭了賊子的綁架。他的府邸距離白延遇的府邸極近，而那白延遇身為禁衛軍大將，出入城門又極為方便！」正當王峻騎虎難下的時候，太尉王殷的弟弟王毅，忽然向前走了半步，大聲提醒。

這臺階，可是遞得太及時了。令王峻臉上的尷尬之色，頓時統統消失不見。將大手一揮，他厲聲喝道：「來人，給我圍了白延遇狗賊的府邸，將其家中男女老幼盡數投入開封府大獄。如果周琦有什麼三長兩短，老夫，老夫定然誅了白家滿門為其殉葬！」

「是！」神武禁衛左軍副都指揮使王健正後悔自己剛才話多，答應一聲，轉身便走。其餘文臣武將見狀，則都忍不住在心中偷偷嘆息。

大夥其實誰都明白，所謂綁架，純粹屬王毅為了給王峻找臺階下，隨口栽贓。但明白歸明白，這當口，卻誰也沒膽子將王毅的謊言戳破。否則萬一惹得王峻惱羞成怒，恐怕全家老少，就得稀裡糊塗去開封府大牢，與白延遇的家眷做伴了。

「來人，把張永德的家眷和韓重贇的家眷，也都拿了，一併送入開封府嚴加審訊！」明知道自己剛才的行為有失公平，王峻卻不屑向任何人解釋，用力拍了下桌案，繼續高聲吩咐。

「是！」兩名心腹愛將大聲領命，然後轉身便走。一隻腳還沒等邁過門檻兒，就聽見外邊有人高聲哭喊道：「冤枉，末將冤枉！樞密大人，末將在家裡說話根本不算數。末將，末將一直對您仰慕有加，仰慕有加，絕，絕不是故意，故意縱容犬子壞您的大事！」

「誰在外邊喧譁？」王峻聽著這個聲音好生耳熟，皺起眉頭，沉聲詢問。

「是，是原武英軍都指揮使韓樸！」太尉王殷臉色微紅，搖搖頭，低聲回應，「也就是韓重贇的親老子！您前天晚上剛剛接見過他。前一段時間舍弟想分化柴家小兒的勢力，就暗中拉攏了一下此人。結果，此人立刻就像膏藥一樣貼了上來，一點兒領兵大將的氣節都沒有！」

「喔——」聞聽此言，王峻眼前立刻浮現了一個駝背哈腰，略帶猥瑣的身影。撇了撇嘴，大聲發問，「他有什麼冤枉的？莫非韓重贇並不是他親生的嗎？既然他正好就在門外，來人，把他給老夫拿下！」

「是！」兩名剛剛走到門口的心腹答應著便衝出去，將面如土色的韓樸當場按翻在地。繩捆索綁，轉眼間就綁成一隻待宰羔羊。

「冤枉，樞密大人，末將冤枉。末將，末將這些天來，可是一直，一直替您四下奔走。末將，末將對您忠心耿耿，忠心耿耿啊！」韓樸空有一身武藝，卻不敢做絲毫反抗。趴在地上，大聲哭訴。

「嗯？」王峻迅速向王殷的弟弟王毅扭頭，目光冰冷如霜。

「此人被逐出軍中之後，一直在汴梁城內廝混，出手極為闊綽。這些年來，倒是結交下不少地痞無賴，江湖匪號『韓老大』。所以最近幾日，末將就派他去與那些上不得臺盤的傢伙打交道，倒也用得頗為順手。」

「你倒是會用人！」王峻聽得眉頭一皺，低聲冷哼。

正琢磨著，是該拿韓樸的人頭去立威，還是念在這廝沒功勞也有苦勞的份上放其一條生路？又聽見此人在門外大聲哭喊道：「末將可以戴罪立功，可以戴罪立功！只要樞密大人饒過末將。末將，末將十天，不，末將五天之內，就可以把汴梁城幫大人翻個遍。無論大人想找誰，只要他還躲在城內，就絕對不會漏網！」

「這廝說得倒不是大話，他原來所帶的武英軍，就是四下搜羅來的一群亡命之徒。」看出了王峻臉上的猶豫，王毅又將身體向前湊了湊，低聲替韓樸作證。

他是王殷的親弟弟，面子自然不會太小。而王峻此刻，也的確需要有一個恰當的人選，去確保汴梁城內那些城狐社鼠別給自己搗亂。因此，心中稍作斟酌，便有了主意。朝門外擺了擺手，低聲吩咐：「來人，把韓樸給老夫帶進來！」

「多謝大人不殺之恩！多謝大人不殺之恩！」沒等門口的侍衛做出反應，韓樸已經自己滾了進來。一邊跪直了身體叩頭，一邊大聲叫嚷。

「起來吧，來人，給他鬆綁！」王峻從心眼裡看不上這種沒骨頭的軟蛋，卻苦於一時間手頭也沒有更好的選擇。於是乎，便擺了擺手，低聲吩咐。

「多謝樞密使大人，多謝樞密大人。」韓樸一個軲轆，翻身站起。然後低著頭，大聲發誓：「末將這條命，以後就是大人的。大人但有吩咐，刀山火海，莫不敢辭！」

「刀山火海，倒用不到你去！」王峻用眼皮夾了一下此人，冷笑著吩咐，「你既然是一條地頭蛇，那這幾天城裡的治安，就交給你了。若是有人敢竄出來煽動鬧事，你……」

「末將立刻殺了他全家，絕不讓任何人給您添麻煩！」韓樸猛地將腰一挺，差點把上前替他鬆綁的衛兵給撞個四腳朝天。

「還有，若是聽到什麼風吹草動……」

「末將第一時間向您，向您府上相關人等做彙報。」

「若是有人膽敢窩藏朝廷要犯……」

「末將帶人滅了他滿門，把要犯給您親手抓回來！」

到底是做過一任都指揮使的，熟悉官場的通用規則。韓樸根本不需要王峻把話說完，就能給出後者最想聽到的答案。不多時，就讓後者龍顏大悅，笑了笑，輕輕揮手，「那你就去放手吧！如果做得好，老夫就讓你官復原職！」

「謝樞密大人！」韓樸激動得熱淚盈眶，跪下去，結結實實給王峻磕了個頭，然後歡天喜地的離開了。原本瘦削羸弱的身形，從後面看，居然又帶上了幾分英氣。

看著此人故意挺直的脊背，王峻的眼中迅速閃過一絲嘲諷。要讓狗去咬人，肉骨頭的味道，還是得讓其聞上一聞的。不過，當咬完了人之後，該把狗清燉還是紅燒，就另說了。反正，自己的朝堂上，絕對不能出現這種見利忘義的野狗。否則，恐怕將來郭威在九泉之下，也會笑自己眼高手低！

正恨恨地想著，耳畔忽然又傳來了太尉王殷的聲音。雖然不高，但每一個字，都讓人的心臟為之抽搐，「樞密，既然消息已經走漏，還留著宮裡那個人作甚？不妨早些送他上路，也好斷了文武百官的心思！」

「嗯——」王峻嘴裡發出一聲習慣性的沉吟，隨即，迅速搖頭，「不行，你我行此下策，乃是一心為國！斷然不可讓陛下有半點兒閃失！」

這話說出來，當然是掩耳盜鈴。非但說服不了王殷，屋子內其他文臣武將，臉上也立刻湧起了幾分尷尬。大夥肯跟著王峻和王殷兩個趁著郭威病重的機會封鎖宮門，強行擁立李重進為太子，圖的不就是各自家族中幾代人的榮華富貴嗎？既然事情都做下了，又何必非裝出一副忠臣模樣？況且這年頭，手裡有兵有糧就是草頭王，誰會在乎你的兵馬和糧草是怎麼得來的？誰會在乎你曾經追隨過幾個皇帝，背叛沒背叛過原來的主公？

「陛下早已病入膏肓，非人力所能回天。我等何必再去平白擔上一個弒君的惡名？」王峻將大夥兒的反應，全都看在了眼裡。趕緊不待任何人出言勸諫，就迅速補充：「況且只要陛下還活著，大義便在我等之手，外邊的人，誰也不敢輕舉妄動！」

原來是挾天子以令諸侯！眾人聞聽，頓時恍然大悟，一個個相繼佩服地點頭。唯獨太尉王殷，依舊覺得把郭威留在世上，難免會夜長夢多。猶豫了一下，繼續大聲提醒道：「符老狼和高行周等人，當然會觀望一番。可柴榮小兒，聽到韓重贇等人送出的消息之後，肯定會立刻點起兵馬，直撲汴梁！」

「那又如何！」王峻心中，早有了對付柴榮的一整套方略。扭頭朝著王殷笑了笑，低聲追問。「莫非你還怕了那幾個黃口小兒不成？」

「老夫會怕他！」王殷打了半輩子仗，從來就沒服過人。眉頭一跳，瞬間就把胸口挺了個筆直，「老夫就怕他不敢來！只要他敢來，老夫一隻手就滅了他！」

「說得好。」王峻抬起手，為王殷用力撫掌，「事已至此，老夫也是不怕他來，就怕他不來！沒有聖旨，他居然膽敢無緣無故帶兵入汴，所圖為何？還用老夫去說嗎？」

「啊！」包括王殷在內，眾文武齊齊打了個冷戰，剎那間，對王峻佩服得五體投地。

「轟隆隆！」一陣悶雷，從天空滾過，震得大地微微顫抖。

暴風雨，又要來了。

這年頭，狂風暴雨，也忒地多！

狂風暴雨過後，碧空如洗。

博濟渠畔的滄州軍行營，柴榮、符贏帶著十幾名侍衛，一路狂奔，直奔鎮冀節度使鄭子明的帥帳。

當值的將士們看到這行人，紛紛讓開道路，躬身施禮。低下頭的瞬間，每個人的臉上，都泛起了難以掩飾的同情。

太子這人沒啥架子，平素對弟兄們也極為友善。只是，他的命運，也太多舛了些！

四年前全家都被劉承佑的爪牙殺害；剛當上太子，就被樞密使和太尉兩個視作了眼中釘；好不容易熬到苦盡甘來，娶了個賢惠漂亮媳婦，得了個大胖兒子，身邊也有了自己的嫡系班底。汴梁那邊，卻又警訊突起！

滄州軍紀律嚴明，沒有根據的話不能亂傳。沒有親眼所見的事情，也不能亂猜。但半炷香之前，韓重贇渾身是血衝進大營的模樣，卻已經隱隱證明了一切。

汴梁，出大事了！大周皇帝，太子的義父郭威，恐怕凶多吉少！

「不會，不會，不會！」感覺到眾人目光裡的異樣，柴榮的心臟，愈發如同被壓上了幾座大山一般沉重。一邊大步流星朝營地中央走，一邊在嘴裡低聲給自己壯膽。

雖然他總是說義父郭威春秋鼎盛，但是他心裡其實非常清楚，郭威的身子骨，這兩年已經是一日不如一日了。若是朝野都平安無事，也許還能依靠藥石的調養，多堅持上幾年。若是朝中忽然出了大亂，或者地方再遭受一次黃河決口這樣的大災，恐怕立刻就會油盡燈枯！

不光柴榮本人，他身邊的親信隨從，也個個心急如焚。韓重贇作為左班殿直副都知，居然單人獨騎冒著狂風暴雨突然出現在博濟渠畔，渾身上下還血跡斑斑！汴梁城內出的事情，能小得了嗎？如果王峻和王殷等人狗急跳牆，忽然……

「殿下，大夥都看著您呢！無論什麼時候，你身邊都有二叔，三叔和臣妾！」此時此刻，唯一能保持冷靜的，只有符贏。發現自家丈夫的呼吸越來越急促，周圍的人的神色一個比一個慌張，果斷握住丈夫的一隻手掌，柔聲提醒。

「看，看什麼？對，孤家，孤家不是一個人。子明在，元朗也恰好在。」柴榮的身體一晃，腳步放慢，眼睛裡的紅色，迅速開始消退。

帥乃三軍之魂，無論什麼時候，為帥者都不能亂了方寸。況且，自己從來都不是孤軍奮戰。自己身邊，有鄭子明，有趙匡胤、高懷亮和符贏、符昭序。從三年前開始請纓治理黃河時起，兩位結義兄弟和一眾知交好友，就已經在暗中替自己積蓄力量。

「凡事不妨多聽聽三叔的想法。他雖然年紀小，可前一陣子，連我父親都差點兒著了他的道！」感覺到自家丈夫的手在顫抖，符贏將手指緊了緊，又低聲補充。

「嗯！」柴榮與符贏相握的手也緊了緊，努力讓雙腿走得更穩。

不怨天，不認命。有路就努力往前走，沒有路就用腳踩出一條路來。連續三年與天鬥，與洪水鬥，與地方諸侯和土豪劣紳鬥，柴榮曾經親眼看見，好兄弟鄭子明如何能在困境中，創造出一個個奇蹟。而這一次災難雖然來得突然，卻未必就無法破局。

王殷再勇，勇不過高行周。王峻再狡詐，狡詐不過自己的岳父符彥卿。連高行周和符彥卿，都輸得心服口服。兄弟齊心協力，又何必怕汴梁城內那兩個只敢耍弄陰謀詭計，到現在都沒勇氣公開挑起反旗的老狐狸？

如此想著，他狂跳的心臟，終於慢慢恢復了正常節奏。一路穿梭，很快就來到鄭子明的帥帳之外。還沒等進門，便聞到一股濃烈的藥香。緊跟著，又聽見一個疲憊的聲音斷斷續續地說道：「大致，大致情況就是這樣了。陛下被軟禁在宮中，王峻、王殷和李重進，挾持了群臣，圖謀不軌。子明，我不，不求別的。我，我父親人老糊塗，這次恐怕又，又要成了別人手中的刀。如果，如果將來有可能，還請，還請你在太子面前，給，他求個情。就說，就說我韓重贇願意拿身邊一切，換，換……」

「韓將軍不必擔憂，孤相信令尊只是一時糊塗。孤答應了，你先恢復身體要緊！」柴榮猛地吸了一口氣，掀開帳簾，快步走入。

「殿下！」鄭子明、趙匡胤、潘美和陶大春等人，正圍在韓重贇身邊替他處理傷口。聽到了柴榮的聲音，趕緊轉過身來行禮。

「這兒沒有外人，大夥都不用客氣。」越是在人多的場合，柴榮越能沉住氣。一改路上時風風火火模樣，擺了擺手，大步走向斜躺在一張胡床上的韓重贇，「韓兄的身體如何？不要動，不要動，你剛才的話，孤都聽見了。孤保證，令尊只要不頑抗到底，就讓你帶他回家頤養天年。」

「多謝殿下恩典！」韓重贇先前心中最痛苦的便是，一旦太子回汴梁平叛成功，自家老父就會被打成逆賊同黨，在劫難逃。此刻聽到柴榮的承諾，立刻掙扎著滾下胡床，向太子殿下重重叩首。

「起來，快起來，你冒死前來給孤送信，孤，孤怎麼敢受你的大禮？」柴榮也是武將出身，一彎腰，將韓重贇直接扯了起來，用力推向胡床。「你只管繼續休息，其他事情，交給孤和子明。」

「殿下放心，我姐夫只是累脫了力，身體不會有大礙！」不想讓二人在小事上拉扯個沒完，鄭子明在一旁笑了笑，低聲接口。

「沒事就好。」柴榮頓時鬆了一口氣，側下一身，一點不見外，坐到韓重贇身邊，四下看了看，低聲道：「都是自家兄弟，我就不客氣了。汴梁城內到底發生了什麼事情？我，我義父他，他老人家安危如何？」

儘管努力裝得很鎮定，但問起郭威的情況，他的聲音裡依舊帶上了明顯的顫抖。韓重贇聞聽，趕緊將身體坐直了些，低聲彙報：「前一陣子，王峻和王殷兩個老賊以陛下重病，需要靜養為由，聯手封鎖了皇宮。坊間謠傳，他們要逼陛下改立李重進為太子。但具體內情如何，末將人微言輕，也沒探聽清楚。只是，只是大前天深夜，皇宮藏書閣內，那盞紫金八寶琉璃燈，忽然大放光明。然後，然後很快就又熄滅了，隨即，汴梁城的所有城門也都被禁軍封鎖，敢強行往外闖者，不管是誰家子侄，也不論官職高低，一概當場格殺！」

畢竟是肥狐常思一手培養出來的高才，韓重贇只用了短短幾句話，就將汴梁城內的變故，總結了個大概。隨即，又深吸了一口氣，穩定了一下情緒，從幾日前郭威忽然生病不能臨朝說起，到禁軍和殿前軍內的快速大換血，再到皇宮禁止任何官員進入，以及自家父親被王殷派人拉攏、汴梁城西門口半夜血流成河的情況，挨個如實道來。

「那還等什麼？殿下，咱們馬上點起兵馬，殺向汴梁，宰了王峻老賊，營救陛下！」高懷亮性子急，沒等韓重贇的話音落下，就按劍而起。

「不可，萬萬不可！」在場眾人，除了柴榮之外，就數趙匡胤年齡最大，心思也最縝密。搶在柴榮被高懷亮撩起火來之前，大聲阻止，「雖然陛下一直對大哥您信任有加，但無詔帶兵入汴，也是大罪。那王峻和王殷，正愁拿不到大哥您的把柄。這樣一來，理由都不用再找了，您自己給他送到了家門口！」

「這……」聽兩個心腹給出了兩個截然相反意見，柴榮好不容易才穩定下來的心神，頓時又開始散亂。一隻手按住胡床，就準備長身而起。

「三叔，你有什麼想法？」到底是符贏瞭解他，果斷將目光轉向鄭子明，低聲催促。

鄭子明一手握著毛筆，一隻手正在紙上寫寫畫畫。聽到了符贏的催促，只好先停下來，低聲道：「到目前為止，咱們掌握的情況非常少。無論怎麼做，恐怕都不妥當……」

「沒有上策，中策、下策也行！」柴榮根本不想等待，啞著嗓子大聲催促。「我只要問心無愧，就不怕王峻老賊栽贓。但義父性子耿直，必定不會跟老賊虛與委蛇。雙方僵持起來，怕，怕那王峻老賊圖窮匕見！」

「既然殿下已經不在乎個人毀譽，那就簡單了！」鄭子明等的，便是柴榮這句話。馬上抓起毛筆，在紙上用力一抹，將先前自己的種種考慮，全部推翻。「入汴，殿下帶領親兵和所有滄州騎兵，馬上從陸路趕赴汴梁。

一邊走，一邊收集消息向後傳送。末將整理了手頭其餘兵馬，從水路逆流而上。咱們兄弟兩個，七天之後，汴梁城下見！」

「啊？」符贏一路上都在勸說柴榮，務必多聽鄭子明的意見。卻萬萬沒有想到，鄭子明表現得比柴榮還要急躁。居然二話不說，就要起兵入汴，頓時驚了個目瞪口呆！

可到了這當口，她想再改口勸阻柴榮謹慎，也徹底拉不及了。只見自家丈夫像接連喝了二十碗蔘湯般，全身上下都充滿了鬥志，猛地點了下頭，大聲宣布：「好，說七天，就七天。孤這就出發！諸君，誰願陪我一行？」

「末將願往！」

「末將願為太子執繮！」

「末將這條命早就是殿下的……」

「末將……」

話音剛落，向訓、韓令坤、劉子光、梁曉等將領就紛紛肅立拱手，大聲請纓。

這些人先前在大周軍中，要麼是受王殷排擠，鬱鬱不得志。要麼是名聲不顯，一直得不到展示才華的機會。直到柴榮和鄭子明兩個奉命組織護河軍，才陸續被挖了過來，委以重任。因此，每個人身上，都早已打上「太子嫡系」的印記，關鍵時刻，根本沒有理由遲疑退縮。

「大帥，滄州騎兵一直是末將帶著，這次，也讓末將率領他們保護太子為好！」潘美的反應比眾人稍慢，略微斟酌了一下，低聲自薦。

「好，你和大春兩人去，順子留下！」鄭子明原本也有類似的打算，笑了笑，輕輕點頭。

「此地距離齊州甚近，糧草輜重，就交給末將。」高懷亮不甘居於眾人之後，想了想，大聲做出承諾。

「如此，就拜託高兄弟！」柴榮和鄭子明互相看了看，同時點頭。

高懷亮是白馬高行周的次子，能主動提出來去替大軍籌集糧草，最好不過。一則，臨陣難免會有三長兩短，萬一他出了事情，大夥跟其父親和哥哥都不好交代。二來，只要高家肯提供糧草，就意味著高家已經放棄了多年來始終奉行的袖手旁觀策略，徹底倒向了太子這邊，對王峻、王殷等賊，無疑是當頭一記重擊。

「老三，我這次是回來探親時順路過來探望大哥和你，此刻身邊除了幾名護衛之外，沒有多帶一兵一卒。留下也幫不上忙，乾脆就給大哥做個貼身侍衛好了！」趙匡胤的反應，拖在所有人之後。待大夥差不多都表完了態，才上前半步，對柴榮和鄭子明兩個緩緩說道。

「能有二哥在身邊，大哥自然是如虎添翼！」鄭子明聽出了趙匡胤的話外之意，笑了笑，再度輕輕點頭。

「此刻敵我雙方兵力……」趙匡胤卻依舊不太放心，遲疑著詢問。

如果還來得及勸阻，他肯定不會同意柴榮如此輕率就趕赴汴梁。首先，王峻和王殷兩個已經圖窮匕見，既然連皇帝都敢軟禁，派人領軍中途截殺太子，想必也絲毫都不會猶豫。其次，兄弟幾個所能掌握的大部分兵馬，此刻都位於冀州、趙州和滄州，沒有大半個月時間，根本不可能趕來幫忙。再次，禁軍和殿前軍已經被王峻、王殷和李重進三個所掌控，雖然士氣不高，但總兵力接近七萬。而自家這邊，眼下能用的人，只有柴榮的五百護衛，鄭子明的三千騎兵，和三萬戰鬥力根本不值得一提的苦力河工！

「我麾下的五百侍衛，這三年來都是子明親手訓練，早已脫胎換骨！」知道自家二弟行事向來謹慎，柴榮主動做出解釋。

「滄州軍的騎兵戰鬥力如何？二哥你曾經親眼見過，我就不多說了！」鄭子明眨眨眼睛，笑著補充，「至於剩下的河工，二哥放心，比起你的嫡系可能稍有不如。比起那些沒怎麼見過血的禁軍，未必會差。」

「那，也罷，兵貴神速！拖得越久，王峻老兒的準備也越充分。」趙匡胤恍然大悟，臉上的烏雲迅速消散一空。

「大哥、二哥，咱們七日後見！」鄭子明卻突然站起身，先與柴榮互相抱了抱，算作告別。然後借著與趙匡胤擁抱的機會，俯身在後者耳畔，低聲叮囑：「沿途若有小股敵軍，二哥不妨滅之立威。如果王峻帶著主力出城，你就一定勸住大哥，讓他帶領人馬到黃河渡口等我。」

「保重！」趙匡胤的眼神頓時一亮，隨即臉上湧起了幾分愧疚。

自己總是這樣，老懷疑三弟的謀劃會出現疏漏，將哥仨個帶入萬丈深淵。而事實上，從最初相遇到現在，看似莽撞的老三，又幾曾真的衝動行事過？幾乎每次到了關鍵時刻，都會出面力挽狂瀾，從沒辜負過兄弟們的信任，也從沒讓大哥和自己這個做二哥的失望！

「軍情緊急，大哥、二哥，請恕子明不便遠送！」能感覺到趙匡胤的情緒波動，鄭子明搖搖頭，輕輕將他推向柴榮。

「出發！」柴榮早就迫不及待，用力揮了下胳膊，轉身大步出門。

趙匡胤、潘美等將領快步跟上，陸續離開了鄭子明的中軍帳。剛剛走出百十餘步，符贏卻忽然停了下來，低聲跟柴榮說道：「殿下，兩軍交戰，臣妾幫不上忙，就不做您的累贅了。臣妾去找三叔借幾個人，立刻護送我返回娘家找我父親。他，他手下兵強馬壯，總不能看著自己的女婿被人欺負！」

「好！」柴榮原本也有此意，立刻痛快地點頭，「岳父他老人家若是為難，妳也別太勉強。我這邊能應付得來。妳，妳只需要照顧好宗訓！」

「嗯，放心！只要我活著，就沒人敢碰宗訓一根寒毛！」符贏做事，向來不喜歡拖泥帶水。望著自家丈夫的眼睛用力點頭。

說罷，也不去擦淌在臉上的淚，轉身沿著原路狂奔而回。

如果此番柴榮帶兵勤王大功告成，她當然可以母憑子貴。可萬一途中有個閃失，柴家的唯一骨血宗訓，就必須由她這個當娘的來保全了。而原本柴榮可以不必走得如此匆忙！原本兄弟三人，可以先趕赴澶州，召集起邊塞七鎮兵馬，再聯合符家、高家、常家……

可先前被她寄予厚望的鄭子明，卻突然跳起來火上澆油。自家丈夫偏偏又將郭威視作生父，待之甚孝……帶著幾分賭氣，她一把扯開了帳簾兒，卻看到鄭子明正將一封書信朝信囊裡塞，渾身上下，從頭到腳，哪裡有軍情如火的模樣！

「三叔真有古代名將之風！」符贏肚子裡，原本就對鄭子明不滿到了極點。見此人都火燒眉毛了，居然還有閒工夫給人寫信，頓時便冷笑著大聲嘲諷。

「嫂子來的正好，我正等妳。這封信，是給令尊的。由妳親自轉交，當然是最恰當不過！」對於符贏的去而復返，鄭子明絲毫沒有感到意外。笑了笑，起身將信囊雙手呈了過去。

「你，你知道我會回來找你！」符贏微微一楞，已經燒破了腦門的火頭，迅速下降，「你，你剛才全是故意的，對不對？你嫌棄殿下礙手礙腳，剛才是故意趕他儘早出發，對不對？」

「嫂子可是回來責怪我，為何不攔著大哥？」鄭子明沒有回答她的話，笑著將信囊朝前舉了舉，大聲反問，「嫂子，假如妳與大哥易位而處，有人攔著妳去救魏國公，妳可否肯聽？」

「我當然是謀定……」符贏想都不想，張口就答。然而話說到一半兒，卻忽然紅著臉垂下頭，聲音也緊跟著迅速降低，「我當然是把他推在一邊，自己去救父王。可太子他並非，並非陛下親生。」

「這三年來，陛下可否有過改立他人之心？陛下是否把他當作自己的親生兒子指點撫養？」鄭子明嘆口氣，低聲反問。

「這……」符贏的臉色更紅，額頭鬢角，迅速滲出了細細的汗珠。

有些話，不能昧了良心說。在全家遇害之前，郭威也許待柴榮還跟自己的親生兒子有一些差別。但在起兵入汴之後，郭威卻把柴榮當成了他唯一的後人！並且幾度當眾表態，即便他日後有了兒子，柴榮也是大周唯一儲君，無論如何都絕不另立。

在那之後，王峻和王殷等人幾度聯手打壓，陷害，都未能將柴榮在郭威心中的份量降低分毫。包括這次，在被王峻和王殷聯手逼入了絕境，郭威也堅持不肯改變主意。寧可像齊桓公一樣，被關在皇宮裡活活餓死！將心比心，郭威待柴榮如親生。以柴榮有恩必報的性子，又怎麼可能置其養父郭威的生死於不顧？所以，先前鄭子明即便出言阻攔，恐怕也攔柴榮不住。還不如讓柴榮痛痛快快地帶著騎兵出發，然後在路上，再由趙匡胤想辦法令其慢慢恢復冷靜！

想到這兒，符嬴頓時覺得自己向鄭子明當面問罪的行為好生失禮。然而身為長嫂，她一時半會兒又拉不下臉來向丈夫的三弟道歉。抬手擦了下前額，硬著頭皮提醒道：「太子，太子前去救父，乃是，乃是出自一片至孝。你，你剛才當然不方便攔阻。可，可他身邊只帶了三千五百人，萬一，萬一王峻圖窮匕見，派兵，派重兵沿途截殺的話。太子，太子他又不是個肯棄了弟兄們自己逃命的……」

「嫂子，妳正是應了那句話，關心則亂！」鄭子明早就想到了此節，微微笑著搖頭，「王峻和王殷手頭能糾集起數萬兵馬不假，可這些兵馬此刻都在汴梁城內，一時半會兒，根本不可能派出來。而以王峻平素的刻薄性子，沿途地方官員，在形勢尚未明朗的情況下，誰肯替他火中取栗？即便真有這種為了今後論功行賞而不顧一切的，腹心之地不比邊塞，地方官員手頭上，又能調動多少兵馬？五千，七千，最多也不可能超過一萬！以萬餘烏合之眾截殺大哥和二哥所統帶的三千鐵騎，呵呵，結果恐怕跟插標賣首差不太多！」

「這，這倒也是！」符嬴抿嘴而笑，瞬間令窗口的陽光都為之一暗。

想起了滄州騎兵和太子親衛，最近兩年多來日日操練，風雨無阻的情形，她頓時心神大定。然而涉及到自家丈夫的安危，無論如何謹慎都不為過。所以稍微斟酌一下，她又小心翼翼地提醒，「可，看萬一王峻提前派了兵在路上等著呢？三叔你別嫌我多嘴，我只是說萬一。畢竟那王峻和王殷，也都是知兵之人，並非沒見過血的書呆！」

「在明知道大哥身邊最多有三四千弟兄的情況下，王峻和王殷會提前派遣多少兵馬沿途阻截？」鄭子明又是微微一笑，彷彿胸有成竹。「用二哥先前的說法，王峻和王殷手中兵馬總計大概是七萬上下。想確保汴梁城內不出亂子，封鎖皇宮，威懾群臣，恐怕手頭沒有四萬大軍做不到。而剩下的三萬大軍，即便王峻把他們全都派出來，通往汴梁的道路那麼多，又怎麼可能集中在一條路上？再退一步，咱們料敵從寬，王峻派出了三萬大軍，正好堵在了大哥的必經之路上。有二哥、陶大春和潘美等人在，明知道眾寡懸殊，他們難道不會保護大哥策馬逃命嗎？」

「這……」符贏楞了楞，再度無言以對。

外人也許不知道，她心裡卻清清楚楚。滄州軍和太子近衛的坐騎，都是鄭子明花高價從遼東走私而來，個個膘肥體壯。真要是撒開四蹄逃命，禁軍甭說尾隨追殺，恐怕連馬蹄踏起的煙塵都摸不到。

只是，只是自家丈夫的性子表面看似平和，實際上卻略有些固執急躁。萬一……

「大嫂是不是怕大哥明知不敵，也會跟賊軍拚命？」彷彿看進了符贏肚子裡頭，鄭子明搖搖頭，笑著補充。「不瞞妳說，大哥的確是個急性子，並且著急之時，根本不聽人勸。但是，大哥在恢復冷靜之後，卻總能做到有錯必改。所以，鄭某今天不勸他謀定而後動，任他由著性子帶兵直奔汴梁。而三千弟兄趕路，每日涉及到各項雜事，如安營、造飯、休息、給牲畜恢復體力等，比統帶數萬大軍一樣都不少。大哥只要忙過了頭三天，心情就能慢慢冷靜下來。從第四天開始，誰再想利用他心神大亂的機會逼他倉促決戰，恐怕就是白日做夢！」

「你，你連這個都算到了？」符贏先是不信，旋即，臉上湧滿了如假包換的感激。

自家丈夫知兵，自家丈夫曾經多次親臨前線。自家丈夫勇悍即便不如鄭子明，身手也跟趙匡胤難分上下。真的冷靜下來從容應對，甭說手頭還有三千五百多精銳騎兵，就是三千步卒，也不是別人輕易能啃得動的。堅持到鄭子明帶領大軍趕至，簡直是毫無懸念。

「不是算到了，是一直提防著這一天！」見符贏已經完全理解了自己的安排，鄭子明笑了笑，低聲補充，「自李唐覆滅以來，有幾個領兵的大將曾經把皇帝放在眼裡過？大哥他又是個極有主見的人，一旦即位，哪個功臣宿將能擺布得了他？所以，自從他被立為太子那天起，就已經成了王峻等人的眼中釘。陛下一輩子不生大病則已，王峻等人定然不敢胡作非為。陛下只要大病一場，失去了對群臣的震懾，王峻等人趁機擁立一個今後容易操縱的傀儡，則是必然！」

「怪不得你不惜代價訓練河工，硬生生從無到有，打造出了一支精銳之師！」聯想到這三年來鄭子明的所作所為，符贏恍然大悟。點點頭，低聲感慨。

作為老狼符彥卿的女兒，她以為自己已經猜到了全部真相，然而，鄭子明回應，卻讓她再度陷入了迷惘，「訓練河工，其實不是為了對付王峻！河工們雖然訓練有素，卻終究沒真正見過血。真正跟禁軍動起手來，勝負仍在五五之間。所以，嫂子，接下來大哥能否順利奪回太子之位，還是要看妳！」

「看我？這當口，我一個婦道人家能做什麼？」頂著滿頭霧水，符贏本能地反問。

「第一，保護好宗訓，讓大哥安心。第二，借勢，借天下英雄擁立之勢，令王峻與王殷等賊未等交戰，先心神大亂！」鄭子明拱了拱手，向符贏鄭重施禮。「嫂子，我的話，想必妳都明白。拜託了！」

「三叔自管放……」符贏想都不想，本能地就準備答應。然而話說了一半，後半句卻卡在了喉嚨處，臉上的紅色也盡數變成了蒼白。

作為符彥卿最喜歡的長女，自家父親和族中長輩是什麼秉性，她實在最清楚不過！動動筆墨，向朝廷替鄭子明邀功，順便表明對自家女婿的支持態度可以，想要符家為了太子出兵，卻難比登天！

先前鄭子明說，局勢未明朗之前，沿途各方勢力大多數會選擇袖手旁觀。作為最大的一支地方勢力，符家又何嘗不是如此？五年前，李守貞兵敗，明知道自己就困在城中，符家都未曾派遣半個死士前來相救。今天的事，在符家很多長輩眼裡，不過是將李崇訓換成郭君貴，他們怎麼會捨得自家兵馬為此犧牲？

「我給魏王寫了一封信，嫂子只管送給他老人家過目。相信他老人家看到後，會做出對符家最有利的選擇。此外，我剛才還越俎代庖，替嫂子、宗訓準備了一百親兵，嫂子回娘家前，一併帶上。」彷彿能猜到符贏為何臉色瞬息大變，鄭子明指了指信囊，低聲補充，臉上笑容裡充滿了鎮定和自信。

想到對方數月前曾經逼得自家父親無路可退，符贏心裡立刻就又湧出了幾分底氣。雙手將信囊舉到眉間，鄭重點頭：「三叔放心，我與太子夫妻一體。絕不會辜負你們兄弟所托！」

「大嫂巾幗不讓鬚眉，小弟靜候妳的好消息！此刻親兵應該已經集結完畢，我帶妳前去交接！」鄭子明拱了拱手，緩步將符贏領出了門外。

親手結束亂世，重整如畫山河，這是他、柴榮和趙匡胤三個，結伴南歸途中所發下的宏願。這麼多年來，兄弟三人所走的每一步，幾乎都是努力向著這個目標靠近。無論誰擋在路上，都必殺之。管他姓劉、姓李、姓高，還是姓符！

年久失修的道路，被馬蹄踩得亂泥紛飛。

騎在馬背上，大周太子柴榮眉頭緊鎖，長滿青黑色鬍鬚茬的臉孔上，掛著一道道的汗水和泥漿。

連續兩天急行軍，讓他的身心，都疲憊到了極點。但是，他心中的焦慮，卻沒有因為疲憊而減輕分毫。除了韓重贇之外，沒有第二個人，成功逃出汴梁給他報信！兩天以來，沿途地方官員，要麼裝聾作啞，對這支騎兵視而不見。要麼首鼠兩端，一邊派人送了豬羊糧草出城勞軍，一邊緊閉四門，「以防城中有歹徒出門驚擾太子殿下」。誰也不肯主動站出來，對王峻等人的惡行做一句指責，更不肯派遣一兵一卒，與他這個當朝太子共赴國難！

「怪不得王峻和王殷有恃無恐！」不需要舉一反三，柴榮從地方官員的表現上，就能猜出朝堂內大部分文武此刻所抱的是什麼心態，真恨不得肋生雙翼，直接飛回皇宮，將自家養父接出來，然後調集起兄弟幾個所掌控的各路大軍血洗汴梁。

然而，多年領兵經驗和心頭僅剩下的幾分理智，卻清楚地告訴他，欲速而不達。騎兵的戰鬥力一半兒來自於戰馬，雖然太子侍衛和滄州精銳，都是一人雙馬，可以輪番換乘。但每天行軍八十里，也是極限。再快，將士們的體力就無法及時恢復，戰馬也會迅速掉膘，生病，甚至直接累死。沒等跟敵軍發生接觸，整支隊伍就會不戰而潰。

「大哥，該停下來歇息了。前方二十里就是曹州，節度使去年剛剛換成了王殷的結拜兄弟楊文生，態度難料。」趙匡胤做了三年多的節度使，也早就不是當初那個熱血上頭的公子哥。看到身邊弟兄們的身體起伏節奏與戰馬的奔跑節奏越來越不合拍，快速湊到柴榮身邊，低聲提醒。

「啊，是他？我想起來了！」柴榮立刻激靈打了個哆嗦，四下看了看，果斷做出決定。「找一個避風的地方，讓弟兄們下馬吃些熱食！」

「好。」趙匡胤拱手領命，隨即從柴榮的親兵的背上拔出一面純黑色令旗，高高地舉過了頭頂，「放緩馬速，準備紮營休整！」

「遵命！」幾名身穿都指揮使鎧甲的將領，大聲答應。隨即同時向各自的身後揮舞角旗，「放緩馬速，準備紮營休整！」

「放緩馬速，準備紮營休整！」

「放緩……」

隊伍中指揮使、百人將、都頭們，開始履行各自的職責。一邊大聲重複著主將的命令，一邊緩緩拉緊戰馬韁繩。

整個騎兵隊伍緩緩減速，不多時，便由策馬疾行，變成了小步慢跑，然後又變成了碎步行軍。人和馬呼出的熱氣混和在一起，在晚秋的平原上形成了一團厚厚的白霧。

「趙寶、趙奇！你們兩個去頭前探路，尋找合適的紮營地點。」趙匡胤滿意地朝大夥點點頭，將目光快速轉向自己的親兵。「必須在半炷香腳程之內，附近最好還有水源。」

「是，將軍。」親兵躬身領命，策馬如飛而去。

「潘美將軍，你麾下的斥候……」不待他們脫離自己的視線，趙匡胤又迅速來到潘美身邊，低聲跟對方商量。

「徐揚、張富，你們兩個各帶一小隊斥候，聽趙節度指揮！」不待他把話說完，潘美就痛快地扭頭點將。

「遵命！」兩小隊斥候在徐揚和張富的帶領下，越眾而出，拱手向趙匡胤施禮。後者也不客氣，用馬鞭朝曹州方向指了指，大聲吩咐，「按戰時規矩，分頭向前探路。一直探到曹州城下，探明守軍動靜為止。」

「遵命！」兩支斥候都是鄭子明親手訓練出來的精銳，不需要趙匡胤做過多吩咐，就自動分成了數組，三三為伴，呈扇面行，朝前方疾馳而去。

「潘將軍，煩勞你再派一隊精銳負責接應。不必分散開，集中起來以防萬一。」望著眾人迅速遠去的背影，趙匡胤點點頭，再度跟潘美低聲協商。

「好！」潘美知道趙匡胤在擔心什麼，再度痛快地答允。「潘星，你帶五十名弟兄，前方五里處警戒！」與後者一樣，他平素的做事準則，也是小心無大錯。寧可讓麾下的弟兄們多耗費一些體力，也不願給沿途任何人以可乘之機。

事實證明，這種謹慎並非多餘。僅僅在一刻鐘之後，大軍剛剛找到了紮營地點，還沒等架起行軍鍋來燒水，便有兩組斥候，飛一樣趕了回來。隔著老遠，就吹響了示警的銅哨子，「吱——，吱——，吱吱——吱吱吱——」

「前方五里左右，有一支兵馬正在向這邊靠近，來意不明！」陶大春、潘美兩個長身而起，異口同聲向柴榮彙報。

「殿下，小心來者不善！」剛剛下馬休息，連汗都沒來得及落的各級將領們，也紛紛手按刀柄起身，圍在柴榮面前，自動站成了一個圓弧。常年的辛苦訓練，讓他們每個人都對軍中的各種信號倒背如流。根本不需要麾下傳令兵翻譯，就能做出最正確的判斷。

真正遇到了突發情況，柴榮的表現，反而不像行軍時那麼焦躁。先抓起親兵剛剛遞過來的水袋喝了一大口，然後才緩緩對大夥吩咐：「不急，先讓弟兄們整理鎧甲兵器，更換坐騎！曹州是座重鎮，發覺有兵馬靠近，守將帶人出城查明情況不足為怪。」

「是！」眾將見太子如此沉穩，頓時都找到了主心骨。齊齊答應一聲，迅速去整理各自麾下的隊伍。

「二弟，你帶著我的兩百親兵，前去迎接一下，表明咱們的身份，順便驗證對方的真實態度！」回頭朝著開始忙碌的弟兄們掃了幾眼，柴榮又將目光集中於趙匡胤身上，低聲吩咐。

「大哥！」趙匡胤的眉頭迅速往上一跳，拱手回應，「那楊文生乃是王殷一手提拔起來的嫡系……」

「他也是大周的節度使！」柴榮深吸了一口氣，話語裡帶著幾分不甘，「你去告訴他，孤知道他的難處，只要他能袖手旁觀即可。孤，孤保證事後不做任何株連！」

「這……？末將遵命！」趙匡胤依舊想要勸說柴榮不可有婦人之仁，但看到對方眼睛裡清晰的痛楚，只能無奈地拱手。

「殿下，我軍人困馬乏，且人地兩生！若不搶先下手……」見到此景，潘美大急，趕緊搶在趙匡胤出去送死之前，大聲提醒。

「咱們不是叛軍，他所帶的，也是大周的將士！」柴榮毫不猶豫地出言打斷，然後翻身跳上了馬背。

作為曾經與契丹人交過手並且絲毫不落下風的「沙場老將」，他何嘗不知道在當前形勢下，放棄率先出擊會喪失多少優勢？然而，身為大周的儲君，只要還有一線希望，他就不願意因為自己和王峻等人的爭鬥，導致無辜將士們血流成河。

那些將士，都是他義父郭威親手帶出來的兵馬，都曾經為大周朝立下過赫赫戰功。他們應該退役回家去頤養天年，或者死在對抗契丹人的戰場上，而不是倒在自家人的屠刀下，死不瞑目！

說話間，又有兩組斥候疾馳而至。這一次，卻不像上次那樣以銅哨示警，而是直接趕到柴榮面前，氣喘吁吁地彙報起了前方不明勢力的詳情。

「報，來者為曹州守軍。其中有騎兵營認旗八，步卒營認旗十，衙內營認旗四。斥候若干，已經與我軍斥候發生接觸！」

「二弟留下，不必去了，留下統帶近衛營！」柴榮眉頭一皺，右手果斷按上了腰間劍柄。「潘美，傳令滄州軍全體整隊！」

按照周軍編制，一個正規騎兵營的規模大概是四到五百。一個步卒營編制為五百整，而衙內營編制則大抵與步卒營等同。八個營的騎兵，十個營的步卒，再加四個營的衙內親軍，總兵力已經接近或者超過一萬，相當於曹州守軍傾巢而出！如此興師動眾，來意自然不會是為了迎接太子的大駕！

「遵命！」潘美和趙匡胤二人如釋重負，齊齊拱手答應。還沒等二人撥轉坐騎，第三組斥候已經又狂奔而回，馬背上，斥候身後，分別插著數支的長箭，鮮血隨著馬身的起伏淋漓灑了滿地！

「該死！」陶大春和陶七兩個人立刻帶領數名親信策馬而出，迎住自家斥候，將其一路護送到了柴榮面前。

「報，敵襲。曹州節度使楊文生親自領軍前來阻截，潘都頭已經跟他的前鋒交上了手。弟兄們，弟兄們寡不敵眾！」不待戰馬停穩，兩名斥候就扯開了嗓子，大聲彙報最新軍情。

「離我們有多遠？」柴榮的眼睛迅速瞪圓，沉聲發問。

「前鋒，前鋒距離我軍三里不到，翻過前面的土丘就可以看見。中軍，中軍大約四里。後軍全是步卒，走得慢，趕到此地至少還得半個時辰！」斥候雖然有傷在身，回答問題時的話語卻依舊清晰簡明。

「他們，他們說您是山賊假冒的太子！潘，潘都頭已經全力在阻攔他們。請，請殿下早做決斷！」

聞聽此言，柴榮心中最後一絲幻想，也徹底破滅。抽出佩劍，毫不猶豫地指向了前方的丘陵「趙匡胤，帶我的親衛，搶占前方山脊！」

已經不需要再瞭解更多了，斥候身上的箭矢和血跡，就是答案！曹州節度使楊文生，居然連「山賊假冒太子」這種爛藉口都能找得出來。很顯然，他想仗著人多勢眾，打大夥一個措手不及！

他想得美！卻太高估了自己的實力。也太小瞧了對手的本領。

希望破滅的柴榮迅速恢復了冷靜，將命令流水般向左右傳下，「潘美，你帶三個營的滄州騎兵，緊跟趙匡胤，自行捕捉戰機！」

「陶大春，你帶一個營騎兵，沿山丘左側迂迴，斜插敵軍軟肋！」

「其他人，跟我來……」

「嗚……嗚嗚嗚……」「嗚……嗚嗚嗚……」號角聲如虎嘯龍吟，蓋過將士們憤怒的咆哮。

一營又一營的騎兵策動戰馬，跟隨在趙匡胤、潘美、陶大春等人身後，趕赴主帥指定的位置。

長期的艱苦訓練，充足的肉食供應，清晰的指揮等級，簡單明瞭的旗幟號令，還有多年來的上下齊心協力，在這一刻，終於顯出了成果。七個營頭，在疾馳中就自行分散為前、後、左、右四大塊，彼此之間以號角和旗幟遙相呼應，就像一頭被激怒的巨獸，在大地上張開了靈活粗壯的四肢。

七個營，三千五百人，規模真的不能算大，但馬蹄踏起的煙塵，卻遮天蔽日！

看著從山丘後突然冒起的煙塵，曹州軍騎兵都指揮使楊宣的心臟猛地一抽，原本瞄準敵將後心處的弓箭迅速脫離弓弦，「啪」地一聲栽進了敵將馬蹄下的碎石縫隙中，火星飛濺。

「狗賊，有種你就繼續追！」死裡逃生的滄州軍都頭潘星回過頭，大聲叫罵。身上的七八處傷口都在冒血，卻沒讓他的膽氣減低分毫，「一刻鐘之內，你的腦袋如果還長在脖子上，老子跟你的姓！」

「加速，全體加速，衝上山頂！」先前恨不得立刻將其斃於箭下的都指揮使楊宣，此刻卻忽然變得大度起來，對叫罵聲充耳不聞。直接回過頭，朝著身後的騎兵大聲咆哮，「全體聽令，不要跟遊騎糾纏，加速衝上山頂，搶占有利地形！」

點子有些扎手！這是他憑藉多年領兵打仗經驗，直接得出的結論。否則，五十名遊騎，面對三千大軍，絕對不敢螳臂當車！否則，即便得到斥候的示警，對手也不會反應如此之快，不會立刻做出決定爭奪有利地形，準備跟自己一決生死。

「楊將軍有令，不要跟遊騎糾纏，全體加速，衝上山頂！」

「楊將軍有令，不要跟遊騎糾纏，全體加速……」

傳令兵們扯開嗓子，將曹州軍騎兵都指揮使楊宣的命令，一遍遍大聲重複。正在追殺滄州軍遊騎曹州將士們，先是楞了楞，隨即帶著幾分不屑開始向自家隊伍核心處靠攏，同時順路提升馬速。

「兵法有云，五十里而爭利，則蹶上將軍。」柴榮和鄭子明再有本事，他們的隊伍從博濟渠跑到曹州，也早已經成了強弩之末。而曹州軍卻是以逸待勞，且兵馬足足是他們的三倍！

「加速，加速，楊定六，你親兵營，給我上前搶占山頂！」見麾下弟兄們反應如此遲緩，楊宣急得額頭冒汗。一邊策馬狂奔，一邊做出戰術調整。

「是！」他的親兵營指揮使大聲答應著，雙腿用力磕打馬鐙，「弟兄們，跟我來，拚命的時候到了！」

「轟隆隆，轟隆隆，轟隆隆！」五百名親兵榨乾坐騎的餘力，像一條巨大的蜈蚣般，加速向前衝刺。

他們是有備而來，他們體力充沛，他們熟悉曹州附近的一草一木！很快地，第一匹馬就衝上了山頂，緊跟著，第二匹，第三匹，所有人拉緊韁繩，迅速整隊，手中的鋼刀倒映著日光，寒氣如潮。

「呼——」眼見著自家隊伍搶先一步占據了有利地勢，曹州騎兵都指揮使楊宣終於長出了一口氣。

騎兵對決，地形尤為重要。居高臨下的一方，可以借助地利之便，輕易地將仰攻一方的陣形碾得支離破碎。然後再利用自家隊伍陣形完好的優勢，橫衝直撞，斬將奪旗。

然而，還沒等他的心落回肚子，有道銀亮的怒潮，忽然從山坡的另外一面掃上了山梁！「啪啪啪，啪啪，啪，啪啪啪……」，金屬與皮甲相撞聲不絕於耳。剛剛開始整隊的五百曹州精銳，像秋天時的穀物般，剎那間，被掃了個七零八落！

「嗖——！」趙匡胤果斷扣動機關，將第二支弩箭射進七步外一名敵將胸口。

「嗖嗖嗖嗖——」近衛營的將士們有樣學樣，緊跟著趙匡胤的動作扣動機關。精鋼為鋒，硬木為桿的弩箭，再度如怒潮般拍上山脊，將剛剛抵達的曹州軍割穀子般割倒。

武侯弩造價高昂，裝填麻煩。但預裝之後，卻可以接連發射三次。並且可以完全由單手操作，二十步內可透雙層皮甲。在馬戰當中，絕對是一等一的神兵利器。只用了兩輪齊射，就將搶先一步登上山梁的曹州精銳幹掉了大半兒，餘者頓時被嚇得魂飛天外，尖叫一身，轉身就逃。

「不要停，跟著我！」趙匡胤卻殺得仍不盡興，踩著敵軍的血跡越過山脊，然後咬著潰兵的尾巴急衝而下。野外相逢，敵將居然敢不先立陣，直接跟自己玩什麼以快打快，真是一群插標賣首的賤貨！想當初，連契丹狼騎都不敢如此輕慢。真不知道，是誰給了曹州軍主將帶著同樣數量騎兵跟滄州軍打對攻的膽子！

「跟上，跟上，弩身下壓，給敵軍來波熱乎的！」一個營的太子近衛緊跟著趙匡胤的戰馬翻躍山坡，用武侯弩瞄準十餘步外與潰兵迎面相撞的敵軍。

三年來，在鄭子明不計成本的供應下，他們當中每個人至少射出了上千支弩箭。對武侯弩的操作方式和各項性能，都摸得滾瓜爛熟。幾乎與趙匡胤同時，瞄準距離自己最近的目標扣動了機關，「嗖嗖嗖……」白亮亮的弩箭貼著山坡，疾撲而下。帶著空氣撕裂的呼嘯聲，瞬間將二十步內的敵軍，都推向了牛頭馬面的懷抱！

「啊——」

……

箭矢插入肉體的「噗嗤」聲，戰馬翻倒的「轟隆」聲，鮮血噴入空氣的「嘶嘶」聲，夾雜著傷者的呼喊，垂死者的哀鳴，剎那間，響徹整個山坡！

足有一百五十多名曹州騎兵當場被弩箭放翻，還有四五十匹可憐的戰馬相繼倒地。而到了此刻，敵我雙方還未發生正式接觸！曹州軍騎兵都指揮使，還沒弄清楚對手的數量和主將的姓名！

「跟著我，向下殺！」趙匡胤才不在乎別人知道不知道自己的名字，棄弩，提棍，扭頭大喊，所有動作一氣呵成。

這些年，他跟北漢軍作戰，跟幽州軍作戰，跟南下打草穀的遼軍作戰，已經積累了足夠的經驗。對戰機的把握能力，絕非那些靠資歷熬出來的庸才可比。發現敵軍的主力隊形已亂，立刻帶頭撲了下去。

「殺！」太子近衛們齊齊丟下尾部拴著繩索的武侯弩，抽刀，策馬，緊隨趙匡胤身後。

一名胸口處挨了弩箭的曹州騎兵都頭，正趴在馬鞍子上慘叫。被趙匡胤兜頭一棍砸在了後腦勺上，當場氣絕。雙腿輕輕磕打馬鐙，趙匡胤騎著剛剛換上沒多久的黃驃馬撲向下一個不知所措的對手，包銅大棍借著戰馬的速度迎頭下砸，力劈華山！

「呼！」曹州騎兵的腦袋四分五裂，整個人倒飛出去，變成了一具血肉模糊的屍體。

「唏吁吁！」戰馬嘶鳴，幾名貼身侍衛緊跟上來，護住趙匡胤的左右。其餘太子近衛營的將士則策動坐騎，以趙匡胤為鋒，將隊伍收縮成一個銳利的楔形。五百多匹馬，借著山勢，踩著敵軍的屍體，急衝而下。所過之處，血流成河！

「敵將休要猖狂！」兩名百人將打扮的曹州勇士，捨命撲上前，試圖攔住趙匡胤的馬頭。他們兩個的配合頗為默契，所找的角度也極為刁鑽。然而，他們卻過分低估了對手的本領。

面對咆哮著衝向自己的敵將，趙匡胤看都不屑多看，直接將包銅大棍一提，借著馬速，點向左側對手的坐騎頭顱。隨即左手回拉右手橫推，熟銅大棍宛若蛟龍一般，凌空擺尾，「呯！」「噗！」

「嗯哼哼！」左側敵將胯下的戰馬頭顱破裂，哀鳴著倒地。右側敵將直接被掃下馬鞍，落在地上昏迷不醒。趙匡胤的坐騎從二人身邊如飛而過，更多馬蹄踩下來，將二人生生踩成了兩團肉泥！

下一個擋在黃驃馬前的，是一群驚慌失措的小卒。趙匡胤直接衝進去，包銅大棍左劈右砸，將這夥敵軍砸得四分五裂。近衛營將士沿著他撕開的裂縫長驅直入，像一把銳利的鋼刀，切進敵軍深處，將沿途敢於負隅頑抗和來不及躲避的對手，統統切於馬下！

八個營的曹州騎兵，論人數，遠遠高於趙匡胤所帶的五百人。然而，面對借著山勢撲下來的太子近衛，他們卻幾乎沒有任何還手之力。儘管都指揮使楊宣不停地調整對策，儘管有一些勇敢的傢伙在努力填補缺口，但是曹州軍隊伍被撕開的「裂縫」，卻越來越深，越來越寬！

「轟轟轟！」「轟轟轟！」馬蹄聲如雷。趙匡胤帶著太子近衛，長驅直入！在「裂縫」附近，僥倖沒有第一時間戰死的將士們，則像翻捲的皮肉般，帶著血跡掉頭後退。與驚慌失措的自家袍澤撞在一起，人仰馬翻。

「嘭嘭嘭」的聲響接連不斷，慌不擇路的戰馬，一匹接一匹的撞到一塊，馬背上的騎兵像下餃子般掉落，然後被自己人無情地縱馬從身上踩過，轉瞬間就氣息奄奄。

「娘咧！」「救命——」僥倖沒被馬蹄當場踩死的騎兵，慘叫著四下亂爬。更多的戰馬跟上來，將他們撞倒，踩翻，踩得筋斷骨折。

「攔住，攔住他！楊斌、劉武、朱定、胡一刀，你們幾個一起上。攔不住他，就提頭來見！」眼看著對手就要衝到自己面前，曹州軍騎兵都指揮使氣得兩眼冒血。揮刀急指，將自己麾下最為倚重的四名勇將，挨個點名。

「是！」楊斌、劉武、朱定、胡一刀四人知道此刻自己絕無退路，咬著牙答應一聲，各自帶著親衛逆流而上。

他們距離趙匡胤其實沒多遠，然而，他們卻遲遲無法趕到對方身邊。敗退下來的自家弟兄越來越多，人擠人，馬擠馬，亂成一鍋粥。哪怕他們直接揮起兵刃開道，也無法將坐騎速度增加分毫。

武將馬上對決，沒有速度，就會失去一切。說時遲，那時快，就在幾名曹州勇將跟自家潰兵較勁兒的時候，趙匡胤已經帶著親兵直撲而下。先撞開一名曹州騎兵，隨即不由分說，手中包銅大棍掄圓了朝著楊斌的腦袋就是一記泰山壓頂。

「開！」楊斌也是個搏命行家，立刻舉起鐵鐧，交叉上推。本以為憑著兩膀子氣力，能將包銅大棍擋在安全距離之外，甚至倒推而回。誰料耳畔只聽見「噹啷」一聲，緊跟著，肩膀處就傳來兩道鑽心的疼。一雙手臂樹杈般舉於頭頂，徹底失去控制。

武將對決，一眨眼就能分出生死。趙匡胤毫不猶豫地擺棍橫掃，「啪」地一聲，砸在楊斌的肋骨處，將此人砸得口中鮮血狂噴，一個跟頭栽落於馬下。

「楊大哥——」劉武、朱定、胡一刀三將看得眼眶迸裂，哭喊著上前與趙匡胤拚命。後者則不屑地撇嘴冷笑，手中包銅大棍，一撥，又是一蕩，將劉武和朱定二人的兵器撥開到了一旁，棍頭如烏龍般直奔胡一刀胸口。

「噹啷——」金鐵交鳴聲震耳欲聾，胡一刀的鋼刀倒縮回半尺，正砸中自家小腹。口中吐出一口鮮血。他不敢戀戰，拉偏坐騎向左閃避。趙匡胤卻不管重新撲上來的劉武和朱定，舉起包銅大棍，追著他的背影橫掃，

「嘭！」

「啊——！」胡一刀慘叫著墜馬，生死未卜。趙匡胤扭身揮棍，再度撥開劉武和朱定兩人的兵器，直奔曹州騎兵都指揮使帥旗。四名趙氏親兵策馬跟上，將劉武和朱定二人與自家主將隔開。更多的近衛營將士高速衝過，每人都揮動兵器，或者向劉武，或者向朱定發出全力一擊，然後頭也不回，飛馳而去。

可憐那劉武和朱定兩個，武藝雖然高明，卻像兩根擋在洪流前的蘆葦般，被騎兵們打得搖搖晃晃。忽然，身體相繼一歪，慘叫著落下馬背，被後續飛奔而過的馬蹄踩成了兩團肉醬！「敵將有種別跑！」趙匡胤接連砸翻數名躲避不及的曹州兵卒，朝著都指揮使楊宣的帥旗猛撲。全身上下，灑滿了敵軍的腦漿和血漿。臨近的曹州將士被嚇得魂飛魄散，紛紛撥馬閃避，唯恐躲得慢了，變成棍下亡魂。

「為將者不逞匹夫之勇！」曹州軍騎兵都指揮使楊宣，豈肯跟他一個「無名小輩」拚命。眼看著身前的護衛越來越稀，立刻撥轉坐騎，橫向閃避。對方是沿著山坡往下衝，速度很快。對方身後跟著數百名弟兄，輕易不能改變方向。而他只需要暫避其鋒芒，將這一輪攻擊讓過去，就可以重新整理隊伍，再度一較短長！

果然，趙匡胤的傾力一搏落到了空處，只能掄起棍子打翻數名小兵洩憤，然後繼續順勢向下。轉眼間，就與楊宣拉開了距離。計謀得逞的楊宣立刻命令親兵吹響號角，調整戰術。命令全體將士向自己靠攏，在山坡上重新整隊。

只要將隊伍整理好，他們就又占據了有利地形。而敵將即便成功將曹州軍鑿穿，也會落到了下方。攻守之勢，數息之間，便可逆轉。

正當他自鳴得意的時候，忽然間，看到趙匡胤回過頭來，朝自己高高地豎起了中指！「什麼意思？」楊宣哪裡看得懂這個由鄭子明流傳出去的手勢，頓時就是一楞！隨即，頭頂就傳來了滾滾驚雷。「轟，轟轟轟，轟轟轟轟轟！」

不算劇烈，卻震得地動山搖。憑著武將的本能，楊宣迅速扭頭。只見一員小將帶著三個營的騎兵，排成密集的橫隊，沿山坡斜推而下。沿途的曹州軍，則像雜草般推翻，被一簇接一簇推平，無論數量多寡，都毫無抵抗之力！

「噗」地一聲，潘美用騎槍從背後挑飛一名掉頭逃走的敵將，帶著大隊繼續前進。

曹州騎兵原本就不怎麼齊整的隊形，已經被趙匡胤先前那「迎頭一棒」，砸了個四分五裂。隊伍中大部分兵卒，也從靠近山脊的位置，被強行推到了半山腰。這對經驗豐富的滄州軍將士說，簡直是天賜良機。幾乎不用潘美這個主將提醒得太大聲，每個人都知道自己該怎麼去做！

三個滿編營，總計一千五百將士。每五百人展開為一橫排，每兩排之間相隔二十步距離。一排接著一排，沿著山坡，如牆而下。五百把明明晃晃的騎槍，就像五百顆鋒利的獠牙！

「噗！」「噗！」「噗！」「噗！」「噗！」「噗！」「噗！」……

「啊……」「唏吁吁……」

低沉的鐵騎刺入肉體的聲音，與慘叫聲、悲鳴聲交織在起，刺激得人髮根陣陣發麻。來不及整隊的曹州將士，一簇接一簇被騎槍刺下馬背，如晚春的殘雪遇到了突如其來的夏日，根本沒有任何抵抗之力。

大部分落馬的曹州將士，都是背部中槍。只有零星三五個勇士，曾經試圖拚死一搏。然而，在如牆而進的滄州軍面前，他們的拚命行為，就像企圖阻擋馬車的螳螂同樣可笑。手中兵器無論採取什麼樣的奇妙招式，基本都沒機會碰觸到衝下來的滄州士兵。每個人同一時間所要面對的，卻至少是三桿騎槍。擋住其一，躲開其二，卻不可能再成功避過其三！

「別，別慌，殺，去給我殺了中間那個穿銀甲的！」曹州軍騎兵都指揮使楊宣看得心臟抽搐，一邊加速將坐騎橫向拉得更遠，一邊用顫抖的聲音命令！

「嗚嗚……，嗚嗚，嗚嗚，嗚嗚嗚……」忠心的傳令兵，努力吹響號角，所發出來的聲音，卻像冰下水流一樣喑啞艱難。

如此密集的騎兵橫陣，他們只是在四年前，追隨郭威起兵「清君側」時見到過一次。但那次，滄州軍卻是他們的友軍而非敵人，展示戰術的地點為校場而不是沙場。

他們當初雖然震驚於滄州軍的陣形齊整，卻未曾體驗過其真實威力。隨著時間推移，記憶裡印象逐漸變淡，心中甚至還隱隱生出了「滄州軍中看不中用」評價。而今天，他們才真正體驗到了，什麼叫巨石壓卵。才真正明白，中看不中用的不是別人，正是自己！

「廢物，全都是廢物！」見傳令兵被嚇得連軍令都無法完整送出，曹州騎兵都指揮使楊宣大怒。劈手奪過一支畫角，背對著自家將士奮力吹響，「嗚嗚，嗚嗚嗚嗚嗚，嗚嗚嗚嗚嗚——」

事到如今，他已經對轉敗為勝不抱任何希望。但是，他卻必須派人去擋住那三堵緩緩推下來的長槍之林，給自己爭取足夠的時間撤下山坡。然後再想辦法擺脫先前那名猛將的阻攔，成功撤離戰場。

「嗚嗚，嗚嗚嗚嗚，嗚嗚嗚嗚——」更多的畫角聲交替響起，帶著恐懼與絕望。一大隊曹州騎兵，被角聲刺激的兩眼發紅，紛紛跳下戰馬，以其中一名指揮使為核心，結成整齊的圓陣。騎槍尾端戳地，槍鋒斜向上指，正好和戰馬的脖頸一樣高矮。

圓陣殺傷力最小，但抵擋攻擊的能力最強。長槍硬陣，也是對付騎兵的不二法門。他們所有選擇都沒錯，也表現出了足夠的勇敢。然而，他們很不幸，今天遇到的是滄州軍。

早在四年前與北漢、契丹聯軍作戰的時候，滄州騎兵就已經積累出足夠多對付步兵硬陣的經驗。這四年來經過反覆改進，磨礪，更是練就了一整套破敵之法。只見在前推過程中，潘美猛地將騎槍交到了左手，右手迅速從身後一拉一帶，「呼——」，一把半尺寬窄的飛斧，被他順勢拋向了半空。

「呼——」靠近潘美的左右兩側，上百把半尺寬窄的飛斧，同時騰空而起。在陽光下劃出上百道淒厲的弧線，只奔槍陣而去。「呼、呼、呼、呼、呼……」。眨眼間，就將曹州軍捨命組成的長槍圓陣，砍得七零八落。

「殺！」飛斧擲出之後，潘美根本不去看結果。再度變成雙手持槍，雙腿輕輕磕打馬鐙。跟他磨合了三年有餘的戰馬通曉自家主人心意，四蹄的邁動頻率緩緩加快。與相鄰的其他戰馬一起，沿著山坡加速前推！

被飛斧砍爛的長槍圓陣，連個泡都沒冒起來，就被如牆推過的槍鋒吞沒。臨近其他幾夥正準備上前拚命的曹州將士，頓時失去了膽氣，跳上馬背，奪路而逃。但是，還沒等他們重新提起速度，滄州軍的槍鋒已經推至，數十道血光濺起，失去主人的戰馬悲鳴著逃下山坡。

「轟轟轟，轟轟轟，轟轟轟！」五百匹戰馬順著山坡，繼續向下奔行。五百桿騎槍排成一道橫線，繼續向下推進。所到之處，不會剩下一名能夠站起來的敵軍。遠遠看去，就像一架巨大的鏵犁，在青葱的山坡上，犁出了一片血肉田壟。

「嗚嗚——，嗚！」號角聲戛然而止，奉命吹角催戰的曹州傳令兵們，相繼撥轉坐騎，落荒而逃。

擋不住，根本不可能擋得住。光是第一道順著山坡推下來的槍林，就足以將所有曹州軍推平。而在第一道槍林之後，還有第二道，第三道。更遠處的山脊上，又冒出來了第四道！

「噹啷！」「噹啷！」「噹啷！」兵器落地聲，交替而起。數十名僥倖沒擋在槍林前推道路上的曹州兵卒，瞪著雙眼，呆滯的看著不遠處的血肉田壟，任由兵器從手中滑落，卻毫無察覺。也算久經戰陣的他們，先前從來沒有想過，死亡會是如此之恐怖，如此地令人絕望！

他們最開始有八個營，雖然不是滿編，但總兵力也不下三千。但短短不到半炷香時間，他們昔日的袍澤，已經陣亡了一千有餘！並且個個血肉模糊，死無全屍。

「第二梯隊和第三梯隊，橫向拉開！」將敵軍的表現都看在眼裡，正在引領滄州將士向前推進的潘美，忽然嘆息著舉起了一面令旗，左右擺動。

他對屠戮膽氣喪盡的曹州軍，不感任何興趣。但是，他卻必須盡可能地消滅敵軍有生力量。按斥候們先前捨命探明的情報，曹州軍還有七千步卒正匆忙趕來。他必須搶在這夥主力沒有抵達之前，鎖定勝局！

「嘀嘀，嘀嘀，嘀嘀……」滄州軍特有的銅笛子聲響起，將命令傳遍整個戰場。跟在第一道槍林之後，到現在連口「湯」都沒喝上的另外兩營騎兵，立刻調整方向。先在跑動中放緩馬速，將隊伍穩穩地由橫轉斜。然後又在兩名營級指揮使陶得善和潘玉的帶領下，一左一右，從後面追上潘美所在的隊伍，與第一道槍林銜接，組成一個巨大的圓弧。

圓弧背後，柴榮帶領一個營的滄州騎兵剛剛在山梁上展開隊形。發現大局已定，搖搖頭，疲倦地閉上了眼睛。他不想流大周將士的血，但此時此刻，卻容不下半點兒婦人之仁。在全殲曹州軍和讓自家弟兄冒險之間，他只能選擇前者。

「轟隆隆，轟隆隆，轟隆隆！」馬蹄擊打地面，所帶起的煙塵，模糊了柴榮的視線。

圓弧之下，所籠罩的範圍，幾乎就是整個山坡！數十名被嚇傻了的曹州兵卒，迅速在圓弧附近消失，留下一地破碎的血肉。更多的曹州將士，則嘴裡發出一聲尖叫，如同從噩夢中驚醒了一般，撥轉坐騎，向著山下奪路狂奔。

「駕，駕，駕……」跑得最快的，是曹州軍騎兵都指揮使楊宣。早在親自吹響號角的時候，他心中就對勝利不抱任何希望。借著麾下弟兄用性命換回來的時間，他現在已經逃到了山腳下，並且依靠親信的捨命保護，成功地突破了趙匡胤的阻截。

「必須將敵軍的情況及時向節度使彙報！」一邊拚命用雙腳磕打馬鐙，楊宣一邊給自己的棄軍逃命行為尋找藉口。「敵軍凶猛異常，不可在野戰中力敵！趕緊尋找有利地形結陣，然後用長槍、盾牌和弓箭相互配合，才能避免主力大軍重蹈先鋒騎兵的覆轍！如果有可能，不妨先避開柴榮小子的鋒纓，然後率軍緩緩尾隨之，尋找戰機！人地兩生，兵力又單薄，姓柴的早晚有露出破綻的那一天！」

想著自己終究有洗雪今日知恥的一刻，楊宣心中的恐懼稍減。抬起左手，用力擦了一把臉上的冷汗，同時扭頭向左右觀望。

他想看看，到底有多少親信跟自己一樣幸運，成功脫離了戰場。如果有可能，他最好在向曹州節度使楊文生彙報之前，跟親信們統一口徑。

周圍的身影稀稀落落，加在一起都湊不足兩巴掌。並且好像都嚇傻了般，正在用力拉緊戰馬的韁繩，身體抖若篩糠。「走啊，再不走，就來不……」突然間良心發現，楊宣扯開嗓子大聲提醒。話喊了一半，剩下的另外一半，卻消失得無影無蹤。

目光越過自家親信，他看到有一支騎兵，正從土丘側面，斜向包抄而至。當先一員大將策馬橫槍，擋住所有人去路，「投降免死！否則殺無赦！」

【十一章】

宏圖

東京，汴梁。

緊閉了十餘日的城門，已經恢復了正常通行。當值的士兵也都收起了身上的戾氣，不再動輒對進出的行人刀劍相向。然而，在這陽光明媚的天氣裡，從城門口通過的身影卻稀稀落落。除了騎著快馬，神色沉重的信使之外，幾乎全汴梁的平頭百姓，都警惕地把身體縮在了各自的家中。然後緊鎖院門，兩眼不停地朝隱蔽的地窖口處瞄。只要聽見任何風吹草動，就帶著兒女直接鑽入地下，不躲個三天三夜，絕不再露頭！

這年月，想要在汴梁城內活得長久，懂得「夜觀天象」和挖地窖，是必備技能。你必須足夠機警，在災難未發生之前，就從城內的風吹草動中預測到危險的臨近，才有足夠的時間做出準備。而一旦災難真正發生，院子裡的地窖夠不夠深，地窖的入口夠不夠隱蔽，地窖內的乾糧和清水夠不夠多，就決定了全家老小能不能活著捱到災難的結束。如果沒有這兩樣本事，即便家資萬貫，平素做盡善事，也在劫難逃！

「的的的的的的……」又一匹快馬呼嘯著穿過城門，穿過空蕩蕩的街道，直奔皇宮附近的大周樞密使府邸。馬背上的信使，早已跑得筋疲力竭，卻咬緊牙關苦撐著，不讓自己從鞍子上掉下來。

「唉，造孽啊！」沿街幾處院落的門縫後，有人搖著頭，低聲嘆氣。「這才安生了幾天？」

從大周皇帝陛下領兵攻入汴梁，到上個月皇宮藏書閣上忽然亮起了八色彩燈，滿打滿算，也不過是四年半的光景。根本不夠一群懵懂頑童長大成人，也不夠一個破敗之家從困頓中緩過元氣，重新見到過上好日子的希望！

樞密使聯合太尉封鎖了皇宮，太子帶著大軍打下了曹州。長達七十五年亂世，才剛剛露出了結束的跡象，就又重新回到了起點。

最後無論樞密使王大人贏了，還是太子殿下贏了，汴梁城內，恐怕都要殺得人頭滾滾。而真正的浩劫，不過是剛剛開了個頭。幽州有韓家臥薪嘗膽，太原有劉氏矢志報仇，塞外，還有契丹人在虎視眈眈。一旦這三家聯合起來趁虛而入，八年前，那場率獸食人的慘禍，恐怕又要重現！

「都怪那該死的王峻！」

「可不是麼，皇上待他一向不薄。對老百姓一向也過得去！」

「希望他打不贏吧，老天爺保佑他打不贏太子！」

「不好說，老天爺什麼時候開過眼睛？唉……」

犄角旮旯，沒有院子可以躲，也沒有地方可以去的流浪漢們，目光追逐著信使的背影，嘴裡小聲念念叨叨。他們，是整個汴梁的最底層，他們像野草一樣低賤，野草一樣堅韌，割完一茬再長一茬。沒人願意搭理他們，包括匆匆而過的巡街士兵。即便聽見了他們的感慨，也是聳聳肩，冷笑著走過。哪怕他們中間，此刻正有人死死盯著王峻府門，眼睛一眨不眨！

大周樞密使王峻的府門，從天亮後，就像城門一樣四敞大開。信使剛剛滾鞍下馬，就被兩名彪形大漢一左一右架了起來，飛快地送往樞密使府的正堂。那裡，從前天接到曹州失守的警訊之後，就自動變成了王峻的白虎節堂。兩天來，只要有信使抵達，無論是表態支持樞密使的，還是過來宣布與亂臣賊子勢不兩立的，第一時間就會被送到白虎節堂內，接受王峻、王殷和其他幾位「重臣」的親口詢問。

「說吧，你是從哪裡來的？你家大人是準備跟姓柴的同流合污，還是跟老夫一道討伐叛軍？」連續若干天聽到的幾乎全是壞消息，王峻的心臟已經有些麻木。不待信使給自己行完禮，就冷笑著詢問。

「滑，滑州，滑州急報！叛軍昨日攻入滑州，胙城失守！」信使被撲面而來的寒意吹得激靈靈打了個冷戰，縮起頭，結結巴巴地彙報，「張，張刺史派，派小人繞路前來，前來向樞密使，向樞密使告，告急！」

「什麼？」王峻大吃一驚，立刻將目光轉向掛在牆壁上的輿圖。曹州距離汴梁只有二三百里路，並且沿途沒有任何險阻。以柴家小兒的性子，應該趁著大勝之機直撲汴梁才對。怎麼忽然間，又向北殺入了滑州！

還沒等他理出絲毫頭緒，太尉王殷忽然站起身，大笑著撫掌，「哈哈，豎子怕了，所以打算先搶了滑州，以便將來見勢不妙，可以乘船順流而下！」

此話，聽起來的確振奮人心。但王峻的眉頭，卻皺得更緊。如果想要拿下滑州做為跟朝廷對峙的據點，柴榮帶著叛軍先取了韋城，豈不是更好？韋城距離滑州比胙城近得多，只要拿下了此地，就等同於已經砸爛了滑州的大門。

「恐怕他想要的不是滑州，而是酸棗！」神武禁衛左軍副都指揮使王健向來懂得察言觀色，見自家族兄王峻對太尉王殷的觀點不置可否，立刻試探著給出了另外一個答案。

「他要酸棗做什麼，繞路去河東投奔常思嗎？」王峻立刻勃然大怒，扭過頭，狠狠給了自家族弟王健一個大白眼，「不懂，就不要裝懂。柴榮的根基在澶州、滄州以及河北其他六州也會支持他。他怎麼可能放著自家基業不要，跑去寄人籬下！」

「這……」王健被嚇得一縮脖子，不敢再胡亂猜測。太尉王殷的目光，卻陡然又是一亮，「如果既不是想搶了滑州做退路，又沒打算去投奔常思，那就只剩下了一個地方，靈河！此地雖然不算險要，進卻可以取道陳橋驛，直抵汴梁。退，則可以一路退到靈河渡，登上大船，逃之夭夭！」

「嗯！」這次，王峻沒有繼續皺眉，而是輕輕點頭。

「他想得美！」太尉王殷見王峻已經跟自己達成了一致，立刻大聲冷笑，「真的以為老夫麾下五萬禁軍是擺設嗎？秀峰兄，你不用生氣。我這就親自帶著禁軍過去將他擒了，看那郭家雀兒還能有什麼指望？」

說著話，拔腿就要往外走。然而，才剛剛轉過了半個身子，左胳膊卻被王峻從旁邊一把拉住，「叔德！叔德兄切莫衝動，情況有些不對？」

「哎呀，你就是過於謹慎。有什麼不對的？此時柴家小兒麾下把脅裹來的曹州軍也加在一起，也不過是一萬出頭，老夫還能怕了他？」王殷不耐煩地甩了下袖子，大聲數落。「要是早聽老夫的，給那郭家雀送上一碗毒藥，咱們根本不用如此被動！只要拿出足夠的好處，什麼常克功、高行周、符彥卿，說不定像老白一樣，早就答應跟著咱們哥倆幹了！」

「嗯哼，嗯哼，嗯哼！」王峻被對方大言不慚的態度，刺激得連連咳嗽，卻死活不肯將手放開。

「嗯哼，嗯哼，嗯哼……」被王殷稱作老白的太師白文珂，也尷尬地咳嗽不斷。

到目前為止，他是明確表態要與王峻、王殷兩人共同進退的唯一領兵大將。其他手握重兵的武將，要麼像常思一樣立刻扯起了旗，宣布與二王不共戴天。要麼像高行周、符彥卿兩人那樣，至今還在裝聾作啞，打定了主意要袖手旁觀！

被二人的咳嗽聲吵得心煩意亂，太尉王殷又甩下胳膊，將王峻的手強行甩開。然後撇了撇嘴，大聲補充：「難道我說錯了嗎？事到如今，咱們幾個哪裡還有退路？又何必裝模做樣，把郭家雀兒關在皇宮裡當幌子！倒不如破釜沉舟，直接殺了郭家雀，讓秀峰你當皇上。然後……」

「叔德，慎言！老夫之所以逼皇上改立太子，是為文武百官將來都能落個好下場，而不是為了自身！」王峻實在忍無可忍，扯開嗓子，大聲打斷。「你們要是不信，老夫可以對天發誓。如果今後食言，讓老夫這輩子不得善終！」

「不當就不當罷了，你又何必發此毒誓？」王殷被王峻的堅決態度給嚇了一跳，皺著眉，歪著腦袋，低聲數落。「況且這又跟老夫帶兵去剿了柴家小兒有什麼關係？」

「不是不讓你去。是，是怕你輕敵大意！」終於避開了最尷尬的話題，王峻趕緊搖搖頭，快速補充，「如今汴梁城內，還有許多人蠢蠢欲動。不留下足夠的兵馬就彈壓不住。而從曹州那邊冒死送來的密報上看，此刻柴家小兒手頭兵馬雖然少，卻是平素跟鄭子明形影不離的那支精銳。當年跟契丹人對陣，都從沒落過下風！」

「嘶——，如此說來，這倒真是個麻煩！」王殷聞聽，頓時心中便不像先前那般狂躁了。也皺起眉頭，自言自語。

曹州已經失守的消息，是前天送到樞密使府的。這兩天多來，通過各種渠道，他和王峻已經基本掌握了整場戰鬥的經過。雖然節度使楊文生輸得非常冤，被自己的心腹愛將楊宣帶著喬裝打扮的叛軍，混到帥旗下，直接給砍了腦袋。但最初柴榮帶領「叛軍」生擒楊宣那一仗，卻是實打實的硬碰硬。總計都沒用到一刻鐘功夫，叛軍贏得乾脆無比，俐落至極！

「你可知道，叛軍昨天下午攻打胙城，是誰領的兵？一共多少人馬？總計花費多長時間破的城？」太師白文珂年齡比王峻和王殷兩個都大得多，領兵經驗也更豐富，趁著二人還在舉棋不定該派多少兵馬的時候，起身走到信使身邊，大聲追問。

信使的體力已經稍微恢復了一些，但聲音卻依舊沙啞低沉，隱隱還帶著幾分絕望，「是，是太子，是反賊柴榮親自領兵，具體人馬數量不太清楚！據，據從胙城逃出來的潰兵彙報，叛軍，叛軍抵達城下之後，第一次進攻就奪下了南門！然後，然後胙城就破了！」

「一鼓而破城，不可能，絕對不可能！」王峻和王殷雙雙扭頭，異口同聲地表示質疑。「胙城的城牆足足三丈高，防禦設施齊全。就算防禦使劉魁帶的是四千名地痞流氓，至少也能堅持一個時辰！」

「據，據說，是有，有當地大戶帶著家丁跟叛軍裡應外合。」信使抬手抹了一把已經不存在的汗水，繼續結結巴巴地補充，「還，還有許多地方兵卒，也，也受，受過柴榮的恩惠。劉防禦使剛下令放箭，就，就被身邊的一名都頭給殺了。然後，然後守軍就一哄而散！」

「無恥，柴家小兒忒地無恥！」話音未落，王殷已經再度暴跳如雷。「我說他帶著三千騎兵就敢直奔汴梁，原來，原來他早就在各地安插了心腹。就，就等著振臂一呼！那，那楊宣想必也不是因為戰敗被擒才不得不投靠了他，而是，而是早就被他偷偷拉攏了過去！」

「那倒未必！」白文珂不願意跟著王殷一道說沒用的廢話，搖搖頭，低聲反駁，「他要是早就在各地安插了人手，咱們，咱們在汴梁就不會如此順利了。我估計，還是胙城過於靠近黃河的緣故。三年前柴榮主動請纓去治水，又是以工代賑，又是賣地籌糧，還為帶頭平價出糧的大戶們勒石揚名。當時滿朝文武都覺得他迂腐，現在回過頭去想想，他憑著這幾招，恐怕已經把黃河兩岸的人心都收買了遍！」

「可惡！」王峻眉頭緊鎖，大聲咒罵。「這小賊，貌忠實奸！」

雖然沒有點頭表示同意，但是，他這兩句咒罵，等同於證實了黃河兩岸的民心早就俱歸柴榮所有。當即，令在場的其他文武臉色大變，扭過頭，開始跟身邊的同伴竊竊私語。

「那，那廝治河三年，據說救助了好幾百萬流民。萬一愚民們都對他心存感激，豈不是，豈不是他隨便招招手，就能，就拉起上萬大軍？」

「小聲點，別長他人志氣。感激，老百姓的感激有個屁用！一百個人裡頭，有一個肯拿性命相報的就不錯了！」

「一百個裡有一個，也是好幾萬人啊！」

「得找得到帶頭的！」

「地方大戶也都念著他的人情！」

「光是大戶不行，得，得當官的或者領兵的！」

「那還不都一樣。地方上想當官和領兵，還不得出自那些大戶……」

「都給我閉嘴！」王峻被底下的議論聲，吵得頭大如斗。拔出寶劍，一劍砍在了書案上，入木盈寸，「不想跟老夫一起幹的，現在就滾，老夫絕不攔著！想繼續幹的，就別光顧著替柴家小兒說好話，拿出點主意來，如何才能儘快剿滅叛軍！」

「想走，你能讓我們活著出了這道門嗎？」眾文武被嚇得打了個冷戰，齊齊閉上嘴巴，敢怒不敢言。知道此刻絕對不能讓大夥喪了士氣，將寶劍從桌案上拔出來，王峻用力揮舞，「區區一個胙城，有什麼值得大驚小怪？誰家在外面，還沒結下過一點兒善緣？那柴家小兒若是真的有本事收買人心，就把沿河兩岸的城池一股腦全收了，豈不是更好？」

話音剛落，門外忽然又傳來一陣凌亂的腳步聲響。一個渾身泥漿的信使在兩名王家親兵的攙扶下，跌跌撞撞地衝了進來，「報，樞密，樞密使，滑州，滑州叛亂，張，張刺史自焚殉國！」

「啊！」王峻正在揮舞寶劍的手臂，頓時僵在半空當中。望著筋疲力竭的信使，滿臉難以置信。先來那名信使，反應卻比他快了許多。扭過頭，撲到後來者面前，大聲咆哮，「不，不可能，朱桐，你，你休要撒謊騙人。我，我昨天出發時，滑州城內還風平浪靜！」

「我，我沒撒謊。是，是張刺史在舉火之前，派我前來給，給樞密使報信的。我，我身上帶著他，他的官印！」後來的朱姓信使一邊哭，一邊用手在自家懷裡摸索。三下兩下，就將一枚一寸寬窄，頂端雕著瑞獸的官印摸了出來，雙手舉過頭頂，「樞密大人，我，我家刺史，刺史說，說您，您對他有再造之恩，他，他不敢負您所托，只是，只是時運不濟也！」

「子方——」王峻丟下寶劍，一把從信使手裡搶過官印，淚流滿面。

滑州城丟了，又是因為有人跟柴榮裡應外合！叛軍，叛軍幾乎未費吹灰之力，就已經徹底在汴梁附近站穩了腳跟。而他的心腹門生，則又少了一個。又輸得稀裡糊塗，死不瞑目！

「怎麼可能？這怎麼可能！你，你是柴榮派來的，你一定是柴榮派來的。」王殷此刻，也是心神大亂，上前拎起朱姓信使衣領，厲聲咆哮。「昨天下午從滑州出發的信使剛剛趕到，你半夜出發的，怎麼可能跟他正走了個前後腳？」

「我，我沒有繞路！」信使朱桐唯恐自己別被當成「叛軍」的細作，趕緊扯開嗓子解釋，「我真的是從滑州來的。印信，印信無法造假！」

「那為何柴家小兒不派兵追你？」王殷根本不肯接受他的解釋，繼續瞪圓了眼睛尋找破綻。

「不知道，我真的不知道啊！小人，小人雖然一路上都沒遇到任何截殺！但，但小人真的是從滑州而來，小人冤枉，冤枉！」信使朱桐無法給出答案，只能繼續啞著嗓子喊冤。

「老夫不信，老夫……」王殷才不管他冤枉不冤枉，將他摜在地上，大聲怒喝：「來人，將這亂我軍心的細作，推出去砍了！」

「是！」門口當值的親兵答應一聲，快速衝入，從地上拖起信使朱桐，轉身便走。剛剛拖出去三五步，忽然間，又聽見有人在外邊高聲叫喊：「樞密，太尉，緊急軍情，十萬火急。澶州、濮州、許州、陳州、壽州和蔡州同時，同時反了。守將說，說要輔佐柴榮，一道，一道起兵清君側！」

「啊！」王峻、王殷及其心腹們，個個倒吸冷氣，誰也顧不上再殺人滅口。

澶州和濮州都位於黃河邊上，參照滑州的情況，民心早就被柴榮拉攏，地方文武被逼無奈，起兵響應叛軍也情由可原。可許州、陳州、壽州和蔡州，都位於汴梁之南，守將平素也跟柴榮沒任何往來，他們，他們冒著失敗後全家被處死的危險，爭先恐後跳出來支持叛軍！他，他們，一個個都瘋了嗎？還是他們認定了柴榮穩操勝券！

「樞密，事不宜遲。請給老夫三萬兵馬，老夫，老夫去替你會一會柴家小兒！以穩定天下人心！」到底活了快八十歲的老狐狸，關鍵時候，白文珂比其他所有人都冷靜。稍作斟酌，便把握住了解決眼前困局的關鍵！

許州、陳州、壽州和蔡州的地方文武宣稱要支持柴榮，但從這些人口頭上開始叫囂表態，到他們各自帶著兵馬趕到汴梁附近，至少得間隔四、五天時間。而禁軍從汴梁出發，經陳橋驛殺奔胙城，卻僅僅需要一天一夜，或者兩個白天！只要能在其他兵馬趕到之前，將柴榮一戰而擒，群賊就立刻失去了首領，必將不戰而潰！

辦法很對路，只是他老人家以前的戰績，實在太寒磣了些。想當初帶著十萬大軍去河中平叛，打了大半年都毫無建樹，最後還得郭威去替他收拾場子。如今又要自告奮勇帶領禁軍去對付比李守貞強了不止十倍的柴榮，不是老鼠給貓兒送禮，存心就沒想過活著回來嗎？

「多謝白將軍，但猛虎搏兔，亦要盡全力。此時此刻，我等豈能對柴氏小兒再掉以輕心！」知道白文珂不是柴榮的對手，王峻也不拿老傢伙的性命做賭注。用力搖了搖頭，一邊強壓住心中的煩躁，一邊大聲做出決定，「此戰，老夫親自帶兵去，太尉帶領殿前軍坐鎮汴梁！有太尉和太師在，相信汴梁城中，誰都翻不起風浪來！」

這，也許是最恰當的解決方案！

連續數州倒向太子的事實，已經很直接地證明了一個趨勢，越拖下去，情況將對汴梁眾人越不利。而只要解決了柴榮，就等同於又搶回了主動權！接下來是直接擁立李重進登基，還是出兵將各路叛軍一一蕩平，都可以從容布置！

當即，王殷和白文珂二人也不再廢話，立刻贊同了王峻的意見。緊跟著，眾文武就分頭下去做出征準備，調集糧草，清點輜重，整頓兵馬。亂哄哄地忙了小半夜，第二天清晨，點起大軍，直奔胙城而去。

也不知道是誰在暗中推動，關於皇上被囚，太子興兵前來救駕，以及許、陳、壽、蔡各州紛紛倒戈的「謠言」，一夜之間，就已經在禁軍當中傳了個遍。因此，大軍剛剛出了汴梁城，就連續有人做了逃兵。起先還是零星數個，後來居然是三五成群，到最後，乾脆有百人將帶著麾下弟兄整隊逃之夭夭。把個樞密使王峻惱得火冒三丈，立刻下令騎兵追上去大開殺戒。

一口氣砍下了五百多顆人頭，才終於將這股潰逃的「歪風」給煞住。但麾下隊伍的士氣，也衰落到了極點。沒精打采地走了整整一天，才走了不到五十里。王峻看看天色已晚，只能強壓住心中煩躁，命令將士們在陳橋驛附近安營紮寨！

「大人，軍心不穩，再這樣下去，恐怕勝負難料啊！」將麾下將士的表現都看在了眼裡，王峻的族弟，神武禁衛左軍副都指揮使王健不由得心急如焚。找了個合適機會，悄悄來到自家兄長身邊，低聲提醒。

「樊愛能已經查清楚了，是趙弘殷的人在暗中搗亂！」大軍未戰先怯，王峻肚子裡也暗叫不妙，然而為了穩定人心，他卻不得不裝出一副智珠在握的模樣，冷笑著擺手，「老夫已經讓右軍副都指揮使李岡帶隊去抓人了，今晚一定能夠連夜將那些吃裡扒外的傢伙全揪出來！」

「原來是這獨眼狼，怪不得謠言能傳播得如此之快。早知道這樣，當初就該一刀砍了他！」王健聞聽，立刻氣得咬牙切齒。「我，我這就派人去圍了他的莊子，將裡邊的人殺個雞犬不留！」

他跟趙弘殷兩人之間的過節，已經不是存在一天兩天了。早在神武禁衛軍還叫護聖軍的時候，就恨不得從背後將此人一刀兩斷。只是忌憚此人的兒子趙匡胤跟柴榮乃是結義兄弟，才強忍著沒有痛下殺手。而那護聖軍都指揮使趙弘殷，也的確非常「有先見之明」。發現王峻有意插手禁軍，就以「獨目難以視事」為由，痛快地交卸的兵權，回到城外的莊園中去弄孫為樂。從此輕易不再進汴梁半步。以至於這次王峻和王殷等人聯手逼宮，都根本沒考慮到此人的存在。更未曾料到，此人雖然已經致仕多年，在軍中還有著如此大的影響力！居然神不知鬼不覺，就把神武禁衛軍弄得人心惶惶！

「不必！等你動手，菊花都不知道謝了多少回了！」還沒等王健將自己的打算付諸實施，王峻已經大聲喝止，「那趙弘殷既然敢派人在禁軍散布謠言，想必早就找好了退路。你即便帶人圍了他的莊子，頂多也只能抓到幾個家丁和僕婦，又何必平白浪費力氣？」

「那，那……」好不容易才找到的公報私仇機會居然不准利用，王健心中好生不甘。抬起頭，望著自家族兄的臉，喃喃發問：「那，那，那就讓他永遠逍遙法外？」

「如果老夫大事得成，他姓趙的就算躲到天邊去，你早晚也能派人將他抓回來！」望著自家族弟那隆起的小腹和白痴一樣的面孔，王峻忍不住嘆息著搖頭，「而若是此番老夫大事不成，殺他趙弘殷全家，又有何用？還不如給王家子孫，積一絲陰德！唉——」

「這，這，大哥說不殺，就不殺。咱們，咱們明天一早，先去殺了柴榮！」臨時中軍帳裡點著好幾個火盆，王健卻忽然覺得秋風有些透骨。輕輕打了個哆嗦，結結巴巴地補充。「大哥你放心，明天到了胙城，我親自去打頭陣。就是拿人頭堆，也在當天把城牆給你堆下來！」

「呵呵，呵呵！」見王健明明心裡沒底，卻又強裝英雄的模樣，王峻忽然咧嘴而笑。笑過之後，猛地振作起了精神，大聲說道：「的確，事已至此，先殺了柴榮才是要緊，其他都可以暫不考慮。你去，找到三司使黃子卿，讓他把最近四個月的軍餉，今晚就發下去。不用換銅錢了，直接切了鎮庫銀下發！」

「這……」實在跟不上自家族兄的思路，王健登時又被嚇得打了個冷戰，旋即楞在了原地，不知所措。

拜大周立國之後的休生養息政策所賜，此刻老百姓的生活已經漸有起色。官員和兵卒的薪俸軍餉，如今也很少再被折色或者拖欠。但一次發足四個月的軍餉，依舊是足夠驚人的大手筆。而不兌換成色不一的銅錢，直接動用鎮庫銀錠，更是開創了唐末以來最「實在」的犒賞先河！

「俗話說，重賞之下必有勇夫！我就不信，幾句流言蜚語，能抵得住真金白銀！」正驚愕間，又聽見自家族兄王峻的聲音傳來，就像深秋的夜風一樣寒冷，「況且若此戰不能得勝，老夫辛辛苦苦為大周攢下的這些家底兒，還不都得便宜了柴榮小兒？與其給他留著，還不如老夫自己先花個痛快！」

「是！」王健終於明白了自家族兄已經打算破釜沉舟，抖擻精神，大聲答應，然後轉身離去。

還甭說，幾大車的銀錠發砸了下去，效果的確立竿見影。第二天早晨起來後，整個禁軍的面貌，就煥然一新。當天足足走了八十里路，才安下營寨來養精蓄銳。第三天，又只用了半天時間，就已經殺到了胙縣城下。

雖然所部兵力超過對手的十倍，王峻依舊保持了足夠的謹慎。距離城門還有五里，就命令主力部隊停了下來。然後一邊整理隊形，一邊讓弟兄們抓緊時間恢復體力。

本以為，待弟兄們的體力恢復之後，就要展開一場激烈的攻城戰。誰料還沒開始正式調兵遣將，就看見擔任開路先鋒的左軍第三廂都指揮使何徵，帶著七八名斥候，氣急敗壞地朝帥旗下疾衝而至。

「怎麼回事？來人，去攔住何指揮，讓他不要亂我軍心！」王峻心臟頓時就是一抽，本能地感覺到幾分不妙，皺緊眉頭，大聲命令。

立刻有親兵策馬迎上前去，將左軍第三廂都指揮使何徵及其所帶的斥候團團圍住，然後緩緩護送到中軍帥旗之下。不待何徵開口，王峻便搶先一步厲聲呵斥道：「你也是一名老行伍了，軍中規矩，難道還記不住？即便前面是刀山火海，也有老夫帶人去蹚平。又何須把你給急成這般模樣？」

「是，樞密大人教訓得是，末將知錯了！」左軍第三廂都指揮使何徵被訓了個灰頭土臉，趕緊拱手謝罪，「但，但，但胙城，胙城的情況，實在太詭異了。末將，末將怕大軍落入陷阱，才，才趕緊跑回來向樞密彙報！」

「說，到底有何詭異？」沒工夫聽何徵解釋原因，王峻又皺了皺眉，沉聲吩咐。

「末將，末將不敢確定，正在派人核實！」左軍第三廂都指揮使何徵猶豫了一下，吞吞吐吐地回應，「末將，末將趕過去的時候，城門，城門是開著的。裡邊，裡邊好像沒有任何兵馬，也，也沒見到任何百姓！」

話音剛落，兩名背著角旗的斥候頭目，飛馬趕到。遠遠地，就朝王峻拱起了雙手，大聲喊道：「報！樞密使，前方胙縣乃是一座空城。四門皆開，軍民百姓，都不見蹤影！」

「什麼？」王峻眉頭一挑，雙目當中精光四射。「跑了？豎子，他就不怕辱沒了陛下的半世英名！」

以他對柴榮的瞭解，後者雖然剛愎魯莽，卻絕不是個膽小如鼠的懦夫，更不會輕易拿其義父郭威的名聲當兒戲。但是轉念之間，又想到西晉郭沖所列的條亮五事，摸摸花白的鬍鬚，大聲冷笑，「豎子，以為空城計就能嚇住老夫！他麾下沒有諸葛亮，老夫也不是那司馬仲達。王健，你帶著本部兵馬直接進城！李岡、樊愛能，你們兩個各帶本部人馬，繞過胙城，隨時準備迎戰伏兵。其他將士，跟著老夫，徐徐而進。看那豎子還能玩出什麼花樣來！」

「是！」眾將興奮地答應了一聲，各領本部兵馬，直奔胙城而去。整個戰鬥過程，都順利得出乎預料。沒陣亡一兵一卒，就將整座城池，控制在了神武禁衛軍的掌握之下。

不費一箭一矢就拿下胙城，當然令眾將興奮莫名。兵卒們的士氣，彷彿也瞬間提高了數倍。然而，樞密使王峻心裡，卻如同一拳砸在了棉花包上，空蕩蕩地好生難受。進了城中之後，對四周圍邀功請賞的面孔視而不見，稍作遲疑，就又向斥候們下達了繼續搜索敵軍蹤跡的命令。

「不用搜，肯定是去了滑州！」王健仗著跟王峻的關係近，不待斥候離開，就信心十足地做出判斷，「靈河鎮的城牆不到胙州的一半兒高，還沒護城河環繞。那豎子連胙城都不敢守，怎麼可能有膽子在靈河負隅頑抗？」

「那可不一定，靈河鎮往北就是靈河渡。見勢不妙，那豎子還可以登船，直接跑回河北！」樊愛能先前奉命阻截伏兵，結果連一個伏兵的影子都沒看到，心裡對柴榮好生不屑。聽王峻說得痛快，忍不住也跟著大聲嚷嚷。

「那豈不是把皇上的人都丟盡了？」

「不丟人，就丟命，是你，你選哪樣？」

「哈哈……」

「哈哈哈哈……」

眾將領一邊嚷嚷，一邊笑著搖頭。彷彿剛才搶下的不是座空城，而是重兵把守的雄都一般。

聽到眾人忘乎所以地胡吹大氣，王峻心中愈發失落。然而，他卻理智地沒有出言去喝止。原因很簡單，連日來，眾人心裡所承受的壓力太大了，急需一個出口去發洩。如果胡吹幾句牛皮的機會都不給他們的話，說不定有人就會徹底垮掉，根本沒勇氣再去面對「叛軍」，更承受不了柴榮的全力一擊！

以三千破一萬，兩日之內連克四城。黃河沿岸不戰而降，京畿路數州聞風易幟。柴榮的這份戰績，實在太輝煌了，輝煌得令人需要仰視。輝煌得足以令人忘記，禁軍與「叛軍」之間，此刻還有超出十五倍的兵力落差。

「報，樞密使，各位將軍。」正當王峻聽得煩不勝煩的時候，一名負責搜索全城的王姓小將，氣喘吁吁地衝到帥旗下，雙手捧起一份告示，「末將在城內發現，發現廢太子的布告。」

「一共發現了幾份，上面說了什麼？」王峻神色微變，頓時懶得再理睬樊愛能等人的胡言亂語，上前數步，一邊接過告示，一邊大聲追問。

「很多，末將已經派人分頭去撕！」王姓小將想了想，猶豫著補充，「上面說，廢太子在上面說，他知道樞密遠道而來，特地騰空了胙城，給樞密使歇腳。如果樞密使想找他，儘管揮軍繼續向北去靈河鎮那邊。切莫惱羞成……，切莫拿，切莫傷害附近的平民百姓！」

「老夫用得到他！」王峻的臉色，再度變得鐵青。展開告示，迅速瀏覽。「豎子，就會收買人心！」

告示寫得很長，但用的卻都是通俗易懂的大白話。任何識字的人，都能輕而易舉地讀懂上面所陳述的內容。柴榮想表達的主要意思，也的確如小將先前彙報，建議王峻將他與自己之間的爭鬥，保持在軍隊和朝堂，而不要波及普通百姓。否則，無論任何一方獲勝，國家都會元氣大傷，很難再擋得住契丹人的鐵蹄。

「小兔崽子想得倒美，用一紙文告騙咱們去靈河鎮，他好直接逃向滑州！樞密，請准許末將這就把他的頭顱給您砍下來！」還沒等王峻決定是否相信柴榮的話，神武禁衛左軍副都指揮使王健已經又扯開嗓子，大聲請纓。

「虛虛實實，這豎子，膽子只有兔子般大小。鬼花樣卻挺多！」

「剛才誰說他會去靈河鎮來？要不咱們賭上一局？」

「這不是欲蓋彌彰嗎？」

李岡、樊愛能等將領，也不相信柴榮真的如他留下的文告那樣，老老實實地在靈河鎮等著與大軍決戰。紛紛湊上前，七嘴八舌地嚷嚷。

誰料想，眾人的話，對大周樞密使王峻根本沒產生任何影響力。只見此人的臉色越來越青，越來越青，忽然，將手臂用力下揮，大聲吩咐：「來人，傳令下去，立刻整軍，前往靈河鎮！」

「樞密，小心……」眾將無法相信自己的耳朵，楞了楞，齊聲提醒。兩軍交戰，講究的是兵不厭詐。哪有把自己行踪，如實告訴對手的？並且是在彼此之間兵力如此懸殊的情況之下？除非，除非柴榮已經瘋了，或者自認為勝券在握！

「老夫說整軍，立刻前往二十里外的靈河鎮，尋找叛軍決戰！」王峻對眾人的提醒充耳不聞，抬起頭，環視四周，大聲重複。

直覺告訴他，柴榮沒有說謊。此時此刻，小豎子就在靈河鎮。小豎子和他的那兩個結拜兄弟，都一樣的眼高於頂。騙大軍去靈河鎮兜個圈子，自己卻躲在滑州城內苟延殘喘之舉，他們三個不會做，也不屑去做！

果然，情況正如王峻所料。神武禁衛軍剛剛離開胙城五、六里遠，先前被派出去的斥候，就飛一般的跑回來了數個，「報，樞密，東北方十里外，發現敵軍，規模不明！」

「東北方十里外，距離靈河鎮多遠！」王峻眉頭一跳，臉上瞬間湧起了幾分自傲。

他的判斷沒有錯，他這輩子很少出錯。無論是判斷敵情，還是判斷自己人。

「不，不到十里！」前來報信的斥候拉住坐騎，一邊喘息，一邊快速補充，「敵軍，敵軍好像是準備野戰，其餘弟兄，其餘弟兄們正在努力探明周圍的情況！」

「好，夠種！這才沒辜負郭家雀兒的一心栽培！」王峻捏著拳頭揮舞了一下，興奮之情溢於言表，「全軍加速前進，滅了豎子，今晚進靈河鎮擺宴慶功！」

「滅了豎子，擺宴慶功！」

「滅了豎子，擺宴慶功！」

……

四下裡，吶喊聲響做了一片。每一名將領臉上，都露出了幾分詭異的輕鬆！

終於要決戰了，大夥不用再每天擔驚受怕。是成是敗，今朝必見分曉！

「滅了豎子，擺宴慶功！」

「滅了豎子，擺宴慶功！」

……

興奮的口號聲中，五萬大軍緩緩加速，像一條飢腸轆轆的巨蟒般，迤邐朝著靈河鎮撲了過去。

他們道義上也許不占上風，他們也許沒得到丁點兒民心。但是，他們此刻的規模，卻超出柴榮那邊十五倍。他們，即便用人堆，也能把「叛軍」活活碾成齏粉。

人在興奮當中，感覺不到時間變化。彷彿只過了短短半炷香功夫，眾人耳朵裡，隱隱已經聽見了黃河水的咆哮。緊跟著，就看到了七名自家斥候，被一百多名滄州遊騎尾隨追殺而至，一個個，渾身上下都血跡斑斑。

「可惡，居然以多欺少！」不待王峻下令，王健已經大喝一聲，帶著整整一個營的騎兵拍馬而出。轉眼間，就迎住了自家斥候。然後又咆哮一聲，群狼般撲向了滄州遊騎。

帶隊追殺禁軍斥候的滄州遊騎小校見勢不妙，也不逞強，掏出銅哨子放在嘴裡用力吹了幾聲，撥馬轉身便走。仗著胯下馬快，數個呼吸之間，就脫離了王健等人的視線！

「膽小鬼，就會倚多為勝！」王健自以為得意，朝著地上啐了幾口，帶著麾下弟兄們「凱旋」而回。剛走到帥旗附近，正準備向自家族兄表功，忽然間，身背後卻又傳來了一陣清亮的嗩吶聲響。

「嘟嘟嘟，嘟嘟嘟，嘟嘟嘟……」

「嘟嘟嘟，嘟嘟嘟，嘟嘟嘟……」

一聲比一聲洪亮，一聲比一聲桀驁不馴！

是滄州軍，只有他們，才放棄了傳統的號角，在隊伍中採用嗩吶和銅哨子為聯絡信號。只是，只是今天的嗩吶聲，怎麼如此宏大。聽起來根本不像是三千騎兵，而是憑空增加了數倍。除非，除非他們又在故弄玄虛！

憑藉武將的本能，王健敏銳地感覺到情況不妙。猛地坐直了身體，迅速回頭。只見不遠處暗黃色的大地上，有一支規模絕對不低於兩萬人的大軍緩緩開至。猩紅色的戰旗，迎風招展。如一團團跳動的火焰，令天地之間所有風物，剎那間頓失顏色！

「不可能！」他用力揉了幾下眼睛，定神再看。

火焰繼續在跳動，幾乎一眼望不到邊。的確，敵軍規模不是三千！而是憑空增加了十倍，甚至更多！

「說，滄州軍到底從哪裡冒出來的，怎麼會這麼多？你們，你們這群廢物為何不早來彙報！」下一個瞬間，樊愛能的聲音在他耳畔響起，憤怒中帶著絕望。

「滄州軍斥候，滄州軍斥候設下陷阱，圍殺我等。我等，我等，發覺不妙，分頭突圍，已經，已經來不及！」僥倖生存下來的幾個禁軍斥候們，喘息著辯解。唯恐說得遲了，稀裡糊塗地死在自己人手裡。

「別難為他們了，是老夫一時失察，上了小豎子的當！」關鍵時刻，王峻倒是敢作敢當。先朝著樊愛能擺了擺手，然後和顏悅色地向斥候詢問：「爾等最後將敵情探明了嗎？規模大概是多少？誰領的兵？從何處而來！」

「三，三萬，絕對不低於三萬！」斥候一邊繼續喘息，一邊盡職地彙報，字字宛若驚雷，「看認旗是鄭，鄭子明！肯定，肯定來自河，河上。我等，我等看到了，看到了許多，許多大船！」

「呼——」一股秋風從黃河方向吹來，剎那間，將寒意送入王峻身邊每個人的心底！

不是三千，而是三萬！

五萬餘禁軍對三萬可能是鄭子明親手訓練出來的「叛軍」，即便兵力上仍然占據優勢，勝算也瞬間變得極為渺茫！

「嘟嘟嘟，嘟嘟嘟，嘟嘟嘟……」

「嘟嘟嘟，嘟嘟嘟，嘟嘟嘟……」

嗩吶聲越來越高亢，聲聲急，聲聲催人老。

伴著高亢的嗩吶聲，「叛軍」繼續向前推進。速度並不快，但行進間，卻嚴整有序。左翼、左中、中軍、右中、右翼，除了擔任戰場外圍警戒的遊騎之外，其他每一部兵馬規模和隊形，都清晰可辨。

「嗚嗚嗚！」王健胯下的戰馬，不安地打起了響鼻。樊愛能臉色發白，手背上青筋根根亂蹦。李岡、王固、何徵等人則不停地吞著吐沫，左顧右盼。

如此齊整的隊伍，他們只是當年在黃河北岸會操時見過一次。那次，鄭子明和他麾下的數千滄州軍，曾經令在場所有人，都震驚不已。匆匆數年過去，當初那份震驚，已經漸漸被遺忘。大夥本以為，那支隊伍，充其量規模也就是一萬上下。不可能被複製，也不可能變得更龐大。區區一個滄州，提供不了更多高質量的兵源，也養不起更多的虎狼之士！然而今天，事實卻告訴他們，他們都太一廂情願了。

此時此刻，仍舊面色鎮定如常的，只有樞密使王峻。只見他，猛地將腰間佩劍抽了出來，高高地舉過了頭頂，「斥候外圍警戒，其他人，聽我的命令，結三才陣備戰！」

「遵命！」王健等人鼓足全身力氣高喊一聲，撥馬奔向各自的部屬。

事到如今，後悔已經來不及了。想要活命，只能拚死一搏！懷著幾分破釜沉舟的悲壯，眾將帶著各自的隊伍，徐徐將陣形擺開。斥候撒向外圍，密切監視一切風吹草動。騎兵撤向兩翼，準備在敵軍力氣衰竭之時，趁勢發起反攻。中軍大步向前，以長槍、盾牌，組成數道牢固的防線。左軍和右軍各自落在中軍斜後方數丈遠，隨時響應主將的號令，為中軍提供持續有力的支援！

為了避免被「叛軍」打個措手不及，王健、何徵等人，幾乎將平素的本事，發揮出了雙倍。連打帶催，只用了一刻鐘左右時間，就將三才陣排列停當。

原以為，接下來肯定就是一場惡戰。誰料，叛軍卻主動把隊伍停在了四百步外。依舊保持著涇渭分明的五大塊，黃、綠、紅、藍、赭，五色旗幟被秋風吹得獵獵作響。

黃色和赭色的旗幟下，站的都是騎兵，各有三千出頭。天知道柴家小兒使用了什麼手段，先前居然能讓他們和步兵的推進速度保持一致。綠色和藍色的戰旗之下，則各有四千步卒，以長矛手和刀盾兵為主，中間夾雜著少量的弓箭兵。正中央紅色戰旗下，則是柴榮的本軍。大約有六千人，一半為騎兵，一半為步卒。身上的鎧甲和頭頂的鐵盔，被晚秋的陽光照得耀眼生寒！

「咕咚！」神武禁衛右軍副都指揮使李岡，用力咽了一口吐沫，臉上的表情說不清到底是羨慕還是恐慌。銀絲鎖子甲和鑌鐵盔！怪不得柴家豎子如此有恃無恐！這廝，三年來到底貪墨了多少治河款項，才將麾下親信武裝得如此敗家，幾乎每人一整套！反觀禁衛軍，號稱全天下裝備最為精良，卻需要混到指揮使以上，才能勉強穿上鐵衣。並且只有半身，下半身的護腿依舊是牛皮所縫！

戰場上，有甲者活下來的希望，是無甲者的三倍。身披鐵甲者活下來的機會，比身穿皮甲者，又要高出七成。如此簡單的常識，每名老行伍心裡都清清楚楚。如此鮮明的對比，令禁軍上下幾乎所有人都心冷如冰！

「擂鼓！」感覺到自家隊伍的士氣正在直線下降，王峻果斷發號施令。

「咚咚咚咚咚咚咚……」悶雷般的鼓聲響起，壓住禁軍將士心中的恐慌。大周樞密使王峻扭頭環顧四周，深吸一口氣，將寶劍再度高高舉過頭頂，「左軍第三廂都指揮使何徵，帶領本部兵馬出擊，探明敵軍虛實！」

「啊——」神武禁衛右軍副都指揮使李岡激靈靈打了個冷戰，拋開心中的雜念，扭頭看向距離自己不遠處的左軍第三廂都指揮使何徵，同情之心油然而生。

兩軍交戰，通常開頭都會各自派遣少量部隊，發起試探性進攻，藉以摸清對手的底細。但今天開局第一仗，去摸的卻是老虎牙齒！即便能探明對手的實力，何徵麾下的左軍第三廂，恐怕也得搭進去一半兒以上！

「咚咚咚咚咚咚咚咚咚咚……」催戰鼓連綿不絕，敲得人五腑六臟來回翻滾。

「嗚嗚嗚，嗚嗚嗚，嗚嗚嗚……」畫角聲接連不斷，像詛咒般，催促何徵儘快將王峻的命令付諸實施。

左軍第三廂都指揮使何徵沒有勇氣抗命，只能帶領本部五千兵馬，緩緩向前推進。為了儘量降低自家的損失，他沒有逞能去攻擊柴榮的本陣。而是果斷選擇了「叛軍」左側綠色旗幟下隊伍，並且分出了足夠的兵力，提防叛軍左翼的騎兵偷襲。

「嘟嘟嘟，嘟嘟嘟嘟，嘟嘟嘟……」看到禁軍搶先發起試探性進攻，柴榮也果斷命人吹響了迎戰的嗩吶。綠色的戰旗下，陶大春帶領四千河工，立刻邁步向前推進。長槍、盾牌和鋼刀層層疊疊，泛起的寒光宛若一道海浪。

還沒等兩軍之間的距離拉近到一百步之內，何徵的隊伍就搶先射出了羽箭。黑壓壓的雕翎，剎那間就令陽光為之一暗。綠色戰旗下的將士，則將長槍豎起，左右擺動。盾牌舉高，斜向上護住胸口和頭頂。穿著高統戰靴的雙腳繼續向前，像鐵錘一樣敲打地面，「轟轟，轟轟，轟轟」，每走一步，都將大地踏得上下起伏。

羽箭落下，一部分被槍桿撞飛，一部分被盾牌阻擋。還有一部分，則射中了目標。前三排，陸續有「叛軍」倒地，被自己人快速推出隊伍。後排的兵卒則果斷上前補位，對近在咫尺的傷亡，視而不見！

從上百萬流民當中脫穎而出，每月大部分時間面對的都是滔滔洪水，稍有不慎或配合失誤，就有被洪水捲走的風險，輕者受傷臥床，重者屍骨無存。這世間，哪有一種選拔淘汰模式，比上述還更嚴格？而連續三年令行禁止和携手並肩抗洪，早已將紀律、服從與團隊配合意識，刻進了每一名河工的骨髓裡。雖然臨戰經驗有所不足，卻可以赤手空拳面對驚濤駭浪、眼下有鎧甲、頭盔和盾牌相助，又怎麼可能在羽箭的威脅下遲疑退縮！

榮譽、紀律、勇氣、忠誠、體質、訓練、裝備、配合，古今名將所提出的精兵標準，河工們樣樣不缺！伴著嗩吶的旋律，他們肩膀挨著肩膀，手臂挨著手臂，一步步向前移動，「轟轟轟」、「轟轟轟」、「轟轟轟」，將死亡的壓力和恐懼，一步步踩進對手心頭！

「咚咚咚，咚咚，咚咚咚咚咚咚……」催戰鼓一波接著一波，沒完沒了。

「嗖嗖嗖嗖……」「嗖嗖嗖嗖……」「嗖嗖嗖嗖……」第二輪、第三輪、第四輪羽箭，先後從「叛軍」的頭頂落下。禁衛左軍第三廂將士，用發瘆的手臂拉開角弓，將第五支羽箭搭上弓弦。

他們期待能憑藉連續的射擊，逼停對手，或者打亂叛軍的陣形！或者，或者能令綠色戰旗下的那群敵軍，推進的節奏稍微放緩一些也好。然而，現實卻令他們無比地絕望。連續五輪箭雨過後，綠色戰旗下的隊伍，依舊像以往一樣繼續大步向前推進。不緊，不慢，每一步落下，都震得地動山搖！

雙方之間的距離已經不足五十步，再射下去，沒等兩軍正式發生接觸，何徵麾下近一半兵卒，手臂就會軟得沒有力氣舉刀！狠狠一咬牙，他果斷舉起鋼刀，「全體跟我上！」

「殺！」長槍兵將長槍放平，刀盾兵將鋼刀舉高，弓箭手丟下角弓，拔出朴刀，緊跟在刀盾兵身後。禁衛左軍五千將士，大聲吶喊著，撲向對手。宛若一道衝破堤壩的怒潮！

四十步，對手沒有放箭。三十步，對手還在默默向前推進。二十步，對手依舊不緊不慢。十步，五步，三步，「轟！」

血光飛濺，無數身影交替著倒地。吶喊聲，金鐵交鳴聲，慘叫聲，垂死前的求救聲，剎那間彙聚在一起，宛若一首蒼涼的輓歌。

輓歌聲中，何徵的認旗忽然停住，左右搖晃，苦苦支撐，然後迅速後退。下一個瞬間，腳步落地聲，又變成了戰場的主旋律，將其他所有嘈雜，踩得支離破碎。

「轟轟轟！」「轟轟轟！」「轟轟轟！」綠色的戰旗繼續向前推進，不疾不徐。禁衛左軍第三廂的隊伍，則如同砸中了礁石的海浪般，轉眼倒捲而回，支離破碎。血水和肉沫在半空中四下飛濺！

「嗖嗖嗖，嗖嗖嗖，嗖嗖嗖……」綠色戰旗下，終於有羽箭騰空而起，從背後追向掉頭逃命的禁軍將士，將他們成片成片地放倒。雪亮的槍鋒不停地吞吐，將嚇傻了殘兵敗將一簇簇推翻。鋼刀貼著盾牌下落，結束血泊中翻滾掙扎者的痛苦。

總計不到十個呼吸，從雙方正式發生接觸，到再度拉開距離！禁衛左軍第三廂五千將士陣亡超過一千五，當場崩潰。與其正面相撞的四千河工，傷亡還不到半成！

「變陣，變陣，左軍右軍向中軍靠攏，變連方陣備戰！李岡、樊愛能，你們兩個上前阻攔敵軍，不惜一切代價，以防乘勝衝過來！」大周樞密使王峻，看得眼眶迸裂，揮舞著寶劍，不停地大聲叫喊。

按照他以往的作戰經驗，敵軍所占據的優勢如此之大，肯定會趁機發起強攻。萬一讓其成功咬住何徽部潰兵的尾巴，形成倒捲珠簾之勢，禁軍這邊即便兵馬再多，也徹底無力回天。

唯一的解決辦法，就是割肉飼虎！

將李岡和樊愛能兩人及其所部人馬推出去，任由潰兵和敵軍衝擊。其餘將士，趁機將三才陣收縮為以防禦為主的連方陣，先力爭不敗，再想辦法通過反擊爭取勝利！

王峻的應對策略也不可謂不準確，處置也不可謂不果斷。然而，讓他和麾下所有爪牙都難以置信的是，沒等李岡，樊愛能二人帶領麾下兵馬前去送死，綠色戰旗下的隊伍，忽然停止了對何徽部的追殺。

「嘟嘟嘟，嘟嘟嘟，嘟嘟嘟……」

「嘟嘟嘟，嘟嘟嘟，嘟嘟嘟……」

嗩吶聲鋪天蓋地，驕傲而又嘹亮。

伴著嗩吶聲，綠色戰旗下隊伍，帶著幾分不屑，緩緩轉身。在自家左翼騎兵的保護下，扶起先前被羽箭射傷的袍澤，不慌不忙，退向本陣。

「豎子，竟敢，竟敢如此侮辱老夫！欺人太甚，欺人太甚！」連續兩次被無情羞辱，王峻氣得眼前一陣陣發黑。然而，命令已經傳達下去，禁軍正在匆忙變陣，他心中的火焰即便竄到一丈高，暫時也只能選擇等待。

等待自家隊伍變陣完畢，等待何徽帶領殘兵返回本陣，等待麾下的將士們從震驚中緩過心神，然後許下重賞，重新振作士氣……

足足等了小半個時辰，變陣終於完畢。何徵、樊愛能和李岡三個，才帶領各自的手下重新歸隊。蕭瑟秋風裡，四萬八千餘神武禁衛軍將士，望著屍骸枕籍的戰場，每個人臉上都寫滿了恐慌！

「傳令下去，此戰功翻三倍。斬首一級賞錢二十貫，冊勛四轉！」深吸一口氣，王峻扯開的嗓子發出怒吼。唯恐賞格不夠高，自己的聲音不能被周圍的傳令兵們傳達清楚！

「功翻三倍。斬首一級賞錢二十貫，冊勛四轉！」下一個瞬間，傳令兵齊聲吶喊。每個字，都吐得毫厘不差。然而，期待中的歡呼聲，卻遲遲沒有到來！

重賞之下，居然找不到一個勇夫！王峻憤怒地扭頭，卻看見，身邊的親信和武將們，齊齊將頭扭向了東方，個個面如土色。

兩道黃色的土龍，不知道何時從東方捲來，迅速向戰場靠攏。

「援兵，叛軍的援兵！」兩名身後插滿箭矢的斥候，在馬背上搖搖晃晃，向禁軍的帥旗靠近，鮮血淅瀝淅瀝，染紅馬鐙和征衣，「高行周和符彥卿，高行周和符彥卿來了，他們，他們跟柴榮狼狽為奸！」

「什麼？不可能！你看清楚了？」王峻根本無法相信自己的耳朵，瞪圓了眼睛看向快速撲過來的兩條黃色土龍，臉色一片煞白！

不可能，絕對不可能！柴家小兒在使疑兵之計！這一定的柴家小兒的疑兵之計！符老狼和高白馬兩個滑得像油球兒，這輩子只占便宜不吃虧。以前遇到同樣的情況，要麼選擇渾水摸魚，要麼選擇袖手旁觀，這一次，憑什麼會替他柴家小兒火中取栗！

「大哥，快做決定吧，來得全都是騎兵！」見王峻光顧望著來襲的兩支隊伍呆呆發楞，他的族弟，神武禁衛左軍副都指揮使王健用力拉了一下他的戰馬韁繩，大聲催促。

按先前的試探結果估算，即便柴榮小兒在故布疑陣，神武禁衛軍今天也絕無獲勝的希望。與其繼續在原地等死，不如趁著那兩支隊伍沒趕到之前，及早撤離。

「符，符老狼，是，是柴，柴榮的岳父！」

「留，留得青山在，不怕沒柴燒！」

「回，回汴梁，匯，匯合殿前軍，逼，逼皇上下令，讓他們退兵！」

……

李岡、樊愛能、何徵等將，也紛紛湊上前，慘白著臉提議。

他們先前之所以肯跟著王峻一道逼宮，除了貪圖高官厚祿之外，還堅信符老狼和高行周不會出手，自己這邊穩操勝券。而現在，事實卻和他們的預計恰恰相反。他們必須要儘快為自己尋找退路。

「唉！」知道軍心已經徹底不可用，王峻長嘆一聲，雙目微紅，「也罷！留得青山在，不怕沒柴燒！王健，你打著我的認旗，帶領本部兵馬斷後，至少要拖住敵軍半個時辰。其他人，按番號順序撤往胙城！」

「啊！」沒想到王峻會讓自己留下來等死，神武禁衛左軍副都指揮使王健的嘴巴立刻張成了碗口，「大，大哥……」

「誰讓你跟我是一家人呢！」王峻又嘆了口氣，伸出雙手，在王健的肩膀上用力按了按，大聲補充，「成，肯定是咱們兄弟拿到的好處最多，不成，咱們自然也要死在別人前頭。此舉，天經地義！」

「我，我，我……」神武禁衛左軍副都指揮使王健臉色越發蒼白，嘴唇不停地顫抖。但是，他卻清楚的知道，自家族兄的話沒有錯！

廢柴立李成功，王家就會成為大周第一家族，早晚取而代之。廢立失敗，王家就要承擔最嚴重的打擊，嫡支盡數被誅，旁枝貶為奴僕。

天下沒有白吃的宴席。吃了，就得付出代價。自己留下斷後，也許還能給大夥兒爭取到一點兒撤離時間，如果其他人被迫留下斷後，恐怕沒等撤離開始，就會臨陣倒戈！

「其他所有將士！」強忍著不去看自家族弟的可憐模樣，樞密使王峻撥轉戰馬，高高地舉起寶劍，「走，去胙城！按順序撤，亂跑亂竄者斬！」

眾將等的就是他們這句話，不待傳令兵將命令化作號角聲，立刻指揮著各自的部屬果斷撤離。轉眼間，就把神武禁衛左軍副都指揮使王健及其麾下八千餘嫡系，盡數丟在了身後。

「結陣，結圓陣！刀盾在外，長矛在內，弓箭手退向正中！」王健知道今天自己絕無幸運之理，咬著牙大聲吩咐。猩紅色的眼睛中，淚水不停地往外湧。

畢竟是天底下數得著的精銳，禁衛左軍第一廂的六千將士，明知自己一方沒有任何勝算，卻依舊咬著牙開始調整隊形。他們平素受王氏兄弟拉攏甚多，他們也曾經有過自己的輝煌，他們已經沒有退路，他們打算在最後時刻，用生命來見證自己的榮譽，他們……

「嘟嘟嘟，嘟嘟嘟，嘟嘟嘟……」激越的嗩吶聲響起，「叛軍」開始發起總攻擊。黃、綠、紅、藍、赭，五種顏色的戰旗下，五支隊伍齊頭並進。像五座移動的高山，足以將前路上的任何障礙，都壓得粉身碎骨。

「走，快走！」李岡、樊愛能、何徵等人，被嗩吶聲嚇得寒毛倒豎。果斷磕打馬鐙，帶頭加速逃命。四萬大軍轉眼就失去了秩序，一窩蜂般沿著官道衝向了胙城。誰也沒勇氣，回頭去看一眼斷後部隊的死活！

「嘟嘟嘟，嘟嘟嘟，嘟嘟嘟……」

「嘟嘟嘟，嘟嘟嘟，嘟嘟嘟……」

嗩吶聲連綿不絕，響徹天地。

「叛軍」的左右兩翼的隊伍開始加速推進，變窄，變長。帶動左中和右中兩支分隊，一起拉抻，銜接，在行進間，整個大軍完成一次華麗的陣形變換，由五方五行，化作的雙龍出水。龍尾交纏，兩條沉重的龍身，恰恰將王健及其麾下嫡系，夾在了中央！

「穩住，穩住，不要慌！」禁衛左軍副都指揮使王健扯開喉嚨，聲音裡充滿了絕望。擋不住，即便豁出性命去，也不可能支撐得了半炷香時間。而半炷香時間，根本不夠自家族兄王峻逃回胙城，更不夠其他將領重新整頓好各自麾下的隊伍！

「嘟嘟，嘟！」就在他以為，自己即將被兩條巨龍攪成肉醬的時候，鋪天蓋地的嗩吶聲戛然而止。

擺出雙龍出水陣的「叛軍」，忽然在距離禁軍排成的圓陣一百五十步之外停住了腳步。龍首，龍身先後脫離，分開，重新變成四支隊伍，不慌不忙追向正在倉皇逃命的四萬禁軍。交纏的龍尾則快速變成一個銳利的楔形，尖鋒處對準圓陣中央，就像匕首對著一隻雞蛋！

「有，有種就，就來，來殺了我！」緊繃的神經驟然鬆弛，然後又再度緊繃，王健幾乎要被折磨發瘋。啞著嗓子，大聲咆哮。紅色的眼淚順著眼眶淌個不停。

很明顯，對手在戲弄他，蔑視他。從一開始，就沒把他和他麾下的八千斷後死士，放在心上。

撲上來擺出一副想要將所有人全殲的架勢，不過是在故弄虛玄，擾亂這邊的軍心。打擊這邊的士氣。而如今虛玄弄完了，就立刻曝露出了真實意圖。留下一少部分人馬看住斷後者們，令其無法輕舉妄動。大部分人馬，則繼續去追殺撤退的禁軍。

「嗖嗖嗖……」幾名王氏兄弟的鐵桿黨羽，再也無法忍受被敵軍如此羞辱。在圓陣中央拉開角弓，朝著對手射出冷箭。

圓陣是最不適合發動進攻的陣形，射出去冷箭，還沒等飛到敵軍頭頂，就被河風吹歪了方向。而楔形隊伍當中的太子嫡系，卻連還擊都懶得還擊。只是將嗩吶換成了畫角，吹出了一段低沉的旋律。

「嗚嗚嗚，嗚——，嗚嗚——」

「嗚——嗚嗚——嗚嗚——」

如母牛在呼喚晚歸的崽牛，如麋鹿在尋找失散的幼鹿。

不用任何人將角聲轉化成語言，圓陣中的禁軍將士，就聽懂了對手想要表達的意思。整個隊伍忽然顫了顫，裂開數道縫隙。幾十名兵卒丟下兵器，四散奔逃。

對方念在與他們同是大周將士份上，不願與他們拚個你死我活。他們如果還有退路的話，又怎麼可能願意對自家袍澤刀劍相向？所以，不如自行離去。從此隱姓埋名，找個誰都不認識的鄉村了此餘生。

「嗚嗚嗚，嗚——，嗚嗚——」

「嗚——嗚嗚——嗚嗚——」

……

角聲繼續低低的吹，溫柔、淒婉，隱隱還透著幾分無奈與關切。更多的禁軍將士丟下武器，逃向陌生的曠野。更大更長的裂縫出現在圓陣上，將其分割得支離破碎！

有人自認為是被王家兄弟挾裹，不會被判處極刑。乾脆丟下兵器，脫下頭盔，主動走向了對面。還有人，則雙手抱頭蹲在了地上，把自己交了出去，任由對手處置。

「不准跑，不准投降。頂住，站起來，不要走！誰都不准走！老子平時待你們不薄。老子沒有任何對不起你們的地方！」王健的叫喊聲，已經徹底變成了嚎啕。一邊流著淚，他一邊張開雙臂，去阻攔麾下將士的離開。但是，除了百餘名鐵桿心腹之外，其餘的禁軍將士，都厭惡地轉過臉，側著身子，從他的手指邊緣走過，誰都不肯再多做任何停留。

「你們——」王健接連攔了十幾次，收穫的只有絕望。抬頭看了看自家兄長留下的帥旗，他一咬牙，將橫刀迅速搭上自己的脖頸，「你們都走吧，我們兄弟自己的事情，自己承擔！」

說罷，猛地將右手一扯。「噗！」紅光濺起，灑滿整個旗面！

「這廝！」正策馬衝向他，準備將其生擒活捉的高懷亮被嚇了一跳，本能地拉住了坐騎。「這廝倒也算個漢子！」

「賭輸了光棍罷了！」符昭文帶著幾十名親兵追過來，搖著頭嘆息。「算了，裝沒看見算了。殿下有令，讓咱們倆去接應令尊和符老將軍。此人的屍體，自然有人會偷偷帶走！」

「也罷！」高懷亮想了想，遲疑著撥轉了馬頭，任由王健的鐵桿心腹們，圍著此人屍體放聲嚎啕。

他和符昭文兩個，一人為高行周的次子，一人為符彥卿的侄兒，且都是柴榮的嫡系，此刻代表柴榮去迎接友軍，最恰當不過。根本不需要向任何人表明身份，只要把頭盔上的護面甲推起來，露出臉孔和眼睛，立刻就能被護送到對方的帥旗之下。

然而符彥卿和高行周兩個，卻對自家晚輩的到來，極為困惑。先後楞了楞，旋即不約而同地追問道：「你們不去追殺王峻，跑來瞎耽誤什麼功夫？老夫又不是不認識路！太子，嗯，那姓鄭的小子剛才在弄什麼虛玄？不過是幾千殘兵，解決起來居然如此周折？」

「殿下說，禁軍將士都是被王峻和王殷挾裹，罪不至死！」

「鄭兄弟說，他不願意看到自己人流血！」

高懷亮和符昭文想都不想，帶著幾分自豪大聲回應。

從數日前決定起兵那時起，他們兩個都一直跟在柴榮身邊，幾乎親眼目睹了整個力挽天河的過程。從柴榮帶領三千五百騎兵踏上歸途，到曹州惡戰，奇襲胙城，會師靈河，然後再到今天的血戰破敵。柴榮的大度仁厚，趙匡胤的驍勇善戰和鄭子明的足智多謀，都給二人留下了極為深刻的印象。跟這樣的同伴在一起，他們每時每刻都覺得臉上光彩。他們提起大夥所做的每件事，都會本能地為自己感到自豪。

「胡鬧！」

「婦人之仁！」

身為兩代人，符彥卿和高行周，根本無法理解晚輩們的選擇，更無法表示贊同。「為了可憐區區數千殘兵，就放任主謀王峻逃走。一旦他重整旗鼓呢？還是想讓他逃回汴梁去，然後大夥再血戰破城？」

「鄭將軍說，王峻已經成了板上之魚！」高懷亮和符昭文兩個，先前也曾經有過同樣的疑問，但是現在，他們二人的回答聲，卻堅定無比。「他逃不掉！從他離開汴梁那時起，一切就已經成為定局！」

「也罷，既然鄭將軍如此有把握，老夫就不多置喙！」符彥卿不知道自家侄兒哪裡來的自信？然而作為前來助陣的客軍，卻不能越過柴榮自行調兵遣將。猶豫再三，無奈地點頭。

「殿下在哪兒，速帶老夫去見殿下。」高行周心中的想法其實跟符彥卿差不多，乾脆直接命令自己的次子高懷亮頭前帶路，等跟柴榮會了面之後，再做定奪！

「殿下說他甲冑在身，不便親自前來迎接。兩位長輩可以先跟他合兵一處，然而再慢慢趕往胙城！」臨出發前，符昭文早就得過柴榮吩咐。笑呵呵地又行了禮，大聲回應！

「也好！那就先合兵一處！」符彥卿和高行周朝各自身後看了看，輕輕點頭。

反正王峻已經逃走那麼長時間了，現在去追，一時半會兒也未必追得上。還不如先見了柴榮，聽聽他跟鄭子明二人到底做何打算。

抱著客隨主便的想法，二人先將隊伍跟柴榮的嫡系部隊靠攏到一處，然後跟著符昭文和高懷亮去拜見太子。柴榮哪裡敢在自家岳父面前托大？聽到親兵彙報之後，搶先一步上前迎接。雙方先客套了一番，彼此見過禮，隨即就迅速又將話頭轉向了戰事。

「那王峻……」符彥卿是柴榮的長輩，資格和實力也比高行周略強，所以率先開口提出疑問。

「子明對此早有安排，岳父和齊王若是不放心，不妨跟著孤一道去追。」柴榮對此早有準備，笑了笑，低聲打斷。

符彥卿和高行周二人猜不出柴榮肚子裡到底打的什麼主意？只好將信將疑地點頭。三家兵馬合在一處，留下李順兒帶著兩營弟兄負責收攏俘虜和禁軍的潰兵。其他人，匆匆忙忙又踏上了征途。

耽擱了這麼長時間，當然不可能馬上咬住禁軍的尾巴。但是在沿途當中，卻總有一夥接一夥的潰兵主動前來投奔，都說先前是受了王峻欺騙，才會跟太子為敵。如今幡然悔悟，決定要痛改前非。請殿下大人大量，給與一次機會將功贖罪云云。

柴榮先前之所以放任王峻帶領大部分禁軍從容撤離，存的就是不想多做殺傷的心思。如今見潰兵能主動前來投靠，豈有拒之門外的道理？當即讓高懷亮單獨領了一支隊伍，專門接納禁軍將士，一路走一路收編，沒等看到胙城的影子，收編的兵馬數量已經逾萬。

符彥卿和高行周見此，心中的石頭終於落地。卻又擔心王峻化名逃走，去投奔契丹，然後引賊入寇。特地叫來了各自的心腹，命令他們帶著騎兵去封鎖沿河各個渡口，捉拿王峻。活要見人死要見屍，就是挖地三尺，也堅決不能讓老賊成為漏網之魚！

大周樞密使王峻，哪裡知道自家的形象，在別人眼裡是如此的不堪？此刻的他，正帶著樊愛能、李岡、何徽等人，直撲胙城北門。沿途中，雖然眾將麾下的兵卒，都差不多逃走了一大半兒。但每個人畢竟都有一部分心腹嫡系還在咬著牙堅持，這些兵馬全部加起來，數量依舊高達一萬五千餘眾，實力依舊不容輕視。

眼看著目的地已經近在咫尺，樊愛能等人，心中也勇氣頓生。策動坐騎湊到王峻身側，七嘴八舌地提議：「樞密，於今之際，最重要的是及時跟太尉聯絡，讓他提前做好準備。」

「對，胙城雖然有城牆和護城河，但畢竟是個彈丸之地。我軍又剛剛遭受挫折，士氣低落。」

「胙城只可以暫且容身，卻不可做長久駐守打算。我軍糧草輜重也都丟失殆盡……」

「先進城再說！」王峻不想聽眾人的囉嗦，皺著眉，大聲打斷，「都小心些！出發之前，老夫曾經留下數千人馬守在這裡，按道理，此刻他們應該出來迎接……」

話剛說了一半兒，忽然間，半空中傳來一陣恐怖的嗩吶聲響，「嘟嘟，嘟嘟嘟，嘟嘟嘟……」

緊跟著，已經伸手可及的吊橋，猛地被迅速扯起。胙城的四門，同時關閉。北側敵樓上，數百張角弓迅速拉滿，瞄準城外。一名虎背熊腰的將領從敵樓的二層探出半個身子，手舉銅製的喇叭，大聲斷喝：「王樞密莫走，趙匡胤在此恭候多時！」

「你，你……」王峻眼前一黑，差點從馬背上直接栽落。好在身邊的親信及時扶了一把，才避免了他當眾出醜。「你這小賊，欺人太甚！來人，給我奪城！」

如此亂命，樊愛能、李岡等人如何肯聽，紛紛抖動韁繩，扭頭便走，「樞密，追兵，追兵就在身後！」胙城去不得，還有陳橋驛。過了陳橋驛，就可直奔汴梁。汴梁城的城高池闊，還可以劫持了郭威做人質。大夥未必沒有機會，跟柴榮討價還價！

「不能走，越走，軍心越亂，士卒全都跑了，爾等回到汴梁也是等死！」王峻大急，扭過頭，朝著樊愛能等人厲聲提醒。然而，這個時候，眾將誰還拿他的話當回事兒？各自帶著麾下嫡系，爭相逃命，任他喊破嗓子，都絕不回頭。

王峻無奈，只好也撥轉坐騎，帶著自己的鐵桿親信跟上逃命隊伍。一邊走，一邊不停地舉頭張望。眼睜睜看著眾人麾下的弟兄，越走越少，越走越稀，卻一點辦法都沒有，更沒有勇氣派人去阻攔。

匆匆忙忙跑到了天色將暗，隊伍才終於又重新穩定了下來，全部弟兄加在一起，也只剩了五千出頭，並且個個筋疲力竭。

回頭掃了幾眼，好像並沒有追兵尾隨，樊愛能等人頓時又恢復幾分底氣。在官道旁找了個避風之處，吩咐大夥停下來吃些乾糧，恢復體力。

「還是早點兒走吧，免得夜長夢多，汴梁城內也出變故！」一連串的打擊之下，王峻看上去比當初領兵離開汴梁時，足足老了二十歲。策馬走過樊愛能等人身邊，沒精打采地開口提醒。

「樞密先前把別人看成了無知小兒，如今又覺得對方能一步十算，這前後的變化，也忒大了些！」樊愛能一肚子怨氣正沒地方發，聽王峻說得虛玄，忍不住低聲嘲諷。

「可不是麼，大人今天早晨，還說要滅此朝食呢！結果大夥連晚飯都差點沒得吃！」

「早知道柴榮如此難對付，咱們何必蹚這趟渾水。李重進做太子，和柴榮做太子，不是一個樣嗎？大夥這輩子又沒指望封侯拜相！」

「這回好了，能不能將汴梁城裡的家眷接上，去投奔西蜀都難說了！早知道這樣……」

李岡等人，也徹底對王峻失去了敬畏，一個個撇著嘴，冷言冷語。

「當初老夫沒逼著你們，是你們自己要跟著老夫幹的！」王峻氣得臉色鐵青，梗著脖子大聲反駁，「況且如今也不是窮途末路，只要能回到汴梁，老夫就還有機會逆轉乾坤！」

話音未落，耳畔忽然又傳來一陣低沉的畫角聲，「嗚嗚嗚，嗚嗚嗚，嗚嗚嗚嗚嗚嗚嗚……」，如寒冬臘月的北風，吹得人心裡一片冰涼。

「不是，不是滄州軍，他們，他們用的是嗩吶！」

「是咱們的人，太尉來接應咱們了！」

「肯定不是滄州軍，滄州軍不用號角！」

樊愛能、李岡、何徵等人，個個臉色煞白。單手抓起兵器，翹起頭，望著號角來的方向，大聲「祈禱」。來得肯定不是滄州軍，他們的判斷沒錯！滄州軍不用畫角，用畫角的，且能出現在京畿附近的，只能是大周軍隊。也許是殿前軍，也許是其他地方諸侯！

在眾人期盼的目光下，那支隊伍越來越近，越來越清楚。走在最前頭的，果然是一個熟悉的身影，王峻等人聯手擁立的新太子李重進！緊跟在其身後，是數排身高九尺的彪形大漢，每個人身上都穿著整齊的鎧甲，手中陌刀高高舉起，寒光閃爍。再往後，則是一匹鑌鐵驊騮駒，馬鞍上，有個大夥熟悉得無法再熟悉的老將，手持長纓，雙目如電。

「啊，皇上！」禁軍當中，有人眼神好，雙手扶額，大聲驚呼！

「皇上怎麼來了？太尉、太尉和太師……」

「常思，皇上身後那個人是常思！」

「常思身邊是白太師，我明白了，我全明白了。太師是皇上的人！」

「完了，全完了……」

剎那間，所有殘餘的禁軍將士，全都亂作了一團。誰也不知道，是應該抓起武器來負隅頑抗，還是跪地請降，以免被當場斬盡殺絕！

就在這個當口，李重進忽然策馬向前跑了幾步，舉起手臂，大聲叫喊：「陛下有旨：爾等皆為他人所誤，並非真心謀逆。只要主動請降，過後絕不追究。切莫再負隅頑抗，自誤了身家性命！欽此！」

「陛下有旨：爾等皆為他人所誤，並非真心謀逆。只要主動請降，過後絕不追究。切莫再負隅頑抗，自誤了身家性命！欽此！」數百名大嗓門的殿前軍士卒，齊聲重複。唯恐王峻和他身邊的眾人，假裝聽不見。

「嗆啷啷！」樊愛能手中的兵器掉在了地上，他本人卻像泥塑木雕般，毫無知覺。

「嗆啷啷！」「嗆啷啷！」「嗆啷啷！」……兵器墜地聲，交替而起。眾禁軍將士一排接一排跪了下去，閉上眼睛，淚流滿面。

「唉！」何徽丟下兵器，嘆息著拜倒於地。

「時也，運也，命也！」李岡喃喃地嘀咕著，跪下雙膝，閉目等死。

更多的將士丟下武器，跪了下去，沒用勇氣再繼續抵抗。無論聖旨上所說的話，算不算數，他們都認命了。反正抵抗到底，也在劫難逃。還不如將自己交出去，好歹還不至於過後牽連家人！

轉眼間，禁軍當中依舊站立著的，只剩下了王峻和他身邊的幾百鐵桿心腹，像過河的螞蟻般，縮成了一個團。將他牢牢保護在了隊伍的正中央，緊握兵器的手臂，不停地顫抖！

「唉！」郭威見到此景，忍不住幽幽嘆氣。隨即，竟然策動坐騎，穿過重重侍衛，徑直朝著螞蟻般的頑抗者們走了過去。

「陛下小心！」常思和白文珂二人看見，連忙追上去勸阻。誰料郭威卻笑了笑，輕輕搖頭：「有什麼可小心的？前幾天秀峰曾經有無數次機會殺我，他都沒動我一根手指！」

說罷，也不管常思和白文珂二人是如何著急，繼續策馬朝王峻而行。一直走到了彼此之間相隔不到二十步處，才又緩緩拉住了坐騎，咧了下嘴，苦笑著說道：「秀峰，你我二人，這麼多年來，生死與共。苦沒少吃，福沒多享，卻沒料到，這份情義，卻無法有始有終！」

「我，我……」明明只要自己一聲令下，就能將郭威亂刃分屍。王峻心中的恨意，卻絲毫鼓不起來。喃喃半晌，終於也咧開嘴，笑了笑，大聲回應：「我也沒想到，會走到這一步。我沒想殺你，也沒想過篡位，但不知道為何，卻停不了手！」

「那現在呢，秀峰，停手吧！何必讓無辜的人為你我流血？」

「也罷，既然輸了，你滅我九族就是！」

「連劉承佑的族人我都沒動，又怎麼可能對你的家人下手？」聞聽此言，郭威心裡一酸，再度搖頭苦笑，「我不會殺你的家人，也不會殺你身邊這些弟兄。他們也是大周將士，不該死在自家人刀下。放手吧！你明日自己辭了官職，從此去做一個閒雲野鶴便是！」

「什麼？」王峻先是微微一楞，旋即流著淚破口大罵，「郭家雀兒，你現在居然還心存婦人之仁。你個蠢貨，王某這輩子居然跟了你！」

罵罷，忽然將手中寶劍朝地上一丟，大聲喊道：「你們也都聽到了，皇上連我都不想殺，更不會加害你們和你們的家人。大夥兒放下兵器，跪地請降吧！王某，王某已經認輸了！」

他的心腹親信們，雖然個個悍不畏死。然而能有一條生路，誰還願意繼續拚命？況且王峻自己都放棄了，大夥想繼續堅持也沒有人帶頭。於是乎，陸續嘆息著丟下兵器，跪在地上，徹底放棄了抵抗。

「嘟嘟嘟，嘟嘟，嘟嘟嘟……」蒼茫暮色中，嗩吶聲穿雲裂帛。大隊的河工終於在潘美等人的帶領下，追了上來。從四面八方，將殘餘的禁軍困在了中央。

「末將救駕來遲，請陛下恕罪！」鄭子明帶頭策馬奔向郭威，隔著三十步遠停住腳步，拱手施禮。

「末將救駕來遲，請陛下恕罪！」高懷亮、符昭序、潘美、陶大春等人，齊齊拱手挺胸，向郭威行以軍禮。

「好，好！」看著眼前這一張張年輕的面孔，又低頭看了看兩鬢雪白的王峻，郭威若有所悟。

不知不覺間，自己、常思、白文珂、王峻等人就都老了。而太子、鄭子明、高懷亮等人卻風華正茂！

一陣秋風吹來，樹梢頭的枯葉繽紛而落。

郭威抬手揉了下眼睛，在馬背上盡力挺直身軀，然後笑著向眾人揮動胳膊：「什麼罪？今日能看到你們，朕，老夫很是欣慰！太子呢，叫上他，咱們一起回汴梁！」

這，可是一道如假包換的亂命。

此地距離汴梁往少了說也有一百多里遠，年輕將士晝夜狂奔都得累趴下大半兒，更何況郭威、白文珂、常思這種已經年過花甲的老頭子！然而，這節骨眼兒上，他又不能當眾頂撞郭威，只好先大聲領命，然後趕緊派人去通知柴榮。

好在柴榮從不辜負他的期待。追上來後，三言兩語，就令郭威改變了主意。下令大軍掉頭向北，先去胙城內歇息一晚，明日一早，再拔營啟程。

殿前軍、禁軍、滄州軍、外加符、高、常三位地方諸侯麾下的兵馬，總計加起來超過了十萬，並且彼此之間互無統屬關係，預先也沒做相應準備。安置起來非常麻煩，一直忙碌到了後半夜，鄭子明、趙匡胤和高懷德等人，才終於能撈到機會休息。哥仨隨便找了間空房子，倒頭就睡。然而，還沒等他們睡踏實，耳畔卻突然又傳來一陣號角聲響。卻是附近的幾個州縣官員，聽聞皇帝親征，特地趕來「護駕」！

「早不來，晚不來，聽說王峻兵敗，就立刻來了！這群牆頭草，也不怕轉的彎太大扭了腰！」高懷德起床氣大，拍著床沿兒破口大罵。

「他們也是沒辦法的事情，況且有皇上在，也輪不到咱們這些武將來多嘴！」趙匡胤這幾年在節度使位置上歷練，深得為官之道。唯恐鄭子明在高懷德慫恿下，又跑出去多事，趕緊低聲出言開解。

鄭子明原本就不是什麼刻薄之人，對這年頭大多數官員的操守，也從沒抱多大希望。所以聽了趙匡胤的話，立刻笑著點頭，「二哥說得對，咱們犯不著跟這群庸才一般見識。你們二位繼續抓緊時間睡覺，我去讓潘美在城外隨便給他們安排個地方駐紮，明天早晨等著皇上處置。王峻和王殷都已經落網了，這時候，無論是誰出面，外邊的人都翻不起任何風浪來！」

說罷，吩咐前來報信的親衛，拿了自己的佩劍去找潘美，一切交給後者隨意安置。自己則繼續蒙頭呼呼大睡，直睡到第二天天光大亮，才又去拜見了郭威，然後按照後者吩咐領軍向汴梁出發。

這一回，大軍便依照正常的行軍規矩，每十五里一小歇，三十里一大歇，每日行軍六十里便徹底停下來安營紮寨。足足走了兩整天時間，才來到了汴梁城外。然後又是劃定區域，分頭駐防。又是抽調精銳，重新組建殿前軍守衛皇宮，直折騰了小半個月，才終於宣告風平浪靜。

這期間，王峻、王殷、李重進三人的嫡系，全都被從殿前軍裡清除。低級軍官和普通士卒解甲歸田，中級和高級軍官，根據其所參與叛亂的程度，或者被投入監獄服刑，或者被發配到西北折氏帳下，去防備党項各部。除了少數十幾個手上沾了過多人血的傢伙被斬首之外，其餘大多數，都保住了性命。

太尉王殷當初曾經一心置郭威於死地，後來又力主誅殺那些試圖給柴榮和常思兩個通風報信者及其家人，罪孽深重且結仇太多，連同他的弟弟王固一道，被郭威賜予了毒酒。樞密使王峻雖然為整個逼宮事件的主謀，卻始終堅持不准任何人害了郭威的性命，最後又是主動放棄了抵抗，沒有一條路走到黑。所以郭威也投桃報李，拒絕了符彥卿和白文珂兩人的提議，沒有判處王峻極刑。只是將王峻本人和其弟、其子一道削職為民，全家貶去了商州。此生沒有赦令，不得返回汴梁！

幾乎所有參與「逼宮」者，都沒落到好下場。但有三個人，卻屬例外。第一，便是老將軍白文珂，此人原本就是郭威刻意留在外邊的「暗子」，王峻前腳帶領大軍離開汴梁，此人後腳就偷偷派遣心腹跟常思建立了聯繫。隨即二人裡應外合，以迅雷不及掩耳之勢擒下了王殷，救出了郭威。所以此番平息叛亂，白文珂的功勞理所當然被列為第一。非但超過了千里來援的符彥卿和高行周，甚至把柴榮和鄭子明哥倆，也遠遠甩在身後。

第二個例外，則有點出乎所有人預料。居然是韓重贇的父親韓樸！原本率軍抵達汴梁之後，鄭子明還打算用自己的功勞，來替好朋友的父親抵消一部分罪孽。誰料後來一打聽，才發現韓樸在自家岳父常思入城的當晚，居然是出力最大的一個。硬是憑著手中酒壺，將王家的幾個嫡系子弟，盡數灌得人事不省！讓王殷在關鍵時刻，徹底變成了聾子和瞎子，連個通風報信的人都找不到！

所以，韓樸根本不需要任何人幫忙贖罪，憑著自家功勞，就平安過關。並且被連升數級，再度當上了一名都指揮使，奉命跟自家兒子韓重贇一道，去協助老將白文珂，重組龍武禁衛軍。至於韓樸是早就搭上了白文珂的線兒，還是見風使舵，果斷投機成功，那就不得而知了。朝廷的封賞文告上沒有細說，鄭子明也不好意思刨根究柢。

最後一個例外，則是試圖窺探太子之位，並且跟王峻、王殷二人狼狽為奸的李重進。按照鄭子明和趙匡胤、高懷德三人的想法，李重進這廝即便不會像王殷那樣被一盞毒酒了結性命，至少也得被發配邊關去做大頭兵！先好好鍛鍊上幾年，才有機會東山再起。

誰料，在處置完了王峻的第二天，郭威就命人把李重進從監獄提到了皇宮。先親自拿起馬鞭，劈頭蓋臉地將此人一堆臭揍，然後又讓太監將此人推到了柴榮面前，命其當著自己的面兒，向太子跪拜請罪。至於是生是死，全在太子一句話下。

以柴榮的聰明，豈能想不到自家義父，是割捨不下舅甥之情，試圖放李重進一馬？於是，乾脆順水推舟，以表弟李重進年少無知，容易受到奸人蒙蔽為理由，替他求情。郭威聞聽，頓時老懷大慰，先將柴榮好好誇獎了一番，接下來又用馬鞭逼著李重進向柴榮跪拜謝恩。待柴榮親手將李重進扶起來之後，才打發此人回家閉門思過去也！

「皇上這樣做，雖然全了親情，卻，卻也太不把國家法度放在眼裡了！」高懷德跟李重進以前就有過節，見此人犯下了「謀逆」之罪，居然只挨了一頓鞭子就能蒙混過關，心裡未免有些不舒服。找了個沒外人的機會，跟鄭子明小聲嘀咕，「皇上就不怕，不怕其他人效尤，或者姓李的狗改不了吃屎？反正犯再大的錯兒，也是一頓鞭子。養上十天半個月，就又能活蹦亂跳！」

「皇上身邊，總計也沒剩下幾個家人了，他當然下不去手！」對郭威的舉動，同樣身邊沒幾個親人的鄭子明，倒是非常理解，笑了笑，低聲回應，「至於狗改不了吃屎，他以後得有機會才行！你沒看嗎？這幾天皇上把殿前軍整個都交給太子了，即將重建的禁衛軍雖然是白文珂主事，可白老已經七十多了，哪還拿得出精力？最後還不得依仗韓重贇？手握殿前軍和禁衛軍，汴梁城內，今後誰還能有機會動太子一根寒毛？」

「這倒是！」高懷德轉了轉眼珠，輕輕點頭，「皇上的謀略，高深得很。咱們當初急急忙忙趕來救駕，誰成想他都落到那種地步了，居然還能倒轉乾坤？」

「我也沒想到，我還以為，總得先把王峻擒住，然後兵臨汴梁城下，逼王殷投降呢！」鄭子明又笑了笑，佩服地點頭。

前一陣子那場平叛之戰，有很多地方，都出乎他這個運籌帷幄者的預料之外。特別是郭威在身邊沒有一兵一卒的情況下，還能瞬間翻盤的事實，現在回想起來，還讓他感覺難以置信。

可轉念一想，郭威能從普通大頭兵爬上皇位，怎麼可能是個簡單之輩？先前之所以被王峻和王殷等人打了個措手不及，一方面是因為忽然病重，另外一方面，則是因為對老兄弟們疏於防範而已。當他恢復了體力，並且完全拋開了舊情，王峻和王殷等人，又怎麼可能是其對手？弄不好，連柴榮、自己、符彥卿和高行周等人的舉動，都在郭威的算計之內。只是大夥都不知道罷了！

「不過讓韓大哥主持禁衛軍重建，哪用到你！」高懷德抱怨夠了皇帝徇私，又忽然替鄭子明打起了不平。聲音不高，卻把後者結結實實嚇了一大跳。

「別瞎說！」迅速向四周看了看，鄭子明大聲喝止，「藏用，你是嫌我活得安生了不是！先前坐鎮河北七州，已經把我給架火上烤過一次了。若是再加上一個禁軍，我肯定會成為眾矢之的！」

「怕什麼，有太子呢！」高懷德撇了撇嘴，聲音雖然低了些，臉上卻寫滿了不服，「況且你這次的功勞，也是明擺著的。皇上連韓大哥他父親，都給升了數級。怎麼到現在，對你還一點兒封賞還沒有？」

「可能，可能還在斟酌吧？」對於郭威遲遲沒對自己論功行賞之事，鄭子明心裡也頗為忐忑。想了想，苦笑著回應。

時隔這麼多年，前朝皇子的身份，依舊是他擺脫不了的麻煩。即便雄才偉略如郭威，恐怕也無法忽略他身上淌著後晉皇家血脈的事實。

太子是太子，皇上是皇上，二人永遠不能混為一談。太子柴榮跟他是過命的交情，知道他沒有野心，對權力的欲望也不太強盛。而柴榮的義父郭威，卻不知道這些，且一輩子經歷了無數腥風血雨。

柴榮當年跟他義結金蘭的時候，還只是節度使的養子。而他，還走在挖掘自家身世之謎路上。二人當時，恐怕誰都沒想到今天。更沒想到，當初在路上一起所設想的那支新軍，已經徹底變成了現實。

七鎮之地，數萬精兵，戰鬥力絲毫不低於傳說中的銀槍效節軍，規模卻是銀槍效節軍的數倍。在鄭子明的記憶中，所有碎片都早已經拼湊完整。但所有碎片也沒有記錄過這種情況，更沒有預示過這一天的到來！

在後唐的幾代皇帝中，李嗣源應該不算昏庸。可李嗣源都不放心銀槍效節軍的存在，寧可毀了它，也不容忍他對自己的皇位構成威脅。郭威的胸懷，比得上李嗣源嗎？當柴榮將河工的真正戰鬥力和訓練經過如實告知他以後，他，他會做如何打算？

「啪啪啪，啪啪，啪啪啪！」正鬱鬱地想著，耳畔忽然傳來了一陣匆忙的腳步聲。緊跟著，柴榮推門而入，抓住他的手腕，轉身邊走，「老三，快，快進宮。父皇，父皇剛才原本好好的，卻，卻突然就暈了過去。太醫，太醫們全都束手無策！」

「啊？」鄭子明大吃一驚，趕緊起身，一邊跟著柴榮向外跑，一邊大聲吩咐：「來人，去取我的藥箱和銀針來，還有，還有常用的那個箱子！」

「都有，太醫那邊都有。刀具不要隨身帶，讓人先送到宮門口，交侍衛檢驗後才能使用！」柴榮心裡急得火燒火燎，卻依舊沒忘記提醒鄭子明避嫌，扭過頭，大聲吩咐！

「好，也好！」鄭子明遲疑了一下，用力點頭。

在臨回汴梁的途中，他曾經應柴榮所請，替郭威把過一次脈。當時已經感覺到了此人生機不旺。還特地開了調養和滋補的藥方，請太醫們過目後給郭威按時煎服。本以為憑著自己的一身絕技，至少能讓郭威再多活上兩三年，誰料連一個月都不到，情況就急轉直下。

可現在，也不是詢問郭威近期為何沒有按時吃藥的時候。只能跟在柴榮身後跳上了馬背，然後在太子侍衛的保護下，風馳電掣般趕往皇宮。

等兄弟二人來到御書房內，郭威卻已經從昏迷中醒轉，正斜臥在一張臨時搬來的床榻上，蓋著被子，與馮道、鄭仁誨二人交代近期需要處理的公事。殿前軍都虞侯張永德、禁衛軍都指揮使白文珂、禁衛軍副都指揮使韓重贇、齊國公高行周、魏國公符彥卿，以及趙匡胤、高懷德等若干後起之秀，也悉數在場，一個個分坐在床榻兩旁的胡凳上，滿臉焦急。

鄭子明偷眼望去，只見大周皇帝郭威紅光滿面，目光如電，但額頭上卻隱隱有一股黑氣盤旋不散。頓時心裡就叫了一聲「不好！」匆忙行過君臣之禮後，立刻搶步上前請求給對方切脈。而郭威卻果斷地擺了擺手，大聲拒絕道：「算了，世間哪有不死之人？朕的情況朕自己知道，迴光返照而已。你又不是神仙，難道還能起死回生不成？」

「這，陛下，末將，末將……」鄭子明自打記憶漸漸恢復以來，憑藉一手高明的醫術，救活了至少上百人。卻從來沒遇到過對死亡看得如此平靜，居然拒絕自己施救的患者。一時間，竟不知道該怎麼勸才好。只能將目光轉向柴榮，希望「病人家屬」能說服病人振作起來，切莫再耽擱搶救時間。

然而，還沒等柴榮開口，郭威卻又搶先說道：「你不用看他，朕今天不會聽任何人的。你那方子朕找人看過了，的確可以緩解症狀，讓朕再拖上一年半載再死。但朕硬氣了一輩子，卻不想最後的日子裡，像個癆病鬼一般纏綿病榻！所以，朕就讓人把藥湯都倒了，這些日子一口都沒吃！」

「啊！」話音落下，非但鄭子明大吃一驚，在場其餘所有文武，也全都目瞪口呆。

很明顯，是郭威自己一心求死，才導致今天的油盡燈枯。可以往尋死之人，都是因為受到了重大打擊，生無可戀。而郭威卻剛剛挫敗了王峻和王殷兩人的聯手逼宮，再度確立了皇位繼承的人選，並趁機重新理順了朝廷內外的秩序，春風得意！

正茫然不知所措間，卻又聽郭威笑了笑，低聲說道：「四年半前朕得知全家被屠的消息，就已經心如死灰。但那時大仇未報，君貴和一眾兄弟也沒有找到出路，所以，朕不敢立刻就死！如今，老兄弟們該安頓的，安頓好了。自己作死的，也死透了。君貴又已經站穩腳跟，在可道和大兄的輔佐下能夠將朝政處理得井井有條。朕，朕還有什麼可留戀的？早點去了，也能早些跟青哥、意哥他們團聚。說不定還可以重新投胎，下輩子再全父子之誼！」

「父皇！」柴榮大喊了一聲，撲通跪倒，淚如雨下。作為義子，他自問這些年來，已經竭盡全力在替義父化解心中失去親人的痛苦，竭盡全力在用新奇事物轉移義父的注意力，卻沒有想到，義父心中的痛苦居然依舊如此之深，深到對皇位和生命都毫不留戀。

「起來，起來，莫哭，君貴，你是個好孩子，為父，為父一直以你為榮！」郭威在床上欠了下身子，示意眾人將柴榮扶起，「為父這份基業，交給你，非常放心。你日後一定會做得比為父還好，重鑄九州，再現漢唐盛世！」

「父皇，孩兒不孝，孩兒擔當不起，還請父皇切莫放手，還請父皇再辛苦幾年！」柴榮聽得心如刀割，匍匐著爬到床邊，拉著郭威的一條胳膊大聲求肯，「父皇，子明，子明的醫術，是孩兒親眼所見，真的能生死人而肉白骨。父皇，求您，求您就讓他給您把把脈吧！來人，把鄭將軍的藥箱和刀具，全都搬進來，還有，還有鏡子和鯨油燈！」

最後一句話，他幾乎是吼著向門外吩咐。眾侍衛聞聽，答應一聲，立刻去取醫療急救用具。郭威見了，也不阻止，只是又笑了笑，伸手摸了下柴榮的頭，低聲道：「何必呢？生死人而肉白骨，那是因為人心未死。朕的心四年前就已經死了，你又何必平白壞了你義弟的名聲？」

「子明，子明，快救人，救人！」柴榮哪裡肯聽，只是瞪著淚眼大聲催促鄭子明對自己的義父施以妙手。

馮道、鄭仁誨、符彥卿和高行周等人見狀，也含淚上前相勸。都建議郭威不要再固執己見，辜負了太子的一份孝心。郭威聽了，心中不覺一暖，想了想，笑著道：「也罷，那就讓鄭將軍試試他的回春妙手。瀛公、大兄、魏公、齊公，你們四個聽好了，無論最後能否給朕續命，都不可怪罪醫者。否則，這天下，今後誰還敢給皇家治病？」

「臣等遵旨！」馮道、鄭仁誨、符彥卿和高行周等人喜出望外，齊齊躬身答應。

趁著鄭子明在侍衛的協助下匆忙準備藥物和器具的時間，郭威朝著柴榮點點頭，又笑著說道：「你目光長遠，心胸開闊，且能慧眼識人，今後應該能做個有道明君。別的事情，為父就不多囉嗦了，但有一件事，你必須答應。」

「父皇儘管吩咐，甭說一件，一千件都可以，只要您能一天天好起來！」

「你這孩子，到現在還跟為父提條件！」郭威笑了笑，低聲嗔怪，「好得起來，好不起來，你都必須答應，給重進一條活路，無論他將來怎麼冒犯於你，哪怕他罪再不赦！」

「這？」柴榮頓時微微一楞，然後用力點頭，「兒臣可以發誓，有生之年，絕不碰重進半根指頭。」

「他只是一個庸才，經過這次的教訓，怎麼可能再犯下不赦之罪？」彷彿看出了柴榮的不情願，郭威又笑了笑，嘆息著補充：「為父知道，你恨他。恨他利欲熏心，跟王峻等人聯手逼宮。恨他讓為父病成了這般模樣。可等你到了為父這般年紀，就會發現，如畫江山也罷，萬貫家財也罷，都比不上身邊還有幾個血脈相連的親人。與其讓你到了老時後悔，為父還不如提前把話說明白，讓你趁早熄了收拾他的念頭！」

「父皇儘管放心，孩兒一定將重進高官厚祿養起來，對他的孩子也絕不另眼相看！」柴榮自己，也在四年前那場浩劫中失去了全部親人。所以很容易就理解了郭威的想法，再度鄭重點頭。

「那就好，那就好！」郭威終於放了心，疲倦地笑了笑，閉上眼睛養神。不多時，又張開雙目，繼續說道：「想當年，劉知遠、我，還有常克功，兄弟三個許下宏願，誓要結束這七十餘年混亂，重整河山，給自己，給黎民百姓都尋一條活路。只可惜，走著走著，大夥就都變了。劉大哥一心要當皇上，當了皇上之後還怕我跟常克功篡他的位。常克功為了自保和自污，在澤潞兩州刮地三尺。為父更是不堪，乾脆做了一個擁兵自重的權臣，讓誰想動為父，都得掂量掂量……」

「陛下，別說這些，別說這些。那件事不怪你，真的不怪你！」沒等柴榮做出反應，常思已經含著淚上前，大聲祈求。「你我都是被逼無奈。你做了皇帝之後，比劉大哥當年好一百倍！」

「那又如何？」郭威看了他一眼，搖頭苦笑，「兄弟三個，終究還是有始無終！」

隨即，又將目光轉向柴榮、趙匡胤和正在忙碌的鄭子明身上，猶豫了一下，低聲道：「君貴，當初為父聽聞你跟元朗、子明義結金蘭，就立刻想到了後漢高祖、常節度和為父。我們三個當年沒完成的志向，今後要由你們哥仨兒來繼承了。你們哥仨，將來一定要有始有終，切莫再重蹈我們的覆轍！」

「兒臣時刻牢記於心！」柴榮迅速扭頭看了一眼趙匡胤和鄭子明，大聲許諾。

說話間，鄭子明已經將急救需要用的藥物和各種設施準備停當，隨即，請馮道、鄭仁誨等人都退到了屋外，只把符彥卿、柴榮和趙匡胤三個留下充當幫手，一面用烈酒洗了手，一面將郭威的身體放平，掀開胸前的衣服，先拿銀針刺激穴位，再用手掌反覆按摩活血。

郭威的身體，已經隱隱泛起了暗青色。心跳也時有時無。鄭子明見了，立刻知道自己這次恐怕真的回天乏力了，只能先偷偷朝柴榮和符彥卿兩個搖了搖頭，然後盡力通過針灸和按摩兩種手段相配合，拖延郭威離世的時間。

在他的全力施為之下，郭威頓時覺得身體輕鬆了不少。閉著眼睛休息了片刻，又笑著問道：「子明，朕這些日子，一直在猶豫如何封賞於你。按理說，你先有治河，救民之奇功，這次又冒死領兵前來救駕，將王峻打了個落花流水，朕，朕怎麼封賞你都不為過。但，但你先偷偷摸摸將你父親藏了起來，然後又偷偷摸摸替君貴打造了一支蓋世精銳，分明是小瞧了朕的胸襟。朕，朕又不知道該不該罰你，所以，才一直拖延到現在。唉，朕雖然身為皇帝，但也是一個凡夫俗子。你，你切莫怪朕！」

「末將不敢！」鄭子明的手，輕輕抖了一下，然後繼續輕輕在郭威胸口附近挪動，不疾不徐。

他自己的事情，自己清楚。如果換了劉知遠當政，恐怕光是將父親藏起來不交給朝廷這個罪名，就足以招來大軍的討伐。而郭威，明知道一個前朝皇帝活在世上，會給他大周帶來怎樣的威脅，從三年多之前到現在，卻始終選擇了不聞不問。這份胸襟，氣度，換了鄭子明自己都未必達得到，如何不令人佩服有加。

正默默地想著，又聽郭威笑了笑，繼續補充道：「念在你以前受過那麼多罪，難免對世人失去了信心的份上，朕就不怪你了！可道，進來替朕擬旨！冠軍大將軍鄭子明屢立奇功，封歸德郡侯，晉輔國大將軍，樞密副使，天雄軍節度使，移鎮鄴都，督辦河北防務！」

「臣領旨！」馮道答應一聲，入內向郭威行禮，然後又匆匆退下。

「末將，末將謝陛下鴻恩！」鄭子明一邊向郭威謝恩，一邊用手加速在後者胸口移動，雙目當中，淚水無聲地流下。

天雄軍節度使，這是郭威起兵清君側之前的職位，也是大周所有地方節鎮當中，權力最重的一個。從此之後，大周的半壁江山，幾乎都交在了他手上。如果他心生惡念，數日之內，就揮師殺到汴梁城外，取柴榮而代之！

感覺到了落在自己胸前的淚水，郭威淡淡一笑，低聲說道：「好了，你別廢力氣了。心死，怎麼可能救得活？讓朕安安生生的走吧，何必勉強拖延那一天半天，平白吃許多苦楚？」

說罷，不待柴榮等人勸，自行翻了個身，擺脫了鄭子明的雙手，將胸口朝向了牆壁。「君貴，為父吝嗇了一輩子，死去之後，你切莫鋪張浪費，違了我的本心。擇吉地立墓，將我跟你姑母，還有青哥他們幾個合葬就行了。墓前立一石碑，告訴世人，為父習慣於節儉，死後也不會有珍寶相伴。紙衣、瓦棺，棺旁再放一幅鎧甲，一桿長矛足夠。馮道和鄭仁誨都是宰相之材，年紀卻比為父都長，想必也輔佐不了你幾天。今後，內政可用范質和王溥，武事，武事多多依仗你的兩個結拜兄弟和潘美、拘一。若是能光復燕雲十六州，就在朕墓前點三炷香。若是能一統九州，就給朕再多燒一幅輿圖，朕即便在九泉之下，也一定會大醉一場。切記，切記！」

說罷，無論柴榮等人如何苦勸，再也不肯讓鄭子明施救。

當夜，大頭兵出身的皇帝郭威，崩於御書房。臨終之前，念念不忘當初跟劉知遠、常思三人發下的宏願，收復燕雲，重塑九州山河！

三世

北京（太原）乾天殿，北漢皇帝劉崇站在御書案後，雙拳緊握，目光銳利如刀。

郭威死了！那個以繼承皇位為由，將他兒子劉贇騙了去，又在半路上痛下殺手的惡賊，那個篡奪了大漢江山，那個弒君、逼宮、裝模做樣的陰險小人，居然這麼快就病死了！而他，這兩年一直在積蓄力量準備南下報仇，這兩年一直在向遼國搖尾乞憐，只求對方能夠在他出兵之時派遣一支大軍前來助戰！

蓄滿全身的力氣，卻沒等出拳，對手忽然憑空消失。這滋味，比用鐵錘去砸棉花包還難受百倍。而無論這當口心裡頭多難受，多失落，他還都不能說出來！說出來，也未必有人聽得懂！

「郭家雀兒是十天之前，心力憔悴而死。偽齊王高行周、魏王符彥卿、澤潞節度使常思、瀛國公馮道、太尉白文珂等賊，擁立其義子郭榮即位。逆賊鄭子明被封為輔國大將軍，歸德侯。逆賊趙匡胤被封為殿前軍都指揮使、懷義將軍、陳留侯。逆賊高懷德……」樞密副使趙華非常盡責，將細作們冒死送回來的情報，一一向劉崇以及在場文武說明。

「一群乳臭未乾的毛孩子罷了，除了符老狼和高白馬兩個之外，其他人都不必關注！」大將張俊上前數步，不耐煩地打斷。「陛下，末將願領三萬兵馬，一探偽周虛實！」

「常克功領兵去救郭威的小命兒，澤潞兩州正好空虛。此刻，的確是南下的最好時候！」大將胡得功也上前一步，主動請纓。「末將願領一萬兵馬做前鋒，替陛下奪了潞州！毀了常思的老巢！」

「兒臣也願意領一哨兵馬，去取趙州！」三皇子劉鎬早就忘記了當年所吃的虧，也叫囂著上前湊熱鬧。

「取趙州不如取府州，趁機將折家連根拔了，可斷偽周一臂！」四皇子劉鍇不甘居於劉鎬身後，跳出來大聲嚷嚷。

「陛下，伐喪，不祥！」右相衛融處事謹慎，聽武將們越說越輕鬆，趕緊上前半步，衝著劉崇深深施禮，「況且馬上就是冬天，城外不可久居。澤潞兩州的守軍，只要閉門不出，就能令王師徒勞而返！」

「什麼伐喪不祥？那郭家雀乃謀反篡逆之輩，老天爺收了他，是因為他惡貫滿盈！豈可真的拿他當作一國之君？」兵部尚書馬原素來跟衛融不睦，出言針鋒相對。

「陛下，那郭家雀兒雖然得國不正，卻有遺恩於中原之民。我等豈能因為私仇，就小瞧了他在中原文武和百姓之間的威信？萬一引得中原軍民同仇敵愾，我軍即便有雄師百萬，恐怕也難過黃河半步！」翰林學士郭無為見狀，立刻出馬給衛融幫腔，

「不過黃河，至少能拿下整個河東？」

「拿下地盤，拿不下人心，地盤又怎麼可能保得住？」

「敢暗通敵國者，族誅！」

「這些年，幾位殺的人還少嗎？百姓們還不是一瞅到機會，就拖家帶口往南面逃？」

……

轉眼間，文臣和武將們就爭執了起來。吵得房梁上簌簌土落！

「夠了，有完沒完！爾等眼裡，到底還有沒有朕這個皇帝？」劉崇被吵得頭大如斗，一巴掌拍在桌案上，大聲斷喝。

爭執聲戛然而止，文臣們都紅了臉，訕訕地退回原位。以張元徽為首的武將們，也覺得好生無趣。齊齊向劉崇抱了下拳，口中說道：「末將知錯，請陛下息怒」，然後也低著頭重新站在了御書案兩旁。

劉崇默默地等眾人都站直站穩，手扶桌案，喘息著補充：「朕不在乎什麼伐喪不伐喪，朕也不在乎能不

能得民心。朕只在乎，能不能給朕的長子報仇。所以，這兵，一定要出。只是今年冬天出，還是開了春之後再出而已！」

他，原本就沒想過當皇帝，更沒想過當一個聖明天子。是四年前，郭威篡奪了他侄兒的皇位，又騙走了他的兒子，才讓他不得不自立為帝。他之所以當皇帝，是為了復家國之仇，不是為了拯救萬民，更不是為了一統九州。所以，只要能報仇，他不惜採取任何手段，付出任何代價。

「冬日發兵，士卒手腳都容易生凍瘡，亦容易得傷風。當年幽州韓氏就是因此而吃了敗仗，平白成就了姓鄭的豎子之名！」到底薑還是老的辣，樞密副使趙華的想法，其實跟衛融等文官差不多。但表達方式和話語所起到的效果，卻跟衛融等人先前截然相反。

當年幽州韓氏的數萬大軍，被鄭子明帶著幾千鄉勇拖垮的例子，北漢君臣都不止一次揣摩過，當然明白其中最關鍵處在哪。當即，劉崇眼睛的紅色，快速消退。將目光轉向武將之首張元徽，沉聲詢問：「張樞密，你以為如何？今冬發兵，有必勝的把握嗎？」

甭看先前跟衛融等文官吵得凶，到了該認真的時候，張元徽卻立刻謹慎了起來。斟酌再三，出列向劉崇拱手，「冬天出兵的話，拿下潞州，問題不大。全取澤潞兩州，恐怕會有些困難。至於攻入汴梁，陛下，請恕末將直言，光憑我大漢一國之力，即便把出兵的時間拖到明年春天，依舊沒有絲毫可能！」

「那你……」劉崇氣得兩眼一瞪，本能地就想質問張元徽先前跟文官們針鋒相對時，怎麼氣焰那麼旺盛？但話到了嘴邊上，卻又忽然失去了質問興趣，搖搖頭，嘆息著道：「那你有什麼辦法，乾脆直說吧，沒必要跟朕繞彎子！朕不想搶誰的地盤，朕只想儘早將郭威從墳裡扒出來，挫骨揚灰！」

「連橫！」張元徽雖然是武將出身，心思卻比許多文官還靈活。咬了咬牙，大聲回應，「此前末將等人所提的先取潞州或者府州，然後再一步步尋機向南蠶食，乃是最穩妥的辦法。既然陛下等不及，那就趁著郭榮小兒剛剛登上皇位，無暇他顧之機，派遣使節，聯合大遼、孟蜀、南唐和幽州韓氏，明年開春，五家共伐偽周！」

「臣附議，五家伐周，定可將郭氏一族連根誅滅！」樞密副使趙華眼神一亮，果斷在張元徵身後表示贊同。順勢，還隱隱點明了張元徵不識數的事實。

張元徵也不計較，笑了笑，低聲補充道：「幽州韓氏乃遼國養的一頭惡犬，當然不能單獨算一家。只要大遼皇帝願意出兵，幽州韓氏願意出兵得出，不願意出兵也得出！」

「還是單獨派人跟韓匡嗣打聲招呼為好，否則，其難免會出工不出力！」趙華臉色微微一紅，笑著提議。

他二人分別是武將和文臣之首，既然意見已經基本上達成了一致，其他文武心中縱有疑慮，也不方便當眾再說出來了。於是乎，今日的廷議很快就定了調，冬天時暫且按兵不動，積聚力量，同時派遣使節連橫各國。力爭在明年開春時，五路大軍多頭並進，攻入汴梁，分了「偽周」的如畫江山。

這個策略可行性很高，然而執行起來，卻頗費力氣。

首先，北漢只與另外四家當中的遼國、幽州接壤，想要跟西蜀、南唐聯絡，必須繞過大周的地盤。

其次，眼下遼國的內亂雖然已經結束，天順皇帝耶律璟，卻沒有任何實權。大遼的內政外交，全掌握在北院大王耶律屋質之手。而那耶律屋質害怕自己成為史弘肇第二，輕易不敢離開駐地半步。所以，遼國即使出兵，可供派遣的兵馬數量也非常有限，想重來一次耶律德光入汴，短時間內絕無可能。

再次，就是保密問題了。大遼國的高官裡頭，有很多都是游牧部落酋長，心中壓根兒不存在保密這個概念。而這幾年滄州跟遼國各部做生意做得風生水起，任何事情只要部落頭領們知道了，用不了幾天，滄州那邊就會知道，消息傳得比奔馬都快！

五家相約伐周的消息既然傳到了滄州，就不可能不在最短時間被送往汴梁。大周皇帝柴榮聞聽，勃然大怒。立刻就將四品以上的文武官員請入皇宮，共同商量應對方略。

他雖然在登基之時，得到了符彥卿、高行周、常思、馮道、白文珂等一干老臣的聯手擁戴，但畢竟才只做了一個多月的皇帝，威信還遠遠沒有豎立得起來，更無法做到像傳說中那樣一言九鼎。因此，情況剛剛由張永德介紹完畢，底下的文武官員，立刻就分成了水火不容的兩大派。

符彥卿和高行周都已經返回各自的封地，武將自然由資格最老的常思為首，擦拳摩掌，要與來犯各路敵軍決一死戰。只要大周能將五家入侵者一一擊敗，就可以趁勢發起反攻，北上燕雲，南下吳越，西入巴蜀。即便再不濟，也能逆勢攻入太原，徹底解決掉劉崇父子這一路隱患！

而大多數文官，則以馮道為首，堅定地認為先主郭威剛剛逝世，王峻和王殷的叛亂也剛剛平息，大周的元氣尚未完全恢復，倉促與多路敵軍交戰，實乃下下之策。最好的選擇是，分頭送給遼國、孟蜀、南唐一些好處，令偽漢的謀劃徹底落空。然後花費數年臥薪嘗膽，積蓄實力，待國內百業俱興之後，才可出兵先滅北漢，再圖南唐、孟蜀；待將腹背之敵挨個消滅乾淨之後，再起傾國之兵，與契丹決一死戰！

當然，也有個別文官如范質、呂餘慶等，想法更傾向於常思。但與馮道、魏仁浦等老臣比起來，他們畢竟人微言輕，起不到任何作用。

同時，也有一些武將中的異類，如曹彬、李漢瓊、郭進等，也認為馮道的提議更為穩妥。但是，與范質、呂餘慶等文官一樣，他們幾個在常思面前，也屬小字輩。意見完全可以忽略不計。

雙方的說法都有道理，彼此不能妥協。爭論來爭論去，話語中就帶上了煙火味道。其中以楊光義的話，聽起來尤為刺耳。「那劉崇老賊為了討好契丹，以區區十州之地，每年就要向契丹人上供絹二十萬匹，糧草生鐵無數。逢年過節和契丹賊酋的生日，還得再額外增加一筆孝敬。我大周的疆域是偽漢的七倍有餘，想收買契丹人不出兵，豈不是得花費上百萬貫才行？諸君口口聲聲說許以好處，許以好處，這上百萬絹，誰又肯自家掏？還不是要搜刮民脂民膏！」

「可不是嗎？給契丹百萬，給孟蜀、南唐、幽州一家二三十萬，再加上沿途損耗，差不多就得兩百萬計。」大將王全斌也是個暴脾氣，朝著馮道及其身邊的人，一邊笑一邊撇嘴，「呵呵，從自家百姓頭上刮來，再轉手送將出去。這一進一出，恐怕有些人會吃得滿嘴流油！」

這下，可是揭了太多人的短。自打後唐明宗以來，各朝各代，文臣武將，就很少有兩袖清風者。包括大周，立國時間雖然短，太祖皇帝郭威雖然簡樸到最後以紙衣瓦棺入葬，眾文武大臣的宅院，卻一個修得比一個富麗堂皇。特別是前樞密使王峻和樞密副使馮道的私邸，簡直都是小一號的皇宮。內部陳設，甚至比皇宮裡面還要奢華！

當即，吏部尚書，鄭國公張昭就站了起來，顫抖著雪白的鬍子，大聲斷喝：「豎子，豈能如此血口噴人？各部經手錢糧，都有賬冊，先皇在位時，每年也會派遣專人覆核，不敢說每一筆進出都清清楚楚，至少其中九成九，都禁得起查驗！」

「是啊，做假賬嗎，誰不會？」王全斌火氣上來，才不在乎張昭的鬍鬚是白色還是黑色，撇撇嘴，冷笑著還擊，「不信咱們就核實各位的家產，誰家的田產宅院及庫中所藏，如果也能進出有賬，清清楚楚，並且總額低於十年俸祿之和，就當我剛才是在放屁！」

此話，比先前那句還要過分，頓時，如同滾油中落入了一滴冷水，掀起了劇烈的反應。非但絕大多數文官忍無可忍，甚至連一些武將，也都對王全斌怒目而視。

而那王全斌，卻毫無自覺，繼續冷笑著補充：「怎麼，我說錯了嗎，諸君誰的家產，都是清清白白而來？百姓供著爾等吃穿，供著爾等揮霍無度，先皇對爾等監守自盜，也睜一隻眼閉一隻眼。大敵當前，爾等卻不思拚將一死報效國家，卻仍然琢磨著如何從老百姓頭上搜刮更多的錢糧，然後截留好處自肥。爾等對外卑躬屈膝，拿錢不當錢。對內則殘忍兇暴，敲骨吸髓。如此一群忘恩負義之輩，國家養爾等何用？還不如餵幾條狗，好歹賊人來了，也能張開嘴巴汪汪幾聲！」

「你，你該死！」鄭國公張昭被數落得眼前陣陣發黑，手指王全斌，哆哆嗦嗦地反擊，「文官屁股底下不乾淨，爾等就乾淨了。論家產之厚，誰比得上你的老上司常克功？」

「老匹夫無恥！」作為常思的心腹和弟子，楊光義怒不可遏。一個箭步跳到張昭面前，拳頭高高舉起，「我師父的家財，都是放錢吃利息而來，比你等清白得多。」

「鄭公，請慎言！」唯恐楊光義當著柴榮的面兒毆打大臣，犯下不恕之罪，韓重贇趕緊閃身擋在了兩人之間，大聲斷喝。

緊跟著，原本準備最近就離開汴梁的鄭子明也站了起來，將楊光義強行拉回武將行列。臨回頭之時，卻朝著張昭看了一眼，臉上的表情似笑非笑。

鄭國公張昭這才想起來，常思的兩個女婿是誰？頓時脊背處就是一涼。趕緊收起肚子裡的委屈，斟酌該如何去補救。還沒等他把說辭編好，卻見常思長身而起，走到柴榮的御案前，大聲說道：「陛下，臣常思，在澤潞兩州放貸圖利，多年來，得利息數十萬，除去養兵和築城的花銷，還能折銀十萬。今日願將本錢和利息一併捐獻於陛下，以充抵禦外辱之資！」

「這……」話音落下，非但張昭本人，先前跟著他一道對常思含沙射影的眾文官們，也全都目瞪口呆。緊跟著，就紛紛低下了頭，臉孔紅得如同猴子屁股。

澤潞節度使常思有錢，會賺錢，這是眾所周知的事實。常思當年以五百親兵平定澤潞兩州，以高利貸逼迫地方豪強對自己俯首帖耳的創舉，也是得到了劉知遠的默許，並且令很多文官表示嘆服。今天張昭被王全斌擠兌狠了，情急之下去翻常思的舊賬，原本做得就有些虧心。而常思毅然將高利貸的本錢和利息都交給國家的舉動，更令許多人自慚形穢！

唯獨瀛國公馮道，此刻依舊氣定神閒。見眾文官紛紛低頭看地，笑了笑，朝著唐國公常思輕輕拱手：「唐公，好手段，用十萬錢息和百萬不可能收得上來的舊債，逼滿朝文武三緘其口，這筆買賣，絕對合算。」

說罷，也不管常思如何反應，將身體又迅速轉向柴榮，鄭重躬身行禮：「陛下，老臣家底兒雖然沒有唐公豐厚，也捐出良田三千頃，汴梁城內商鋪十二間，連同貨物，本錢，大概也能湊出十萬貫上下。不做抵禦外辱之資，只做收買敵國權臣之本，令其想方設法阻止各自的國主出兵，避免我大周四面受敵！」

「微臣願捐資兩萬，收買敵國！」

「微臣家底單薄，願捐資一萬貫，換取我大周百姓休生養息！」

「微臣願意捐資……」

「微臣……」

無論任何時候，文官的頭腦都比武將靈活，紛紛跟在馮道身後，鄭重表態。

捐出部分家產雖然令人肉痛，可是跟讓主戰派的意見占據上風比起來，這點痛楚就可以直接忽略了。況且以前太祖皇帝念舊情，不追究大夥損公肥私，新皇帝卻未必有如此「雅量」。捐出部分家財換取對以往的貪污行為不予追究，這筆買賣，怎麼看怎麼划算！

「夠了，諸位愛卿的意思，朕明白了！」事關國家生死的廷議，竟然變成了募捐大會，柴榮被氣得臉色鐵青。用手拍了下桌案，大聲吩咐，「陳留侯何在？替朕把眾愛卿剛才的捐獻數額記錄在案，擇日將捐獻收齊，充實國庫！」

「臣遵命！」趙匡胤大步上前施禮，然後接過太監送上了紙筆，就開始動手「記帳！」

「真收啊？」眾官員肉疼地偷偷咧嘴，卻沒膽子當場耍賴，只好低下頭，默默地盤算，自己家裡哪些產業可以讓出，哪些地方可以挪些錢財來，以彌補今天因為一時衝動所造成的虧空。

將眾人臉上的表情看在了眼裡，柴榮嘆了口氣，將目光再度轉向常思：「唐公，當年你在澤潞兩地放債之舉，乃是為了逼迫地方豪強們就範的權宜之計。朕聽先皇不止一次說過，先皇對此事也頗為贊同。然而，事情已經過去四、五年了，澤潞兩州的城防都已經整飭完畢，地方豪強們也沒有力氣繼續殘民自肥，所以，錢息朕收下，至於本金的債條，你回到任上之後，就一把火全燒了吧！」

「老臣已經將其獻給了陛下，陛下說燒，老臣絕無二話！」常思早就想好了自己該怎麼辦，再度站起身，肅立拱手。

「唐公坐，朕絕不辜負您老的一番苦心！」柴榮虛按了一下手臂，示意常思落座。隨即，又大聲吩咐：「來人，替朕擬旨，唐公常思，有大功於國，晉中書令，唐王。賜汴梁城外莊園一所，良田一千畝，以嘉其忠！」

「謝陛下！」常思第三次起身，恭恭敬敬給柴榮行禮。

君臣之間如此做作，武將們焉能還轉不過彎子來。也學著先前的文臣們那樣，紛紛表態要捐錢捐物，替國家籌備軍資，以禦外寇。

柴榮對武將與文官們一視同仁，照先前的辦法，讓趙匡胤負責把大夥答應捐獻的錢財一一記錄在案。然後又勉勵了武將們幾句，笑著說道：「父皇剛剛龍駕歸天，偽漢就敢聯合諸國伐周，實在辱我太甚。是可忍，孰不可忍？況且用錢縱使能買來一時平安，卻易令我大周上下心生懈怠。今後凡有外敵入侵，無論打得過，打不過，首先想到的就是花錢消災。長此以往，日削月割，我大周亡國無日矣！」

「陛下，即便大唐太宗剛剛即位之時，亦有渭水之恥。可短短幾年之後，便令突厥灰飛煙滅！」馮道越聽越不對勁兒，趕緊起身行禮，大聲打斷。

「朕不是唐太宗！」柴榮心裡微怒，皺了皺眉，低聲回應。

「大唐太宗，當然不是人人都能做得！」也不知道哪根筋不對，幾朝幾代就只知道順著國君意思說話的馮道，今天卻突然一反常態，又躬了下身，大聲補充：「但陛下卻可以大唐太宗為楷模。此生甭說與其比肩，只要達到其一半，則天下幸甚！」

「你，你……」柴榮即便再尊老敬賢，也被氣得臉色鐵青。忍了又忍，咬著牙道：「瀛國公說得是，朕開春之後，就效仿唐太宗，御駕親征太原！」

明知柴榮已經到了暴怒的邊緣，馮道卻絲毫不做收斂，搖搖頭，冷笑著提醒：「陛下慎重，當心做了石重貴第二，喪師辱國！」

「住口，漢軍不過是一群烏合之眾，朕，朕麾下有子明，有元朗，有諸位將軍，定然如泰山壓卵！」

「陛下不是泰山！」

「你……」柴榮終於忍無可忍，拔出寶劍，對著御書案狠狠劈下，「休要胡說！朕意已決，親征太原。群臣如敢再出言慢我軍心者，有如此案！」

「喀嚓！」書案從中央應聲而斷。柴榮扭過頭，提劍不顧而去！

以前郭威做皇帝的時候，可從未當眾發過如此大的火。一時間，眾文武大驚失色，齊齊將目光轉向惹惱了柴榮的馮道。誰料數朝元老馮道卻像個沒事兒人一般，朝著柴榮的背影躬身喊了一聲：「臣等告退。」隨即施施然離開了皇宮。

一路上，不停地有主和派的官員從身後追上來，跟馮道請教下一步群臣該如何動作？馮道卻不給大夥指明方向，只顧笑著搖頭。待回到家，他的幾個兒子對老父親今天當眾讓皇帝下不了臺的舉動，也甚為不解，卻又不能指責自家父親莽撞。只好先命廚房整治了一桌馮道平素愛吃的菜肴，然後坐下來舉杯哄老人家開心。

「既然想喝酒，就喝痛快一點兒？這麼小的杯子，怎麼可能解得了酒癮？」以馮道的聰明，豈能感覺不出家中的氣氛怪異。坐下之後，不待任何人勸，先將面前酒盞一口乾掉，緊跟著就大聲吩咐人換大杯。

「阿爺，小心，小心喝得太急！」右拾遺馮平、秘書正字馮吉、工部員外郎馮可、國子監祭酒馮正齊聲勸告，然後互相苦笑著搖頭。

「不怕，不怕，老夫今天難得高興。你們沒看見嗎，陛下被老夫氣得，臉都青裡透黑了！」馮道卻不肯聽，如同剛剛偷了糖吃的小孩子般，左顧右盼，得意洋洋。

馮家四兄弟無言以對，只能吩咐僕人去取大號酒盞。然後互相看了看，繼續苦笑著搖頭。

子曰：「人到七十而隨心所欲！」，自家老父今年已經七十有四，當然可以由著性子胡鬧。反正以柴榮的性子，除非馮家密謀造反，否則，絕不會拿一個七十多歲的老人怎麼樣！

可老人怎麼折騰都不會受制裁，兄弟幾個卻無法保證不會遭到池魚之殃。尤其是在今天這種父親主動挑釁在先，又惡意詛咒於後的情況下，柴榮肚子裡的邪火無處散發，難免今後要對馮家幾兄弟另眼相看！

「怎麼，擔心了，怕為父得罪狠了陛下，陛下拿你們幾個出氣是不是？」幾個孩子肚腸，在馮道這種老狐狸眼中，幾乎完全透明。不用費任何力氣，就能看得清清楚楚。「沒必要，以為父的看人眼光，陛下雖然脾氣略顯急躁，肚量卻絲毫不比先帝小。絕不會以為老夫當面頂撞了他幾句，就拿你們怎麼著！」

「沒，孩兒不敢！」

「父親您多心了，這點兒小事，孩兒怎麼可能放在心裡！」

「陛下親征的決定，下得太倉促。您老也是盡忠臣之職而已！」

馮平、馮可、馮正三個，爭相表態。唯恐說得慢了，讓自家父親難過。

「您老哪裡是頂撞了幾句啊，您老那是指著鼻子罵人好不好。先說陛下這輩子達不到唐太宗的一半兒，又說陛下要做石重貴第二。」秘書正字馮吉苦笑著在心中嘀咕，嘴上所說的，卻完全是另外一套，「阿爺，看您說的？我們幾個膽子也沒那麼小。況且您老也是為了江山社稷著想，擔心陛下貿然出兵會吃敗仗！」

「這話，為父愛聽！」馮道莞爾一笑，先吃了口菜，又舉起酒盞抿了抿。然後忽然嘆了口氣，搖著頭補充，「但是，卻未免虧心。老夫這輩子所作所為，真的沒幾件是為了江山社稷。這次，更不可能是！」

雖然早已習慣了自家父親的厚黑，但畢竟終日讀的都是聖賢書，兄弟四人多少還有些不適應。紅著臉，輕輕點頭，「是，是，父親您說過，生於亂世，自保第一。」

「錯，大錯特錯！」馮道卻一點兒都不領情，用筷子狠狠敲了下桌案，大聲強調：「亂世，亂世快結束了，也該結束了。最長十年，短則不過五年。你們幾個如果連這些都看不到，這輩子，官位也就到此為止了。想要百尺竿頭更進一步，或者追上為父，難比登天！」

「您老的睿智，天下有幾個人比得上！」

「孩兒可不敢跟您老比，能在您老餘蔭下混個閒職，已經知足了！」

「您老說得是，孩兒看得淺了！」

馮平、馮可、馮正相繼點頭，努力順著老人家的意思說話，唯恐讓老人不開心。

唯獨馮道的次子馮吉，先低著頭沉吟了片刻，然後忽然把頭抬起來，看著自家父親的眼睛問道：「阿爺，阿爺您是說，此番北征勝算其實很大？我們兄弟四個將來有機會在朝堂上大展身手？」

「嗯！」馮道臉上瞬間露出了幾分嘉許，微笑著點頭。「是啊，勝算極大。你們兄弟四個都是文官，沒本事趁機建功立業。但亂世結束，百廢待興，卻正是文官大展身手的好時候。」

「那您今天……」馮平，馮可，馮正哥仨頓時如墜雲霧，齊齊望著自家老父，滿臉困惑。

「唉——」馮道對孩子們的表情略感失望，嘆了口氣，幽幽地道：「你們想問，老夫為何明知道此番北征勝算極大，卻非要帶頭主和，並且還故意跟陛下對著幹是吧？老夫都這般年紀了還能圖什麼？還不是圖個身後虛名，圖能讓你等將來抬著頭做官？」

「啊？」除了馮吉滿臉感動之外，剩餘三兄弟愈發頭暈腦脹，嘴巴個個張得老大。

「你們都沒少讀書，憑良心說，為父百年之後，朝野將如何評價老夫？」輕輕看了另外三兄弟一眼，馮道循循善誘。

兄弟四個的臉上，頓時都湧起了幾分潮紅，低下頭，不敢如實回應。

自家父親歷仕數朝，甚至連大遼的官也做過。無論侍奉哪個皇帝，都順著對方意思辦事，從沒有過絲毫違拗，更甭說像今天這般直言相諫，逆觸龍鱗。按照傳統儒家觀點，百年之後，一個佞字評價，是注定逃不了的。而作為絕世佞臣的兒孫，兄弟仕途，想必也倍加艱難。

正尷尬間，卻又聽馮道嘆了口氣，大笑著補充：「老夫做了一輩子佞臣，今天也終於直言敢諫了一回，並且諫得還可能是百年以來，成就最大，最有希望重整九州的一代雄主。哈哈，哈哈，這當直臣的味道，真叫痛快！從今日起，世人當知非老夫佞，而是以往的君王，皆不可諫也！」

「這樣——，也行！」實在跟不上自家老父親的思路，馮平、馮可、馮正哥仨以目互視，每個人臉上都寫滿了不可思議。

只有老二馮吉，又低頭沉吟了片刻，然後笑著提醒道：「阿爺，此計甚妙。但是有可能瞞得過群臣，瞞得過陛下，卻未必瞞得過趙匡胤，更瞞不過鄭子明的眼睛！」

「老夫今天至少幫陛下賺了一百多萬貫，他們哥倆跟陛下恨不得用同一個鼻孔出氣，怎麼可能跳出來拆穿老夫！」馮道微微一笑，臉上的表情愈發得意。

「您，你是說，今天，今天捐出那麼的家財，是，是故意而為？」馮平、馮可、馮正哥仨徹底暈頭，瞪圓了眼睛，結結巴巴地追問。

「不完全是故意，但也差不多！老夫最初並沒想捐，但那王全斌跳出來像瘋狗般四下亂咬，肯定是受了人指使。而唐王常克功，恐怕更是早就跟陛下對過了說辭！只有拿他開了頭，陛下才可以借機從別人手中敲出更多的錢來！所以，所以老夫，就順勢是在火上添了捆乾柴！」馮道點了點頭，收起笑容，臉上的表情迅速變得無比認真，「你們幾個聽好了，老夫接下來的話，可是關乎身家性命。歷來由亂入治，都必須先整頓官場。只有將那些庸官，貪官都儘量淘汰，朝廷的命令才能不折不扣地往下推行。所以，老夫今天帶頭捐出部分家財，相當於跟陛下當眾立約，過去的錢財無論是怎麼得來的，都到此為止，朝廷不能再翻舊賬。而從今往後，馮家的每一文錢，都必須來得乾乾淨淨。否則，一旦被陛下揪住殺雞儆猴，就誰都別喊冤！」

「啊！」馮平、馮可、馮正哥仨終於明白了自家父親的睿智和良苦用心，張開嘴巴，不停地點頭。

「唉！」馮道輕輕嘆了口氣，將目光再度轉向次子馮吉，「老二，你平素跟趙匡胤和鄭子明往來多嗎？為父記得你當年從遼東逃歸時，曾經跟他們有過一段淵源。」

「還，還行！」想起自己當年被柴榮等人俘虜時的窩囊模樣，馮吉臉色微微一紅，訕訕點頭，「這次王峻逼宮，孩兒也派人偷偷給鄭子明送了信過去。雖然到達的晚了，但肯定送到了他手上，並且他前幾天還親口向孩兒表示過感謝。」

「好！好！」馮道老懷大慰，捋著鬍鬚連連點頭。膝下四個兒子，終於還能找出一個聰明的，馮家的富貴不至於三世而斬，「下次早朝，不，明天一早，你就去鄭子明府上。跟他說，此番北征，願意在他帳下做個帳房，幫打理糧草輜重。」

「這……」放著皇帝身邊的秘書正字不做，卻去滄州軍中做個帳房先生，馮吉心中本能地產生了一股抗拒之意。但很快，他就將這股不該有的心態壓了下去，朝著自家父親鄭重拱手：「孩兒明白了，孩兒明天一早就過去。」

「嗯！」馮道滿意地舉起酒盞，深深飲了一大口，然後對著燈光，輕輕搖晃裡邊的酒漿，「老夫能做的事情，都做了，接下來就看你們的了。草木有枯有榮，四季輪迴交替，老去的終歸要老去，新人總是要換掉舊人，此乃天道，誰也改變不了，爾等好自為之！」

他今年七十有四，歷仕後唐、後晉、遼國、後漢、大周，前後伺候過十幾個皇帝，享盡了榮華富貴，也看膩了亂世當中的殺戮血腥。原本以為這輩子就稀裡糊塗混到底了，誰料想，臨到老，卻又發現了亂世即將結束的端倪。如此，他怎麼可能不努力再多活上幾年？看九州重整，看兒孫們如何在太平年月大展身手！

四兄弟知道老父今晚喝酒喝得有點猛，不敢再囉嗦，小心翼翼岔開話題，一邊閒聊，一邊開動筷子，陪著馮道將晚餐吃完。然後各自回房去整理思路，小心翼翼地去謀劃未來。

第二天一大早，馮吉便帶了幾份馮道親筆所做的字畫，去了鄭子明府邸拜訪。本以為自己得了老父的指點，可以搶占先機。誰料歸德侯府的大門口，早已擠得停不下來馬車。好在歸德侯府的大總管寧采臣，跟他曾經有過數面之緣，悄悄地領他從側門進去夾了個塞兒，才不至於從早晨等到日落。而那鄭子明，也的確還念著馮吉當年冒死替石重貴向中原傳遞禪位詔書的舊情，弄清楚了此人的來意之後，當即就答應，想辦法將此人調到自己帳下擔任記室參軍之職，只待明年開了春，一道建功立業。

懷著幾分興奮與忐忑，馮吉與其他幾位得到承諾的官員們，分頭下去準備。數日後，果然就等到了朝廷的聖旨和新的任命文書。然後又在忙碌中過了一個年，不等黃河上的浮冰完全融化，便登上了大船，揚帆而下，先取水路前往博州湖。然後又在湖的北岸換了戰馬，風馳電掣趕向滄州。

馮吉和其他十幾個剛剛調到鄭子明麾下的文武原本以為大夥搶先一步出發，是為了替皇帝陛下御駕親征做開路先鋒，因此個個都興奮得心潮澎湃。然而眼看著隊伍就穿過了滄州城，又直接奔向了東海之濱，才忽然發覺各自先前的判斷肯定有誤。可到了這時候，卻是誰也沒膽子再打退堂鼓，否則即便鄭子明好說話，前來擔任明法參軍的符昭義，也饒不過他們。

不過，鄭子明也沒讓大夥擔心太久。將隊伍在東海畔一處秘密漁港裡安頓下來之後，立刻把所有六品以上文武官員招進了中軍帳。指著一幅巨大的輿圖，揭開了此行的真正目的。

「各位同僚，各位兄弟，廢話鄭某就不多說了，此戰，乃是雪恥之戰。陛下會帶領禁軍和殿前軍，北上太原，親自充當誘餌，替我等引開偽漢、幽州韓氏和遼國三國兵馬。而諸君與鄭某，本月十五日，將從此港登船取海路直撲泥沽，再逆著漳河與桑乾河，水陸並進，一鼓作氣拿下幽州韓氏老巢！」

「啊——」馮吉等新來者頓時人人都被驚了個目瞪口呆。而趙匡胤、高懷亮、潘美、陶大春、李順兒等人，卻早就盼著這一天，紛紛站直了身體，大聲回應道：「遵命！我等但憑大將軍驅策！」

「啊，遵命！」馮吉和其他一干新調入鄭子明帳下的文武見狀，也只好硬著頭皮附和，「我等，我等願唯大將軍馬首是瞻！」

「好！」鄭子明微笑著朝眾人點頭，旋即起身抓起第一支令箭，「雲麾將軍高懷亮，忠武將軍潘美聽令！」

「末將在！」高懷亮和潘美二人毫不猶豫各自上前一步，並肩向鄭子明施禮。

「你二人領海舟十艘，沙船二十隻，滄州軍第一廂五千弟兄。三日後清早率先出發，取了泥沽港，替主力肅清所有登陸障礙！」

「遵命！」高懷亮和潘美興奮異常，回答聲音格外響亮。

「宣威將軍陶大春，定遠將軍李順聽令！」鄭子明向二人笑了笑，嘉許地拿出第二支令箭。

「末將在！」陶大春和李順兩個也乾脆俐落的出列行禮，靜候自家主帥調遣。

「你們兩個領海舟四十艘，騎兵三千，戰馬六千，做第二隊。登岸後，稍事休整，立刻沿著漳水向西展開進攻，五十里內，所有軍寨和私堡，一併拿下勿論！」

「是！」陶大春和李順上前接過令箭，滿臉自豪。

「壯武將軍王全斌，明威將軍楊光義……」

「輔國將軍石守信，懷化將軍劉審琦、司倉參軍李安遠……」

鄭子明抓起第四，第五，第六支令箭，將早已在沙盤上推演了無數遍的任務，一一向眾將分派。

「大帥……」趙匡胤此番特意辭去了殿前軍的差事，讓柴榮將自己調到鄭子明麾下做副手，就是為了早日替晶娘報仇雪恨。等來等去，卻始終聽不到自己的名字，不由得心裡著起了急，朝著帥案方向連連拱手。

鄭子明卻故意對他視而不見，繼續調兵遣將。眼看著一萬五千滄州軍和其他幾支臨時補充過來的兵馬都快被分派完了，才稍微猶豫了一下，抓起一直純黑色的令箭，「懷義大將軍趙匡胤……」

「末將在！」軍中可沒法擺什麼二哥架子，趙匡胤扯開嗓子大吼了一聲，快步上前去搶令箭。

「二哥！」鄭子明深深看了他一眼，將令箭鄭重按進了他的掌心，「你帶三千騎兵，乘坐大船在泥沽上岸。然後不用等任何人，繞開沿途所有城池，一路潛行到飛狐關下！若是韓匡嗣不回救老巢，你就直接取了飛狐關，斷了他糧道。如果韓匡嗣不顧一切往回趕，你就以飛狐關為依托，將其擋在嶺外。等我先取了幽州之後，咱們再兄弟合兵一處，讓他血債血償！」

「末將，遵命！」趙匡胤紅著眼睛，深深俯首。

當年拒馬河上的誓言，依然在耳畔迴蕩。

趙匡胤回來了，趙匡胤回來殺妳阿爺了，晶娘，妳還在等著嗎？

「其他所有人，跟我一道押送輜重，最後登船！」鄭子明深深吸了一口氣，目光迅速掃過全場：「此番出征，不破燕都，誓不回頭！」

「不破燕都，誓不回頭！」

「不破燕都，誓不回頭！」

「不破燕都，誓不回頭！」

……

眾文武心中熱血沸騰，紅著臉，大聲重複。殺氣穿透中軍帳頂，直衝霄漢。

………………

「你不是說，在你的夢中，二哥會殺了你，篡了大哥後人的江山嗎？」當晚，鄭子明與三位妻子依依話別的時候，陶三春忽然發問。

「是啊，與其等著他將來變心，不如現在……」呼延雲將手抬起來，輕輕下切。

常婉瑩依舊不喜歡給丈夫亂出主意，但雙目之中，卻隱隱也露出了兩點寒芒。鄭子明曾經夢到過的事情，很多後來都變成了事實。所以，她寧願做一些違心的舉動，也不願意讓自家丈夫將來冒上無辜被殺的風險。

「我這些年來，一直在想方設法給大哥調養身體，到目前來說，效果相當不錯。」鄭子明笑了笑，非常自信的搖頭。「我不相信人一定會變壞，也不會輕易讓二哥再有機會執掌殿前軍。我相信，只要大哥不過早亡故，夢裡的事情，就不會在現實中出現。我已經提前看到了，便不會重蹈覆轍！」

在自己的妻子面前，他沒必要說假話。很多年前，當他在陶家莊醒來時，他就夢見了自己被趙匡胤殺死的慘劇。
從那時起，他已經在想方設法，避免夢境變為現實。
這，對趙匡胤不公平，對其他所有人來說，卻是最大的公平。
他早就不再只是那個懵懵懂懂的山賊寧小肥。
他同時還是亡國之君的兒子石延寶，是大周世宗的結義兄弟鄭子明！
他現在知道自己是誰，知道自己現在身處何地，知道自己正在做什麼。
他會努力讓自己和自己所愛的人，此生此世都過得幸福，愜意，不受任何傷害。

第六卷・臨江仙　卷終

卷終隨筆

深夜在電腦上敲出「卷終」兩個字，整個人忽然渾身上下一陣輕鬆。隨即，心頭便湧起幾分悵然若失，酒徒自己告訴自己，又一部長篇小說《亂世宏圖》，剛剛宣告了結束。

有幾分不捨，甚至遺憾。因為內心深處，總是覺得還有許多內容可以延伸，很多細節沒有交代清楚。但理智卻告訴自己，該結束時結束，是對作品，對讀者，最自己的負責。

酒徒身邊有許多朋友，喜歡把書寫得極長，在這互聯網的年代，一部作品動輒四五百萬字，也漸漸成了常態。但朋友是朋友，自己是自己，很多別人的長處，酒徒能夠看到，但真的學不來。

酒徒是讀著傳統文學作品長大，一直覺得，「意盡」二字，對文學作品來說極為重要。雖然因為個人能力有限，始終寫不出「林表明霽色，城中增暮寒。」那樣的千古名句。但是，每當在自己的作品裡，把想表達的主題都表達完畢之後，也喜歡適當留白，給讀者以想像空間。

本書中，主角小肥最初是個失憶者，不知道自己是誰，不知道自己從哪裡來，也不知道自己應該到哪裡去？

這，其實不只是他一個人的問題，而是東西方古代哲學的三個千年之問。至今，也沒有任何統一的答案。

酒徒自己年輕的時候，也曾經有過同樣的迷茫。那時候酒徒剛剛大學畢業，剛剛脫離父母的羽翼獨立，放眼天下，躊躇滿志。卻不料很快便遭遇了上世紀末那場著名的經濟危機，中國大陸俗稱其為「大下崗時代」。那時，真的每一天都在迷茫中渡過，不知道自己的人生定位在哪，也不知道將來會走向何方？甚至對身邊的整個世界都產生了懷疑。

幸運的是，身邊一直有書，有酒，有朋友。從小到大，一直沒有放下的，還有寫作這一業餘愛好。於是乎，就把對人生的感悟與迷茫，變成一個個故事，寫了出來。先是紙張，後是電腦，進而是網絡。就這樣一年年寫下去，從二十五歲，寫到了四十四歲。用筆下的善意，回報身外世界的善意。用筆下的崢嶸，反饋身外世界的不平。

如此一年年寫下去，不知不覺間，酒徒就過了「不惑」之歲。當年的熱血與衝動漸漸冷却，當年的迷茫和困惑，也漸漸變得雲淡風輕。

酒徒本名蒙虎，來自蒙古大草原。是一個鄉村醫生和下崗女工的長子。酒徒在過去近二十年間，一直在用紙筆和電腦編織故事，娛人，謀生，同時也娛樂自己。酒徒今後在有生之年裡，也會一直寫下去，以此為生，並以此為榮。

酒徒在公元二〇一六年春至二〇一七年夏，寫了自己人生中的第八部長篇，《亂世宏圖》。故事中的主人公小肥，在經歷了一場場人生悲歡之後，終於將故事裡的那些三生三世的記憶碎片，融合在了一處。他的結義兄長柴榮不會再英年早逝；歷經七十餘年戰亂洗禮的中原，終於有了一支可以自保的武裝；那些老謀深算的地方軍閥們，為了家族的未來，終於做出了最關鍵的一步妥協；傾前輩英雄郭威和常思等人一生心血，都沒有完成的，重建太平盛世的宏圖，終於也有了實現的希望。

故事的未來已經非常清晰，只要主角不故意犯錯，結局必將一片光明。

更為重要的是，最終改名為鄭子明的小肥，終於明白了，自己是誰，自己從哪裡來，自己將來要做什麼！記憶裡的那些碎片，甚至已經告訴了他，今後有哪些陷阱，必須要提前抹平，至少，要全力躲開。

所有迷惘和困惑，都已經解開。未來，已經清晰可見。所以，酒徒便認為，鄭小肥的故事到了結束的時候。

無他，「意盡」兩個字，足矣。

再強撐著寫下去，哪怕將場面寫得再宏大，過程寫得再跌宕起伏，也終究是蛇足，沒必須填。填的過程對筆者來說，也毫無樂趣可言。

所以，《亂世宏圖》就此收筆。

但酒徒的寫作生涯，卻剛剛開頭。

所以，接下來，酒徒還會寫很多不同時代，不同人物的悲歡離合。如果有機會，依舊期待您的欣賞！

謝謝，鞠躬！

酒徒

亂世宏圖

卷六・臨江仙

作　者　酒徒
編　輯　黃煜智
行銷企劃　張燕宜
封面設計　莊謹銘
總 編 輯　余宜芳
總 經 理　趙政岷
董 事 長　趙政岷
出 版 者　時報文化出版企業股份有限公司
一〇八〇三台北市和平西路三段二四〇號四樓
發行專線　（〇二）二三〇六－六八四二
讀者服務專線　〇八〇〇－二三一－七〇五、（〇二）二三〇四－七一〇三
讀者服務傳真　（〇二）二三〇四－六八五八
郵撥　一九三四－四七二四時報文化出版公司
信箱　台北郵政七九－九九信箱
時報悅讀網　www.readingtimes.com.tw
電子郵件信箱　ctliving@readingtimes.com.tw
法律顧問　理律法律事務所　陳長文律師、李念祖律師
印　刷　盈昌印刷有限公司
初版一刷　二〇一七年十月十三日
定　價　新台幣三九九元
（缺頁或破損的書，請寄回更換）

Printed in Taiwan
本書《亂世宏圖》繁體中文版　版權提供　中文在線　李方鋒

亂世宏圖　卷六．臨江仙／酒徒作
－初版．－臺北市：時報文化，2017.10
面；　公分
ISBN 978-957-13-7118-4（平裝）
857.7　　106014838